Contes en vers et en prose

Tome I

Voltaire

Contes en vers et en prose

Tome I

Édition critique par Sylvain Menant

PARIS
CLASSIQUES GARNIER

Sylvain Menant consacre ses travaux à la littérature du XVIII^e siècle. Spécialiste de Robert Challe et de Voltaire, ses publications portent notamment sur la poésie et la pensée critique. Il a, entre autres, dirigé *L'Amérique des écrivains français* ainsi que *Héroïsme et Lumières*, et publié des éditions critiques de référence des œuvres du plus célèbre des philosophes des Lumières.

Couverture : *Symposium plato tale myth about love with the androgynous creature split by Zeus* de Matias Del Carmine. Date : Inconnue. Source : Dreamstime.com.

Réimpression de l'édition de Paris, 1992.

ISBN 978-2-8124-1308-7
ISSN 2417-6400

INTRODUCTION

Les contes de Voltaire jouissent d'une immense réputation nationale et internationale. Ils passent à la fois pour l'expression la plus parfaite de l'esprit français, pour la plus habile machine de guerre d'une philosophie du bon sens d'où sortiraient, cahin-caha, le bonheur et le progrès modernes, et aussi pour le chef-d'œuvre caractéristique du génie littéraire de Voltaire. Cette brillante situation est fondée sur un ensemble de malentendus. D'abord on parle plus des contes de Voltaire qu'on ne les lit ; on les ramène à un exemple que l'on suppose caractéristique : *Candide,* dont se multiplient les adaptations scéniques, les versions cinématographiques, les éditions scolaires, que citent immanquablement les manuels et qui fournit la quasi totalité des allusions et des citations couramment faites à l'œuvre de Voltaire. Or *Candide* représente un cas très particulier dans cette œuvre, malgré la présence de thèmes bien voltairiens, au point que des contemporains avertis ont pu douter que le conte fût de Voltaire. Ensuite, Voltaire lui-même attachait peu d'importance à ses contes et à ses romans, comme d'ailleurs à toute une partie de son œuvre qu'il considérait comme trop liée aux circonstances de sa vie pour être capable d'intéresser le grand public et à plus forte raison la postérité : il nomme tout cela «brimborions», «rogatons» (c'est-à-dire «petits restes»), et déconseille volontiers aux éditeurs d'encombrer ses œuvres complètes de ce fatras[1].

1. Correspondance de Voltaire, D 16588 (Ce numéro permet de retrouver la lettre citée soit dans l'édition Besterman des *Œuvres complètes* de la Voltaire Foundation, soit dans son adaptation par F. Deloffre dans la Bibl. de la Pléiade ; voir ci-dessous la Bibliographie).

Contes et romans ne représentent qu'une toute petite partie de l'œuvre de l'écrivain : pour fixer les idées, on peut rappeler que dans la grande édition de ses œuvres complètes publiée à la fin de sa vie, avec son accord, les romans et contes n'occupent guère plus de deux volumes, sur un total de quarante volumes[1]. L'essentiel de son œuvre, aux yeux de Voltaire lui-même mais aussi de ses contemporains, est contenu dans ses tragédies, dans son épopée, *La Henriade,* dans ses grands travaux historiques, *Le Siècle de Louis XIV,* l'*Essai sur les mœurs,* dans ses ouvrages proprement philosophiques, les *Lettres anglaises,* les *Discours en vers sur l'homme,* le *Traité sur la tolérance,* les *Éléments de la philosophie de Newton.* Quel que fût le succès de certains de ses contes en prose, Voltaire est resté en son temps «le poète-philosophe»; il n'a d'ailleurs publié un conte en prose pour la première fois (c'est *Zadig* en 1747) qu'à un moment où, âgé de cinquante-trois ans, il est déjà célèbre dans toute l'Europe, le plus célèbre peut-être des écrivains européens. C'est tardivement que Voltaire est apparu comme un maître du récit en prose, et ses récits ne ressemblent que de loin à la majeure partie de son œuvre. L'idée d'écrire quoi que ce fût qui ressemblât à des romans ne pouvait que lui répugner; son hostilité au genre romanesque n'a jamais désarmé. Elle correspond aux idées esthétiques des milieux qu'il fréquente avec prédilection, celui des aristocrates, celui des amateurs de théâtre; elle reflète une hiérarchie des genres communément admise qui met au sommet la tragédie et l'épopée, qui relègue les poésies de circonstance et la prose d'imagination au dernier rang. Raconter des aventures à plaisir, c'est pur amusement, ou ressource de plumitif aux abois. Nulle dignité dans cette littérature trop facile, qui relève plutôt de l'improvisation que de l'élaboration approfondie. Certes, pendant que Voltaire parcourait sa carrière, d'autres au XVIII[e] siècle donnaient ses lettres de noblesse au roman : Marivaux, Prévost, Rousseau. Mais Voltaire, précisément, ne tient en grande estime aucun de ces écrivains. Quand on connaît l'ensemble de l'œuvre et des

1. Il s'agit des volumes 31 et 32 de l'édition dite «encadrée» (parce que chaque page de texte est entourée d'un cadre imprimé), publiée par le libraire Panckoucke et imprimée à Genève par l'imprimeur Cramer en 1775.

idées de Voltaire, on ne peut donc qu'être surpris de la présence, même aux marges de sa création, de textes à quelque égard romanesques. Enfin, pour souligner le caractère forcé des généralisations souvent tentées à partir des contes, il faut bien rappeler que Voltaire y embarrasse souvent ceux qui veulent y retrouver les grands traits de sa philosophie. A bien des égards, les contes et romans philosophiques ne sont qu'un commentaire improvisé en marge d'une grande œuvre en train de se faire, qui n'est ni les contes ni les romans philosophiques. Plusieurs des contes et romans sont des chefs-d'œuvre, on ne saurait le contester. Mais avouons-le : si c'est la seule partie de l'œuvre considérable de Voltaire qui reste vivante, cela tient aux habitudes de lecture du grand public moderne, qui n'est à l'aise que dans la narration en prose.

Les romans et contes de Voltaire sont-ils pour autant un ensemble factice, créé par la postérité pour sauver quelque chose au moins d'un grand monument ruiné par le temps ? Certains faits historiques font pencher l'observateur dans ce sens. La plupart des textes qu'on a l'habitude de désigner comme romans et contes ont d'abord paru séparément ; dans la *Collection complète des œuvres de M. de Voltaire* publiée en 1756 (dix-sept volumes), les contes déjà écrits à cette date sont dispersés dans des volumes de *Mélanges philosophiques* (*Songe de Platon* et *Micromégas*) ou de *Mélanges de littérature* (*Les Deux Consolés, Memnon, Lettre d'un Turc, Scarmentado*). L'ambition de donner une place explicite à son œuvre de conteur dans l'ensemble de ses écrits n'apparaît guère chez Voltaire qu'en 1764, avec un volume complet intitulé *Contes de Guillaume Vadé*. Que ce volume soit conforme aux intentions de Voltaire, sa correspondance avec son imprimeur de Genève, Cramer, le montre clairement : l'auteur y suit pas à pas la composition du recueil[1]. Mais ce volume ne porte pas le nom de Voltaire, au moins au début ; son contenu est attribué à tout un groupe d'auteurs imaginaires qui gravitent autour de l'imaginaire Guillaume Vadé ; il comporte sept contes en vers et deux

1. Voir par exemple D 11672 et suivantes, et S. Menant, «La présentation des Contes de Guillaume Vadé», dans *La Présentation du Livre*, Nanterre, 1987.

contes en prose, tous récents, avec des textes de nature très
diverse. La même année, un *Recueil des romans de M. de
Voltaire,* en deux petits volumes, paraît sans contrôle de l'au-
teur[1]. Notons que ces «romans» sont parfois de fort brefs
récits, comme *Memnon* ou *Scarmentado.* C'est à partir de 1771
seulement, donc dans les toutes dernières années de sa vie, que
Voltaire introduit dans ses œuvres complètes des volumes
intitulés *Romans, contes philosophiques, etc.* ou *Romans allégo-
riques, philosophiques et historiques* (ce sont les titres qui figurent
dans la grande édition des Cramer, en quarante-cinq volumes
publiés à partir de 1768). Que l'auteur ait joué un rôle actif
dans la préparation de ces volumes, cela est peu probable[2] : de
sorte que ces titres reflètent plutôt l'opinion des éditeurs, les
frères Cramer. Tantôt ils distinguent, et tantôt ils confondent
romans et contes ; et ils reprennent, pour en caractériser l'en-
semble, l'adjectif «philosophique» que Voltaire avait employé
pour un seul récit, *Micromégas,* qualifié dans le sous-titre
d'«histoire philosophique». La série d'adjectifs : «allégoriques,
philosophiques et historiques» qui apparaît à un autre endroit[3]
est en somme une glose du mot «philosophique» qui en
montre l'extension. C'est cette édition de 1771 qui impose
l'idée d'un ensemble de récits qu'unifierait une commune
inspiration «philosophique». La même formulation est reprise
dans l'édition dite «encadrée» de 1775, également publiée par
les Cramer, avec la bénédiction de Voltaire[4].

En survolant l'histoire des publications des contes et romans
de Voltaire, on distingue donc que cet ensemble n'est nulle-
ment le fruit d'un projet concerté chez leur auteur. La notion
même de «conte philosophique», souvent considérée comme
caractéristique des Lumières et particulièrement de Voltaire,
ne s'impose que tardivement et sans doute sans intervention

1. *Recueil des Romans de M. de Voltaire, contenant Babouc, Memnon,
Micromégas, le Songe de Platon, les Voyages de Scarmentado, Zadig et
Candide,* 1764, 2 volumes in-12.
2. Voir D 17355.
3. Dans un titre intérieur.
4. Les tomes XXXI et XXII sont intitulés «Romans philosophiques.
Éléments de Newton [...]», avec comme faux-titre : «Romans allégo-
riques, philosophiques. Éléments [...]»

directe de l'écrivain. Et cette notion recouvre en réalité une grande diversité de textes, qui explique les hésitations et les contradictions des éditeurs successifs, dès le temps de Voltaire. Romans et contes ne se distinguent guère de ce que Voltaire range dans ces volumes fourre-tout que les libraires du temps intitulent «mélanges». On y trouve des récits fantaisistes et des narrations aux allures objectives, «historiques», des histoires qui se prétendent «véritables», mais aussi un simple dialogue encadré de deux paragraphes narratifs, le déroulement d'une vie entière ou une rencontre anecdotique. L'ensemble a des contours bien mal définis; son contenu n'est guère fondé que sur une tradition qui remonte aux éditeurs du XVIIIᵉ siècle. Eux-mêmes ont pu se fier à des évidences fondées sur leur conscience des genres : mais, on le voit bien, ils ont aussi obéi à des considérations pratiques. Il fallait trouver une place, dans les collections d'œuvres complètes, à tous les écrits de Voltaire; il fallait former des volumes d'une grosseur raisonnable. Mais le *Pot-pourri*, incontestablement publié, dans l'édition de 1771, au milieu d'un volume de *Romans, contes philosophiques, etc.*, figure auparavant, en 1765, dans un volume de *Nouveaux Mélanges*, et ensuite, dans l'édition de Kehl, en 1784, dans un volume de *Facéties*. Peut-être n'était-il, dans l'édition de 1771, qu'un des textes désignés par «etc.» dans le titre. On peut se demander, inversement, si la *Relation de la maladie [...] du Jésuite Berthier*, la *Relation du voyage de Frère Garassise*, le *Dialogue du chapon et de la poularde* n'auraient pas leur place parmi les contes : ce sont des récits plaisants pleins d'intentions philosophiques[1]. A vrai dire, on ne saurait préciser les normes du conte voltairien à partir des groupements que proposent les éditions publiées du vivant de Voltaire, comme il est tentant de le faire. Mais on peut chercher à connaître les intentions de Voltaire lui-même.

Ces intentions, deux faits précis permettent d'en approcher. Premier fait. Parmi les recueils de contes, un seul a reçu à coup sûr son titre de Voltaire; il s'agit du volume, déjà cité, intitulé *Contes de Guillaume Vadé*, publié en 1764. Ce recueil ras-

1. On les trouvera dans : Voltaire, *Mélanges*, éd. J. Van den Heuvel, Paris, Bibl. de la Pléiade, 1961.

semble neuf contes (ainsi que quelques textes divers pour
compléter le volume). Or, ce que Voltaire appelle contes, ce
sont à la fois des contes en vers et des contes en prose. Les
contes en vers sont placés au début du volume, comme pour
attirer l'attention du lecteur[1] ; les contes en prose ont sans
doute été écrits en même temps qu'eux, dans un même élan
d'inspiration, dans l'hiver 1763-1764. De la même façon, déjà,
dès 1715-1716, Voltaire avait écrit dans une même période
Cosi-Sancta et *Le Crocheteur borgne* en prose, et *Le Cocuage* et *Le
Cadenas* en vers[2]. Second fait. Voltaire a exposé lui-même un
projet d'édition de l'ensemble de ses contes, en dehors des
contraintes des collections d'œuvres complètes dont on a vu
qu'elles brouillaient ses intentions ; il s'agit de lettres adressées
à l'un de ses éditeurs parisiens, Lacombe. En avril 1767, il lui
propose de faire «un petit recueil de contes», et il précise :
«*Zadig, Candide, Memnon, Le Bramin et la vieille, La Fée
Urgelle,* etc. pourraient faire deux volumes que vous vendriez
bien si je ne me trompe.» A la fin de l'été, il insiste encore :
«Il me semble que vous pourriez faire une jolie édition avec
des estampes, de tous les contes en vers et en prose ; je suis
persuadé que tant qu'il y aura des hommes oisifs on ne perdra
pas son argent à faire de telles éditions[3].» A côté de la
désinvolture à l'égard du genre, que l'on a déjà signalée, on
doit remarquer que Voltaire ne conçoit pas en 1767, année de
la lettre, une séparation des deux sortes de contes ; il fait
d'ailleurs cette proposition à l'occasion de l'impression en cours
de *L'Ingénu,* ce qui suggère qu'il inclut ce petit roman dans la
notion de «conte», tout comme il y inclut *Zadig* et *Candide.*
Ajoutons qu'en 1767 l'ensemble des contes ou romans en prose
forme une masse suffisante pour remplir deux volumes : déjà
en 1764 un *Recueil des romans de M. de V.* comportait deux
volumes[4], et plusieurs textes nouveaux pouvaient s'y ajouter.
Ce n'est donc pas pour des raisons pratiques de remplissage
que Voltaire proposait d'inclure les contes en vers, mais bien

1. Dans un recueil de contes en prose, comme celui de Neuchâtel, 1773,
ce sont les contes les plus célèbres qui sont placés en tête de volume.
2. Voir, sur les questions de datation, la notice de chaque conte.
3. D 14423, à Lacombe.
4. Voir la note 1, page x.

parce qu'il jugeait complémentaires les deux sortes de récits – comme l'avait jugé avant lui un Perrault. Ce projet se trouve d'ailleurs pour l'essentiel réalisé l'année suivante dans une édition publiée à Bouillon des *Romans et Contes de M. de Voltaire,* qui rassemble dans ses trois volumes les textes en prose et les textes en vers (qu'elle regroupe, il est vrai, dans le tome III : mais l'ordre adopté par les éditeurs du xviiie siècle est peu significatif). La coexistence des vers et de la prose nous paraît aujourd'hui étrange. Mais il faut rappeler qu'au xviiie siècle, comme au siècle précédent, on prenait un plaisir particulier à ces variations ; nombreuses sont, dans la correspondance de Voltaire (comme dans celle des amis de Mme de Sévigné), les lettres en vers et prose mêlées, et son *Temple du goût* est tout entier fait d'un mélange de passages en vers et de passages en prose[1]. Ce phénomène est sans doute plus net au début du siècle ; le *Temple du goût* date de 1733 et les lettres mêlées de vers deviennent rares après le séjour en Prusse. Voltaire, quelle que soit sa souplesse d'esprit, reste marqué par les modes littéraires de sa génération. Mais dater n'est pas vieillir. Il suffit de relire les *Feuillets d'Hypnos* de René Char pour mesurer, plus près de nous, les ressources que recèle le rapprochement, dans un ensemble construit, d'un langage poétique et d'un langage prosaïque.

La présente édition cherche à se conformer le plus possible à ce que nous pouvons savoir des vues esthétiques de Voltaire sur le conte, en rassemblant les contes en vers et les contes en prose. Elle les mêle selon l'ordre où ils ont été composés, puisqu'aucun autre ordre fixe n'a été indiqué par Voltaire lui-même ; et cet ordre permet de comprendre comment la composition des contes a été pour Voltaire, en de nombreuses occasions au moins, un exutoire à des difficultés ou des doutes personnels ; il permet de découvrir «Voltaire dans ses contes» (J. Van den Heuvel). Lorsque la date de la composition est incertaine, on adoptera la place la plus probable dans l'état actuel des connaissances. Le texte reproduit est souvent celui de l'édition de 1775, dite «encadrée», publiée à la fin

1. Voltaire, *Mélanges,* édition citée, p. 135-156.

de la vie de Voltaire dans de bonnes conditions par son imprimeur préféré, Cramer, tout près de lui, à Genève. Mais le cas de chaque conte est envisagé séparément; c'est le texte le plus intéressant ou le plus sûr qui a été choisi (par exemple, pour *Candide*, l'édition originale rarement reproduite). Le choix est justifié pour chaque conte dans l'«histoire du texte» qui l'introduit. Seules les variantes vraiment significatives sont reproduites. Elles sont présentées et éventuellement commentées dans les notes. Ces notes rassemblent naturellement l'ensemble des éclaircissements accumulés par l'érudition voltairienne depuis l'édition de Kehl; elles soulèvent aussi et tentent d'élucider de nombreuses questions passées d'ordinaire sous silence. Elles sont adaptées aux connaissances et aux ignorances des lecteurs d'aujourd'hui, notamment dans le domaine religieux, si familier à Voltaire. L'orthographe et la ponctuation ont été modernisées, mais avec discrétion et directement à partir de l'édition du XVIIIᵉ siècle choisie comme texte de base : faute de manuscrits autographes (puisque Voltaire dictait généralement à un secrétaire), nous ne pourrions reproduire que les usages des imprimeurs du XVIIIᵉ siècle, variables et gênants pour un lecteur moderne.

Cette édition veut rassembler tout ce qui a été considéré par Voltaire comme conte, ou comme roman. Elle reprend donc les titres qui ont été admis dans les recueils que Voltaire a approuvés plus ou moins explicitement. Pour les contes en vers, la liste est facile à dresser : elle comprend toutes les pièces de vers présentées comme des contes, non seulement dans les *Contes de Guillaume Vadé* de 1764, mais encore dans l'édition «encadrée» de 1775 (tome XIII) et dans l'édition in-4° (tome XXVI) et finalement dans l'édition de Kehl pour un texte tardif retrouvé dans les papiers de Voltaire, *Le Songe creux*. Pour les textes en prose, la détermination de ce qui est conte (ou roman) n'est pas si simple. Il s'agit d'abord de l'ensemble des textes réunis sous le tire de *Romans philosophiques* dans un tome de l'édition in-4° de 1771, puis dans deux tomes de l'édition dite «encadrée» de 1775 : *Zadig, Le Monde comme il va, Memnon, Les Deux Consolés, Scarmentado, Micromégas, Histoire d'un bon bramin, Le Blanc et le Noir, Jeannot et Colin,*

Candide, L'Ingénu, L'Homme aux quarante écus, La Princesse de Babylone, Pot-pourri, Les Lettres d'Amabed. Trois autres textes figurent également dans cette même édition de 1775, mais non dans les mêmes volumes ; écrits de 1773 à 1775, ils ont dû être ajoutés après coup au plan de l'édition ; ce déplacement n'est donc pas une raison suffisante pour les écarter ; il s'agit de l'*Histoire de Jenni,* des *Oreilles du comte de Chesterfield* et du *Taureau blanc.* Deux textes enfin n'ont jamais été recueillis dans des éditions collectives du vivant de Voltaire, mais il n'y a aucune raison objective de les considérer comme autre chose que des contes, d'ailleurs précieux comme œuvres de jeunesse, *Le Crocheteur borgne* et *Cosi-Sancta.* On a admis par tolérance un texte qui figurait dans le *Recueil de romans* de 1764, le *Songe de Platon ;* en dehors de cette édition étrangère à Voltaire, ce texte n'est jamais considéré comme un conte avant l'édition de Kehl et son classement comme conte est donc douteux. Il est maintenant établi, en effet, que Voltaire n'a pas pu participer à la préparation des volumes de «romans» de cette édition, et les initiatives qu'on y remarque sont donc simplement le fait de l'équipe éditrice[1]. La *Lettre d'un Turc* n'apparaît pas parmi les contes avant cette édition posthume ; on la trouvera toutefois ici. Ont été en revanche écartés trois textes qui ne sont habituellement placés parmi les «romans et contes» que par fidélité à l'édition de Kehl ; il s'agit d'abord de la «Petite digression» et de l'«Aventure indienne». Ces deux textes sont en réalité des chapitres du *Philosophe ignorant,* un pamphlet publié par Voltaire en 1766[2]. Le titre même de la «Petite Digression» indique que ce texte se rattache à un contexte ; l'«Aventure indienne» a été, comme l'indiquent toutes les éditions parues du vivant de Voltaire, «traduite par l'ignorant». Quel ignorant, sinon le Philosophe ignorant qui donne son titre au recueil ? On a donc préféré ne pas arracher la partie du tout qui l'explique. Ensuite, l'«Éloge historique de la Raison», malgré le dialogue entre deux allégories qui le conclut, peut difficile-

1. Voir S.S.B. Taylor, «The Definitive text of Voltaire's works [...]», *Studies on Voltaire,* vol. CXXIV, Oxford, 1974, et F. Deloffre, «Introduction générale» aux *Romans et contes,* Bibl. de la Pléiade, p. XXXIX.
2. *Mélanges,* édition citée, p. 859-911.

ment être rangé parmi les contes. Il appartient à un genre bien défini au XVIIIᵉ siècle, l'éloge historique, même s'il en est une sorte de parodie[1]. Toujours publié du vivant de Voltaire dans des volumes de *Mélanges*[2], ce n'est que par les éditeurs de Kehl qu'il a été placé lui aussi dans un volume de *Romans,* apparemment pour le compléter. Il n'y a donc pas de raison sérieuse de le faire figurer ici.

Il n'existe qu'une façon d'échapper à toute incertitude théorique dans l'édition des œuvres de Voltaire : c'est de les publier pêle-mêle, dans l'ordre où elles ont été composées, sans tenir compte des distinctions de genres. Cette solution, envisagée du vivant même de Voltaire, mais contraire aux habitudes du temps, est en voie de réalisation à la Fondation Voltaire d'Oxford (non sans tous les problèmes que pose la datation de maint texte). Dès lors, au contraire, que l'on reste fidèle à l'esthétique du XVIIIᵉ siècle, essentiellement fondée sur la distinction des genres, il devient indispensable de regrouper tout ce qui appartient à un même genre, et cela seulement. Pour ce qui concerne les contes ou les romans, toujours confondus dans la terminologie voltairienne, si l'on refuse de se laisser influencer par les éditeurs de Kehl, on voit donc que l'on est tenté de regrouper seulement les récits qui ont figuré du vivant de Voltaire sous le titre de romans ou contes dans des recueils autorisés ou tolérés par lui. La conception du genre est trop flottante pour que l'on puisse faire appel à des critères internes rigoureux, en dehors du caractère narratif des textes. D'un autre côté, introduire ou laisser subsister des textes hétérogènes dans un volume de contes, c'est inciter le lecteur moderne à se faire une idée fausse de la conscience qu'avaient Voltaire et ses contemporains d'un genre mal défini certes, et de façon peu explicite, mais enfin bien réel. Or, le sens du texte et sa portée, comme le plaisir qu'il peut donner au lecteur, dépendent trop

1. Le titre complet est : «Éloge historique de la Raison, prononcé dans une académie de province par M. de Chambon».
2. Publié dans *Don Pedre, roi de Castille, tragédie, et autres pièces,* 1775 ; puis dans *L'Évangile du Jour,* tome XII, Londres 1775 (il s'agit d'un recueil de textes divers) ; puis dans les *Nouveaux Mélanges philosophiques, historiques, critiques, etc.,* 17ᵉ partie, 1775, et dans le volume de Poésies mêlées de l'édition in-4°.

du statut de ce texte pour qu'on prenne le risque de le modifier
par des rapprochements arbitraires.

*

* *

La couverture de ce volume porte un titre inhabituel :
«contes en vers et en prose». A côté des contes en vers, dont on a
vu que Voltaire souhaitait la présence à côté des contes en prose,
il contient pourtant, aux quelques exceptions qu'on vient de
justifier, les mêmes textes que beaucoup d'autres éditeurs ont
désignés par les mots «romans» ou «romans et contes». Il faut
justifier clairement l'usage ici du seul mot «conte». Dans le
titre le plus explicite, «Romans, contes philosophiques, etc.»,
qui est utilisé notamment dans la sérieuse édition in-4° de 1771,
on ne sait si la virgule signifie «et» ou bien «ou». Un imitateur
a interprété : «Romans, et contes philosophiques» (Londres,
2 volumes in-12, 1775). Il semble distinguer des romans
d'autres textes qui seraient, eux, des contes philosophiques. Le
plus souvent, le titre est simplifié en «romans» : c'est le cas de
l'édition «encadrée» de 1775, qui annonce seulement des
«romans philosophiques»; et ce sera le choix des éditeurs de
Kehl, qui ne parlent que de «romans», comme le faisait déjà
une édition de 1764 des «romans de M. de Voltaire», certaine-
ment parue sans l'accord de l'auteur. Ces flottements reflètent
l'incertitude qui entourait au xviii[e] siècle les genres dont ne
parlait guère l'enseignement des principes de la littérature, et
qui ne faisaient pas partie du système des genres littéraires tel
qu'il se dégageait notamment du modèle latin. Conserver
aujourd'hui les deux termes pour désigner l'ensemble des récits
voltairiens, c'est créer le malentendu, puisque pour nous un
roman est un livre complet : avec son caractère narratif, c'est à
peu près la seule évidence qui se dégage des développements
qu'il a connus dans les deux derniers siècles et des réflexions
théoriques qu'il a suscitées, mais c'est une évidence pour nos
contemporains. Ce critère – vague – de longueur n'existe pas au
xviii[e] siècle. Nous sommes tentés de nommer roman *Candide*
ou *L'Ingénu*, qui sont divisés en chapitres; mais comment
conserver ce titre pour *Les Deux Consolés*, dont le texte occupe
deux pages? Quitte à choisir pour sortir du malentendu ana-

chronique, le seul terme de «contes» paraît préférable. C'est celui que choisissent les travaux de recherche majeurs de notre temps pour désigner l'ensemble des récits voltairiens. Le terme de contes distingue clairement la pratique de Voltaire de celle d'un Prévost ou d'un Rousseau, dont il a voulu se séparer profondément. Il souligne l'unité réelle des créations voltairiennes, que le récit fasse deux ou quatre-vingt-dix pages, qu'il soit écrit en prose ou en vers[1].

Une apparence trompeuse tire certains textes vers ce que nous appelons roman : la division en chapitres. Elle intervient dans de nombreux contes en prose – *Micromégas, Candide, Babouc, Zadig,* le *Pot-pourri, La Princesse de Babylone...* – en fait, dès que leur longueur atteint quelques pages. L'existence de chapitres crée l'illusion de l'étendue. Elle suggère des interruptions dans le déroulement du temps ; ainsi, le lecteur accepte qu'un conte de cinquante pages lui présente le déroulement d'une vie presque entière, ou d'une aventure complexe. Elle rapproche par là le conte du roman. Mais elle en souligne le côté factice. Car la longueur du texte n'est pas telle qu'elle rende le morcellement indispensable ; la première ou la deuxième partie de *Manon Lescaut* est aussi longue qu'un des «romans» de Voltaire, tout entier. Le procédé souligne intentionnellement le caractère schématique de l'action et des caractères. Le roman du XVIIIᵉ siècle se présente volontiers comme un document authentique : mémoires de personnalités historiques, recueil de lettres trouvées par hasard, message lancé du fond d'un cloître. En caricaturant la présentation habituelle des romans contemporains, Voltaire joue un habile double jeu. Il tire du genre romanesque le prestige qu'offre pour l'imagination l'image complexe de la réalité dans toute son étendue ; il suggère que l'œuvre repose sur une enquête ample et diverse ; il suscite l'intérêt que peut faire naître la perspective d'une aventure aux multiples rebondissements. Mais, en même temps, il répond d'avance au scepticisme que suscitent les artifices du genre romanesque auprès d'un public volontiers critique : tout en enveloppant ses lecteurs dans les séductions du roman, il s'en moque avec eux et désarme ainsi leurs défenses. Mais la présen-

1. Voir J. Van den Heuvel, *Voltaire dans ses contes,* Paris, 1967, p. 16-17.

tation du conte a bien d'autres ressources que le jeu sur les chapitres. Tantôt il se soumet aux formes du conte populaire, tantôt il se confond presque avec le dialogue philosophique, tantôt il ressemble en tous points à une confidence, tantôt il revêt les dehors de l'allégorie; il se situe dans un passé indéterminé, ou au contraire il multiplie les précisions historiques. Aux yeux de ses contemporains, et à nos yeux encore, les contes de Voltaire tirent une partie de leur séduction de leur diversité; ils forment un ensemble bigarré, fruit d'une continuelle invention littéraire, d'un renouvellement constant des formules. En cela, ils sont bien conformes au goût de Voltaire, tel qu'il se manifeste dans ces assemblages surprenants de textes disparates en apparence que sont le *Traité sur la tolérance* ou bien le *Dictionnaire philosophique*. Mais aussi, cette diversité répond à une exigence du siècle, car le XVIIIᵉ siècle est ivre de modes littéraires. Le public exige sans cesse du nouveau, se lasse de tout, et vite. Pour survivre, les auteurs doivent changer; s'ils peuvent changer tout en se laissant reconnaître, mieux encore.

Cette situation peut expliquer à bien des égards l'activité de conteur de Voltaire. Sa célébrité a été précoce et n'a cessé de croître au cours de sa longue existence. Mais, si étonnant que cela puisse paraître avec le recul du temps, Voltaire a toujours continué de se battre comme un débutant pour maintenir sa réputation et sa vogue; il a veillé inlassablement sur le lancement de ses œuvres, sur la réussite de ses tragédies; il se montre extraordinairement sensible à l'accueil que reçoit le moindre texte dans les salons parisiens, dans les cours allemandes, auprès de ses amis, même de ceux dont il n'a pas très haute opinion littéraire. Or son destin a fait de lui, pendant la plus grande partie de sa carrière, un exilé loin de Paris : c'est à Paris que se font et se défont les réputations, que change le goût, et l'Europe suit. On peut remarquer que les périodes les plus fécondes en contes sont aussi celles où Voltaire ressent le plus cruellement les angoisses de l'exil. Autant que de nostalgie, de sentiment d'insécurité, l'éloignement de Paris est fait d'inquiétude sur ce qui se passe dans la capitale des lettres, sur ce que font ses rivaux, sur les nouveautés qui plaisent à ce public influent qu'il a si bien connu, à qui il a tant plu.

Or le conte apparaît comme une forme littéraire dont la vogue n'a cessé de se maintenir, mais en se renouvelant, pendant tout le XVIII[e] siècle. Les travaux récents, et notamment le recensement systématique qui est maintenant achevé pour l'ensemble du siècle[1], montrent une inlassable fécondité des conteurs, et un intérêt de tous les écrivains pour ce genre, qu'ont pratiqué à l'occasion aussi bien Rousseau que Montesquieu, Diderot que Marmontel, Piron que Saint-Lambert. Voltaire n'a nullement été un inventeur qui donnerait au Siècle des Lumières la forme narrative adaptée à sa philosophie ; il n'a pas été non plus le champion d'une forme encore peu développée du roman, le précurseur des triomphes du réalisme. Il a des modèles pour chacune des innovations que nous voyons surgir dans la succession des contes voltairiens ; et le conte, chez lui comme chez ses confrères de la République des Lettres, est couramment une remise en question d'un genre romanesque déjà envahissant, déjà contesté, déjà soupçonné, déjà dépassé. A bien des égards, la situation de Voltaire est celle d'un suiveur qui cherche, étape après étape, à s'adapter aux transformations de la mode, et qui se sert pour ces adaptations des infinies souplesses du conte. Or c'est dans ces adaptations que se révèle le génie le plus personnel de l'écrivain.

Comme l'ensemble des contes du XVIII[e] siècle, les contes de Voltaire relèvent de trois grands modèles, qui définissent le champ du genre pour ses contemporains. Apparaît comme conte ce qui marque sa parenté avec l'un de ces modèles – ou avec les trois.

Dans l'ordre chronologique, il s'agit d'abord du conte libertin, tel que l'a pratiqué brillamment La Fontaine dans ses *Contes et Nouvelles mis en vers* (1665-1674). Voltaire juge La Fontaine «admirable dans son genre» et plein «d'esprit, de grâces, de finesse», même s'il fait des réserves sur ses contes

1. Silas P. Jones, *A List of French prose fiction from 1700 to 1750, with a brief introduction,* New York, 1939, et A. Martin, V. Mylne, et R. Frautschi, *Bibliographie du genre romanesque français,* 1751-1800, Londres, Paris, 1977.

parce qu'ils manquent de variété. «Ils roulent presque tous sur le même sujet : c'est toujours une fille ou une femme dont on vient à bout.» Il en critique aussi le style, qui n'«est pas toujours correct et élégant[1]». Il préfère remonter à l'un des modèles de La Fontaine, l'Arioste, dont il fait ses délices. Il ne faut pas oublier qu'à cause de La Fontaine, de ses modèles italiens, l'Arioste et Boccace, mais aussi de ses continuateurs qui connaissent une grande vogue pendant tout le siècle[2], le public attendait des contes qu'ils leur apportassent des histoires lestes, des scènes de séduction, d'adultères, de «bons tours» joués aux parents ou aux maris. Ou aux supérieurs religieux. Car ces contes, parfois qualifiés de «gras», avaient traditionnellement un côté anticlérical. Moines paillards, curés ou prieurs «aimés de leurs paroissiennes» *(L'Ingénu)* étaient en réalité devenus de rares exceptions depuis que les réformes issues du Concile de Trente avaient fait leur effet en France ; tous les historiens sont d'accord sur ce point ; aussi est-ce par fidélité au genre, non par des hardiesses «réalistes» que Voltaire met en scène de tels personnages (et il en va de même pour Diderot dans bien des contes qui ornent *Jacques le Fataliste,* malgré les sources anecdotiques qu'on peut déceler). Que Voltaire ait profité de cette tradition pour alimenter la polémique antichrétienne, nul doute ; mais il le fait en tirant parti une fois encore d'un double jeu ; acceptées comme ingrédients inévitables du conte, les caricatures anticléricales feront finalement mouche comme des informations probantes. De même, les scènes, banales dans le conte, de faiblesses charnelles seront reçues comme épisodes attendus, et sur un autre plan interprétées comme les protestations d'une simple philosophie de la nature contre une morale fondée sur la métaphysique et les préjugés. Ainsi Voltaire reprend une tradition du conte galant à la fois pour trouver la facile adhésion du public et pour déployer, cent fois encore, des semblants de démonstration philosophique. Il n'a cessé d'être attentif au goût de son

1. Voltaire, «Discours aux Welches», dans *Mélanges,* édition citée, p. 699. Ce texte a été publié par Voltaire en 1764 dans les *Contes de Guillaume Vadé.*
2. Voir S. Menant, *La Chute d'Icare, la Crise de la Poésie française* (1700-1750), Genève, 1981, p. 155-217.

siècle pour cette forme de contes, et d'en tirer parti ; car, du début à la fin, du *Cadenas* à l'*Histoire de Jenni*, «c'est d'adultère qu'il s'agit»[1]. Mais il y eut des moments où la mode fut plus forte qu'à d'autres. A l'extrême fin d'abord du règne de Louis XIV, alors que Voltaire débutait et que le vieil Hamilton, lui-même auteur de contes en vers et en prose, donnait le ton dans la bonne société, surtout celle du Temple et celle du château de Sceaux, chez la duchesse du Maine, que fréquente aussi Voltaire. «Tout ce qu'il y a de beautés dans son style», Voltaire prétend le devoir à Hamilton ; et sans doute aussi la stimulation pour écrire *Le Crocheteur borgne,* qui tourne autour d'un rêve érotique, *Le Cocuage* et *Le Cadenas,* qui plaisantent de la vertu des femmes, *Cosi-Sancta,* qui met en scène une épouse trois fois adultère par vertu (vers 1714-1716, d'après les plus récents travaux). La vogue de ce genre de contes redouble dans la décennie 1750-1760, qui voit paraître les *Œuvres* de Piron (1758), *Ah! quel conte!* de Claude Crébillon, admirateur de Hamilton (1754-1755), des rééditions des contes de Grécourt (1750) et de Vergier (1752), des imitateurs de La Fontaine doués d'une plume moins légère. Voltaire s'intéresse, non sans condescendance, à ces succès de librairie. A l'automne de 1763, dans un répit que lui laisse son œuvre militante, il se lance dans une série de contes en vers et en prose, ceux qu'il rassemble sous le nom de Guillaume Vadé. Puis, chez le vieil écrivain, le «goût pour les contes est complètement tombé[2]», après avoir convaincu ses amis parisiens, le public et les journaux qu'il n'a rien perdu de son feu et de sa fantaisie, qu'il reste accordé au goût du temps, même le plus futile. A cette tradition de La Fontaine, Voltaire sacrifiera encore clairement dans un conte des dernières années, *Le Dimanche ou les Filles de Minée* (1775), où il invoque, en conclusion, le nom du fabuliste.

La seconde grande tradition des contes au XVIII[e] siècle, qui inspire largement Voltaire, vient d'Orient ; elle a surtout été lancée par la fameuse traduction des *Mille et une Nuits* par Galland, publiée en 1702, que sont venus relayer en 1710-

1. *Histoire de Jenni,* voir tome II.
2. D 11791.

1712 les *Mille et un Jours*, contes persans, de Pétis de la Croix.
La mode orientale, et spécialement persane, ne se limite pas
aux contes, mais c'est dans les contes qu'elle s'exprime le plus
complètement. Elle inspire Voltaire du début à la fin de son
œuvre de conteur : Mesrour, le Crocheteur borgne, sort des
Mille et une Nuits comme sa patrie, Bagdad ; et Sesostris, le
héros du dernier conte, se promène sur les bords du Nil. Cette
permanence correspond à un goût inusable du public pour les
fictions orientales. Mais deux périodes de la production voltai-
rienne sont particulièrement marquées par ce goût. La pre-
mière coïncide avec le moment où culmine la vogue orientale
dans l'ensemble de la production romanesque française[1], aux
alentours de 1746 ; c'est l'époque où paraissent coup sur coup
la *Vision de Babouc* (1746-1747), *Zadig* (1746), *Memnon*
(1748). Voltaire se replonge dans la même atmosphère quinze
ans plus tard, avec *La Princesse de Babylone* (1768), *Les Lettres
d'Amabed, etc.* (1768) et *Le Taureau blanc* (1772), sans que les
circonstances jouent, semble-t-il, un rôle aussi net dans ce
choix. La fiction orientale autorise mille allusions politiques,
sociales et surtout religieuses, puisque les questions religieuses
sont de loin celles qui intéressent le plus les esprits du
XVIII[e] siècle. Elle entraîne tout naturellement les scènes volup-
tueuses et les comportements libertins, puisque le monde
oriental, tel que *Les Mille et une Nuits* le laissaient entrevoir,
paraît plus sensuel et moins embarrassé de préjugés pudiques
que le monde chrétien. Enfin, l'Orient offrait un cadre vrai-
semblable à des transformations merveilleuses, parce que ce
que l'on connaissait de sa littérature avait un caractère
archaïque, et parce que l'on prêtait à l'esprit oriental une
crédulité naturelle.

En cela, la source orientale se mêlait heureusement à la
troisième grande source : celle des contes de fées. On avait
remarqué depuis longtemps la vogue dont ils avaient fait
l'objet à la charnière du XVII[e] et du XVIII[e] siècle, avec la
publication des contes de Perrault (1697), de Mme d'Aulnoy

1. Voir M.-L. Dufrenoy, *L'Orient romanesque en France, 1704-1789,
étude d'histoire et de critique littéraire*, t. I-II, Montréal, 1946 ; t. III,
Amsterdam, 1975.

(1697), de Mlle de la Force (1697), de Préchac (1698)... Des
travaux récents ont montré la persistance et la vitalité du genre
tout au long du siècle. S'il en est qui sont destinés aux enfants,
la plupart ont un caractère tout différent : ils expriment le
point de vue des adultes sur le monde et sur la vie, sous un
déguisement puéril qui souligne les rêves de transgression et,
par contraste, la dureté du réel. Voltaire ne dédaigne pas
complètement ces «contes à dormir debout[1]» : il lui est arrivé
de raconter les prouesses d'une «fée Urgèle[2]», de donner à un
démon ou à un génie des allures et le rôle de fées[3]. Il ne laisse
cependant pas grande place aux fées dans l'ensemble, probable-
ment parce que l'affectation qu'implique leur présence ne lui
plaît guère. En revanche, c'est sans doute surtout du conte de
fées et de sa vogue qu'il a tiré l'un des traits frappants de ses
contes, leur tournure orale. Les témoignages de ses contempo-
rains montrent certes que la verve de Voltaire dans la conversa-
tion le conduisait à improviser des contes «à mourir de rire» et
que l'un de ses talents de société était, à Cirey notamment, de
donner vie et parole à des marionnettes. Mais, si le conteur a sa
place aussi dans les contes écrits, c'est que les contes populaires,
auxquels se rattachent les contes de fées tant à la mode, se
transmettent par la tradition orale. En réalité, les contes de
Voltaire ne doivent rien ou presque à la tradition populaire. A
peine si l'on discerne, dans *La Princesse de Babylone,* une
réminiscence de l'histoire de Pierre de Provence et de la belle
Maguelonne et si l'on peut repérer, dans la structure de
quelques contes, des schémas de très ancienne provenance.
Mais l'écrivain se plaît à souligner l'attitude particulière qui est
la sienne dans ce genre. La plus frappante est celle du conteur à
la veillée, entouré de ses familiers : «Je veux au coin du feu
vous faire un nouveau conte[4]». Plus discrètement, le conteur
prend la parole pour raconter sa propre histoire, tel *L'Homme
aux quarante écus* : «Je suis bien aise d'apprendre à l'univers
que j'ai une terre [...][5]», à moins que, comme dans *Jeannot et*

1. Par exemple D 11529.
2. Dans *Ce qui plaît aux dames,* ci-dessous p. 339.
3. Voir ci-dessous *La Mule du pape,* et dans le tome II *Le Songe creux.*
4. *L'Éducation d'un prince,* ci-dessous p. 399.
5. *L'Homme aux quarante écus,* voir tome II.

Colin, il n'esquisse un dialogue avec des auditeurs supposés : «Vous demandez [...][1]?» Ce lien que conserve le conte avec la vie de société se prolonge dans les modes de diffusion des textes : avant de former un livre, ils circulent dans bien des cas sous forme de copies manuscrites, puis en éditions séparées qui s'offrent en cadeau et s'échangent. Enfin, il faut remarquer que Voltaire garde souvent au conte un caractère impersonnel, collectif, populaire au sens plein du terme, en en taisant l'auteur et en le remplaçant par une chaîne d'intermédiaires qui dilue la paternité du texte, et notamment des traducteurs. *Les Lettres d'Amabed, etc.,* sont traduites par l'abbé Tamponet, *Le Taureau blanc* par un professeur du Collège royal ou M. Mamaki, *Jenni* par M. de La Caille ; et les auteurs sont des inconnus, des obscurs, d'évidents prête-nom, M. Laurent, M. Sherloc, le Chevalier de Saint-Gilles, M. de La Visclède et même le P. Quesnel. Tous ces pseudonymes jouent pour le conte voltairien le rôle que joue, pour les contes de Perrault, l'énigmatique Mère l'Oye.

S'ils se présentent avec une feinte naïveté comme des produits d'inoffensives traditions, les contes de Voltaire peuvent aussi accrocher l'attention des lecteurs contemporains par des liens évidents avec les nouveautés du moment. Avec l'actualité historique d'abord. *Candide, L'Homme aux quarante écus, Les Oreilles du comte de Chesterfield, Les Finances* mentionnent des événements tout récents, ou les prennent comme sujet ; un effet particulier naît du mélange entre cette modernité et le parfum intemporel, plutôt archaïque, du genre. Mais les nouveautés peuvent être aussi d'ordre littéraire. L'histoire comme genre littéraire triomphe au milieu du siècle, essentiellement grâce à Voltaire et à son *Siècle de Louis XIV,* à l'*Essai sur les mœurs.* Une série de contes «historiques» naît coup sur coup, qui renouvelle le genre de la nouvelle historique : *Scarmentado* (1753-1754) et *Les Deux Consolés* (1756 ?) qui se situent au XVII[e] siècle, *Candide* (1757-1759) qui rassemble des faits saillants des dernières décennies ; plus tard, les événements des *Lettres d'Amabed, etc.* et de l'*Histoire de Jenni* seront eux aussi

1. *Jeannot et Colin,* voir tome II.

précisément datés (respectivement 1512-1513 et 1705). Plus douteuse est l'influence du «conte moral» : cette formule, lancée par un disciple de Voltaire, Marmontel, triomphe en 1761 et ses imitateurs sont nombreux dans les années qui suivent. Elle consiste à orienter une anecdote, d'ordinaire empruntée à la vie contemporaine, vers un enseignement de morale pratique. Voltaire intitule «conte moral» sa *Bégueule* de 1772, non sans un sourire, car l'héroïne apprend en fait à sortir de sa réserve. Mais, dès 1764, *Jeannot et Colin* présentait quelques caractères d'un «conte moral». D'autres modes passagères ont marqué les contes : ainsi, sans doute, celle du style poissard, empreint de tournures populaires et de réalisme cru, que Jean-Joseph Vadé a porté à sa perfection au milieu du siècle et dont Voltaire a dû exploiter l'attrait dans *Candide*. Et, plus largement, le goût triomphant, après la traduction des romans de Richardson (1751-1752) et *La Nouvelle Héloïse* (1761), du roman sentimental, attendrissant et tragique. Voltaire s'y essaie, non sans ironie, dans *L'Ingénu* (1767) et encore dans *Les Lettres d'Amabed, etc.* (1768, mais commencé dès 1753 sans doute), «ouvrage dans le goût de *Paméla*» qui s'inscrit aussi dans l'irrésistible courant du roman épistolaire.

Le conte voltairien est ainsi la fusion d'éléments contradictoires. Il se présente volontiers comme un «radotage», un genre pétri de tradition, fait de redites, marqué par un solide bon sens populaire et des rêves séculaires. Mais il attrape aussi des bouffées de l'air du temps. En gros, il suit les modes littéraires du siècle et les exploite. Parce qu'il est un genre intemporel, il peut juger le reste de la littérature, et d'abord les développements que présente la prose narrative au XVIIIᵉ siècle. Le conte se présente ainsi souvent comme une parodie d'autres textes : la Bible comme dans le *Pot-pourri*, des récits orientaux, mais surtout des romans modernes. Et même, parodie des contes eux-mêmes. Le conte voltairien sur ce point ne diffère pas de la plupart des contes du XVIIIᵉ siècle : il joue avec les conventions du genre, ses formules stéréotypées («Il y avait à Babylone [...]», «Il y avait en Westphalie[1] [...]», ses

1. Premières phrases de *Zadig* et de *Candide*.

procédés narratifs comme l'accumulation des épreuves, ses brusques changements de décor et ses dénouements prévisibles. «Comme ils en étaient là, arrive l'oncle, comme on peut bien le penser[1].» Le lecteur du conte partage avec l'auteur une vieille expérience de la littérature et de l'homme : tout l'imprévu qui fait la matière obligée de ces récits fantaisistes est accepté d'avance, parce que la règle du jeu consiste d'abord dans le conte à prévoir de l'imprévu. Cet imprévu peut être de nature féerique, mais aussi bien constitué par des faits de l'histoire, parce que l'histoire n'a pas, semble-t-il d'abord, sa place dans ce genre populaire, badin, enfantin et archaïque qu'est le conte.

A cette tension entre tradition et fantaisie, entre convention et modernité, s'ajoute une autre tension : le conte est à la fois économique et bavard. Économique : il prétend parfois, dès son titre, aller vers une conclusion qui est à démontrer. *Zadig* éclairera la notion de destinée, *Candide* celle d'optimisme, la *Vision de Babouc* montrera comment va le monde, l'histoire de la fée Urgèle «ce qui plaît aux dames» et *Cosi-Sancta* que d'un petit mal sort un grand bien. Même lorsque le projet n'est pas aussi explicite, la rapidité est un trait frappant du style. Puisque le conte doit transmettre une expérience ou une leçon, seuls les éléments significatifs ont besoin d'être introduits. Personnages et situations sont présentés en quelques lignes, et l'action s'engage en toute hâte. Mille effets humoristiques ou philosophiques sont tirés de cette brièveté du conte. Mais Voltaire juxtapose à ces effets des moments de bavardage et de commentaire que justifient pleinement le ton oral et la bonhomie qui sont attachés au genre. Philosophiques, ces contes le sont parce qu'ils proposent des réflexions, souvent placées dans la bouche des personnages dans des dialogues pleins de sel, quelquefois jetées dans le récit par le conteur lui-même. Ces réflexions sont si diverses qu'elles défient la synthèse ; il n'est pas sûr que le philosophe Voltaire les prenne toutes à son compte. Car il joue son rôle lui aussi dans ses contes, lui, le conteur, tout comme ses personnages, et ce rôle ne se confond

1. *Memnon,* ci-dessous p. 187.

pas avec celui qu'il a voulu, ou pu jouer sur la scène du monde. Ses personnages, le plus souvent, sont plutôt des pantins que des êtres vivants, bien différents à cet égard des créations du dramaturge et des portraits de l'historien : leur nom, un détail, une manie de langage, les définit et les résume. Telle est la tradition du conte ; ainsi l'exige la loi de la brièveté. Lorsque le désir les saisit, lorsque la souffrance les atteint, lorsqu'une vérité les traverse, le lecteur surpris n'en est que davantage ébranlé.

Car ces petites *coglionerie* forment une formidable machine à détruire les illusions que l'homme se fait sur l'homme. Emporté par le destin, le besoin, l'habitude et les préjugés, il est voué à la misère, et tout ce qu'il peut espérer de beaucoup d'efforts et de raison, c'est «un établissement très tolérable», fait de «cinq ou six misères ensemble[1]». Ailleurs, Voltaire a tenté de proposer une vision du monde, de la société et de la vie humaine qui puisse satisfaire la raison et offrir les perspectives d'un bonheur solide : ainsi, dans *Le Mondain,* dans les *Lettres anglaises,* dans les *Poèmes philosophiques sur l'homme.* Le genre du conte l'incite à confesser d'autres aspects de sa pensée. Aussi, autant que l'évolution des goûts littéraires, est-ce l'histoire intime de l'homme Voltaire qui explique la création des contes. Œuvres sans importance, voilées d'abord par l'anonymat ou les pseudonymes, elles ont fourni à leur auteur le cadre privilégié de ses aveux. Schématisme et bouffonnerie, sensualité et irrésistible mouvement, dérision de la littérature, du rêve et de la raison : tous les éléments du conte tendent à exprimer les tentations d'un cœur blessé et d'un esprit aigri.

Ce que doivent les contes à la destinée et aux autres œuvres de leur auteur, la notice placée avant chacun d'eux le dira. Comme l'annotation, ces notices sont nourries des apports de tous ceux qui m'ont précédé. Parmi les éditeurs de l'ensemble des contes en prose de Voltaire, ma dette est particulièrement importante à l'égard de Georges Bengesco, de René Pomeau, de Frédéric Deloffre et de Jacques Van den Heuvel.

1. *L'Homme aux quarante écus,* tome II, «Entretien avec un géomètre».

CHRONOLOGIE

Cette chronologie a pour objet de situer les contes de Voltaire dans le déroulement de sa vie et de sa carrière littéraire, mais aussi dans l'histoire du genre du conte (en vers comme en prose). On y trouvera donc mentionnées les œuvres qui ont influencé ou marqué l'évolution de ce genre. Sont signalés aussi les romans les plus remarquables, soit par leur originalité, soit par leur succès auprès du public du xviii^e siècle. En effet, Voltaire s'adapte aux modes et les adapte à son inspiration propre ; mais il réagit aussi contre elles en pratiquant, d'une manière chère à son temps, l'ironie et la dérision, notamment quand ces modes concernent le roman. Enfin, bien des aspects de la vie de Voltaire en font une sorte de conte plein d'imprévu, d'aventures libertines et sentimentales, de rencontres avec des fées, des rois et des bandits de grand chemin, dans un décor à transformation, d'auberges, de prison et de châteaux en fête. De cette variété étonnante, la chronologie retient quelques éléments significatifs.

1694. – Naissance à Paris de François Arouet. Son père est un riche homme d'affaires parisien, notaire et payeur des rentes ; mais il est peut-être le fruit d'une liaison de sa mère avec un gentilhomme, poète à ses heures ; du moins le dira-t-il. Sa mère meurt quand il a sept ans. Il a un frère qui deviendra prêtre et janséniste, une sœur qui se mariera dans la bonne bourgeoisie et mourra jeune.

1697. – Les *Histoires ou Contes du Temps passé* de Charles Perrault lancent la vogue des contes de fées.

1704-1711. – François Arouet est élève du plus célèbre des

collèges de la Compagnie de Jésus, le collège Louis-le-Grand, où il fait toutes ses classes, philosophie comprise. Excellent élève, passionné par les représentations théâtrales organisées au collège. Débuts poétiques. Il acquiert une solide connaissance de la littérature latine, une culture religieuse sans doute plus superficielle. Beaucoup de ses camarades, avec lesquels il se lie pour la vie, appartiennent à des familles aristocratiques. Il fréquente le milieu libertin et sceptique du Temple, où règne l'esprit épicurien du poète Chaulieu, et où l'on admire les contes de La Fontaine, souvent réédités depuis 1665.

1704-1717. – Galland publie sa traduction des *Mille et une Nuits,* contes arabes, avec un très grand succès. Pétis de La Croix : *Les Mille et un Jours,* contes persans. Lesage : *Le Diable boîteux* (1707). Simon Tyssot de Patot : *Voyages et Aventures de Jacques Massé* (1710). Ce livre fournit le modèle achevé du récit de voyage extraordinaire à dimension philosophique. Bordelon : *Gangam l'homme prodigieux* (1711).

1713. – Secrétaire de l'Ambassadeur de France à La Haye, François Arouet a une aventure amoureuse avec une jeune Française de la ville, Olympe dite Pimpette du Noyer. Les familles, hostiles à leur mariage, séparent les jeunes gens. Publication des *Illustres Françaises* de Robert Challe.

1714-1716. – Vie mondaine à Paris et dans les châteaux des environs, notamment à Sceaux chez la duchesse du Maine, dont le salon est fréquenté par de brillants causeurs, comme Hamilton, auteur de contes en vers et en prose. Composition probable de *Cosi-Sancta* et du *Crocheteur borgne.* Paradis de Moncrif, ami de Voltaire, écrit *Les Aventures de Zéloïde et d'Amanzarifdine,* conte indien.

1716-1718. – Pour des vers insolents sur le Régent, il est exilé au château de Sully-sur-Loire, puis enfermé un an à la Bastille. Il prend le nom de Voltaire et accède à la célébrité avec sa tragédie d'*Œdipe.* Nombreuses fréquentations aristocratiques. Vie de châteaux. Publication du *Télémaque* et des *Fables* de Fénelon (mort en 1715), modèles de récits moraux.

1721. – Prodigieux succès des *Lettres persanes* de Montesquieu, récit de voyage, évocation du monde islamique, ensemble de réflexions sur le monde occidental, roman du sérail, où s'insèrent de plus quelques contes.

1722-1725. – Liaison de Voltaire avec une belle rousse, Mme de

Rupelmonde, avec laquelle il voyage en Hollande. Il fréquente un déiste anglais, lord Bolingbroke. Il réchappe de la variole. Au moment où il quitte le château de Maisons où ses amis de Longueil l'ont soigné, le château est détruit par un incendie. Publication clandestine d'une épopée sur Henri IV, *La Ligue* (future *Henriade*). Amant de Mme de Bernières, il se voit préférer un rival. *Le Temple de Gnide* de Montesquieu, bref récit libertin, paraît anonymement.

1726-1729. – Une dispute, accompagnée de violences, avec un jeune homme de grande famille, l'oblige à précipiter un voyage, qu'il préparait, en Angleterre, où il passe deux ans. Il apprend l'anglais et se mêle à tous les milieux. Lectures anglaises : *Les Voyages de Gulliver* de Swift (1726), des contes en vers de Chaucer et de Dryden. Étonnement devant un monde différent. Les *Lettres anglaises* s'en font l'écho ; récit d'un voyageur fragmenté en textes brefs, elles campent toute une variété de personnages et sont riches d'anecdotes. Prévost : *Mémoires et Aventures d'un homme de qualité qui s'est retiré du monde.* Publication de recueils de contes en vers de Vergier, mort en 1720 (1726, 1727, 1731, 1752...).

1730. – Publication des *Contes* d'Hamilton, en vers et en prose, qui ironisent avec délicatesse sur le conte de fée. Claude Crébillon : *Le Sylphe,* conte. Montesquieu vient sans doute d'écrire l'*Histoire véritable.* Voltaire commence *La Pucelle,* long récit en vers irrespectueux des aventures supposées de Jeanne d'Arc. Il ne cessera de l'allonger jusqu'en 1771.

1731-1732. – Voltaire publie l'*Histoire de Charles XII ;* ce travail authentiquement historique présente une destinée romanesque, qui se termine dans une Turquie pittoresque. La tragédie de *Zaïre,* un triomphe, évoque encore l'Islam, mais au Moyen Age. Prévost : *Histoire du chevalier des Grieux et de Manon Lescaut.* Marivaux : *La Vie de Marianne.* Mme de Gomez commence la publication de ses *Cent nouvelles nouvelles* (1732-1739).

1733. – Début de la liaison de Voltaire avec Émilie Du Châtelet ; ce sera son engagement le plus profond et le plus durable. Émilie est une jeune mère de famille, membre de la haute noblesse, avec un vieux mari officier, des sens exigeants, une culture exceptionnelle et de grandes ambitions intellectuelles, surtout scientifiques.

1734. – Claude Crébillon : *L'Écumoire.* Marivaux : *Le Paysan*

parvenu. Gresset : *Ververt.* La publication imprudente des *Lettres anglaises* (ou *philosophiques*), interdites, oblige Voltaire à vivre loin de Paris. Il s'installe avec Émilie dans le château assez isolé de la famille Du Châtelet, à Cirey en Champagne, dont il fait restaurer une partie à ses frais de façon luxueuse. Tous deux en font les honneurs (avec M. Du Châtelet quand il n'est pas retenu par son commandement militaire) aux amis et relations qui viennent y séjourner. Voltaire anime un théâtre de marionnettes en improvisant des sketches comiques. Grande activité intellectuelle : «Nous ne cherchions qu'à nous instruire dans cette délicieuse retraite, sans nous informer de ce qui se passait dans le reste du monde» *(Mémoires pour servir à la vie de M. de Voltaire).*

1735. – Le P. Bougeant se moque des conventions romanesques dans *Le Voyage merveilleux du prince Fan-Férédin dans la Romancie.*

1736. – Dans un poème assez provocant, *Le Mondain,* Voltaire vante la supériorité des raffinements de la civilisation moderne et place le bonheur dans les plaisirs et la culture. Il prépare par ailleurs un *Traité de métaphysique* (1734-1737) en lisant Locke, qui l'incite à fonder la «science des idées» sur l'expérience. Voltaire commence à correspondre avec le futur roi de Prusse, Frédéric II. Composition probable du *Songe de Platon.* Claude Crébillon : *Les Égarements du cœur et de l'esprit.*

1738-1739. – Les *Éléments de la philosophie de Newton* marquent l'aboutissement de recherches sérieuses, menées avec l'aide de Mme Du Châtelet, sur les découvertes de Newton et la nouvelle vision de l'univers qui en ressort. Méditation de l'*Essai sur l'homme* de Pope (traduit en 1737). Composition probable de *Micromégas.*

1739. – Le journaliste Desfontaines, protégé de Voltaire, l'attaque dans *La Voltairomanie.* Voyage à Paris. Première ébauche du *Monde comme il va, vision de Babouc.*

1740. – Frédéric, devenu roi de Prusse, accueille brièvement Voltaire à sa cour, puis envahit la Silésie, contrairement à ce que laissaient croire ses propos philosophiques et son *Anti-Machiavel* juste imprimé, où il condamne la violence.

1741. – Voltaire commence l'*Essai sur les mœurs,* vaste fresque historique. *Féeries nouvelles* du comte de Caylus.

1742-1743. – Grand succès, à la Comédie-Française, de deux tragédies de Voltaire, *Mahomet* et *Mérope*. Il se rend à Berlin pour une mission diplomatique officieuse. Caylus : *Contes orientaux*. Cazotte : *Mille et une fadaises,* contes orientaux. Claude Crébillon : *Le Sopha, conte moral* (mais fort libertin).

1744. – Le marquis d'Argenson, ami de jeunesse de Voltaire, devient secrétaire d'État aux Affaires étrangères, puis ministre. Avec son appui, celui des ducs de La Vallière et de Richelieu, Voltaire et Mme Du Châtelet (entre lesquels l'amitié a remplacé l'amour) vivent à la cour ou à Paris ; Louis XV nomme Voltaire gentilhomme ordinaire et historiographe du roi, avec 2 000 livres d'appointements. Duclos : *Acajou et Zirphile,* conte libertin.

1745. – Mme de Pompadour, amie de Voltaire et de nombreux autres auteurs et philosophes, devient la maîtresse du roi. Voltaire célèbre la victoire de Fontenoy par un poème très flatteur pour le roi et la noblesse de cour. Il est élu à l'Académie française après avoir fait croire à un rapprochement avec l'Église catholique. Vie trépidante. Caylus : *Cinq contes de fées.* Voisenon : *Zulmis et Zelmaïde.* Édition des *Œuvres* de Grécourt, contenant ses contes en vers (autres éditions en 1750, 1764...).

1746. – Mme Denis, la nièce de Voltaire, trente-trois ans, veuve depuis deux ans, devient discrètement sa maîtresse. Composition probable de *Zadig.* Voisenon : *Le Sultan Misapouf et la Princesse Grisemine.* Grand succès d'*Angola,* conte indien en deux volumes du chevalier de La Morlière.

1747. – Publication de *Zadig* à Amsterdam, sous le titre de *Memnon.* Voltaire fait scandale à la cour (alors à Fontainebleau) en traitant de filous ceux qui viennent, au jeu chez la reine, de faire perdre une forte somme à Mme Du Châtelet. Il doit quitter la cour (octobre) pour quelques semaines. Grand succès de librairie du roman de Mme de Graffigny, *Lettres d'une Péruvienne,* sentimental, pathétique et moral.

1748. – Diderot : *Les Bijoux indiscrets.* Publication de *Zadig* sous son titre définitif. Composition probable du *Monde comme il va* (au plus tard en janvier-février 1749) et d'un autre conte pour lequel il réutilise le titre de *Memnon.* Un madrigal indiscret de Voltaire, où il parle publiquement de la liaison du roi avec Mme de Pompadour, provoque sa disgrâce. Longs séjours à Lunéville, à la cour du roi Stanislas

de Pologne. Voltaire découvre la liaison de Mme Du Châte-let avec le poète et officier Saint-Lambert.

1749. – Composition de la *Lettre d'un Turc*. Mme Du Châtelet meurt à Lunéville après avoir accouché d'un enfant de Saint-Lambert (septembre). Profonde affliction de Voltaire.

1750-1753. – Voisenon inaugure réellement le genre du «conte moral» avec l'*Histoire de la félicité*, et Fougeret de Monbron donne au roman pornographique un de ses classiques avec *Margot la ravaudeuse* (1750). Maubert de Gouvest : *Lettres iroquoises*. A l'invitation de Frédéric II, Voltaire s'installe en Prusse auprès de lui. L'accueil est chaleureux ; Voltaire est nommé chambellan. Liaison avec la belle et capricieuse comtesse de Bentinck. Dans le *Poème sur la loi naturelle*, Voltaire chante l'harmonie du monde. Mais le climat se dégrade rapidement : l'affaire Hirschel révèle les combinai-sons financières frauduleuses de l'écrivain ; il entre en conflit ouvert avec le savant français Maupertuis, président de l'Académie de Berlin, contre lequel il lance notamment la *Diatribe du docteur Akakia*, que Frédéric II fait brûler. Il finit par quitter Berlin, mais, sur la route du retour, il est retenu de force deux mois à Francfort. Puis la publication d'un *Abrégé de l'histoire universelle* (futur *Essai sur les mœurs*) fait scandale : il ne peut rentrer en France. Il se réfugie en Alsace. Période de découragement. Composition de l'*Histoire des voyages de Scarmentado*.

1754-1755. – Claude Crébillon : *Ah ! quel conte !* Voltaire s'ins-talle à Genève, achète la propriété des Délices, l'embellit et la meuble. Le poème de *L'Auteur arrivant dans sa terre près du lac de Genève* présente la région comme un paradis. Mais il redoute, puis déplore que soit publié à son insu le texte de *La Pucelle*. Tremblement de terre de Lisbonne (1er novembre 1755) ; Voltaire écrit aussitôt un poème sur ce sujet. Mar-montel, disciple et protégé de Voltaire, commence à publier des «contes moraux» dans le *Mercure de France*, périodique très en vue.

1756. – Début de la guerre de Sept Ans : l'Angleterre et la Prusse sont alliées contre la France et l'Autriche ; l'Alle-magne devient un champ de bataille sanglant. Composition des *Deux Consolés*.

1757. – Après de terribles défaites, Frédéric II triomphe à Rossbach (novembre). Mme Leprince de Beaumont publie

son *Magasin des enfants,* collection pédagogique où figurent de nombreux contes : prodigieux succès européen. Mme Riccoboni : *Lettres de mistriss Fanni Butlerd,* roman épistolaire sentimental qui sera suivi de plusieurs autres. Mort de Jean-Joseph Vadé ; son conte des *Amants constants jusqu'au trépas* est publié dans un volume posthume.

1758. – Composition de *Candide.* En juillet, Voltaire séjourne chez son débiteur, l'Électeur Palatin. Il apprend que son retour à Paris est définitivement interdit. À l'automne, il achète la propriété de Ferney, dans le pays de Gex, terre française mais toute proche de Genève. Il décide de la mettre en valeur. Publication d'un «conte cacouac» (ç'est-à-dire philosophique) de Rousseau, *La Reine fantasque.* Édition des *Œuvres* de Piron, célèbre conteur en vers.

1759. – Publication (anonyme) et grand succès de *Candide.* Composition de l'*Histoire d'un bon Bramin.*

1761. – Publication du roman de Rousseau, *La Nouvelle Héloïse :* immense succès. Voltaire le critique dans des *Lettres sur La Nouvelle Héloïse* (anonymes). *La Reine de Golconde,* conte libertin du comte de Boufflers. Premier recueil de *Contes moraux* de Marmontel : grand succès de librairie. Le Parlement de Paris fait fermer les collèges des jésuites. Publication du *Christianisme dévoilé* du baron d'Holbach. Voltaire commence à rédiger le *Pot-pourri.* Début de l'affaire Calas.

1762. – Voltaire commence à conclure ses lettres à ses amis les plus hostiles au christianisme par la formule «écrasez l'infâme». Il organise la défense des Calas. Rousseau se réfugie en Suisse après la condamnation par le Parlement de Paris d'*Émile* et du *Contrat social.* Nouvelles victoires prussiennes.

1763. – Voltaire marie à grand bruit une descendante de Corneille qu'il a recueillie chez lui. Il multiplie les attaques contre l'évêque Lefranc (de Pompignan) et son frère le poète lyrique, qui critiquent la philosophie moderne. Publication du *Traité sur la tolérance,* recueil de textes relatifs à l'affaire Calas et hostiles au christianisme. Mme de Charrière : *Le Noble, conte moral.* Au cours de l'hiver, Voltaire souffre d'ophtalmie et, reclus à Ferney, dicte une série de contes en vers qui sont diffusés un par un.

1764. – En avril, il publie un ensemble de contes nouveaux, en

vers ou en prose, sous le pseudonyme de Guillaume Vadé.
Excellent accueil de la critique et du public. Échec de sa
tragédie *Octave ou le Triumvirat*. Publication (anonyme) du
Dictionnaire philosophique, dont il rassemble les articles
depuis plus de dix ans, puis de *L'Évangile de la raison*.
Voltaire croit à une prochaine victoire des idées philoso-
phiques et à l'effondrement du christianisme.

1765. – Réhabilitation des Calas. Nouveau recueil des *Contes
moraux* de Marmontel. Un opéra-comique de Favart, tiré du
conte de Voltaire *Ce qui plaît aux dames*, est joué à la cour.
Antoine Bret : *Essai de contes moraux et dramatiques*, entière-
ment en dialogues. Nicolas Bricaire de La Dixmerie : *Contes
philosophiques et moraux*. Saint-Lambert : *Aventure d'un jeune
officier anglais chez les sauvages Abénakis*. Un recueil annuel
de poésies, et notamment de contes nouveaux, *L'Almanach
des muses*, commence à paraître.

1766. – Un jeune homme, le chevalier de La Barre, lecteur du
Dictionnaire philosophique, est exécuté pour impiété à Abbe-
ville. Début de la rédaction de *L'Ingénu*. Les jésuites sont
expulsés d'Espagne.

1767. – Publication de *L'Ingénu*, avec grand succès. Voltaire lit
des ouvrages d'économie ; il écrit *L'Homme aux quarante écus*.
Louis Charpentier : *Nouveaux Contes moraux*.

1768. – Publication de *La Princesse de Babylone*. Voltaire tra-
vaille aux *Lettres d'Amabed*. Marmontel fait jouer à Paris une
adaptation de *L'Ingénu*.

1769. – Publication, assez mal accueillie, des *Lettres d'Amabed,
etc*. Retour de Bougainville de son expédition autour du
monde ; il ramène un habitant de Tahiti. Louis-Sébastien
Mercier : *Contes moraux*.

1770. – Un groupe de gens de lettres lance le projet extra-
ordinaire d'élever une statue à Voltaire de son vivant. Le
mythe du «patriarche de Ferney» se développe. Voltaire
apparaît comme le chef des Philosophes : depuis des années,
de nombreuses personnalités défilent à Ferney, écrivains,
artistes, grands seigneurs et gens du monde, souverains
même. La politique d'expédients du contrôleur des Finances
Terray atteint Voltaire dans ses intérêts. Saint-Lambert : *Les
Deux Amis*, conte iroquois auquel répliquent *Les Deux Amis
de Bourbonne* de Diderot.

1771. – Diderot a écrit une partie de *Jacques le Fataliste*.

1772. – *La Bégueule*, «conte moral» en vers. Favart en tire un opéra-comique, comme il l'a fait pour d'autres contes de Voltaire. Voltaire achève les *Questions sur l'Encyclopédie*, vaste recueil d'articles principalement dirigés contre la Bible, puis commence sans doute *Le Taureau blanc*. D'Holbach développe son athéisme dans *Le Bon Sens, ou idées naturelles opposées aux idées surnaturelles*. La Russie, la Prusse et l'Autriche se partagent un tiers de la Pologne. Diderot publie *Les Deux Amis de Bourbonne ;* il écrit *Ceci n'est pas un conte* et *Madame de La Carlière*. Cazotte : *Le Diable amoureux*.

1773. – Voltaire est gravement malade (février). Achèvement du *Taureau blanc*. Les jésuites sont expulsés d'Autriche et leur ordre est dissous par le pape, mais ils sont accueillis en Prusse, où Frédéric II les emploie dans l'enseignement.

1774. – Difficultés financières (relatives) et maladie de Voltaire. Une adaptation d'un de ses contes de 1764, *Azolan,* est jouée à l'Opéra de Paris. Mort de Louis XV, avènement de son petit-fils, Louis XVI, qui a reçu une éducation inspirée par la philosophie des Lumières, mais n'aime pas Voltaire. Goethe publie en Allemagne *Les Souffrances du jeune Werther*. Baculard d'Arnaud : *Nouvelles historiques*. Sautreau de Marsy fait paraître à Genève et à Paris un *Recueil des meilleurs conteurs en vers* (qui sera suivi en 1784 d'un *Nouveau Recueil*). Voltaire compose probablement le conte des *Finances*.

1775. – Voltaire fait imprimer *Jenni*, réponse à d'Holbach. Son nouveau conte en vers, *Le Dimanche ou les Filles de Minée*, circule et est apprécié. Turgot lance un ensemble de réformes. Début de la publication de la *Bibliothèque universelle des romans*, vaste collection de textes de tous les temps et de tous les pays. Rétif de La Bretonne : *Le Paysan perverti*. Caylus : *Cadichon, conte*.

1776. – Voltaire écrit *Sésostris*, conte en vers dédié à Louis XVI, et peut-être *Le Songe creux*. Publication (posthume) d'une grande édition des *Œuvres complètes* de Piron, où sont notamment rassemblés ses contes en vers. Fanny de Beauharnais : *Volsidor et Zulménie, conte pour rire*. Dans une étude sur le conte, Marmontel insiste sur ce qui le distingue du roman : «une tendance commune qui [...] réunit en un point et [...] réduit à l'unité» toutes les circonstances. Suite des réformes de Turgot. En Amérique, déclaration d'indépendance.

1777. – Loaisel de Tréogate publie son premier recueil de nouvelles «sombres» : *Les Soirées de Mélancolie.* Vivant Denon : *Point de lendemain.*

1778. – Voltaire revient à Paris, qu'il n'a pas revu depuis vingt-huit ans, pour assister à la création de sa tragédie *Irène.* Il reçoit un accueil enthousiaste, tombe gravement malade et meurt.

BIBLIOGRAPHIE GÉNÉRALE

On trouvera dans la notice de chaque conte la liste des éditions séparées, des livres et des articles qui le concernent spécialement.

Cette bibliographie générale est volontairement limitée aux outils de travail les plus sûrs, les plus récents ou les plus commodes ; elle décrit aussi les éditions anciennes de l'ensemble des contes qui sont le plus souvent utilisées dans la présente édition. Pour une bibliographie complète des éditions et des travaux critiques, on recourra aux ouvrages suivants :

CIORANESCU A., *Bibliographie de la littérature française du* XVIII*ᵉ siècle,* Paris, CNRS, 1969, tome II, p. 1771 à 1871 (tous les textes de et sur Voltaire, depuis le XVIIIᵉ siècle jusqu'à 1960 environ, commodément classés).

Catalogue général des ouvrages imprimés de la Bibliothèque nationale : auteurs, tome 214 («Voltaire»), Paris, 1978 (toutes les éditions de Voltaire conservées à la B.N., c'est-à-dire la quasi-totalité des éditions publiées depuis le XVIIIᵉ siècle, avec de précieux commentaires).

BARR M. M., *A Bibliography of writings on Voltaire (1825-1925),* New York, 1929, complété par :

BARR M. M., *Quarante années d'études voltairiennes (1926-1965),* Paris, A. Colin, 1968.

Une bibliographie des travaux sur Voltaire pour la période 1966-1990, par SPEAR, est en cours de publication à la Voltaire Foundation (Oxford).

Pour chacune des années postérieures, de 1966 à 1985, on consultera le volume annuel correspondant de :

RANCŒUR R., *Bibliographie de la Littérature française (xvi^e-xx^e siècles)*, Paris, A. Colin.

A partir de 1986, cette Bibliographie constitue chaque année le n° 3 de la *Revue d'Histoire littéraire de la France* (même éditeur).

I. Éditions modernes des œuvres de Voltaire

Les œuvres de Voltaire dans leur totalité n'ont pas été rééditées depuis la fin du xix^e siècle (*Œuvres complètes de Voltaire,* éd. Louis Moland, Paris, Garnier, 1877-1885, 50 volumes). Une nouvelle et très savante édition des *Œuvres complètes,* en 150 volumes, est en cours de publication ; elle est réalisée par une équipe internationale au sein de la Voltaire Foundation qui a son siège à Oxford ; il s'agit d'une édition critique et commentée. Les textes y sont classés dans l'ordre chronologique ; aussi les contes sont-ils dispersés dans de nombreux volumes, dont la plupart restent à paraître.

Les contes en prose, en revanche, ont fait l'objet de nombreuses éditions. On pourra consulter notamment :

VOLTAIRE, *Romans et contes,* éd. G. Bengesco, Nouvelle bibliothèque classique des éditions Jouaust, Paris, Flammarion, 1888, 4 volumes. Œuvre d'un savant bibliographe de Voltaire, cette édition critique reste utile pour les informations qu'elle rassemble, ses remarques sur le texte et ses éclaircissements. Elle présente les contes en vers à la suite des contes en prose (tome IV).

VOLTAIRE, *Romans et contes,* éd. R. Pagosse, Coll. Lettres françaises de l'Imprimerie nationale, Paris, 1978, 2 volumes. Dans une magnifique présentation, le texte des principaux contes d'après l'édition «encadrée», avec une introduction pénétrante sur les contes dans la vie et la pensée de l'écrivain.

VOLTAIRE, *Romans et contes,* éd. F. Deloffre et J. Van den Heuvel, Bibl. de la Pléiade, Paris, Gallimard, 1979. Cette édition monumentale, critique et commentée, fait le point, pour l'ensemble et pour chaque conte, sur l'état des questions et des connaissances, qu'elle fait souvent progresser de façon remarquable. Elle exclut, non sans hésitation, les contes en vers, mais donne à la notion de conte (ou roman) en prose l'acception la plus large. Notices et annotations riches et savantes par deux grands spécialistes (avec la contribution d'une équipe de rercherches de l'Université de Paris-Sorbonne, et notamment de Mme Hellegouarc'h).

Le commentaire des Contes s'appuie largement sur la Correspondance de l'écrivain; on a conservé, en effet, plus de 15000 lettres de Voltaire. Elles ont été rassemblées (avec une partie des lettres des correspondants) par Th. Besterman et ses collaborateurs dans :

Œuvres complètes de Voltaire, Oxford, The Voltaire Foundation, 1968-1977, volumes 85 à 135 : *Correspondence and related documents.* L'annotation est en anglais. Chaque lettre de cette édition dite «définitive» est désignée par l'abréviation «D» suivie du numéro de la lettre.

L'ensemble a été revu et réédité dans une adaptation française par F. Deloffre dans : Voltaire, *Correspondance,* éd. Th. Besterman, Bibl. de la Pléiade, Paris, Gallimard, 1977-1990, 13 volumes. A la fin de chaque volume, une table de concordance permet de retrouver pour chaque lettre son numéro dans l'édition «définitive».

Les principales éditions d'autres œuvres de Voltaire souvent évoquées dans les notices et les notes de la présente édition sont les suivantes :

VOLTAIRE, *Mélanges,* éd. J. Van den Heuvel, Bibl. de la Pléiade, Paris, Gallimard, 1961. Abrégé ci-dessous en : *Mélanges.*

VOLTAIRE, *Œuvres historiques,* éd. R. Pomeau, Bibl. de la Pléiade, Paris, Gallimard, 1957.

VOLTAIRE, *Essai sur les mœurs,* éd. R. Pomeau, Classiques Garnier, Paris, 1963; rééd. 1990, 2 volumes.

VOLTAIRE, *Dictionnaire philosophique,* éd. R. Naves, J. Benda et
Étiemble, Classiques Garnier, Paris, 1967.

On trouvera plusieurs pièces de Voltaire dans : *Théâtre du
XVIII* *siècle,* éd. J. Truchet, Bibl. de la Pléiade, Paris, Galli-
mard, 1972-1974, 2 volumes.

II. Éditions anciennes souvent citées et utilisées

Au XVIII* siècle, il est très difficile aux auteurs d'empêcher des
libraires (qui jouent le rôle de nos modernes éditeurs) ou des
imprimeurs de faire paraître sans leur autorisation des éditions
de leurs œuvres, soit fondées sur des copies manuscrites en
circulation, soit copiées sur des éditions antérieures. Naturelle-
ment, les seules éditions qui reflètent les intentions de Voltaire
sont celles qu'il a autorisées ou surveillées. Il s'agit le plus
souvent (du moins pour les contes) d'éditions des frères Cra-
mer, de Genève : à partir de 1755, Voltaire habite, en effet,
cette ville ou ses environs et confie l'ensemble de l'édition de
ses œuvres, ou de leurs rééditions, aux Cramer. La correspon-
dance entre auteur et imprimeur, en partie conservée, permet
souvent de mesurer le contrôle qu'exerce Voltaire et donc le
degré de confiance qu'on peut accorder à chaque édition.
Toutefois, Voltaire a collaboré avec d'autres éditeurs, et des
éditions qu'il ne semble pas avoir contrôlées présentent parfois
des informations intéressantes. Les éditions les plus impor-
tantes, auxquelles on se référera souvent dans les notices et les
notes, sont les suivantes :

Collection complète des œuvres de M. de Voltaire. Première édition,
1756, 17 volumes. Première édition publiée à Genève par
l'imprimeur Cramer sous le contrôle de Voltaire, elle
contient *Le Songe de Platon* et *Micromégas* (t. III :
«Mélanges de philosophie»), *Les Deux Consolés, Memnon,* la
Lettre d'un Turc, l'*Histoire des voyages de Scarmentado* (t. IV
et V : «Mélanges de littérature»). Plusieurs fois rééditée
avec des modifications.

Collection complète des œuvres de M. de Voltaire, 1757,
10 volumes. Cette édition, faite également à Genève par

Cramer, est le résultat d'une révision de l'édition précédente à laquelle Voltaire a participé.

Œuvres de M. de Voltaire, 1757, 22 volumes. Voltaire a mis la main à cette reproduction modifiée de la *Collection* de 1756, éditée par Lambert à Paris.

Recueil des romans de M. de Voltaire, contenant Babouc, Memnon, Micromégas, le Songe de Platon, les Voyages de Scarmentado, Zadig et Candide, 1764, 2 volumes. Cette édition de Paris ne semble pas avoir été contrôlée par Voltaire. Le texte de *Candide* y est omis.

Contes de Guillaume Vadé, 1764. Ce recueil, publié à Genève par Cramer comme un volume supplémentaire des *Œuvres complètes* de 1756, a été fait sous les yeux de Voltaire. Il contient les contes en vers et en prose écrits en 1763-1764 (de *Ce qui plaît aux dames* à *Jeannot et Colin*), ainsi que divers textes critiques et historiques. Plusieurs fois réédité.

Collection complète des œuvres de M. de Voltaire, 1764. Cette réimpression de l'édition de 1757 par les Cramer a été faite avec la collaboration de Voltaire.

Nouveaux mélanges philosophiques, historiques, critiques, etc. etc. etc., 1765-1776, 19 volumes. Publiés par Cramer à Genève, ces volumes constituent la suite de l'édition de 1756.

Collection complète des œuvres de M. de Voltaire, 1768-1777, 30 volumes in-4°. C'est encore une édition des Cramer (achevée toutefois en France par l'éditeur Panckoucke), de grand format, corrigée par Voltaire lui-même. C'est ce texte qui sert de base aux éditions ultérieures. On l'appellera simplement *in-4°*.

L'Évangile du jour, Londres, 1768-1780, 18 volumes. Chacun des volumes de cette collection publiée à Amsterdam à partir de manuscrits fournis, au début en tout cas, par Voltaire rassemble des textes très divers.

Collection complète des Œuvres de M. de Voltaire, 1770, 10 volumes. Réimpression par les Cramer, avec des modifications, de leur édition de 1764.

Collection complète des Œuvres de M. de Voltaire, Lausanne, Grasset, 1770-1781, 57 volumes. Voltaire, qui a souvent séjourné à Lausanne au début de son séjour en Suisse, y a gardé des relations et a fourni des corrections pour certains de ces volumes.

Romans, ou contes philosophiques ; qui forment un corps d'ouvrages, Londres, 1772, 2 volumes. Ce recueil a en réalité été imprimé à Lausanne par Grasset ; il reproduit à peu près le texte de l'édition précédente.

Romans et contes philosophiques, Londres, 1775, 2 volumes. Ce volume a été en réalité imprimé à Rouen.

La Henriade, divers autres poèmes et toutes les pièces relatives à l'épopée, 1775, 40 volumes. Ce titre est celui du premier volume d'une nouvelle édition des œuvres complètes, sortie des presses des imprimeurs Cramer et Bardin et dite «encadrée», que Voltaire a au moins en partie surveillée. Dernière édition autorisée parue du vivant de l'auteur, elle sert de base à la plupart des éditions modernes.

Œuvres complètes de Voltaire, Société littéraire typographique, 1784-1789, 70 volumes. Un groupe d'hommes de lettres animé par Beaumarchais a fait imprimer cette édition monumentale à Kehl, hors du territoire français, pour éviter les complications administratives. Voltaire, avant de mourir, avait approuvé ce projet et fourni des manuscrits, ainsi que des textes révisés. Mais les contes ne paraissent pas avoir bénéficié de cette collaboration ; et le texte de Kehl n'est pas toujours très soigné. Abréviation adoptée : *Kehl.*

III. Principales études d'ensemble

On trouvera une présentation d'ensemble condensée de la vie et de l'œuvre de Voltaire dans :

LANSON G., *Voltaire,* Paris, Hachette, 1960 (réédition d'un livre célèbre de 1906, avec mise à jour par R. Pomeau).

NAVES R., *Voltaire, l'homme et l'œuvre,* Paris, Boivin, 1942.

POMEAU R., *Voltaire par lui-même*, Paris, Le Seuil, 1955.

MASON, H. T., *Voltaire*, Londres, Hutchinson, 1975 (en anglais).

MERVAUD, Ch., *Voltaire en toutes lettres*, Paris, Bordas, 1991.

Dans la mesure où les contes sont souvent liés aux circonstances de la vie de Voltaire, on pourra se reporter à :

VAN DEN HEUVEL J., *Album Voltaire*, Bibl. de la Pléiade, Paris, Gallimard, 1983. Un recueil de 432 illustrations commentées au fil d'une longue existence.

Une nouvelle biographie de Voltaire en 5 volumes, sous le titre d'ensemble de *Voltaire en son temps*, présente de façon vivante les acquis de la recherche, montre la place de la création littéraire et l'évolution de la pensée, tout en brossant de façon concrète le contexte historique :

1. POMEAU R., *D'Arouet à Voltaire (1694-1734)*, Oxford, Voltaire Foundation, 1985.

2. VAILLOT R., *Avec Mme Du Châtelet (1734-1749)*, Oxford, Voltaire Foundation, 1988.

3. POMEAU R., MERVAUD Ch. et collaborateurs, *De la Cour au Jardin (1750-1759)*, Oxford, Voltaire Foundation, 1991.

4. DAGEN J. et collaborateurs, *Écraser l'infâme (1759-1770)*, à paraître.

5. MENANT S. et collaborateurs, *On a voulu l'enterrer (1770-1778)*, à paraître.

La série de Desnoiresterres, *Voltaire et la société française du XVIIIᵉ siècle* (Paris, Didier, 1867-1876, 8 volumes) fournit une masse d'informations historiques d'utilisation difficile.

L'origine des contes est souvent à chercher dans l'évolution de la pensée philosophique de Voltaire et dans ses réactions devant le phénomène religieux. L'ouvrage fondamental dans ce domaine est :

POMEAU R., *La Religion de Voltaire*, Paris, Nizet, 1974 (réédition d'un livre de 1956).

On pourra consulter aussi :

CARRÉ J.-R., *Consistance de Voltaire le philosophe*, Paris, Boivin, 1938.

WADE I. O., *The Intellectual Development of Voltaire*, Princeton, Princeton University Press, 1969.

ROUSSEAU A. M., *L'Angleterre et Voltaire*, Oxford, 1976, (*Studies on Voltaire and the Eighteenth Century*, vol. 145 à 147).

TORREY N., *Voltaire and the English deists*, Oxford, Marston Press, 1963.

VIROLLE R., « Voltaire et les matérialistes d'après ses derniers contes », *Dix-huitième siècle*, n° 11, Paris, Garnier, 1979.

On ne peut interpréter les contes de Voltaire sans les situer dans le cadre et l'histoire du genre au XVIIIᵉ siècle. On trouvera des éléments pour cette enquête dans les ouvrages suivants :

COULET H., *Le Roman jusqu'à la Révolution*, Paris, A. Colin, 1967-1968, 2 volumes.

MARTIN A., *Anthologie du conte en France 1750-1799, Philosophes et cœurs sensibles*, Paris, Union générale d'éditions, 1981. Cette anthologie comporte une importante préface surtout historique par un des plus savants connaisseurs de l'ensemble du genre, ainsi qu'une riche bibliographie sur le sujet.

LANSON G., *L'Art de la prose*, Paris, 1908. Le chapitre XIII analyse les formes du conte au XVIIIᵉ siècle.

LOUANDRE C., *Introduction aux conteurs français, XVIIᵉ-XVIIIᵉ siècle*, Paris, 1873-1874.

ROBERT R., *Le Conte de fées littéraire en France de la fin du XVIIᵉ à la fin du XVIIIᵉ siècle*, Nancy, Presses universitaires de Nancy, 1982.

BARCHILON J., *Le Conte merveilleux français de 1690 à 1790. Cent ans de féerie et de poésie ignorées de l'histoire littéraire.* Paris, Champion, 1975.

CIORANESCU A., *L'Arioste en France, des origines à la fin du* XVIII[e] *siècle*, Paris, Les Presses modernes, 1938.

DUFRENOY M.-L., *L'Orient romanesque en France, 1704-1789 : étude d'histoire et de critique littéraire*, t. I et II, Montréal, Beauchemin, 1946; t. III, Amsterdam, Rodopoi, 1975.

MENANT S., *La Chute d'Icare. La crise de la poésie française dans la première moitié du* XVIII[e] *siècle*, Genève, Droz, 1981. Ce livre étudie, entre autres aspects de la poésie du temps, le genre du conte en vers, sa vogue et sa portée.

GODENNE R., *Histoire de la nouvelle française aux* XVII[e] *et* XVIII[e] *siècles*, Genève/Paris, Droz, 1970.

McGHEE D. M., *Fortunes of a tale : the philosophic tale in France, bridging the eighteenth and nineteenth centuries*, Menasha (Wisconsin), Banta, 1954. A compléter par Y. Belaval, «Le Conte philosophique», dans *The Age of Enlightenment : Studies presented to Theodore Besterman*, Édimbourg/Londres, Oliver and Boyd, 1967.

GUEUNIER N., «Pour une définition du conte», dans *Roman et Lumières au* XVIII[e] *siècle*, Paris, Éditions sociales, 1970.

Pour une étude d'ensemble des contes de Voltaire, le livre le plus éclairant est celui de :

VAN DEN HEUVEL J., *Voltaire dans ses contes, de Micromégas à l'Ingénu*, Paris, A. Colin, 1967.

On trouvera des apports complémentaires dans :

BADIR G., «Voltaire et l'Islam», *Studies on Voltaire and the Eighteenth Century*, vol. 125, Oxford, The Voltaire Foundation, 1974.

BARTHES R., «Le dernier des écrivains heureux», in *Essais critiques*, Paris, Le Seuil, 1964. Voir la mise au point de DAGEN J., «Voltaire lecteur de Barthes, *Mélanges en l'honneur de R. Fromilhague, Littératures*, Université de Toulouse, 1984.

BIENAIMÉ RIGO D., *Gli ultimi racconti di Voltaire*, Pisa, 1974.

BONNEVILLE D. A., « Voltaire and the form of novel », *Studies on Voltaire and the Eighteenth Century,* vol. 158, Oxford, The Voltaire Foundation, 1976.

FAUDEMAY A., *Voltaire allégoriste, essai sur les rapports entre conte et philosophie chez Voltaire,* Fribourg (Suisse), Éditions universitaires, 1987.

FRIEDRICH U., « Voltaire und seine Romane », in *Romanische Literaturen,* Francfort-sur-le-Main, Klostermann, 1972.

HATZFELD H., *The Rococo : eroticism, wit and elegance in European literature,* New York, 1972.

HOWELLS R. J., « The burlesque as a philosophical principle in Voltaire's contes », in *Voltaire and his world,* Oxford, The Voltaire Foundation, 1986.

MCGHEE D. M., *Voltairian narrative Devices considered in the author's «contes philosophiques»,* New York, Russell and Russell, 1973 (réédition d'un livre de 1933).

MASON H., « L'Ironie voltairienne », *Cahiers de l'Association internationale des Études françaises,* n° 38, Paris, Les Belles Lettres, 1986; « Contradiction and irony in Voltaire's fiction », *Studies in French fiction...,* Londres, 1988.

MENANT S., « Voltaire et le conte en vers », *Studi e ricerche di Letteratura francese,* vol. XVIII, Rome, Bulzoni, 1979.

MYLNE V., « Literary techniques and methods in Voltaire's contes philosophiques », *Studies on Voltaire and the Eighteenth Century,* vol. 57, Oxford, The Voltaire Foundation, 1967.

NABLOW R. A., « A study of Voltaire's lighter verse », *Studies on Voltaire and the Eighteenth Century,* vol. 126, Oxford, The Voltaire Foundation, 1974. Un chapitre est consacré aux contes en vers.

NAVES R., *Le Goût de Voltaire,* Paris, Garnier, 1938.

POMEAU R., « Le jeu de Voltaire écrivain », *Le jeu au XVIII^e siècle,* Aix, 1976.

SAREIL J., « L'exagération comique dans les contes de Vol-

taire», in *The French short story*, French literature series 2, University of South Carolina, 1975; «Le rythme comique...», *Colloque 76*, 1983.

SCHICK U., «Zur Erzählungstechnik in Voltaire's contes», *Romanica monacensis*, I, Munich, W. Fink Verlag, 1968.

SCHERER J., «L'univers en raccourci : quelques ambitions du roman voltairien», *Voltaire and the English, Studies on Voltaire [...]*, 179, Oxford, 1979.

SHERMAN C., *Reading Voltaire's contes : a semiotics of philosophical narration*, Chapel Hill, N. C., University of North Carolina, 1987.

STAROBINSKI J., «Le fusil à deux coups de Voltaire», in *Le Remède dans le mal, critique et légitimation de l'artifice à l'âge des Lumières*, Paris, Gallimard, 1989.

TAYLOR S. S. B., «Voltaire's humour», *Voltaire and the English, Studies on Voltaire [...]*, Oxford, 1979.

TORREY N. L., *The Spirit of Voltaire*, New York, Columbia University Press, 1938.

WOLPER R. S. «Voltaire's contes : a reconsideration», *Forum*, 16, n° 1, 1978; discuté dans «R. S. Wolper and Voltaire's contes», *Studies on Voltaire [...]*, 212, Oxford, 1982, et H. A. STAVAN, «Are Voltaire's tales narrative fantasies?», *Studies on Voltaire [...]*, 215, 1982.

D'autres études à portée générale, qui s'appuient particulièrement sur un des contes, seront signalées dans la notice de ce conte.

CONTES

LE CROCHETEUR
BORGNE

Notice

Comme l'a démontré J. Hellegouarc'h, ce conte remonte aux premières années de la vie littéraire de Voltaire, et a été improvisé à la cour de Sceaux, chez la duchesse du Maine, en 1714 ou 1715. Les familiers de la duchesse se prêtaient à toutes sortes de jeux littéraires, et en particulier devaient, pour divers manquements comme des retards ou des absences, s'acquitter de gages qui consistaient souvent en petites œuvres, poèmes ou contes : *Le Crocheteur borgne* serait l'une de ces œuvres, un «conte fait sur-le-champ[1]». Plus que d'autres, il garde en effet des traits oraux, et Voltaire y souligne le caractère improvisé du récit quand il nomme enfin Mélinade («c'est le nom de la dame, que j'ai eu mes raisons de ne pas dire jusqu'ici, parce qu'il n'était pas encore fait») ; l'improvisation peut expliquer l'imparfaite cohérence des détails, dans chacune des deux versions qui nous sont parvenues[2]. Le conte est plein d'allusions à la cour de Sceaux : Mélinade est le portrait même de la duchesse, connue pour ses pieds et ses mains minuscules et pour sa coiffure caractéristique, mi-boucles, mi-tresses blondes, pour son goût de conduire elle-même un attelage que suivait son chien Jonquille. Le nom choisi par Voltaire évoque cet ordre de la mouche à miel que la duchesse avait plaisamment créé pour ses amis ; le palais merveilleux ressemble à Sceaux et à ses célèbres fêtes, les «nuits de Sceaux». On peut s'étonner que son tout jeune invité, Arouet le fils, ait eu l'audace de représenter la duchesse dans la situation où il place longuement Mélinade. Mais le jeune homme plaisait par ses inconvenances, la duchesse n'était

pas prude, et peut-être à l'origine le texte était-il plus discret.
En tout cas, Voltaire se risque au même moment à de sem-
blables hardiesses dans *Le Cadenas* et *Le Cocuage*[3]. Il dévelop-
pera plus tard dans deux contes en vers des situations tout à
fait similaires : dans *Ce qui plaît aux Dames*[4] (1763), un beau
chevalier doit céder aux avances d'une vieille dégoûtante, qui
se trouve alors transfigurée en une éblouissante jeune femme,
dans un palais de rêve qui se substitue à un taudis. Dans *La
Bégueule*[5] (1772), une belle dame cède à un charbonnier, et
s'en trouve bien.

Ces images auxquelles se complaît donc assez volontiers
l'imagination de Voltaire reçoivent ici un traitement oriental.
C'est que *Les Mille et une Nuits* font fureur à la fin du règne de
Louis XIV : Galland publie sa traduction de 1704 à 1717. S'y
référer, c'est afficher une complicité entre le conteur et le
public auquel il destine son conte et qui s'enchante de ces récits
arabes. Voltaire y a trouvé le nom de Mesrour, mais aussi des
personnages de borgne et de portefaix, et même une histoire de
dormeur transporté dans son sommeil dans le palais du calife,
dont il joue le rôle pendant un jour au milieu des plaisirs –
éveillé il est vrai[6]. L'anneau évoque *Les Milles et une Nuits*,
mais aussi le *Roland furieux* de l'Arioste, que Voltaire a
beaucoup aimé toute sa vie, et où l'anneau d'Angélique a des
propriétés merveilleuses. Dans la culture où baigne Voltaire,
l'Arioste fournit d'ailleurs le modèle d'aventures chevale-
resques dont un beau jeune homme est le héros. Mesrour est la
caricature dérisoire de ce héros, qu'il ne rejoint que par son
comportement (mais sans pousser jusqu'au bout l'héroïsme,
Voltaire le souligne) et dans un rêve. Une philosophie popu-
laire sauve Mesrour, une sagesse à courte vue et à modeste
ambition, qui préfigure celle d'autres contes, mais qui entraî-
nerait, si elle était prise au sérieux, l'abandon de tout ce qui
fait la vie du jeune Voltaire : l'ambition, le goût du luxe et du
raffinement, le désir d'être reconnu, la passion de voir tous les
aspects de la réalité. Le comique et la saveur du conte tiennent
à la contradiction entre le déguisement, oriental et populaire,
qu'y prend le conteur, et son véritable personnage, tel que
justement il commence à s'affirmer dans les brillantes assem-
blées de la cour de Sceaux.

Histoire du texte

La première édition est celle qu'on trouve dans le *Journal des Dames* de mars 1774, sans le nom de l'auteur et avec des soucis de décence et de convenance religieuse qui s'expliquent par l'orientation du périodique dirigé par Mme de Princen.

Le conte ne figure pas dans les éditions de Voltaire parues de son vivant. Les éditeurs de Kehl hésitent à l'attribuer à Voltaire et reproduisent une copie à eux transmise par plusieurs intermédiaires. C'est celle que nous reproduisons à notre tour, parce qu'elle paraît plus fidèle et plus cohérente que la version du *Journal des Dames,* visiblement édulcorée. Il paraît indispensable d'introduire, comme le fait le *Journal des Dames,* une première mention de l'anneau d'or à la fin du deuxième paragraphe, car l'édition de Kehl comporte à cet endroit une lacune évidente. Comme le texte du *Journal des Dames* n'est pas satisfaisant non plus sur ce point (que devient l'anneau quand Mesrour s'éveille à la fin du conte?), nous le proposons seulement en note. Dans le détail de l'expression, les variantes de l'édition de Kehl sont sans doute des régularisations; on trouvera en note quelques passages du *Journal des Dames,* vraisemblablement fidèles à la rédaction voltairienne.

Bibliographie critique

HELLEGOUARC'H J., «Mélinade ou la duchesse du Maine. Deux contes de jeunesse de Voltaire», *Revue d'Histoire littéraire de la France,* 1978, n° 5, p. 722-735.

(–) «Genèse d'un conte de Voltaire», *Studies on Voltaire,* vol. 176, Oxford, 1979, p. 31-34.

DELOFFRE F., Notice sur *Le Crocheteur borgne,* dans *Romans et contes,* Bibl. de la Pléiade, p. 661-681.

GALLIANI R., «La date de composition du *Crocheteur borgne*», *Studies on Voltaire [...],* vol. 217, Oxford, 1983, p. 141-146.

LE CROCHETEUR BORGNE

Nos deux yeux ne rendent pas notre condition meilleure ; l'un nous sert à voir les biens, et l'autre les maux de la vie ; bien des gens ont la mauvaise habitude de fermer le premier, et bien peu ferment le second ; voilà pourquoi il y a tant de gens qui aimeraient mieux être aveugles que de voir tout ce qu'ils voient. Heureux les borgnes qui ne sont privés que de ce mauvais œil qui gâte tout ce qu'on regarde ! Mesrour en est un exemple.

Il aurait fallu être aveugle pour ne pas voir que Mesrour était borgne. Il l'était de naissance, mais c'était un borgne si content de son état qu'il ne s'était jamais avisé de désirer un autre œil. Ce n'étaient point les dons de la fortune qui le consolaient des torts de la nature, car il était simple crocheteur[7], et n'avait d'autre trésor que ses épaules ; mais il était heureux, et il montrait qu'un œil de plus et de la peine de moins contribuent bien peu au bonheur : l'argent et l'appétit lui venaient toujours en proportion de l'exercice qu'il faisait ; il travaillait le matin, mangeait et buvait le soir, dormait la nuit, et regardait tous ses jours comme autant de vies séparées, en sorte que le soin de l'avenir ne le troublait jamais dans la jouissance du présent. Il était (comme vous le voyez) tout à la fois borgne, crocheteur et philosophe.

Il vit par hasard[8] passer dans un char brillant une grande princesse qui avait un œil de plus que lui, ce qui ne l'empêcha pas de la trouver fort belle ; et, comme les borgnes ne diffèrent des autres hommes qu'en ce qu'ils ont un œil de moins, il en devint éperdument amoureux. On dira peut-

être que, quand on est crocheteur et borgne, il ne faut point être amoureux, surtout d'une grande princesse, et, qui plus est, d'une princesse qui a deux yeux. Je conviens qu'on a[9] bien à craindre de ne pas plaire ; cependant, comme il n'y a point d'amour sans espérance, et que notre crocheteur aimait, il espéra. Comme il avait plus de jambes que d'yeux, et qu'elles étaient bonnes, il suivit l'espace de quatre lieues le char de sa déesse[10], que six grands chevaux blancs traînaient avec une grande rapidité. La mode dans ce temps-là, parmi les dames, était de voyager sans laquais et sans cocher, et de se mener elles-mêmes ; les maris voulaient qu'elles fussent toujours toutes seules afin d'être plus sûrs de leur vertu, ce qui est directement opposé au sentiment des moralistes, qui disent qu'il n'y a point de vertu dans la solitude. Mesrour courait toujours à côté des roues du char, tournant son bon œil du côté de la dame, qui était étonnée de voir un borgne de cette agilité. Pendant qu'il prouvait ainsi qu'on est infatigable pour ce qu'on aime, une bête fauve, poursuivie par des chasseurs, traversa le grand chemin et effraya les chevaux, qui, ayant pris le mors aux dents, entraînaient la belle dans un précipice. Son nouvel amant, plus effrayé encore qu'elle, quoiqu'elle le fût beaucoup, coupa les traits avec une adresse merveilleuse. Les six chevaux blancs firent seuls le saut périlleux, et la dame, qui n'était pas moins blanche qu'eux, en fut quitte pour la peur. « Qui que vous soyez, lui dit-elle, je n'oublierai jamais que je vous dois la vie ; demandez-moi tout ce que vous voudrez ; tout ce que j'ai est à vous. – Ah ! je puis avec bien plus de raison, répondit Mesrour, vous en offrir autant ; mais, en vous l'offrant, je vous en offrirai toujours moins : car je n'ai qu'un œil, et vous en avez deux ; mais un œil qui vous regarde vaut mieux que deux yeux[11] qui ne voient point les vôtres. » La dame sourit, car les galanteries d'un borgne sont toujours des galanteries ; et les galanteries font toujours sourire. « Je voudrais bien pouvoir vous donner un autre œil, lui dit-elle, mais votre mère pouvait seule vous faire ce présent-là ; suivez-moi toujours. » A ces mots elle descend de son char et continue sa route à pied ; son petit chien descendit aussi, et marchait à pied à côté d'elle, aboyant après l'étrangère[12] figure de son écuyer. J'ai tort de lui donner le

titre d'écuyer, car il eut beau offrir son bras, la dame ne voulut jamais l'accepter, sous prétexte qu'il était trop sale ; et vous allez voir qu'elle fut la dupe de sa propreté. Elle avait de fort petits pieds, et des souliers encore plus petits que ses pieds, en sorte qu'elle n'était ni faite ni chaussée de manière à soutenir une longue marche. De jolis pieds consolent d'avoir de mauvaises jambes, lorsqu'on passe sa vie sur une chaise longue au milieu d'une foule de petits-maîtres ; mais à quoi servent des souliers brodés en paillettes dans un chemin pierreux, où ils ne peuvent être vus que par un crocheteur, et encore par un crocheteur qui n'a qu'un œil ?

Mélinade (c'est le nom de la dame, que j'ai eu mes raisons pour ne pas dire jusqu'ici, parce qu'il n'était pas encore fait) avançait comme elle pouvait, maudissant son cordonnier, déchirant ses souliers, écorchant ses pieds, et se donnant des entorses à chaque pas. Il y avait environ une heure et demie qu'elle marchait du train des grandes dames, c'est-à-dire qu'elle avait déjà fait près d'un quart de lieue, lorsqu'elle tomba de fatigue sur la place.

Le Mesrour, dont elle avait refusé les secours pendant qu'elle était debout, balançait à les lui offrir, dans la crainte de la salir en la touchant : car il savait bien qu'il n'était pas propre, la dame le lui avait assez clairement fait entendre, et la comparaison qu'il avait faite en chemin entre lui et sa maîtresse le lui avait fait voir encore plus clairement. Elle avait une robe d'une légère étoffe d'argent, semée de guirlandes de fleurs, qui laissait briller la beauté de sa taille ; et lui avait un sarrau brun, taché en mille endroits, troué et rapiécé en sorte que les pièces étaient à côté des trous, et point dessus, où elles auraient pourtant été plus à leur place ; il avait comparé ses mains nerveuses et converties en durillons[13] avec deux petites mains plus blanches et plus délicates que les lis ; enfin il avait vu les beaux cheveux blonds de Mélinade, qui paraissaient à travers un léger voile de gaze, relevés les uns en tresse et les autres en boucles, et il n'avait à mettre à côté de cela que des crins noirs, hérissés, crépus, et n'ayant pour tout ornement qu'un turban déchiré.

Cependant Mélinade essaie de se relever, mais elle retombe bientôt, et si malheureusement que ce qu'elle laissa voir à Mesrour lui ôta le peu de raison que la vue du visage

de la princesse avait pu lui laisser. Il oublia qu'il était crocheteur, qu'il était borgne, et il ne songea plus à la distance que la fortune avait mise entre Mélinade et lui ; à peine se souvint-il qu'il était amant, car il manqua à la délicatesse qu'on dit inséparable d'un véritable amour, et qui en fait quelquefois le charme et plus souvent l'ennui ; il se servit des droits que son état de crocheteur lui donnait à la brutalité, il fut brutal et heureux. La princesse alors était sans doute évanouie, ou bien elle gémissait sur son sort ; mais, comme elle était juste, elle bénissait sûrement le destin de ce que toute infortune porte avec elle sa consolation.

La nuit avait étendu ses voiles sur l'horizon, et elle cachait de son ombre le véritable bonheur de Mesrour, et les prétendus malheurs de Mélinade ; Mesrour goûtait les plaisirs des parfaits amants, et il les goûtait en crocheteur c'est-à-dire (à la honte de l'humanité) de la manière la plus parfaite ; les faiblesses de Mélinade lui reprenaient à chaque instant, et à chaque instant son amant reprenait des forces. «Puissant Mahomet, dit-il une fois en homme transporté, mais en mauvais catholique, il ne manque à ma félicité que d'être sentie par celle qui la cause ; pendant que je suis dans ton paradis, divin prophète, accorde-moi encore une faveur, c'est d'être aux yeux de Mélinade ce qu'elle serait à mon œil s'il faisait jour.» Il finit de prier, et continua de jouir. L'aurore, toujours trop diligente pour les amants, surprit Mesrour et Mélinade dans l'attitude où elle aurait pu être surprise elle-même un moment auparavant avec Tithon[14]. Mais quel fut l'étonnement de Mélinade quand, ouvrant les yeux aux premiers rayons du jour, elle se vit[15] dans un lieu enchanté, avec un jeune homme d'une taille noble, dont le visage ressemblait à l'astre dont la terre attendait le retour ! Il avait des joues de rose, des lèvres de corail ; ses grands yeux tendres et vifs tout à la fois exprimaient et inspiraient la volupté[16] ; son carquois d'or, orné de pierreries, était suspendu à ses épaules, et le plaisir faisait seul sonner ses flèches ; sa longue chevelure, retenue par une attache de diamants, flottait librement sur ses reins, et une étoffe transparente, brodée de perles, lui servait d'habillement, et ne cachait rien de la beauté de son corps[17]. «Où suis-je, et qui êtes-vous ? s'écria Mélinade dans l'excès de sa surprise. –

Vous êtes, répondit-il, avec le misérable qui a eu le bonheur de vous sauver la vie[18] et qui s'est si bien payé de ses peines.» Mélinade, aussi aise qu'étonnée, regretta que la métamorphose de Mesrour n'eût pas commencé plus tôt. Elle s'approche d'un palais brillant qui frappait sa vue, et lit cette inscription sur la porte : «Éloignez-vous, profanes ; ces portes ne s'ouvriront que pour le maître de l'anneau.»

Mesrour s'approche à son tour pour lire la même inscription ; mais il vit d'autres caractères, et lut ces mots : «Frappe sans crainte.» Il frappa, et aussitôt les portes s'ouvrirent d'elles-mêmes avec un grand bruit. Les deux amants entrèrent, au son de mille voix et de mille instruments, dans un vestibule de marbre de Paros ; de là ils passèrent dans une salle superbe, où un festin délicieux les attendait depuis douze cent cinquante ans, sans qu'aucun des plats fût encore refroidi[19] : ils se mirent à table et furent servis chacun par mille esclaves de la plus grande beauté ; le repas fut entremêlé de concerts et de danses ; et, quand il fut fini, tous les génies vinrent dans le plus grand ordre, partagés en différentes troupes, avec des habits aussi magnifiques que singuliers, prêter serment de fidélité au maître de l'anneau[20], et baiser le doigt sacré auquel il le portait.

Cependant, il y avait à Bagdad un musulman fort dévot qui, ne pouvant aller se laver dans la mosquée, faisait venir l'eau de la mosquée chez lui, moyennant une légère rétribution qu'il payait au prêtre. Il venait de faire la cinquième ablution, pour se disposer à la cinquième prière, et sa servante, jeune étourdie très peu dévote, se débarrassa de l'eau sacrée en la jetant par la fenêtre. Elle tomba sur un malheureux endormi profondément au coin d'une borne qui lui servait de chevet. Il fut inondé, et s'éveilla. C'était le pauvre Mesrour, qui, revenant de son séjour enchanté, avait perdu dans son voyage l'anneau de Salomon[21]. Il avait quitté ses superbes vêtements, et repris son sarrau ; son beau carquois d'or était changé en crochets de bois[22], et il avait, pour comble de malheur, laissé un de ses yeux en chemin. Il se ressouvint alors qu'il avait bu la veille une grande quantité d'eau-de-vie qui avait assoupi ses sens et échauffé son imagination[23]. Il avait jusque-là aimé cette liqueur par goût, il commença à l'aimer par reconnaissance, et il retourna avec

gaieté à son travail, bien résolu d'en employer le salaire à
acheter les moyens de retrouver sa chère Mélinade. Un autre
se serait désolé d'être un vilain borgne, après avoir eu deux
beaux yeux ; d'éprouver les refus des balayeuses du palais,
après avoir joui des faveurs d'une princesse plus belle que les
maîtresses du calife[24], et d'être au service de tous les bour-
geois de Bagdad, après avoir régné sur tous les génies ; mais
Mesrour n'avait point l'œil qui voit le mauvais côté des
choses[25].

LE COCUAGE

Notice

Selon les éditeurs de Kehl (1785), ce conte date de 1716. Nous ne savons rien des circonstances de sa composition, ni du public pour lequel il a été écrit à l'origine. Iris, à qui est adressé l'envoi final, peut être une des jeunes femmes de l'entourage d'Arouet, ou une simple figure poétique. On peut supposer, comme R. Nablow[1], que ces vers étaient destinés à des lectures (ou plutôt des récitations) dans les châteaux que fréquente alors le jeune écrivain. Son modèle littéraire est ici La Fontaine, dont les contes restent, et resteront, très appréciés : il avait consacré de beaux vers, dans la première partie de ses contes et nouvelles, aux amours de Mars et de Vénus[2]. Le texte entre dans une des catégories de contes en vers les mieux définies : celle des «contes archéologiques», qui narrent l'origine imaginaire d'une pratique sociale[3]. L'attitude qu'affiche ici Arouet correspond au ton d'une partie des aristocrates qu'il fréquente : encore en 1734, dans l'épithalame écrit pour le mariage du duc de Richelieu, son ami, un grand séducteur, il présentera le mariage comme un lien artificiel[4]. La vérité des sentiments ne s'exprime que dans les libres amours, adultère compris. La fantaisie du conte réside avant tout dans ce renversement de la morale chrétienne et des règles de la vie bourgeoise. Elle prend aussi la forme des variations mythologiques, auxquelles les lecteurs du début du XVIIIᵉ siècle, familiers du panthéon classique, étaient très sensibles : la naissance du dieu «Cocuage», inventé pour la circonstance, qui sort du cerveau de Vulcain, célèbre mari trompé, est une parodie, proche du burlesque, de la naissance de Minerve jaillie toute

armée de la tête de Jupiter. Le conteur complète ce personnel mythologique par des êtres allégoriques : Hymen, Jalousie, Malice. L'ensemble des matériaux littéraires contraste avec le sujet, qui est caractéristique de la comédie et du conte réaliste, et aussi avec le vers choisi, un décasyllabe sans majesté, platement rimé et émaillé de traits marotiques ou familiers. Le meilleur morceau du conte est sans doute celui où sont évoqués les vagabondages de Cocuage (v. 29-45) : mouvement et fantaisie y sont d'un jeune maître. La conclusion est, elle, d'un libertin dans tous les sens du terme.

Histoire du texte

Première édition dans *La Ligue ou Henry le Grand,* Amsterdam, J.-F. Bernard, 1722. Nous reproduisons le texte de l'édition de Kehl, tome XIV, 1785.

Bibliographie critique

NABLOW R. A., «A Study on Voltaire's lighter verse», *Studies on Voltaire* [...], vol. 126, Banbury, 1974, p. 39-40.

MENANT S., *La Chute d'Icare,* Genève, Droz, 1981, p. 165.

POMEAU R., *D'Arouet à Voltaire,* Oxford, The Voltaire Foundation, 1985, p. 90-91.

LE COCUAGE

Jadis Jupin[5], de sa femme jaloux,
Par cas plaisant fait père de famille,
De son cerveau fit sortir une fille,
Et dit : «Du moins celle-ci vient de nous».
5 Le bon Vulcain, que la cour éthérée[6]
Fit pour ses maux époux de Cythérée[7],
Voulait avoir aussi quelque poupon
Dont il fût sûr, et dont seul il fût père :
Car de penser que le beau Cupidon,
10 Que les Amours, ornements de Cythère,
Qui, quoique enfants, enseignent l'art de plaire,
Fussent les fils d'un simple forgeron,
Pas ne croyait avoir fait telle affaire.
De son vacarme il remplit la maison ;
15 Soins et soucis son esprit tenaillèrent ;
Soupçons jaloux son cerveau martelèrent.
A sa moitié vingt fois il reprocha
Son trop d'appas, dangereux avantage.
Le pauvre dieu fit tant qu'il accoucha
20 Par le cerveau : de quoi ? de Cocuage.
C'est là ce dieux révéré dans Paris,
Dieu malfaisant, le fléau des maris.
Dès qu'il fut né, sur le chef de son père
Il essaya sa naissante colère :
25 Sa main novice imprima sur son front
Les premiers traits d'un éternel affront[8].
A peine encore eut-il plume nouvelle[9]

Qu'au bon Hymen il fit guerre immortelle :
Vous l'eussiez vu, l'obsédant en tous lieux,
30 Et de son bien s'emparant à ses yeux,
Se promener de ménage en ménage,
Tantôt porter la flamme et le ravage,
Et des brandons allumés dans ses mains
Aux yeux de tous éclairer ses larcins ;
35 Tantôt, rampant dans l'ombre et le silence,
Le front couvert d'un voile d'innocence,
Chez un époux le matois introduit
Faisait son coup sans scandale et sans bruit.
La Jalousie, au teint pâle et livide,
40 Et la Malice, à l'œil faux et perfide,
Guident ses pas où l'Amour le conduit ;
Nonchalamment la Volupté le suit.
Pour mettre à bout les maris et les belles,
De traits divers ses carquois sont remplis :
45 Flèches y sont pour le cœur des cruelles ;
Cornes y sont pour le front des maris.
Or, ce dieu-là, malfaisant ou propice,
Mérite bien qu'on chante son office ;
Et, par besoin ou par précaution,
50 On doit avoir à lui dévotion,
Et lui donner encens et luminaire.
Soit qu'on épouse ou qu'on n'épouse pas,
Soit que l'on fasse ou qu'on craigne le cas,
De sa faveur on a toujours à faire.
55 O vous, Iris, que j'aimerai toujours,
Quand de vos vœux vous étiez la maîtresse,
Et qu'un contrat, trafiquant la tendresse,
N'avait encore asservi vos beaux jours,
Je n'invoquais que le dieu des amours :
60 Mais à présent, père de la tristesse,
L'Hymen, hélas ! vous a mis sous sa loi ;
A Cocuage il faut que je m'adresse :
C'est le seul dieu dans qui j'ai de la foi.

LE CADENAS

III. CADENAS

Notice

On ne sait rien des circonstances où ce conte fut composé. Les éditeurs de Kehl le datent de 1714, et les allusions que contient la première version du texte rendent cette date possible, mais on se fiera plutôt à Quérard, qui croit que Voltaire l'a «envoyé en 1716 à Mme de B...[1]». Cette destinataire n'est pas identifiée. Le jeune Arouet a-t-il été lui-même un rival du «geôlier sexagénaire», ou le début du conte est-il purement fictif? Rien ne permet de trancher sur le caractère autobiographique du récit. Il n'a rien d'invraisemblable en tout cas : à vingt-deux ans, l'auteur mène une vie dissolue, celle du monde qu'il fréquente, autour de quelques Grands, au Temple et ailleurs[2].

L'adultère y est chose courante. En revanche, l'usage des ceintures de chasteté, sortes de caleçons de sûreté fermés d'un cadenas par les maris jaloux, renvoie à un passé lointain de barbarie médiévale – ou aux mœurs de terres étrangères. Le conte consacre d'ailleurs neuf vers (v. 69-77) à rendre plausible l'usage d'un tel accessoire dans le Paris du XVIII[e] siècle. Le sujet du conte se rattache à la tradition de Boccace et de La Fontaine : c'est celui de la lutte des maris contre l'infidélité des femmes. Le traitement ici proposé s'inspire des travestissements dont la «fable», la mythologie, est l'objet à la fin du règne de Louis XIV. Des dieux en proie aux misères des mortels : rien là qui étonne les lecteurs d'Homère, chez qui Héphaïstos prend Aphrodite en flagrant délit d'adultère, et l'enveloppe avec son amant Arès d'un filet tout exprès forgé[3]. Mais ils évoquent surtout *Le Virgile travesti* de Scarron, ou plutôt *L'Homère travesti* de Marivaux, publié en 1716.

Tisiphone devient une serrurière, et Pluton porte des cornes jusque dans son tribunal. Dans un plaisant assemblage, l'enfer antique se meuble des chaudières de l'enfer chrétien et son conseil de «saints» diaboliques, experts en péché; Pirithoüs descend par amour aux enfers comme Orphée. Comme le précédent, ce conte présente, sur le mode fantaisiste, l'origine d'un usage; comme le précédent, il adopte le décasyllabe à rimes plates et s'anime d'enjambements expressifs (v. 26, 33 [...]). Le récit proprement dit (v. 11-74) concerne l'invention des ceintures de chasteté par Pluton, le dieu forgeron des Enfers mythologiques. Fait par un jeune homme à une dame, il fait partie de cet enseignement que transmettaient aux femmes de la bonne société, par la conversation, les hommes qui, eux, étaient allés au collège et s'y étaient initiés aux traditions culturelles. Cet enseignement est malicieux dans la mesure où le conteur invente un épisode mythologique absent de tous les manuels. Le récit est lui-même encadré par deux évocations de la situation présente : un préambule évoque l'échec que le conteur vient de subir au moment où son entreprise amoureuse allait aboutir; une conclusion pleine d'espoir rappelle que l'amour sait vaincre tous les obstacles. Comme dans les deux contes précédents, le jeune auteur affirme que la véritable honnêteté est dans l'obéissance au sentiment, ou au désir, que l'on ressent, sans autre considération : captieuse morale bien faite pour plaire à un public voluptueux.

Histoire du texte

Ce conte a été imprimé pour la première fois dans *La Ligue, ou Henry le Grand,* Amsterdam, J.-F. Bernard, 1724. Cette première édition offre un texte beaucoup plus développé; en particulier, le préambule multiplie les allusions à la vie littéraire et mondaine de l'époque, notamment aux promenades et aux spectacles que l'époux jaloux interdit à «Iris», ce qui oriente le texte vers le genre de l'épître plus que vers celui du

conte. Nous reproduisons le texte de l'édition de Kehl, conforme à la version allégée par Voltaire dès 1732, en indiquant en note les variantes les plus intéressantes de la première édition.

Bibliographie critique

Voir la bibliographie du *Cocuage,* et BENGESCO G., *Œuvres choisies de Voltaire, Romans (et contes),* t. IV, Paris, Flammarion, 1888, p. XXIII-XXIV.

LE CADENAS

Je triomphais ; l'Amour était le maître,
Et je touchais à ces moments trop courts
De mon bonheur, et du vôtre peut-être.
Mais un tyran veut troubler nos beaux jours ;
5 C'est votre époux. Geôlier sexagénaire,
Il a fermé le libre sanctuaire
De vos appas ; et, trompant nos désirs,
Il tient la clef du séjour des plaisirs.
Pour éclaircir ce douloureux mystère,
10 D'un peu plus haut reprenons cette affaire.
Vous connaissez la déesse Cérès :
Or en son temps Cérès eut une fille[4],
Semblable à vous, à vos scrupules près,
Brune, piquante, honneur de sa famille,
15 Tendre surtout, et menant à sa cour
L'aveugle enfant que l'on appelle Amour.
Un autre aveugle, hélas ! bien moins aimable,
Le triste Hymen, la traita comme vous.
Le vieux Pluton[5], riche autant qu'haïssable,
20 Dans les enfers fut son indigne époux.
Il était dieu, mais avare et jaloux :
Il fut cocu, car c'était la justice.
Pirithoüs[6], son fortuné rival,
Beau, jeune, adroit, complaisant, libéral,
25 Au dieu Pluton donna le bénéfice
De cocuage. Or ne demandez pas
Comment un homme, avant sa dernière heure,

Put pénétrer dans la sombre demeure :
Cet homme aimait, l'Amour guida ses pas.
30 Mais aux enfers, comme aux lieux où vous êtes[7],
Voyez qu'il est peu d'intrigues secrètes !
De sa chaudière, un traître d'espion
Vit le grand cas, et dit tout à Pluton ;
Il ajouta que même, à la sourdine,
35 Plus d'un damné festoyait Proserpine.
Le dieu cornu dans son noir tribunal
Fit convoquer son sénat infernal ;
Il assembla les détestables âmes
De tous ses saints dévolus aux enfers,
40 Qui, dès longtemps en cocuage experts,
Pendant leur vie ont tourmenté leurs femmes.
Un Florentin lui dit : «Frère et seigneur,
Pour détourner la maligne influence
Dont Votre Altesse a fait l'expérience,
45 Tuer sa dame est toujours le meilleur :
Mais, las ! Seigneur, la vôtre est immortelle.
Je voudrais donc, pour votre sûreté,
Qu'un cadenas, de structure nouvelle,
Fût le garant de sa fidélité :
50 A la vertu par la force asservie,
Lors vos plaisirs borneront son envie ;
Plus ne sera d'amant favorisé.
Et plût aux dieux que, quand j'étais en vie,
D'un tel secret je me fusse avisé !»
55 A ce discours les damnés applaudirent,
Et sur l'airain les Parques[8] l'écrivirent.
En un moment, feux, enclumes, fourneaux,
Sont préparés aux gouffres infernaux ;
Tisiphoné[9], de ces lieux serrurière,
60 Au cadenas met la main la première :
Elle l'achève, et des mains de Pluton
Proserpina[10] reçut ce triste don.
On m'a conté qu'essayant son ouvrage,
Le cruel dieu fut ému de pitié,
65 Qu'avec tendresse il dit à sa moitié :
«Que je vous plains ! vous allez être sage.»
Or ce secret, aux enfers inventé,

Chez les humains tôt après fut porté ;
Et depuis ce, dans Venise et dans Rome,
70 Il n'est pédant, bourgeois, ni gentilhomme,
Qui, pour garder l'honneur de sa maison,
De cadenas n'ait sa provision.
Là, tout jaloux, sans craindre qu'on le blâme,
Tient sous la clef la vertu de sa femme.
75 Or votre époux dans Rome a fréquenté ;
Chez les méchants on se gâte sans peine,
Et le galant vit fort à la romaine[11] ;
Mais son trésor est-il en sûreté ?
A ses projets l'Amour sera funeste ;
80 Ce dieu charmant sera votre vengeur :
Car vous m'aimez ; et, quand on a le cœur
De femme honnête, on a bientôt le reste.

COSI-SANCTA

Notice

Ce conte n'a jamais été imprimé du vivant de Voltaire ; les récentes recherches de J. Hellegouarc'h et de F. Deloffre amènent à le dater de la même époque que ceux qui précèdent, c'est-à-dire des années 1714-1716. C'est à cette époque, où le jeune Arouet fréquentait la cour de Sceaux, que l'on peut situer la circonstance que raconte une note de l'édition de Kehl : « Madame la Duchesse du Maine avait imaginé une loterie de titres de différents genres d'ouvrages en vers et en prose ; chacune des personnes qui tiraient ces billets était obligée de faire l'ouvrage qui s'y trouvait porté. Mme de Montauban ayant tiré pour son lot une nouvelle, elle pria M. de Voltaire d'en faire une pour elle ; et il lui donna le conte suivant. » Mme de Montauban se trouvant en deuil de son fils unique à l'automne de 1716, le conte est certainement antérieur, et a pu être écrit à l'occasion des fameuses Nuits blanches de Sceaux (31 juillet 1714-15 mai 1715), au cours desquelles, parmi d'autres divertissements, furent précisément tirées des « loteries de titres[1] ».

Le nom de l'héroïne signifie en italien (le choix de cette langue reste énigmatique) « sainte de cette façon » ; le conte narre, en effet, de quelle étrange façon la jeune femme a mérité d'être canonisée. Son histoire se rattache étroitement à l'inspiration des autres contes voltairiens de cette époque. Elle remet en cause sur le mode plaisant la valeur morale de la fidélité conjugale. Ici le cocuage est non seulement mérité, car le vieux mari est incapable et tyrannique, mais aussi méritoire, puisqu'il est l'instrument du salut de tous. Comme dans *Le*

Cadenas, les précautions du mari sont présentées comme barbares et finalement inutiles. Comme dans *Le Crocheteur borgne*, l'aventure amoureuse, avec ses inattendus, apparaît comme providentielle. C'est cet ordre providentiel, né du désordre moral apparent, qui est souligné dans le sous-titre, repris en conclusion : «un petit mal pour un grand bien». Naturellement, nulle prétention à une démonstration philosophique, même si la réflexion sur le rôle du mal dans l'ordre du monde doit habiter l'œuvre de Voltaire, de *Zadig* à *Candide* et des *Discours sur l'homme* au *Poème sur le désastre de Lisbonne*. Le seul message est une affirmation libertine : l'infidélité des femmes n'est qu'un bien petit mal ; et il n'est pas sûr que le conteur veuille suggérer que le grand bien est d'ordre moral. Traduisons plutôt : l'adultère est une petite entorse aux convenances pour un grand plaisir partagé.

Le plaisant est de tirer cet enseignement libertin d'un Père de l'Église, saint Augustin. C'est dans le *Dictionnaire historique et critique* de Bayle, bréviaire des libres penseurs du temps, que le conteur a trouvé son sujet. Dans l'article «Acindynus», qu'il nomme au début du conte, Bayle (lui-même attaché à une stricte morale chrétienne) s'indigne que saint Augustin ne condamne pas formellement l'attitude d'une chrétienne qui, pour sauver son pauvre homme de mari incapable de payer une taxe, cède à un homme riche qui lui refuse ensuite son dû ; le proconsul Acindynus, informé, tire le ménage de la misère après avoir payé la taxe à sa place. Le conte transforme la situation et le caractère des personnages. Ne subsistent que le cadre historique, d'ailleurs rehaussé de quelques piquants anachronismes, et le cas de conscience. Ch. Mervaud a montré que les références textuelles et historiques sont fausses et que Voltaire déforme complètement le point de vue du philosophe chrétien. En fait, le conte serait malicieusement orienté pour brocarder le duc du Maine, pieux lecteur de saint Augustin, qui s'entendait mal avec la duchesse pour laquelle le conte est écrit, et qui écrivait lui-même des maximes.

Ce conte est un chef-d'œuvre de raccourci : raccourci des portraits, de la transformation de l'héroïne, des aventures qui s'enchaînent à merveille. C'est dans le *tempo* qu'il impose au récit que se manifeste la présence du conteur, plus encore que dans ses interventions directes («comme je l'ai déjà dit») ou

dans ses réflexions en passant, pourtant savoureuses. Comment oublier le petit Capito, animé de « tout l'amour-propre qu'un petit homme peut avoir » ?

Histoire du texte

Aucune édition avant l'édition de Kehl : c'est son texte que nous reproduisons.

Bibliographie critique

Voir la bibliographie du *Crocheteur borgne* et MERVAUD Ch., « Voltaire, saint Augustin et le duc du Maine aux sources de *Cosi-Sancta* », *Studies on Voltaire,* vol. 228, Oxford, 1984, p. 89-96.

DAGEN J., « Le paillard et le polisson : de Brantôme à Voltaire », *Littératures,* 5, 1982, p. 141-145.

WELLINGTON M., « Crossovers from theatre to narrative in a Voltairian *conte* », *Studies on Voltaire* [...], vol. 278, Oxford, 1990, p. 187-196.

COSI-SANCTA

UN PETIT MAL POUR UN GRAND BIEN

Nouvelle africaine[2]

C'est une maxime faussement établie qu'il n'est pas permis de faire un petit mal dont un plus grand bien pourrait résulter. Saint Augustin a été entièrement de cet avis, comme il est aisé de le voir dans le récit de cette petite aventure arrivée dans son diocèse, sous le proconsulat de Septimus Acindynus, et rapportée dans le livre de la *Cité de Dieu*[3].

Il y avait à Hippone un vieux curé, grand inventeur de confréries[4], confesseur de toutes les jeunes filles du quartier, et qui passait pour un homme inspiré de Dieu, parce qu'il se mêlait de dire la bonne aventure, métier dont il se tirait assez passablement.

On lui amena un jour une jeune fille nommée Cosi-Sancta : c'était la plus belle personne de la province. Elle avait un père et une mère jansénistes[5], qui l'avaient élevée dans les principes de la vertu la plus rigide ; et de tous les amants qu'elle avait eus, aucun n'avait pu seulement lui causer, dans ses oraisons, un moment de distraction. Elle était accordée depuis quelques jours à un petit vieillard ratatiné, nommé Capito, conseiller au présidial[6] d'Hippone. C'était un petit homme bourru et chagrin, qui ne manquait pas d'esprit, mais qui était pincé dans la conversation,

ricaneur, et assez mauvais plaisant ; jaloux d'ailleurs comme
un Vénitien[7], et qui pour rien au monde ne se serait
accommodé d'être l'ami des galants de sa femme. La jeune
créature faisait tout ce qu'elle pouvait pour l'aimer, parce
qu'il devait être son mari ; elle y allait de la meilleure foi du
monde, et cependant n'y réussissait guère.

Elle alla consulter son curé, pour savoir si son mariage
serait heureux. Le bonhomme lui dit d'un ton de prophète :
« Ma fille, ta vertu causera bien des malheurs ; mais tu seras
un jour canonisée pour avoir fait trois infidélités à ton mari. »

Cet oracle étonna et embarrassa cruellement l'innocence
de cette belle fille. Elle pleura ; elle en demanda l'explica-
tion, croyant que ces paroles cachaient quelque sens mys-
tique ; mais toute l'explication qu'on lui donna fut que les
trois fois ne devaient point s'entendre de trois rendez-vous
avec le même amant, mais de trois aventures différentes.

Alors Cosi-Sancta jeta les hauts cris ; elle dit même
quelques injures au curé, et jura qu'elle ne serait jamais
canonisée. Elle le fut pourtant, comme vous l'allez voir.

Elle se maria bientôt après : la noce fut très galante ; elle
soutint assez bien tous les mauvais discours qu'elle eut à
essuyer, toutes les équivoques fades, toutes les grossièretés
assez mal enveloppées dont on embarrasse ordinairement la
pudeur des jeunes mariées. Elle dansa de fort bonne grâce
avec quelques jeunes gens fort bien faits et très jolis, à qui
son mari trouvait le plus mauvais air du monde.

Elle se mit au lit auprès du petit Capito, avec un peu de
répugnance. Elle passa une fort bonne partie de la nuit à
dormir, et se réveilla toute rêveuse. Son mari était pourtant
moins le sujet de sa rêverie qu'un jeune homme nommé
Ribaldos, qui lui avait donné dans la tête sans qu'elle en sût
rien. Ce jeune homme semblait formé par les mains de
l'Amour ; il en avait les grâces, la hardiesse et la friponne-
rie ; il était un peu indiscret, mais il ne l'était qu'avec celles
qui le voulaient bien : c'était la coqueluche d'Hippone. Il
avait brouillé toutes les femmes de la ville les unes contre les
autres, et il l'était avec tous les maris et toutes les mères. Il
aimait d'ordinaire par étourderie, un peu par vanité ; mais
il aima Cosi-Sancta par goût, et l'aima d'autant plus éper-
dument que la conquête en était plus difficile.

Il s'attacha d'abord, en homme d'esprit, à plaire au mari. Il lui faisait mille avances, le louait sur sa bonne mine et sur son esprit aisé et galant. Il perdait contre lui de l'argent au jeu, et avait tous les jours quelque confidence de rien à lui faire. Cosi-Sancta le trouvait le plus aimable du monde ; elle l'aimait déjà plus qu'elle ne croyait ; elle ne s'en doutait point, mais son mari s'en douta pour elle. Quoiqu'il eût tout l'amour-propre qu'un petit homme peut avoir, il ne laissa pas de se douter que les visites de Ribaldos n'étaient pas pour lui seul. Il rompit avec lui sur quelque mauvais prétexte, et lui défendit sa maison.

Cosi-Sancta en fut très fâchée, et n'osa le dire ; et Ribaldos, devenu plus amoureux par les difficultés, passa tout son temps à épier les moments de la voir. Il se déguisa en moine, en revendeuse à la toilette, en joueur de marionnettes ; mais il n'en fit point assez pour triompher de sa maîtresse, et il en fit trop pour n'être pas reconnu par le mari. Si Cosi-Sancta avait été d'accord avec son amant, ils auraient si bien pris leurs mesures que le mari n'aurait rien pu soupçonner ; mais, comme elle combattait son goût et qu'elle n'avait rien à se reprocher, elle sauvait tout, hors les apparences ; et son mari la croyait très coupable.

Le petit bonhomme, qui était très colère, et qui s'imaginait que son honneur dépendait de la fidélité de sa femme, l'outragea cruellement, et la punit de ce qu'on la trouvait belle. Elle se trouva dans la plus horrible situation où une femme puisse être : accusée injustement, et maltraitée par un mari à qui elle était fidèle, et déchirée par une passion violente qu'elle cherchait à surmonter.

Elle crut que, si son amant cessait ses poursuites, son mari pourrait cesser ses injustices, et qu'elle serait assez heureuse pour se guérir d'un amour que rien ne nourrirait plus. Dans cette vue, elle se hasarda d'écrire cette lettre à Ribaldos :

« Si vous avez de la vertu, cessez de me rendre malheureuse : vous m'aimez, et votre amour m'expose aux soupçons et aux violences d'un maître que je me suis donné pour le reste de ma vie. Plût au ciel que ce fût encore le seul risque que j'eusse à courir ! Par pitié pour moi, cessez vos poursuites ; je vous en conjure par cet amour même qui fait

votre malheur et le mien, et qui ne peut jamais vous rendre heureux. »

La pauvre Cosi-Sancta n'avait pas prévu qu'une lettre si tendre, quoique si vertueuse, ferait un effet tout contraire à celui qu'elle espérait. Elle enflamma plus que jamais le cœur de son amant, qui résolut d'exposer sa vie pour voir sa maîtresse.

Capito, qui était assez sot pour vouloir être averti de tout, et qui avait de bons espions, fut averti que Ribaldos s'était déguisé en frère carme quêteur pour demander la charité à sa femme. Il se crut perdu : il imagina que l'habit d'un carme était bien plus dangereux qu'un autre pour l'honneur d'un mari[8]. Il aposta des gens pour étriller frère Ribaldos : il ne fut que trop bien servi. Le jeune homme, en entrant dans la maison, est reçu par ces messieurs ; il a beau crier qu'il est un très honnête carme, et qu'on ne traite point ainsi de pauvres religieux, il fut assommé, et mourut, à quinze jours de là, d'un coup qu'il avait reçu sur la tête. Toutes les femmes de la ville le pleurèrent ; Cosi-Sancta en fut inconsolable ; Capito même en fut fâché, mais par une autre raison, car il se trouvait une très méchante affaire sur les bras.

Ribaldos était parent du proconsul Acindynus[9]. Ce Romain voulut faire une punition exemplaire de cet assassinat, et, comme il avait eu quelques querelles autrefois avec le présidial d'Hippone, il ne fut pas fâché d'avoir de quoi faire pendre un conseiller ; et il fut fort aise que le sort tombât sur Capito, qui était bien le plus vain et le plus insupportable petit robin[10] du pays.

Cosi-Sancta avait donc vu assassiner son amant et était près de voir pendre son mari ; et tout cela pour avoir été vertueuse. Car, comme je l'ai déjà dit, si elle avait donné ses faveurs à Ribaldos, le mari en eût été bien mieux trompé.

Voilà comme la moitié de la prédiction du curé fut accomplie. Cosi-Sancta se ressouvint alors de l'oracle, elle craignit fort d'en accomplir le reste. Mais, ayant bien fait réflexion qu'on ne peut vaincre sa destinée, elle s'abandonna à la Providence, qui la mena au but par les chemins du monde les plus honnêtes.

Le proconsul Acindynus était un homme plus débauché

que voluptueux, s'amusant très peu aux préliminaires, brutal, familier, vrai héros de garnison, très craint dans la province, et avec qui toutes les femmes d'Hippone avaient eu affaire, uniquement pour ne se pas brouiller avec lui.

Il fit venir chez lui madame Cosi-Sancta : elle arriva en pleurs ; mais elle n'en avait que plus de charmes. « Votre mari, madame, lui dit-il, va être pendu, et il ne tient qu'à vous de le sauver. – Je donnerais ma vie pour la sienne, lui dit la dame. – Ce n'est pas cela qu'on vous demande, répliqua le proconsul. – Et que faut-il donc faire ? dit elle. – Je ne veux qu'une de vos nuits, reprit le proconsul. – Elles ne m'appartiennent pas, dit Cosi-Sancta ; c'est un bien qui est à mon mari. Je donnerai mon sang pour le sauver, mais je ne puis donner mon honneur. – Mais si votre mari y consent ? dit le proconsul. – Il est le maître, répondit la dame : chacun fait de son bien ce qu'il veut. Mais je connais mon mari, il n'en fera rien ; c'est un petit homme têtu, tout propre à se laisser pendre plutôt que de permettre qu'on me touche du bout du doigt. – Nous allons voir cela, dit le juge[11] en colère. »

Sur-le-champ il fait venir devant lui le criminel ; il lui propose ou d'être pendu, ou d'être cocu : il n'y avait point à balancer. Le petit bonhomme se fit pourtant tirer l'oreille. Il fit enfin ce que tout autre aurait fait à sa place. Sa femme, par charité, lui sauva la vie ; et ce fut la première des trois.

Le même jour, son fils tomba malade d'une maladie fort extraordinaire, inconnue à tous les médecins d'Hippone. Il n'y en avait qu'un qui eût des secrets pour cette maladie ; encore demeurait-il à Aquila, à quelques lieues d'Hippone. Il était défendu alors à un médecin établi dans une ville d'en sortir pour aller exercer sa profession dans une autre. Cosi-Sancta fut obligée elle-même d'aller à sa porte à Aquila, avec un frère qu'elle avait, et qu'elle aimait tendrement. Dans les chemins elle fut arrêtée par des brigands. Le chef de ces messieurs la trouva très jolie ; et, comme on était près de tuer son frère, il s'approcha d'elle, et lui dit que, si elle voulait avoir un peu de complaisance, on ne tuerait point son frère, et qu'il ne lui en coûterait rien. La chose était pressante : elle venait de sauver la vie à son mari qu'elle n'aimait guère ; elle allait perdre un frère qu'elle

aimait beaucoup; d'ailleurs le danger de son fils l'alarmait; il n'y avait pas de moment à perdre. Elle se recommanda à Dieu, fit tout ce qu'on voulut; et ce fut la seconde des trois fois.

Elle arriva le même jour à Aquila, et descendit chez le médecin. C'était un de ces médecins à la mode que les femmes envoient chercher quand elles ont des vapeurs, ou quand elles n'ont rien du tout. Il était le confident des unes, l'amant des autres : homme poli, complaisant, un peu brouillé d'ailleurs avec la Faculté, dont il avait fait de fort bonnes plaisanteries dans l'occasion.

Cosi-Sancta lui exposa la maladie de son fils, et lui offrit un gros sesterce. (Vous remarquerez qu'un gros sesterce fait, en monnaie de France, mille écus et plus[12].) «Ce n'est pas de cette monnaie, madame, que je prétends être payé, lui dit le galant médecin. Je vous offrirais moi-même tout mon bien, si vous étiez dans le goût de vous faire payer des cures que vous pouvez faire : guérissez-moi seulement du mal que vous me faites, et je rendrai la santé à votre fils.»

La proposition parut extravagante à la dame; mais le destin l'avait accoutumée aux choses bizarres. Le médecin était un opiniâtre qui ne voulait point d'autre prix de son remède. Cosi-Sancta n'avait point de mari à consulter; et le moyen de laisser mourir un fils qu'elle adorait, faute du plus petit secours du monde qu'elle pouvait lui donner! Elle était aussi bonne mère que bonne sœur. Elle acheta le remède au prix qu'on voulut : et ce fut la dernière des trois fois.

Elle revint à Hippone avec son frère, qui ne cessait de le remercier, durant le chemin, du courage avec lequel elle lui avait sauvé la vie.

Ainsi Cosi-Sancta, pour avoir été trop sage, fit périr son amant et condamner à mort son mari, et, pour avoir été complaisante, conserva les jours de son frère, de son fils, et de son mari. On trouva qu'une pareille femme était fort nécessaire dans une famille, on la canonisa après sa mort, pour avoir fait tant de bien à ses parents en se mortifiant, et l'on grava sur son tombeau :

Un petit mal pour un grand bien.

LA MULE DU PAPE

Notice

La Mule du pape a été vraisemblablement écrite avant août
1734, sans qu'on puisse préciser davantage la date de composi-
tion. En l'envoyant à l'une de ses correspondantes, Voltaire dit
l'avoir retrouvée dans ses papiers. Dans la même lettre, il
appelle le texte une «satire[1]». On a vu que les classifications
du XVIII[e] siècle sont complexes : ici le terme de satire désigne
plutôt l'inspiration du texte que sa forme. Car il s'agit bien
d'un conte, par le plaisir narratif qu'il affiche, par le contenu
fantaisiste, par l'intervention explicite du conteur. Ce conte
entre même dans une des catégories les plus nettes du conte en
vers, le conte «archéologique», qui révèle, sur le mode plai-
sant, l'origine d'une coutume[2]. Le texte est d'ailleurs joint aux
contes de Voltaire dans l'édition «encadrée», que Voltaire a
surveillée, et dans les éditions ultérieures. Et les contemporains
n'hésitaient pas sur le genre auquel devaient être rattachés ces
vers : dès 1738, *La Mule du pape* est imprimée au milieu des
incontestables contes en vers de Piron[3].

La conclusion du conte souligne son caractère anticatho-
lique. Plusieurs éléments y contribuent. Voltaire attaque le
prestige d'une institution essentielle, la papauté, en faisant
l'histoire fort modeste de ses origines – alors qu'au XVIII[e] siècle
le pape est un souverain temporel important et dispose d'un
vaste pouvoir sur l'ensemble de la catholicité. Il reprend un des
thèmes de la satire protestante de la Réforme : le pape est
l'antéchrist, qui a passé un pacte avec le diable. Dans *Les
Tragiques* (livre VII, «Jugement», éd. Garnier et Plattard,
S.T.F.M., 1990, t. III, p. 170-171), d'Aubigné donnait déjà

la parole à l'«Antéchrist» en ces termes : «Rois et Roines viendront au siège où je me sieds / Le front en bas, lécher la poudre sous mes pieds [...] / Je maintiens le Papat tout-puissant en ce lieu / Où, si Dieu je ne suis, pour le moins vice-Dieu» (v. 825 *sq.*). Voltaire va plus loin en récrivant l'Évangile : lors de la tentation sur la montagne que relate l'Écriture, les choses se sont passées autrement que ne le dit le texte habituellement diffusé. Le conte s'inscrit ainsi dans la mise en question de l'authenticité des textes canoniques qui occupe beaucoup d'esprits depuis le début du xviii^e siècle. En tournant la papauté en dérision, Voltaire sait qu'il plaira au public de culture protestante en Europe (qui sourira de ses plaisantes protestations d'orthodoxie des vers 43-46), et en France au public d'esprit gallican, très influent dans la bonne société. Mais il plaira surtout aux ennemis du christianisme : car, au-delà de la satire des pouvoirs pontificaux, c'est le Christ et le diable des chrétiens qui sont ramenés à des personnages de contes, êtres de fantaisie, qui relèvent simplement de la tradi-tion populaire. C'est ce que suggère Voltaire en utilisant quelques tournures archaïques, en donnant au Christ des scrupules de dévot naïf. Le genre du conte révèle ici son pouvoir de transgression : non dans le domaine sexuel, comme il est fréquent, mais dans le registre du sacrilège. La hardiesse du texte explique que Voltaire, à partir du moment où il contrôle la publication du texte, lui donne un auteur supposé autre que lui-même, le chevalier de Saint-Gile, un poète mort depuis longtemps. Remarquons enfin que, par son début et ses anecdotes tirées de l'Évangile et de l'histoire de l'Église primi-tive, le conte se présente comme une parodie de sermon populaire, dont il adopte le vocabulaire qui oppose «le diable» et «le bon Dieu».

Histoire du texte

Le texte le plus ancien dont nous disposons se trouve dans un volume composite intitulé *Lettres de M. de V*** avec*

plusieurs pièces de différents auteurs, à La Haye, chez Pierre Poppy, 1738. Il comporte des fautes grossières. Voltaire en 1759, lors du séjour que font Mme d'Épinay et Grimm à Genève, déclare à Mme d'Épinay que pour lui envoyer le conte il doit «s'en souvenir, le refaire» (D 8419).

Cette version, communiquée par Mme d'Épinay à son ami Grimm, est publiée dans la *Correspondance littéraire* qu'il dirige (n° du 15 juillet 1760). Le texte le plus sûr est toutefois celui du recueil imprimé par les Cramer sous le titre *Les Choses utiles et agréables,* tome second, Berlin, 1769; Voltaire l'a approuvé puisqu'il est repris dans toutes les éditions ultérieures. C'est celui que nous reproduisons.

Bibliographie critique

NABLOW R. A., «Voltaire's lighter verse», *Studies on Voltaire* [...], vol. 126, Oxford, 1974, p. 40-41.

MENANT S., *La Chute d'Icare,* Genève, Droz, 1981, p. 200-201.

LIZÉ E., «Voltaire, Grimm et la Correspondance littéraire», *Studies on Voltaire* [...], vol. 180, Oxford, 1979, p. 54-55.

LA MULE DU PAPE[4]

PAR LE CHEVALIER DE SAINT-GILE[5]

Frères très chers, on lit dans saint Mathieu[6]
Qu'un jour le diable[7] emporta le bon Dieu
Sur la montagne, et puis lui dit : «Beau sire,
Vois-tu ces mers, vois-tu ce vaste empire,
5 L'État romain de l'un à l'autre bout?»
L'autre reprit : «Je ne vois rien du tout,
Votre montagne en vain serait plus haute.»
Le diable dit : «Mon ami, c'est ta faute[8].
Mais avec moi veux-tu faire un marché?
10 – Oui-da, dit Dieu, pourvu que sans péché
Honnêtement nous arrangions la chose.
– Or voici donc ce que je te propose,
Reprit Satan. Tout le monde est à moi;
Depuis Adam j'en ai la jouissance[9];
15 Je me démets, et tout sera pour toi,
Si tu me veux faire la révérence.»
Notre Seigneur, ayant un peu rêvé,
Dit au démon que, quoique en apparence
Avantageux le marché fût trouvé,
20 Il ne pouvait le faire en conscience;
Car il avait appris dans son enfance
Qu'étant si riche on fait mal son salut[10].
Un temps après, notre ami Belzébut
Alla dans Rome : or c'était l'heureux âge

25 Où Rome avait fourmilière d'élus ;
 Le pape était un pauvre personnage,
 Pasteur de gens, évêque, et rien de plus.
 L'Esprit malin s'en va droit au saint-père,
 Dans son taudis l'aborde, et lui dit : « Frère,
30 Je te ferai, si tu veux, grand seigneur. »
 A ce seul mot l'ultramontain pontife
 Tombe à ses pieds et lui baise la griffe[11] ;
 Le farfadet, d'un air de sénateur,
 Lui met au chef une triple couronne[12].
35 « Prenez, dit-il, ce que Satan vous donne ;
 Servez-le bien, vous aurez sa faveur. »
 O papegots[13] ! voilà la belle source
 De tous vos biens, comme savez. Et pour ce
 Que le saint-père avait en ce tracas
40 Baisé l'ergot de messer Satanas,
 Ce fut depuis chose à Rome ordinaire
 Que l'on baisât la mule du saint-père[14].
 Ainsi l'ont dit les malins huguenots[15]
 Qui du papisme ont blasonné l'histoire :
45 Mais ces gens-là sentent bien les fagots :
 Et grâce au Ciel, je suis loin de les croire.
 Que s'il advient que ces petits vers-ci
 Tombent ès mains de quelque galant homme,
 C'est bien raison qu'il ait quelque souci
50 De les cacher, s'il fait voyage à Rome.

SONGE DE PLATON

Notice

Est-ce un conte? Voltaire ne l'a jamais présenté explicitement comme tel. Mais il semble avoir attaché si peu d'importance à ces trois pages que le lecteur a sans doute le droit d'en décider par lui-même, comme ont fait les éditeurs de Kehl. Or, le texte a du conte la fantaisie, la construction dramatique, les personnages simplifiés, la valeur mythique. Et, comme il naît d'une véritable question philosophique, il représente une étape intéressante dans l'histoire des relations de Voltaire avec le genre, surtout s'il constitue, comme l'a démontré J. Van den Heuvel, l'un de ses premiers essais dans cette veine.

Publié seulement en 1756, il fait partie d'un groupe de textes précédés, dans l'édition «encadrée» (1775) surveillée par Voltaire, d'un avertissement : «La plupart de ces pièces ont été écrites depuis 1730 jusqu'en 1740[1].» Or nous disposons des notes rassemblées par l'écrivain pour écrire le *Songe de Platon*[2]; elles sont mêlées à des fragments destinés à figurer dans les *Éléments de la Philosophie de Newton* et dans *Le Siècle de Louis XIV*, et datables des années 1737, 1738; c'est d'ailleurs la seule période de la vie de Voltaire avant 1767 où il s'intéresse de près à Platon[3]. Il le lit avec Mme Du Châtelet dans les studieux loisirs de Cirey, s'en amuse avec elle comme d'un ensemble de fantaisies sans consistance philosophique. Dans le *Timée*, Platon présente le Démiourgos, le créateur éternel, qui rassemble des dieux créés par lui pour leur confier une tâche complémentaire de son œuvre propre : créer des êtres doués d'un corps mortel et d'une âme[4]. C'est de ce mythe que part Voltaire. Il le développe en le nourrissant de ses

lectures newtoniennes, qui le conduisent à envisager l'univers dans son ensemble et dans son harmonieux mouvement. Il le nourrit aussi de ses réflexions sur le bien et le mal dans le monde, et la difficulté de concevoir une nature qui prévoit la destruction d'une espèce par l'autre, la coexistence du goût de vivre et de la mort, du plaisir et de la souffrance. Tout en se moquant des «rêveries» de Platon, Voltaire propose ici une variante de la *Genèse* où s'exprime le trouble d'un penseur déchristianisé devant la création qui, débarrassée du péché originel, étale encore ses contradictions. La désinvolture du récit, les affectations de naïveté, l'insolence finale soulignent la vanité de toute tentative d'explication métaphysique : ou encore, que toute métaphysique est conte de bonne femme.

Histoire du texte

Le *Songe de Platon* a été imprimé pour la première fois dans des *Mélanges de philosophie,* t. III, 1756. Ce volume, publié par les Cramer à Genève, fait partie d'une *Collection complète des Œuvres de M. de Voltaire* entreprise par ces imprimeurs avec l'accord de Voltaire. C'est seulement à partir de l'édition de Kehl (ici reproduite), c'est-à-dire après la mort de Voltaire, que ce texte est rangé parmi les «romans». Dans l'édition «encadrée» (1775) par exemple, il est imprimé dans un volume de *Mélanges de littérature, d'histoire et de philosophie* – ce qui laisse planer l'incertitude sur le genre où Voltaire entendait le ranger. Les éditions successives ne présentent aucune variante (à l'exception du mot «fort» ajouté au cinquième paragraphe); Voltaire n'a sans doute jamais revu ce texte de peu d'ampleur.

Bibliographie critique

PHILIPS E., «Madame Du Châtelet, Voltaire and Plato», *Romanic Review,* 1942, t. XXXIII, p. 250-263.

HAAC O., «A "philosophe" and antiquity : Voltaire's changing views of Plato», dans *The persistent voice, Essays on Hellenism in French Literature,* Genève, Droz, 1961, p. 15-26.

VAN DEN HEUVEL J., *Voltaire dans ses contes,* Paris, A. Colin, 1967, p. 61-67.

GALLIANI R., «La date de composition du *Songe de Platon*», *Studies on Voltaire* [...], vol. 219, Oxford, 1983, p. 35-47.

SONGE DE PLATON

Platon rêvait beaucoup, et on n'a pas moins rêvé depuis. Il avait songé que la nature humaine était autrefois double, et qu'en punition de ses fautes elle fut divisée en mâle et femelle[5].

Il avait prouvé qu'il ne peut y avoir que cinq mondes parfaits, parce qu'il n'y a que cinq corps réguliers en mathématiques[6]. Sa *République* fut un de ses grands rêves[7]. Il avait rêvé encore que le dormir naît de la veille, et la veille du dormir[8], et qu'on perd sûrement la vue en regardant une éclipse ailleurs que dans un bassin d'eau[9]. Les rêves alors donnaient une grande réputation.

Voici un de ses songes, qui n'est pas un des moins intéressants. Il lui sembla que le grand Démiourgos[10], l'éternel Géomètre, ayant peuplé l'espace infini de globes innombrables, voulut éprouver la science des génies qui avaient été témoins de ses ouvrages. Il donna à chacun d'entre eux un petit morceau de matière à arranger, à peu près comme Phidias et Zeuxis[11] auraient donné des statues et des tableaux à faire à leurs disciples, s'il est permis de comparer les petites choses aux grandes.

Démogorgon eut en partage le morceau de boue qu'on appelle *la terre* et, l'ayant arrangé de la manière qu'on le voit aujourd'hui, il prétendait avoir fait un chef-d'œuvre. Il pensait avoir subjugué l'envie, et attendait des éloges même de ses confrères ; il fut bien surpris d'être reçu d'eux avec des huées.

L'un d'eux, qui était un fort mauvais plaisant, lui dit :

« Vraiment vous avez fort bien opéré ; vous avez séparé votre monde en deux, et vous avez mis un grand espace d'eau entre les deux hémisphères, afin qu'il n'y eût point de communication de l'un à l'autre. On gèlera de froid sous vos deux pôles, on mourra de chaud sous votre ligne équinoxiale. Vous avez prudemment établi de grands déserts de sables, pour que les passants y mourussent de faim et de soif. Je suis assez content de vos moutons, de vos vaches, et de vos poules ; mais franchement, je ne le suis pas trop de vos serpents et de vos araignées. Vos oignons et vos artichauts sont de très bonnes choses ; mais je ne vois pas quelle a été votre idée en couvrant la terre de tant de plantes venimeuses, à moins que vous n'ayez eu le dessein d'empoisonner ses habitants. Il me paraît d'ailleurs que vous avez formé une trentaine d'espèces de singes, beaucoup plus d'espèces de chiens, et seulement quatre ou cinq espèces d'hommes : il est vrai que vous avez donné à ce dernier animal ce que vous appelez *la raison* ; mais, en conscience, cette raison-là est trop ridicule, et approche trop de la folie. Il me paraît d'ailleurs que vous ne faites pas grand cas de cet animal à deux pieds, puisque vous lui avez donné tant d'ennemis et si peu de défense, tant de maladies et si peu de remèdes, tant de passions et si peu de sagesse. Vous ne voulez pas apparemment qu'il reste beaucoup de ces animaux-là sur terre : car, sans compter les dangers auxquels vous les exposez, vous avez si bien fait votre compte qu'un jour la petite vérole[12] emportera tous les ans régulièrement la dixième partie de cette espèce, et que la sœur de cette petite vérole[13] empoisonnera la source de la vie dans les neuf parties qui resteront ; et, comme si ce n'était pas encore assez, vous avez tellement disposé les choses que la moitié des survivants sera occupée à plaider, et l'autre à se tuer ; ils vous auront, sans doute, beaucoup d'obligation, et vous avez fait là un beau chef-d'œuvre. »

Démogorgon rougit ; il sentait bien qu'il y avait du mal moral et du mal physique dans son affaire ; mais il soutenait qu'il y avait plus de bien que de mal. « Il est aisé de critiquer, dit-il ; mais pensez-vous qu'il soit si facile de faire un animal qui soit toujours raisonnable, qui soit libre, et qui n'abuse jamais de sa liberté ? Pensez-vous que, quand on a

neuf à dix mille plantes à faire provigner[14], on puisse si aisément empêcher que quelques-unes de ces plantes n'aient des qualités nuisibles? Vous imaginez-vous qu'avec une certaine quantité d'eau, de sable, de fange et de feu, on puisse n'avoir ni mer, ni désert? Vous venez, monsieur le rieur, d'arranger la planète de Mars; nous verrons comment vous vous en êtes tiré avec vos deux grandes bandes[15], et quel bel effet font vos nuits sans lune; nous verrons s'il n'y a chez vos gens ni folie ni maladie.»

En effet, les génies examinèrent Mars, et on tomba rudement sur le railleur. Le sérieux génie qui avait pétri Saturne ne fut pas épargné; ses confrères, les fabricateurs de Jupiter, de Mercure, de Vénus, eurent chacun des reproches à essuyer.

On écrivit de gros volumes et des brochures; on dit des bons mots, on fit des chansons, on se donna des ridicules, les partis s'aigrirent; enfin l'éternel Démiourgos leur imposa silence à tous : «Vous avez fait, leur dit-il, du bon et du mauvais, parce que vous avez beaucoup d'intelligence, et que vous êtes imparfaits; vos œuvres dureront seulement quelques centaines de millions d'années; après quoi, étant plus instruits, vous ferez mieux : il n'appartient qu'à moi de faire des choses parfaites et immortelles.» Voilà ce que Platon enseignait à ses disciples. Quand il eut cessé de parler, l'un deux lui dit : *Et puis vous vous réveillâtes.*

MICROMÉGAS
HISTOIRE PHILOSOPHIQUE

Notice

Il n'est question de *Micromégas* dans la correspondance de Voltaire qu'en février 1751 (D 4381, D 4385), et le conte n'est imprimé qu'en 1752 (voir ci-dessous). Mais l'essentiel du texte est certainement bien antérieur, et constitue, pour l'écrivain, le premier essai de conte philosophique développé. Un des secrétaires de Voltaire, Longchamp, prétend qu'il a été composé avec d'autres chez la duchesse du Maine en 1747[1]. Mais l'analyse interne fait apparaître clairement que la plupart de ses matériaux appartiennent à l'époque où Voltaire, retiré à Cirey avec Mme Du Châtelet, travaillait à ses *Éléments de la Philosophie de Newton* (1738). Dans cette œuvre, il explique précisément les raisons scientifiques du voyage au cercle polaire d'un groupe de savants français, envoyés en 1736-1737 mesurer un degré du méridien terrestre : l'un deux, Maupertuis, était un familier de Voltaire et de Mme Du Châtelet. Il s'agissait de vérifier une déduction de Newton, qui avait tiré de sa théorie de la gravitation et de celle de l'attraction terrestre l'idée que la terre devait être un sphéroïde aplati aux deux pôles. Or des mesures faites au XVIIe siècle ne correspondaient pas avec cette idée. Au contraire, les mesures de Maupertuis et de ses compagnons confirmèrent complètement l'affirmation de Newton, suscitant l'enthousiasme chez Mme Du Châtelet (traductrice de Newton en français) et chez Voltaire (son propagateur). Cette expédition est celle que rencontre Micromégas. Les ouvrages scientifiques auxquels Voltaire fait allusion dans le conte sont précisément ceux dont il se sert en 1738 dans son entreprise de vulgarisation, notamment ceux de

Huygens, de J. Keill et de E. Wolff. Enfin, le personnage du
Saturnien ne peut que faire allusion à Fontenelle : il est
«secrétaire de l'Académie de Saturne», comme Fontenelle est
Secrétaire perpétuel de l'Académie des sciences, et il cherche à
plaire à Micromégas en présentant la nature comme un par-
terre, puis comme une assemblée de blondes et de brunes, ce
qui rappelle les procédés de Fontenelle dans ses *Entretiens sur la
pluralité des Mondes*. Or en 1738 cette façon galante de présen-
ter les connaissances scientifiques qu'a lancée Fontenelle est
reprise par une fréquentation du ménage que forment Voltaire
et Mme Du Châtelet : Algarotti, qui a rivalisé d'une certaine
façon avec l'auteur des *Éléments de la philosophie de Newton* en
publiant un *Newtonianisme pour les dames*. Dans une lettre à
Maupertuis de 1738, Voltaire fait le rapprochement textuel
entre l'œuvre d'Algarotti et les expressions de Fontenelle qu'il
reprend dans le conte : «Je crois qu'il réussira en italien, mais
je doute qu'en français l'amour d'un amant qui décroît en
raison du cube de la distance de sa maîtresse et du carré de
l'absence, plaise aux esprits bien faits, qui ont été choqués de
la beauté blonde du soleil et de la beauté brune de la lune dans
le *Livre des mondes*[3].» *Micromégas* contient aussi des attaques
contre Derham et le P. Castel : le premier n'apparaît dans les
préoccupations de Voltaire qu'au moment de la rédaction des
Éléments de la philosophie de Newton, et le second est en 1738 la
cible de Voltaire, pour avoir présenté de façon défavorable,
dans le *Journal de Trévoux*, les mêmes *Éléments*. On le voit, tout
ramène, pour la composition de *Micromégas*, à une période
immédiatement postérieure à celle où Voltaire se consacre à la
présentation de la science newtonienne.

 C'est pourquoi on est tenté de voir dans un conte perdu de
1739, le *Voyage du Baron de Gangan*, un premier état de
Micromégas, qui en rassemblerait déjà l'essentiel et les traits
caractéristiques. Voltaire envoie en juin 1739 ce texte à Frédé-
ric II, avec les commentaires suivants, où il fait allusion à un
voyage en Belgique avec Mme Du Châtelet : «Je prends la
liberté d'adresser à Votre Altesse Royale une petite relation,
non pas de mon voyage, mais de celui de M. le baron de
Gangan. C'est une fadaise philosophique qui ne doit être lue
que comme on se délasse d'un travail sérieux avec les bouf-
fonneries d'Arlequin. Le respectable ennemi de Machiavel[4]

aura-t-il quelques moments pour voyager avec ce baron de Gangan? Il y verra au moins un petit article plein de vérité sur les choses de la terre[5].»

En accusant réception de «l'ingénieux voyage du baron de Gangan», Frédéric écrit : «Il m'a beaucoup amusé, ce voyageur céleste; et j'ai remarqué en lui quelque satire et quelque malice qui lui donne beaucoup de ressemblance avec les habitants de notre globe, mais qu'il ménage si bien, qu'on voit en lui un jugement plus mûr et une imagination plus vive qu'en tout autre être pensant[6].» Tout ceci peut parfaitement s'appliquer au texte que nous connaissons sous le titre de *Micromégas*. Frédéric, il est vrai, fait allusion à un «article» «dans ce voyage» qui vise à flatter son «amour-propre» *(ibid.)*, et on ne voit pas dans *Micromégas* ce qui peut aller dans ce sens, sinon deux allusions à la taille élevée des gardes du roi, ce qui est peu. Mais Voltaire a pu retrancher ce développement en procédant à la mise au point où le nom du héros a été modifié. D'un tel changement de nom, Micromégas ne fournirait pas le seul exemple dans les contes de Voltaire, puisque Zadig s'est d'abord nommé Memnon. Dans cette révision, les philosophes du dernier chapitre ont pu aussi subir des retouches pour ressembler à ceux qui entourent Maupertuis à l'Académie de Berlin[7]. Car nul doute sur ce point : Voltaire a mis la dernière main au conte pendant son séjour à Berlin, peut-être sur la suggestion du roi qui se souvenait de Gangan; c'est de Berlin qu'est venu le texte enfin édité en 1752. On peut s'étonner qu'il ait mis en circulation à ce moment-là un conte qui rappelait la glorieuse expédition de Maupertuis, devenu alors son adversaire dans le petit monde intellectuel berlinois. Peut-être a-t-il retenu surtout ce qui soulignait, dans le conte, la supériorité philosophique de l'habitant de Sirius sur le calculateur terrestre.

Si la composition de *Micromégas* remonte bien, pour l'essentiel, à 1739, Voltaire utilise ici pour la première fois la formule du voyage philosophique – après, il est vrai, l'avoir pratiquée lui-même en Angleterre. Mais le conte, tout philosophique qu'il soit, doit se rattacher à une tradition : conter, c'est redire. Jusque dans l'invention et les allusions à l'actualité la plus proche, Voltaire souligne les liens qui rattachent son récit à des récits antérieurs et bien connus. La tradition du voyage imagi-

naire est très ancienne. Mais plusieurs œuvres des dernières décennies en faisaient un élément littéraire familier au monde de Voltaire : l'*Histoire des Sévarambes* de Denis Vairasse (1677), la *Relation de l'île de Bornéo* de Fontenelle (1686), les *Voyages et aventures de Jacques Massé* de Tyssot de Patot (1710), que Voltaire cite avec éloge[8]. L'idée d'un voyage interplanétaire elle-même fait partie des fantaisies déjà exploitées par la littérature. Notamment, le célèbre Cyrano de Bergerac avait présenté en 1657, dans ses *États et Empires de la Lune,* la rencontre d'un homme avec les habitants d'une autre planète, et les conversations qui en résultaient, d'où se dégageait la critique de l'orgueil de l'homme qui se croit le centre de l'univers. Ce passage d'un monde dans l'autre est d'ailleurs l'un des motifs favoris du conte populaire ; pour nous limiter à la mise en œuvre la plus célèbre de cette sorte de conte, et la plus familière à Voltaire, remarquons que chez Perrault le plus beau moment de *La Belle au Bois dormant* est celui où les éveillés pénètrent chez les endormis ; et que les petits du Bûcheron, dans *Le Petit Poucet,* se retrouvent dans la maison de l'ogre et de sa famille. Géants et nains, personnages traditionnels des récits populaires, ont de plus pris une valeur philosophique et littéraire dans une œuvre grandement admirée par Voltaire, les *Voyages de Gulliver* de Swift (1726) : «C'est le Rabelais de l'Angleterre, [...] mais c'est un Rabelais sans fatras et le livre serait très amusant par lui-même par les imaginations singulières dont il est plein, par la légèreté de son style, etc., quand il ne serait pas d'ailleurs la satire du genre humain[9]».

C'est bien aussi la satire du genre humain que fait Voltaire dans *Micromégas.* A vrai dire, il aurait pu profiter des pérégrinations de son Saturnien et de son Sirien pour faire éclater, à des yeux neufs, mille étrangetés et scandales du monde des hommes. Mais cette enquête qu'avaient conduite les Persans de Montesquieu et maint Espion chinois, Voltaire la laisse de côté, peut-être comme trop peu philosophique, trop pittoresque, à un moment où il veut donner au conte un tour plus intellectuel. Les représentants de l'humanité que rencontre Micromégas sont choisis parmi les plus éminents personnages représentatifs, au fond, de ce que l'humanité fait de mieux (laissons de côté les matelots qu'on ne fait qu'entrevoir). Ce

sont des «raisonneurs», fort savants malgré la description désinvolte qui est faite de leurs activités, et en somme préoccupés surtout de sujets désintéressés. Leur faiblesse est pourant frappante, grâce aux procédés du conte. Faiblesse physique : ils ne sont que des «mites». Cette idée hantera Voltaire jusqu'à ses derniers jours, jusqu'à cette fable du *Marseillois et du lion* où il présente l'homme nu comme le plus démuni des animaux. Faiblesse morale : même les plus intelligents abusent de leurs facultés intellectuelles, au lieu de se borner aux domaines sur lesquels ils peuvent acquérir des certitudes. C'est chez Locke[10] surtout que Voltaire a trouvé une claire formulation de la distinction entre les connaissances certaines, fondées sur une enquête empirique, et les opinions sans fondements autres que les préjugés, les intérêts, les apparences. Pour se dégager de ces illusions, il faut prendre une distance suffisante avec le petit monde où l'homme est enfermé. Telle est la fonction du voyage à travers l'espace, du point de vue interplanétaire. Dans son très lockien *Traité de métaphysique* (1734), Voltaire écrivait déjà : «Je vais tâcher, en étudiant l'homme, de me mettre d'abord hors de sa sphère, et hors d'intérêt, et de me défaire de tous les préjugés d'éducation, de patrie, et surtout des préjugés de philosophe. Je suppose, par exemple, que, né avec la faculté de penser et de sentir que j'ai présentement, et n'ayant point la forme humaine, je descends du globe de Mars ou de Jupiter. Je peux porter une vue rapide sur tous les siècles, tous les pays, et, par conséquent, sur toutes les sottises de ce petit globe[11].» *Micromégas* réalise ce programme sous la forme d'un récit fantaisiste : le conte, dans ce cas, est bien né de l'idée philosophique.

Cette idée est elle-même étroitement liée à l'orientation que la lecture de Newton donne à la pensée de Voltaire. Newton (et les auteurs qu'il lit en même temps pour se donner une formation astronomique) lui ouvre la perspective d'un univers infini et en même temps parfaitement ordonné dans ses mouvements rationnels. Si l'humanité triomphe dans cette conscience enfin claire qu'elle a conquise de l'ordre de l'univers, elle y trouve aussi l'évidence de la place modeste qu'elle occupe dans l'échelle des êtres et dans l'organisation du cosmos. Telle n'était pas la vision que Newton lui-même, chrétien convaincu, avait de l'homme : mais par l'intermédiaire surtout

de Pope, et de son *Essay on man,* Voltaire dégage de la cosmologie newtonienne une conception déchristianisée de l'homme : comment concevoir, s'il n'est plus le centre géométrique de l'univers, que Dieu lui ait envoyé son fils unique pour le sauver, pour le racheter du péché originel ? Plus qu'un raisonnement dont la rigueur n'est pas certaine, c'est une impression que va communiquer *Micromégas,* l'impression que l'harmonie du monde se passe des explications chrétiennes, et que l'homme vaut mieux quand il s'en détache. Littré aimait *Micromégas,* où il voyait l'illustration éclatante d'un rationalisme strict : «Entre les notions absolues et les notions relatives, ce qui est décisif, c'est la démonstration toujours impossible dans les premières, à côté de la démonstration toujours possible dans l'autre. Ce caractère [...] a été saisi et signalé par Voltaire dans son admirable conte de *Micromégas*[12].» Le *Journal de Trévoux,* intelligent organe de défense du catholicisme animé par les jésuites, ne s'y est pas trompé. Il reproche à Voltaire en avril 1752 «de parler contre les ordonnances des princes qui se déterminent à faire la guerre [...] de ne ménager pas assez les intérêts de la pudeur et de présenter quelques traits licencieux qui blessent un lecteur modeste» : mais surtout il souligne que «l'ouvrage n'est pas bon pour la religion[13]».

Histoire du texte

L'édition la plus ancienne, intitulée *Le Micromégas de M. de Voltaire. A Londres,* sans date, a paru en 1752 et présente de nombreuses fautes. La première édition corrigée par Voltaire a sans doute paru plus tard dans le courant de la même année, sous le titre : «Micromégas par M. de Voltaire. A. Berlin, aux dépens de l'auteur, MDCCL», au sein d'un recueil intitulé : *La Henriade et autres ouvrages du même auteur. Nouvelle édition revue, corrigée, avec des augmentations considérables, particulières et incorporées dans tout ce recueil. Enrichi de 56 figures. Tome sixième.* A Londres, aux dépens de la société, MDCCL. La date

portée sur les deux pages de titre reste inexpliquée. Le texte définitif du conte, tel que Voltaire l'a corrigé et modifié sur plusieurs points, apparaît dans une édition de 1754 : «*Œuvres de M. de Voltaire* [...] A Dresde, 1754, chez George Conrad Walther libraire du Roi avec privilège». Pour la première fois le conte est intitulé *Micromégas, histoire philosophique*. Les éditions ultérieures, et notamment l'édition «encadrée» que nous reproduisons, reprennent ce texte de 1754 à quelques détails près (signalés en note).

Bibliographie critique

WADE I. O., *Voltaire's Micromegas, a study in the fusion of science, myth and art*, Princeton, Princeton University Press, 1950 (édition critique et commentaire).

BARBER W. H., «The genesis of Voltaire's *Micromegas*», *French Studies*, 1957, p. 1-15.

SCHICK U., «Die Veröffentlichugsgeschichte von Voltaire's *Micromegas*», *Zeitschrift für französische Sprache und Literatur*, 1971, t. LXXXI, p. 67-69.

HAVENS G. R., «Voltaire's *Micromegas* (1739-1752). Composition and publication», *Modern language quarterly*, XXXIII, juin 1972, p. 113-118.

VAN DEN HEUVEL J., Notice sur *Micromégas*, dans Voltaire, *Romans et Contes*, Bibl. de la Pléiade, 1979, p. 692-707.

NACHTERGAELE V., «*Micromégas* ou le disfonctionnement des procédés de la narration», *Studies on Voltaire* [...], vol. 199, Oxford, 1981, p. 73-86.

CERQUEIRA H. W., «Micromégas, ménippée moderne», *Lingua e literatura*, Univ. de Sao Paulo, v. 14, 1985, p. 63-94.

DE DIEGO MARTINEZ R., «*Micromégas*, histoire philosophique», *Narrativa francesa*, Madrid, 1988, p. 257-266.

MICROMÉGAS

Chapitre premier

Voyage d'un habitant du monde de l'étoile Sirius dans la planète de Saturne[14]

Dans une de ces planètes qui tournent autour de l'étoile nommée Sirius, il y avait un jeune homme de beaucoup d'esprit, que j'ai eu l'honneur de connaître dans le dernier voyage qu'il fit sur notre petite fourmilière; il s'appelait Micromégas[15], nom qui convient fort à tous les grands. Il avait huit lieues de haut[16] : j'entends, par huit lieues, vingt-quatre mille pas géométriques de cinq pieds chacun.

Quelques algébristes[17], gens toujours utiles au public, prendront sur-le-champ la plume, et trouveront que, puisque monsieur Micromégas, habitant du pays de Sirius, a de la tête aux pieds vingt-quatre mille pas, qui font cent vingt mille pieds de roi[18], et que nous autres, citoyens de la terre, nous n'avons guère que cinq pieds, et que notre globe a neuf mille lieues de tour, ils trouveront, dis-je, qu'il faut absolument que le globe qui l'a produit ait au juste vingt et un millions six cent mille fois plus de circonférence que notre petite terre[19]. Rien n'est plus simple et plus ordinaire dans la nature. Les États de quelques souverains d'Alle-

magne ou d'Italie, dont on peut faire le tour en une demi-heure, comparés à l'empire de Turquie, de Moscovie ou de la Chine, ne sont qu'une très faible image des prodigieuses différences que la nature a mises dans tous les êtres.

La taille de Son Excellence étant de la hauteur que j'ai dite, tous nos sculpteurs et tous nos peintres[20] conviendront sans peine que sa ceinture peut avoir cinquante mille pieds de roi de tour : ce qui fait une très jolie proportion[21].

Quant à son esprit, c'est un des plus cultivés que nous ayons ; il sait beaucoup de choses ; il en a inventé quelques-unes ; il n'avait pas encore deux cent cinquante ans, et il étudiait, selon la coutume, au collège des jésuites[22] de sa planète, lorsqu'il devina, par la force de son esprit, plus de cinquante propositions d'Euclide[23]. C'est dix-huit de plus que Blaise Pascal, lequel, après en avoir deviné trente-deux en se jouant, à ce que dit sa sœur, devint depuis un géomètre assez médiocre, et un fort mauvais métaphysicien[24]. Vers les quatre cent cinquante ans, au sortir de l'enfance, il disséqua beaucoup de ces petits insectes[25] qui n'ont pas cent pieds de diamètre, et qui se dérobent aux microscopes ordinaires ; il en composa un livre fort curieux, mais qui lui fit quelques affaires. Le muphti[26] de son pays, grand vétillard, et fort ignorant, trouva dans son livre des propositions suspectes, malsonnantes, téméraires, hérétiques, sentant l'hérésie, et le poursuivit vivement : il s'agissait de savoir si la forme substantielle des puces de Sirius était de même nature que celle des colimaçons. Micromégas se défendit avec esprit ; il mit les femmes de son côté ; le procès dura deux cent vingt ans. Enfin le muphti fit condamner le livre par des jurisconsultes qui ne l'avaient pas lu, et l'auteur eut ordre de ne paraître à la cour de huit cents années.

Il ne fut que médiocrement affligé d'être banni d'une cour qui n'était remplie que de tracasseries et de petitesses. Il fit une chanson fort plaisante contre le muphti, dont celui-ci ne s'embarrassa guère ; et il se mit à voyager de planète en planète, pour achever de se former *l'esprit et le cœur*[27], comme l'on dit. Ceux qui ne voyagent qu'en chaise de poste ou en berline seront sans doute étonnés des équipages de là-haut : car nous autres, sur notre petit tas de boue, nous ne concevons rien au-delà de nos usages. Notre

voyageur connaissait merveilleusement les lois de la gravita-
tion, et toutes les forces attractives et répulsives. Il s'en
servait si à propos que, tantôt à l'aide d'un rayon du soleil,
tantôt par la commodité d'une comète, il allait de globe en
globe, lui et les siens, comme un oiseau voltige de branche
en branche. Il parcourut la voie lactée en peu de temps, et je
suis obligé d'avouer qu'il ne vit jamais à travers les étoiles
dont elle est semée ce beau ciel empyrée que l'illustre vicaire
Derham[28] se vante d'avoir vu au bout de sa lunette. Ce n'est
pas que je prétende que Monsieur Derham ait mal vu, à
Dieu ne plaise! mais Micromégas était sur les lieux, c'est un
bon observateur, et je ne veux contredire personne. Micro-
mégas, après avoir bien tourné, arriva dans le globe de
Saturne. Quelque accoutumé qu'il fût à voir des choses
nouvelles, il ne put d'abord, en voyant la petitesse du globe
et de ses habitants, se défendre de ce sourire de supériorité
qui échappe quelquefois aux plus sages. Car enfin Saturne
n'est guère que neuf cents fois plus gros que la terre, et les
citoyens de ce pays-là sont des nains qui n'ont que mille
toises[29] de haut ou environ. Il s'en moqua un peu d'abord
avec ses gens, à peu près comme un musicien italien se met à
rire de la musique de Lulli quand il vient en France[30]. Mais
comme le Sirien avait un bon esprit, il comprit bien vite
qu'un être pensant peut fort bien n'être pas ridicule pour
n'avoir que six mille pieds de haut. Il se familiarisa avec les
Saturniens, après les avoir étonnés. Il lia une étroite amitié
avec le secrétaire de l'Académie de Saturne, homme de
beaucoup d'esprit, qui n'avait à la vérité rien inventé, mais
qui rendait un fort bon compte des inventions des autres, et
qui faisait passablement de petits [vers] et de grands cal-
culs[31]. Je rapporterai ici, pour la satisfaction des lecteurs,
une conversation singulière que Micromégas eut un jour
avec M. le secrétaire.

Chapitre second

Conversation de l'habitant de Sirius avec celui de Saturne

Après que Son Excellence se fut couchée, et que le secrétaire se fut approché de son visage : « Il faut avouer, dit Micromégas, que la nature est bien variée. – Oui, dit le Saturnien ; la nature est comme un parterre dont les fleurs... – Ah! dit l'autre, laissez là votre parterre. – Elle est, reprit le secrétaire, comme une assemblée de blondes et de brunes, dont les parures...[32] – Eh! qu'ai-je à faire de vos brunes? dit l'autre. – Elle est donc comme une galerie de peintures dont les traits... – Eh non! dit le voyageur; encore une fois, la nature est comme la nature. Pourquoi lui chercher des comparaisons? – Pour vous plaire, répondit le secrétaire. – Je ne veux point qu'on me plaise, répondit le voyageur; je veux qu'on m'instruise[33] : commencez d'abord par me dire combien les hommes de votre globe ont de sens. – Nous en avons soixante et douze[34], dit l'académicien; et nous nous plaignons tous les jours du peu. Notre imagination va au-delà de nos besoins; nous trouvons qu'avec nos soixante et douze sens, notre anneau, nos cinq lunes[35], nous sommes trop bornés; et, malgré toute notre curiosité et le nombre assez grand de passions qui résultent de nos soixante et douze sens, nous avons tout le temps de nous ennuyer. – Je le crois bien, dit Micromégas; car dans notre globe nous avons près de mille sens, et il nous reste encore je ne sais quel désir vague, je ne sais quelle inquiétude[36], qui nous avertit sans cesse que nous sommes peu de chose, et qu'il y a des êtres beaucoup plus parfaits. J'ai un peu voyagé; j'ai vu des mortels fort au-dessous de nous; j'en ai vu de fort supérieurs; mais je n'en ai vu aucuns qui n'aient plus de désirs que de vrais besoins, et plus de besoins que de satisfaction. J'arriverai peut-être un jour au pays où il ne manque rien; mais jusqu'à présent personne ne m'a donné de nouvelles positives de ce pays-là. » Le Saturnien et le Sirien s'épuisèrent alors en conjectures; mais, après beaucoup de raisonnements fort ingénieux et fort incertains, il en fallut revenir aux faits. « Combien de temps vivez-vous? dit le Sirien. – Ah! bien peu, répliqua le petit homme de Saturne.

– C'est tout comme chez nous, dit le Sirien; nous nous plaignons toujours du peu. Il faut que ce soit une loi universelle de la nature. – Hélas! nous ne vivons, dit le Saturnien, que cinq cents grandes révolutions du soleil. (Cela revient à quinze mille ans ou environ, à compter à notre manière.) Vous voyez bien que c'est mourir presque au moment que l'on est né; notre existence est un point, notre durée un instant, notre globe un atome. A peine a-t-on commencé à s'instruire un peu que la mort arrive avant qu'on ait de l'expérience. Pour moi, je n'ose faire aucuns projets; je me trouve comme une goutte d'eau dans un océan immense. Je suis honteux, surtout devant vous, de la figure ridicule que je fais dans ce monde.»

Micromégas lui repartit : «Si vous n'étiez pas philosophe, je craindrais de vous affliger en vous apprenant que notre vie est sept cents fois plus longue que la vôtre; mais vous savez trop bien que quand il faut rendre son corps aux éléments, et ranimer la nature sous une autre forme, ce qui s'appelle mourir; quand ce moment de métamorphose[37] est venu, avoir vécu une éternité, ou avoir vécu un jour, c'est précisément la même chose. J'ai été dans les pays où l'on vit mille fois plus longtemps que chez moi, et j'ai trouvé qu'on y murmurait encore. Mais il y a partout des gens de bon sens qui savent prendre leur parti et remercier l'auteur de la nature. Il a répandu sur cet univers une profusion de variétés avec une espèce d'uniformité admirable. Par exemple tous les êtres pensants sont différents, et tous se ressemblent au fond par le don de la pensée et des désirs. La matière est partout étendue ; mais elle a dans chaque globe des proprié- tés diverses. Combien comptez-vous de ces propriétés diverses dans votre matière ? – Si vous parlez de ces proprié- tés, dit le Saturnien, sans lesquelles nous croyons que ce globe ne pourrait subsister tel qu'il est, nous en comptons trois cents, comme l'étendue, l'impénétrabilité, la mobilité, la gravitation, la divisibilité, et le reste. – Apparemment, répliqua le voyageur, que ce petit nombre suffit aux vues que le Créateur avait sur votre petite habitation. J'admire en tout sa sagesse ; je vois partout des différences, mais aussi partout des proportions. Votre globe est petit, vos habitants le sont aussi ; vous avez peu de sensations ; votre matière a

peu de propriétés[38] ; tout cela est l'ouvrage de la Providence. De quelle couleur est votre soleil bien examiné ? – D'un blanc fort jaunâtre, dit le Saturnien ; et quand nous divisons un de ses rayons, nous trouvons qu'il contient sept couleurs[39]. – Notre soleil tire sur le rouge, dit le Sirien, et nous avons trente-neuf couleurs primitives. Il n'y a pas un soleil, parmi tous ceux dont j'ai approché, qui se ressemble, comme chez vous il n'y a pas un visage qui ne soit différent de tous les autres[40] ».

Après plusieurs questions de cette nature, il s'informa combien de substances essentiellement différentes on comptait dans Saturne. Il apprit qu'on n'en comptait qu'une trentaine, comme Dieu, l'espace, la matière, les êtres étendus qui sentent, les êtres étendus qui sentent et qui pensent, les êtres pensants qui n'ont point d'étendue, ceux qui se pénètrent, ceux qui ne se pénètrent pas, et le reste. Le Sirien, chez qui on en comptait trois cents, et qui en avait découvert trois mille autres dans ses voyages, étonna prodigieusement le philosophe de Saturne. Enfin, après s'être communiqué l'un à l'autre un peu de ce qu'ils savaient et beaucoup de ce qu'ils ne savaient pas[41], après avoir raisonné pendant une révolution du soleil, ils résolurent de faire ensemble un petit voyage philosophique.

Chapitre troisième

Voyage des deux habitants de Sirius et de Saturne[42]

Nos deux philosophes étaient prêts à s'embarquer dans l'atmosphère de Saturne avec une fort jolie provision d'instruments mathématiques, lorsque la maîtresse du Saturnien, qui en eut des nouvelles, vint en larmes faire ses remontrances. C'était une jolie petite brune qui n'avait que six cent soixante toises, mais qui réparait par bien des agréments la petitesse de sa taille. « Ah ! cruel ! s'écria-t-elle, après t'avoir résisté quinze cents ans, lorsque enfin je commençais à me rendre, quand j'ai à peine passé cent[43] ans

entre tes bras, tu me quittes pour aller voyager avec un géant d'un autre monde ; va, tu n'es qu'un curieux, tu n'as jamais eu d'amour : si tu étais un vrai Saturnien, tu serais fidèle. Où vas-tu courir ? Que veux-tu ? Nos cinq lunes sont moins errantes que toi, notre anneau est moins changeant. Voilà qui est fait, je n'aimerai jamais plus personne. » Le philosophe l'embrassa, pleura avec elle, tout philosophe qu'il était ; et la dame, après s'être pâmée, alla se consoler avec un petit-maître du pays.

Cependant nos deux curieux partirent ; ils sautèrent d'abord sur l'anneau, qu'ils trouvèrent assez plat, comme l'a fort bien deviné un illustre habitant de notre petit globe[44] ; de là ils allèrent de lune en lune. Une comète passait tout auprès de la dernière ; ils s'élancèrent sur elle avec leurs domestiques et leurs instruments. Quand ils eurent fait environ cent cinquante millions de lieues, ils rencontrèrent les satellites de Jupiter[45]. Ils passèrent dans Jupiter même, et y restèrent une année, pendant laquelle ils apprirent de fort beaux secrets qui seraient actuellement sous presse sans messieurs les inquisiteurs, qui ont trouvé quelques propositions un peu dures. Mais j'en ai lu le manuscrit dans la bibliothèque de l'illustre archevêque de..., qui m'a laissé voir ses livres avec cette générosité et cette bonté qu'on ne saurait assez louer[46].

Mais revenons à nos voyageurs. En sortant de Jupiter, ils traversèrent un espace d'environ cent millions de lieues, et ils côtoyèrent la planète de Mars, qui, comme on sait, est cinq fois plus petite que notre petit globe ; ils virent deux lunes qui servent à cette planète, et qui ont échappé aux regards de nos astronomes. Je sais bien que le père Castel[47] écrira, et même assez plaisamment, contre l'existence de ces deux lunes ; mais je m'en rapporte à ceux qui raisonnent par analogie. Ces bons philosophes-là savent combien il serait difficile que Mars, qui est si loin du soleil, se passât à moins de deux lunes[48]. Quoi qu'il en soit, nos gens trouvèrent cela si petit qu'ils craignirent de n'y pas trouver de quoi coucher, et ils passèrent leur chemin comme deux voyageurs qui dédaignent un mauvais cabaret de village et poussent jusqu'à la ville voisine. Mais le Sirien et son compagnon se repentirent bientôt. Ils allèrent longtemps, et ne trouvèrent

rien. Enfin ils aperçurent une petite lueur : c'était la terre ;
cela fit pitié à des gens qui venaient de Jupiter. Cependant,
de peur de se repentir une seconde fois, ils résolurent de
débarquer. Ils passèrent sur la queue de la comète, et,
trouvant une aurore boréale toute prête, ils se mirent
dedans, et arrivèrent à terre sur le bord septentrional de la
mer Baltique, le cinq juillet mil sept cent trente-sept, nou-
veau style[49].

Chapitre quatrième

Ce qui leur arrive sur le globe de la terre

Après s'être reposés quelque temps, ils mangèrent à leur
déjeuner deux montagnes, que leurs gens leur apprêtèrent
assez proprement. Ensuite ils voulurent[50] reconnaître le petit
pays où ils étaient. Ils allèrent d'abord du nord au sud. Les
pas ordinaires du Sirien et de ses gens étaient d'environ
trente mille pieds de roi ; le nain de Saturne suivait de loin
en haletant ; or il fallait qu'il fît environ douze pas, quand
l'autre faisait une enjambée : figurez-vous (s'il est permis de
faire de telles comparaisons) un très petit chien de manchon
qui suivrait un capitaine des gardes du roi de Prusse[51].
Comme ces étrangers-là vont assez vite, ils eurent fait le
tour du globe en trente-six heures ; le soleil, à la vérité, ou
plutôt la terre, fait un pareil voyage en une journée ; mais il
faut songer qu'on va bien plus à son aise quand on tourne
sur son axe que quand on marche sur ses pieds. Les voilà
donc revenus d'où ils étaient partis, après avoir vu cette
mare, presque imperceptible pour eux, qu'on nomme *la
Méditerranée*, et cet autre petit étang qui, sous le nom du
grand Océan, entoure la taupinière. Le nain n'en avait eu
jamais qu'à mi-jambe, et à peine l'autre avait-il mouillé son
talon. Ils firent tout ce qu'ils purent en allant et en revenant
dessus et dessous pour tâcher d'apercevoir si ce globe était
habité ou non. Ils se baissèrent, ils se couchèrent, ils tâtèrent
partout ; mais leurs yeux et leurs mains n'étant point pro-
portionnés aux petits êtres qui rampent ici, ils ne reçurent

pas la moindre sensation qui pût leur faire soupçonner que nous et nos confrères les autres habitants de ce globe avons l'honneur d'exister.

Le nain, qui jugeait quelquefois un peu trop vite, décida d'abord qu'il n'y avait personne sur la terre. Sa première raison était qu'il n'avait vu personne. Micromégas lui fit sentir poliment que c'était raisonner assez mal : « Car, disait-il, vous ne voyez pas avec vos petits yeux certaines étoiles de la cinquantième grandeur que j'aperçois très distinctement ; concluez-vous de là que ces étoiles n'existent pas ? – Mais, dit le nain, j'ai bien tâté. – Mais, répondit l'autre, vous avez mal senti. – Mais, dit le nain, ce globe-ci est si mal construit, cela est si irrégulier et d'une forme qui me paraît si ridicule ! tout semble être ici dans le chaos : voyez-vous ces petits ruisseaux dont aucun ne va de droit fil, ces étangs qui ne sont ni ronds, ni carrés, ni ovales, ni sous aucune forme régulière ; tous ces petits grains pointus dont ce globe est hérissé, et qui m'ont écorché les pieds ? (Il voulait parler des montagnes.) Remarquez-vous encore la forme de tout le globe, comme il est plat aux pôles, comme il tourne autour du soleil d'une manière gauche, de façon que les climats des pôles sont nécessairement incultes ? En vérité, ce qui fait que je pense qu'il n'y a ici personne, c'est qu'il me paraît que des gens de bon sens ne voudraient pas y demeurer. – Eh bien, dit Micromégas, ce ne sont peut-être pas non plus des gens de bon sens qui l'habitent. Mais enfin il y a quelques apparence que ceci n'est pas fait pour rien. Tout vous paraît irrégulier ici, dites-vous, parce que tout est tiré au cordeau dans Saturne et dans Jupiter. Eh ! c'est peut-être par cette raison-là même qu'il y a ici un peu de confusion. Ne vous ai-je pas dit que dans mes voyages j'avais toujours remarqué de la variété ? » Le Saturnien répliqua à toutes ces raisons. La dispute n'eût jamais fini, si par bonheur Micromégas, en s'échauffant à parler, n'eût cassé le fil de son collier de diamants. Les diamants tombèrent ; c'étaient de jolis petits carats assez inégaux, dont les plus gros pesaient quatre cents livres, et les plus petits cinquante. Le nain en ramassa quelques-uns ; il s'aperçut, en les approchant de ses yeux, que ces diamants, de la façon dont ils étaient taillés, étaient d'excellents microscopes. Il prit donc

un petit microscope de cent soixante pieds de diamètre, qu'il appliqua à sa prunelle ; et Micromégas en choisit un de deux mille cinq cent pieds. Ils étaient excellents ; mais d'abord on ne vit rien par leur secours : il fallait s'ajuster. Enfin l'habitant de Saturne vit quelque chose d'imperceptible qui remuait entre deux eaux dans la mer Baltique : c'était une baleine. Il la prit avec le petit doigt fort adroitement ; et la mettant sur l'ongle de son pouce, il la fit voir au Sirien, qui se mit à rire pour la seconde fois de l'excès de petitesse dont étaient les habitants de notre globe. Le Saturnien, convaincu que notre monde est habité, s'imagina bien vite qu'il ne l'était que par des baleines ; et comme il était grand raisonneur, il voulut deviner d'où un si petit atome tirait son mouvement[52], s'il avait des idées, une volonté, une liberté. Micromégas y fut fort embarrassé ; il examina l'animal fort patiemment, et le résultat de l'examen fut qu'il n'y avait pas moyen de croire qu'une âme fut logée là. Les deux voyageurs inclinaient donc à penser qu'il n'y a point d'esprit dans notre habitation, lorsqu'à l'aide du microscope ils aperçurent quelque chose d'aussi gros[53] qu'une baleine qui flottait sur la mer Baltique. On sait que dans ce temps-là même une volée de philosophes[54] revenait du cercle polaire, sous lequel ils avaient été faire des observations dont personne ne s'était avisé jusqu'alors. Les gazettes dirent que leur vaisseau échoua aux côtes de Botnie, et qu'ils eurent bien de la peine à se sauver ; mais on ne sait jamais dans ce monde[55] le dessous des cartes. Je vais raconter ingénument comme la chose se passa, sans y rien mettre du mien, ce qui n'est pas un petit effort pour un historien.

Chapitre cinquième

Expériences et raisonnements des deux voyageurs

Micromégas étendit la main tout doucement vers l'endroit où l'objet paraissait, et avançant deux doigts, et les retirant par la crainte de se tromper, puis les ouvrant et les serrant, il saisit fort adroitement le vaisseau qui portait ces

messieurs, et le mit encore sur son ongle, sans le trop presser, de peur de l'écraser. « Voici un animal bien différent du premier », dit le nain de Saturne ; le Sirien mit le prétendu animal dans le creux de sa main. Les passagers et les gens de l'équipage, qui s'étaient crus enlevés par un ouragan, et qui se croyaient sur une espèce de rocher, se mettent tous en mouvement ; les matelots prennent des tonneaux de vin, les jettent sur la main de Micromégas, et se précipitent après. Les géomètres prennent leurs quarts de cercle, leurs secteurs, et des filles laponnes[56], et descendent sur les doigts du Sirien. Ils en firent tant qu'il sentit enfin remuer quelque chose qui lui chatouillait les doigts : c'était un bâton ferré qu'on lui enfonçait d'un pied dans l'index[57] ; il jugea, par ce picotement, qu'il était sorti quelque chose du petit animal qu'il tenait ; mais il n'en soupçonna pas d'abord davantage. Le microscope, qui faisait à peine discerner une baleine et un vaisseau, n'avait point de prise sur un être aussi imperceptible que des hommes. Je ne prétends choquer ici la vanité de personne, mais je suis obligé de prier les importants de faire ici une petite remarque avec moi ; c'est qu'en prenant la taille des hommes d'environ cinq pieds, nous ne faisons pas sur la terre une plus grande figure qu'en ferait sur une boule de dix pieds de tour un animal qui aurait à peu près la six cent millième[58] partie d'un pouce en hauteur. Figurez-vous une substance qui pourrait tenir la terre dans sa main, et qui aurait des organes en porportion des nôtres ; et il se peut très bien faire qu'il y ait un grand nombre de ces substances : or concevez, je vous prie, ce qu'elles penseraient de ces batailles qui nous ont valu deux villages qu'il a fallu rendre[59].

Je ne doute pas que si quelque capitaine des grands grenadiers lit jamais cet ouvrage, il ne hausse de deux grands pieds au moins les bonnets de sa troupe[60] ; mais je l'avertis qu'il aura beau faire, et que lui et les siens ne seront jamais que des infiniment petits.

Quelle adresse merveilleuse ne fallut-il donc pas à notre philosophe de Sirius pour apercevoir les atomes dont je viens de parler ? Quand Leuwenhoek et Hartsoeker[61] virent les premiers, ou crurent voir, la graine dont nous sommes formés, ils ne firent pas à beaucoup près une si étonnante

découverte. Quel plaisir sentit Micromégas en voyant remuer ces petites machines, en examinant tous leurs tours, en les suivant dans toutes leurs opérations! comme il s'écria! comme il mit avec joie un de ses microscopes dans les mains de son compagnon de voyage! «Je les vois, disaient-ils tous deux à la fois; ne les voyez-vous pas qui portent des fardeaux, qui se baissent, qui se relèvent?» En parlant ainsi les mains leur tremblaient, par le plaisir de voir des objets si nouveaux, et par la crainte de les perdre. Le Saturnien, passant d'un excès de défiance à un excès de crédulité, crut apercevoir qu'ils travaillaient à la propagation. «Ah! disait-il, j'ai pris la nature sur le fait[62]». Mais il se trompait sur les apparences : ce qui n'arrive que trop, soit qu'on se serve ou non de microscopes.

Chapitre sixième

Ce qui leur arriva avec des hommes[63]

Micromégas, bien meilleur observateur que son nain, vit clairement que les atomes se parlaient ; et il le fit remarquer à son compagnon, qui, honteux de s'être mépris sur l'article de la génération, ne voulut point croire que de pareilles espèces pussent se communiquer des idées. Il avait le don des langues aussi bien que le Sirien; il n'entendait point parler nos atomes, et il supposait qu'ils ne parlaient pas. D'ailleurs, comment ces êtres imperceptibles auraient-ils les organes de la voix, et qu'auraient-ils à dire? Pour parler, il faut penser, ou à peu près ; mais s'ils pensaient, ils auraient donc l'équivalent d'une âme. Or, attribuer l'équivalent d'une âme à cette espèce, cela lui paraissait absurde. «Mais, dit le Sirien, vous avez cru tout à l'heure qu'ils faisaient l'amour; est-ce que vous croyez qu'on puisse faire l'amour sans penser et sans proférer quelque parole, ou du moins sans se faire entendre? Supposez-vous d'ailleurs qu'il soit plus difficile de produire un argument qu'un enfant? Pour moi, l'un et l'autre me paraissent de grands mystères. – Je n'ose plus ni croire ni nier, dit le nain; je n'ai plus d'opinion.

Il faut tâcher d'examiner ces insectes, nous raisonnerons
après. – C'est fort bien dit », reprit Micromégas ; et aussitôt
il tira une paire de ciseaux dont il se coupa les ongles, et
d'une rognure de l'ongle de son pouce, il fit sur-le-champ
une espèce de grande trompette parlante, comme un vaste
entonnoir, dont il mit le tuyau dans son oreille[64]. La cir-
conférence de l'entonnoir enveloppait le vaisseau et tout
l'équipage. La voix la plus faible entrait dans les fibres
circulaires de l'ongle ; de sorte que, grâce à son industrie, le
philosophe de là-haut entendit parfaitement le bourdonne-
ment de nos insectes de là-bas. En peu d'heures il parvint à
distinguer les paroles, et enfin à entendre le français. Le nain
en fit autant, quoique avec plus de difficulté. L'étonnement
des voyageurs redoublait à chaque instant. Ils entendaient
des mites parler d'assez bon sens : ce jeu de la nature leur
paraissait inexplicable. Vous croyez bien que le Sirien et son
nain brûlaient d'impatience de lier conversation avec les
atomes ; il[65] craignait que sa voix de tonnerre, et surtout
celle de Micromégas, n'assourdît les mites sans en être enten-
due. Il fallait en diminuer la force. Ils se mirent dans la
bouche des espèces de petits cure-dents, dont le bout fort
effilé venait donner auprès du vaisseau. Le Sirien tenait le
nain sur ses genoux, et le vaisseau avec l'équipage sur un
ongle ; il baissait la tête et parlait bas. Enfin, moyennant
toutes ces précautions et bien d'autres encore, il commença
ainsi son discours :
« Insectes invisibles, que la main du Créateur s'est plu à
faire naître dans l'abîme de l'infiniment petit, je le remercie
de ce qu'il a daigné me découvrir des secrets qui semblaient
impénétrables. Peut-être ne daignerait-on pas vous regarder
à ma cour ; mais je ne méprise personne, et je vous offre ma
protection. »
Si jamais il y a eu quelqu'un d'étonné, ce furent les gens
qui entendirent ces paroles. Ils ne pouvaient deviner d'où
elles partaient. L'aumônier du vaisseau récita les prières des
exorcismes, les matelots jurèrent, et les philosophes du vais-
seau firent un système ; mais quelque système qu'ils fissent,
ils ne purent jamais deviner qui leur parlait. Le nain de
Saturne, qui avait la voix plus douce que Micromégas, leur
apprit alors en peu de mots à quelles espèces ils avaient

affaire. Il leur conta le voyage de Saturne, les mit au fait de ce qu'était monsieur Micromégas ; et, après les avoir plaints d'être si petits, il leur demanda s'ils avaient toujours été dans ce misérable état si voisin de l'anéantissement, ce qu'ils faisaient dans un globe qui paraissait appartenir à des baleines, s'ils étaient heureux, s'ils multipliaient, s'ils avaient une âme, et cent autres questions de cette nature.

Un raisonneur de la troupe, plus hardi que les autres, et choqué de ce qu'on doutait de son âme, observa l'interlocuteur avec des pinnules[66] braquées sur un quart de cercle, fit deux stations, et à la troisième il parla ainsi : « Vous croyez donc, monsieur, parce que vous avez mille toises depuis la tête jusqu'aux pieds, que vous êtes un... – Mille toises ! s'écria le nain ; juste ciel ! d'où peut-il savoir ma hauteur ? mille toises ! Il ne se trompe pas d'un pouce ; quoi ! cet atome m'a mesuré ! il est géomètre, il connaît ma grandeur ; et moi, qui ne le vois qu'à travers un microscope, je ne connais pas encore la sienne ! – Oui, je vous ai mesuré, dit le physicien, et je mesurerai bien encore votre grand compagnon. » La proposition fut acceptée ; Son Excellence se coucha de son long : car, s'il se fût tenu debout, sa tête eût été trop au-dessus des nuages. Nos philosophes lui plantèrent un grand arbre dans un endroit que le docteur Swift[67] nommerait, mais que je me garderai bien d'appeler par son nom, à cause de mon grand respect pour les dames. Puis, par une suite de triangles liés ensemble[68], ils conclurent que ce qu'ils voyaient était en effet un jeune homme[69] de cent vingt mille pieds de roi[70].

Alors Micromégas prononça ces paroles : « Je vois plus que jamais qu'il ne faut juger de rien sur sa grandeur apparente. O Dieu ! qui avez donné une intelligence à des substances qui paraissent si méprisables, l'infiniment petit vous coûte aussi peu que l'infiniment grand ; et, s'il est possible qu'il y ait des êtres plus petits que ceux-ci, ils peuvent encore avoir un esprit supérieur à ceux de ces superbes animaux que j'ai vus dans le ciel, dont le pied seul couvrirait le globe où je suis descendu[71]. »

Un des philosophes lui répondit qu'il pouvait en toute sûreté croire qu'il est en effet des êtres intelligents beaucoup plus petits que l'homme. Il lui conta, non pas tout ce que

Virgile a dit de fabuleux sur les abeilles[72], mais ce que
Swammerdam a découvert[73], et ce que Réaumur a dissé-
qué[74]. Il lui apprit enfin qu'il y a des animaux qui sont pour
les abeilles ce que les abeilles sont pour l'homme, ce que le
Sirien lui-même était pour ces animaux si vastes dont il
parlait, et ce que ces grands animaux sont pour d'autres
substances devant lesquelles ils ne paraissent que comme des
atomes. Peu à peu la conversation devint intéressante, et
Micromégas parla ainsi.

Chapitre septième

Conversation avec les hommes[75]

« O atomes intelligents, dans qui l'Être éternel s'est plu à
vous manifester[76] son adresse et sa puissance, vous devez
sans doute goûter des joies bien pures sur votre globe : car,
ayant si peu de matière, et paraissant tout esprit, vous devez
passer votre vie à aimer et à penser ; c'est la véritable vie des
esprits. Je n'ai vu nulle part le vrai bonheur ; mais il est ici,
sans doute. » A ce discours, tous les philosophes secouèrent
la tête ; et l'un d'eux, plus franc que les autres, avoua de
bonne foi que, si l'on en excepte un petit nombre d'habi-
tants fort peu considérés, tout le reste est un assemblage de
fous, de méchants et de malheureux. « Nous avons plus de
matière qu'il ne nous en faut, dit-il, pour faire beaucoup de
mal, si le mal vient de la matière ; et trop d'esprit, si le mal
vient de l'esprit. Savez-vous bien, par exemple, qu'à l'heure
que je vous parle[77], il y a cent mille fous de notre espèce,
couverts de chapeaux, qui tuent cent mille autres animaux
couverts d'un turban, ou qui sont massacrés par eux, et que,
presque par toute la terre, c'est ainsi qu'on en use de temps
immémorial ? » Le Sirien frémit, et demanda quel pouvait
être le sujet de ces horribles querelles entre de si chétifs
animaux. « Il s'agit, dit le philosophe, de quelque tas de
boue[78] grand comme votre talon. Ce n'est pas qu'aucun de
ces millions d'hommes qui se font égorger prétende un fétu
sur ce tas de boue. Il ne s'agit que de savoir s'il appartiendra

à un certain homme qu'on nomme *Sultan,* ou à un autre qu'on nomme, je ne sais pourquoi, *César*[79]. Ni l'un ni l'autre n'a jamais vu ni ne verra jamais le petit coin de terre dont il s'agit ; et presque aucun de ces animaux qui s'égorgent mutuellement n'a jamais vu l'animal pour lequel ils s'égorgent.

– Ah ! malheureux ! s'écria le Sirien avec indignation, peut-on concevoir cet excès de rage forcenée ! Il me prend envie de faire trois pas, et d'écraser de trois coups de pied toute cette fourmilière d'assassins ridicules. – Ne vous en donnez pas la peine, lui répondit-on ; ils travaillent assez à leur ruine. Sachez qu'au bout de dix ans, il ne reste jamais la centième partie de ces misérables ; sachez que, quand même ils n'auraient pas tiré l'épée, la faim, la fatigue ou l'intempérance les emportent presque tous. D'ailleurs, ce n'est pas eux qu'il faut punir, ce sont ces barbares sédentaires qui du fond de leur cabinet ordonnent, dans le temps de leur digestion, le massacre d'un million d'hommes, et qui ensuite en font remercier Dieu solennellement[80]. » Le voyageur se sentait ému de pitié pour la petite race humaine, dans laquelle il découvrait de si étonnants contrastes. « Puisque vous êtes du petit nombre des sages, dit-il à ces messieurs, et qu'apparemment vous ne tuez personne pour de l'argent, dites-moi, je vous en prie, à quoi vous vous occupez. – Nous disséquons des mouches, dit le philosophe, nous mesurons des lignes, nous assemblons des nombres ; nous sommes d'accord sur deux ou trois points que nous entendons, et nous disputons sur deux ou trois mille que nous n'entendons pas. » Il prit aussitôt fantaisie au Sirien et au Saturnien d'interroger ces atomes pensants, pour savoir les choses dont ils convenaient. « Combien comptez-vous, dit-il, de l'étoile de la Canicule à la grande étoile des Gémeaux ? » Ils répondirent tous à la fois : « Trente-deux degrés et demi. – Combien comptez-vous d'ici à la lune ? – Soixante demi-diamètres de la terre en nombre rond. – Combien pèse votre air ? » Il croyait les attraper, mais tous lui dirent que l'air pèse environ neuf cents fois moins qu'un pareil volume de l'eau la plus légère, et dix-neuf cents fois moins que l'or de ducat[81]. Le petit nain de Saturne, étonné de leurs réponses, fut tenté de prendre pour des sorciers ces mêmes gens

auxquels il avait refusé une âme un quart d'heure auparavant.

Enfin Micromégas leur dit : « Puisque vous savez si bien ce qui est hors de vous, sans doute vous savez encore mieux ce qui est en dedans. Dites-moi ce que c'est que votre âme, et comment vous formez vos idées. » Les philosophes parlèrent tous à la fois comme auparavant ; mais ils furent tous de différents avis. Le plus vieux citait Aristote, l'autre prononçait le nom de Descartes ; celui-ci, de Malebranche ; cet autre, de Leibnitz ; cet autre, de Locke. Un vieux péripatéticien[82] dit tout haut avec confiance : « L'âme est un *entéléchie,* et une raison par qui elle a la puissance d'être ce qu'elle est. C'est ce que déclare expressément Aristote, page 633 de l'édition du Louvre. Ἐντελέχεῖα ἐστι, etc.[83]. – Je n'entends pas trop bien le grec, dit le géant. – Ni moi non plus, dit la mite philosophique. – Pourquoi donc, reprit le Sirien, citez-vous un certain Aristote en grec ? – C'est, répliqua le savant, qu'il faut bien citer ce qu'on ne comprend point du tout dans la langue qu'on entend le moins. »

Le cartésien prit la parole, et dit : « L'âme est un esprit pur qui a reçu dans le ventre de sa mère toutes les idées métaphysiques, et qui, en sortant de là, est obligée d'aller à l'école, et d'apprendre tout de nouveau ce qu'elle a si bien su, et qu'elle ne saura plus. – Ce n'était donc pas la peine, répondit l'animal de huit lieues, que ton âme fût si savante dans le ventre de ta mère, pour être si ignorante quand tu aurais de la barbe au menton. Mais qu'entends-tu par esprit ? – Que me demandez-vous là ? dit le raisonneur ; je n'en ai point d'idée ; on dit que ce n'est pas de la matière. – Mais sais-tu au moins ce que c'est que de la matière ? – Très bien, répondit l'homme. Par exemple cette pierre est grise, et d'une telle forme, elle a ses trois dimensions, elle est pesante et divisible. – Eh bien ! dit le Sirien, cette chose qui te paraît être divisible, pesante, et grise, me dirais-tu bien ce que c'est ? Tu vois quelques attributs ; mais le fond de la chose, le connais-tu ? – Non, dit l'autre. – Tu ne sais donc point ce que c'est que la matière[84]. »

Alors monsieur Micromégas, adressant la parole à un autre sage qu'il tenait sur son pouce, lui demanda ce que

c'était que son âme, et ce qu'elle faisait. « Rien du tout, répondit le philosophe malebranchiste ; c'est Dieu qui fait tout pour moi : je vois tout en lui, je fais tout en lui ; c'est lui qui fait tout sans que je m'en mêle[85]. – Autant vaudrait ne pas être, reprit le sage de Sirius. Et toi, mon ami, dit-il à un Leibnizien qui était là, qu'est-ce que ton âme ? – C'est, répondit le Leibnizien, une aiguille qui montre les heures pendant que mon corps carillonne, ou bien, si vous voulez, c'est elle qui carillonne pendant que mon corps montre l'heure ; ou bien mon âme est le miroir de l'univers, et mon corps est la bordure du miroir : cela est clair[86] ».

Un petit partisan de Locke était là tout auprès ; et quand on lui eut enfin adressé la parole : « Je ne sais pas, dit-il, comment je pense, mais je sais que je n'ai jamais pensé qu'à l'occasion de mes sens[87]. Qu'il y ait des substances immatérielles et intelligentes, c'est de quoi je ne doute pas ; mais qu'il soit impossible à Dieu de communiquer la pensée à la matière, c'est de quoi je doute fort. Je révère la puissance éternelle ; il ne m'appartient pas de la borner : je n'affirme rien ; je me contente de croire qu'il y a plus de choses possibles qu'on ne pense. »

L'animal de Sirius sourit : il ne trouva pas celui-là le moins sage ; et le nain de Saturne aurait embrassé le sectateur de Locke sans l'extrême disproportion. Mais il y avait là, par malheur, un petit animalcule en bonnet carré[88] qui coupa la parole à tous les animalcules philosophes ; il dit qu'il savait tout le secret, que cela se trouvait dans la *Somme* de Saint Thomas ; il regarda de haut en bas les deux habitants célestes ; il leur soutint que leurs personnes, leurs mondes, leurs soleils, leurs étoiles, tout était fait uniquement pour l'homme. A ce discours, nos deux voyageurs se laissèrent aller l'un sur l'autre en étouffant de ce rire inextinguible qui, selon Homère[89], est le partage des dieux : leurs épaules et leurs ventres allaient et venaient, et dans ces convulsions le vaisseau, que le Sirien avait sur son ongle, tomba dans une poche de la culotte du Saturnien. Ces deux bonnes gens le cherchèrent longtemps ; enfin ils retrouvèrent l'équipage, et le rajustèrent fort proprement. Le Sirien reprit les petites mites ; il leur parla encore avec beaucoup de bonté, quoiqu'il fût un peu fâché dans le fond du cœur de

voir que les infiniment petits eussent un orgueil presque
infiniment grand. Il leur promit de leur faire un beau livre
de philosophie écrit fort menu pour leur usage, et que, dans
ce livre, ils verraient le bout des choses. Effectivement, il leur
donna ce volume[90] avant son départ : on le porta à Paris à
l'Académie des sciences ; mais, quand le secrétaire[91] l'eut
ouvert, il ne vit rien qu'un livre tout blanc : « Ah ! dit-il, je
m'en étais bien douté. »

LE MONDE COMME IL VA

VISION DE BABOUC
ÉCRITE PAR LUI-MÊME

Notice

L'origine de ce conte est très vraisemblablement à chercher dans une expérience de la vie de Voltaire : après cinq années d'exil à Cirey, l'écrivain revient à Paris en août 1739 pour un séjour impatiemment attendu. Sa correspondance montre qu'il aborde la capitale avec curiosité, avec l'intention de soumettre sa ville natale à un jugement critique. Dans l'éloignement de Cirey, il a multiplié les griefs contre les différents groupes de la société parisienne, gens du pouvoir, gens de lettres, gens du monde et gens d'Église. Une fois à Paris, fêté et entraîné dans une vie mondaine très active, il subit la séduction d'une société brillante, active, ouverte, à laquelle il est profondément attaché, dont il est à bien des égards le représentant. De ce moment, datent des éléments importants du conte : l'idée d'un visiteur qui vient inspecter une grande capitale ; la succession de réunions pittoresques que traverse le visiteur ; jusqu'à la statue faite de matériaux mêlés pour symboliser le mélange inextricable de bon et de mauvais[1]. Mais le conte n'est mentionné et publié que neuf ans plus tard, en 1748. Entre-temps, plusieurs apports sont venus enrichir l'idée initiale, par exemple une réflexion sur la guerre, alimentée par celle de 1741 et la composition du *Poème de Fontenoy* (1745), dans lequel Voltaire loue la vaillance de ces officiers qui ont pourtant acheté leur charge, tout comme dans le conte. Enfin, le conte s'est sans doute adapté au ton de la cour de Sceaux, où il a dû être lu par Voltaire en 1746 ou 1747, lorsque la duchesse du Maine lui donna une nouvelle fois l'hospitalité. La duchesse était alors âgée, marquée par bien des déceptions : la satire de

la société parisienne contemporaine ne devait pas lui être désagréable[2].

Le Monde comme il va s'inscrit dans le procès de la civilisation perfectionnée (selon le mot de Chamfort) qui est celle de l'Ancien Régime ; ce procès est l'un des grands thèmes de la littérature des Lumières. Contrairement à ce que nous croyons trop aisément, dans l'illusion d'un regard rétrospectif, ce procès n'était pas perdu d'avance. De Marivaux à Rivarol, tous les moralistes du siècle l'ont fait de façon fragmentaire, et Rousseau est, quand *Babouc* paraît, sur le point d'en systématiser les éléments dans ses *Discours*. Voltaire lui-même est préoccupé par cette grande question. Peut-être s'est-elle posée pour lui avec la rencontre de la pensée janséniste de son milieu familial et de l'attitude indulgente du milieu du Temple, qui est celle aussi, dans l'ensemble, du milieu aristocratique qu'il fréquente dès sa jeunesse. En tout cas, il a soulevé cette question dans les *Lettres philosophiques* (1734), notamment dans la vingt-cinquième où il discute la sévère vision de Pascal, et dans son poème du *Mondain* (1736) ; en 1742, son *Discours sur les contradictions de ce monde* exprime des idées proches de celles du *Monde comme il va*[3].

Bien des éléments du conte le teintent de cette couleur orientale caractéristique du genre depuis la traduction des *Mille et une Nuits* : le nom de Persépolis, la nationalité scythe de Babouc, les mages et les dariques d'or... Voltaire retrouve ici une veine d'inspiration qu'il avait exploitée dans *Le Crocheteur borgne,* et qu'il va exploiter encore dans *Zadig.* Mais ce n'est qu'un travestissement transparent pour les réalités françaises et parisiennes. Plus profonde est l'influence d'un style biblique ; à Cirey, Voltaire et Mme Du Châtelet lisent la Bible de près[4] ; c'est de là, du Livre d'Esdras et du Livre de Jonas, que vient le thème de l'ange exterminateur, du châtiment envoyé par Dieu sur une ville pervertie qu'il veut rayer de la surface de la terre. Les lecteurs du XVIII[e] siècle, familiers du culte catholique, reconnaissaient ces menaces de Dieu, souvent utilisées par les prédicateurs qui stigmatisaient les immoralités et les plaisirs de la société contemporaine. En les reprenant sur un mode plaisant et dans un contexte persan, le conteur ôte au texte biblique son caractère sacré, exceptionnel ; une fois encore, Voltaire sape le christianisme en ramenant son message

à un conte parmi d'autres. La conclusion est d'ailleurs une leçon de philosophie païenne : si le monde doit être accepté tel qu'il est, ce n'est pas dans l'attente d'une plus haute vie, mais dans une perspective naturaliste où l'ordre terrestre se suffit à lui-même. La conclusion suggère aussi que la vérité morale est dans la satisfaction des passions, non dans leur répression : Babouc sacrifie tout aux beaux yeux de Téone, comme Voltaire à ceux d'Émilie Du Châtelet. Le conte philosophique, avec cet hommage aux dames, renoue avec les façons et les dogmes de la société mondaine, contre laquelle il avait paru, un moment, dresser un réquisitoire.

Histoire du texte

Le conte a été imprimé pour la première fois dans un recueil des *Œuvres de M. de Voltaire,* tome VIII, publié à Dresde en 1748, chez George Conrad Walther, Libraire du Roi, avec Privilège. Il a été réédité dans d'autres recueils en 1749, 1751, 1752, 1756, 1764, 1771, 1774, 1775 (édition « encadrée »), et dans l'édition de Kehl, c'est-à-dire qu'il figure à partir de 1752 dans toutes les éditions d'œuvres de Voltaire. En outre, un périodique publié à Londres par Marie Le Prince de Beaumont, *Le Nouveau Magasin français,* en reproduit le texte en trois parties, en février, mars et avril 1750, avec des notes intéressantes. Les éditions de 1752 et 1756 ont été revues par Voltaire. Nous reproduisons l'édition « encadrée » (1775) qui reprend leurs améliorations.

Bibliographie critique

DAINEKOFF, D. I., « Voltaire's *Le Monde comme il va :* a satire on satire », *Studies on Voltaire,* 1973, vol. 106, p. 85-102.

VAILLOT R., *Avec Madame Du Châtelet,* Oxford, The Voltaire
Foundation, 1988, chap. VIII à XVI.

WOLPER R. S., « The final foolishness of Babouc : the dark centre
of *Le Monde comme il va* », *Modern Languages Review,* n° 75,
1980, p. 766-773.

LE MONDE COMME IL VA

VISION DE BABOUC
ÉCRITE PAR LUI-MÊME[5]

Parmi les génies qui président aux empires du monde, Ituriel[6] tient un des premiers rangs, et il a le département de la haute Asie. Il descendit un matin dans la demeure du Scythe Babouc[7], sur le rivage de l'Oxus[8], et lui dit : « Babouc, les folies et les excès des Perses ont attiré notre colère : il s'est tenu hier une assemblée des génies de la haute Asie pour savoir si on châtierait Persépolis[9], ou si on la détruirait. Va dans cette ville, examine tout ; tu reviendras m'en rendre un compte fidèle, et je me déterminerai, sur ton rapport, à corriger la ville ou à l'exterminer. – Mais, seigneur, dit humblement Babouc, je n'ai jamais été en Perse ; je n'y connais personne. – Tant mieux, dit l'ange, tu ne seras point partial ; tu as reçu du Ciel le discernement et j'y ajoute le don d'inspirer la confiance ; marche, regarde, écoute, observe, et ne crains rien ; tu seras partout bien reçu. »

Babouc monta sur son chameau et partit avec ses serviteurs. Au bout de quelques journées, il rencontra vers les plaines de Sennaar[10] l'armée persane, qui allait combattre l'armée indienne. Il s'adressa d'abord à un soldat qu'il trouva écarté. Il lui parla, et lui demanda quel était le sujet de la guerre. « Par tous les dieux, dit le soldat, je n'en sais rien. Ce n'est pas mon affaire : mon métier est de tuer et d'être tué pour gagner ma vie ; il n'importe qui je serve[11]. Je

pourrais bien même dès demain passer dans le camp des Indiens : car on dit qu'ils donnent près d'une demi-drachme[12] de cuivre par jour à leurs soldats de plus que nous n'en avons dans ce maudit service de Perse. Si vous voulez savoir pourquoi on se bat, parlez à mon capitaine. »

Babouc ayant fait un petit présent au soldat entra dans le camp. Il fit bientôt connaissance avec le capitaine, et lui demanda le sujet de la guerre. « Comment voulez-vous que je le sache ? dit le capitaine, et que m'importe ce beau sujet ? J'habite à deux cents lieues de Persépolis ; j'entends dire que la guerre est déclarée ; j'abandonne aussitôt ma famille, et je vais chercher, selon notre coutume[13], la fortune ou la mort, attendu que je n'ai rien à faire. – Mais vos camarades, dit Babouc, ne sont-ils pas un peu plus instruits que vous ? – Non, dit l'officier ; il n'y a guère que nos principaux satrapes qui savent bien précisément pourquoi on s'égorge. »

Babouc, étonné, s'introduisit chez les généraux ; il entra dans leur familiarité. L'un d'eux lui dit enfin : « La cause de cette guerre, qui désole depuis vingt ans l'Asie, vient origi-nairement d'une querelle entre un eunuque d'une femme du grand roi de Perse, et un commis d'un bureau du grand roi des Indes. Il s'agissait d'un droit qui revenait à peu près à la trentième partie d'une darique. Le premier ministre des Indes et le nôtre soutinrent dignement les droits de leurs maîtres. La querelle s'échauffa. On mit de part et d'autre en campagne une armée d'un million de soldats. Il faut recru-ter[14] cette armée tous les ans de plus de quatre cent mille hommes. Les meurtres, les incendies, les ruines, les dévasta-tions, se multiplient ; l'univers souffre, et l'acharnement continue. Notre premier ministre et celui des Indes pro-testent souvent qu'ils n'agissent que pour le bonheur du genre humain ; et à chaque protestation il y a toujours quelque ville détruite et quelques provinces ravagées. »

Le lendemain, sur un bruit qui se répandit que la paix allait être conclue, le général persan et le général indien s'empressèrent de donner bataille ; elle fut sanglante. Babouc en vit toutes les fautes et toutes les abominations ; il fut témoin des manœuvres des principaux satrapes, qui firent ce qu'ils purent pour faire battre leur chef. Il vit des officiers

tués par leurs propres troupes; il vit des soldats qui ache-
vaient d'égorger leurs camarades expirants pour leur arra-
cher quelques lambeaux sanglants, déchirés et couverts de
fange[15]. Il entra dans les hôpitaux où l'on transportait les
blessés, dont la plupart expiraient par la négligence inhu-
maine de ceux mêmes que le roi de Perse payait chèrement
pour les secourir. « Sont-ce là des hommes, s'écria Babouc,
ou des bêtes féroces? Ah! je vois bien que Persépolis sera
détruite. »

Occupé de cette pensée, il passa dans le camp des
Indiens : il y fut aussi bien reçu que dans celui des Perses,
selon ce qui lui avait été prédit; mais il y vit tous les mêmes
excès qui l'avaient saisi d'horreur. « Oh, oh! dit-il en lui-
même, si l'ange Ituriel veut exterminer les Persans, il faut
donc que l'ange des Indes détruise aussi les Indiens. » S'étant
ensuite informé plus en détail de ce qui s'était passé dans
l'une et l'autre armée, il apprit des actions de générosité, de
grandeur d'âme, d'humanité, qui l'étonnèrent et le ravirent.
« Inexplicables humains, s'écria-t-il, comment pouvez-vous
réunir tant de bassesse et de grandeur, tant de vertus et de
crimes? »

Cependant la paix fut déclarée. Les chefs des deux armées,
dont aucun n'avait remporté la victoire, mais qui, pour leur
seul intérêt, avaient fait verser le sang de tant d'hommes,
leurs semblables, allèrent briguer dans leurs cours des
récompenses. On célébra la paix dans des écrits publics qui
n'annonçaient que le retour de la vertu et de la félicité sur la
terre. « Dieu soit loué! dit Babouc; Persépolis sera le séjour
de l'innocence épurée; elle ne sera point détruite comme le
voulaient ces vilains génies : courons sans tarder dans cette
capitale de l'Asie. »

* *
*

Il arriva dans cette ville immense par l'ancienne entrée,
qui était toute barbare, et dont la rusticité dégoûtante
offensait les yeux[16]. Toute cette partie de la ville se ressentait
du temps où elle avait été bâtie : car, malgré l'opiniâtreté
des hommes à louer l'antique aux dépens du moderne, il

faut avouer qu'en tout genre les premiers essais sont tou-
jours grossiers.

Babouc se mêla dans la foule d'un peuple composé de ce
qu'il y avait de plus sale et de plus laid dans les deux sexes.
Cette foule se précipitait d'un air hébété dans un enclos
vaste et sombre. Au bourdonnement continuel, au mouve-
ment qu'il y remarqua, à l'argent que quelques personnes
donnaient à d'autres pour avoir droit de s'asseoir[17], il crut
être dans un marché où l'on vendait des chaises de pailles ;
mais bientôt, voyant que plusieurs femmes se mettaient à
genoux, en faisant semblant de regarder fixement devant
elles, et en regardant les hommes de côté, il s'aperçut qu'il
était dans un temple. Des voix aigres, rauques, sauvages,
discordantes, faisaient retentir la voûte de sons mal arti-
culés[18] qui faisaient le même effet que les voix des onagres
quand elles répondent, dans les plaines des Pictaves[19], au
cornet à bouquin qui les appelle. Il se bouchait les oreilles ;
mais il fut près de se boucher encore les yeux et le nez quand
il vit entrer dans ce temple des ouvriers avec des pinces et
des pelles. Ils remuèrent une large pierre, et jetèrent à droite
et à gauche une terre dont s'exhalait une odeur empestée ;
ensuite on vint poser un mort dans cette ouverture, et on
remit la pierre par-dessus[20].

« Quoi ! s'écria Babouc, ces peuples enterrent leurs morts
dans les mêmes lieux où ils adorent la Divinité ! Quoi ! leurs
temples sont pavés de cadavres ! Je ne m'étonne plus de ces
maladies pestilentielles qui désolent souvent Persépolis. La
pourriture des morts, et celle de tant de vivants rassemblés
et pressés dans le même lieu, est capable d'empoisonner le
globe terrestre. Ah ! la vilaine ville que Persépolis[21] ! Appa-
remment que les anges veulent la détruire pour en rebâtir
une plus belle, et pour la peupler d'habitants moins mal-
propres, et qui chantent mieux. La Providence peut avoir ses
raisons ; laissons-la faire. »

* *
*

Cependant le soleil approchait du haut de sa carrière.
Babouc devait aller dîner à l'autre bout de la ville, chez une

dame pour laquelle son mari, officier de l'armée, lui avait donné des lettres. Il fit d'abord plusieurs tours dans Persépolis ; il vit d'autres temples mieux bâtis et mieux ornés, remplis d'un peuple poli, et retentissant d'une musique harmonieuse[22] ; il remarqua des fontaines publiques, lesquelles, quoique mal placées[23], frappaient les yeux par leur beauté ; des places où semblaient respirer en bronze les meilleurs rois[24] qui avaient gouverné la Perse ; d'autres places où il entendait le peuple s'écrier : « Quand verrons-nous ici le maître que nous chérissons[25] ? » Il admira les ponts magnifiques élevés sur le fleuve, les quais superbes et commodes, les palais bâtis à droite et à gauche, une maison immense où des milliers de vieux soldats blessés et vainqueurs rendaient chaque jour grâces au Dieu des armées[26]. Il entra enfin chez la dame, qui l'attendait à dîner avec une compagnie d'honnêtes gens. La maison était propre et ornée, le repas délicieux, la dame jeune, belle, spirituelle, engageante, la compagnie digne d'elle ; et Babouc disait en lui-même à tout moment : « L'ange Ituriel se moque du monde de vouloir détruire une ville si charmante. »

* *
*

Cependant il s'aperçut que la dame, qui avait commencé par lui demander tendrement des nouvelles de son mari, parlait plus tendrement encore, sur la fin du repas, à un jeune mage[27]. Il vit un magistrat qui, en présence de sa femme, pressait avec vivacité une veuve ; et cette veuve indulgente avait une main passée autour du cou du magistrat, tandis qu'elle tendait l'autre à un jeune citoyen très beau et très modeste. La femme du magistrat se leva de table la première pour aller entretenir dans un cabinet voisin son directeur[28], qui arrivait trop tard et qu'on avait attendu à dîner ; et le directeur, homme éloquent, lui parla dans ce cabinet avec tant de véhémence et d'onction que la dame avait, quand elle revint, les yeux humides, les joues enflammées, la démarche mal assurée, la parole tremblante.

Alors Babouc commença à craindre que le génie Ituriel n'eût raison. Le talent qu'il avait d'attirer la confiance le mit

dès le jour même dans les secrets de la dame : elle lui confia
son goût pour le jeune mage, et l'assura que dans toutes les
maisons de Persépolis il trouverait l'équivalent de ce qu'il
avait vu dans la sienne. Babouc conclut qu'une telle société
ne pouvait subsister ; que la jalousie, la discorde, la ven-
geance, devaient désoler toutes les maisons ; que les larmes et
le sang devaient couler tous les jours ; que certainement les
maris tueraient les galants de leurs femmes, ou en seraient
tués ; et qu'enfin Ituriel faisait fort bien de détruire tout
d'un coup une ville abandonnée à de continuels désastres[29].

* *
*

Il était plongé dans ces idées funestes, quand il se présenta
à la porte un homme grave en manteau noir, qui demanda
humblement à parler au jeune magistrat. Celui-ci, sans se
lever, sans le regarder, lui donna fièrement, et d'un air
distrait, quelques papiers, et le congédia. Babouc demanda
quel était cet homme. La maîtresse de la maison lui dit tout
bas : « C'est un des meilleurs avocats de la ville ; il y a
cinquante ans qu'il étudie les lois. Monsieur, qui n'a que
vingt-cinq ans, et qui est satrape[30] de loi depuis deux jours,
lui donne à faire l'extrait d'un procès qu'il doit juger[31], qu'il
n'a pas encore examiné. – Ce jeune étourdi fait sagement,
dit Babouc, de demander conseil à un vieillard ; mais pour-
quoi n'est-ce pas ce vieillard qui est juge ? – Vous vous
moquez, lui dit-on ; jamais ceux qui ont vieilli dans les
emplois laborieux et subalternes ne parviennent aux digni-
tés. Ce jeune homme a une grande charge, parce que son
père est riche, et qu'ici le droit de rendre la justice s'achète
comme une métairie. – O mœurs ! ô malheureuse ville !
s'écria Babouc ; voilà le comble du désordre ; sans doute,
ceux qui ont ainsi acheté le droit de juger vendent leurs
jugements : je ne vois ici que des abîmes d'iniquité. »
 Comme il marquait ainsi sa douleur et sa surprise, un
jeune guerrier, qui était revenu ce jour même de l'armée, lui
dit : « Pourquoi ne voulez-vous pas qu'on achète les emplois
de la robe[32] ? J'ai bien acheté, moi, le droit d'affronter la
mort à la tête de deux mille hommes, que je commande ; il

m'en a coûté quarante mille dariques d'or, cette année, pour coucher sur la terre trente nuits de suite en habit rouge[33], et pour recevoir ensuite deux bons coups de flèches dont je me sens encore. Si je me ruine pour servir l'empereur persan, que je n'ai jamais vu, M. le satrape de robe peut bien payer quelque chose pour avoir le plaisir de donner audience à des plaideurs. » Babouc, indigné, ne put s'empêcher de condamner dans son cœur un pays où l'on mettait à l'encan les dignités de la paix et de la guerre ; il conclut précipitamment que l'on y devait ignorer absolument la guerre et les lois, et que, quand même Ituriel n'exterminerait pas ces peuples, ils périraient par leur détestable administration.

Sa mauvaise opinion augmenta encore à l'arrivée d'un gros homme qui, ayant salué très familièrement toute la compagnie, s'approcha du jeune officier, et lui dit : « Je ne peux vous prêter que cinquante mille dariques d'or, car, en vérité, les douanes de l'empire ne m'en ont rapporté que trois cent mille cette année. » Babouc s'informa quel était cet homme qui se plaignait de gagner si peu ; il apprit qu'il y avait dans Persépolis quarante rois plébéiens[34] qui tenaient à bail l'empire de Perse, et qui en rendaient quelque chose au monarque.

* *
*

Après dîner, il alla dans un des plus superbes temples de la ville ; il s'assit au milieu d'une troupe de femmes et d'hommes qui étaient venus là pour passer le temps. Un mage parut dans une machine élevée[35], qui parla longtemps du vice et de la vertu. Ce mage divisa en plusieurs parties ce qui n'avait pas besoin d'être divisé ; il prouva méthodiquement tout ce qui était clair ; il enseigna tout ce qu'on savait. Il se passionna froidement, et sortit suant et hors d'haleine. Toute l'assemblée alors se réveilla, et crut avoir assisté à une instruction. Babouc dit : « Voilà un homme qui a fait de son mieux pour ennuyer deux ou trois cents de ses concitoyens ; mais son intention était bonne, et il n'y a pas là de quoi détruire Persépolis. »

Au sortir de cette assemblée, on le mena voir une fête

publique qu'on donnait tous les jours de l'année : c'était
dans une espèce de basilique, au fond de laquelle on voyait
un palais[36]. Les plus belles citoyennes de Persépolis, les plus
considérables satrapes, rangés avec ordre, formaient un spec-
tacle si beau que Babouc crut d'abord que c'était là toute la
fête. Deux ou trois personnes, qui paraissaient des rois et des
reines, parurent bientôt dans le vestibule de ce palais ; leur
langage était très différent de celui du peuple ; il était
mesuré[37], harmonieux, et sublime. Personne ne dormait, on
écoutait dans un profond silence, qui n'était interrompu que
par les témoignages de la sensibilité et de l'admiration
publique. Le devoir des rois, l'amour de la vertu, les dangers
des passions, étaient exprimés par des traits si vifs et si
touchants que Babouc versa des larmes. Il ne douta pas que
ces héros et ces héroïnes, ces rois et ces reines qu'il venait
d'entendre, ne fussent les prédicateurs de l'empire ; il se
proposa même d'engager Ituriel à les venir entendre, bien
sûr qu'un tel spectacle les réconcilierait pour jamais avec la
ville.

Dès que cette fête fut finie, il voulut voir la principale
reine qui avait débité dans ce beau palais une morale si
noble et si pure ; il se fit introduire chez Sa Majesté ; on le
mena par un petit escalier, au second étage, dans un appar-
tement mal meublé, où il trouva une femme mal vêtue qui
lui dit, d'un air noble et pathétique : « Ce métier-ci ne me
donne pas de quoi vivre ; un des princes que vous avez vus
m'a fait un enfant ; j'accoucherai bientôt ; je manque
d'argent et sans argent on n'accouche point. » Babouc lui
donna cent dariques d'or, en disant: « S'il n'y avait que ce
mal-là dans la ville, Ituriel aurait tort de se tant fâcher. »

De là il alla passer sa soirée chez des marchands de
magnificences inutiles. Un homme intelligent, avec lequel il
avait fait connaissance, l'y mena ; il achera ce qui lui plut, et
on le lui vendit avec politesse beaucoup plus[38] qu'il ne
valait. Son ami, de retour chez lui, lui fit voir combien on le
trompait. Babouc mit sur ses tablettes le nom du marchand,
pour le faire distinguer par Ituriel au jour de la punition de
la ville. Comme il écrivait, on frappa à sa porte ; c'était le
marchand lui-même qui venait lui rapporter sa bourse, que
Babouc avait laissée par mégarde sur son comptoir. « Com-

ment se peut-il, s'écria Babouc, que vous soyez si fidèle et si généreux, après n'avoir pas eu de honte[39] de me vendre des colifichets quatre fois au-dessus de leur valeur? – Il n'y a aucun négociant un peu connu dans cette ville, lui répondit le marchand, qui ne fût venu vous rapporter votre bourse; mais on vous a trompé quand on vous a dit que je vous avais vendu ce que vous avez pris chez moi quatre fois plus qu'il ne vaut : je vous l'ai vendu dix fois davantage, et cela est si vrai que, si dans un mois vous voulez le revendre, vous n'en aurez pas même ce dixième. Mais rien n'est plus juste ; c'est la fantaisie des hommes qui met le prix à ces choses frivoles ; c'est cette fantaisie qui fait vivre cent ouvriers que j'emploie ; c'est elle qui me donne une belle maison, un char commode, des chevaux ; c'est elle qui excite l'industrie, qui entretient le goût, la circulation, et l'abondance. Je vend aux nations voisines les mêmes bagatelles plus chèrement qu'à vous, et par là je suis utile à l'empire. » Babouc, après avoir un peu rêvé, le raya de ses tablettes[40].

* *
*

Babouc, fort incertain sur ce qu'il devait penser de Persépolis, résolut de voir les mages et les lettrés : car les uns étudient la sagesse, et les autres la religion ; et il se flatta que ceux-là obtiendraient grâce pour le reste du peuple. Dès le lendemain matin il se transporta dans un collège de mages[41]. L'archimandrite lui avoua qu'il avait cent mille écus de rente pour avoir fait vœu de pauvreté, et qu'il exerçait un empire assez étendu en vertu de son vœu d'humilité[42] ; après quoi il laissa Babouc entre les mains d'un petit frère qui lui fit les honneurs.

Tandis que ce frère lui montrait les magnificences de cette maison de pénitence[43], un bruit se répandit qu'il était venu pour réformer toutes ces maisons. Aussitôt il reçut des mémoires de chacune d'elles ; et les mémoires disaient tous en substance : « Conservez-nous, et détruisez toutes les autres[44]. » A entendre leurs apologies, ces sociétés étaient toutes nécessaires ; à entendre leurs accusations réciproques, elles méritaient toutes d'être anéanties. Il admirait comme il

n'y en avait aucune d'elles qui, pour édifier l'univers, ne
voulût en avoir l'empire. Alors il se présenta un petit
homme qui était un demi-mage[45], et qui lui dit : « Je vois
bien que l'œuvre[46] va s'accomplir, car Zerdust[47] est revenu
sur la terre ; les petites filles prophétisent en se faisant
donner des coups de pincettes par-devant et le fouet par-
derrière[48]. Ainsi nous vous demandons votre protection
contre le grand-lama[49]. – Comment ! dit Babouc, contre ce
pontife-roi qui réside au Thibet ? – Contre lui-même. –
Vous lui faites donc la guerre, et vous levez contre lui des
armées ? – Non ; mais il dit que l'homme est libre et nous
n'en croyons rien ; nous écrivons contre lui de petits livres
qu'il ne lit pas[50] : à peine a-t-il entendu parler de nous ; il
nous a seulement fait condamner, comme un maître
ordonne qu'on échenille les arbres de ses jardins. » Babouc
frémit de la folie de ces hommes qui faisaient profession de
sagesse, des intrigues de ceux qui avaient renoncé au monde,
de l'ambition et de la convoitise orgueilleuse de ceux qui
enseignaient l'humilité et le désintéressement ; il conclut
qu'Ituriel avait de bonnes raisons pour détruire toute cette
engeance.

* *
*

Retiré chez lui, il envoya chercher des livres nouveaux
pour adoucir son chagrin, et il pria quelques lettrés à dîner
pour se réjouir. Il en vint deux fois plus qu'il n'en avait
demandé, comme les guêpes que le miel attire. Ces parasites
se pressaient de manger et de parler ; ils louaient deux sortes
de personnes, les morts et eux-mêmes, et jamais leurs
contemporains, excepté le maître de la maison. Si quelqu'un
d'eux disait un bon mot, les autres baissaient les yeux et se
mordaient les lèvres de douleur de ne l'avoir pas dit. Ils
avaient moins de dissimulation que les mages, parce qu'ils
n'avaient pas de si grands objets d'ambition. Chacun d'eux
briguait une place de valet[51] et une réputation de grand
homme ; ils se disaient en face des choses insultantes, qu'ils
croyaient des traits d'esprit[52]. Ils avaient eu quelque connais-
sance de la mission de Babouc. L'un d'eux le pria tout bas

d'exterminer un auteur qui ne l'avait pas assez loué il y avait
cinq ans ; un autre demanda la perte d'un citoyen qui
n'avait jamais ri à ses comédies ; un troisième demanda
l'extinction de l'Académie, parce qu'il n'avait jamais pu
parvenir à y être admis. Le repas fini, chacun d'eux s'en alla
seul, car il n'y avait pas dans toutes la troupe deux hommes
qui pussent se souffrir, ni même se parler ailleurs que chez
les riches qui les invitaient à leur table. Babouc jugea qu'il
n'y aurait pas grand mal quand cette vermine périrait dans
la destruction générale.

* *
*

Dès qu'il se fut défait d'eux, il se mit à lire quelques
livres nouveaux. Il y reconnut l'esprit de ses convives. Il vit
surtout avec indignation ces gazettes de la médisance[53], ces
archives du mauvais goût, que l'envie, la bassesse et la faim
ont dictées ; ces lâches satires où l'on ménage le vautour et
où l'on déchire la colombe ; ces romans dénués d'imagina-
tion, où l'on voit tant de portraits de femmes que l'auteur
ne connaît pas.

Il jeta au feu tous ces détestables écrits, et sortit pour aller
le soir à la promenade. On le présenta à un vieux lettré qui
n'était point venu grossir le nombre de ses parasites. Ce
lettré fuyait toujours la foule, connaissait les hommes, en
faisait usage, et se communiquait avec discrétion. Babouc
lui parla avec douleur de ce qu'il avait lu et de ce qu'il avait
vu.

« Vous avez lu des choses bien méprisables, lui dit le sage
lettré ; mais dans tous les temps, et dans tous les pays, et
dans tous les genres, le mauvais fourmille, et le bon est rare.
Vous avez reçu chez vous le rebut de la pédanterie, parce
que, dans toutes les professions, ce qu'il y a de plus indigne
de paraître est toujours ce qui se présente avec le plus
d'impudence. Les véritables sages vivent entre eux retirés et
tranquilles ; il y a encore parmi nous des hommes et des
livres dignes de votre attention. » Dans le temps qu'il parlait
ainsi, un autre lettré les joignit ; leurs discours furent si
agréables et si instructifs, si élevés au-dessus des préjugés et

si conformes à la vertu, que Babouc avoua n'avoir jamais rien entendu de pareil. « Voilà des hommes, disait-il tout bas, à qui l'ange Ituriel n'osera toucher, ou il sera bien impitoyable. »

Accommodé[54] avec les lettrés, il était toujours en colère contre le reste de la nation. « Vous êtes étranger, lui dit l'homme judicieux qui lui parlait ; les abus se présentent à vos yeux en foule, et le bien, qui est caché et qui résulte quelquefois de ces abus mêmes, vous échappe[55]. » Alors il apprit que parmi les lettrés il y en avait quelques-uns qui n'étaient pas envieux, et que parmi les mages mêmes il y en avait de vertueux. Il conçut à la fin que ces grands corps, qui semblaient en se choquant préparer leurs communes ruines, étaient au fond des institutions salutaires ; que chaque société de mages était un frein à ses rivales ; que si ces émules différaient dans quelques opinions, ils enseignaient tous la même morale, qu'ils instruisaient le peuple, et qu'ils vivaient soumis aux lois, semblables aux précepteurs qui veillent sur le fils de la maison, tandis que le maître veille sur eux-mêmes. Il en pratiqua plusieurs, et vit des âmes célestes. Il apprit même que parmi les fous qui prétendaient faire la guerre au grand-lama, il y avait eu de très grands hommes. Il soupçonna enfin qu'il pourrait bien en être des mœurs de Persépolis comme des édifices, dont les uns lui avaient paru dignes de pitié, et les autres l'avaient ravi en admiration.

* *
*

Il dit à son lettré : « Je connais très bien que ces mages, que j'avais crus si dangereux, sont en effet très utiles, surtout quand un gouvernement sage les empêche de se rendre trop nécessaires ; mais vous m'avouerez au moins que vos jeunes magistrats, qui achètent une charge de juge dès qu'ils ont appris à monter à cheval, doivent étaler dans les tribunaux tout ce que l'impertinence a de plus ridicule, et tout ce que l'iniquité a de plus pervers ; il vaudrait mieux sans doute donner ces places gratuitement à ces vieux jurisconsultes qui ont passé toute leur vie à peser le pour et le contre. »

Le lettré lui répliqua : « Vous avez vu notre armée avant d'arriver à Persépolis ; vous savez que nos jeunes officiers se battent très bien, quoiqu'ils aient acheté leurs charges[56] : peut-être verrez-vous que nos jeunes magistrats ne jugent pas mal, quoiqu'ils aient payé pour juger. »

Il le mena le lendemain au grand tribunal, où l'on devait rendre un arrêt important. La cause était connue de tout le monde. Tous ces vieux avocats qui en parlaient étaient flottants dans leurs opinions ; ils alléguaient cent lois, dont aucune n'était applicable au fond de la question ; ils regardaient l'affaire par cent côtés, dont aucun n'était dans son vrai jour : les juges décidèrent plus vite que les avocats ne doutèrent. Leur jugement fut presque unanime ; ils jugèrent bien, parce qu'ils suivaient les lumières de la raison ; et les autres avaient opiné mal, parce qu'ils n'avaient consulté que leurs livres.

Babouc conclut qu'il y avait souvent de très bonnes choses dans les abus. Il vit dès le jour même que les richesses des financiers, qui l'avaient tant révolté, pouvaient produire un effet excellent, car, l'empereur ayant eu besoin d'argent, il trouva en une heure, par leur moyen, ce qu'il n'aurait pas eu en six mois par les voies ordinaires ; il vit que ces gros nuages, enflés de la rosée de la terre, lui rendaient en pluie ce qu'ils en recevaient. D'ailleurs, les enfants de ces hommes nouveaux, souvent mieux élevés que ceux des familles plus anciennes, valaient quelquefois beaucoup mieux : car rien n'empêche qu'on ne soit un bon juge, un brave guerrier, un homme d'État habile, quand on a eu un père bon calculateur.

* *
*

Insensiblement Babouc faisait grâce à l'avidité du financier, qui n'est pas au fond plus avide que les autres hommes, et qui est nécessaire. Il excusait la folie de se ruiner pour juger et pour se battre, folie qui produit de grands magistrats et des héros. Il pardonnait à l'envie des lettrés, parmi lesquels il se trouvait des hommes qui éclairaient le monde ; il se réconciliait avec les mages ambitieux et intrigants, chez

lesquels il y avait plus de grandes vertus encore que de petits vices; mais il lui restait bien des griefs, et surtout les galanteries des dames, et les désolations qui en devaient être la suite le remplissaient d'inquiétude et d'effroi.

Comme il voulait pénétrer dans toutes les conditions humaines, il se fit mener chez un ministre; mais il tremblait toujours en chemin que quelque femme ne fût assassinée en sa présence par son mari. Arrivé chez l'homme d'État, il resta deux heures dans l'antichambre sans être annoncé, et deux heures encore après l'avoir été. Il se promettait bien dans cet intervalle de recommander à l'ange Ituriel et le ministre et ses insolents huissiers. L'antichambre était remplie de dames de tout étage, de mages de toutes couleurs, de juges, de marchands, d'officiers, de pédants; tous se plaignaient du ministre. L'avare et l'usurier disaient : « Sans doute cet homme-là pille les provinces » ; le capricieux lui reprochait d'être bizarre ; le voluptueux disait : « Il ne songe qu'à ses plaisirs » ; l'intrigant se flattait de le voir bientôt perdu par une cabale ; les femmes espéraient qu'on leur donneraient bientôt un ministre plus jeune.

Babouc entendait leurs discours ; il ne put s'empêcher de dire : « Voilà un homme bien heureux, il a tous ses ennemis dans son antichambre ; il écrase de son pouvoir ceux qui l'envient ; il voit à ses pieds ceux qui le détestent. » Il entra enfin ; il vit un petit vieillard courbé sous le poids des années et des affaires, mais encore vif et plein d'esprit[57].

Babouc lui plut, et il parut à Babouc un homme estimable. La conversation devint intéressante. Le ministre lui avoua qu'il était un homme très malheureux, qu'il passait pour riche, et qu'il était pauvre ; qu'on le croyait tout puissant, et qu'il était toujours contredit ; qu'il n'avait guère obligé que des ingrats, et que dans un travail continuel de quarante années il avait eu à peine un moment de consolation. Babouc en fut touché, et pensa que, si cet homme avait fait des fautes, et si l'ange Ituriel voulait le punir, il ne fallait pas l'exterminer, mais seulement lui laisser sa place.

* *
*

Tandis qu'il parlait au ministre entre brusquement la belle dame chez qui Babouc avait dîné ; on voyait dans ses yeux et sur son front les symptômes de la douleur et de la colère. Elle éclata en reproches contre l'homme d'État, elle versa des larmes ; elle se plaignit avec amertume de ce qu'on avait refusé à son mari une place où sa naissance lui permettait d'aspirer, et que ses services et ses blessures méritaient ; elle s'exprima avec tant de force, elle mit tant de grâces dans ses plaintes, elle détruisit les objections avec tant d'adresse, elle fit valoir les raisons avec tant d'éloquence, qu'elle ne sortit point de la chambre sans avoir fait la fortune de son mari.

Babouc lui donna la main : « Est-il possible, madame, lui dit-il, que vous vous soyez donné toute cette peine pour un homme que vous n'aimez point, et dont vous avez tout à craindre ? – Un homme que je n'aime point ! s'écria-t-elle ; sachez que mon mari est le meilleur ami que j'aie au monde, qu'il n'y a rine que je ne lui sacrifie, hors mon amant ; et qu'il ferait tout pour moi, hors de quitter sa maîtresse. Je veux vous la faire connaître : c'est une femme charmante, pleine d'esprit, et du meilleur caractère du monde ; nous soupons ensemble ce soir avec mon mari et mon petit mage, venez partager notre joie. »

La dame mena Babouc chez elle. Le mari, qui était enfin arrivé plongé dans la douleur, revit sa femme avec des transports d'allégresse et de reconnaissance : il embrassait tour à tour sa femme, sa maîtresse, le petit mage, et Babouc. L'union, la gaieté, l'esprit, et les grâces, furent l'âme de ce repas. « Apprenez, lui dit la belle dame chez laquelle il soupait, que celles qu'on appelle quelquefois de malhonnêtes femmes ont presque toujours le mérite d'un très honnête homme ; et pour vous en convaincre, venez demain dîner avec moi chez la belle Téone[58]. Il y a quelques vieilles vestales[59] qui la déchirent ; mais elle fait plus de bien qu'elles toutes ensemble. Elle ne commettrait pas une légère injustice pour le plus grand intérêt ; elle ne donne à son amant que des conseils généreux ; elle n'est occupée que de sa gloire : il rougirait devant elle s'il avait laissé échapper une occasion de faire du bien, car rien n'encourage plus aux actions vertueuses que d'avoir pour témoin et pour juge de

sa conduite une maîtresse dont on veut mériter l'estime. »

Babouc ne manqua pas au rendez-vous. Il vit une maison où régnaient tous les plaisirs. Téone régnait sur eux; elle savait parler à chacun son langage. Son esprit naturel mettait à son aise celui des autres; elle plaisait sans presque le vouloir; elle était aussi aimable que bienfaisante; et, ce qui augmentait le prix de toutes ses bonnes qualités, elle était belle.

Babouc, tout Scythe et tout envoyé qu'il était d'un génie, s'aperçut que, s'il restait encore à Persépolis, il oublierait Ituriel pour Téone. Il s'affectionnait à la ville, dont le peuple était poli, doux et bienfaisant, quoique léger, médisant, et plein de vanité. Il craignait que Persépolis ne fût condamnée; il craignait même le compte qu'il allait rendre.

Voici comme il s'y prit pour rendre ce compte. Il fit faire par le meilleur fondeur de la ville une petite statue composée de tous les métaux, des terres et des pierres les plus précieuses et les plus viles; il la porta à Ituriel : « Casserez-vous, dit-il, cette jolie statue parce que tout n'y est pas or et diamants? » Ituriel entendit à demi-mot; il résolut de ne pas même songer à corriger Persépolis, et de laisser aller *le monde comme il va* « car, dit-il, *si tout n'est pas bien, tout est passable*[60] ». On laissa donc subsister Persépolis, et Babouc fut bien loin de se plaindre, comme Jonas, qui se fâcha de ce qu'on ne détruisait pas Ninive[61]. Mais quand on a été trois jours dans le corps d'une baleine, on n'est pas de si bonne humeur que quand on a été à l'opéra, à la comédie, et qu'on a soupé en bonne compagnie.

ZADIG, OU LA DESTINÉE

HISTOIRE ORIENTALE

Notice

Tout conduit aujourd'hui à penser que *Zadig* a été composé en 1745-1746, et « mis au net[1] » au cours d'un séjour que Voltaire fit chez la duchesse du Maine, à Sceaux, dans l'automne de 1746. Il aurait été écrit, avec d'autres contes, pour amuser la duchesse, et Voltaire lui en aurait lu chaque soir quelques chapitres[2]. Depuis le temps des premiers contes, autour de 1715, les choses ont bien changé au château de Sceaux : la brillante société s'est dispersée, la duchesse, devenue veuve, a soixante-dix ans. Mais elle raffole toujours des contes, des propos hardis et de la compagnie des gens d'esprit. Dans une première version de *Zadig,* imprimée en 1747, le héros se nomme Memnon. C'est pour une deuxième édition, imprimée en 1748, qu'il est rebaptisé Zadig (le nom de Memnon sera utilisé un peu plus tard pour un autre conte, voir plus loin). Dans la vie de Voltaire, qui vient de dépasser la cinquantaine, ce moment est celui de la réussite et des déceptions. Après le long exil de Cirey, il connaît le succès à la cour de France ; missions diplomatiques, élection à l'Académie française, fonctions officielles (et pension) d'historiographe du roi, créations théâtrales très applaudies comblent de vieilles espérances[3]. Mais la liaison avec Émilie Du Châtelet, qui a profondément transformé la vie et la pensée de l'écrivain, est en crise ; ils cohabitent encore, mais Émilie en réalité s'éloigne de Voltaire, et de son côté il succombe aux charmes moins prestigieux de sa nièce. L'expérience de la vie à la cour, où il a désormais sa place et ses obligations, ne va pas sans déboires. De plus, en 1745-1747, Voltaire doit affronter l'hostilité de tout un

groupe d'ennemis et d'une partie de l'opinion publique, à l'occasion de l'affaire Travenol, succession de procès autour d'un libelle qui l'attaque, et pour lequel il a fait emprisonner un vieillard de quatre-vingts ans. En contrepartie, il jouit de l'admirative amitié de deux auteurs débutants, qui sont des esprits et des cœurs supérieurs, Vauvenargues et Marmontel.

Nul doute que le conte, sous-titré « la destinée », a des rapports avec les réflexions que Voltaire a pu faire, dans une telle période, sur sa propre destinée. Nul doute que le conte se nourrit des expériences que l'écrivain multiplie dans sa vie publique et dans sa vie privée. Mais il est d'abord un conte philosophique, qui permet à Voltaire de développer ses réflexions sur une question essentielle, objet de débats approfondis à Cirey pendant les années de retraite auprès d'Émilie Du Châtelet, elle-même passionnée par cette question. Traductrice de Newton, elle est tentée de voir partout régner des lois universelles et cohérentes. Les mouvements en apparence incohérents des astres obéissent en réalité à des principes rationnels : cette harmonie du monde physique, pourquoi ne pas la retrouver dans le monde moral ? Mme Du Châtelet, dans cette direction, s'est laissé convaincre par le système de Leibniz, auquel l'a initiée son maître de mathématiques et ami Maupertuis. Dans sa *Théodicée,* Leibniz essaie de concilier la liberté des individus et la nécessité, c'est-à-dire la rigoureuse cohérence d'un ordre universel assuré par la volonté divine, la providence. Voltaire est naturellement frappé, comme chacun d'entre nous, par la difficulté de faire entrer tout ce que nous appelons le mal dans un plan cohérent dont le but serait le bien du monde. Mais cette difficulté, nous la rencontrons aussi devant les phénomènes physiques, et pourtant l'existence d'une harmonie est incontestable. Sans doute, plus tard, Voltaire soulignera fortement le caractère paradoxal de l'harmonie leibnizienne : ce sera le leitmotiv de *Candide.* Mais en 1745-1746, les aventures de Zadig semblent bien être l'illustration de la confiance dans la providence. Nous ne pouvons comprendre les méandres du plan providentiel, mais en fin de compte il nous conduit réellement au bonheur. La sagesse consiste dans ces conditions à accepter un ordre du monde que nous ne comprenons pas dans le détail. Les mésaventures du héros, accumulées comme à plaisir, donnent lieu à maintes réflexions qui vont

dans le sens contraire, et ont pu laisser penser à une oscillation de Voltaire, dans *Zadig,* entre optimisme et pessimisme. En serrant de plus près la chronologie de la composition et en reconstituant de façon plus précise l'histoire de la pensée de l'écrivain, il semble bien qu'on doive admettre l'unité du conte, orientée vers l'affirmation d'un ordre providentiel, que le héros parvient à rendre apparent. C'est dans cette mise en évidence que réside le caractère véritablement merveilleux de *Zadig :* car la réalité de tous les jours donne à chacun, bien plutôt, des occasions de croire à l'incohérence du monde, et l'expérience vécue ne peut guère permettre d'adopter à l'égard de la providence omniprésente une autre attitude que la foi sans preuves.

Le merveilleux s'accommode très bien du cadre oriental, déjà utilisé pour des contes antérieurs. On retrouve Babylone, qui dans *Le Monde comme il va* représentait déjà Paris. Personnages, institutions, croyances religieuses, style fleuri dépaysent le lecteur pour le transporter dans un climat à la mode. Voltaire a multiplié les approximations géographiques et historiques[4] ; visiblement, il ne procède à aucune vérification, et se fie à sa culture, nourrie de la lecture de la Bible, de Tavernier, de d'Herbelot. Mais ces approximations sont sans conséquences fâcheuses. Cet Orient est un monde de fantaisie, en harmonie avec les invraisemblances du récit. Nombre des anecdotes dont le conteur nourrit son propos et le prolonge sont d'ailleurs empruntées de tout côté[5] ; des lecteurs pouvaient les reconnaître ; chacune certes ajoute quelque chose au sens philosophique de l'ensemble, mais toutes concourent à l'impression d'une invention sans rapport sérieux avec la réalité. Cette façon autorise toutes les hardiesses, et même la hardiesse de proposer une philosophie de la destinée. Elle explique l'accueil chaleureux que le conte rencontra en 1748. Les contemporains crurent y déceler (comme dans beaucoup d'autres publications de l'époque) des allusions à l'actualité, à la Pompadour, à des ministres et à des courtisans, à un évêque et à un apothicaire. Certains remarquèrent (les journalistes des *Mémoires de Trévoux* par exemple) que le christianisme était mis en danger par l'égalité que l'auteur établissait entre toutes les religions ; que les prêtres faisaient figure de fanatiques ou d'avares. Mais un ton général de badinage sauvait tout. Voltaire, en multipliant

les raccourcis d'une édition à l'autre, soulignait le caractère magique des enchaînements et des rencontres, le bon plaisir du conteur qui ne veut pas être cru, même quand il inquiète. Les aventures du sympathique gentilhomme Zadig soulèvent bien des questions sur la justice des princes et des hommes, sur la nature des femmes, sur l'ordre du monde. Mais ces aventures ressemblent si peu à celles qu'un lecteur vit lui-même qu'elles ne peuvent pas réellement ébranler la philosophie rassurante, la sagesse que le conteur propose.

Histoire du texte

On conserve à Saint-Pétersbourg, dans les papiers de Voltaire, un manuscrit partiel de *Zadig* (chap. XVI, XVII et début de XVIII) ; comme l'a montré F. Deloffre (Voltaire, *Romans et contes,* Bibl. de la Pléiade, p. 757-764), il offre un état du texte antérieur à toute impression. Le texte a d'abord été imprimé à Amsterdam sous le titre de « Memnon, histoire orientale, à Londres, pour la Compagnie, 1747 », en quinze chapitres. Cette édition (réimprimée en 1748) semble être restée inconnue des lecteurs français. C'est sans doute le 10 septembre 1748 que paraît le conte sous son titre définitif. Voltaire en avait fait imprimer 144 pages par un libraire, le reste (une cinquantaine de pages) par un autre, pour éviter le piratage. C'est par cette édition (et une réimpression corrigée de cette édition, faite aussitôt à Nancy sans doute) que *Zadig* est devenu célèbre. Des améliorations au texte sont apportées par Voltaire lui-même pour un volume de l'édition de ses œuvres complètes publiée à Dresde en 1752, chez le libraire George Conrad Walther. Il procède à de nouvelles corrections pour l'édition Cramer (Genève) de 1756 : il s'agit du volume 5 (*Mélanges de littérature, d'histoire et de philosophie,* suite). Enfin l'édition de Kehl (1784) présente deux chapitres inédits : « La Danse » et « Les Yeux bleus », certainement authentiques mais impossibles à introduire dans le cours du conte sans des modifications. Voltaire a dû les composer vers

1752-1753, sans se soucier par la suite de leur faire une place. Nous les reproduisons en appendice à la fin du conte. Pour le reste, nous reproduisons le texte de l'édition « encadrée » (1775), qui rassemble les corrections contrôlées par Voltaire.

Bibliographie critique

Outre les notices de l'édition de F. Deloffre et J. Van den Heuvel dans la Bibliothèque de la Pléiade, déjà citée, on consultera surtout l'édition critique de G. Ascoli, revue par J. Fabre, Société des textes français modernes, Paris, Didier, 1962 (1ʳᵉ édition 1929) et celle de H. T. Mason, *Zadig and other stories,* London University Press, Londres, 1971.

Zadig est, avec *Candide* et *Micromégas,* l'un des textes toujours commentés dans les travaux d'ensemble sur Voltaire (voir la bibliographie générale). Parmi les nombreux articles :

SENIOR N., « The structure of *Zadig* », *Studies on Voltaire [...],* vol. 135, Oxford, 1974, p. 135-141.

PANDOLFO M., *Zadig : analise da narrativa,* Petropolis, 1978.

HELLEGOUARC'H J., « Encore la duchesse du Maine : notes sur les rubans jaunes de *Zadig* », *Studies on Voltaire [...],* vol. 176, Oxford, 1979, p. 37-40.

HOWELLS R. J., « *Télémaque* et *Zadig :* apports et rapports », *Studies on Voltaire [...],* vol. 215, Oxford, 1982, p. 63-75.

BIANCO J., « Zadig et l'origine du conte philosophique. Aux antipodes de l'unité », *Poétique,* n° 68, novembre 1986, p. 443-461.

VAN DEN HEUVEL J., « Zadig, Zoroastre et les Voyages de Cyrus du Chevalier de Ramsay », dans *Le Siècle de Voltaire,* tome II, Oxford, 1987, p. 919-926.

BADIR M. G., « Mode de narration de *Zadig,* de Voltaire et de Ganem des *Mille et une Nuits* », Actes du septième congrès international des Lumières, *Studies on Voltaire,* vol. 264, Oxford, 1989, p. 1092-1097.

(–) « Rhétorique voltairienne de l'ironie dans Zadig », *French literature studies*, vol. XIV, 1987, p. 37-44.

SAINT-AMAND P., « Destin de l'histoire : *Zadig* et *Candide* », *Studies on Voltaire*, vol. 260, Oxford, 1989, p. 183-195.

MASON H. T., « Voltaire, le président de Maisons et Zadig », *R.H.L.F.*, 1990, p. 953-958.

ZADIG, OU LA DESTINÉE

HISTOIRE ORIENTALE[6]

ÉPITRE DÉDICATOIRE DE ZADIG[7]
A LA SULTANE SHÉRAA[8]
PAR SADI[9]

Le 10 du mois de Schewal, l'an 837 de l'hégire[10].

Charme des prunelles, tourment des cœurs, lumière de
l'esprit, je ne baise point la poussière de vos pieds, parce que
vous ne marchez guère, ou que vous marchez sur des tapis
d'Iran ou sur des roses. Je vous offre la traduction d'un livre
d'un ancien sage qui, ayant le bonheur de n'avoir rien à
faire, eut celui de s'amuser à écrire l'histoire de Zadig,
ouvrage qui dit plus qu'il ne semble dire. Je vous prie de le
lire et d'en juger : car, quoique vous soyez dans le printemps
de votre vie, quoique tous les plaisirs vous cherchent,
quoique vous soyez belle, et que vos talents ajoutent à votre
beauté ; quoiqu'on vous loue du soir au matin[11], et que par
toutes ces raisons vous soyez en droit de n'avoir pas le sens
commun, cependant vous avez l'esprit très sage et le goût
très fin, et je vous ai entendue raisonner mieux que de vieux
derviches à longue barbe et à bonnet pointu. Vous êtes
discrète et vous n'êtes point défiante ; vous êtes douce sans
être faible ; vous êtes bienfaisante avec discernement ; vous

aimez vos amis, et vous ne vous faites point d'ennemis.
Votre esprit n'emprunte jamais ses agréments des traits de la
médisance ; vous ne dites de mal ni n'en faites, malgré la
prodigieuse facilité que vous y auriez. Enfin votre âme m'a
toujours paru pure comme votre beauté. Vous avez même
un petit fonds de philosophie qui m'a fait croire que vous
prendriez plus de goût qu'une autre à cet ouvrage d'un
sage[12].

Il fut écrit d'abord en ancien chaldéen, que ni vous ni moi
n'entendons. On le traduisit en arabe, pour amuser le
célèbre sultan Ouloug-beb[13]. C'était du temps où les Arabes
et les Persans commençaient à écrire des *Mille et une Nuits,*
des *Mille et un Jours*[14], etc. Ouloug aimait mieux la lecture
de *Zadig ;* mais les sultanes aimaient mieux les *Mille et un.*
« Comment pouvez-vous préférer, leur disait le sage
Ouloug, des contes qui sont sans raison, et qui ne signifient
rien ? – C'est précisément pour cela que nous les aimons,
répondaient les sultanes. »

Je me flatte que vous ne leur ressemblerez pas, et que
vous serez un vrai Ouloug. J'espère même que, quand vous
serez lasse des conversations générales, qui ressemblent assez
aux *Mille et un,* à cela près qu'elles sont moins amusantes, je
pourrai trouver une minute pour avoir l'honneur de vous
parler raison. Si vous aviez été Thalestris[15] du temps de
Scander, fils de Philippe ; si vous aviez été la reine de Sabée[16]
du temps de Soleiman, c'eussent été ces rois qui auraient fait
le voyage.

Je prie les vertus célestes que vos plaisirs soient sans
mélange, votre beauté durable, et votre bonheur sans fin.

SADI[17].

LE BORGNE[18]

Du temps du roi Moabdar[19] il y avait à Babylone un
jeune homme nommé Zadig[20], né avec un beau naturel
fortifié par l'éducation. Quoique riche et jeune, il savait
modérer ses passions ; il n'affectait rien[21] ; il ne voulait point
toujours avoir raison, et savait respecter la faiblesse des
hommes. On était étonné de voir qu'avec beaucoup d'esprit
il n'insultât jamais par des railleries à ces propos si vagues, si

rompus, si tumultueux, à ces médisances téméraires, à ces décisions ignorantes, à ces turlupinades grossières, à ce vain bruit de paroles, qu'on appelait *conversation* dans Babylone. Il avait appris, dans le premier livre de Zoroastre[22], que l'amour-propre est un ballon gonflé de vent, dont il sort des tempêtes quand on lui a fait une piqûre. Zadig surtout ne se vantait pas de mépriser les femmes et de les subjuguer. Il était généreux ; il ne craignait point d'obliger des ingrats, suivant ce grand précepte de Zoroastre : *Quand tu manges, donne à manger aux chiens, dussent-ils te mordre*[23]. Il était aussi sage qu'on peut l'être : car il cherchait à vivre avec des sages. Instruit dans les sciences des anciens Chaldéens[24], il n'ignorait pas les principes physiques de la nature, tels qu'on les connaissait alors, et savait de la métaphysique ce qu'on en a su dans tous les âges, c'est-à-dire fort peu de chose. Il était fermement persuadé que l'année était de trois cent soixante et cinq jours et un quart, malgré la nouvelle philosophie de son temps, et que le soleil était au centre du monde ; et quand les principaux mages[25] lui disaient, avec une hauteur insultante, qu'il avait de mauvais sentiments, et que c'était être ennemi de l'État que de croire que le soleil tournait sur lui-même, et que l'année avait douze mois, il se taisait sans colère et sans dédain.

Zadig, avec de grandes richesses, et par conséquent avec des amis, ayant de la santé, une figure aimable, un esprit juste et modéré, un cœur sincère et noble, crut qu'il pouvait être heureux. Il devait se marier à Sémire[26], que sa beauté, sa naissance et sa fortune rendaient le premier parti de Babylone. Il avait pour elle un attachement solide et vertueux, et Sémire l'aimait avec passion. Ils touchaient au moment fortuné qui allait les unir, lorsque, se promenant ensemble vers une porte de Babylone, sous les palmiers qui ornaient les rivages de l'Euphrate, ils virent venir à eux des hommes armés de sabres et de flèches. C'étaient les satellites du jeune Orcan[27], neveu d'un ministre, à qui les courtisans de son oncle avaient fait accroire que tout lui était permis. Il n'avait aucune des grâces ni des vertus de Zadig ; mais, croyant valoir beaucoup mieux, il était désespéré de n'être pas préféré. Cette jalousie, qui ne venait que de sa vanité, lui fit penser qu'il aimait éperdument Sémire. Il voulait l'en-

lever. Les ravisseurs la saisirent, et dans les emportements de leur violence ils la blessèrent, et firent couler le sang d'une personne dont la vue aurait attendri les tigres du mont Imaüs[28]. Elle perçait le ciel de ses plaintes. Elle s'écriait : « Mon cher époux ! on m'arrache à ce que j'adore. » Elle n'était point occupée de son danger ; elle ne pensait qu'à son cher Zadig. Celui-ci, dans le même temps, la défendait avec toute la force que donnent la valeur et l'amour. Aidé seulement de deux esclaves, il mit les ravisseurs en fuite, et ramena chez elle Sémire, évanouie et sanglante, qui en ouvrant les yeux vit son libérateur. Elle lui dit : « O Zadig ! Je vous aimais comme mon époux ; je vous aime comme celui à qui je dois l'honneur et la vie. » Jamais il n'y eut un cœur plus pénétré que celui de Sémire. Jamais bouche plus ravissante n'exprima des sentiments plus touchants par ces paroles de feu qu'inspirent le sentiment du plus grand des bienfaits et le transport le plus tendre de l'amour le plus légitime. Sa blessure était légère ; elle guérit bientôt. Zadig était blessé plus dangereusement ; un coup de flèche reçu près de l'œil lui avait fait une plaie profonde. Sémire ne demandait aux dieux que la guérison de son amant. Ses yeux étaient nuit et jour baignés de larmes : elle attendait le moment où ceux de Zadig pourraient jouir de ses regards ; mais un abcès survenu à l'œil blessé fit tout craindre. On envoya jusqu'à Memphis[29] chercher le grand médecin Hermès[30], qui vint avec un nombreux cortège. Il visita le malade, et déclara qu'il perdrait l'œil ; il prédit même le jour et l'heure où ce funeste accident devait arriver. « Si c'eût été l'œil droit, dit-il, je l'aurais guéri ; mais les plaies de l'œil gauche sont incurables. » Tout Babylone, en plaignant la destinée de Zadig, admira la profondeur de la science d'Hermès. Deux jours après, l'abcès perça de lui-même ; Zadig fut guéri parfaitement. Hermès écrivit un livre où il lui prouva qu'il n'avait pas dû guérir. Zadig ne le lut point ; mais, dès qu'il put sortir, il se prépara à rendre visite à celle qui faisait l'espérance du bonheur de sa vie, et pour qui seule il voulait avoir des yeux. Sémire était à la campagne depuis trois jours. Il apprit en chemin que cette belle dame, ayant déclaré hautement qu'elle avait une aversion insurmontable pour les borgnes, venait de se marier à Orcan lui-même. A

cette nouvelle il tomba sans connaissance ; sa douleur le mit au bord du tombeau ; il fut longtemps malade, mais enfin la raison l'emporta sur son affliction ; et l'atrocité de ce qu'il éprouvait servit même à le consoler.

« Puisque j'ai essuyé, dit-il, un si cruel caprice d'une fille élevée à la cour, il faut que j'épouse une citoyenne[31]. » Il choisit Azora, la plus sage et la mieux née de la ville ; il l'épousa, et vécut un mois avec elle dans les douceurs de l'union la plus tendre. Seulement il remarquait en elle un peu de légèreté, et beaucoup de penchant à trouver toujours que les jeunes gens les mieux faits étaient ceux qui avaient le plus d'esprit et de vertu.

LE NEZ[32]

Un jour, Azora revint d'une promenade toute en colère et faisant de grandes exclamations. « Qu'avez-vous, lui dit-il, ma chère épouse[33] ? qui vous peut mettre ainsi hors de vous-même ? – Hélas ! dit-elle, vous seriez[34] comme moi, si vous aviez vu le spectacle dont je viens d'être témoin. J'ai été consoler la jeune veuve Cosrou, qui vient d'élever, depuis deux jours, un tombeau à son jeune époux auprès du ruisseau qui borde cette prairie. Elle a promis aux dieux, dans sa douleur, de demeurer auprès de ce tombeau tant que l'eau de ce ruisseau coulerait auprès[35]. – Eh bien ! dit Zadig, voilà une femme estimable qui aimait véritablement son mari ! – Ah ! reprit Azora, si vous saviez à quoi elle s'occupait quand je lui ai rendu visite ! – A quoi donc, belle Azora ? – Elle faisait détourner le ruisseau. » Azora se répandit en des invectives si longues, éclata en reproches si violents contre la jeune veuve, que ce faste de vertu ne plut pas à Zadig.

Il avait un ami, nommé Cador, qui était un de ces jeunes gens à qui sa femme trouvait plus de probité et de mérite qu'aux autres : il le mit dans sa confidence, et s'assura, autant qu'il le pouvait, de sa fidélité par un présent considérable. Azora, ayant passé deux jours chez une de ses amies à la campagne, revint le troisième jour à la maison. Des domestiques en pleurs lui annoncèrent que son mari était mort subitement la nuit même, qu'on n'avait pas osé lui porter cette funeste nouvelle, et qu'on venait d'ensevelir

Zadig dans le tombeau de ses pères, au bout du jardin. Elle pleura[36], s'arracha les cheveux, et jura de mourir. Le soir, Cador lui demanda la permission de lui parler, et ils pleurèrent tous deux. Le lendemain ils pleurèrent moins et dînèrent ensemble. Cador lui confia que son ami lui avait laissé la plus grande partie de son bien, et lui fit entendre qu'il mettrait son bonheur à partager sa fortune avec elle. La dame pleura, se fâcha, s'adoucit ; le souper fut plus long que le dîner ; on se parla avec plus de confiance. Azora fit l'éloge du défunt ; mais elle avoua qu'il avait des défauts dont Cador était exempt.

Au milieu du souper, Cador se plaignit d'un mal de rate violent ; la dame, inquiète et empressée, fit apporter toutes les essences dont elle se parfumait pour essayer s'il n'y en avait pas quelqu'une qui fût bonne pour le mal de rate ; elle regretta beaucoup que le grand Hermès ne fût pas encore à Babylone ; elle daigna même toucher le côté où Cador sentait de si vives douleurs. « Êtes-vous sujet à cette cruelle maladie ? lui dit-elle avec compassion. – Elle me met quelquefois au bord du tombeau, lui répondit Cador, et il n'y a qu'un seul remède qui puisse me soulager : c'est de m'appliquer sur le côté le nez d'un homme qui soit mort la veille. – Voilà un étrange remède, dit Azora. – Pas plus étrange, répondit-il, que les sachets du sieur Arnou[37] contre l'apoplexie. » Cette raison, jointe à l'extrême mérite du jeune homme, détermina enfin la dame. « Après tout, dit-elle, quand mon mari passera du monde d'hier dans le monde du lendemain sur le pont Tchinavar[38], l'ange Asraël[39] lui accordera-t-il moins le passage parce que son nez sera un peu moins long dans la seconde vie que dans la première ? » Elle prit donc un rasoir ; elle alla au tombeau de son époux, l'arrosa de ses larmes, et s'approcha pour couper le nez à Zadig, qu'elle trouva tout étendu dans la tombe. Zadig se relève en tenant son nez d'une main, et arrêtant le rasoir de l'autre. « Madame lui dit-il, ne criez plus tant contre la jeune Cosrou ; le projet de me couper le nez vaut bien celui de détourner un ruisseau. »

LE CHIEN ET LE CHEVAL

Zadig éprouva que le premier mois du mariage, comme il est écrit dans le livre du *Zend*[40], est la lune du miel, et que le second est la lune de l'absinthe[41]. Il fut quelque temps après obligé de répudier Azora, qui était devenue trop difficile à vivre[42], et il chercha son bonheur dans l'étude de la nature. « Rien n'est plus heureux, disait-il, qu'un philosophe qui lit dans ce grand livre que Dieu a mis sous nos yeux. Les vérités qu'il découvre sont à lui : il nourrit et il élève son âme, il vit tranquille ; il ne craint rien des hommes, et sa tendre épouse ne vient point lui couper le nez. »

Plein de ces idées, il se retira dans une maison de campagne sur les bords de l'Euphrate[43]. Là il ne s'occupait pas à calculer combien de pouces d'eau coulaient en une seconde sous les arches d'un pont[44], ou s'il tombait une ligne cube de pluie dans le mois de la souris plus que dans le mois du mouton[45]. Il n'imaginait point de faire de la soie avec des toiles d'araignée[46], ni de la porcelaine avec des bouteilles cassées[47], mais il étudia surtout les propriétés des animaux et des plantes[48], et il acquit bientôt une sagacité qui lui découvrait mille différences où les autres hommes ne voient rien que d'uniforme.

Un jour, se promenant auprès d'un petit bois, il vit accourir à lui un eunuque de la reine, suivi de plusieurs officiers qui paraissaient dans la plus grande inquiétude, et qui couraient çà et là comme des hommes égarés qui cherchent ce qu'ils ont perdu de plus précieux. « Jeune homme, lui dit le premier eunuque, n'avez-vous point vu le chien de la reine ? » Zadig répondit modestement : « C'est une chienne, et non pas un chien. – Vous avez raison, reprit le premier eunuque. – C'est une épagneule très petite, ajouta Zadig ; elle a fait depuis peu des chiens ; elle boite du pied gauche de devant, et elle a les oreilles très longues. – Vous l'avez donc vue, dit le premier eunuque tout essoufflé. – Non, répondit Zadig, je ne l'ai jamais vue, et je n'ai jamais su si la reine avait une chienne. »

Précisément dans le même temps, par une bizarrerie ordinaire de la fortune, le plus beau cheval de l'écurie du roi s'était échappé des mains d'un palefrenier dans les plaines de

Babylone. Le grand veneur et tous les autres officiers cou-
raient après lui avec autant d'inquiétude que le premier
eunuque après la chienne. Le grand veneur s'adressa à
Zadig, et lui demanda s'il n'avait point vu passer le cheval
du roi. « C'est, répondit Zadig, le cheval qui galope le
mieux ; il a cinq pieds de haut, le sabot fort petit ; il porte
une queue de trois pieds et demi de long ; les bossettes de
son mors sont d'or à vingt-trois carats ; ses fers sont d'argent
à onze deniers[49]. – Quel chemin a-t-il pris ? Où est-il ?
demanda le grand veneur. – Je ne l'ai point vu, répondit
Zadig, et je n'en ai jamais entendu parler. »

Le grand veneur et le premier eunuque ne doutèrent pas
que Zadig n'eût volé le cheval du roi et la chienne de la
reine ; ils le firent conduire devant l'assemblée du grand
Desterham, qui le condamna au knout, et à passer le reste de
ses jours en Sibérie[50]. A peine le jugement fut-il rendu qu'on
retrouva le cheval et la chienne. Les juges furent dans la
douloureuse nécessité de réformer leur arrêt ; mais ils
condamnèrent Zadig à payer quatre cents onces d'or pour
avoir dit qu'il n'avait point vu ce qu'il avait vu. Il fallut
d'abord payer cette amende ; après quoi il fut permis à
Zadig de plaider sa cause au conseil du grand Desterham ; il
parla en ces termes :

« Étoiles de justice, abîmes de science, miroirs de vérité,
qui avez la pesanteur du plomb, la dureté du fer, l'éclat du
diamant, et beaucoup d'affinité[51] avec l'or, puisqu'il m'est
permis de parler devant cette auguste assemblée, je vous jure
par Orosmade[52] que je n'ai jamais vu la chienne respectable
de la reine, ni le cheval sacré du roi des rois. Voici ce qui
m'est arrivé. Je me promenais vers le petit bois où j'ai
recontré depuis le vénérable eunuque et le très illustre grand
veneur. J'ai vu sur le sable les traces d'un animal, et j'ai jugé
aisément que c'étaient celles d'un petit chien. Des sillons
légers et longs, imprimés sur de petites éminences de sable
entre les traces des pattes, m'ont fait connaître que c'était
une chienne dont les mamelles étaient pendantes, et qu'ainsi
elle avait [fait][53] des petits il y a peu de jours. D'autres traces
en un sens différent, qui paraissaient toujours avoir rasé la
surface du sable à côté des pattes de devant, m'ont appris
qu'elle avait les oreilles très longues ; et, comme j'ai remar-

qué que le sable était toujours moins creusé par une patte que par les trois autres, j'ai compris que la chienne de notre auguste reine était un peu boiteuse, si je l'ose dire.

« A l'égard du cheval du roi des rois, vous saurez que, me promenant dans les routes de ce bois j'ai aperçu les marques des fers d'un cheval ; elles étaient toutes à égales distances. Voilà, ai-je dit, un cheval qui a un galop parfait. La poussière des arbres, dans une route étroite qui n'a que sept pieds de large, était un peu enlevée à droite et à gauche, à trois pieds et demi du milieu de la route. Ce cheval, ai-je dit, a une queue de trois pieds et demi, qui, par ses mouvements de droite et de gauche, a balayé cette poussière. J'ai vu sous les arbres, qui formaient un berceau de cinq pieds de haut, les feuilles des branches nouvellement tombées ; et j'ai connu que ce cheval y avait touché, et qu'ainsi il avait cinq pieds de haut. Quant à son mors, il doit être d'or à vingt-trois carats : car il en a frotté les bossettes contre une pierre que j'ai reconnue être une pierre de touche, et dont j'ai fait l'essai. J'ai jugé enfin, par les marques que ses fers ont laissées sur des cailloux d'une autre espèce, qu'il était ferré d'argent à onze deniers de fin. »

Tous les juges admirèrent le profond et subtil discernement de Zadig : la nouvelle en vint jusqu'au roi et à la reine. On ne parlait que de Zadig dans les antichambres, dans la chambre, et dans le cabinet ; et quoique plusieurs mages opinassent qu'on devait le brûler comme sorcier, le roi ordonna qu'on lui rendît l'amende de quatre cents onces d'or à laquelle il avait été condamné. Le greffier, les huissiers, les procureurs vinrent chez lui en grand appareil lui rapporter ses quatre cents onces ; ils en retinrent seulement trois cent quatre-vingt-dix-huit pour les frais de justice, et leurs valets demandèrent des honoraires.

Zadig vit combien il était dangereux quelquefois d'être trop savant, et se promit bien, à la première occasion, de ne point dire ce qu'il avait vu.

Cette occasion se trouva bientôt. Un prisonnier d'État s'échappa ; il passa sous les fenêtres de sa maison. On interrogea Zadig, il ne répondit rien ; mais on lui prouva qu'il avait regardé par la fenêtre. Il fut condamné pour ce crime à cinq cents onces d'or, et il remercia ses juges de leur

indulgence, selon la coutume de Babylone. « Grand Dieu !
dit-il en lui-même, qu'on est à plaindre quand on se pro-
mène dans un bois où la chienne de la reine et le cheval du
roi ont passé ! qu'il est dangereux de se mettre à la fenêtre !
et qu'il est difficile d'être heureux dans cette vie[54] ! »

L'ENVIEUX[55]

Zadig voulut se consoler, par la philosophie et par l'ami-
tié, des maux que lui avait faits la fortune. Il avait dans un
faubourg de Babylone une maison ornée avec goût, où il
rassemblait tous les arts et tous les plaisirs dignes d'un
honnête homme. Le matin, sa bibliothèque était ouverte à
tous les savants ; le soir, sa table l'était à la bonne compa-
gnie ; mais il connut bientôt combien les savants sont dange-
reux ; il s'éleva une grande dispute sur une loi de Zoroastre,
qui défendait de manger du griffon[56]. « Comment défendre
le griffon, disaient les uns, si cet animal n'existe pas ? – Il
faut bien qu'il existe, disaient les autres, puisque Zoroastre
ne veut pas qu'on en mange. » Zadig voulut les accorder en
leur disant : « S'il y a des griffons, n'en mangeons point ; s'il
n'y en a point, nous en mangerons encore moins ; et par là
nous obéirons tous à Zoroastre. »

Un savant, qui avait composé treize volumes sur les
propriétés du griffon, et qui de plus était grand théurgite[57],
se hâta d'aller accuser Zadig devant un archimage nommé
Yébor[58], le plus sot des Chaldéens, et partant le plus fana-
tique. Cet homme aurait fait empaler Zadig pour la plus
grande gloire du soleil, et en aurait récité le bréviaire de
Zoroastre d'un ton plus satisfait. L'ami Cador (un ami vaut
mieux que cent prêtres) alla trouver le vieux Yébor, et lui
dit : « Vivent le soleil et les griffons ! gardez-vous bien de
punir Zadig : c'est un saint ; il a des griffons dans sa basse-
cour, et il n'en mange point ; et son accusateur est un
hérétique qui ose soutenir que les lapins ont le pied fendu[59],
et ne sont point immondes. – Eh bien ! dit Yébor en bran-
lant sa tête chauve, il faut empaler Zadig pour avoir mal
pensée des griffons, et l'autre pour avoir mal parlé des
lapins. » Cador apaisa l'affaire par le moyen d'une fille

d'honneur à laquelle il avait fait un enfant, et qui avait beaucoup de crédit dans le collège des mages. Personne ne fut empalé ; de quoi plusieurs docteurs murmurèrent, et en présagèrent la décadence de Babylone. Zadig s'écria : « A quoi tient le bonheur ! Tout me persécute dans ce monde, jusqu'aux êtres qui n'existent pas. » Il maudit les savants, et ne voulut plus vivre qu'en bonne compagnie.

Il rassemblait chez lui les plus honnêtes gens de Babylone, et les dames les plus aimables ; il donnait des soupers délicats, souvent précédés de concerts, et animés par des conversations charmantes dont il avait su bannir l'empressement de montrer de l'esprit, qui est la plus sûre manière de n'en point avoir, et de gâter la société la plus brillante. Ni le choix de ses amis, ni celui des mets, n'étaient faits par la vanité : car en tout il préférait l'être au paraître, et par là il s'attirait la considération véritable, à laquelle il ne prétendait pas.

Vis-à-vis sa maison demeurait Arimaze[60], personnage dont la méchante âme était peinte sur sa grossière physionomie. Il était rongé de fiel et bouffi d'orgueil, et pour comble, c'était un bel esprit ennuyeux. N'ayant jamais pu réussir dans le monde, il se vengeait par en médire[61]. Tout riche qu'il était, il avait de la peine à rassembler chez lui des flatteurs. Le bruit des chars qui entraient le soir chez Zadig l'importunait, le bruit de ses louanges l'irritait davantage. Il allait[62] quelquefois chez Zadig, et se mettait à table sans être prié : il y corrompait toute la joie de la société, comme on dit que les harpies infectent les viandes qu'elles touchent. Il lui arriva un jour de vouloir donner une fête à une dame qui, au lieu de la recevoir, alla souper chez Zadig. Un autre jour, causant avec lui dans le palais, ils abordèrent un ministre qui pria Zadig à souper, et ne pria point Arimaze. Les plus implacables haines n'ont pas souvent des fondements plus importants. Cet homme qu'on appelait « l'envieux » dans Babylone voulut perdre Zadig parce qu'on l'appelait « l'heureux ». L'occasion de faire du mal se trouve cent fois par jour, et celle de faire du bien, une fois dans l'année, comme dit Zoroastre.

L'envieux alla chez Zadig, qui se promenait dans ses jardins avec deux amis et une dame à laquelle il disait

souvent des choses galantes, sans autre intention que celle de les dire. La conversation roulait sur une guerre que le roi venait de terminer heureusement contre le prince d'Hyrcanie, son vassal. Zadig, qui avait signalé son courage dans cette courte guerre, louait beaucoup le roi et encore plus la dame. Il prit ses tablettes, et écrivit quatre vers qu'il fit sur le champ, et qu'il donna à lire à cette belle personne.

Ses amis le prièrent de leur en faire part : la modestie, ou plutôt un amour-propre bien entendu, l'en empêcha. Il savait que des vers impromptus ne sont jamais bons que pour celle en l'honneur de qui ils sont faits : il brisa en deux la feuille des tablettes sur laquelle il venait d'écrire, et jeta les deux moitiés dans un buisson de roses, où on les chercha inutilement. Une petite pluie survint ; on regagna la maison. L'envieux, qui resta dans le jardin, chercha tant, qu'il trouva un morceau de la feuille. Elle avait été tellement rompue que chaque moitié de vers qui remplissait la ligne faisait un sens, et même un vers d'une plus petite mesure ; mais, par un hasard encore plus étrange, ces petits vers se trouvaient former un sens qui contenait les injures les plus horribles contre le roi ; on y lisait :

> Par les plus grands forfaits
> Sur le trône affermi,
> Dans la publique paix
> C'est le seul ennemi.

L'envieux fut heureux pour la première fois de sa vie. Il avait entre les mains de quoi perdre un homme vertueux et aimable[63]. Plein de cette cruelle joie, il fit parvenir jusqu'au roi cette satire écrite de la main de Zadig : on le fit mettre en prison, lui, ses deux amis, et la dame. Son procès lui fut bientôt fait, sans qu'on daignât l'entendre. Lorsqu'il vint recevoir sa sentence, l'envieux se trouva sur son passage et lui dit tout haut que ses vers ne valaient rien. Zadig ne se piquait pas d'être bon poète ; mais il était au désespoir d'être condamné comme criminel de lèse-majesté, et de voir qu'on retînt en prison une belle dame et deux amis pour un crime qu'il n'avait pas fait. On ne lui permit pas de parler, parce que ses tablettes parlaient : telle était la loi de Babylone. On le fit donc aller au supplice à travers une foule de curieux

dont aucun n'osait le plaindre, et qui se précipitaient pour examiner son visage et pour voir s'il mourrait avec bonne grâce. Ses parents seulement étaient affligés, car ils n'héritaient pas. Les trois quarts de son bien étaient confisqués au profit du roi, et l'autre quart au profit de l'envieux.

Dans le temps qu'il se préparait à la mort, le perroquet du roi s'envola de son balcon, et s'abattit dans le jardin de Zadig sur un buisson de roses. Une pêche y avait été portée d'un arbre voisin par le vent; elle était tombée sur un morceau de tablettes à écrire auquel elle s'était collée. L'oiseau enleva la pêche et la tablette, et les porta sur les genoux du monarque. Le prince, curieux, y lut des mots qui ne formaient aucun sens, et qui paraissaient des fins de vers. Il aimait la poésie, et il y a toujours de la ressource avec les princes qui aiment les vers[64] : l'aventure de son perroquet le fit rêver. La reine, qui se souvenait de ce qui avait été écrit sur une pièce de la tablette de Zadig, se la fit apporter. On confronta les deux morceaux, qui s'ajustaient ensemble parfaitement; on lut alors les vers tels que Zadig les avait faits :

> Par les plus grands forfaits j'ai vu troubler la terre.
> Sur le trône affermi le roi sait tout dompter.
> Dans la publique paix l'amour seul fait la guerre :
> C'est le seul ennemi qui soit à redouter.

Le roi ordonna aussitôt qu'on fît venir Zadig devant lui, et qu'on fît sortir de prison ses deux amis et la belle dame. Zadig se jeta le visage contre terre, aux pieds du roi et de la reine : il leur demanda très humblement pardon d'avoir fait de mauvais vers; il parla avec tant de grâce, d'esprit, et de raison, que le roi et la reine voulurent le revoir. Il revint, et plut encore davantage. On lui donna tous les biens de l'envieux, qui l'avait injustement accusé : mais Zadig les rendit tous, et l'envieux ne fut touché que du plaisir de ne pas perdre son bien. L'estime du roi s'accrut de jour en jour pour Zadig. Il le mettait de tous ses plaisirs, et le consultait dans toutes ses affaires. La reine le regarda dès lors avec une complaisance qui pouvait devenir dangereuse pour elle, pour le roi son auguste époux, pour Zadig, et pour le royaume. Zadig commençait à croire qu'il n'est pas difficile[65] d'être heureux.

LES GÉNÉREUX[66]

Le temps arriva où l'on célébrait une grande fête qui revenait tous les cinq ans. C'était la coutume à Babylone de déclarer solennellement au bout de cinq années, celui des citoyens qui avait fait l'action la plus généreuse[67]. Les grands et les mages étaient les juges. Le premier satrape, chargé du soin de la ville, exposait les plus belles actions qui s'étaient passées sous son gouvernement. On allait aux voix : le roi prononçait le jugement. On venait à cette solennité des extrémités de la terre. Le vainqueur recevait des mains du monarque une coupe d'or garnie de pierreries, et le roi lui disait ces paroles : « Recevez ce prix de la générosité, et puissent les dieux me donner beaucoup de sujets qui vous ressemblent ! »

Ce jour mémorable venu, le roi parut sur son trône, environné des grands, des mages, et des députés de toutes les nations, qui venaient à ces jeux où la gloire s'acquérait non par la légèreté des chevaux, non par la force du corps, mais par la vertu. Le premier satrape rapporta à haute voix les actions qui pouvaient mériter à leurs auteurs ce prix inestimable. Il ne parla point de la grandeur d'âme avec laquelle Zadig avait rendu à l'envieux toute sa fortune : ce n'était pas une action qui méritât de disputer le prix.

Il présenta d'abord un juge qui, ayant fait perdre un procès considérable à un citoyen, par une méprise dont il n'était pas même responsable, lui avait donné tout son bien, qui était la valeur de ce que l'autre avait perdu[68].

Il produit ensuite un jeune homme qui, étant éperdument épris d'une fille qu'il allait épouser, l'avait cédée à un ami près d'expirer d'amour pour elle, et qui avait encore payé la dot en cédant la fille[69].

Ensuite il fit paraître un soldat qui, dans la guerre d'Hyrcanie, avait donné encore un plus grand exemple de générosité. Des soldats ennemis lui enlevaient sa maîtresse, et il la défendait contre eux : on vint lui dire que d'autres Hyrcaniens enlevaient sa mère à quelques pas de là ; il quitta en pleurant sa maîtresse, et courut délivrer sa mère ; il retourna ensuite vers celle qu'il aimait, et la trouva expirante. Il

voulut se tuer : sa mère lui remontra qu'elle n'avait que lui pour tout secours, et il eut le courage de souffrir la vie.

Les juges penchaient pour ce soldat. Le roi prit la parole, et dit : « Son action et celle des autres sont belles, mais elles ne m'étonnent point ; hier, Zadig en a fait une qui m'a étonné. J'avais disgracié depuis quelques jours mon ministre et mon favori Coreb[70]. Je me plaignais de lui avec violence, et tous mes courtisans m'assuraient que j'étais trop doux : c'était à qui me dirait le plus de mal de Coreb. Je demandai à Zadig ce qu'il en pensait, et il osa en dire du bien. J'avoue que j'ai vu, dans nos histoires, des exemples qu'on a payé de son bien une erreur, qu'on a cédé sa maîtresse, qu'on a préféré une mère à l'objet de son amour ; mais je n'ai jamais lu qu'un courtisan ait parlé avantageusement d'un ministre disgracié contre qui son souverain était en colère. Je donne vingt mille pièces d'or à chacun de ceux dont on vient de réciter les actions généreuses ; mais je donne la coupe à Zadig.

– Sire, lui dit-il, c'est Votre Majesté seule qui mérite la coupe, c'est elle qui a fait l'action la plus inouïe, puisque, étant roi, vous ne vous êtes point fâché contre votre esclave, lorsqu'il contredisait votre passion. »

On admira le roi et Zadig. Le juge qui avait donné son bien, l'amant qui avait marié sa maîtresse à son ami, le soldat qui avait préféré le salut de sa mère à celui de sa maîtresse, reçurent les présents du monarque : ils virent leurs noms écrits dans le livre des généreux. Zadig eut la coupe. Le roi acquit la réputation d'un bon prince, qu'il ne garda pas longtemps. Ce jour fut consacré par des fêtes plus longues que la loi ne le portait. La mémoire s'en conserve encore dans l'Asie[71]. Zadig disait : « Je suis donc enfin heureux ! » Mais il se trompait.

LE MINISTRE[72]

Le roi avait perdu son premier ministre. Il choisit Zadig pour remplir cette place. Toutes les belles dames de Baby- lone applaudirent à ce choix, car depuis la fondation de l'empire il n'y avait jamais eu de ministre si jeune. Tous les courtisans furent fâchés ; l'envieux en eut un crachement de

sang, et le nez lui enfla prodigieusement. Zadig, ayant
remercié le roi et la reine, alla remercier aussi le perroquet :
« Bel oiseau, lui dit-il, c'est vous qui m'avez sauvé la vie, et
qui m'avez fait premier ministre : la chienne et le cheval de
Leurs Majestés m'avaient fait beaucoup de mal, mais vous
m'avez fait du bien. Voilà donc de quoi dépendent les
destins des hommes! Mais, ajouta-t-il, un bonheur si
étrange sera peut-être bientôt évanoui. » Le perroquet
répondit : « Oui. » Ce mot frappa Zadig. Cependant,
comme il était bon physicien[73], et qu'il ne croyait pas que les
perroquets fussent prophètes, il se rassura bientôt et se mit à
exercer son ministère de son mieux.

Il fit sentir à tout le monde le pouvoir sacré des lois, et ne
fit sentir à personne le poids de sa dignité. Il ne gêna point
les voix du divan[74], et chaque vizir pouvait avoir un avis
sans lui déplaire. Quand il jugeait une affaire, ce n'était pas
lui qui jugeait, c'était la loi; mais quand elle était trop
sévère, il la tempérait; et quand on manquait de lois, son
équité en faisait qu'on aurait prises pour celles de Zoroastre.

C'est de lui que les nations tiennent ce grand principe :
qu'il vaut mieux hasarder de sauver un coupable que de
condamner un innocent. Il croyait que les lois étaient faites
pour secourir les citoyens autant que pour les intimider. Son
principal talent était de démêler la vérité, que tous les
hommes cherchent à obscurcir. Dès les premiers jours de son
administration il mit ce grand talent en usage. Un fameux
négociant de Babylone était mort aux Indes; il avait fait ses
héritiers ses deux fils par portions égales, après avoir marié
leur sœur, et il laissait un présent de trente mille pièces d'or
à celui de ses deux fils qui serait jugé l'aimer davantage.
L'aîné lui bâtit un tombeau, le second augmenta d'une
partie de son héritage la dot de sa sœur; chacun disait :
« C'est l'aîné qui aime le mieux son père, le cadet aime
mieux sa sœur; c'est à l'aîné qu'appartiennent les trente
mille pièces. »

Zadig les fit venir tous deux l'un après l'autre. Il dit à
l'aîné[75] : « Votre père n'est point mort, il est guéri de sa
dernière maladie, il revient à Babylone. – Dieu soit loué,
répondit le jeune homme; mais voilà un tombeau qui m'a
coûté bien cher! » Zadig dit ensuite la même chose au cadet.

« Dieu soit loué, répondit-il ; je vais rendre à mon père tout ce que j'ai ; mais je voudrais qu'il laissât à ma sœur ce que je lui ai donné. – Vous ne rendrez rien, dit Zadig, et vous aurez les trente mille pièces : c'est vous qui aimez le mieux votre père[76]. »

Une fille[77] fort riche avait fait une promesse de mariage à deux mages, et, après avoir reçu quelques mois des instructions[78] de l'un et de l'autre, elle se trouva grosse. Ils voulaient tous deux l'épouser. « Je prendrai pour mon mari, dit-elle, celui des deux qui m'a mise en état de donner un citoyen à l'empire. – C'est moi qui ai fait cette bonne œuvre, dit l'un. – C'est moi qui ait eu cet avantage, dit l'autre. – Eh bien ! répondit-elle, je reconnais pour père de l'enfant celui des deux qui lui pourra donner la meilleure éducation. » Elle accoucha d'un fils. Chacun des mages veut l'élever. La cause est portée devant Zadig. Il fait venir les deux mages. « Qu'enseigneras-tu à ton pupille ? dit-il au premier. – Je lui apprendrai, dit le docteur, les huit parties d'oraison[79], la dialectique, l'astrologie, la démonomanie ; ce que c'est que la substance et l'accident[80], l'abstrait et le concret, les monades et l'harmonie préétablie[81]. – Moi, dit le second, je tâcherai de le rendre juste et digne d'avoir des amis. » Zadig prononça : « Que tu sois son père ou non, tu épouseras sa mère[82]. »

LES DISPUTES ET LES AUDIENCES[83]

C'est ainsi qu'il montrait tous les jours la subtilité de son génie et la bonté de son âme ; on l'admirait, et cependant on l'aimait. Il passait pour le plus fortuné de tous les hommes, tout l'empire était rempli de son nom ; toutes les femmes le lorgnaient ; tous les citoyens célébraient sa justice ; les savants le regardaient comme leur oracle ; les prêtres même avouaient qu'il en savait plus que le vieux archimage Yébor. On était bien loin alors de lui faire des procès sur les griffons ; on ne croyait que ce qui lui semblait croyable.

Il y avait une grande querelle dans Babylone, qui durait depuis quinze cents années, et qui partageait l'empire en deux sectes opiniâtres : l'une prétendait qu'il ne fallait jamais entrer dans le temple de Mithra[84] que du pied

gauche; l'autre avait cette coutume en abomination, et
n'entrait jamais que du pied droit. On attendait le jour de la
fête solennelle du feu sacré pour savoir quelle secte serait
favorisée par Zadig. L'univers avait les yeux sur ses deux
pieds, et toute la ville était en agitation et en suspens. Zadig
entra dans le temple en sautant à pieds joints, et il prouva
ensuite, par un discours éloquent, que le Dieu du ciel et de
la terre, qui n'a acception de personne, ne fait pas plus de cas
de la jambe gauche que de la jambe droite[85].

L'envieux et sa femme prétendirent que dans son discours
il n'y avait pas assez de figures, qu'il n'avait pas fait assez
danser les montagnes et les collines[86]. « Il est sec et sans
génie, disaient-ils; on ne voit chez lui ni la mer s'enfuir, ni
les étoiles tomber, ni le soleil se fondre comme de la cire : il
n'a point le bon style oriental. » Zadig se contentait d'avoir
le style de la raison. Tout le monde fut pour lui, non pas
parce qu'il était dans le bon chemin, non pas parce qu'il
était raisonnable, non pas parce qu'il était aimable, mais
parce qu'il était premier vizir.

Il termina aussi heureusement le grand procès entre les
mages blancs et les mages noirs. Les blancs soutenaient que
c'était une impiété de se tourner, en priant Dieu, vers
l'orient d'hiver; les noirs assuraient que Dieu avait en hor-
reur les prières des hommes qui se tournaient vers le cou-
chant d'été. Zadig ordonna qu'on se tournât comme on
voudrait.

Il trouva ainsi le secret d'expédier, le matin, les affaires
particulières et les générales; le reste du jour, il s'occupait
des embellissements[87] de Babylone : il faisait représenter des
tragédies où l'on pleurait, et des comédies où l'on riait[88], ce
qui était passé de mode depuis longtemps, et ce qu'il fit
renaître parce qu'il avait du goût. Il ne prétendait pas en
savoir plus que les artistes; il les récompensait par des
bienfaits et des distinctions, et n'était point jaloux en secret
de leurs talents. Le soir, il amusait beaucoup le roi, et
surtout la reine. Le roi disait : « Le grand ministre! » La
reine disait : « L'aimable ministre! » et tous deux ajou-
taient : « C'eût été grand dommage qu'il eût été pendu. »

Jamais homme en place ne fut obligé de donner tant
d'audiences aux dames. La plupart venaient lui parler des

affaires qu'elles n'avaient point, pour en avoir une avec lui. La femme de l'envieux s'y présenta des premières ; elle lui jura par Mithra, par Zenda-Vesta[89], et par le feu sacré, qu'elle avait détesté la conduite de son mari ; elle lui confia ensuite que ce mari était un jaloux, un brutal ; elle lui fit entendre que les dieux le punissaient en lui refusant les précieux effets de ce feu sacré[90] par lequel seul l'homme est semblable aux immortels ; elle finit par laisser tomber sa jarretière ; Zadig la ramassa avec sa politesse ordinaire ; mais il ne la rattacha point au genou de la dame ; et cette petite faute, si c'en est une, fut la cause des plus horribles infortunes. Zadig n'y pensa pas, et la femme de l'envieux y pensa beaucoup.

D'autres dames se présentaient tous les jours. Les annales secrètes de Babylone prétendent qu'il succomba une fois, mais qu'il fut tout étonné de jouir sans volupté, et d'embrasser son amante avec distraction. Celle à qui il donna, sans presque s'en apercevoir, des marques de sa protection, était une femme de chambre de la reine Astarté. Cette tendre Babylonienne se disait à elle-même pour se consoler : « Il faut que cet homme-là ait prodigieusement d'affaires dans la tête, puisqu'il y songe encore même en faisant l'amour. » Il échappa à Zadig, dans les instants où plusieurs personnes ne disent mot, et où d'autres ne prononcent que des paroles sacrées, de s'écrier tout d'un coup : « La reine ! » La Babylonienne crut qu'enfin il était revenu à lui dans un bon moment, et qu'il lui disait : « Ma reine. » Mais Zadig, toujours très distrait, prononça le nom d'Astarté. La dame, qui dans ces heureuses circonstances interprétait tout à son avantage, s'imagina que cela voulait dire : « Vous êtes plus belle que la reine Astarté. » Elle sortit du sérail[91] de Zadig avec de très beaux présents. Elle alla conter son aventure à l'envieuse, qui était son amie intime ; celle-ci fut cruellement piquée de la préférence. « Il n'a pas daigné seulement, dit-elle, me rattacher cette jarretière que voici, et dont je ne veux plus me servir. – Oh ! oh ! dit la fortunée à l'envieuse, vous portez les mêmes jarretières que la reine ! Vous les prenez donc chez la même faiseuse ? » L'envieuse rêva profondément, ne répondit rien, et alla consulter son mari l'envieux.

Cependant Zadig s'apercevait qu'il avait toujours des distractions quand il donnait des audiences et quand il jugeait; il ne savait à quoi les attribuer : c'était là sa seule peine.

Il eut un songe : il lui semblait qu'il était couché d'abord sur des herbes sèches, parmi lesquelles il y en avait quelques-unes de piquantes qui l'incommodaient; et qu'ensuite il reposait mollement sur un lit de roses, dont il sortait un serpent qui le blessait au cœur de sa langue acérée et envenimée. « Hélas! disait-il, j'ai été longtemps couché sur ces herbes sèches et piquantes, je suis maintenant sur le lit de roses, mais quel sera le serpent? »

LA JALOUSIE

Le malheur de Zadig vint de son bonheur même, et surtout de son mérite. Il avait tous les jours des entretiens avec le roi et avec Astarté son auguste épouse. Les charmes de sa conversation redoublaient encore par cette envie de plaire qui est à l'esprit ce que la parure est à la beauté; sa jeunesse et ses grâces firent insensiblement sur Astarté une impression dont elle ne s'aperçut pas d'abord. Sa passion croissait dans le sein de l'innocence. Astarté se livrait sans scrupule et sans crainte au plaisir de voir et d'entendre un homme cher à son époux et à l'État; elle ne cessait de le vanter au roi; elle en parlait à ses femmes, qui enchéris-saient encore sur ses louanges; tout servait à enfoncer dans son cœur le trait qu'elle ne sentait pas. Elle faisait des présents à Zadig, dans lesquels il entrait plus de galanterie qu'elle ne pensait; elle croyait ne lui parler qu'en reine contente de ses services, et quelquefois ses expressions étaient d'une femme sensible.

Astarté était beaucoup plus belle que cette Sémire qui haïssait tant les borgnes, et que cette autre femme qui avait voulu couper le nez à son époux. La familiarité d'Astarté, ses discours tendres, dont elle commençait à rougir, ses regards, qu'elle voulait détourner, et qui se fixaient sur les siens, allumèrent dans le cœur de Zadig un feu dont il s'étonna. Il combattit[92]; il appela à son secours la philosophie, qui l'avait toujours secouru; il n'en tira que des lumières, et

n'en reçut aucun soulagement[93]. Le devoir, la reconnais-
sance, la majesté souveraine violée, se présentaient à ses yeux
comme des dieux vengeurs; il combattait, il triomphait;
mais cette victoire, qu'il fallait remporter à tout moment,
lui coûtait des gémissements et des larmes. Il n'osait plus
parler à la reine avec cette douce liberté qui avait eu tant de
charmes pour tous deux[94] : ses yeux se couvraient d'un
nuage; ses discours étaient contraints et sans suite : il bais-
sait la vue; et quand, malgré lui, ses regards se tournaient
vers Astarté, ils rencontraient ceux de la reine mouillés de
pleurs, dont il partait des traits de flamme; ils semblaient se
dire l'un à l'autre : « Nous nous adorons, et nous craignons
de nous aimer; nous brûlons tous deux d'un feu que nous
condamnons. »

Zadig sortait d'auprès d'elle égaré, éperdu, le cœur sur-
chargé d'un fardeau qu'il ne pouvait plus porter : dans la
violence de ses[95] agitations, il laissa pénétrer son secret à son
ami Cador, comme un homme qui, ayant soutenu long-
temps les atteintes d'une vive douleur, fait enfin connaître
son mal par un cri qu'un redoublement aigu lui arrache, et
par la sueur froide qui coule sur son front.

Cador lui dit : « J'ai déjà démêlé les sentiments que vous
vouliez vous cacher à vous-même; les passions ont des signes
auxquels on ne peut se méprendre. Jugez, mon cher Zadig,
puisque j'ai lu dans votre cœur, si le roi n'y découvrira pas
un sentiment qui l'offense. Il n'a d'autre défaut que celui
d'être le plus jaloux des hommes. Vous résistez à votre
passion avec plus de force que la reine ne combat la sienne,
parce que vous êtes philosophe, et parce que vous êtes
Zadig. Astarté est femme; elle laisse parler ses regards avec
d'autant plus d'imprudence qu'elle ne se croit pas encore
coupable. Malheureusement, rassurée sur son innocence, elle
néglige des dehors nécessaires. Je tremblerai pour elle tant
qu'elle n'aura rien à se reprocher. Si vous étiez d'accord l'un
et l'autre, vous sauriez tromper tous les yeux : une passion
naissante et combattue éclate; un amour satisfait sait se
cacher. » Zadig frémit à la proposition de trahir le roi, son
bienfaiteur; et jamais il ne fut plus fidèle à son prince que
quand il fut coupable envers lui d'un crime involontaire.
Cependant la reine prononçait si souvent le nom de Zadig,

son front se couvrait de tant de rougeur en le prononçant, elle était tantôt si animée, tantôt si interdite, quand elle lui parlait en présence du roi ; une rêverie si profonde s'emparait d'elle quand il était sorti, que le roi fut troublé[96]. Il crut tout ce qu'il voyait[97], et imagina tout ce qu'il ne voyait point. Il remarqua surtout que les babouches de sa femme étaient bleues, et que les babouches de Zadig étaient bleues, que les rubans de sa femme étaient jaunes, et que le bonnet de Zadig était jaune ; c'étaient là de terribles indices pour un prince délicat. Les soupçons se tournèrent en certitude dans son esprit aigri.

Tous les esclaves des rois et des reines sont autant d'espions de leurs cœurs. On pénétra bientôt qu'Astarté était tendre, et que Moabdar était jaloux. L'envieux[98] engagea l'envieuse à envoyer au roi sa jarretière, qui ressemblait à celle de la reine. Pour surcroît de malheur, cette jarretière était bleue. Le monarque ne songea plus qu'à la manière de se venger. Il résolut une nuit d'empoisonner la reine, et de faire mourir Zadig par le cordeau au point du jour. L'ordre en fut donné à un impitoyable eunuque, exécuteur de ses vengeances. Il y avait alors dans la chambre du roi un petit nain qui était muet, mais qui n'était pas sourd. On le souffrait toujours : il était témoin de ce qui se passait de plus secret, comme un animal domestique. Ce petit muet était très attaché à la reine et à Zadig. Il entendit, avec autant de surprise que d'horreur, donner l'ordre de leur mort. Mais comment faire pour prévenir cet ordre effroyable qui allait s'exécuter dans peu d'heures ? Il ne savait pas écrire ; mais il avait appris à peindre, et savait surtout faire ressembler. Il passa une partie de la nuit à crayonner ce qu'il voulait faire entendre à la reine. Son dessin représentait le roi agité de fureur, dans un coin du tableau, donnant des ordres à son eunuque ; un cordeau bleu et un vase sur une table, avec des jarretières bleues et des rubans jaunes[99] ; la reine, dans le milieu du tableau, expirante entre les bras de ses femmes ; et Zadig étranglé à ses pieds. L'horizon représentait un soleil levant pour marquer que cette horrible exécution devait se faire aux premiers rayons de l'aurore. Dès qu'il eut fini cet ouvrage, il courut chez une femme d'Astarté, la réveilla, et lui fit

entendre qu'il fallait dans l'instant même porter ce tableau à la reine.

Cependant, au milieu de la nuit, on vient frapper à la porte de Zadig; on le réveille; on lui donne un billet de la reine; il doute si c'est un songe; il ouvre la lettre d'une main tremblante. Quelle fut sa surprise, et qui pourrait exprimer la consternation et le désespoir dont il fut accablé quand il lut ces paroles : « Fuyez, dans l'instant même, ou l'on va vous arracher la vie! Fuyez, Zadig; je vous l'ordonne au nom de notre amour et de mes rubans jaunes. Je n'étais point coupable[100]; mais je sens que je vais mourir criminelle. »

Zadig eut à peine la force de parler. Il ordonna qu'on fît venir Cador; et, sans lui rien dire, il lui donna ce billet. Cador le força d'obéir, et de prendre sur-le-champ la route de Memphis. « Si vous osez aller trouver la reine, lui dit-il, vous hâtez sa mort; si vous parlez au roi, vous la perdez encore. Je me charge de sa destinée; suivez la vôtre. Je répandrai le bruit que vous avez pris la route des Indes. Je viendrai bientôt vous trouver, et je vous apprendrai ce qui se sera passé à Babylone. »

Cador, dans le moment même, fit placer deux dromadaires des plus légers à la course vers une porte secrète du palais; il y fit monter Zadig, qu'il fallut porter, et qui était près de rendre l'âme. Un seul domestique l'accompagna; et bientôt Cador, plongé dans l'étonnement et dans la douleur, perdit son ami de vue.

Cet illustre fugitif, arrivé sur le bord d'une colline d'où l'on voyait Babylone, tourna la vue sur le palais de la reine, et s'évanouit; il ne reprit ses sens que pour verser des larmes et pour souhaiter la mort. Enfin, après s'être occupé de la destinée déplorable de la plus aimable des femmes et de la première reine du monde, il fit un moment[101] de retour sur lui-même, et s'écria : « Qu'est-ce donc que la vie humaine ? O vertu! à quoi m'avez-vous servi ? Deux femmes m'ont indignement trompé; la troisième, qui n'est point coupable, et qui est plus belle que les autres, va mourir! Tout ce que j'ai fait de bien a toujours été pour moi une source de malédictions, et je n'ai été élevé au comble de la grandeur que pour tomber dans le plus horrible précipice de l'infor-

tune. Si j'eusse été méchant comme tant d'autres, je serais heureux comme eux. » Accablé de ces réflexions funestes, les yeux chargés du voile de la douleur, la pâleur de la mort sur le visage, et l'âme abîmée dans l'excès d'un sombre désespoir, il continuait son voyage vers l'Égypte.

LA FEMME BATTUE

Zadig dirigeait sa route sur les étoiles. La constellation d'Orion et le brillant astre de Sirius le guidaient vers le pôle de Canope[102]. Il admirait ces vastes globes de lumière qui ne paraissent que de faibles étincelles à nos yeux, tandis que la terre, qui n'est en effet qu'un point imperceptible dans la nature, paraît à notre cupidité quelque chose de si grand et de si noble. Il se figurait alors les hommes tels qu'ils sont en effet, des insectes se dévorant[103] les uns les autres sur un petit atome de boue[104]. Cette image vraie semblait anéantir ses malheurs, en lui retraçant le néant de son être et celui de Babylone. Son âme s'élançait jusque dans l'infini, et contemplait, détachée de ses sens, l'ordre immuable de l'univers. Mais lorsque ensuite, rendu à lui-même et rentrant dans son cœur, il pensait qu'Astarté était peut-être morte pour lui, l'univers disparaissait à ses yeux, et il ne voyait dans la nature entière qu'Astarté mourante et Zadig infortuné.

Comme il se livrait à ce flux et à ce reflux de philosophie sublime et de douleur accablante, il avançait vers les frontières de l'Égypte ; et déjà son domestique fidèle était dans la première bourgade, où il lui cherchait un logement. Zadig cependant se promenait vers les jardins qui bordaient ce village. Il vit, non loin du grand chemin, une femme éplorée qui appelait le ciel et la terre à son secours, et un homme furieux qui la suivait. Elle était déjà atteinte par lui, elle embrassait ses genoux. Cet homme l'accablait de coups et de reproches. Il jugea, à la violence de l'Égyptien et aux pardons réitérés que lui demandait la dame, que l'un était un jaloux, et l'autre une infidèle, mais quand il eut considéré cette femme, qui était d'une beauté touchante, et qui même ressemblait un peu à la malheureuse Astarté, il se sentit pénétré de compassion pour elle, et d'horreur pour l'Égyp-

tien. « Secourez-moi, s'écria-t-elle à Zadig avec des sanglots ;
tirez-moi des mains du plus barbare des hommes, sauvez-
moi la vie ! »

A ces cris, Zadig courut se jeter entre elle et ce barbare. Il
avait quelque connaissance de la langue égyptienne. Il lui dit
en cette langue : « Si vous avez quelque humanité, je vous
conjure de respecter la beauté et la faiblesse. Pouvez-vous
outrager ainsi un chef-d'œuvre de la nature, qui est à vos
pieds, et qui n'a pour sa défense que des larmes ? – Ah ! ah !
lui dit cet emporté, tu l'aimes donc aussi ! et c'est de toi qu'il
faut que je me venge. » En disant ces paroles, il laisse la
dame, qu'il tenait d'une main par les cheveux, et, prenant sa
lance, il veut en percer l'étranger. Celui-ci, qui était de
sang-froid, évita aisément le coup d'un furieux. Il se saisit de
la lance près du fer dont elle est armée. L'un veut la retirer,
l'autre l'arracher. Elle se brise entre leurs mains. L'Égyptien
tire son épée ; Zadig s'arme de la sienne. Ils s'attaquent l'un
l'autre. Celui-ci porte cent coups précipités ; celui-là les pare
avec adresse. La dame, assise sur un gazon, rajuste sa coif-
fure et les regarde. L'Égyptien était plus robuste que son
adversaire, Zadig était plus adroit. Celui-ci se battait en
homme dont la tête conduisait le bras, et celui-là comme un
emporté dont une colère aveugle guidait les mouvements au
hasard. Zadig passe à lui[105], et le désarme ; et tandis que
l'Égyptien, devenu plus furieux, veut se jeter sur lui, il le
saisit, le presse, le fait tomber en lui tenant l'épée sur la
poitrine[106] ; il lui offre de lui donner la vie. L'Égyptien, hors
de lui, tire son poignard ; il en blesse Zadig dans le temps
même que le vainqueur lui pardonnait. Zadig, indigné, lui
plonge son épée dans le sein. L'Égyptien jette un cri horrible,
et meurt en se débattant. Zadig alors s'avança vers la dame,
et lui dit d'une voix soumise : « Il m'a forcé de le tuer : je
vous ai vengée ; vous êtes délivrée de l'homme le plus violent
que j'aie jamais vu. Que voulez-vous maintenant de moi,
madame ? – Que tu meures, scélérat, lui répondit-elle ; que
tu meures[107] ! tu as tué mon amant ; je voudrais pouvoir
déchirer ton cœur. – En vérité, madame, vous aviez là un
étrange homme pour amant, lui répondit Zadig ; il vous
battait de toutes ses forces et il voulait m'arracher la vie
parce que vous m'avez conjuré de vous secourir. – Je vou-

drais qu'il me battît encore, reprit la dame en poussant des cris. Je le méritais bien, je lui avais donné de la jalousie. Plût au ciel qu'il me battît, et que tu fusses à sa place! » Zadig, plus surpris et plus en colère qu'il ne l'avait été de sa vie, lui dit : « Madame, toute belle que vous êtes, vous mériteriez que je vous battisse à mon tour, tant vous êtes extravagante; mais je n'en prendrai pas la peine[108]. » Là-dessus il remonta sur son chameau, et avança vers le bourg. A peine avait-il fait quelques pas qu'il se retourne au bruit que faisaient quatre courriers de Babylone. Ils venaient à toute bride. L'un d'eux, en voyant cette femme, s'écria : « C'est elle-même! Elle ressemble au portrait qu'on nous en a fait. » Ils ne s'embarrassèrent pas du mort, et se saisirent incontinent de la dame. Elle ne cessait de crier à Zadig : « Secourez-moi encore une fois, étranger généreux! je vous demande pardon de m'être plainte de vous : secourez-moi, et je suis à vous jusqu'au tombeau! » L'envie avait passé à Zadig de se battre désormais pour elle. « A d'autres! répond-il; vous ne m'y attraperez plus. »

D'ailleurs il était blessé, son sang coulait, il avait besoin de secours; et la vue des quatre Babyloniens, probablement envoyés par le roi Moabdar, le remplissait d'inquiétude. Il s'avance en hâte vers le village, n'imaginant pas pourquoi quatre courriers de Babylone venaient prendre cette Égyp-tienne, mais encore plus étonné du caractère de cette dame.

L'ESCLAVAGE

Comme il entrait dans la bourgade égyptienne, il se vit entouré par le peuple. Chacun criait : « Voilà celui qui a enlevé la belle Missouf, et qui vient d'assassiner Clétofis! – Messieurs, dit-il, Dieu me préserve d'enlever jamais votre belle Missouf! elle est trop capricieuse; et, à l'égard de Clétofis, je ne l'ai point assassiné; je me suis défendu seule-ment contre lui. Il voulait me tuer, parce que je lui avais demandé très humblement grâce pour la belle Missouf, qu'il battait impitoyablement. Je suis un étranger qui vient cher-cher un asile dans l'Égypte; et il n'y a pas d'apparence qu'en venant demander votre protection j'aie commencé par enle-ver une femme, et par assassiner un homme. »

Les Égyptiens étaient alors justes et humains. Le peuple conduisit Zadig à la maison de ville. On commença par le faire panser de sa blessure, et ensuite on l'interrogea, lui et son domestique séparément, pour savoir la vérité. On reconnut que Zadig n'était point un assassin; mais il était coupable du sang d'un homme : la loi le condamnait à être esclave. On vendit au profit de la bourgade ses deux chameaux; on distribua aux habitants tout l'or qu'il avait apporté; sa personne fut exposée en vente dans la place publique, ainsi que celle de son compagnon de voyage. Un marchand arabe, nommé Sétoc, y mit l'enchère; mais le valet, plus propre à la fatigue, fut vendu bien plus chèrement que le maître. On ne faisait pas de comparaison entre ces deux hommes. Zadig fut donc esclave subordonné à son valet[109] : on les attacha ensemble avec une chaîne qu'on leur passa aux pieds, et en cet état ils suivirent le marchand arabe dans sa maison. Zadig, en chemin, consolait son domestique, et l'exhortait à la patience; mais, selon sa coutume, il faisait des réflexions sur la vie humaine. « Je vois, lui disait-il, que les malheurs de ma destinée se répandent sur la tienne. Tout m'a tourné jusqu'ici d'une façon bien étrange. J'ai été condamné à l'amende pour avoir vu passer une chienne; j'ai pensé être empalé pour un griffon; j'ai été envoyé au supplice parce que j'avais fait des vers à la louange du roi; j'ai été sur le point d'être étranglé parce que la reine avait des rubans jaunes[110], et me voici esclave avec toi parce qu'un brutal a battu sa maîtresse. Allons, ne perdons point courage; tout ceci finira peut-être; il faut bien que les marchands arabes aient des esclaves; et pourquoi ne le serais-je pas comme un autre, puisque je suis homme comme un autre? Ce marchand ne sera pas impitoyable; il faut qu'il traite bien ses esclaves, s'il en veut tirer des services. » Il parlait ainsi, et dans le fond de son cœur il était occupé du sort de la reine[111] de Babylone.

Sétoc, le marchand, partit deux jours après pour l'Arabie déserte avec ses esclaves et ses chameaux. Sa tribu habitait vers le désert d'Horeb[112]. Le chemin fut long et pénible. Sétoc, dans la route, faisait bien plus de cas du valet que du maître, parce que le premier chargeait bien mieux les chameaux; et toutes les petits distinctions furent pour lui.

Un chameau mourut à deux journées d'Horeb : on répartit sa charge sur le dos de chacun des serviteurs[113] ; Zadig en eut sa part. Sétoc se mit à rire en voyant tous ses esclaves marcher courbés. Zadig prit la liberté de lui en expliquer la raison, et lui apprit les lois de l'équilibre. Le marchand, étonné, commença à le regarder d'un autre œil. Zadig, voyant qu'il avait excité sa curiosité, la redoubla en lui apprenant beaucoup de choses qui n'étaient point étrangères à son commerce ; les pesanteurs spécifiques des métaux et des denrées sous un volume égal ; les propriétés de plusieurs animaux utiles ; le moyen de rendre tels ceux qui ne l'étaient pas ; enfin il lui parut un sage. Sétoc lui donna la préférence sur son camarade, qu'il avait tant estimé. Il le traita bien, et n'eut pas sujet de s'en repentir.

Arrivé dans sa tribu, Sétoc commença par redemander cinq cents onces d'argent à un Hébreu auquel il les avait prêtées en présence de deux témoins ; mais ces deux témoins étaient morts, et l'Hébreu, ne pouvant être convaincu, s'appropriait l'argent du marchand[114], en remerciant Dieu de ce qu'il lui avait donné le moyen de tromper un Arabe. Sétoc confia sa peine à Zadig, qui était devenu son conseil. « En quel endroit, demanda Zadig, prêtâtes-vous vos cinq cent onces à cet infidèle ? – Sur une large pierre, répondit le marchand, qui est auprès du mont Horeb. – Quel est le caractère de votre débiteur ? dit Zadig – Celui d'un fripon, reprit Sétoc. – Mais je vous demande si c'est un homme vif ou flegmatique, avisé ou imprudent. – C'est de tous les mauvais payeurs, dit Sétoc, le plus vif que je connaisse. – Eh bien ! insista Zadig, permettez que je plaide votre cause devant le juge. » En effet il cita l'Hébreu au tribunal, et il parla ainsi au juge : « Oreiller du trône d'équité, je viens redemander à cet homme, au nom de mon maître, cinq cents onces d'argent qu'il ne veut pas rendre. – Avez-vous des témoins ? dit le juge. – Non, ils sont morts ; mais il reste une large pierre sur laquelle l'argent fut compté ; et s'il plaît à Votre Grandeur d'ordonner qu'on aille chercher la pierre, j'espère qu'elle portera témoignage ; nous resterons ici, l'Hébreu et moi, en attendant que la pierre vienne ; je l'enverrai chercher aux dépens de Sétoc, mon maître. – Très volontiers, répondit le juge » ; et il se mit à expédier d'autres affaires.

À la fin de l'audience : « Eh bien ! dit-il à Zadig, votre pierre n'est pas encore venue ? » L'Hébreu, en riant, répondit : « Votre Grandeur resterait ici jusqu'à demain que la pierre ne serait pas encore arrivée ; elle est à plus de six milles d'ici, et il faudrait quinze hommes pour la remuer. – Eh bien ! s'écria Zadig, je vous avait bien dit que la pierre porterait témoignage ; puisque cet homme sait où elle est, il avoue donc que c'est sur elle que l'argent fut compté. » L'Hébreu, déconcerté, fut bientôt contraint de tout avouer. Le juge ordonna qu'il serait lié à la pierre, sans boire ni manger, jusqu'à ce qu'il eût rendu les cinq cents onces, qui furent bientôt payées.

L'esclave Zadig et la pierre furent en grande recommandation dans l'Arabie.

LE BUCHER

Sétoc, enchanté, fit de son esclave son ami intime. Il ne pouvait pas plus se passer de lui qu'avait fait le roi de Babylone ; et Zadig fut heureux que Sétoc n'eût point de femme. Il découvrait dans son maître un naturel porté au bien, beaucoup de droiture et de bon sens. Il fut fâché de voir qu'il adorait l'armée céleste, c'est-à-dire le soleil, la lune, et les étoiles, selon l'ancien usage d'Arabie[115]. Il lui en parlait quelquefois avec beaucoup de discrétion. Enfin il lui dit que c'étaient des corps comme les autres, qui ne méritaient pas plus son hommage qu'un arbre ou un rocher. « Mais, disait Sétoc, ce sont des êtres éternels dont nous tirons tous nos avantages ; ils animent la nature ; ils règlent les saisons ; ils sont d'ailleurs si loin de nous qu'on ne peut pas s'empêcher de les révérer. – Vous recevez plus d'avantages, répondit Zadig, des eaux de la mer Rouge, qui porte vos marchandises aux Indes. Pourquoi ne serait-elle pas aussi ancienne que les étoiles ? Et si vous adorez ce qui est éloigné de vous, vous devez adorer la terre des Gangarides[116], qui est aux extrémités du monde. – Non, disait Sétoc, les étoiles sont trop brillantes pour que je ne les adore pas. » Le soir venu, Zadig alluma un grand nombre de flambeaux dans la tente où il devait souper avec Sétoc ; et dès que son patron parut, il se jeta à genoux devant ces cires allumées, et

leur dit : « Éternelles et brillantes clartés, soyez-moi toujours propices ! » Ayant proféré ces paroles, il se mit à table sans regarder Sétoc. « Que faites-vous donc ? lui dit Sétoc étonné. – Je fais comme vous, répondit Zadig ; j'adore ces chandelles, et je néglige leur maître et le mien. » Sétoc comprit le sens profond de cet apologue. La sagesse de son esclave entra dans son âme ; il ne prodigua plus son encens aux créatures, et adora l'Être éternel qui les a faites.

Il y avait alors dans l'Arabie une coutume affreuse, venue originairement de Scythie, et qui, s'étant établie dans les Indes par le crédit des bracmanes, menaçait d'envahir tout l'Orient[117]. Lorsqu'un homme marié était mort, et que sa femme bien-aimée voulait être sainte, elle se brûlait en public sur le corps de son mari. C'était une fête solennelle qui s'appelait *le bûcher du veuvage*. La tribu dans laquelle il y avait eu le plus de femmes brûlées était la plus considérée. Un Arabe de la tribu de Sétoc étant mort, sa veuve, nommée Almona, qui était fort dévote, fit savoir le jour et l'heure où elle se jetterait dans le feu au son des tambours et des trompettes. Zadig remontra à Sétoc combien cette horrible coutume était contraire au bien du genre humain ; qu'on laissait brûler tous les jours de jeunes veuves qui pouvaient donner des enfants à l'État, ou du moins élever les leurs ; et il le fit convenir qu'il fallait, si on pouvait, abolir un usage si barbare. Sétoc répondit : « Il y a plus de mille ans que les femmes sont en possession de se brûler. Qui de nous osera changer une loi que le temps a consacrée ? Y a-t-il rien de plus respectable qu'un ancien abus ? – La raison est plus ancienne, reprit Zadig. Parlez aux chefs des tribus, et je vais trouver la jeune veuve. »

Il se fit présenter à elle ; et après s'être insinué dans son esprit par des louanges sur sa beauté, après lui avoir dit combien c'était dommage de mettre au feu tant de charmes, il la loua encore sur sa constance et sur son courage. « Vous aimiez donc prodigieusement votre mari ? lui dit-il. – Moi ? point du tout, répondit la dame arabe. C'était un brutal, un jaloux, un homme insupportable ; mais je suis fermement résolue de me jeter sur son bûcher. – Il faut, dit Zadig, qu'il y ait apparemment un plaisir bien délicieux à être brûlée vive. – Ah ! cela fait frémir la nature, dit la dame ; mais il

faut en passer par là. Je suis dévote ; je serais perdue de
réputation, et tout le monde se moquerait de moi si je ne me
brûlais pas. » Zadig, l'ayant fait convenir qu'elle se brûlait
pour les autres et par vanité, lui parla longtemps d'une
manière à lui faire aimer un peu la vie, et parvint même à
lui inspirer quelque bienveillance pour celui qui lui parlait.
« Que feriez-vous enfin, lui dit-il, si la vanité de vous brûler
ne vous tenait pas ? – Hélas ! dit la dame, je crois que je vous
prierais de m'épouser. »

Zadig était trop rempli de l'idée d'Astarté pour ne pas
éluder cette déclaration ; mais il alla dans l'instant trouver
les chefs des tribus, leur dit ce qui s'était passé, et leur
conseilla de faire une loi par laquelle il ne serait permis à
une veuve de se brûler qu'après avoir entretenu un jeune
homme tête à tête pendant une heure entière. Depuis ce
temps, aucune dame ne se brûla en Arabie. On eut au seul
Zadig l'obligation d'avoir détruit en un jour une coutume si
cruelle, qui durait depuis tant de siècles. Il était donc le
bienfaiteur de l'Arabie.

LE SOUPER[118]

Sétoc, qui ne pouvait se séparer de cet homme en qui
habitait la sagesse, le mena à la grande foire de Balzora[119],
où devaient se rendre les plus grands négociants de la terre
habitable. Ce fut pour Zadig une consolation sensible de
voir tant d'hommes de diverses contrées réunis dans la
même place. Il lui paraissait que l'univers était une grande
famille qui se rassemblait à Balzora. Il se trouva à table, dès
le second jour, avec un Égyptien, un Indien gangaride, un
habitant du Cathay[120], un Grec, un Celte, et plusieurs autres
étrangers qui, dans leurs fréquents voyages vers le golfe
Arabique, avaient appris assez d'arabe pour se faire
entendre. L'Égyptien paraissait fort en colère. « Quel abomi-
nable pays que Balzora ! disait-il ; on m'y refuse mille onces
d'or sur le meilleur effet[121] du monde. – Comment donc, dit
Sétoc ; sur quel effet vous a-t-on refusé cette somme ? – Sur
le corps de ma tante, répondit l'Égyptien ; c'était la plus
brave femme d'Égypte. Elle m'accompagnait toujours ; elle
est morte en chemin : j'en ai fait une des plus belles momies

que nous ayons ; et je trouverais dans mon pays tout ce que je voudrais en la mettant en gage[122]. Il est bien étrange qu'on ne veuille pas seulement me donner ici mille onces d'or sur un effet si solide. » Tout en se courrouçant, il était prêt de manger d'une excellente poule bouillie[123], quand l'Indien, le prenant par la main, s'écria avec douleur : « Ah ! qu'allez-vous faire ? – Manger de cette poule, dit l'homme à la momie. – Gardez-vous-en bien, dit le Gangaride ; il se pourrait faire que l'âme de la défunte fût passée dans le corps de cette poule, et vous ne voudriez pas vous exposer à manger votre tante. Faire cuire des poules, c'est outrager manifestement la nature. – Que voulez-vous dire avec votre nature et vos poules ? reprit le colérique Égyptien ; nous adorons un bœuf, et nous en mangeons bien – Vous adorez un bœuf ! est-il possible ? dit l'homme du Gange. – Il n'y a rien de si possible, repartit l'autre ; il y a cent trente-cinq mille ans que nous en usons ainsi, et personne parmi nous n'y trouve à redire. – Ah ! cent trente-cinq mille ans ! dit l'Indien, ce compte est un peu exagéré ; il n'y en a que quatre-vingt mille que l'Inde est peuplée, et assurément nous sommes vos anciens[124], et Brama nous avait défendu de manger des bœufs avant que vous vous fussiez avisés de les mettre sur les autels et à la broche. – Voilà un plaisant animal que votre Brama, pour le comparer à Apis ! dit l'Égyptien ; qu'a donc fait votre Brama de si beau ? » Le bramin répondit : « C'est lui qui a appris aux hommes à lire et à écrire, et à qui toute la terre doit le jeu des échecs[125]. – Vous vous trompez, dit un Chaldéen qui était auprès de lui ; c'est le poisson Oannès[126] à qui on doit de si grands bienfaits, et il est juste de ne rendre qu'à lui ses hommages. Tout le monde vous dira que c'était un être divin, qu'il avait la queue dorée, avec une belle tête d'homme, et qu'il sortait de l'eau pour venir prêcher à terre trois heures par jour. Il eut plusieurs enfants qui furent rois, comme chacun sait. J'ai son portrait chez moi, que je révère comme je le dois. On peut manger du bœuf tant qu'on veut ; mais c'est assurément une très grande impiété de faire cuire du poisson ; d'ailleurs vous êtes tous deux d'une origine trop peu noble et trop récente pour me rien disputer. La nation égyptienne ne compte que cent trente-cinq mille ans, et les Indiens ne se

vantent que de quatre-vingt mille, tandis que nous avons des almanachs de quatre mille siècles. Croyez-moi, renoncez à vos folies, et je vous donnerai à chacun un beau portrait d'Oannès. »

L'homme de Cambalu[127], prenant la parole, dit : « Je respecte fort les Égyptiens, les Chaldéens, les Grecs, les Celtes, Brama, le bœuf Apis, le beau poisson Oannès ; mais peut-être que le Li ou le Tien[128], comme on voudra l'appeler, vaut bien les bœufs et les poissons. Je ne dirai rien de mon pays ; il est aussi grand que la terre d'Égypte, la Chaldée et les Indes ensemble. Je ne dispute pas d'antiquité, parce qu'il suffit d'être heureux, et que c'est fort peu de chose d'être ancien ; mais, s'il fallait parler d'almanachs, je dirais que toute l'Asie prend les nôtres, et que nous en avions de fort bons avant qu'on sût l'arithmétique en Chaldée.

– Vous êtes de grands ignorants tous tant que vous êtes ! s'écria le Grec ; est-ce que vous ne savez pas que le chaos[129] est le père de tout, et que la forme et la matière ont mis le monde dans l'état où il est ? » Ce Grec parla longtemps ; mais il fut enfin interrompu par le Celte, qui, ayant beaucoup bu pendant qu'on disputait, se crut alors plus savant que tous les autres, et dit en jurant qu'il n'y avait que Teutath[130] et le gui de chêne[131] qui valussent la peine qu'on en parlât ; que, pour lui, il avait toujours du gui dans sa poche ; que les Scythes, ses ancêtres, étaient les seules gens de bien qui eussent jamais été au monde[132] ; qu'ils avaient, à la vérité, quelquefois mangé des hommes, mais que cela n'empêchait pas qu'on ne dût avoir beaucoup de respect pour sa nation ; et qu'enfin, si quelqu'un parlait mal de Teutath, il lui apprendrait à vivre. La querelle s'échauffa pour lors, et Sétoc vit le moment où la table allait être ensanglantée. Zadig, qui avait gardé le silence pendant toute la dispute, se leva enfin : il s'adressa d'abord au Celte, comme au plus furieux ; il lui dit qu'il avait raison, et lui demanda du gui ; il loua le Grec sur son éloquence, et adoucit tous les esprits échauffés. Il ne dit que très peu de chose à l'homme du Cathay, parce qu'il avait été le plus raisonnable de tous. Ensuite il leur dit : « Mes amis, vous alliez vous quereller pour rien, car vous êtes tous du même avis. » A ce mot, ils se

récrièrent tous. « N'est-il pas vrai, dit-il au Celte, que vous n'adorez pas ce gui, mais celui qui a fait le gui et le chêne ? – Assurément, répondit le Celte. – Et vous, monsieur l'Égyptien, vous révérez apparemment dans un certain bœuf celui qui vous a donné les bœufs ? – Oui, dit l'Égyptien. – Le poisson Oannès, continua-t-il, doit céder à celui qui a fait la mer et les poissons. – D'accord, dit le Chaldéen. – L'Indien, ajouta-t-il, et le Cathayen, reconnaissent comme vous un premier principe ; je n'ai pas trop bien compris les choses admirables que le Grec a dites, mais je suis sûr qu'il admet aussi un Être supérieur, de qui la forme et la matière[133] dépendent. » Le Grec, qu'on admirait[134], dit que Zadig avait très bien pris sa pensée. « Vous êtes donc tous de même avis, répliqua Zadig, et il n'y a pas là de quoi se quereller. » Tout le monde l'embrassa. Sétoc, après avoir vendu fort cher ses denrées, reconduisit son ami Zadig dans sa tribu. Zadig apprit en arrivant qu'on lui avait fait son procès en son absence, et qu'il allait être brûlé à petit feu.

LES RENDEZ-VOUS[135]

Pendant son voyage à Balzora, les prêtres des étoiles[136] avaient résolu de le punir. Les pierreries et les ornements des jeunes veuves qu'ils envoyaient au bûcher leur appartenaient de droit[137] ; c'était bien le moins qu'ils fissent brûler Zadig pour le mauvais tour qu'il leur avait joué. Ils accusèrent donc Zadig d'avoir des sentiments erronés sur l'armée céleste ; ils déposèrent contre lui, et jurèrent qu'ils lui avaient entendu dire que les étoiles ne se couchaient pas dans la mer. Ce blasphème effroyable fit frémir les juges ; ils furent prêts de déchirer leurs vêtements, quand ils ouïrent ces paroles impies, et ils l'auraient fait, sans doute, si Zadig avait eu de quoi les payer. Mais, dans l'excès de leur douleur, ils se contentèrent de le condamner à être brûlé à petit feu. Sétoc, désespéré, employa en vain son crédit pour sauver son ami ; il fut bientôt obligé de se taire. La jeune veuve Almona, qui avait pris beaucoup de goût à la vie, et qui en avait obligation à Zadig, résolut de le tirer du bûcher, dont il lui avait fait connaître l'abus. Elle roula son dessein dans sa tête, sans en parler à personne. Zadig devait être exécuté

le lendemain ; elle n'avait que la nuit pour le sauver : voici comme elle s'y prit en femme charitable et prudente.

Elle se parfuma ; elle releva sa beauté par l'ajustement le plus riche et le plus galant, et alla demander une audience secrète au chef des prêtres des étoiles. Quand elle fut devant ce vieillard vénérable, elle lui parla en ces termes : « Fils aîné de la grande Ourse, frère du Taureau, cousin du grand Chien (c'étaient les titres de ce pontife), je viens vous confier mes scrupules. J'ai bien peur d'avoir commis un péché énorme en ne me brûlant pas dans le bûcher de mon cher mari. En effet qu'avais-je à conserver ? une chair périssable, et qui est déjà toute flétrie. » En disant ces paroles, elle tira de ses longues manches de soie ses bras nus, d'une forme admirable et d'une blancheur éblouissante. « Vous voyez, dit-elle, le peu que cela vaut. » Le pontife trouva dans son cœur que cela valait beaucoup. Ses yeux le dirent, et sa bouche le confirma : il jura qu'il n'avait vu de sa vie de si beaux bras. « Hélas ! lui dit la veuve, les bras peuvent être un peu moins mal que le reste ; mais vous m'avouerez que la gorge n'était pas digne de mes attentions. » Alors elle laissa voir le sein le plus charmant que la nature eût jamais formé. Un bouton de rose sur une pomme d'ivoire n'eût paru auprès que de la garance sur du buis, et les agneaux sortant du lavoir auraient semblé d'un jaune brun. Cette gorge, ses grands yeux noirs qui languissaient en brillant doucement d'un feu tendre, ses joues animées de la plus belle pourpre mêlée au blanc de lait le plus pur ; son nez, qui n'était pas comme la tour du mont Liban[138] ; ses lèvres, qui étaient comme deux bordures de corail renfermant les plus belles perles de la mer d'Arabie, tout cela ensemble fit croire au vieillard qu'il avait vingt ans. Il fit en bégayant une déclaration tendre. Almona, le voyant enflammé, lui demanda la grâce de Zadig. « Hélas ! dit-il, ma belle dame, quand je vous accorderais sa grâce, mon indulgence ne servirait de rien ; il faut qu'elle soit signée de trois autres de mes confrères. – Signez toujours, dit Almona. – Volontiers, dit le prêtre, à condition que vos faveurs seront le prix de ma facilité. – Vous me faites trop d'honneur, dit Almona ; ayez seulement pour agréable de venir dans ma chambre après que le soleil sera couché, et dès que la brillante étoile

Sheat[139] sera sur l'horizon, vous me trouverez sur un sofa couleur de rose, et vous en userez comme vous pourrez avec votre servante. » Elle sortit alors, emportant avec elle la signature, et laissa le vieillard plein d'amour et de défiance de ses forces. Il employa le reste du jour à se baigner ; il but une liqueur composée de la cannelle de Ceylan, et des précieuses épices de Tidor et de Ternate, et attendit avec impatience que l'étoile Sheat vînt à paraître.

Cependant la belle Almona alla trouver le second pontife. Celui-ci l'assura que le soleil, la lune, et tous les feux du firmament n'étaient que des feux follets en comparaison de ses charmes. Elle lui demanda la même grâce, et on lui proposa d'en donner le prix. Elle se laissa vaincre, et donna rendez-vous au second pontife au lever de l'étoile *Algénib*. De là elle passa chez le troisième et chez le quatrième prêtre, prenant toujours une signature, et donnant un rendez-vous d'étoile en étoile. Alors elle fit avertir les juges de venir chez elle pour une affaire importante. Ils s'y rendirent : elle leur montra les quatre noms, et leur dit à quel prix les prêtres avaient vendu la grâce de Zadig. Chacun d'eux arriva à l'heure prescrite ; chacun fut bien étonné d'y trouver ses confrères, et plus encore d'y trouver les juges, devant qui leur honte fut manifestée. Zadig fut sauvé. Sétoc fut si charmé de l'habileté d'Almona qu'il en fit sa femme.

Zadig partit après s'être jeté aux pieds de sa belle libératrice. Sétoc et lui se quittèrent en pleurant, en se jurant une amitié éternelle, et en se promettant que le premier des deux qui ferait une grande fortune en ferait part à l'autre.

Zadig marcha du côté de la Syrie, toujours pensant à la malheureuse Astarté, et toujours réfléchissant sur le sort qui s'obstinait à se jouer de lui et à le persécuter. « Quoi ! disait-il, quatre cents onces d'or pour avoir vu passer une chienne ! condamné à être décapité pour quatre mauvais vers à la louange du roi ! prêt à être étranglé parce que la reine avait des babouches de la couleur de mon bonnet[140] ! réduit en esclavage pour avoir secouru une femme qu'on battait ; et sur le point d'être brûlé pour avoir sauvé la vie à toutes les jeunes veuves arabes ! »

LE BRIGAND

En arrivant aux frontières qui séparent l'Arabie Pétrée de la Syrie, comme il passait près d'un château assez fort, des Arabes armés en sortirent. Il se vit entouré ; on lui criait : « Tout ce que vous avez nous appartient, et votre personne appartient à notre maître. » Zadig, pour réponse, tira son épée ; son valet, qui avait du courage, en fit autant. Ils renversèrent morts les premiers Arabes qui mirent la main sur eux ; le nombre redoubla : ils ne s'étonnèrent point, et résolurent de périr en combattant. On voyait deux hommes se défendre contre une multitude ; un tel combat ne pouvait durer longtemps. Le maître du château, nommé Arbogad, ayant vu d'une fenêtre les prodiges de valeur que faisait Zadig, conçut de l'estime pour lui. Il descendit en hâte, et vint lui-même écarter ses gens, et délivrer les deux voyageurs. « Tout ce qui passe sur mes terres est à moi, dit-il, aussi bien que ce que je trouve sur les terres des autres[141] ; mais vous me paraissez un si brave homme que je vous exempte de la loi commune. » Il le fit entrer dans son château, ordonnant à ses gens de le bien traiter ; et, le soir, Arbogad voulut souper avec Zadig.

Le seigneur du château était un de ces Arabes qu'on appelle *voleurs*[142] ; mais il faisait quelquefois de bonnes actions parmi une foule de mauvaises ; il volait avec une rapacité furieuse, et donnait libéralement : intrépide dans l'action, assez doux dans le commerce, débauché à table, gai dans la débauche, et surtout plein de franchise. Zadig lui plut beaucoup ; sa conversation, qui s'anima, fit durer le repas ; enfin Arbogad lui dit : « Je vous conseille de vous enrôler sous moi, vous ne sauriez mieux faire ; ce métier-ci n'est pas mauvais ; vous pourrez un jour devenir ce que je suis. – Puis-je vous demander, dit Zadig, depuis quel temps vous exercez cette noble profession ? – Dès ma plus tendre jeunesse, reprit le seigneur. J'étais valet d'un Arabe assez habile ; ma situation m'était insupportable. J'étais au désespoir de voir que, dans toute la terre qui appartient également aux hommes, la destinée ne m'eût pas réservé ma portion. Je confiai mes peines à un vieil Arabe, qui me dit : « Mon fils, ne désespérez pas ; il y avait autrefois un grain de

sable qui se lamentait d'être un atome ignoré dans les déserts ; au bout de quelques années il devint diamant[143], et il est à présent le plus bel ornement de la couronne du roi des Indes. » Ce discours me fit impression ; j'étais le grain de sable, je résolus de devenir diamant. Je commençai par voler deux chevaux ; je m'associai des camarades ; je me mis en état de voler de petites caravanes : ainsi je fis cesser peu à peu la disproportion qui était d'abord entre les hommes et moi. J'eus ma part aux biens de ce monde, et je fus même dédommagé avec usure : on me considéra beaucoup : je devins seigneur brigand ; j'acquis ce château par voie de fait[144]. Le satrape de Syrie voulut m'en déposséder ; mais j'étais déjà trop riche pour avoir rien à craindre ; je donnai de l'argent au satrape, moyennant quoi je conservai ce château, et j'agrandis mes domaines ; il me nomma même trésorier des tributs que l'Arabie Pétrée payait au roi des rois. Je fis ma charge de receveur, et point du tout celle de payeur.

« Le grand desterham de Babylone envoya ici, au nom du roi Moabdar, un petit satrape pour me faire étrangler. Cet homme arriva avec son ordre : j'étais instruit de tout ; je fis étrangler en sa présence les quatre personnes qu'il avait amenées avec lui pour serrer le lacet ; après quoi je lui demandai ce que pouvait lui valoir la commission de m'étrangler. Il me répondit que ses honoraires pouvaient aller à trois cents pièces d'or. Je lui fis voir clair qu'il y aurait plus à gagner avec moi. Je le fis sous-brigand ; il est aujourd'hui un de mes meilleurs officiers, et des plus riches. Si vous m'en croyez, vous réussirez comme lui. Jamais la saison de voler n'a été meilleure, depuis que Moabdar est tué, et que tout est en confusion dans Babylone.

– Moabdar est tué ! dit Zadig ; et qu'est devenue la reine Astarté ? – Je n'en sais rien, reprit Arbogad ; tout ce que je sais, c'est que Moabdar est devenu fou, qu'il a été tué, que Babylone est un grand coupe-gorge, que tout l'empire est désolé, qu'il y a de beaux coups à faire encore, et que pour ma part, j'en ai fait d'admirables. – Mais la reine, dit Zadig ; de grâce, ne savez-vous rien de la destinée de la reine. – On m'a parlé d'un prince d'Hyrcanie, reprit-il ; elle est probablement parmi ses concubines, si elle n'a pas été tuée dans le tumulte ; mais je suis plus curieux de butin que de

nouvelles. J'ai pris plusieurs femmes dans mes courses, je n'en garde aucune ; je les vends cher quand elles sont belles, sans m'informer de ce qu'elles sont. On n'achète point le rang ; une reine qui serait laide ne trouverait pas marchand[145] : peut-être ai-je vendu la reine Astarté, peut-être est-elle morte ; mais peu m'importe, et je pense que vous ne devez pas vous en soucier plus que moi. » En parlant ainsi il buvait avec tant de courage, il confondait tellement toutes les idées, que Zadig n'en put tirer aucun éclaircissement.

Il restait interdit, accablé, immobile. Arbogad buvait toujours, faisait des contes, répétait sans cesse qu'il était le plus heureux de tous les hommes, exhortant Zadig à se rendre aussi heureux que lui. Enfin, doucement assoupi par les fumées du vin, il alla dormir d'un sommeil tranquille. Zadig passa la nuit dans l'agitation la plus violente. « Quoi, disait-il, le roi est devenu fou ! il est tué ! Je ne puis m'empêcher de le plaindre. L'empire est déchiré, et ce brigand est heureux : ô fortune ! ô destinée ! un voleur est heureux, et ce que la nature a fait de plus aimable a péri peut-être d'une manière affreuse, ou vit dans un état pire que la mort. O Astarté ! qu'êtes-vous devenue ? »

Dès le point du jour il interrogea tous ceux qu'il rencontrait dans le château ; mais tout le monde était occupé, personne ne lui répondit : on avait fait pendant la nuit de nouvelles conquêtes, on partageait les dépouilles. Tout ce qu'il put obtenir dans cette confusion tumultueuse, ce fut la permission de partir. Il en profita sans tarder, plus abîmé que jamais dans ses réflexions douloureuses[146].

Zadig marchait inquiet, agité, l'esprit tout occupé de la malheureuse Astarté, du roi de Babylone, de son fidèle Cador, de l'heureux brigand Arbogad, de cette femme si capricieuse que des Babyloniens avaient enlevée sur les confins de l'Égypte, enfin de tous les contretemps et de toutes les infortunes qu'il avait éprouvés.

LE PÊCHEUR[147]

A quelques lieues du château d'Arbogad, il se trouva sur le bord d'une petite rivière, toujours déplorant sa destinée, et se regardant comme le modèle du malheur. Il vit un pêcheur

couché sur la rive, tenant à peine d'une main languissante
son filet, qu'il semblait abandonner, et levant les yeux vers
le ciel.

«Je suis certainement le plus malheureux de tous les
hommes, disait le pêcheur. J'ai été, de l'aveu de tout le
monde, le plus célèbre marchand de fromages à la crème[148]
dans Babylone, et j'ai été ruiné. J'avais la plus jolie femme
qu'homme de ma sorte pût posséder, et j'en ai été trahi. Il
me restait une chétive maison, je l'ai vue pillée et détruite.
Réfugié dans une cabane, je n'ai de ressource que ma pêche,
et je ne prends pas un poisson. O mon filet! je ne te jetterai
plus dans l'eau, c'est à moi de m'y jeter.» En disant ces mots
il se lève, et s'avance dans l'attitude d'un homme qui allait
se précipiter et finir sa vie.

«Eh quoi! se dit Zadig à lui-même, il y a donc des
hommes aussi malheureux que moi!» L'ardeur de sauver la
vie au pêcheur fut aussi prompte que cette réflexion. Il court
à lui, il l'arrête, il l'interroge d'un air attendri et consolant.
On prétend qu'on en est moins malheureux quand on ne
l'est pas seul; mais, selon Zoroastre[149], ce n'est pas par
malignité, c'est par besoin. On se sent alors entraîné vers un
infortuné comme vers son semblable. La joie d'un homme
heureux serait une insulte; mais deux malheureux sont
comme deux arbrisseaux faibles qui, s'appuyant l'un sur
l'autre, se fortifient contre l'orage.

«Pourquoi succombez-vous à vos malheurs? dit Zadig au
pêcheur. – C'est, répondit-il, parce que je n'y vois pas de
ressource. J'ai été le plus considéré du village de Derlback[150]
auprès de Babylone, et je faisais, avec l'aide de ma femme,
les meilleurs fromages à la crème de l'empire. La reine
Astarté et le fameux ministre Zadig les aimaient passionné-
ment. J'avais fourni à leurs maisons six cents fromages.
J'allai un jour à la ville pour être payé; j'appris en arrivant
dans Babylone que la reine et Zadig avaient disparu. Je
courus chez le seigneur Zadig, que je n'avais jamais vu; je
trouvai les archers du grand desterham, qui, munis d'un
papier royal, pillaient sa maison loyalement[151] et avec ordre.
Je volai aux cuisines de la reine; quelques-uns des seigneurs
de la bouche me dirent qu'elle était morte; d'autres dirent
qu'elle était en prison; d'autres prétendirent qu'elle avait

pris la fuite ; mais tous m'assurèrent qu'on ne me payerait point mes fromages. J'allai avec ma femme chez le seigneur Orcan, qui était une de mes pratiques : nous lui demandâmes sa protection dans notre disgrâce. Il l'accorda à ma femme, et me la refusa. Elle était plus blanche que ces fromages à la crème qui commencèrent mon malheur ; et l'éclat de la pourpre de Tyr n'était pas plus brillant que l'incarnat qui animait cette blancheur. C'est ce qui fit qu'Orcan la retint, et me chassa de sa maison. J'écrivis à ma chère femme la lettre d'un désespéré. Elle dit au porteur : « Ah, ah ! oui ! je sais quel est l'homme qui m'écrit, j'en ai entendu parler : on dit qu'il fait des fromages à la crème excellents ; qu'on m'en apporte, et qu'on les lui paye. »

« Dans mon malheur, je voulus m'adresser à la justice. Il me restait six onces d'or : il fallut en donner deux onces à l'homme de loi que je consultai, deux au procureur qui entreprit mon affaire, deux au secrétaire du premier juge. Quand tout cela fut fait, mon procès n'était pas encore commencé, et j'avais déjà dépensé plus d'argent que mes fromages et ma femme ne valaient. Je retournai à mon village dans l'intention de vendre ma maison pour avoir ma femme.

« Ma maison valait bien soixante onces d'or ; mais on me voyait pauvre et pressé de vendre. Le premier à qui je m'adressai m'en offrit trente onces ; le second, vingt ; et le troisième, dix. J'étais prêt enfin de conclure, tant j'étais aveuglé, lorsqu'un prince d'Hyrcanie vint à Babylone, et ravagea tout sur son passage. Ma maison fut d'abord saccagée, et ensuite brûlée.

« Ayant ainsi perdu mon argent, ma femme et ma maison, je me suis retiré dans ce pays où vous me voyez ; j'ai tâché de subsister du métier de pêcheur. Les poissons se moquent de moi comme les hommes : je ne prends rien, je meurs de faim ; et sans vous, auguste consolateur, j'allais mourir dans la rivière. »

Le pêcheur ne fit point ce récit tout de suite[152] ; car à tout moment Zadig, ému et transporté, lui disait : « Quoi ! vous ne savez rien de la destinée de la reine ? – Non, seigneur, répondait le pêcheur ; mais je sais que la reine et Zadig ne m'ont point payé mes fromages à la crème, qu'on a pris ma

femme, et que je suis au désespoir. – Je me flatte, dit Zadig, que vous ne perdrez pas tout votre argent. J'ai entendu parler de ce Zadig ; il est honnête homme ; et s'il retourne à Babylone, comme il l'espère, il vous donnera plus qu'il ne vous doit ; mais pour votre femme, qui n'est pas si honnête, je vous conseille de ne pas chercher à la reprendre. Croyez-moi, allez à Babylone ; j'y serai avant vous, parce que je suis à cheval et que vous êtes à pied. Adressez-vous à l'illustre Cador ; dites-lui que vous avez rencontré son ami ; attendez-moi chez lui. Allez ; peut-être ne serez-vous pas toujours malheureux.

« O puissant Orosmade ! continua-t-il, vous vous servez de moi pour consoler cet homme ; de qui vous servirez-vous pour me consoler ? » En parlant ainsi il donnait au pêcheur la moitié de tout l'argent qu'il avait apporté d'Arabie, et le pêcheur, confondu et ravi, baisait les pieds de l'ami de Cador, et disait : « Vous êtes un ange sauveur. »

Cependant Zadig demandait toujours des nouvelles, et versait des larmes. « Quoi ! seigneur, s'écria le pêcheur, vous seriez donc aussi malheureux, vous qui faites du bien ? – Plus malheureux que toi cent fois, répondait Zadig. – Mais comment se peut-il faire, disait le bonhomme, que celui qui donne soit plus à plaindre que celui qui reçoit ? – C'est que ton plus grand malheur, reprit Zadig, était le besoin, et que je suis infortuné par le cœur. – Orcan vous aurait-il pris votre femme ? dit le pêcheur. » Ce mot rappela dans l'esprit de Zadig toutes ses aventures ; il répétait la liste de ses infortunes, à commencer depuis la chienne de la reine jusqu'à son arrivée chez le brigand Arbogad. « Ah ! dit-il au pêcheur, Orcan mérite d'être puni. Mais d'ordinaire ce sont ces gens-là qui sont les favoris de la destinée. Quoi qu'il en soit, va chez le seigneur Cador, et attends-moi. » Ils se séparèrent : le pêcheur marcha en remerciant son destin, et Zadig courut en accusant toujours le sien.

LE BASILIC

Arrivé dans une belle prairie, il y vit plusieurs femmes qui cherchaient quelque chose avec beaucoup d'application. Il prit la liberté de s'approcher de l'une d'elles, et de lui

demander s'il pouvait avoir l'honneur de les aider dans leurs recherches. « Gardez-vous-en bien, répondit la Syrienne ; ce que nous cherchons ne peut être touché que par des femmes. – Voilà qui est bien étrange, dit Zadig ; oserai-je vous prier de m'apprendre ce que c'est qu'il n'est permis qu'aux femmes de toucher[153] ? – C'est un basilic[154], dit-elle. – Un basilic, madame ! et pour quelle raison, s'il vous plaît, cherchez-vous un basilic ? – C'est pour notre seigneur et maître Ogul[155], dont vous voyez le château sur le bord de cette rivière, au bout de la prairie. Nous sommes ses très humbles esclaves ; le seigneur Ogul est malade ; son médecin lui a ordonné de manger un basilic cuit dans l'eau-rose ; et comme c'est un animal fort rare, et qui ne se laisse jamais prendre que par des femmes, le seigneur Ogul a promis de choisir pour sa femme bien-aimée celle de nous qui lui apporterait un basilic : laissez-moi chercher, s'il vous plaît, car vous voyez ce qu'il m'en coûterait si j'étais prévenue par mes compagnes. »

Zadig laissa cette Syrienne et les autres chercher leur basilic, et continua de marcher dans la prairie. Quand il fut au bord d'un petit ruisseau, il y trouva une autre dame couchée sur le gazon, et qui ne cherchait rien. Sa taille paraissait majestueuse, mais son visage était couvert d'un voile. Elle était penchée vers le ruisseau ; de profonds soupirs sortaient de sa bouche. Elle tenait en main une petite baguette, avec laquelle elle traçait des caractères sur un sable fin qui se trouvait entre le gazon et le ruisseau. Zadig eut la curiosité de voir ce que cette femme écrivait ; il s'approcha, il vit la lettre Z, puis un A : il fut étonné ; puis parut un D : il tressaillit. Jamais surprise ne fut égale à la sienne quand il vit les deux dernières lettres de son nom. Il demeura quelque temps immobile ; enfin, rompant le silence d'une voix entrecoupée : « O généreuse dame ! pardonnez à un étranger, à un infortuné, d'oser vous demander par quelle aventure étonnante je trouve ici le nom de ZADIG tracé de votre main divine ? » A cette voix, à ces paroles, la dame releva son voile d'une main tremblante, regarda Zadig, jeta un cri d'attendrissement, de surprise et de joie, et succombant sous tous les mouvements divers qui assaillaient à la fois son âme, elle tomba évanouie entre ses bras. C'était Astarté elle-même,

c'était la reine de Babylone, c'était celle que Zadig adorait,
et qu'il se reprochait d'adorer, c'était celle dont il avait tant
pleuré et tant craint la destinée. Il fut un moment privé de
l'usage de ses sens ; et quand il eut attaché ses regards sur les
yeux d'Astarté, qui se rouvraient avec une langueur mêlée
de confusion et de tendresse : « O puissances immortelles !
s'écria-t-il, qui présidez aux destins des faibles humains, me
rendez-vous Astarté ? En quel temps, en quels lieux, en quel
état la revois-je ? » Il se jeta à genoux devant Astarté, et il
attacha son front à la poussière de ses pieds. La reine de
Babylone le relève, et le fait asseoir auprès d'elle sur le bord
de ce ruisseau ; elle essuyait à plusieurs reprises ses yeux,
dont les larmes recommençaient toujours à couler. Elle
reprenait vingt fois des discours que ses gémissements inter-
rompaient ; elle l'interrogeait sur le hasard qui les rassem-
blait, et prévenait soudain ses réponses par d'autres ques-
tions. Elle entamait le récit de ses malheurs, et voulait savoir
ceux de Zadig. Enfin tous deux ayant un peu apaisé le
tumulte de leurs âmes, Zadig lui conta en peu de mots par
quelle aventure il se trouvait dans cette prairie. « Mais, ô
malheureuse et respectable reine ! comment vous retrouvé-je
en ce lieu écarté, vêtue en esclave, et accompagnée d'autres
femmes esclaves qui cherchent un basilic pour le faire cuire
dans de l'eau-rose par ordonnance du médecin.

— Pendant qu'elles cherchent leur basilic, dit la belle
Astarté, je vais vous apprendre tout ce que j'ai souffert, et
tout ce que je pardonne au ciel depuis que je vous revois.
Vous savez que le roi mon mari trouva mauvais que vous
fussiez le plus aimable de tous les hommes ; et ce fut pour
cette raison qu'il prit une nuit la résolution de vous faire
étrangler et de m'empoisonner. Vous savez comme le ciel
permit que mon petit muet m'avertît de l'ordre de sa
Sublime Majesté. A peine le fidèle Cador vous eut-il forcé de
m'obéir et de partir, qu'il osa entrer chez moi au milieu de
la nuit par une issue secrète. Il m'enleva, et me conduisit
dans le temple d'Orosmade, où le mage, son frère, m'en-
ferma dans une statue colossale dont la base touche aux
fondements du temple, et dont la tête atteint la voûte. Je fus
là comme ensevelie, mais servie par le mage, et ne man-
quant d'aucune chose nécessaire. Cependant, au point du

jour, l'apothicaire de Sa Majesté entra dans ma chambre avec une potion mêlée de jusquiame, d'opium, de ciguë, d'ellébore noir et d'aconit ; et un autre officier alla chez vous avec un lacet de soie bleue. On ne trouva personne. Cador, pour mieux tromper le roi, feignit de venir nous accuser tous deux. Il dit que vous aviez pris la route des Indes, et moi celle de Memphis : on envoya des satellites après vous et après moi.

« Les courriers qui me cherchaient ne me connaissaient pas. Je n'avais presque jamais montré mon visage qu'à vous seul, en présence et par ordre de mon époux. Ils coururent à ma poursuite, sur le portrait qu'on leur faisait de ma personne : une femme de la même taille que moi, et qui peut-être avait plus de charmes, s'offrit à leurs regards sur les frontières de l'Égypte. Elle était éplorée, errante. Ils ne doutèrent pas que cette femme ne fût la reine de Babylone ; ils la menèrent à Moabdar. Leur méprise fit entrer d'abord le roi dans une violente colère ; mais bientôt, ayant considéré de plus près cette femme, il la trouva très belle, et fut consolé. On l'appelait Missouf[156]. On m'a dit depuis que ce nom signifie en langue égyptienne *la belle capricieuse*. Elle l'était en effet ; mais elle avait autant d'art que de caprice. Elle plut à Moabdar. Elle le subjugua au point de se faire déclarer sa femme. Alors son caractère se développa tout entier : elle se livra sans crainte à toutes les folies de son imagination. Elle voulut obliger le chef des mages, qui était vieux et goutteux, de danser devant elle ; et sur le refus du mage, elle le persécuta violemment. Elle ordonna à son grand-écuyer de lui faire une tourte de confitures. Le grand-écuyer eut beau lui représenter qu'il n'était point pâtissier, il fallut qu'il fît la tourte ; et on le chassa, parce qu'elle était trop brûlée. Elle donna la charge de grand-écuyer à son nain, et la place de chancelier à un page. C'est ainsi qu'elle gouverna Babylone. Tout le monde me regrettait. Le roi, qui avait été assez honnête homme jusqu'au moment où il avait voulu m'empoisonner et vous faire étrangler, semblait avoir noyé ses vertus dans l'amour prodigieux qu'il avait pour la belle capricieuse. Il vint au temple le grand jour du feu sacré. Je le vis implorer les dieux pour Missouf au pied de la statue où j'étais renfermée. J'élevai la voix ; je lui criai :

« Les dieux refusent les vœux d'un roi devenu tyran, qui a
voulu faire mourir une femme raisonnable pour épouser une
extravagante. » Moabdar fut confondu de ces paroles au
point que sa tête se troubla. L'oracle que j'avais rendu, et la
tyrannie de Missouf, suffisaient pour lui faire perdre le
jugement. Il devint fou en peu de jours.

« Sa folie, qui parut un châtiment du ciel, fut le signal de
la révolte. On se souleva, on courut aux armes. Babylone, si
longtemps plongée dans une mollesse oisive, devint le
théâtre d'une guerre civile affreuse. On me tira du creux de
ma statue, et on me mit à la tête d'un parti. Cador courut à
Memphis, pour vous ramener à Babylone. Le prince d'Hyr-
canie, apprenant ces funestes nouvelles, revint avec son
armée faire un troisième parti dans la Chaldée. Il attaqua le
roi, qui courut au-devant de lui avec son extravagante
Égyptienne. Moabdar mourut percé de coups. Missouf
tomba aux mains du vainqueur. Mon malheur voulut que je
fusse prise moi-même par un parti hyrcanien, et qu'on me
menât devant le prince précisément dans le temps qu'on lui
amenait Missouf. Vous serez flatté, sans doute, en apprenant
que le prince me trouva plus belle que l'Égyptienne ; mais
vous serez fâché d'apprendre qu'il me destina à son sérail. Il
me dit fort résolument que, dès qu'il aurait fini une expédi-
tion militaire qu'il allait exécuter, il viendrait à moi. Jugez
de ma douleur. Mes liens avec Moabdar étaient rompus, je
pouvais être à Zadig ; et je tombais dans les chaînes de ce
barbare. Je lui répondis avec toute la fierté que me don-
naient mon rang et mes sentiments. J'avais toujours
entendu dire que le ciel attachait aux personnes de ma sorte
un caractère de grandeur qui, d'un mot et d'un coup d'œil,
faisait rentrer dans l'abaissement du plus profond respect les
téméraires qui osaient s'en écarter. Je parlai en reine, mais je
fus traitée en demoiselle suivante. L'Hyrcanien, sans daigner
seulement m'adresser la parole, dit à son eunuque noir que
j'étais une impertinente, mais qu'il me trouvait jolie. Il lui
ordonna d'avoir soin de moi et de me mettre au régime des
favorites, afin de me rafraîchir le teint, et de me rendre plus
digne de ses faveurs pour le jour où il aurait la commodité
de m'en honorer. Je lui dis que je me tuerais : il répliqua en
riant qu'on ne se tuait point, qu'il était fait à ces façons-là,

et me quitta comme un homme qui vient de mettre un perroquet dans sa ménagerie. Quel état pour la première reine de l'univers, et, je dirai plus, pour un cœur qui était à Zadig!»

A ces paroles il se jeta à ses genoux et les baigna de larmes. Astarté le releva tendrement, et elle continua ainsi : « Je me voyais au pouvoir d'un barbare, et rivale d'une folle avec qui j'étais renfermée. Elle me raconta son aventure d'Égypte. Je jugeai par les traits dont elle vous peignait, par le temps, par le dromadaire sur lequel vous étiez monté, par toutes les circonstances, que c'était Zadig qui avait combattu pour elle. Je ne doutai pas que vous ne fussiez à Memphis ; je pris la résolution de m'y retirer. «Belle Missouf, lui dis-je, vous êtes beaucoup plus plaisante que moi, vous divertirez bien mieux que moi le prince d'Hyrcanie. Facilitez-moi les moyens de me sauver ; vous régnerez seule ; vous me rendrez heureuse, en vous débarrassant d'une rivale.» Missouf concerta avec moi les moyens de ma fuite. Je partis donc secrètement avec une esclave égyptienne.

«J'étais déjà près de l'Arabie, lorsqu'un fameux voleur, nommé Arbogad, m'enleva, et me vendit à des marchands qui m'ont amenée dans ce château, où demeure le seigneur Ogul. Il m'a achetée sans savoir qui j'étais. C'est un homme voluptueux qui ne cherche qu'à faire grande chère et qui croit que Dieu l'a mis au monde pour tenir table. Il est d'un embonpoint excessif, qui est toujours prêt à le suffoquer. Son médecin, qui n'a que peu de crédit auprès de lui quand il digère bien, le gouverne despotiquement quand il a trop mangé. Il lui a persuadé qu'il le guérirait avec un basilic cuit dans de l'eau-rose. Le seigneur Ogul a promis sa main[157] à celle de ses esclaves qui lui apporterait un basilic. Vous voyez que je les laisse s'empresser à mériter cet honneur, et je n'ai jamais eu moins d'envie de trouver ce basilic que depuis que le ciel a permis que je vous revisse.»

Alors Astarté et Zadig se dirent tout ce que des sentiments longtemps retenus, tout ce que leurs malheurs et leurs amours pouvaient inspirer aux cœurs les plus nobles et les plus passionnés ; et les génies qui président à l'amour portèrent leurs paroles jusqu'à la sphère de Vénus[158].

Les femmes rentrèrent chez Ogul sans avoir rien trouvé.

Zadig se fit présenter à lui, et lui parla en ces termes : « Que la santé immortelle descende du ciel pour avoir soin de tous vos jours! Je suis médecin, j'ai accouru vers vous sur le bruit de votre maladie, et je vous ai apporté un basilic cuit dans de l'eau-rose. Ce n'est pas que je prétende vous épouser : je ne vous demande que la liberté d'une jeune esclave de Babylone que vous avez depuis quelques jours ; et je consens de rester en esclavage à sa place si je n'ai pas le bonheur de guérir le magnifique seigneur Ogul. »

La proposition fut acceptée. Astarté partit pour Babylone avec le domestique de Zadig, en lui promettant de lui envoyer incessamment un courrier[159] pour l'instruire de tout ce qui se serait passé. Leurs adieux furent aussi tendres que l'avait été leur reconnaissance. Le moment où l'on se retrouve, et celui où l'on se sépare, sont les deux plus grandes époques de la vie, comme dit le grand livre du Zend[160]. Zadig aimait la reine autant qu'il le jurait, et la reine aimait Zadig plus qu'elle ne lui disait.

Cependant Zadig parla ainsi à Ogul : « Seigneur, on ne mange point mon basilic, toute sa vertu doit entrer chez vous par les pores. Je l'ai mis dans un petit outre[161] bien enflé et couvert d'une peau fine : il faut que vous poussiez cet outre de toute votre force, et que je vous le renvoie à plusieurs reprises ; et en peu de jours de régime vous verrez ce que peut mon art. » Ogul, dès le premier jour, fut tout essoufflé, et crut qu'il mourrait de fatigue. Le second, il fut moins fatigué, et dormit mieux. En huit jours il recouvra toute la force, la santé, la légèreté et la gaieté de ses plus brillantes années. « Vous avez joué au ballon, et vous avez été sobre, lui dit Zadig : apprenez qu'il n'y a point de basilic dans la nature, qu'on se porte toujours bien avec de la sobriété et de l'exercice, et que l'art de faire subsister ensemble l'intempérance et la santé est un art aussi chimérique que la pierre philosophale, l'astrologie judiciaire[162] et la théologie des mages[163]. »

Le premier médecin d'Ogul, sentant combien cet homme était dangereux pour la médecine, s'unit avec l'apothicaire du corps pour envoyer Zadig chercher des basilics dans l'autre monde. Ainsi, après avoir été toujours puni pour avoir bien fait, il était près de périr pour avoir guéri un

seigneur gourmand. On l'invita à un excellent dîner. Il devait être empoisonné au second service ; mais il reçut un courrier de la belle Astarté au premier. Il quitta la table, et partit. Quand on est aimé d'une belle femme, dit le grand Zoroastre[164], on se tire toujours d'affaire dans ce monde.

LES COMBATS

La reine avait été reçue à Babylone avec les transports qu'on a toujours pour une belle princesse qui a été malheureuse. Babylone alors paraissait être plus tranquille. Le prince d'Hyrcanie avait été tué dans un combat. Les Babyloniens, vainqueurs, déclarèrent qu'Astarté épouserait celui qu'on choisirait pour souverain. On ne voulut point que la première place du monde, qui serait celle de mari d'Astarté et de roi de Babylone, dépendît des intrigues et des cabales. On jura de reconnaître pour roi le plus vaillant et le plus sage. Une grande lice, bordée d'amphithéâtres magnifiquement ornés, fut formée à quelques lieues de la ville. Les combattants devaient s'y rendre armés de toutes pièces. Chacun d'eux avait derrière les amphithéâtres un appartement séparé, où il ne devait être vu ni connu de personne. Il fallait courir quatre lances[165]. Ceux qui seraient assez heureux pour vaincre quatre chevaliers devaient combattre ensuite les uns contre les autres ; de façon que celui qui resterait le dernier maître du champ serait proclamé le vainqueur des jeux. Il devait revenir quatre jours après avec les mêmes armes, et expliquer les énigmes proposées par les mages. S'il n'expliquait point les énigmes, il n'était point roi, et il fallait recommencer à courir des lances, jusqu'à ce qu'on trouvât un homme qui fût vainqueur dans ces deux combats : car on voulait absolument pour roi le plus vaillant et le plus sage. La reine, pendant tout ce temps, devait être étroitement gardée : on lui permettait seulement d'assister aux jeux, couverte d'un voile ; mais on ne souffrait pas qu'elle parlât à aucun des prétendants, afin qu'il n'y eût ni faveur ni injustice.

Voilà ce qu'Astarté faisait savoir à son amant, espérant qu'il montrerait pour elle plus de valeur et d'esprit que personne. Il partit, et pria Vénus[166] de fortifier son courage

et d'éclairer son esprit. Il arriva sur le rivage de l'Euphrate la veille de ce grand jour. Il fit inscrire sa devise[167] parmi celles des combattants, en cachant son visage et son nom, comme la loi l'ordonnait, et alla se reposer dans l'appartement qui lui échut par le sort. Son ami Cador, qui était revenu à Babylone, après l'avoir inutilement cherché en Égypte, fit porter dans sa loge une armure complète que la reine lui envoyait. Il lui fit amener aussi de sa part le plus beau cheval de Perse. Zadig reconnut Astarté à ces présents : son courage et son amour en prirent de nouvelles forces et de nouvelles espérances.

Le lendemain, la reine étant venue se placer sous un dais de pierreries, et les amphithéâtres étant remplis de toutes les dames et de tous les ordres de Babylone, les combattants parurent dans le cirque. Chacun d'eux vint mettre sa devise aux pieds du grand mage. On tira au sort les devises ; celle de Zadig fut la dernière. Le premier qui s'avança était un seigneur très riche, nommé Itobad, fort vain, peu courageux, très maladroit, et sans esprit. Ses domestiques l'avaient persuadé qu'un homme comme lui devait être roi ; il leur avait répondu : « Un homme comme moi[168] doit régner. » Ainsi on l'avait armé de pied en cap. Il portait une armure d'or émaillée de vert, un panache vert, une lance ornée de rubans verts. On s'aperçut d'abord, à la manière dont Itobad gouvernait son cheval, que ce n'était pas un homme comme lui à qui le ciel réservait le sceptre de Babylone. Le premier cavalier qui courut contre lui le désarçonna ; le second le renversa sur la croupe de son cheval, les deux jambes en l'air et les bras étendus. Itobad se remit, mais de si mauvaise grâce que tout l'amphithéâtre se mit à rire. Un troisième ne daigna pas se servir de sa lance ; mais, en lui faisant une passe[169], il le prit par la jambe droite, et lui faisant faire un demi-tour, il le fit tomber sur le sable : les écuyers des jeux accoururent à lui en riant, et le remirent en selle. Le quatrième combattant le prend par la jambe gauche, et le fait tomber de l'autre côté. On le conduisit avec des huées à sa loge, où il devait passer la nuit selon la loi ; et il disait en marchant à peine : « Quelle aventure pour un homme comme moi ! »

Les autres chevaliers s'acquittèrent mieux de leur devoir.

Il y en eut qui vainquirent deux combattants de suite ; quelques-uns allèrent jusqu'à trois. Il n'y eut que le prince Otame qui en vainquit quatre. Enfin Zadig combattit à son tour ; il désarçonna quatre cavaliers de suite avec toute la grâce possible. Il fallut donc voir qui serait vainqueur d'Otame ou de Zadig. Le premier portait des armes bleues et or, avec un panache de même ; celles de Zadig étaient blanches[170]. Tous les vœux se partageaient entre le cavalier bleu et le cavalier blanc. La reine, à qui le cœur palpitait, faisait des prières au ciel pour la couleur blanche.

Les deux champions firent des passes et des voltes avec tant d'agilité, ils se donnèrent de si beaux coups de lance, ils étaient si fermes sur leurs arçons, que tout le monde, hors la reine, souhaitait qu'il y eût deux rois dans Babylone. Enfin, leurs chevaux étant lassés et leurs lances rompues, Zadig usa de cette adresse : il passe derrière le prince bleu, s'élance sur la croupe de son cheval, le prend par le milieu du corps, le jette à terre, se met en selle à sa place, et caracole autour d'Otame étendu sur la place. Tout l'amphithéâtre crie : « Victoire au cavalier blanc ! » Otame, indigné, se relève, tire son épée ; Zadig saute de cheval, le sabre à la main. Les voilà tous deux sur l'arène, livrant un nouveau combat où la force et l'agilité triomphent tour à tour. Les plumes de leur casque, les cous de leurs brassards, les mailles de leur armure sautent au loin sous mille coups précipités. Ils frappent de pointe et de taille, à droite, à gauche, sur la tête, sur la poitrine ; ils reculent, ils avancent, ils se mesurent, ils se rejoignent, ils se saisissent, ils se replient comme des serpents, ils s'attaquent comme des lions ; le feu jaillit à tout moment des coups qu'ils se portent. Enfin Zadig, ayant un moment repris ses esprits, s'arrête, fait une feinte, passe sur Otame, le fait tomber, le désarme, et Otame s'écrie : « O chevalier blanc ! c'est vous qui devez régner sur Babylone. » La reine était au comble de la joie. On reconduisit le chevalier bleu et le chevalier blanc chacun à leur loge, ainsi que tous les autres, selon ce qui était porté par la loi. Des muets vinrent les servir et leur apporter à manger. On peut juger si le petit muet de la reine ne fut pas celui qui servit Zadig. Ensuite on les laissa dormir seuls jusqu'au lendemain matin, temps où le vainqueur devait apporter sa

devise au grand mage, pour la confronter et se faire reconnaître.

Zadig dormit, quoique amoureux, tant il était fatigué. Itobad, qui était couché auprès de lui[171], ne dormit point. Il se leva pendant la nuit, entra dans sa loge, prit les armes blanches de Zadig avec sa devise, et mit son armure verte à la place. Le point du jour étant venu, il alla fièrement au grand mage déclarer qu'un homme comme lui était vainqueur. On ne s'y attendait pas ; mais il fut proclamé pendant que Zadig dormait encore. Astarté, surprise, et le désespoir dans le cœur, s'en retourna dans Babylone. Tout l'amphithéâtre était déjà presque vide lorsque Zadig s'éveilla ; il chercha ses armes, et ne trouva que cette armure verte. Il était obligé de s'en couvrir, n'ayant rien autre chose auprès de lui. Étonné et indigné, il les endosse avec fureur, il avance dans cet équipage[172].

Tout ce qui était encore sur l'amphithéâtre et dans le cirque le reçut avec des huées. On l'entourait ; on lui insultait la face. Jamais homme n'essuya des mortifications si humiliantes. La patience lui échappa ; il écarta à coups de sabre la populace qui osait l'outrager ; mais il ne savait quel parti prendre. Il ne pouvait voir la reine ; il ne pouvait réclamer l'armure blanche qu'elle lui avait envoyée : c'eût été la compromettre ; ainsi, tandis qu'elle était plongée dans la douleur, il était pénétré de fureur et d'inquiétude. Il se promenait sur les bords de l'Euphrate, persuadé que son étoile le destinait à être malheureux sans ressource, repassant dans son esprit toutes ses disgrâces depuis l'aventure de la femme qui haïssait les borgnes, jusqu'à celle de son armure. « Voilà ce que c'est, disait-il, de m'être éveillé trop tard ; si j'avais moins dormi, je serais roi de Babylone, je posséderais Astarté. Les sciences, les mœurs, le courage n'ont donc jamais servi qu'à mon infortune. » Il lui échappa enfin de murmurer contre la Providence, et il fut tenté de croire que tout était gouverné par une destinée cruelle qui opprimait les bons et qui faisait prospérer les chevaliers verts. Un de ses chagrins était de porter cette armure verte qui lui avait attiré tant de huées. Un marchand passa, il la lui vendit à vil prix, et prit du marchand une robe et un bonnet long. Dans cet équipage, il côtoyait l'Euphrate, rempli de désespoir et

accusant en secret la Providence, qui le persécutait tou-
jours[173].

<p style="text-align:center">L'ERMITE[174]</p>

Il rencontra en marchant un ermite, dont la barbe
blanche et vénérable lui descendait jusqu'à la ceinture. Il
tenait en main un livre qu'il lisait attentivement. Zadig
s'arrêta, et lui fit une profonde inclination. L'ermite le salua
d'un air si noble et si doux que Zadig eut la curiosité de
l'entretenir. Il lui demanda quel livre il lisait. « C'est le livre
des destinées, dit l'ermite ; voulez-vous en lire quelque
chose ? » Il mit le livre dans les mains de Zadig, qui, tout
instruit qu'il était dans plusieurs langues, ne put déchiffrer
un seul caractère du livre[175]. Cela redoubla encore sa curio-
sité. « Vous me paraissez bien chagrin, lui dit ce bon père.
– Hélas ! que j'en ai sujet ! dit Zadig. – Si vous permettez
que je vous accompagne, repartit le vieillard, peut-être vous
serai-je utile : j'ai quelquefois répandu des sentiments de
consolation dans l'âme des malheureux. » Zadig se sentit du
respect pour l'air, pour la barbe, et pour le livre de l'ermite.
Il lui trouva dans la conversation des lumières supérieures.
L'ermite parlait de la destinée, de la justice, de la morale, du
souverain bien, de la faiblesse humaine, des vertus et des
vices, avec une éloquence si vive et si touchante que Zadig se
sentit entraîné vers lui par un charme invincible. Il le pria
avec instance de ne le point quitter, jusqu'à ce qu'ils fussent
de retour à Babylone. « Je vous demande moi-même cette
grâce, lui dit le vieillard ; jurez-moi par Orosmade que vous
ne vous séparerez point de moi d'ici à quelques jours,
quelque chose que je fasse. » Zadig jura, et ils partirent
ensemble.

Les deux voyageurs arrivèrent le soir à un château
superbe. L'ermite demanda l'hospitalité pour lui et pour le
jeune homme qui l'accompagnait. Le portier, qu'on aurait
pris pour un grand seigneur, les introduisit avec une espèce
de bonté dédaigneuse. On les présenta à un principal domes-
tique, qui leur fit voir les appartements du maître. Ils furent
admis à sa table au bas bout, sans que le seigneur du
château les honorât d'un regard ; mais ils furent servis

comme les autres avec délicatesse et profusion. On leur donna ensuite à laver dans un bassin d'or garni d'émeraudes et de rubis. On les mena coucher dans un bel appartement, et le lendemain matin un domestique leur apporta à chacun une pièce d'or, après quoi on les congédia.

« Le maître de la maison, dit Zadig en chemin, me paraît être un homme généreux, quoique un peu fier ; il exerce noblement l'hospitalité. » En disant ces paroles, il aperçut qu'une espèce de poche très large que portait l'ermite paraissait tendue et enflée : il y vit le bassin d'or garni de pierreries, que celui-ci avait volé. Il n'osa d'abord en rien témoigner ; mais il était dans une étrange surprise.

Vers le midi, l'ermite se présenta à la porte d'une maison très petite, où logeait un riche avare ; il y demanda l'hospitalité pour quelques heures. Un vieux valet mal habillé le reçut d'un ton rude, et fit entrer l'ermite et Zadig dans l'écurie, où on leur donna quelques olives pourries, de mauvais pain, et de la bière gâtée. L'ermite but et mangea d'un air aussi content que la veille ; puis s'adressant à ce vieux valet qui les observait tous deux pour voir s'ils ne volaient rien, et qui les pressait de partir, il lui donna les deux pièces d'or qu'il avait reçues le matin, et le remercia de toutes ses attentions. « Je vous prie, ajouta-t-il, faites-moi parler à votre maître. » Le valet, étonné, introduisit les deux voyageurs : « Magnifique seigneur, dit l'ermite, je ne puis que vous rendre de très humbles grâces de la manière noble dont vous nous avez reçus : daignez accepter ce bassin d'or comme un faible gage de ma reconnaissance. » L'avare fut près de tomber à la renverse. L'ermite ne lui donna pas le temps de revenir de son saisissement ; il partit au plus vite avec son jeune voyageur. « Mon père, lui dit Zadig, qu'est-ce que tout ce que je vois ? Vous ne me paraissez ressembler en rien aux autres hommes : vous volez un bassin d'or garni de pierreries à un seigneur qui vous reçoit magnifiquement, et vous le donnez à un avare qui vous traite avec indignité. – Mon fils, répondit le vieillard, cet homme magnifique, qui ne reçoit les étrangers que par vanité, et pour faire admirer ses richesses, deviendra plus sage ; l'avare apprendra à exercer l'hospitalité : ne vous étonnez de rien, et suivez-moi. » Zadig ne savait encore s'il avait affaire au plus fou ou au

plus sage de tous les hommes ; mais l'ermite parlait avec tant d'ascendant que Zadig, lié d'ailleurs par son serment, ne put s'empêcher de le suivre.

Ils arrivèrent le soir à une maison agréablement bâtie, mais simple, où rien ne sentait ni la prodigalité ni l'avarice. Le maître était un philosophe retiré du monde, qui cultivait en paix la sagesse et la vertu, et qui cependant ne s'ennuyait pas. Il s'était plu à bâtir cette retraite dans laquelle il recevait les étrangers avec une noblesse qui n'avait rien de l'ostentation. Il alla lui-même au-devant des deux voyageurs, qu'il fit reposer d'abord dans un appartement commode. Quelque temps après, il les vint prendre lui-même pour les inviter à un repas propre et bien entendu, pendant lequel il parla avec discrétion des dernières révolutions de Babylone. Il parut sincèrement attaché à la reine, et souhaita que Zadig eût paru dans la lice pour disputer la couronne. « Mais les hommes, ajouta-t-il, ne méritent pas d'avoir un roi comme Zadig. » Celui-ci rougissait, et sentait redoubler ses douleurs. On convint dans la conversation que les choses de ce monde n'allaient pas toujours au gré des plus sages. L'ermite soutint toujours qu'on ne connaissait pas les voies de la Providence, et que les hommes avaient tort de juger d'un tout dont ils n'apercevaient que la plus petite partie[176].

On parla des passions. « Ah ! qu'elles sont funestes ! disait Zadig. – Ce sont les vents qui enflent les voiles du vaisseau, repartit l'ermite : elles le submergent quelquefois ; mais sans elles il ne pourrait voguer[177]. La bile rend colère et malade ; mais sans la bile l'homme ne saurait vivre. Tout est dangereux ici-bas, et tout est nécessaire[178]. »

On parla de plaisir, et l'ermite prouva que c'est un présent de la Divinité ; « car, dit-il, l'homme ne peut se donner ni sensation ni idées, il reçoit tout ; la peine et le plaisir lui viennent d'ailleurs comme son être[179]. »

Zadig admirait comment un homme qui avait fait des choses si extravagantes pouvait raisonner si bien. Enfin, après un entretien aussi instructif qu'agréable, l'hôte reconduisit ses deux voyageurs dans leur appartement, en bénissant le Ciel qui lui avait envoyé deux hommes si sages et si vertueux. Il leur offrit de l'argent d'une manière aisée et

noble qui ne pouvait déplaire. L'ermite le refusa, et lui dit qu'il prenait congé de lui, comptant partir pour Babylone avant le jour. Leur séparation fut tendre, Zadig surtout se sentait plein d'estime et d'inclination pour un homme si aimable.

Quand l'ermite et lui furent dans leur appartement, ils firent longtemps l'éloge de leur hôte. Le vieillard au point du jour éveilla son camarade. « Il faut partir, dit-il ; mais tandis que tout le monde dort encore, je veux laisser à cet homme un témoignage de mon estime et de mon affection. » En disant ces mots, il prit un flambeau, et mit le feu à la maison. Zadig, épouvanté, jeta des cris, et voulut l'empêcher de commettre une action si affreuse. L'ermite l'entraînait par une force supérieure ; la maison était enflammée. L'ermite, qui était déjà assez loin avec son compagnon, la regardait brûler tranquillement[180]. « Dieu merci ! dit-il, voilà la maison de mon cher hôte détruite de fond en comble ! L'heureux homme ! » A ces mots Zadig fut tenté à la fois d'éclater de rire, de dire des injures au révérend père, de le battre, et de s'enfuir ; mais il ne fit rien de tout cela, et, toujours subjugué par l'ascendant de l'ermite, il le suivit malgré lui à la dernière couchée.

Ce fut chez une veuve charitable et vertueuse qui avait un neveu[181] de quatorze ans, plein d'agréments et son unique espérance. Elle fit du mieux qu'elle put les honneurs de sa maison. Le lendemain, elle ordonna à son neveu d'accompagner les voyageurs jusqu'à un pont qui, étant rompu depuis peu, était devenu un passage dangereux. Le jeune homme, empressé, marche au-devant d'eux. Quand ils furent sur le pont : « Venez, dit l'ermite au jeune homme, il faut que je marque ma reconnaissance à votre tante. » Il le prend alors par les cheveux, et le jette dans la rivière. L'enfant tombe, reparaît un moment sur l'eau, et est engouffré dans le torrent. « O monstre ! ô le plus scélérat de tous les hommes ! s'écria Zadig. – Vous m'aviez promis plus de patience, lui dit l'ermite en l'interrompant ; apprenez que sous les ruines de cette maison où la Providence a mis le feu, le maître a trouvé un trésor immense ; apprenez que ce jeune homme dont la Providence a tordu le cou aurait assassiné sa tante dans un an, et vous dans deux[182]. – Qui te l'a dit, barbare ?

cria Zadig ; et quand tu aurais lu cet événement dans ton
livre des destinées, t'est-il permis de noyer un enfant qui ne
t'a point fait de mal ? »

Tandis que le Babylonien parlait, il aperçut que le vieil-
lard n'avait plus de barbe, que son visage prenait les traits
de la jeunesse. Son habit d'ermite disparut ; quatre belles
ailes couvraient un corps majestueux et resplendissant de
lumière. « O envoyé du ciel ! ô ange divin ! s'écria Zadig en
se prosternant, tu es donc descendu de l'empyrée pour
apprendre à un faible mortel à se soumettre aux ordres
éternels ? – Les hommes, dit l'ange Jesrad[183], jugent de tout
sans rien connaître : tu étais celui de tous les hommes qui
méritait le plus d'être éclairé. » Zadig lui demanda la per-
mission de parler. « Je me défie de moi-même, dit-il ; mais
oserai-je te prier de m'éclaircir un doute[184] : ne vaudrait-il
pas mieux avoir corrigé cet enfant, et l'avoir rendu vertueux,
que de le noyer[185] ? » Jesrad reprit : « S'il avait été vertueux,
et s'il eût vécu, son destin était d'être assassiné lui-même
avec la femme qu'il devait épouser, et le fils qui en devait
naître. – Mais quoi ! dit Zadig, il est donc nécessaire qu'il y
ait des crimes et des malheurs ? et les malheurs tombent sur
les gens de bien ! – Les méchants, répondit Jesrad, sont
toujours malheureux : ils servent à éprouver un petit
nombre de justes répandus sur la terre, et il n'y a point de
mal dont il ne naisse un bien[186]. – Mais, dit Zadig, s'il n'y
avait que du bien, et point de mal ? – Alors, reprit Jesrad,
cette terre serait une autre terre[187], l'enchaînement des évé-
nements serait un autre ordre de sagesse ; et cet autre ordre,
qui serait parfait, ne peut être que dans la demeure éternelle
de l'Être suprême, de qui le mal ne peut approcher. Il a créé
des millions de mondes dont aucun ne peut ressembler à
l'autre[188]. Cette immense variété est un attribut de sa puis-
sance immense. Il n'y a ni deux feuilles d'arbre sur la terre,
ni deux globes dans les champs infinis du ciel, qui soient
semblables, et tout ce que tu vois sur le petit atome où tu es
né devait être dans sa place et dans son temps fixe, selon les
ordres immuables de celui qui embrasse tout[189]. Les
hommes pensent que cet enfant qui vient de périr est tombé
dans l'eau par hasard, que c'est par un même hasard que
cette maison est brûlée ; mais il n'y a point de hasard[190] :

tout est épreuve, ou punition, ou récompense, ou pré-
voyance. Souviens-toi[191] de ce pêcheur qui se croyait le plus
malheureux de tous les hommes. Orosmade t'a envoyé pour
changer sa destinée. Faible mortel! cesse de disputer contre
ce qu'il faut adorer. – Mais, dit Zadig... » Comme il disait
mais, l'ange prenait déjà son vol vers la dixième sphère.
Zadig, à genoux, adora la Providence, et se soumit. L'ange
lui cria du haut des airs : « Prends ton chemin vers Baby-
lone. »

LES ÉNIGMES[192]

Zadig, hors de lui-même et comme un homme auprès de
qui est tombé le tonnerre, marchait au hasard. Il entra dans
Babylone le jour où ceux qui avaient combattu dans la lice
étaient déjà assemblés dans le grand vestibule du palais pour
expliquer les énigmes, et pour répondre aux questions du
grand mage. Tous les chevaliers étaient arrivés, excepté
l'armure verte. Dès que Zadig parut dans la ville, le peuple
s'assembla autour de lui ; les yeux ne se rassasiaient point de
le voir, les bouches de le bénir, les cœurs de lui souhaiter
l'empire. L'envieux le vit passer, frémit, et se détourna ; le
peuple le porta jusqu'au lieu de l'assemblée. La reine, à qui
on apprit son arrivée, fut en proie à l'agitation de la crainte
et de l'espérance ; l'inquiétude la dévorait : elle ne pouvait
comprendre ni pourquoi Zadig était sans armes, ni com-
ment Itobad portait l'armure blanche. Un murmure confus
s'éleva à la vue de Zadig. On était surpris et charmé de le
revoir ; mais il n'était permis qu'aux chevaliers qui avaient
combattu de paraître dans l'assemblée.

« J'ai combattu comme un autre, dit-il ; mais un autre
porte ici mes armes ; et en attendant que j'aie l'honneur de
le prouver, je demande la permission de me présenter pour
expliquer les énigmes. » On alla aux voix : sa réputation de
probité était encore si fortement imprimée dans les esprits
qu'on ne balança pas à l'admettre.

Le grand mage proposa d'abord cette question : « Quelle
est de toutes les choses du monde la plus longue et la plus
courte, la plus prompte et la plus lente, la plus divisible et la
plus étendue, la plus négligée et la plus regrettée, sans qui

rien ne se peut faire, qui dévore tout ce qui est petit, et qui vivifie tout ce qui est grand ? »

C'était à Itobad à parler. Il répondit qu'un homme comme lui n'entendait rien aux énigmes, et qu'il lui suffisait d'avoir vaincu à grands coups de lance. Les uns dirent que le mot de l'énigme était la fortune, d'autres la terre, d'autres la lumière. Zadig dit que c'était le temps : « Rien n'est plus long, ajouta-t-il, puisqu'il est la mesure de l'éternité ; rien n'est plus court, puisqu'il manque à tous nos projets ; rien n'est plus lent pour qui attend ; rien de plus rapide pour qui jouit ; il s'étend jusqu'à l'infini en grand ; il se divise jusque dans l'infini en petit ; tous les hommes le négligent, tous en regrettent la perte ; rien ne se fait sans lui ; il fait oublier tout ce qui est indigne de la postérité, et il immortalise les grandes choses. » L'assemblée convint que Zadig avait raison.

On demanda ensuite : « Quelle est la chose qu'on reçoit sans remercier, dont on jouit sans savoir comment, qu'on donne aux autres quand on ne sait où l'on en est, et qu'on perd sans s'en apercevoir ? »

Chacun dit son mot : Zadig devina seul que c'était la vie. Il expliqua toutes les autres énigmes avec la même facilité. Itobad disait toujours que rien n'était plus aisé, et qu'il en serait venu à bout tout aussi facilement s'il avait voulu s'en donner la peine. On proposa des questions sur la justice, sur le souverain bien, sur l'art de régner. Les réponses de Zadig furent jugées les plus solides. « C'est bien dommage, disait-on, qu'un si bon esprit soit un si mauvais cavalier.

– Illustres seigneurs, dit Zadig, j'ai eu l'honneur de vaincre dans la lice. C'est à moi qu'appartient l'armure blanche. Le seigneur Itobad s'en empara pendant mon sommeil : il jugea apparemment qu'elle lui siérait mieux que la verte. Je suis prêt de lui prouver d'abord devant vous, avec ma robe et mon épée, contre toute cette belle armure blanche qu'il m'a prise, que c'est moi qui ai eu l'honneur de vaincre le brave Otame. »

Itobad accepta le défi avec la plus grande confiance. Il ne doutait pas qu'étant casqué, cuirassé, brassardé[193], il ne vînt aisément à bout d'un champion en bonnet de nuit et en robe de chambre[194]. Zadig tira son épée, en saluant la reine, qui le

regardait, pénétrée de joie et de crainte. Itobad tira la sienne, en ne saluant personne. Il s'avança sur Zadig comme un homme qui n'avait rien à craindre. Il était prêt à lui fendre la tête : Zadig sut parer le coup, en opposant ce qu'on appelle le fort de l'épée au faible de son adversaire[195], de façon que l'épée d'Itobad se rompit. Alors Zadig, saisissant son ennemi au corps, le renversa par terre ; et lui portant la pointe de son épée au défaut[196] de la cuirasse : « Laissez-vous désarmer, dit-il, ou je vous tue. » Itobad, toujours surpris des disgrâces qui arrivaient à un homme comme lui, laissa faire Zadig, qui lui ôta paisiblement son magnifique casque, sa superbe cuirasse, ses beaux brassards, ses brillants cuissards[197], s'en revêtit, et courut dans cet équipage se jeter aux genoux d'Astarté. Cador prouva aisément que l'armure appartenait à Zadig. Il fut reconnu roi d'un consentement unanime, et surtout de celui d'Astarté, qui goûtait, après tant d'adversités, la douceur de voir son amant digne aux yeux de l'univers d'être son époux. Itobad alla se faire appeler monseigneur dans sa maison. Zadig fut roi, et fut heureux. Il avait présent à l'esprit ce que lui avait dit l'ange Jesrad. Il se souvenait même du grain de sable devenu diamant. La reine et lui adorèrent la Providence. Zadig laissa la belle capricieuse Missouf courir le monde. Il envoya chercher le brigand Arbogad, auquel il donna un grade honorable dans son armée, avec promesse de l'avancer aux premières dignités s'il se comportait en vrai guerrier, et de le faire pendre s'il faisait le métier de brigand.

Sétoc fut appelé du fond de l'Arabie, avec la belle Almona, pour être à la tête du commerce de Babylone. Cador fut placé et chéri selon ses services ; il fut l'ami du roi, et le roi fut alors le seul monarque de la terre qui eût un ami. Le petit muet ne fut pas oublié. On donna une belle maison au pêcheur. Orcan fut condamné à lui payer une grosse somme, et à lui rendre sa femme ; mais le pêcheur, devenu sage, ne prit que l'argent.

Ni la belle Sémire ne se consolait d'avoir cru que Zadig serait borgne, ni Azora ne cessait de pleurer d'avoir voulu lui couper le nez. Il adoucit leurs douleurs par des présents. L'envieux mourut de rage et de honte[198]. L'empire jouit de la paix, de la gloire et de l'abondance ; ce fut le plus beau

siècle de la terre ; elle était gouvernée par la justice et par l'amour. On bénissait Zadig, et Zadig bénissait le ciel[199].

Appendice

LA DANSE

Sétoc devait aller, pour les affaires de son commerce, dans l'île de Serendib[200] ; mais le premier mois de son mariage qui est, comme on sait, la lune du miel, ne lui permettait ni de quitter sa femme, ni de croire qu'il pût jamais la quitter : il pria son ami Zadig de faire pour lui le voyage. « Hélas ! disait Zadig, faut-il que je mette encore un plus vaste espace entre la belle Astarté et moi ? Mais il faut servir mes bienfaiteurs. » Il dit, il pleura, et il partit.

Il ne fut pas longtemps dans l'île de Serendib sans y être regardé comme un homme extraordinaire. Il devint l'arbitre de tous les différends entre les négociants, l'ami des sages, le conseil du petit nombre de gens qui prennent conseil. Le roi voulut le voir et l'entendre. Il connut bientôt tout ce que valait Zadig ; il eut confiance en sa sagesse, et en fit son ami. La familiarité et l'estime du roi fit trembler Zadig. Il était nuit et jour pénétré du malheur que lui avaient attiré les bontés de Moabdar. « Je plais au roi, disait-il, ne serai-je pas perdu ? » Cependant il ne pouvait se dérober aux caresses de Sa Majesté : car il faut avouer que Nabussan, roi de Serendib, fils de Nussanab, fils de Nabassun, fils de Sanbusna, était un des meilleurs princes de l'Asie ; et que quand on lui parlait il était difficile de ne le pas aimer.

Ce bon prince était toujours loué, trompé et volé : c'était à qui pillerait ses trésors. Le receveur général de l'île de Serendib donnait toujours cet exemple, fidèlement suivi par les autres. Le roi le savait ; il avait changé de trésorier plusieurs fois ; mais il n'avait pu changer la mode établie de partager les revenus du roi en deux moitiés inégales, dont la plus petite revenait toujours à Sa Majesté, et la plus grosse aux administrateurs.

Le roi Nabussan confia sa peine au sage Zadig. « Vous qui savez tant de belles choses, lui dit-il, ne sauriez-vous point le moyen de me faire trouver un trésorier qui ne me vole point ? – Assurément, répondit Zadig, je sais une façon infaillible de vous donner un homme qui ait les mains nettes. » Le roi, charmé, lui demanda, en l'embrassant, comment il fallait s'y prendre. « Il n'y a, dit Zadig, qu'à faire danser tous ceux qui se présenteront pour la dignité de trésorier, et celui qui dansera avec le plus de légèreté sera infailliblement le plus honnête homme. – Vous vous moquez, dit le roi ; voilà une plaisante façon de choisir un receveur de mes finances ! Quoi, vous prétendez que celui qui fera le mieux un entrechat sera le financcier le plus intègre et le plus habile ! – Je ne vous réponds pas qu'il sera le plus habile, repartit Zadig ; mais je vous assure que ce sera indubitablement le plus honnête homme. » Zadig parlait avec tant de confiance que le roi crut qu'il avait quelque secret surnaturel pour connaître les financiers. « Je n'aime pas le surnaturel, dit Zadig, les gens et les livres à prodiges m'ont toujours déplu : si Votre Majesté veut me laisser faire l'épreuve que je lui propose, elle sera bien convaincue que mon secret est la chose la plus simple et la plus aisée. » Nabussan, roi de Serendib, fut bien plus étonné d'entendre que ce secret était simple, que si on le lui avait donné pour un miracle : « Or bien, dit-il, faites comme vous l'entendez. – Laissez-moi faire, dit Zadig, vous gagnerez à cette épreuve plus que vous ne pensez. » Le jour même il fit publier, au nom du roi, que tous ceux qui prétendaient à l'emploi de haut receveur des deniers de Sa Gracieuse Majesté Nabussan, fils de Nussanab, eussent à se rendre, en habits de soie légère, le premier de la lune du crocodile, dans l'antichambre du roi. Ils s'y rendirent au nombre de soixante et quatre. On avait fait venir des violons dans un salon voisin ; tout était préparé pour le bal ; mais la porte de ce salon était fermée, et il fallait, pour y entrer, passer par une petite galerie assez obscure. Un huissier vint chercher et introduire chaque candidat, l'un après l'autre, par ce passage dans lequel on le laissait seul quelques minutes. Le roi, qui avait le mot, avait étalé tous ses trésors dans cette galerie. Lorsque tous les prétendants furent arrivés dans le salon, Sa Majesté ordonna

qu'on les fît danser[201]. Jamais on ne dansa plus pesamment et avec moins de grâce ; ils avaient tous la tête baissée, les reins courbés, les mains collées à leurs côtés. « Quels fripons ! » disait tout bas Zadig. Un seul d'entre eux formait des pas avec agilité, la tête haute, le regard assuré, les bras étendus, le corps droit, le jarret ferme. « Ah ! l'honnête homme ! le brave homme ! » disait Zadig. Le roi embrassa ce bon danseur, le déclara trésorier, et tous les autres furent punis et taxés avec la plus grande justice du monde : car chacun, dans le temps qu'il avait été dans la galerie, avait rempli ses poches, et pouvait à peine marcher. Le roi fut fâché pour la nature humaine que de ces soixante et quatre danseurs il y eût soixante et trois filous. La galerie obscure fut appelée *le corridor de la tentation*. On aurait en Perse empalé ces soixante et trois seigneurs ; en d'autres pays on eût fait une chambre de justice[202] qui eût consommé en frais le triple de l'argent volé, et qui n'eût rien remis dans les coffres du souverain ; dans un autre royaume, ils se seraient pleinement justifiés, et auraient fait disgracier ce danseur si léger : à Serendib, ils ne furent condamnés qu'à augmenter le trésor public, car Nabussan était fort indulgent.

Il était fort reconnaissant[203] ; il donna à Zadig une somme d'argent plus considérable qu'aucun trésorier n'en avait jamais volé au roi son maître. Zadig s'en servit pour envoyer des exprès à Babylone, qui devaient l'informer de la destinée d'Astarté. Sa voix trembla en donnant cet ordre, son sang reflua vers son cœur, ses yeux se couvrirent de ténèbres, son âme fut prête à l'abandonner. Le courrier partit, Zadig le vit embarquer ; il rentra chez le roi, ne voyant personne, croyant être dans sa chambre, et prononçant le nom d'amour. « Ah ! l'amour, dit le roi ; c'est précisément ce dont il s'agit ; vous avez deviné ce qui fait ma peine. Que vous êtes un grand homme ! J'espère que vous m'apprendrez à connaître une femme à toute épreuve, comme vous m'avez fait trouver un trésorier désintéressé. » Zadig, ayant repris ses sens, lui promit de le servir en amour comme en finance, quoique la chose parût plus difficile encore.

LES YEUX BLEUS

« Le corps et le cœur », dit le roi à Zadig... A ces mots, le
Babylonien ne peut s'empêcher d'interrompre Sa Majesté.
« Que je vous sais bon gré, dit-il, de n'avoir point dit *l'esprit
et le cœur*[204] ! Car on n'entend que ces mots dans les conversa-
tions de Babylone ; on ne voit que des livres où il est
question du cœur et de l'esprit, composés par des gens qui
n'ont ni de l'un ni de l'autre ; mais, de grâce, sire, poursui-
vez. » Nabussan continua ainsi : « Le corps et le cœur sont
chez moi destinés à aimer ; la première de ces deux puis-
sances a tout lieu d'être satisfaite. J'ai ici cent femmes à
mon service, toutes belles, complaisantes, prévenantes,
voluptueuses même, ou feignant de l'être avec moi. Mon
cœur n'est pas à beaucoup près si heureux. Je n'ai que trop
éprouvé qu'on caresse beaucoup le roi de Serendib, et qu'on
se soucie fort peu de Nabussan. Ce n'est pas que je croie mes
femmes infidèles ; mais je voudrais trouver une âme qui fût
à moi ; je donnerais pour un pareil trésor les cent beautés
dont je possède les charmes : voyez si, sur ces cent sultanes,
vous pouvez m'en trouver une dont je sois sûr d'être aimé. »
 Zadig lui répondit comme il avait fait sur l'article des
financiers : « Sire, laissez-moi faire ; mais permettez d'abord
que je dispose de ce que vous aviez étalé dans la galerie de la
tentation ; je vous en rendrai bon compte, et vous n'y
perdrez rien. » Le roi le laissa le maître absolu. Il choisit
dans Serendib trente-trois petits bossus des plus vilains qu'il
put trouver, trente-trois pages des plus beaux, et trente-trois
bonzes[205] des plus éloquents et des plus robustes. Il leur
laissa à tous la liberté d'entrer dans les cellules des sultanes ;
chaque petit bossu eut quatre mille pièces d'or à donner ; et
dès le premier jour tous les bossus furent heureux. Les pages,
qui n'avaient rien à donner qu'eux-mêmes, ne triomphèrent
qu'au bout de deux ou trois jours. Les bonzes eurent un peu
plus de peine ; mais enfin trente-trois dévotes se rendirent à
eux. Le roi, par des jalousies qui avaient vue sur toutes les
cellules, vit toutes ces épreuves, et fut émerveillé. De ses cent
femmes, quatre-vingt-dix-neuf succombèrent à ses yeux. Il
en restait une toute jeune, toute neuve, de qui Sa Majesté
n'avait jamais approché. On lui détacha un, deux, trois

bossus, qui lui offrirent jusqu'à vingt mille pièces ; elle fut incorruptible, et ne put s'empêcher de rire de l'idée qu'avaient ces bossus de croire que de l'argent les rendrait mieux faits. On lui présenta les deux plus beaux pages ; elle dit qu'elle trouvait le roi encore plus beau. On lui lâcha le plus éloquent des bonzes, et ensuite le plus intrépide ; elle trouva le premier un bavard, et ne daigna pas même soupçonner le mérite du second. « Le cœur fait tout, disait-elle ; je ne céderai jamais ni à l'or d'un bossu, ni aux grâces d'un jeune homme, ni aux séductions d'un bonze : j'aimerai uniquement Nabussan, fils de Nussanab, et j'attendrai qu'il daigne m'aimer. » Le roi fut transporté de joie, d'étonnement et de tendresse. Il reprit tout l'argent qui avait fait réussir les bossus, et en fit présent à la belle Falide : c'était le nom de cette jeune personne. Il lui donna son cœur : elle le méritait bien. Jamais la fleur de la jeunesse ne fut si brillante ; jamais les charmes de la beauté ne furent si enchanteurs. La vérité de l'histoire ne permet pas de taire qu'elle faisait mal la révérence ; mais elle dansait comme les fées, chantait comme les sirènes, et parlait comme les Grâces : elle était pleine de talents et de vertus.

Nabussan, aimé, l'adora ; mais elle avait les yeux bleus, et ce fut la source des plus grands malheurs. Il y avait une ancienne loi qui défendait aux rois d'aimer une de ces femmes que les Grecs ont appelées depuis *boopies*[206]. Le chef des bonzes avait établi cette loi il y avait plus de cinq mille ans ; c'était pour s'approprier la maîtresse du premier roi de l'île de Serendib que ce premier bonze avait fait passer l'anathème des yeux bleus en constitution fondamentale d'État. Tous les ordres de l'empire vinrent faire à Nabussan des remontrances. On disait publiquement que les derniers jours du royaume étaient arrivés, que l'abomination était à son comble, que toute la nature était menacée d'un événement sinistre ; qu'en un mot Nabussan, fils de Nussanab, aimait deux grands yeux bleus. Les bossus, les financiers, les bonzes et les brunes remplirent le royaume de leurs plaintes.

Les peuples sauvages qui habitent le nord de Serendib profitèrent de ce mécontentement général. Ils firent une irruption dans les États du bon Nabussan. Il demanda des subsides à ses sujets ; les bonzes, qui possédaient la moitié

des revenus de l'État, se contentèrent de lever les mains au ciel, et refusèrent de les mettre dans leurs coffres pour aider le roi[207]. Ils firent de belles prières en musique, et laissèrent l'État en proie aux barbares.

« O mon cher Zadig, me tireras-tu encore de cet horrible embarras ? s'écria douloureusement Nabussan. – Très volontiers, répondit Zadig ; vous aurez de l'argent des bonzes tant que vous en voudrez. Laissez à l'abandon les terres où sont situés leurs châteaux, et défendez seulement les vôtres. » Nabussan n'y manqua pas : les bonzes vinrent se jeter aux pieds du roi, et implorer son assistance. Le roi leur répondit par une belle musique dont les paroles étaient des prières au ciel pour la conservation de leurs terres. Les bonzes enfin donnèrent de l'argent, et le roi finit heureusement la guerre. Ainsi Zadig, par ses conseils sages et heureux, et par les plus grands services, s'était attiré l'irréconciliable inimitié des hommes les plus puissants de l'État ; les bonzes et les brunes jurèrent sa perte ; les financiers et les bossus ne l'épargnèrent pas ; on le rendit suspect au bon Nabussan. Les services rendus restent souvent dans l'antichambre, et les soupçons entrent dans le cabinet, selon la sentence de Zoroastre : c'était tous les jours de nouvelles accusations ; la première est repoussée, la seconde effleure, la troisième blesse, la quatrième tue.

Zadig, intimidé, qui avait bien fait les affaires de son ami Sétoc, et qui lui avait fait tenir son argent, ne songea plus qu'à partir de l'île, et résolut d'aller lui-même chercher des nouvelles d'Astarté. « Car, disait-il, si je reste dans Serendib, les bonzes me feront empaler ; mais où aller ? je serai esclave en Égypte, brûlé selon toutes les apparences en Arabie, étranglé à Babylone. Cependant il faut savoir ce qu'Astarté est devenue : partons, et voyons à quoi me réserve ma triste destinée. »

C'est ici que finit le manuscrit qu'on a retrouvé de l'histoire de Zadig. Ces deux chapitres doivent certainement être placés après le douzième et avant l'arrivée de Zadig en Syrie : on sait qu'il a essuyé bien d'autres aventures qui ont été fidèlement écrites. On prie messieurs les interprètes des langues orientales[208] de les communiquer si elles parviennent jusqu'à eux. »

MEMNON,

OU LA SAGESSE HUMAINE

Notice

La genèse de ce conte est mêlée à plusieurs égards à celle de *Zadig*. Le nom du héros, d'abord, est celui qui avait été attribué à l'origine à Zadig (voir ci-dessus). Voltaire le réutilise aussitôt après. Par ailleurs, le sujet de ce nouveau conte est comme une reprise du sujet de *Zadig*. Zadig rencontrait toutes sortes d'épreuves, mais il en triomphait et le monde révélait son ordre profond, au-delà des désordres apparents : après avoir souffert et douté, il aboutissait à une sagesse. Memnon, lui, part de la naïve confiance dans une sagesse toute théorique ; les épreuves de la vie l'amènent à mesurer la vanité de cette sagesse, et à nier une organisation supérieure de l'univers, qui justifierait secrètement les souffrances et les insuffisances du monde visible. Comme dans *Zadig,* le héros est éclairé par l'intervention merveilleuse d'un être surnaturel, qui explique l'harmonie du monde. Mais Memnon, lui, ne se laisse pas convaincre, car le désordre dont il est victime, symbolisé par son œil crevé, est irréparable.

Pourtant les deux contes sont séparés par peu de mois. *Zadig* est écrit dès 1747, mais ne sera pas dans sa forme définitive avant septembre 1748 ; *Memnon* est sans doute écrit dès la fin de 1748[1]. Nul événement précis n'explique le changement d'orientation de la pensée de Voltaire ; il s'agit plutôt d'une réflexion qui s'assombrit sur une situation qui s'aggrave. J. Van den Heuvel a montré le retentissement, sur la genèse de *Memnon* et des œuvres contemporaines, des aventures personnelles de l'écrivain. Son harmonieuse union avec Mme Du Châtelet se défait, pendant que se développe la

liaison de la marquise avec Saint-Lambert. C'est en octobre 1748 que Voltaire, à Commercy, prend sur le fait Émilie dans les bras de son rival. Mais lui-même, de son côté, a noué avec sa nièce Mme Denis des relations charnelles dont il n'est pas particulièrement fier. Pour le couple à certains égards exemplaire de Cirey, l'équilibre intellectuel et sentimental s'est effrité : ce qui était une sorte de sagesse a laissé place au désordre des passions et à la division de l'être. D'autres épreuves donnent en même temps à l'écrivain le sentiment que tout est loin d'aller bien. Rien ne lui tient plus à cœur que son œuvre tragique : or, sa nouvelle tragédie, *Sémiramis,* créée en octobre 1748, fait l'objet de critiques sévères, et même d'une parodie qui la ridiculise. Enfin, Voltaire a connu une fois de plus, en septembre, l'anéantissement d'une grave maladie. Tout concourt à le persuader qu'il est un vieil homme malheureux, poursuivi par le sort.

Mais *Memnon* n'est pas seulement le reflet caricatural des expériences douloureuses du conteur ; c'est aussi un commentaire critique sur le système philosophique que Voltaire a construit pendant les belles années de Cirey. Lorsqu'il publie le conte pour la première fois, c'est à la suite des *Discours en vers sur l'homme,* avec la note suivante : « Ce petit ouvrage ayant quelque rapport aux Discours en vers ci-dessus, on a cru devoir l'imprimer à la suite[2]. » Les *Discours en vers* remontaient à 1738. Voltaire y justifie le monde et la société tels qu'ils sont, en montrant que les conditions sociales ne sont inégales qu'en apparence et que la richesse n'est pas nécessaire pour connaître le bonheur (1er discours) ; que les vertus les plus grandes sont la modération et l'indépendance (4e discours)[3]. L'idée d'ensemble était réconfortante : avec de la prudence, de la vertu, du bon sens et de bonnes résolutions, on pouvait connaître le bonheur sur la terre. Le conte suggère que ce programme est prétentieux : la réalité se charge de montrer l'impuissance de l'homme à maîtriser les circonstances et sa propre nature.

Le comique du conte naît de cette découverte : le contraste est grand entre la tranquille assurance du philosophe Memnon au début du conte et l'accumulation des malheurs qui pleuvent sur lui. Memnon est ridicule parce qu'il se croit capable d'échapper aux passions humaines. Ce thème inépuisable de l'œuvre voltairienne est naturellement repris de la

tradition classique. Mais Memnon est ridicule aussi parce qu'il croit à l'efficacité d'une doctrine, d'un « plan de sagesse » (c'est ce que Voltaire a souligné en ajoutant un sous-titre au conte à partir de 1756 : « Memnon, ou la sagesse humaine »). Le conte est philosophique non pas seulement par le bilan qu'il propose de la condition humaine, mais aussi parce qu'il impose une réflexion sur les limites de la philosophie.

Histoire du texte

Le conte a été publié pour la première fois dans un petit recueil d'œuvres diverses de Voltaire, pour la plupart déjà connues des contemporains : *Recueil de pièces en vers et en prose, par l'auteur de la tragédie de Sémiramis,* Amsterdam, 1750 (selon l'usage fréquent de l'époque, le volume a dû être imprimé dès la fin de l'année précédente). L'auteur a donc sans doute gardé son texte en portefeuille pendant toute l'année 1749, attendant une occasion favorable pour glisser ces quelques pages dans un volume. On peut remarquer en tout cas que ce conte n'est pas de ceux dont Voltaire nie quelque temps au moins la paternité : le titre du volume, et son contenu (les *Discours en vers sur l'homme* par exemple) le désignent clairement, même si son nom ne figure pas sur la page de titre. *Memnon* prend place d'ailleurs aussitôt après dans les *Œuvres de Mr. de Voltaire,* Dresde, 1750, encore avec le simple titre de *Memnon.* Dans les *Mélanges de littérature, d'histoire et de philosophie* de 1756 (Genève, Cramer), où les contes sont présentés comme les chapitres d'un même texte, le titre est « Chapitre dix : Memnon, ou la sagesse humaine ». Il a la seconde place (avec le même sous-titre) dans le recueil de 1764, *Recueil des Romans de Monsieur de Voltaire.* Il figure ensuite dans toutes les éditions d'œuvres complètes de Voltaire. Nous reproduisons le texte de l'édition « encadrée », qui est celui de toutes les éditions postérieures à 1764. A une variante près, c'est d'ailleurs le texte de toutes les éditions.

En 1771, Voltaire a réimprimé le conte à l'article

« Confiance en soi-même » des *Questions sur l'Encyclopédie,* en soulignant dans quelques lignes d'introduction la portée morale du texte ; il y fait allusion à une affaire qui avait défrayé la chronique en 1770, et avait compromis un financier, Billard, et un prêtre réputé, l'abbé Grizel :

> « Nous tromper dans nos entreprises
> C'est à quoi nous sommes sujets :
> Le matin je fais des projets
> Et le long du jour des sottises.

Ces petits vers conviennent assez à un grand nombre de raisonneurs : et c'est une chose assez plaisante de voir un grave directeur d'âmes finir par un procès criminel conjointement avec un banqueroutier. A ce propos, nous réimprimons ici ce petit conte, qui est ailleurs : car il est bon qu'il soit partout. »

Bibliographie critique

Outre l'édition critique de J. Van den Heuvel dans la Bibl. de la Pléiade (Voltaire, *Romans et contes,* Paris, 1979), on consultera R. Vaillot, *Avec Mme Du Châtelet,* Oxford, The Voltaire Foundation, 1988, chap. XVII et XVIII.

MEMNON,

OU LA SAGESSE HUMAINE[4]

Memnon conçut un jour le projet insensé d'être parfaitement sage. Il n'y a guère d'hommes à qui cette folie n'ait quelquefois passé par la tête. Memnon se dit à lui-même : « Pour être très sage, et par conséquent très heureux, il n'y a qu'à être sans passions[5]; et rien n'est plus aisé, comme on sait. Premièrement, je n'aimerai jamais de femme; car, en voyant une beauté parfaite, je me dirai à moi-même : ces joues-là se rideront un jour; ces beaux yeux seront bordés de rouge; cette gorge ronde deviendra plate et pendante; cette belle tête deviendra chauve. Or je n'ai qu'à la voir à présent des mêmes yeux dont je la verrai alors, et assurément cette tête ne fera pas tourner la mienne.

« En second lieu je serai toujours sobre; j'aurai beau être tenté par la bonne chère, par des vins délicieux, par la séduction de la société[6]; je n'aurai qu'à me représenter les suites des excès, une tête pesante, un estomac embarrassé, la perte de la raison, de la santé et du temps, je ne mangerai alors que pour le besoin; ma santé sera toujours égale, mes idées toujours pures et lumineuses. Tout cela est si facile qu'il n'y a aucun mérite à y parvenir.

« Ensuite, disait Memnon, il faut penser un peu à ma fortune; mes désirs sont modérés[7]; mon bien est solidement placé sur le receveur général des finances[8] de Ninive[9]; j'ai de quoi vivre dans l'indépendance : c'est là le plus grand des biens. Je ne serai jamais dans la cruelle nécessité de faire ma cour; je n'envierai[10] personne, et personne ne m'enviera. Voilà qui est encore très aisé. J'ai des amis[11], continuait-il, je

les conserverai, puisqu'ils n'auront rien à me disputer. Je n'aurai jamais d'humeur avec eux, ni eux avec moi ; cela est sans difficulté. »

Ayant fait ainsi son petit plan de sagesse dans sa chambre, Memnon mit la tête à la fenêtre. Il vit deux femmes qui se promenaient sous des platanes auprès de sa maison. L'une était vieille, et paraissait ne songer à rien ; l'autre était jeune, jolie, et semblait fort occupée. Elle soupirait, elle pleurait, et n'en avait que plus de grâces. Notre sage fut touché, non pas de la beauté de la dame (il était bien sûr de ne pas sentir une telle faiblesse), mais de l'affliction où il la voyait. Il descendit ; il aborda la jeune Ninivienne dans le dessein de la consoler avec sagesse. Cette belle personne lui conta, de l'air le plus naïf et le plus touchant, tout le mal que lui faisait un oncle qu'elle n'avait point ; avec quels artifices il lui avait enlevé un bien qu'elle n'avait jamais possédé, et tout ce qu'elle avait à craindre de sa violence. « Vous me paraissez un homme de si bon conseil, lui dit-elle, que si vous aviez la condescendance de venir jusque chez moi, et d'examiner mes affaires, je suis sûre que vous me tireriez du cruel embarras où je suis. » Memnon n'hésita pas à la suivre, pour examiner sagement ses affaires, et pour lui donner un bon conseil.

La dame affligée le mena dans une chambre parfumée, et le fit asseoir avec elle poliment sur un large sofa, où ils se tenaient tous deux les jambes croisées vis-à-vis l'un de l'autre. La dame parla en baissant les yeux, dont il échappait quelquefois des larmes, et qui en se relevant rencontraient toujours les regards du sage Memnon. Ses discours étaient pleins d'un attendrissement qui redoublait toutes les fois qu'ils se regardaient. Memnon prenait ses affaires extrêmement à cœur, et se sentait de moment en moment la plus grande envie d'obliger une personne si honnête et si malheureuse. Ils cessèrent insensiblement, dans la chaleur de la conversation, d'être vis-à-vis l'un de l'autre. Leurs jambes ne furent plus croisées. Memnon la conseilla de si près, et lui donna des avis si tendres, qu'ils ne pouvaient ni l'un ni l'autre parler d'affaires, et qu'ils ne savaient plus où ils en étaient.

Comme ils en étaient là, arrive l'oncle, ainsi qu'on peut

bien le penser : il était armé de la tête aux pieds ; et la première chose qu'il dit fut qu'il allait tuer, comme de raison, le sage Memnon et sa nièce ; la dernière qui lui échappa fut qu'il pouvait pardonner pour beaucoup d'argent[12]. Memnon fut obligé de donner tout ce qu'il avait. On était heureux dans ce temps-là d'en être quitte à si bon marché ; l'Amérique n'était pas encore découverte, et les dames affligées n'étaient pas à beaucoup près si dangereuses qu'elles le sont aujourd'hui[13].

Memnon, honteux et désespéré, rentra chez lui : il y trouva un billet qui l'invitait à dîner avec quelques-uns de ses intimes amis. « Si je reste seul chez moi, dit-il, j'aurai l'esprit occupé de ma triste aventure, je ne mangerai point, je tomberai malade. Il vaut mieux aller faire avec mes amis intimes un repas frugal. J'oublierai, dans la douceur de leur société, la sottise que j'ai faite ce matin. » Il va au rendez-vous ; on le trouve un peu chagrin. On le fait boire pour dissiper sa tristesse. Un peu de vin pris modérément est un remède pour l'âme et pour le corps. C'est ainsi que pense le sage Memnon ; et il s'enivre. On lui propose de jouer après le repas. Un jeu réglé avec des amis est un passe-temps honnête. Il joue ; on lui gagne tout ce qu'il a dans sa bourse, et quatre fois autant sur sa parole. Une dispute s'élève sur le jeu, on s'échauffe : l'un de ses amis intimes lui jette à la tête un cornet[14], et lui crève un œil. On rapporte chez lui le sage Memnon ivre, sans argent, et ayant un œil de moins.

Il cuve un peu son vin, et dès qu'il a la tête plus libre, il envoie son valet chercher de l'argent chez le receveur général des finances de Ninive pour payer ses intimes amis : on lui dit que son débiteur a fait le matin une banqueroute frauduleuse qui met en alarme cent familles. Memnon, outré, va à la cour avec un emplâtre sur l'œil et un placet à la main pour demander justice au roi contre le banqueroutier. Il rencontre[15] dans un salon plusieurs dames qui portaient toutes d'un air aisé des cerceaux de vingt-quatre pieds de circonférence. L'une d'elles, qui le connaissait un peu, dit en le regardant de côté : « Ah ! l'horreur ! » Une autre, qui le connaissait davantage, lui dit : « Bonsoir, monsieur Memnon ; mais vraiment, monsieur Memnon, je suis fort aise de vous voir ; à propos, monsieur Memnon, pourquoi avez-vous

perdu un œil ?» Et elle passa sans attendre sa réponse. Memnon se cacha dans un coin, et attendit le moment où il pût se jeter aux pieds du monarque. Ce moment arriva. Il baisa trois fois la terre, et présenta son placet. Sa gracieuse Majesté le reçut très favorablement, et donna le mémoire à un de ses satrapes pour lui en rendre compte. Le satrape tire Memnon à part, et lui dit d'un air de hauteur, en ricanant amèrement : « Je vous trouve un plaisant borgne de vous adresser au roi plutôt qu'à moi, et encore plus plaisant d'oser demander justice contre un honnête banqueroutier que j'honore de ma protection, et qui est le neveu d'une femme de chambre de ma maîtresse. Abandonnez cette affaire-là, mon ami, si vous voulez conserver l'œil qui vous reste. »

Memnon, ayant ainsi renoncé le matin aux femmes, aux excès de table, au jeu, à toute querelle, et surtout à la cour, avait été avant la nuit trompé et volé par une belle dame, s'était enivré, avait joué, avait eu une querelle, s'était fait crever un œil, et avait été à la cour, où l'on s'était moqué de lui.

Pétrifié d'étonnement et navré de douleur, il s'en retourne la mort dans le cœur. Il veut rentrer chez lui ; il y trouve des huissiers qui démeublaient sa maison de la part de ses créanciers. Il reste presque évanoui sous un platane ; il y rencontre la belle dame du matin, qui se promenait avec son cher oncle, et qui éclata de rire en voyant Memnon avec son emplâtre. La nuit vint ; Memnon se coucha sur de la paille auprès des murs de sa maison. La fièvre le saisit ; il s'endormit dans l'accès, et un esprit céleste lui apparut en songe.

Il était tout resplendissant de lumière. Il avait six belles ailes, mais ni pieds, ni tête, ni queue, et ne ressemblait à rien. « Qui es-tu ? lui dit Memnon. – Ton bon génie, lui répondit l'autre. – Rends-moi donc mon œil, ma santé, mon bien, ma sagesse, lui dit Memnon. » Ensuite il lui conta comment il avait perdu tout cela en un jour. « Voilà des aventures qui ne nous arrivent jamais dans le monde que nous habitons, dit l'esprit. – Et quel monde habitez-vous ? dit l'homme affligé. – Ma patrie, répondit-il, est à cinq cents millions de lieues du soleil, dans une petite étoile auprès de Sirius, que tu vois d'ici. – Le beau pays ! dit Memnon ; quoi !

vous n'avez point chez vous de coquines qui trompent un pauvre homme, point d'amis intimes qui lui gagnent son argent et qui lui crèvent un œil, point de banqueroutiers, point de satrapes qui se moquent de vous en vous refusant justice ? – Non, dit l'habitant de l'étoile, rien de tout cela. Nous ne sommes jamais trompés par les femmes, parce que nous n'en avons point ; nous ne faisons point d'excès de table, parce que nous ne mangeons point ; nous n'avons point de banqueroutiers, parce qu'il n'y a chez nous ni or ni argent ; on ne peut pas nous crever les yeux, parce que nous n'avons point de corps à la façon des vôtres ; et les satrapes ne nous font jamais d'injustice, parce que dans notre petite étoile tout le monde est égal. »

Memnon lui dit alors : « Monseigneur, sans femme et sans dîner, à quoi passez-vous votre temps ? – A veiller, dit le génie, sur les autres globes qui nous sont confiés ; et je viens pour te consoler. – Hélas ! reprit Memnon, que ne veniez-vous la nuit passée pour m'empêcher de faire tant de folies ? – J'étais auprès d'Assan, ton frère aîné, dit l'être céleste. Il est plus à plaindre que toi. Sa gracieuse Majesté le roi des Indes, à la cour duquel il a l'honneur d'être, lui a fait crever les deux yeux pour une petite indiscrétion, et il est actuellement dans un cachot, les fers aux pieds et aux mains. – C'est bien la peine, dit Memnon, d'avoir un bon génie dans une famille pour que, de deux frères, l'un soit borgne, l'autre aveugle ; l'un couché sur la paille, l'autre en prison. – Ton sort changera, reprit l'animal de l'étoile. Il est vrai que tu seras toujours borgne ; mais, à cela près, tu seras assez heureux, pourvu que tu ne fasses jamais le sot projet d'être parfaitement sage. – C'est donc une chose à laquelle il est impossible de parvenir ? s'écria Memnon en soupirant. – Aussi impossible, lui répliqua l'autre, que d'être parfaitement habile, parfaitement fort, parfaitement puissant, parfaitement heureux. Nous-mêmes, nous en sommes bien loin. Il y a un globe où tout cela se trouve ; mais dans les cent mille millions de mondes qui sont dispersés dans l'étendue tout se suit par degrés. On a moins de sagesse et de plaisir dans le second que dans le premier, moins dans le troisième que dans le second, ainsi du reste jusqu'au dernier, où tout le monde est complètement fou. – J'ai bien peur, dit

Memnon, que notre petit globe terraqué[16] ne soit précisé-
ment les petites-maisons[17] de l'univers dont vous me faites
l'honneur de me parler. – Pas tout à fait, dit l'esprit ; mais il
en approche : il faut que tout soit en sa place. – Eh mais ! dit
Memnon, certains poètes[18], certains philosophes[19] ont donc
grand tort de dire que *tout est bien* ? – Ils ont grande raison,
dit le philosophe de là-haut, en considérant l'arrangement de
l'univers entier. – Ah ! je ne croirai cela, répliqua le pauvre
Memnon, que quand je ne serai plus borgne. »

LETTRE D'UN TURC
SUR LES FAKIRS
ET SUR SON AMI BABABEC

Notice

Est-ce un conte? Sans doute pas, en tout cas dans le sens que Voltaire pouvait donner à ce mot. Rappelons que la *Lettre d'un Turc* ne figure jamais parmi les contes dans les éditions publiées du vivant de Voltaire et sous son contrôle. Ce sont les éditeurs de Kehl, au lendemain de sa mort, qui ont joint ce texte aux *Romans et contes,* sans doute pour grossir un des volumes, créant une tradition qui remonte donc à la fin de la vie de Voltaire sans qu'il y soit pour rien, puisqu'il est maintenant clair qu'il n'est pas intervenu dans cette partie de l'édition[1]. Pour donner à cette « lettre » l'allure d'un conte, les éditeurs de Kehl en ont même changé le titre en « Bababek et les fakirs ».

On ne sait pas précisément quand ces pages ont été écrites. Comme elles ont été imprimées pour la première fois en 1750, on peut supposer une composition peu antérieure, peut-être dans les années 1745-1750. La critique interne décèle en effet bien des échos des recherches qui étaient celles de Voltaire pendant la genèse de l'*Essai sur les mœurs,* notamment sur les religions de l'Orient.

Le Turc choisi comme observateur représente ici le bon sens (ce qui n'est pas toujours le cas des musulmans chez Voltaire). Curieux des croyances et des pratiques religieuses de l'Inde, il les soumet à une critique goguenarde et finalement les perce à jour : elles sont entretenues par d'habiles escrocs qui font reposer sur elles leur prestige et leur influence. Cette analyse, naturellement, doit être lue comme une explication du christianisme, de son influence, du comportement de ses défenseurs

et de ses propagateurs. C'est en cela que la *Lettre* mérite d'être rangée parmi les « petits morceaux d'une philosophie allégorique », comme le fait Voltaire dans une lettre de 1751 (D 4349). Mais, plus largement, elle développe, une fois de plus, l'opposition chère à Voltaire entre une religion philosophique, dont la seule règle est celle de la morale sociale et de la bienfaisance ; et les religions organisées, néfastes par leurs dogmes incohérents, leurs pratiques inhumaines, l'influence qu'elles exercent sur des esprits obscurcis. La verve voltairienne n'est jamais plus brillante que dans cette veine facile : la silhouette et l'interrogatoire du fakir Bababec sont inoubliables.

La *Lettre* a été imprimée pour la première fois dans les *Œuvres complètes de M. de Voltaire,* Dresde, 1750, tome IX, sous le titre : « Lettres d'un Turc ». Dans l'édition de 1756 (*Mélanges de littérature, d'histoire et de philosophie,* Genève, Cramer), le titre devient : *Lettre d'un Turc sur les fakirs et sur son ami Bababec,* qui est conservé dans les éditions suivantes (sauf Kehl). Nous reproduisons le texte de l'édition « encadrée » (1775), corrigé par Voltaire.

LETTRE D'UN TURC

Lorsque j'étais dans la ville de Bénarès sur le rivage du Gange, ancienne patrie des brachmanes, je tâchai de m'instruire. J'entendais passablement l'indien; j'écoutais beaucoup et remarquais tout. J'étais logé chez mon correspondant Omri; c'était le plus digne homme que j'aie jamais connu. Il était de la religion des bramins[2], j'ai l'honneur d'être musulman : jamais nous n'avons eu une parole plus haute que l'autre au sujet de Mahomet et de Brama. Nous faisions nos ablutions chacun de notre côté; nous buvions de la même limonade, nous mangions du même riz, comme deux frères.

Un jour, nous allâmes ensemble à la pagode de Gavani. Nous y vîmes plusieurs bandes de fakirs, dont les uns étaient des janguis, c'est-à-dire des fakirs contemplatifs, et les autres, des disciples des anciens gymnosophistes[3], qui menaient une vie active. Ils ont, comme on sait, une langue savante, qui est celle des plus anciens brachmanes, et, dans cette langue, un livre qu'ils appellent le *Veidam*[4]. C'est assurément le plus ancien livre de toute l'Asie, sans en excepter le *Zend-Vesta*[5].

Je passai devant un fakir qui lisait ce livre. « Ah! malheureux infidèle! s'écria-t-il, tu m'as fait perdre le nombre

des voyelles que je comptais; et de cette affaire-là mon âme passera dans le corps d'un lièvre, au lieu d'aller dans celui d'un perroquet[6], comme j'avais tout lieu de m'en flatter. » Je lui donnai une roupie pour le consoler. A quelques pas de là, ayant eu le malheur d'éternuer, le bruit que je fis réveilla un fakir qui était en extase. « Où suis-je? dit-il. Quelle horrible chute! je ne vois plus le bout de mon nez : la lumière céleste est disparue[7]. – Si je suis cause, lui dis-je, que vous voyez enfin plus loin que le bout de votre nez, voilà une roupie pour réparer le mal que j'ai fait; reprenez votre lumière céleste. »

M'étant ainsi tiré d'affaire discrètement, je passai aux autres gymnosophistes; il y en eut plusieurs qui m'apportèrent de petits clous fort jolis, pour m'enfoncer dans les bras et dans les cuisses en l'honneur de Brama. J'achetai leurs clous, dont j'ai fait clouer mes tapis. D'autres dansaient sur les mains; d'autres voltigeaient sur la corde lâche; d'autres allaient toujours à cloche-pied. Il y en avait qui portaient des chaînes, d'autres, un bât; quelques-uns avaient leur tête dans un boisseau; au demeurant les meilleures gens du monde. Mon ami Omri me mena dans la cellule d'un des plus fameux[8]; il s'appelait Bababec : il était nu comme un singe, et avait au cou une grosse chaîne qui pesait plus de soixante livres. Il était assis sur une chaise de bois, proprement garnie de petites pointes de clous qui lui entraient dans les fesses, et on aurait cru qu'il était sur un lit de satin. Beaucoup de femmes venaient le consulter; il était l'oracle des familles; et on peut dire qu'il jouissait d'une très grande réputation. Je fus témoin du long entretien qu'Omri eut avec lui. « Croyez-vous, lui dit-il, mon père, qu'après avoir passé par l'épreuve des sept métempsycoses, je puisse parvenir à la demeure de Brama? – C'est selon, dit le fakir; comment vivez-vous? – Je tâche, dit Omri, d'être bon citoyen, bon mari, bon père, bon ami; je prête de l'argent sans intérêt aux riches dans l'occasion, j'en donne aux pauvres; j'entretiens la paix parmi mes voisins. – Vous mettez-vous quelquefois des clous dans le cul? demanda le bramin. – Jamais, mon révérend père. – J'en suis fâché, répliqua le fakir, vous n'irez certainement que dans le dix-neuvième ciel; et c'est dommage. – Comment, dit Omri,

cela est fort honnête; je suis très content de mon lot : que m'importe du dix-neuvième ou du vingtième, pourvu que je fasse mon devoir dans mon pèlerinage[9], et que je sois bien reçu au dernier gîte? N'est-ce pas assez d'être honnête homme dans ce pays-ci, et d'être ensuite heureux au pays de Brama? Dans quel ciel prétendez-vous donc aller, vous, monsieur Bababec, avec vos clous et vos chaînes? – Dans le trente-cinquième, dit Bababec. – Je vous trouve plaisant, répliqua Omri, de prétendre être logé plus haut que moi; ce ne peut être assurément que l'effet d'une excessive ambition. Vous condamnez ceux qui recherchent les honneurs dans cette vie, pourquoi en voulez-vous de si grands dans l'autre? Et sur quoi d'ailleurs prétendez-vous être mieux traité que moi? Sachez que je donne plus en aumônes en dix jours que ne vous coûtent en dix ans tous les clous que vous vous enfoncez dans le derrière. Brama a bien à faire que vous passiez la journée tout nu, avec une chaîne au cou; vous rendez là un beau service à la patrie. Je fais cent fois plus de cas d'un homme qui sème des légumes, ou qui plante des arbres, que de tous vos camarades qui regardent le bout de leur nez, ou qui portent un bât, par excès de noblesse d'âme. » Ayant parlé ainsi, Omri se radoucit, le caressa, le persuada, l'engagea enfin à laisser là ses clous et sa chaîne, et à venir chez lui mener une vie honnête. On le décrassa, on le frotta d'essences parfumées; on l'habilla décemment; il vécut quinze jours d'une manière fort sage, et avoua qu'il était cent fois plus heureux qu'auparavant. Mais il perdait son crédit dans le peuple; les femmes ne venaient plus le consulter; il quitta Omri, et reprit ses clous pour avoir de la considération.

HISTOIRE DES VOYAGES DE SCARMENTADO
ÉCRITE PAR LUI-MÊME

Notice

L'*Histoire des voyages de Scarmentado* a sans doute été écrite par Voltaire dans l'hiver 1753-1754. En tout cas, le conte existe en mars 1754: il en est alors question dans la correspondance entre l'écrivain et sa nièce, Mme Denis[1]. Le moment de la composition est important, car ce conte, plus que tous ceux qui le précèdent, porte la marque directe de l'expérience de son auteur. Or Voltaire traverse alors une des plus pénibles périodes de sa vie agitée: il a dû renoncer aux illusions qui l'avaient conduit auprès de Frédéric II de Prusse, et il n'a pas encore trouvé ce refuge presque définitif que seront les bords du lac Léman[2]. Il est meurtri par le comportement du roi de Prusse à son égard. Frédéric l'a traité en ami, en égal, dans une correspondance chaleureuse commencée avant son accession au trône. Voltaire a cru trouver auprès de lui, après la mort de Mme Du Châtelet, une situation magnifique et sûre, celle d'un conseiller, d'un familier, d'un grand dignitaire de la cour. Ce rêve d'un « établissement », le fils prodigue du notaire de Paris, l'hôte des grands, le poursuivait depuis sa jeunesse. Mais, au bout de quelques mois, Frédéric avait clairement montré que Voltaire ne comptait guère, qu'il devait se soumettre. Voltaire avait préféré partir; mais, sur le chemin du retour, la police l'avait retenu à Francfort jusqu'à ce que se retrouvent des manuscrits de Frédéric qu'il avait emportés. Non seulement l'asile espéré se refusait, mais l'écrivain avait le sentiment d'avoir perdu toute liberté, toute sécurité physiques. D'un autre côté, son espoir de rentrer en France et même à la cour s'effondre: l'*Abrégé de l'histoire universelle,* première mou-

ture de l'*Essai sur les mœurs,* est publié contre sa volonté en
1753, et provoque des tempêtes dans le clergé français. Son
retour devient impossible. Il se voit déjà brûlé avec son livre.
Enfin, pendant qu'il se morfond en Alsace, Mme Denis
s'amuse à Paris, où elle lui est volontiers infidèle.

On acceptera donc l'idée que Scarmentado ressemble par
bien des côtés au Voltaire de l'hiver 1753-1754. Pitoyable
fantoche comme en propose la comédie italienne, il va de
mésaventure en mésaventure, pour finir par s'accommoder
d'un état ridicule, mais comparativement supportable, celui de
« cocu ». Mais Voltaire mêle, dans un jaillissement de fantaisie,
deux genres opposés, le conte à dormir debout et la nouvelle
historique : la marionnette aux allures intemporelles s'agite
dans un décor précisément daté. C'est qu'il est tout plein de
l'œuvre qui l'a tant fait travailler, précisément cet *Essai sur les
mœurs* qui le met en difficulté. A la fin de l'hiver 1754, il y
travaille encore, pour préparer l'édition digne de ce nom qui
paraîtra en 1756, et il complète son survol de l'histoire pour la
conduire jusqu'au XVIIᵉ siècle, jusqu'à ce siècle de Louis XIV
dont il a déjà fait le tableau. Il utilise, pour ancrer la destinée
de Scarmentado dans la réalité, les événements du début du
XVIIᵉ siècle dont il s'occupe par ailleurs. On sait que pour
Voltaire l'histoire de l'humanité connaît successivement des
périodes brillantes et de sombres moments. Or, comme il
l'écrit dans le chapitre 191 de l'*Essai sur les mœurs,* « le
commencement du XVIIᵉ siècle était le temps des usurpateurs
presque d'un bout du monde à l'autre » : Cromwell en Angle-
terre, Li-Tsé-Tching en Chine, Aureng-Zeb dans le Mogol,
Muleï Ismaël au Maroc. Et Voltaire souligne le malheureux
sort de Candie à cette époque, objet d'une longue guerre entre
l'empire ottoman et Venise, finalement « réduite en cendres ».
Comme l'a montré J. Van den Heuvel, les événements évoqués
dans le conte se situent tous autour de 1615-1620. Mais de la
réalité historique Voltaire retient les faits les plus parlants pour
l'imagination, scènes de massacres et même de cannibalisme.
L'unité du récit est en effet dans le sentiment d'horreur et
d'insécurité qui saisit Voltaire-Scarmentado devant le monde.
Tout comme Voltaire, le lecteur sait bien (ou croit savoir) que
la réalité dans son ensemble n'est pas aussi totalement noire :
l'accumulation exagérée des misères devient comique. Mais les

faits étant réels (ou du moins fondés sur des réalités historiques), ce comique est ambigu. Le conte, ainsi, oscille subtilement entre le mouvement d'humeur et le constat philosophique, entre le tragique et le burlesque. Enfin, ce que la répétition du même effet pourait avoir de lassant est sauvé par un art supérieur de la variété des tours (qui fait ressortir la similitude du fond) : l'art rend tolérable même l'intolérable.

Histoire du texte

Le conte a été imprimé pour la première fois dans le tome V de la *Collection complète des œuvres de M. de Voltaire*, intitulé *Suite des mélanges de littérature, d'histoire et de philosophie*, 1756. Cette édition sortie des presses de Cramer à Genève a été contrôlée par Voltaire ; c'est celle que nous suivons. Toutes les œuvres réunies dans ce volume étant présentées comme les différents chapitres d'une même œuvre, le conte est désigné comme le chapitre 68.

Il a ensuite figuré sans changements dans toutes les autres éditions d'œuvres complètes ou d'œuvres narratives de Voltaire.

Bibliographie critique

NEDERGAARD-HANSEN M., « Sur la date de composition de l'*Histoire des voyages de Scarmentado* », *Studies on Voltaire* [...], vol. 2, 1956, p. 273-277.

VAN DEN HEUVEL J., *Voltaire dans ses contes*, Paris, 1967, p. 217-235.

HISTOIRE DES VOYAGES
DE SCARMENTADO
ÉCRITE PAR LUI-MÊME

Je naquis dans la ville de Candie en 1600[4]. Mon père en était gouverneur ; et je me souviens qu'un poète médiocre qui n'était pas médiocrement dur, nommé Iro[5], fit de mauvais vers à ma louange, dans lesquels il me faisait descendre de Minos en droite ligne ; mais mon père ayant été disgracié, il fit d'autres vers où je ne descendais plus que de Pasiphaé et de son amant[6]. C'était un bien méchant homme que cet Iro, et le plus ennuyeux coquin qui fût dans l'île.

Mon père m'envoya, à l'âge de quinze ans, étudier à Rome[7]. J'arrivai dans l'espérance d'apprendre toutes les vérités ; car jusque-là on m'avait enseigné tout le contraire, selon l'usage de ce bas monde depuis la Chine jusqu'aux Alpes[8]. Monsignor Profondo[9], à qui j'étais recommandé, était un homme singulier, et un des plus terribles savants qu'il y eût au monde. Il voulut m'apprendre les catégories[10] d'Aristote, et fut sur le point de me mettre dans la catégorie de ses mignons : je l'échappai belle. Je vis des processions, des exorcismes, et quelques rapines. On disait, mais très faussement, que la signora Olimpia[11], personne d'une grande prudence, vendait beaucoup de choses qu'on ne doit point vendre. J'étais dans un âge où tout cela me paraissait fort plaisant. Une jeune dame de mœurs très douces, nommée la signora Fatelo[12], s'avisa de m'aimer. Elle était courtisée par le révérend père Poignardini, et par le révérend père Aconiti[13], jeunes profès d'un ordre qui ne subsiste plus : elle

les mit d'accord en me donnant ses bonnes grâces ; mais en même temps je courus risque d'être excommunié et empoisonné. Je partis, très content de l'architecture de Saint Pierre.

Je voyageai en France ; c'était le temps du règne de Louis le Juste[14]. La première chose qu'on me demanda, ce fut si je voulais à mon déjeuner un petit morceau du maréchal d'Ancre[15], dont le peuple avait fait rôtir la chair, et qu'on distribuait à fort bon compte à ceux qui en voulaient.

Cet État était continuellement en proie aux guerres civiles, quelquefois pour une place au conseil, quelquefois pour deux pages de controverse. Il y avait plus de soixante ans que ce feu, tantôt couvert et tantôt soufflé avec violence, désolait ces beaux climats. C'étaient là les libertés de l'Église Gallicane[16]. « Hélas ! dis-je, ce peuple est pourtant né doux : qui peut l'avoir tiré ainsi de son caractère ? Il plaisante, et il fait des Saint-Barthélemy. Heureux le temps où il ne fera que plaisanter ! »

Je passai en Angleterre : les mêmes querelles y excitaient les mêmes fureurs. De saints catholiques avaient résolu, pour le bien de l'Église, de faire sauter en l'air, avec de la poudre, le roi, la famille royale, et tout le parlement, et de délivrer l'Angleterre de ces hérétiques[17]. On me montra la place où la bienheureuse reine Marie[18], fille de Henri VIII, avait fait brûler plus de cinq cents de ses sujets. Un prêtre hibernois[19] m'assura que c'était une très bonne action : premièrement, parce que ceux qu'on avait brûlés étaient Anglais ; en second lieu, parce qu'ils ne prenaient jamais d'eau bénite, et qu'ils ne croyaient pas au trou de Saint Patrice[20]. Il s'étonnait surtout que la reine Marie ne fût pas encore canonisée ; mais il espérait qu'elle le serait bientôt, quand le cardinal-neveu[21] aurait un peu de loisir.

J'allai en Hollande, où j'espérais trouver plus de tranquillité chez des peuples plus flegmatiques. On coupait la tête à un vieillard vénérable lorsque j'arrivai à La Haye. C'était la tête chauve du premier ministre Barneveldt, l'homme qui avait le mieux mérité de la république[22]. Touché de pitié, je demandai quel était son crime, et s'il avait trahi l'État. « Il a fait bien pis, me répondit un prédicant à manteau noir[23] ; c'est un homme qui croit que l'on peut se sauver par les

bonnes œuvres aussi bien que par la foi. Vous sentez bien que, si de telles opinions s'établissaient, une république ne pourrait subsister, et qu'il faut des lois sévères pour réprimer de si scandaleuses horreurs.» Un profond politique du pays me dit en soupirant : «Hélas! monsieur, le bon temps ne durera pas toujours; ce n'est que par hasard que ce peuple est si zélé; le fond de son caractère est porté au dogme abominable de la tolérance, un jour il y viendra : cela fait frémir.» Pour moi, en attendant que ce temps funeste de la modération et de l'indulgence fût arrivé, je quittai bien vite un pays où la sévérité n'était adoucie par aucun agrément, et je m'embarquai pour l'Espagne.

La cour était à Séville, les galions étaient arrivés[24], tout respirait l'abondance et la joie dans la plus belle saison de l'année. Je vis au bout d'une allée d'orangers et de citronniers une espèce de lice immense entourée de gradins couverts d'étoffes précieuses. Le roi, la reine, les infants, les infantes, étaient sous un dais superbe. Vis-à-vis de cette auguste famille était un autre trône, mais plus élevé. Je dis à un de mes compagnons de voyage : «A moins que ce trône ne soit réservé pour Dieu, je ne vois pas à quoi il peut servir.» Ces indiscrètes paroles furent entendues d'un grave Espagnol, et me coûtèrent cher. Cependant je m'imaginais que nous allions voir quelque carrousel ou quelque fête de taureaux, lorsque le grand inquisiteur[25] parut sur ce trône d'où il bénit le roi et le peuple.

Ensuite vint une armée de moines défilant deux à deux, blancs, noirs, gris, chaussés, déchaussés[26], avec barbe, sans barbe, avec capuchon pointu, et sans capuchon; puis marchait le bourreau; puis on voyait au milieu des alguazils[27] et des grands environ quarante personnes couvertes de sacs sur lesquels on avait peint des diables et des flammes[28]. C'étaient des juifs qui n'avaient pas voulu renoncer absolument à Moïse[29], c'étaient des chrétiens qui avaient épousé leurs commères[30], ou qui n'avaient pas adoré Notre-Dame d'Atocha[31], ou qui n'avaient pas voulu se défaire de leur argent comptant en faveur des frères hiéronymites[32]. On chanta dévotement de très belles prières, après quoi on brûla à petit feu tous les coupables; de quoi toute la famille royale parut extrêmement édifiée.

Le soir, dans le temps que j'allais me mettre au lit, arrivèrent chez moi deux familiers[33] de l'Inquisition avec la sainte Hermandad[34] : ils m'embrassèrent tendrement, et me menèrent, sans me dire un seul mot, dans un cachot très frais, meublé d'un lit de natte et d'un beau crucifix. Je restai là six semaines, au bout desquelles le révérend père inquisiteur m'envoya prier de venir lui parler : il me serra quelque temps entre ses bras, avec une affection toute paternelle ; il me dit qu'il était sincèrement affligé d'avoir appris que je fusse si mal logé ; mais que tous les appartements de la maison étaient remplis, et qu'une autre fois il espérait que je serais plus à mon aise. Ensuite il me demanda cordialement si je ne savais pas pourquoi j'étais là. Je dis au révérend père que c'était apparemment pour mes péchés. « Eh bien, mon cher enfant, pour quel péché ? parlez-moi avec confiance. » J'eus beau imaginer, je ne devinai point ; il me mit charitablement sur les voies.

Enfin je me souvins de mes indiscrètes paroles. J'en fus quitte pour la discipline[35] et une amende de trente mille réales. On me mena faire la révérence au grand inquisiteur : c'était un homme poli, qui me demanda comment j'avais trouvé sa petite fête. Je lui dis que cela était délicieux, et j'allai presser mes compagnons de voyage de quitter ce pays, tout beau qu'il est. Ils avaient eu le temps de s'instruire de toutes les grandes choses que les Espagnols avaient faites pour la religion. Il avaient lu les mémoires du fameux évêque de Chiapa[36], par lesquels il paraît qu'on avait égorgé, ou brûlé, ou noyé dix millions d'infidèles en Amérique pour les convertir. Je crus que cet évêque exagérait ; mais quand on réduirait ces sacrifices à cinq millions de victimes, cela serait encore admirable.

Le désir de voyager me pressait toujours. J'avais compté finir mon tour de l'Europe par la Turquie ; nous en prîmes la route. Je me proposai bien de ne plus dire mon avis sur les fêtes que je verrais. « Ces Turcs, dis-je à mes compagnons, sont des mécréants qui n'ont point été baptisés, et qui par conséquent seront bien plus cruels que les révérends pères inquisiteurs. Gardons le silence quand nous serons chez les mahométans. »

J'allai donc chez eux. Je fus étrangement surpris de voir

en Turquie beaucoup plus d'églises chrétiennes qu'il n'y en avait dans Candie. J'y vis jusqu'à des troupes nombreuses de moines qu'on laissait prier la vierge Marie librement, et maudire Mahomet, ceux-ci en grec, ceux-là en latin, quelques autres en arménien[37]. «Les bonnes gens que les Turcs!» m'écriai-je. Les chrétiens grecs et les chrétiens latins étaient ennemis mortels dans Constantinople ; ces esclaves se persécutaient les uns les autres, comme des chiens qui se mordent dans la rue, et à qui leurs maîtres donnent des coups de bâtons pour les séparer. Le grand vizir protégeait alors les Grecs. Le patriarche grec m'accusa d'avoir soupé chez le patriarche latin, et je fus condamné en plein divan[38] à cent coups de latte sur la plante des pieds, rachetables de cinq cents sequins. Le lendemain le grand vizir fut étranglé[39] ; le surlendemain son successeur, qui était pour le parti des Latins, et qui ne fut étranglé qu'un mois après, me condamna à la même amende pour avoir soupé chez le patriarche grec. Je fus dans la triste nécessité de ne plus fréquenter ni l'église grecque ni la latine. Pour m'en consoler, je pris à loyer une fort belle Circassienne[40], qui était la personne la plus tendre dans le tête-à-tête, et la plus dévote à la mosquée. Une nuit, dans les doux transports de son amour, elle s'écria en m'embrassant : *Alla, Illa, Alla*[41] : ce sont les paroles sacramentales des Turcs : je crus que c'étaient celles de l'amour ; je m'écriai aussi fort tendrement : «*Alla, Illa, Alla ;* – Ah! me dit-elle, le Dieu miséricordieux soit loué! vous êtes Turc.» Je lui dis que je le bénissais de m'en avoir donné la force, et je me crus trop heureux. Le matin l'iman vint pour me circoncire[42] ; et, comme je fis quelque difficulté, le cadi[43] du quartier, homme loyal, me proposa de m'empaler : je sauvai mon prépuce et mon derrière avec mille sequins, et je m'enfuis vite en Perse, résolu de ne plus entendre ni messe grecque ni latine en Turquie, et de ne plus crier : *Alla, Illa, Alla,* dans un rendez-vous.

En arrivant à Ispahan[44] on me demanda si j'étais pour le mouton noir ou pour le mouton blanc. Je répondis que cela m'était fort indifférent, pourvu qu'il fût tendre. Il faut savoir que les factions du *Mouton blanc* et du *Mouton noir*[45] partageaient encore les Persans. On crut que je me moquais

des deux partis ; de sorte que je me trouvai déjà une violente affaire sur les bras aux portes de la ville : il m'en coûta encore grand nombre de sequins pour me débarrasser des moutons.

Je poussai jusqu'à la Chine avec un interprète, qui m'assura que c'était là le pays où l'on vivait librement et gaiement. Les Tartares s'en étaient rendus maîtres[46], après avoir tout mis à feu et à sang ; et les révérends pères jésuites d'un côté, comme les révérends pères dominicains de l'autre, disaient qu'ils y gagnaient des âmes à Dieu, sans que personne en sût rien. On n'a jamais vu de convertisseurs si zélés : car ils se persécutaient les uns les autres tour à tour ; ils écrivaient à Rome des volumes de calomnies ; ils se traitaient d'infidèles et de prévaricateurs pour une âme. Il y avait surtout une horrible querelle entre eux sur la manière de faire la révérence. Les jésuites voulaient que les Chinois saluassent leurs pères et leurs mères à la mode de la Chine, et les dominicains voulaient qu'on les saluât à la mode de Rome[47]. Il m'arriva d'être pris par les jésuites pour un dominicain. On me fit passer chez Sa Majesté tartare pour un espion du pape. Le conseil suprême chargea un premier mandarin, qui ordonna à un sergent, qui commanda à quatre sbires du pays de m'arrêter et de me lier en cérémonie. Je fus conduit après cent quarante génuflexions devant Sa Majesté. Elle me fit demander si j'étais l'espion du pape, et s'il était vrai que ce prince dût venir en personne le détrôner. Je lui répondis que le pape était un prêtre de soixante et dix ans ; qu'il demeurait à quatre mille lieues de Sa Sacrée Majesté tartaro-chinoise ; qu'il avait environ deux mille soldats qui montaient la garde avec un parasol ; qu'il ne détrônait personne, et que Sa Majesté pouvait dormir en sûreté. Ce fut l'aventure la moins funeste de ma vie. On m'envoya à Macao[48], d'où je m'embarquai pour l'Europe.

Mon vaisseau eut besoin d'être radoubé vers les côtes de Golconde[49]. Je pris ce temps pour aller voir la cour du grand Aureng-Zeb[50], dont on disait des merveilles[51] dans le monde : il était alors dans Delhi. J'eus la consolation de l'envisager le jour de la pompeuse cérémonie dans laquelle il reçut le présent céleste que lui envoyait le shérif de La Mecque. C'était le balai avec lequel on avait balayé la

maison sainte, le Caaba, le Beth Alla[52]. Ce balai est le
symbole qui balaye toutes les ordures de l'âme. Aureng-Zeb
ne paraissait pas en avoir besoin ; c'était l'homme le plus
pieux de tout l'Indoustan. Il est vrai qu'il avait égorgé un de
ses frères et empoisonné son père. Vingt rayas et autant
d'omras[53] étaient morts dans les supplices ; mais cela n'était
rien, et on ne parlait que de sa dévotion. On ne lui compa-
rait que la sacrée majesté du sérénissime empereur de
Maroc, Muley-Ismaël[54], qui coupait des têtes tous les ven-
dredis après la prière.

Je ne disais mot ; les voyages m'avaient formé, et je
sentais qu'il ne m'appartenait pas de décider entre ces deux
augustes souverains. Un jeune Français, avec qui je logeais,
manqua, je l'avoue, de respect à l'empereur des Indes et à
celui de Maroc. Il s'avisa de dire très indiscrètement qu'il y
avait en Europe de très pieux souverains qui gouvernaient
bien leurs États et qui fréquentaient même les églises, sans
pourtant tuer leurs pères et leurs frères, et sans couper les
têtes de leurs sujets. Notre interprète transmit en indou le
discours impie de mon jeune homme. Instruit par le passé,
je fis vite seller mes chameaux : nous partîmes, le Français et
moi. J'ai su depuis que la nuit même les officiers du grand
Aureng-Zeb étant venus pour nous prendre, ils ne trou-
vèrent que l'interprète. Il fut exécuté en place publique, et
tous les courtisans avouèrent sans flatterie que sa mort était
très juste.

Il me restait de voir l'Afrique, pour jouir de toutes les
douceurs de notre continent. Je la vis en effet. Mon vaisseau
fut pris par des corsaires nègres. Notre patron fit de grandes
plaintes ; il leur demanda pourquoi ils violaient ainsi les lois
des nations. Le capitaine nègre lui répondit : « Vous avez le
nez long, et nous l'avons plat ; vos cheveux sont tout droits,
et notre laine est frisée ; vous avez la peau de couleur de
cendre, et nous de couleur d'ébène ; par conséquent nous
devons, par les lois sacrées de la nature, être toujours enne-
mis. Vous nous achetez aux foires de la côte de Guinée,
comme des bêtes de somme, pour nous faire travailler à je ne
sais quel emploi aussi pénible que ridicule. Vous nous faites
fouiller à coups de nerfs de bœuf dans des montagnes pour
en tirer une espèce de terre jaune qui par elle-même n'est

bonne à rien, et qui ne vaut pas, à beaucoup près, un bon oignon d'Égypte ; aussi quand nous vous rencontrons, et que nous sommes les plus forts, nous vous faisons esclaves, nous vous faisons labourer nos champs, ou nous vous coupons le nez et les oreilles[55].»

On n'avait rien à répliquer à un discours si sage. J'allai labourer le champ d'une vieille négresse, pour conserver mes oreilles et mon nez. On me racheta au bout d'un an. J'avais vu tout ce qu'il y a de beau, de bon et d'admirable sur la terre : je résolus de ne plus voir que mes pénates. Je me mariai chez moi : je fus cocu, et je vis que c'était l'état le plus doux de la vie[56].

LES DEUX CONSOLÉS

Notice

Publié pour la première fois en 1756, ce bref récit n'est pas facile à dater avec certitude. J. Van den Heuvel a proposé de rapprocher la situation de la « femme désolée » et celle d'une correspondante de Voltaire, la duchesse de Saxe-Gotha, qui perdit son fils en juin 1756[1]. Si tel est bien le point de départ du conte, il a dû être écrit dans l'été et joint in extremis au volume de *Mélanges* qu'était en train d'imprimer Cramer. Mais les différences sont grandes : la duchesse, leibnizienne convaincue, montre dans ses lettres une sérénité que rien n'entame, et le philosophe du conte ne ressemble guère à Voltaire. Sauf sur un point, que le conteur souligne avec humour : après ses vastes lectures pour la composition de l'*Essai sur les mœurs*, Voltaire est devenu un grand amateur d'érudition historique, et il commence à multiplier les notes savantes en bas de page. Le conte dénonce l'illusion de pouvoir que donne ce type de savoir.

C'est dans un exercice scolaire que l'érudition est mise ici en œuvre : la consolation. Dans les collèges, et en particulier à Louis-le-Grand où l'écrivain fut un brillant élève, on s'entraîne à composer de tels morceaux. Les programmes de la classe de rhétorique le prévoient avec précision. Le modèle classique est Sénèque[2]. Voltaire souligne le caractère factice de la technique recommandée. Pure rhétorique, en effet, que ces rapprochements consolateurs avec les pires malheurs que fournit une histoire réduite à l'anecdote, au lieu commun. Le choix des exemples laisse d'ailleurs à penser. L'argumentation serait plus forte si les affligés n'avaient en rien mérité leur peine : le choix

classique va vers les vertueux héros de l'ancienne Rome. Voltaire trahit encore le genre en donnant la parole à son tour à l'affligé – alors que la consolation est une sorte de discours qui n'appelle aucune réponse. L'effet est désastreux pour l'orateur : chaque argument s'effondre devant l'indifférence de l'auditrice. Le conte, genre mondain, se moque d'un genre pédant.

Le conte se moque aussi d'une philosophie purement rationaliste. Le genre de la consolation est profondément marqué par le stoïcisme : ce que prétend Citophile, c'est que ses propres maux, « il n'y *faut* pas songer ». Mais les évidences de la raison et les règles qu'elle en tire ne résistent pas aux mouvements de la nature. Ici encore, le conte met en lumière le désordre du monde : les lois de la raison ne sont pas compatibles avec les lois de la nature. Comme dans *Memnon,* la conclusion reflète un profond scepticisme à l'égard des forces humaines. L'érection d'une statue au Temps, bien dans le goût de l'époque pour les monuments allégoriques, est pleine de sens : elle exprime la reconnaissance des héros, mais aussi leur soumission. La brièveté du conte exprime subtilement la puissance du temps, qui emporte sans résistance possible les passions, les raisons, les existences que peu de chose, au fond, résume.

Histoire du texte

Le conte a été publié pour la première fois en 1756 par Cramer à Genève dans les *Mélanges de littérature, d'histoire et de philosophie,* tome IV (comme « chapitre cinquième », puisque dans ce volume les textes sont présentés comme les chapitres successifs d'une même œuvre). C'est le texte que nous reproduisons. L'édition in-4°, en 1777, et l'édition de Kehl n'introduisent chacune qu'une variante insignifiante.

LES DEUX CONSOLÉS

Le grand philosophe Citophile[3] disait un jour à une femme désolée, et qui avait juste sujet de l'être : « Madame, la reine d'Angleterre, fille du grand Henri IV, a été aussi malheureuse que vous : on la chassa de ses royaumes; elle fut prête à[4] périr sur l'Océan par les tempêtes; elle vit mourir son royal époux sur l'échafaud. – J'en suis fâchée pour elle », dit la dame; et elle se mit à pleurer ses propres infortunes.

« Mais, dit Citophile, souvenez-vous de Marie Stuart : elle aimait fort honnêtement un brave musicien[5] qui avait une très belle basse-taille[6]. Son mari tua son musicien à ses yeux; et ensuite sa bonne amie et sa bonne parente, la reine Élisabeth, qui se disait pucelle[7], lui fit couper le cou sur un échafaud tendu de noir, après l'avoir tenue en prison dix-huit années. – Cela est fort cruel », répondit la dame; et elle se replongea dans sa mélancolie.

« Vous avez peut-être entendu parler, dit le consolateur, de la belle Jeanne de Naples[8], qui fut prise et étranglée ? – Je m'en souviens confusément », dit l'affligée.

« Il faut que je vous conte, ajouta l'autre, l'aventure d'une souveraine qui fut détrônée de mon temps après souper, et qui est morte dans une île déserte. – Je sais toute cette histoire », répondit la dame.

« Eh bien donc, je vais vous apprendre ce qui est arrivé à une autre grande princesse à qui j'ai montré la philosophie. Elle avait un amant, comme en ont toutes les grandes et belles princesses. Son père entra dans sa chambre, et surprit

l'amant, qui avait le visage tout en feu et l'œil étincelant comme un escarboucle[9] ; la dame aussi avait le teint fort animé. Le visage du jeune homme déplut tellement au père qu'il lui appliqua le plus énorme soufflet qu'on eût jamais donné dans sa province. L'amant prit une paire de pincettes et cassa la tête au beau-père, qui guérit à peine, et qui porte encore la cicatrice de cette blessure. L'amante, éperdue, sauta par la fenêtre et se démit le pied ; de manière qu'aujourd'hui elle boite visiblement, quoique d'ailleurs elle ait la taille admirable. L'amant fut condamné à la mort pour avoir cassé la tête à un très grand prince. Vous pouvez juger de l'état où était la princesse quand on menait pendre l'amant. Je l'ai vue longtemps lorsqu'elle était en prison ; elle ne me parlait jamais que de ses malheurs. »

« Pourquoi ne voulez-vous donc pas que je songe aux miens ? lui dit la dame. – C'est, dit le philosophe, parce qu'il n'y faut pas songer, et que, tant de grandes dames ayant été si infortunées, il vous sied mal de vous désespérer. Songez à Hécube[10], songez à Niobé[11]. – Ah ! dit la dame, si j'avais vécu de leur temps, ou de celui de tant de belles princesses, et si pour les consoler vous leur aviez conté mes malheurs, pensez-vous qu'elles vous eussent écouté ? »

Le lendemain, le philosophe perdit son fils unique, et fut sur le point d'en mourir de douleur. La dame fit dresser une liste de tous les rois qui avaient perdu leurs enfants, et la porta au philosophe ; il la lut, la trouva fort exacte, et n'en pleura pas moins. Trois mois après il se revirent, et furent étonnés de se retrouver d'une humeur très gaie. Ils firent ériger une belle statue au Temps, avec cette inscription : A CELUI QUI CONSOLE.

CANDIDE,

OU L'OPTIMISME

Notice

Aucun conte de Voltaire (et même aucune de ses œuvres) n'a fait l'objet de recherches aussi poussées et d'autant de commentaires que *Candide*[1]. On tentera surtout de résumer l'essentiel des acquis de l'érudition, en renvoyant pour la diversité des interprétations et des exploitations du texte à la bibliographie.

Remarquons d'abord que ce conte se distingue par sa longueur; mais de peu. Comme les sept autres contes qui dépassent la cinquantaine de pages, il est divisé en chapitres fort brefs, trente en tout, alors que les autres en comptent vingt au plus. Par ailleurs, c'est la première fois que Voltaire présente directement dans un conte les événements contemporains; de là l'impression de brutalité, et aussi un succès plus grand. Naturellement, la mise en perspective existe cependant; mais elle est plus subtile, repose sur un jeu plein de fantaisie avec la chronologie, les usages du conte et ceux du roman, et aussi sur le contrepoint entre un discours philosophique très général et des expériences très particulières.

Une étude attentive de la correspondance de Voltaire, le témoignage de son secrétaire du moment, Wagnière, ainsi que l'examen d'un manuscrit conservé, permettent de reconstituer de façon vraisemblable la composition du conte. Voltaire en commence la rédaction en janvier 1758; en juillet, une première version existe; le texte est complété au mois d'octobre; en décembre, les Cramer se mettent à l'imprimer. En janvier 1579 la diffusion commence. Le texte porte des traces visibles d'une composition conduite en plusieurs étapes : il comporte

de menues incohérences, qu'explique aussi le fait que Voltaire, vraisemblablement, dictait à son secrétaire[2].

Nous manquons de certitudes sur le détail de la genèse du conte. Plusieurs sortes d'éléments s'y mêlent : des matériaux déjà essayés dans les contes antérieurs ; l'influence d'une actualité littéraire ; l'écho des événements du moment ; d'abord et surtout peut-être, les inquiétudes personnelles de l'écrivain.

C'est un auteur attentif au monde qui l'entoure qui écrit *Candide*. Voltaire présente ici les événements contemporains d'une façon moins allégorique, moins transposée que dans *Micromégas* ou *Memnon*. Si la guerre de Sept Ans qui ravage l'Allemagne n'est figurée que par quelques évocations passe-partout, le tremblement de terre de Lisbonne, les entreprises de la Compagnie de Jésus au Paraguay, l'histoire des cinq monarques détrônés sont narrés avec précision ; le tableau de Paris est brossé dans un esprit d'exactitude. Mais Voltaire n'écrit évidemment pas pour informer. Il ne reprend guère que des éléments historiques ou d'actualité bien connus du public. Le rythme et la fantaisie du conte ne s'accommoderaient pas d'autre chose. Les événements d'actualité qu'utilise le conteur sont ceux qui l'émeuvent, l'indignent, le concernent personnellement ; on peut même penser que le conte reflète des moments successifs, contrastés, de l'existence et des réactions de Voltaire pendant l'année 1758. Pour reprendre les expressions de J. Van den Heuvel, il y a un *Candide* d'hiver, un *Candide* d'été, un *Candide* d'automne.

A la fin de 1757, Voltaire voit sa sérénité une fois de plus ébranlée. Depuis 1755, il s'est installé à Genève, et croit y avoir trouvé un refuge définitif. Dans sa belle propriété des Délices, il organise un confort, un décor, des jardins dignes de ses goûts raffinés. Sa nièce et maîtresse, Mme Denis, a accepté d'y vivre avec lui. Il a chanté, dans un poème enthousiaste, le bonheur de « l'Auteur arrivant dans sa terre, près du lac de Genève ». Il ne voit pas seulement en Genève un lieu agréable à habiter, cette résidence paisible que lui refusaient à la fois le roi de Prusse et le roi de France. Il croit aussi y trouver une cité philosophique selon son cœur et selon son esprit, dégagée de toutes les superstitions. Tout à cette idée, il a inspiré à d'Alembert un article « Genève » pour l'*Encyclopédie* en cours de publication : les Genevois instruits, et même des pasteurs, y

sont présentés comme proches du déisme. La réaction est vive à Genève. Voltaire prend peur, redoute un déchaînement de la persécution contre les partisans des idées philosophiques, contre lui-même. Voilà que se dérobe ce premier fondement de sa sécurité enfin atteinte.

L'autre fondement est l'argent. Or la guerre de Sept Ans menace directement les intérêts de Voltaire : ses placements en Allemagne, dans le grand commerce maritime et dans les banques françaises risquent fort d'être perdus, totalement ou en partie, alors que les opérations se prolongent, par la faute de Frédéric II de Prusse qui après des revers se couvre de gloire. Voltaire suit de très près le détail de la guerre, que conduit du côté prussien son royal ami Frédéric, du côté français son brillant ami le maréchal de Richelieu, du côté anglais l'amiral Byng auquel il s'intéresse. Lui-même propose au ministère français une machine de guerre de son invention. La guerre a enrichi l'écrivain dans le passé, quand il a placé ses fonds dans les fournitures militaires ; cette fois-ci, il s'imagine déjà ruiné par elle.

Mais au printemps de 1758, les vaisseaux sur lesquels Voltaire a placé une partie de sa fortune rentrent à Cadix chargés d'or et d'argent, lui apportant de substantiels bénéfices ; au début de l'été, Voltaire se rend auprès de l'Électeur Palatin pour d'avantageux placements ; il retrouve avec plaisir à l'automne la comtesse de Bentinck, avec laquelle il est lié depuis des années et qui vient séjourner chez lui. Sur tous les plans, les événements deviennent encourageants. Enfin, d'octobre à décembre, il acquiert deux grandes propriétés agricoles, Ferney et Tourney, qui représentent pour lui à la fois des lieux sûrs à la frontière de Genève et de la France, et un placement sans risques.

Ces trois périodes paraissent correspondre aux trois phases du conte[3] : Candide jeté dans la guerre et la précarité ; Candide enrichi par son passage dans l'Eldorado ; Candide installé dans la féconde et tranquille métairie. En réalité, ce qu'on sait de sûr de la composition du conte ne permet pas de dater aussi précisément ses étapes ; et l'on peut aussi soutenir l'hypothèse d'un schéma d'ensemble déjà conçu à la fin de 1757[4]. Il reste que *Candide* dans son ensemble reflète les inquiétudes personnelles et les propres projets de l'auteur en 1757-1758 : inquiétude devant la guerre et les réactions au mouvement

philosophique, attrait profond pour la sécurité et l'enracine-
ment. Nul doute que les attitudes successives et contrastées de
Candide, tour à tour hagard, sûr de lui, puis serein, reflètent
les humeurs changeantes de Voltaire, si sensible à tous les
hauts et les bas de sa santé, des événements, de ses entreprises
– en 1757-1758 comme avant et comme plus tard encore.

On ne sait ce qui a décidé Voltaire à écrire ce conte, même
si les origines de son sujet et de ses thèmes sont assez claires. Il
se peut que des amateurs de contes, parmi ses amis et corres-
pondants, l'aient poussé à leur fournir une œuvre nouvelle –
Frédéric II peut-être[5]. En tout cas, il ne s'agit pas, à notre
connaissance, d'une œuvre de circonstance destinée à jouer son
rôle dans une de ces affaires où Voltaire engage le fer. Même si
elle comporte des aspects satiriques et polémiques, elle n'est
pas essentiellement, comme tant d'autres textes voltairiens,
une satire ni une œuvre de combat. L'idée d'un conte écrit
pour séduire l'Électeur Palatin pendant un séjour d'affaires
dans l'été 1758 ne résiste pas au faisceau de preuves qui font
commencer la composition au début de 1758[6]. On peut penser
à une cause déclenchante d'ordre purement littéraire. En 1757
est mort Jean-Joseph Vadé, écrivain fécond, créateur du genre
poissard, dans lequel l'auteur fait parler à ses personnages le
langage des parisiens de la rue et des halles. Voltaire appréciait
son talent dramatique, et en février 1758 il fait représenter sur
son théâtre privé un des opéras-comiques de Vadé. En 1764, il
empruntera son nom pour signer un recueil de contes et de
textes divers, les *Contes de Guillaume Vadé* (1764), attribués
par lui à divers membres (supposés) de la famille de Vadé. Or
Vadé est l'auteur d'un « petit roman » imprimé dans ses
œuvres posthumes en juillet 1758, mais déjà connu avant sa
mort. Ce texte de seize pages, intitulé *Les Amants constants
jusqu'au trépas, histoire véritable,* présente beaucoup de simili-
tudes avec *Candide* dans ses personnages, ses épisodes, son
rythme et sa philosophie d'ensemble[7], si l'on peut parler de
philosophie pour ce qui concerne Vadé; rien chez lui ne
ressemble aux dialogues et commentaires qui font la profon-
deur de *Candide.* On peut supposer que Voltaire a voulu
récrire *Les Amants constants jusqu'au trépas* en tirant tout le
parti possible de la formule mise en œuvre par Vadé : une
cascade de malheurs sans vraisemblance, parodique des enchaî-

nements romanesques, présentée dans un monde trivial. Dans un même esprit de réécriture, Voltaire a sans doute remanié en 1761 l'épisode parisien de *Candide* pour corriger l'épisode similaire de *La Nouvelle Héloïse*, après une lecture du roman de Rousseau tout juste paru[8]. En attendant des certitudes sur le moment où Voltaire a pu lire le texte de Vadé, on admettra que Voltaire a pu être incité à écrire *Candide* par le désir (permanent chez lui) de ne pas perdre le contact avec l'actualité littéraire, et de faire entendre sa voix parmi celles qui, notamment au moment de la disparition de Vadé, s'élèvent pour souligner le caractère dérisoire des visions romanesques du monde, de leur finalisme et de leur optimisme incorrigible.

Car le sous-titre du conte, « ou l'optimisme », fait allusion à la fois aux conventions littéraires, aux naïvetés psychologiques et aux doctrines philosophiques. Ce dernier aspect est évidemment le plus développé. *Candide* représente une amplification des reproches adressés déjà au système de Leibniz dans les contes antérieurs. Sans ouvrir la discussion de façon explicite, le « pauve Memnon », Scarmentado le « cocu » étaient déjà des protestations vivantes contre une vision philosophique du monde où le mal et la souffrance se trouvent expliqués et justifiés par un ordre d'ensemble. On a vu que dans *Zadig* Voltaire se ralliait encore à de telles conceptions. Le désastre de Lisbonne, le 1er novembre 1755, a relancé le débat sur l'optimisme philosophique. Voltaire, comme d'autres écrivains, a consacré un poème à l'événement qui émeut toute l'Europe. Il y soulève la question que pose un mal inexplicable infligé par un Dieu de bonté. Remarquons que ce problème est surtout aigu à l'intérieur du déisme, ou d'un christianisme édulcoré par l'influence de la pensée déiste, qui évacue la dimension historique de la religion, la faute originelle, le péché. Une vigoureuse tradition, chez les chrétiens authentiques, enracinait le sentiment religieux dans une vision obsédante des horreurs du monde terrestre, dans un sentiment aigu de la souffrance humaine dans ses formes les moins faciles à justifier – la torture et la mort des innocents, dont Jésus en croix est l'image même. Ni Pascal, ni Louis Racine n'avaient détourné leur regard du cruel chaos où l'homme est jeté. En fait, ce sont les philosophes des Lumières que le débat a dressés les uns contre les autres. Dans le *Poème sur le désastre de Lisbonne*, Voltaire a

surtout visé Pope, l'auteur optimiste de l'*Essay on man*. Contre
le *Poème*, Rousseau a polémiqué avec Voltaire dans une lettre
publiée en août 1756, où il défend le « tout est bien » comme
une évidence du sentiment. Si Leibniz est le philosophe atta-
qué dans le conte, c'est sans doute que Voltaire a eu l'occasion
de discuter par correspondance en 1757 avec la duchesse de
Saxe-Gotha, disciple du philosophe, et tenante du « tout est
bien » jusqu'au milieu des tourments de la guerre. Et puis la
guerre a pour théâtre l'Allemagne, et Leibniz est le philosophe
allemand de l'optimisme.

La conclusion du conte ne fournit pas de réponse au pro-
blème de l'optimisme philosophique. En transformant la for-
mule de Leibniz sur « le meilleur des mondes possibles » en
une formule évidemment insoutenable – « le meilleur des
mondes » imaginables –, Voltaire ne prétend nullement
répondre sur le plan des idées et en toute rigueur aux opti-
mistes. Il souligne simplement qu'il n'est pas facile de vivre
comme individu ou comme petit groupe les aléas de l'histoire.
Or il est bien conscient du caractère limité et dérisoire du point
de vue des hommes sur eux-mêmes. Mais ici, dans les limites
du conte, il exprime avant tout le sentiment des individus – à
la fois borné et indépassable. De sorte que, plutôt qu'une
philosophie, c'est la philosophie qui est rejetée dans la dernière
page. « "Travaillons sans raisonner", dit Martin, c'est le seul
moyen de rendre la vie supportable. Toute la petite société
entra dans ce louable dessein. » Le mot de la fin, « Il faut
cultiver notre jardin », est avant tout une reprise de cette
résolution. L'idée, souvent et complaisamment développée par
les commentateurs modernes, d'un appel à la transformation
du monde par l'activité solidaire des hommes, n'est pas étran-
gère à Candide. Mais le terrain d'action est fort limité ; il
constitue une retraite, d'où l'on se garde de sortir pour quelque
entreprise politique ou réformatrice que ce soit ; et l'essentiel
est bien pour Candide de faire taire Pangloss, et avec lui tous
les philosophes. La morale de *Candide* rejoint celle de *Memnon* :
elle est faite d'abstention et de résignation au moindre mal. Ce
n'est ici ni le défenseur des Calas, ni l'organisateur de la
croisade contre « l'infâme » qui parle.

Mais est-ce bien Voltaire qui parle ? Le conte met en scène
un conteur qui n'est pas l'auteur lui-même, aussi proches de

lui soient les thèmes et les épisodes qu'il déroule. C'est pour bien marquer cette dissociation – et pas seulement par mesure de précaution à l'égard des autorités – que Voltaire attribue le conte à des auteurs de fantaisie : le docteur Ralph, un Allemand, selon l'édition originale, « professeur assez connu dans l'Académie de Francfort-sur-l'Oder » ; puis, pour divers correspondants, « un Mr Desmal, homme de beaucoup d'esprit », un certain Démad, de Zastrou en Allemagne, le frère de ce Démad « capitaine dans le régiment de Brunswick ». Dans l'édition de 1761, le docteur Ralph est mort à Minden en 1759, en laissant dans ses poches des additions à son conte. En prenant ainsi ses distances avec son œuvre, Voltaire justifie toutes les fantaisies du conte, et aussi le côté sommaire, à certains égards naïf, des commentaires philosophiques. En donnant le conte comme l'œuvre d'un autre, il partage notre amusement devant les caricatures schématiques auxquelles sont réduits les personnages, empruntés presque tous aux conventions de la littérature du temps, depuis le bon jeune homme que les voyages formeront jusqu'au grand inquisiteur, en passant par le galant aga, les bonnes vieilles et les juges cupides. Par là, *Candide* se présente tout entier (à l'exception sans doute de l'épisode parisien) comme un texte au second degré, qui met en scène non le monde lui-même, mais l'image que les livres en donnent.

Le conte reprend et porte à leur perfection des éléments déjà expérimentés par Voltaire dans d'autres contes. Mais il constitue aussi comme un condensé, à bien des égards ironique, de la littérature et des idées du temps. Ce caractère peut expliquer son prodigieux succès, non tant chez les savants et les délicats, mais dans le grand public, qui trouvait là comme un festival littéraire, en même temps qu'un petit livre extraordinairement divertissant par son irrespect permanent, son rythme, son cynisme. On estime à 20 000 le nombre des exemplaires diffusés à travers l'Europe en 1759 : chiffre considérable pour l'époque, qui explique l'immédiate célébrité du titre, des personnages, des formules frappantes du conte. L'auteur de *La Henriade* devient « l'auteur de *Candide* ».

Histoire du texte

La bibliothèque de l'Arsenal à Paris conserve un manuscrit du conte, copié par un secrétaire de Voltaire et corrigé par lui-même (manuscrit dit « La Vallière » du nom du duc à qui Voltaire l'envoya) ; il présente des états intermédiaires des chapitres XIX et XXII.

L'édition originale a été imprimée par les Cramer à Genève et diffusée vers le 25 février 1759, à la fois à Genève, à Paris et à Amsterdam – trois grands centres de librairie –, sans doute pour déjouer d'éventuelles difficultés avec les autorités. Dans les mois qui suivent paraissent de nombreuses autres éditions : six à Paris, une à Liège, une à Londres, à Lyon, à Avignon sans doute. Trois traductions en anglais sont publiées à Londres et à Édimbourg. Deux d'entre elles paraissent avoir été faites sur des copies manuscrites envoyées par Voltaire, légèrement différentes de l'édition originale.

Pour une réédition en 1761, dans un volume de *Mélanges Seconde suite des Mélanges de littérature, d'histoire, de philosophie, [...], Genève, Cramer, 1761), Voltaire remanie l'épisode parisien, qui avait été critiqué. Le texte ne varie plus ensuite. Toutefois Voltaire prévoyait à la fin de sa vie quelques corrections dont son secrétaire Wagnière nous a conservé le texte.

Nous reproduisons le texte de l'édition originale, en indiquant en note les principales corrections ultérieures.

Bibliographie critique

Voir en priorité les éditions critiques par A. Morize (Paris, 1913, rééd.), par J. Van den Heuvel (*Romans et contes,* Bibl. de la Pléiade, 1979), par R. Pomeau (Oxford, 1980), ainsi que l'édition de J. Goldzink (Magnard, 1985). On se contentera d'indiquer ici les études d'ensemble les plus importantes, en renvoyant pour les très nombreux articles aux bibliographies voltairiennes (voir ci-dessus p. XXXIX).

BOTTIGLIA W. F., « Voltaire's *Candide*. Analysis of a classic », *Studies on Voltaire* [...], vol. 7, Genève, 1959.

GOLDZINK J., *Roman et idéologie dans* Candide, Paris, Magnard, 1982.

MAGNAN A., *Voltaire,* Candide ou l'optimisme, Paris, PUF, 1987.

NAUDIN P., « *Candide* ou le bonheur du non-savoir », *Mélanges Vier,* Paris, 1973.

SAREIL J., *Essai sur* Candide, Genève, 1967.

STAROBINSKI J., « Sur le style philosophique de *Candide* », in *Le Remède dans le mal,* Paris, Gallimard, 1988.

VAN DEN HEUVEL J., *Voltaire dans ses contes,* Paris, 1967.

WADE I. O., *Voltaire and* Candide, Princeton, 1959.

Des études portant sur des passages limités de *Candide* sont indiquées dans les notes.

CANDIDE, OU L'OPTIMISME[9]

traduit de l'allemand

DE Mr. LE DOCTEUR RALPH[10]

Chapitre premier

Comment Candide fut élevé dans un beau château, et comment il fut chassé d'icelui[11]

Il y avait en Westphalie, dans le château de monsieur le baron de Thunder-ten-trunckh[12], un jeune garçon à qui la nature avait donné les mœurs les plus douces. Sa physionomie annonçait son âme. Il avait le jugement assez droit, avec l'esprit le plus simple ; c'est, je crois, pour cette raison qu'on le nommait Candide[13]. Les anciens domestiques de la maison soupçonnaient qu'il était le fils de la sœur de monsieur le baron, et d'un bon et honnête gentilhomme du voisinage, que cette demoiselle ne voulut jamais épouser parce qu'il n'avait pu prouver que soixante et onze quartiers[14], et que le reste de son arbre généalogique avait été perdu par l'injure du temps.

Monsieur le baron était un des plus puissants seigneurs de la Westphalie, car son château avait une porte et des fenêtres[15]. Sa grande salle même était ornée d'une tapisserie.

Tous les chiens de ses basses-cours composaient une meute dans le besoin ; ses palefreniers étaient ses piqueurs ; le vicaire du village était son grand aumônier. Ils l'appelaient tous Monseigneur, et ils riaient quand il faisait des contes.

Madame la baronne, qui pesait environ trois cent cinquante livres, s'attirait par là une très grande considération et faisait les honneurs de la maison avec une dignité qui la rendait encore plus respectable. Sa fille Cunégonde, âgée de dix-sept ans, était haute en couleur, fraîche, grasse, appétissante. Le fils du baron paraissait en tout digne de son père. Le précepteur Pangloss[16] était l'oracle de la maison, et le petit Candide écoutait ses leçons avec toute la bonne foi de son âge et de son caractère.

Pangloss enseignait la métaphysico-théologo-cosmolonigologie[17]. Il prouvait admirablement qu'il n'y a point d'effet sans cause[18], et que, dans ce meilleur des mondes possibles, le château de monseigneur le baron était le plus beau des châteaux, et madame la meilleure des baronnes possibles.

« Il est démontré[19], disait-il, que les choses ne peuvent être autrement : car tout étant fait pour une fin, tout est nécessairement pour la meilleure fin. Remarquez bien que les nez ont été faits pour porter des lunettes ; aussi avons-nous des lunettes[20]. Les jambes sont visiblement instituées pour être chaussées[21], et nous avons des chausses. Les pierres ont été formées pour être taillées et pour en faire des châteaux ; aussi monseigneur a un très beau château : la plus grand baron de la province doit être le mieux logé ; et les cochons étant faits pour être mangés, nous mangeons du porc toute l'année. Par conséquent, ceux qui ont avancé que tout est bien ont dit une sottise : il fallait dire que toute est au mieux[22]. »

Candide écoutait attentivement, et croyait innocemment : car il trouvait mademoiselle Cunégonde extrêmement belle, quoiqu'il ne prît jamais la hardiesse de le lui dire. Il concluait qu'après le bonheur d'être né baron de Thunder-ten-trunckh, le second degré de bonheur était d'être mademoiselle Cunégonde ; le troisième, de la voir tous les jours ; et le quatrième, d'entendre maître Pangloss, le

plus grand philosophe de la province, et par conséquent de toute la terre.

Un jour, Cunégonde, en se promenant auprès du château, dans le petit bois qu'on appelait parc, vit entre des broussailles le docteur Pangloss qui donnait une leçon de physique expérimentale à la femme de chambre de sa mère, petite brune très jolie et très docile. Comme mademoiselle Cunégonde avait beaucoup de disposition pour les sciences, elle observa, sans souffler, les expériences réitérées dont elle fut témoin ; elle vit clairement la raison suffisante[23] du docteur, les effets et les causes, et s'en retourna tout agitée, toute pensive, toute remplie du désir d'être savante, songeant qu'elle pourrait bien être la raison suffisante du jeune Candide qui pouvait aussi être la sienne.

Elle rencontra Candide en revenant au château, et rougit ; Candide rougit aussi ; elle lui dit bonjour d'une voix entrecoupée, et Candide lui parla sans savoir ce qu'il disait. Le lendemain, après le dîner, comme on sortait de table, Cunégonde et Candide se trouvèrent derrière un paravent ; Cunégonde laissa tomber son mouchoir, Candide le ramassa, elle lui prit innocemment la main, le jeune homme baisa innocemment la main de la jeune demoiselle avec une vivacité, une sensibilité, une grâce toute particulière ; leurs bouches se rencontrèrent, leurs yeux s'enflammèrent, leurs genoux tremblèrent, leurs mains s'égarèrent. Monsieur le baron de Thunder-ten-trunckh passa auprès du paravent, et, voyant cette cause et cet effet, chassa Candide du château à grands coups de pied dans le derrière ; Cunégonde s'évanouit ; elle fut souffletée par madame la baronne dès qu'elle fut revenue à elle-même ; et tout fut consterné dans le plus beau et le plus agréable des châteaux possibles.

Chapitre second

Ce que devint Candide parmi les Bulgares

Candide, chassé du paradis terrestre[24], marcha longtemps sans savoir où, pleurant, levant les yeux au ciel, les tournant souvent vers le plus beau des châteaux, qui renfermait la plus belle des baronnettes; il se coucha sans souper au milieu des champs entre deux sillons; la neige tombait à gros flocons. Candide, tout transi, se traîna le lendemain vers la ville voisine, qui s'appelle Waldberghoff-trarbk-dik-dorff, n'ayant point d'argent, mourant de faim et de lassitude. Il s'arrêta tristement à la porte d'un cabaret[25].

Deux hommes habillés de bleu[26] le remarquèrent: « Camarade, dit l'un, voilà un jeune homme très bien fait, et qui a la taille requise. » Ils s'avancèrent vers Candide, et le prièrent à dîner très civilement. – « Messieurs, leur dit Candide avec une modestie charmante, vous me faites beaucoup d'honneur, mais je n'ai pas de quoi payer mon écot. – Ah! monsieur, lui dit un des bleus, les personnes de votre figure et de votre mérite ne payent jamais rien: n'avez-vous pas cinq pieds cinq pouces de haut[27]? – Oui, messieurs, c'est ma taille, dit-il en faisant la révérence. – Ah! monsieur, mettez-vous à table; non seulement nous vous défrayons, mais nous ne souffrirons jamais qu'un homme comme vous manque d'argent; les hommes ne sont faits que pour se secourir les uns les autres. – Vous avez raison, dit Candide; c'est ce que monsieur Pangloss m'a toujours dit, et je vois bien que tout est au mieux. » On le prie d'accepter quelques écus, il les prend et veut faire son billet[28]; on n'en veut point, on se met à table. « N'aimez-vous pas tendrement?... – Oh! oui, répond-il, j'aime tendrement mademoiselle Cunégonde. – Non, dit l'un de ces messieurs, nous vous demandons si vous n'aimez pas tendrement le roi des Bulgares[29]? – Point du tout, dit-il, car je ne l'ai jamais vu. – Comment! c'est le plus charmant des rois, et il faut boire à

sa santé. – Oh ! très volontiers, messieurs. » Et il boit. « C'en
est assez, lui dit-on, vous voilà l'appui, le soutien, le défenseur,
le héros des Bulgares ; votre fortune est faite, et votre gloire est
assurée. » On lui met sur-le-champ les fers aux pieds, et on le
mène au régiment. On le fait tourner à droite, à gauche,
hausser la baguette[30], remettre la baguette, coucher en joue,
tirer, doubler le pas, et on lui donne trente coups de bâton ; le
lendemain, il fait l'exercice un peu moins mal, et il n'en reçoit
que vingt coups ; le surlendemain, on ne lui en donne que dix,
et il est regardé par ses camarades comme un prodige.

Candide, tout stupéfait, ne démêlait pas encore trop bien
comment il était un héros. Il s'avisa un beau jour de prin-
temps de s'aller promener, marchant tout droit devant lui,
croyant que c'était un privilège de l'espèce humaine, comme
de l'espèce animale, de se servir de ses jambes à son plaisir. Il
n'eut pas fait deux lieues que voilà quatre autres héros de six
pieds qui l'atteignent, qui le lient, qui le mènent dans un
cachot. On lui demanda juridiquement ce qu'il aimait le
mieux d'être fustigé trente-six fois par tout le régiment, ou de
recevoir à la fois douze balles de plomb dans la cervelle. Il eut
beau dire que les volontés sont libres, et qu'il ne voulait ni l'un
ni l'autre, il fallut faire un choix : il se détermina, en vertu du
don de Dieu qu'on nomme *liberté,* à passer trente-six fois par
les baguettes ; il essuya deux promenades. Le régiment était
composé de deux mille hommes. Cela lui composa quatre
mille coups de baguettes, qui, depuis la nuque du cou jus-
qu'au cul, lui découvrirent les muscles et les nerfs[31]. Comme
on allait procéder à la troisième course, Candide, n'en pouvant
plus, demanda en grâce qu'on voulût bien avoir la bonté de lui
casser la tête ; il obtint cette faveur ; on lui bande les yeux ; on
le fait mettre à genoux ; le roi des Bulgares passe dans ce
moment, il s'informe du crime du patient ; et comme ce roi
avait un grand génie, il comprit, par tout ce qu'il apprit de
Candide, que c'était un jeune métaphysicien fort ignorant des
choses de ce monde, et il lui accorda sa grâce avec une
clémence qui sera louée dans tous les journaux et dans tous les
siècles[32]. Un brave chirurgien guérit Candide en trois
semaines avec les émollients enseignés par Dioscoride[33]. Il
avait déjà un peu de peau, et pouvait marcher, quand le roi
des Bulgares livra bataille au roi des Abares.

Chapitre troisième

Comment Candide se sauva d'entre les Bulgares, et ce qu'il devint

Rien n'était si beau, si leste, si brillant, si bien ordonné que les deux armées. Les trompettes, les fifres, les hautbois, les tambours, les canons formaient une harmonie telle qu'il n'y en eut jamais en enfer. Les canons renversèrent d'abord à peu près six mille hommes de chaque côté; ensuite la mousqueterie ôta du meilleur des mondes environ neuf à dix mille coquins[34] qui en infectaient la surface. La baïonnette fut aussi la raison suffisante de la mort de quelques milliers d'hommes[35]. Le tout pouvait bien se monter à une trentaine de mille âmes. Candide, qui tremblait comme un philosophe, se cacha du mieux qu'il put pendant cette boucherie héroïque.

Enfin, tandis que les deux rois faisaient chanter des *Te Deum,* chacun dans son camp[36], il prit le parti d'aller raisonner ailleurs des effets et des causes. Il passa par-dessus des tas de morts et de mourants, et gagna d'abord un village voisin; il était en cendres, c'était un village abare que les Bulgares avaient brûlé, selon les lois du droit public. Ici des vieillards criblés de coups regardaient mourir leurs femmes égorgées, qui tenaient leurs enfants à leurs mamelles sanglantes; là des filles, éventrées après avoir assouvi les besoins naturels de quelques héros, rendaient les derniers soupirs; d'autres, à demi brûlées, criaient qu'on achevât de leur donner la mort. Des cervelles étaient répandues sur la terre à côté de bras et de jambes coupés[37].

Candide s'enfuit au plus vite dans un autre village : il appartenait à des Bulgares, et les héros abares l'avaient traité de même[38]. Candide, toujours marchant sur des membres palpitants, ou à travers des ruines, arriva enfin hors du théâtre de la guerre, portant quelques petites provisions dans son bissac, et n'oubliant jamais mademoiselle Cunégonde.

Ses provisions lui manquèrent quand il fut en Hollande ; mais ayant entendu dire que tout le monde était riche dans ce pays-là, et qu'on y était chrétien, il ne douta pas qu'on ne le traitât aussi bien qu'il l'avait été dans le château de monsieur le baron, avant qu'il en eût été chassé[39] pour les beaux yeux de mademoiselle Cunégone.

Il demanda l'aumône à plusieurs graves personnages, qui lui répondirent tous que, s'il continuait à faire ce métier, on l'enfermerait dans une maison de correction pour lui apprendre à vivre[40].

Il s'adressa ensuite à un homme[41] qui venait de parler tout seul une heure de suite sur la charité dans une grande assemblée. Cet orateur, le regardant de travers, lui dit : « Que venez-vous faire ici ? y êtes-vous pour la bonne cause ? – Il n'y a point d'effet sans cause, répondit modestement Candide ; tout est enchaîné nécessairement, et arrangé pour le mieux. Il a fallu que je fusse chassé d'auprès de mademoiselle Cunégonde, que j'aie passé par les baguettes, et il faut que je demande mon pain, jusqu'à ce que je le puisse en gagner ; tout cela ne pouvait être autrement. – Mon ami, lui dit l'orateur, croyez-vous que le pape soit l'Antéchrist ? – Je ne l'avais pas encore entendu dire, répondit Candide ; mais, qu'il le soit ou qu'il ne le soit pas, je manque de pain. – Tu ne mérites pas d'en manger, dit l'autre ; va, coquin ; va, misérable, ne m'approche de ta vie. » La femme de l'orateur ayant mis la tête à la fenêtre, et avisant un homme qui doutait que le pape fût antéchrist, lui répandit sur le chef un plein[42]... O ciel ! à quel excès se porte le zèle de la religion dans les dames !

Un homme qui n'avait point été baptisé, un bon ana-baptiste[43], nommé Jacques, vit la manière cruelle et igno-minieuse dont on traitait ainsi un de ses frères, un être à deux pieds sans plumes, qui avait une âme ; il l'emmena chez lui, le nettoya, lui donna du pain et de la bière, lui fit présent de deux florins, et voulut même lui apprendre à travailler dans ses manufactures aux étoffes de Perse qu'on fabrique en Hollande. Candide, se prosternant presque devant lui, s'écriait : « Maître Pangloss me l'avait bien dit que tout est au mieux dans ce monde, car je suis infini-ment plus touché de votre extrême générosité que de la

dureté de ce monsieur à manteau noir[44], et de madame son épouse. »

Le lendemain, en se promenant, il rencontra un gueux tout couvert de pustules[45], les yeux morts, le bout du nez rongé, la bouche de travers, les dents noires, et parlant de la gorge, tourmenté d'une toux violente, et crachant une dent à chaque effort.

Chapitre quatrième

Comment Candide rencontra son ancien maître de philosophie le docteur Pangloss, et ce qui en advint

Candide, plus ému encore de compassion que d'horreur, donna à cet épouvantable gueux les deux florins qu'il avait reçus de son honnête anabaptiste Jacques. Le fantôme le regarda fixement, versa des larmes et sauta à son cou. Candide, effrayé, recule. « Hélas ! dit le misérable à l'autre misérable, ne reconnaissez-vous plus votre cher Pangloss ? – Qu'entends-je ? Vous, mon cher maître ! vous, dans cet état horrible ! Quel malheur vous est-il donc arrivé ? Pourquoi n'êtes-vous plus dans le plus beau des châteaux ? Qu'est devenue mademoiselle Cunégonde, la perle des filles, le chef-d'œuvre de la nature ? – Je n'en peux plus », dit Pangloss. Aussitôt Candide le mène dans l'étable de l'anabaptiste, où il lui fit[46] manger un peu de pain ; et quand Pangloss fut refait : « Eh bien ! lui dit-il, Cunégonde ? – Elle est morte », reprit l'autre. Candide s'évanouit à ce mot ; son ami rappela ses sens avec un peu de mauvais vinaigre qui se trouva par hasard dans l'étable[47]. Candide rouvre les yeux. « Cunégonde est morte ! Ah ! meilleur des mondes, où êtes-vous ? Mais de quelle maladie est-elle morte ? Ne serait-ce point de m'avoir vu chasser du beau château de monsieur son père à grands coups de pied ? – Non, dit Pangloss, elle a été éventrée par des soldats bulgares, après avoir été violée autant qu'on peut l'être ; ils ont cassé la tête à monsieur le baron, qui voulait la défendre ; madame la baronne a été

coupée en morceaux; mon pauvre pupille, traité précisé-
ment comme sa sœur; et quant au château, il n'est pas resté
pierre sur pierre, pas une grange, pas un mouton, pas un
canard, pas un arbre; mais nous avons été bien vengés, car
les Abares en ont fait autant dans une baronnie voisine qui
appartenait à un seigneur bulgare. »

A ce discours, Candide s'évanouit encore; mais, revenu à
soi et ayant dit tout ce qu'il devait dire, il s'enquit de la
cause et de l'effet, et de la raison suffisante qui avaient mis
Pangloss dans un si piteux état. « Hélas! dit l'autre, c'est
l'amour : l'amour, le consolateur du genre humain, le
conservateur de l'univers, l'âme de tous les êtres sensibles, le
tendre amour. – Hélas! dit Candide, je l'ai connu, cet
amour, ce souverain des cœurs, cette âme de notre âme; il
ne m'a jamais valu qu'un baiser et vingt coups de pied au
cul[48]. Comment cette belle cause a-t-elle pu produire en
vous un effet si abominable? »

Pangloss répondit en ces termes : « O mon cher Candide!
vous avez connu Paquette[49], cette jolie suivante de notre
auguste baronne; j'ai goûté dans ses bras les délices du
paradis, qui ont produit ces tourments d'enfer dont vous me
voyez dévoré; elle en était infectée, elle en est peut-être
morte. Paquette tenait ce présent d'un cordelier[50] très savant
qui avait remonté à la source, car il l'avait eue d'une vieille
comtesse, qui l'avait reçue d'un capitaine de cavalerie, qui le
devait à une marquise, qui le tenait d'un page, qui l'avait
reçu d'un jésuite[51], qui, étant novice, l'avait eue en droite
ligne d'un des compagnons de Christophle Colomb[52]. Pour
moi, je ne la[53] donnerai à personne, car je me meurs.

– O Pangloss! s'écria Candide, voilà une étrange généalo-
gie! n'est-ce pas le diable qui en fut la souche? – Point du
tout, répliqua ce grand homme; c'était une chose indispen-
sable dans le meilleur des mondes, un ingrédient nécessaire :
car si Colomb n'avait pas attrapé dans une île de l'Amérique
cette maladie qui empoisonne la source de la génération, qui
souvent même empêche la génération[54], et qui est évidem-
ment l'opposé du grand but de la nature, nous n'aurions ni
le chocolat ni la cochenille[55]; il faut encore observer que
jusqu'aujourd'hui, dans notre continent, cette maladie nous
est particulière[56], comme la controverse. Les Turcs, les

Indiens, les Persans, les Chinois, les Siamois, les Japonais, ne la connaissent pas encore ; mais il y a une raison suffisante pour qu'ils la connaissent à leur tour dans quelques siècles. En attendant, elle a fait un merveilleux progrès parmi nous, et surtout dans ces grandes armées composées d'honnêtes stipendiaires[57] bien élevés, qui décident du destin des États ; on peut assurer que, quand trente mille hommes combattent en bataille rangée contre des troupes égales en nombre, il y a environ vingt mille vérolés de chaque côté.

– Voilà qui est admirable, dit Candide ; mais il faut vous faire guérir. – Et comment le puis-je ? dit Pangloss ; je n'ai pas le sou, mon ami, et dans toute l'étendue de ce globe on ne peut ni se faire saigner, ni prendre un lavement sans payer, ou sans qu'il y ait quelqu'un qui paye pour nous. »

Ce dernier discours détermina Candide ; il alla se jeter aux pieds de son charitable anabaptiste Jacques, et lui fit une peinture si touchante de l'état où son ami était réduit, que le bonhomme n'hésita pas à recueillir le docteur Pangloss ; il le fit guérir à ses dépens. Pangloss, dans la cure, ne perdit qu'un œil et une oreille. Il écrivait bien, et savait parfaitement l'arithmétique. L'anabaptiste Jacques en fit son teneur de livres[58]. Au bout de deux mois, étant obligé d'aller à Lisbonne pour les affaires de son commerce, il mena dans son vaisseau ses deux disciples. Pangloss lui expliqua comment tout était on ne peut mieux. Jacques n'était pas de cet avis. « Il faut bien, disait-il, que les hommes aient un peu corrompu la nature[59], car ils ne sont point nés loups, et ils sont devenus loups. Dieu ne leur a donné ni canons de vingt-quatre[60], ni baïonnettes[61] ; et ils se sont fait des baïonnettes et des canons pour se détruire. Je pourrais mettre en ligne de compte les banqueroutes, et la justice, qui s'empare des biens des banqueroutiers pour en frustrer les créanciers[62]. – Tout cela était indispensable, répliquait le docteur borgne, et les malheurs particuliers font le bien général[63] ; de sorte que plus il y a de malheurs particuliers, et plus tout est bien. » Tandis qu'il raisonnait, l'air s'obscurcit, les vents soufflèrent des quatre coins du monde, et le vaisseau fut assailli de la plus horrible tempête, à la vue du port de Lisbonne.

Chapitre cinquième

Tempête, naufrage, tremblement de terre,
et ce qui advint du docteur Pangloss, de Candide,
et de l'anabaptiste Jacques

La moitié des passagers affaiblis, expirants de ces angoisses inconcevables que le roulis d'un vaisseau porte dans les nerfs et dans toutes les humeurs du corps agitées en sens contraires, n'avait pas même la force de s'inquiéter du danger. L'autre moitié jetait des cris et faisait des prières ; les voiles étaient déchirées, les mâts brisés, le vaisseau entr'ouvert. Travaillait qui pouvait, personne ne s'entendait, personne ne commandait. L'anabaptiste aidait un peu à la manœuvre ; il était sur le tillac[64] ; un matelot furieux le frappe rudement et l'étend sur les planches ; mais du coup qu'il lui donna, il eut lui-même une si violente secousse qu'il tomba hors du vaisseau, la tête la premièr. Il restait suspendu et accroché à une partie de mât rompue. Le bon Jacques court à son secours, l'aide à remonter, et de l'effort qu'il fait il est précipité dans la mer à la vue du matelot, qui le laissa périr sans daigner seulement le regarder. Candide approche, voit son bienfaiteur qui reparaît un moment, et qui est englouti pour jamais. Il veut se jeter après lui dans la mer, le philosophe Pangloss l'en empêche, en lui prouvant que la rade de Lisbonne avait été formée exprès pour que cet anabaptiste s'y noyât. Tandis qu'il le prouvait *a priori*[65], le vaisseau s'entr'ouvre ; tout périt, à la réserve de Pangloss, de Candide, et de ce brutal de matelot qui avait noyé le vertueux anabaptiste : le coquin nagea heureusement jusqu'au rivage, où Pangloss et Candide furent portés sur une planche.

Quand ils furent revenus un peu à eux, ils marchèrent vers Lisbonne ; il leur restait quelque argent, avec lequel ils espéraient se sauver de la faim après avoir échappé à la tempête.

A peine ont-ils mis le pied dans la ville, en pleurant la mort de leur bienfaiteur, qu'ils sentent la terre trembler sous leurs pas[66], la mer s'élève en bouillonnant dans le port, et brise les vaisseaux qui sont à l'ancre. Des tourbillons de flammes et de cendres couvrent les rues et les places publiques ; les maisons s'écroulent, les toits sont renversés sur les fondements, et les fondements se dispersent ; trente mille habitants de tout âge et de tout sexe sont écrasés sous des ruines. Le matelot disait en sifflant et en jurant : « Il y aura quelque chose à gagner ici. – Quelle peut être la raison suffisante de ce phénomène ? disait Pangloss. – Voici le dernier jour du monde ! s'écriait Candide. » Le matelot court incontinent[67] au milieu des débris, affronte la mort pour trouver de l'argent, en trouve, s'en empare, s'enivre, et, ayant cuvé son vin, achète les faveurs de la première fille de bonne volonté qu'il rencontre sur les ruines des maisons détruites et au milieu des mourants et des morts[68]. Pangloss le tirait cependant par la manche : « Mon ami, lui disait-il, cela n'est pas bien, vous manquez à la raison universelle, vous prenez mal votre temps. – Tête et sang, répondit l'autre, je suis matelot et né à Batavia ; j'ai marché quatre fois sur le crucifix dans quatre voyages au Japon[69] ; tu as bien trouvé ton homme avec ta raison universelle ! »

Quelques éclats de pierre avaient blessé Candide ; il était étendu dans la rue et couvert de débris. Il disait à Pangloss : « Hélas ! procure-moi[70] un peu de vin et d'huile ; je me meurs. – Ce tremblement de terre n'est pas une chose nouvelle, répondit Pangloss ; la ville de Lima éprouva les mêmes secousses en Amérique l'année passée[71] ; mêmes causes, mêmes effets : il y a certainement une traînée de soufre sous terre depuis Lima jusqu'à Lisbonne[72]. – Rien n'est plus probable, dit Candide ; mais, pour Dieu, un peu d'huile et de vin. – Comment, probable ? répliqua le philosophe, je soutiens que la chose est démontrée. » Candide perdit connaissance, et Pangloss lui apporta un peu d'eau d'une fontaine voisine.

Le lendemain, ayant trouvé quelques provisions de bouche en se glissant à travers des décombres, ils réparèrent un peu leurs forces. Ensuite ils travaillèrent comme les autres à soulager les habitants échappés à la mort. Quelques

citoyens, secourus par eux, leur donnèrent un aussi bon
dîner qu'on le pouvait dans un tel désastre : il est vrai que le
repas était triste ; les convives arrosaient leur pain de leurs
larmes ; mais Pangloss les consola[73], en les assurant que les
choses ne pouvaient être autrement[74] : « Car, dit-il, tout ceci
est ce qu'il y a de mieux ; car s'il y a un volcan à Lisbonne, il
ne pouvait être ailleurs. Car il est impossible que les choses
ne soient pas où elles sont. Car tout est bien. »

Un petit homme noir, familier[75] de l'Inquisition, lequel
était à côté de lui, prit poliment la parole et dit : « Appa-
remment que monsieur ne croit pas au péché originel ; car si
tout est au mieux, il n'y a donc eu ni chute ni punition[76].

– Je demande très humblement pardon à Votre Excel-
lence, répondit Pangloss encore plus poliment, car la chute
de l'homme et la malédiction entraient nécessairement dans
le meilleur des mondes possibles. – Monsieur ne croit donc
pas à la liberté ? dit le familier. – Votre Excellence m'ex-
cusera, dit Pangloss ; la liberté peut subsister avec la néces-
sité absolue : car il était nécessaire que nous fussions libres ;
car enfin la volonté déterminée... » Pangloss était au milieu
de sa phrase, quand le familier fit un signe de tête à son
estafier[77] qui lui servait à boire du vin de Porto ou
d'Oporto[78].

Chapitre sixième

*Comment on fit un bel auto-da-fé pour empêcher les
tremblements de terre, et comment Candide fut fessé*

Après le tremblement de terre qui avait détruit les trois
quarts de Lisbonne, les sages du pays n'avaient pas trouvé
un moyen plus efficace pour prévenir une ruine totale que
de donner au peuple un bel auto-da-fé[79] ; il était décidé par
l'université de Coïmbre[80] que le spectacle de quelques per-
sonnes brûlées à petit feu, en grande cérémonie, est un secret
infaillible pour empêcher la terre de trembler.

On avait en conséquence saisi un Biscayen[81] convaincu

d'avoir épousé sa commère, et deux Portugais qui en mangeant un poulet en avaient arraché le lard[82] : on vint lier après le dîner le docteur Pangloss et son disciple Candide, l'un pour avoir parlé, et l'autre pour l'avoir écouté[83] avec un air d'approbation : tous deux furent menés séparément dans des appartements d'une extrême fraîcheur, dans lesquels on n'était jamais incommodé du soleil : huit jours après ils furent tous deux revêtus d'un *san-benito*[84], et on orna leurs têtes de mitres de papier : la mitre et le san-benito de Candide étaient peints de flammes renversées, et de diables qui n'avaient ni queues ni griffes; mais les diables de Pangloss portaient griffes et queues, et les flammes étaient droites[85]. Ils marchèrent en procession ainsi vêtus, et entendirent un sermon très pathétique, suivi d'une belle musique en faux-bourdon[86]. Candide fut fessé en cadence, pendant qu'on chantait; le Biscayen et les deux hommes qui n'avaient point voulu manger de lard furent brûlés, et Pangloss fut pendu, quoique ce ne soit pas la coutume[87]. Le même jour, la terre trembla de nouveau avec un fracas épouvantable[88].

Candide, épouvanté, interdit, éperdu, tout sanglant, tout palpitant, se disait à lui-même : « Si c'est ici le meilleur des mondes possibles, que sont donc les autres? Passe encore si je n'étais que fessé, je l'ai été chez les Bulgares; mais, ô mon cher Pangloss! le plus grand des philosophes, faut-il vous avoir vu pendre, sans que je sache[89] pourquoi! O mon cher anabaptiste! le meilleur des hommes, faut-il que vous ayez été noyé dans le port! ô mademoiselle Cunégonde! la perle des filles, faut-il qu'on vous ait fendu le ventre! »

Il s'en retournait, se soutenant à peine, prêché, fessé, absous et béni, lorsqu'une vieille l'aborda, et lui dit : « Mon fils, prenez courage, suivez-moi. »

Chapitre septième

Comment une vieille prit soin de Candide,
et comment il retrouva ce qu'il aimait

Candide ne prit point courage, mais il suivit la vieille dans une masure : elle lui donna un pot de pommade pour se frotter, lui laissa à manger et à boire ; elle lui montra[90] un petit lit assez propre ; il y avait auprès du lit un habit complet. « Mangez, buvez, dormez, lui dit-elle, et que Notre-Dame d'Atocha[91], monseigneur Saint Antoine de Padoue[92], et monseigneur Saint Jacques de Compostelle[93] prennent soin de vous ! je reviendrai demain. » Candide, toujours étonné de tout ce qu'il avait vu, de tout ce qu'il avait souffert, et encore plus de la charité de la vieille, voulut lui baiser la main. « Ce n'est pas ma main qu'il faut baiser, di la vieille ; je reviendrai demain. Frottez-vous de pommade, mangez et dormez. »

Candide, malgré tant de malheurs, mangea et dormit. Le lendemain, la vieille[94] lui apporte à déjeuner, visite son dos, le frotte elle-même d'une autre pommade ; elle lui apporte ensuite à dîner ; elle revient sur le soir, et apporte à souper. Le surlendemain, elle fit encore les mêmes cérémonies. « Qui êtes-vous ? lui disait toujours Candide ; qui vous a inspiré tant de bonté ? quelles grâces puis-je vous rendre ? » La bonne femme ne répondait jamais rien ; elle revint sur le soir, et n'apporta point à souper : « Venez avec moi, dit-elle, et ne dites mot. » Elle le prend sous le bras, et marche avec lui dans la campagne environ un quart de mille : ils arrivent à une maison isolée, entourée de jardins et de canaux[95]. La vieille[96] frappe à une petite porte. On ouvre ; elle mène Candide, par un escalier dérobé, dans un cabinet doré, le laisse sur un canapé de brocard, referme la porte, et s'en va. Candide croyait rêver, et[97] regardait toute sa vie comme un songe funeste, et le moment présent comme un songe agréable.

La vieille reparut bientôt ; elle soutenait avec peine une femme tremblante, d'une taille majestueuse, brillante de pierreries, et couverte d'un voile. « Otez ce voile, dit la vieille à Candide. » Le jeune homme approche ; il lève le voile d'une main timide. Quel moment ! quelle surprise ! il croit voir mademoiselle Cunégonde ; il la voyait en effet, c'était elle-même. La force lui manque, il ne peut proférer une parole, il tombe à ses pieds. Cunégonde tombe sur le canapé. La vieille les accable d'eaux spiritueuses, ils reprennent leurs sens, ils se parlent ; ce sont d'abord des mots entrecoupés, des demandes et des réponses qui se croisent, des soupirs, des larmes, des cris[98]. La vieille leur recommande de faire moins de bruit, et les laisse en liberté. « Quoi ! c'est vous, lui dit Candide ; vous vivez ! je vous retrouve en Portugal ! On ne vous a donc pas violée ? On ne vous a point fendu le ventre, comme le philosophe Pangloss me l'avait assuré ? – Si fait, dit la belle Cunégonde ; mais on ne meurt pas toujours de ces deux accidents. – Mais votre père et votre mère ont-ils été tués ? – Il n'est que trop vrai, dit Cunégonde en pleurant. – Et votre frère ? – Mon frère a été tué aussi. – Et pourquoi êtes-vous en Portugal ? et comment avez-vous su que j'y étais et par quelle étrange aventure m'avez-vous fait conduire dans cette maison ? – Je vous dirai tout cela, répliqua la dame ; mais il faut auparavant que vous m'appreniez tout ce qui vous est arrivé depuis le baiser innocent que vous me donnâtes, et les coups de pied[99] que vous reçûtes. »

Candide lui obéit avec un profond respect ; et quoiqu'il fût interdit, quoique sa voix fût faible et tremblante, quoique l'échine[100] lui fît encore un peu mal, il lui raconta de la manière la plus naïve tout ce qu'il avait éprouvé depuis le moment de leur séparation. Cunégonde levait les yeux au ciel : elle donna des larmes à la mort du bon anabaptiste et de Pangloss ; après quoi elle parla en ces termes à Candide, qui ne perdait pas une parole, et qui la dévorait des yeux.

Chapitre huitième

Histoire de Cunégonde[101]

« J'étais dans mon lit et je dormais profondément, quand il plut au Ciel d'envoyer les Bulgares dans notre beau château de Thunder-ten-trunckh ; ils égorgèrent mon père et mon frère, et coupèrent ma mère par morceaux. Un grand Bulgare, haut de six pieds, voyant qu'à ce spectacle j'avais perdu connaissance, se mit à me violer ; cela me fit revenir, je repris mes sens, je criai, je me débattis, je mordis, j'égratignai, je voulais arracher les yeux à ce grand Bulgare, ne sachant pas que tout ce qui arrivait dans le château de mon père était une chose d'usage : le brutal me donna un coup de couteau dans le flanc gauche dont je porte encore la marque. – Hélas ! j'espère bien la voir, dit le naïf Candide. – Vous la verrez, dit Cunégonde ; mais continuons. – Continuez », dit Candide.

Elle reprit ainsi le fil de son histoire[102] : « Un capitaine bulgare entra, il me vit toute sanglante, et le soldat ne se dérangeait pas. Le capitaine se mit en colère du peu de respect qui lui témoignait ce brutal, et le tua sur mon corps. Ensuite il me fit panser, et m'emmena prisonnière de guerre dans son quartier. Je blanchissais le peu de chemises qu'il avait, je faisais sa cuisine[103] ; il me trouvait fort jolie, il faut l'avouer ; et je ne nierai pas qu'il ne fût très bien fait, et qu'il n'eût la peau blanche et douce ; d'ailleurs peu d'esprit, peu de philosophie : on voyait bien qu'il n'avait pas été élevé par le docteur Pangloss. Au bout de trois mois, ayant perdu tout son argent, et s'étant dégoûté de moi, il me vendit à un juif nommé don Issachar[104], qui trafiquait en Hollande et en Portugal, et qui aimait passionnément les femmes. Ce juif s'attacha beaucoup à ma personne, mais il ne pouvait en triompher ; je lui ai mieux résisté qu'au soldat bulgare : une personne d'honneur peut être violée une fois, mais sa vertu s'en affermit. Le juif, pour m'apprivoiser, me mena dans

cette maison de campagne que vous voyez. J'avais cru jusque-là qu'il n'y avait rien sur la terre de si beau que le château de Thunder-ten-trunckh; j'ai été détrompée.

« Le grand inquisiteur m'aperçut un jour à la messe; il me lorgna beaucoup, et me fit dire qu'il avait à me parler pour des affaires secrètes. Je fus conduite à son palais; je lui appris ma naissance; il me représenta combien il était au-dessous de mon rang d'appartenir à un israélite[105]. On proposa de sa part à don Issachar de me céder à Monseigneur. Don Issachar, qui est le banquier de la cour, et homme de crédit, n'en voulut rien faire. L'inquisiteur le menaça d'un auto-da-fé. Enfin mon juif, intimidé, conclut un marché par lequel la maison et moi leur appartiendraient à tous deux en commun; que le juif aurait pour lui les lundis, mercredis et le jour du sabbat, et que l'inquisiteur aurait les autres jours de la semaine. Il y a six mois que cette convention subsiste. Ce n'a pas été sans querelles; car souvent il a été indécis si la nuit du samedi au dimanche appartenait à l'ancienne loi ou à la nouvelle[106]. Pour moi, j'ai résisté jusqu'à présent à toutes les deux[107]; et je crois que c'est pour cette raison que j'ai toujours été aimée.

« Enfin, pour détourner le fléau des tremblements de terre, et pour intimider don Issachar[108], il plut à monseigneur l'inquisiteur de célébrer un auto-da-fé. Il me fit l'honneur de m'y inviter. Je fus très bien placée; on servit aux dames des rafraîchissements entre la messe et l'exécution. Je fus, à la vérité, saisie d'horreur en voyant brûler ces deux juifs et cet honnête Biscayen qui avait épousé sa commère; mais quelle fut ma surprise, mon effroi[109], mon trouble, quand je vis, dans un san-benito et sous une mitre, une figure qui ressemblait à celle de Pangloss! Je me frottai les yeux, je regardai attentivement, je le vis pendre; je tombai en faiblesse. A peine reprenais-je mes sens que je vous vis dépouillé tout nu; ce fut là le comble de l'horreur, de la consternation, de la douleur, du désespoir. Je vous dirai, avec vérité, que votre peau est encore plus blanche, et d'un incarnat plus parfait que celle de mon capitaine des Bulgares. Cette vue redoubla tous les sentiments qui m'accablaient, qui me dévoraient. Je m'écriai, je voulus dire : « Arrêtez, barbares ! » Mais la voix me manqua, et mes cris

auraient été inutiles. Quand vous eûtes été bien fessé :
« Comment se peut-il faire, disais-je, que l'aimable Candide
et le sage Pangloss se trouvent à Lisbonne, l'un pour recevoir
cent coups de fouet, et l'autre pour être pendu par l'ordre de
monseigneur l'inquisiteur, dont je suis la bien-aimée ? Pan-
gloss m'a donc bien cruellement trompée, quand il me disait
que tout va le mieux du monde. »

« Agitée, éperdue, tantôt hors de moi-même, et tantôt
prête de mourir de faiblesse, j'avais la tête remplie du
massacre de mon père, de ma mère, de mon frère, de
l'insolence de mon vilain soldat bulgare, du coup de couteau
qu'il me donna, de ma servitude, de mon métier de cuisi-
nière, de mon capitaine bulgare, de mon vilain don Issachar,
de mon abominable inquisiteur, de la pendaison du docteur
Pangloss, de ce grand *miserere* en faux-bourdon pendant
lequel on vous fessait, et surtout du baiser que je vous avais
donné derrière un paravent, le jour que je vous avais vu pour
la dernière fois. Je louai Dieu, qui vous ramenait à moi par
tant d'épreuves. Je recommandai à ma vieille d'avoir soin de
vous, et de vous amener ici dès qu'elle le pourrait. Elle a très
bien exécuté ma commission ; j'ai goûté le plaisir inexpri-
mable de vous revoir, de vous entendre, de vous parler. Vous
devez avoir une faim dévorante, j'ai grand appétit, commen-
çons par[110] souper. »

Les voilà qui se mettent tous deux à table ; et, après le
souper, ils se replacent sur ce beau canapé dont on a déjà
parlé ; ils y étaient quand le signor[111] don Issachar, l'un des
maîtres de la maison, arriva. C'était le jour du sabbat. Il
venait jouir de ses droits, et expliquer son tendre amour.

Chapitre neuvième

*Ce qui advint de Cunégonde, de Candide, du grand
inquisiteur, et d'un juif*

Cet Issachar était le plus colérique Hébreu qu'on eût vu
dans Israël, depuis la captivité en Babylone[112]. « Quoi !

dit-il, chienne de galiléenne[113], ce n'est pas assez de monsieur l'inquisiteur? Il faut que ce coquin partage aussi avec moi?» En disant cela il tire un long poignard dont il était toujours pourvu, et, ne croyant pas que son adverse partie[114] eût des armes, il se jette sur Candide; mais notre bon Westphalien avait reçu une belle épée de la vieille avec l'habit complet. Il tire son épée, quoiqu'il eût les mœurs fort douces, et étend[115] l'israélite roide mort sur le carreau, aux pieds de Cunégonde[116].

«Sainte Vierge! s'écria-t-elle, qu'allons-nous devenir? Un homme tué chez moi! si la justice vient, nous sommes perdus. – Si Pangloss n'avait pas été pendu, dit Candide, il nous donnerait un bon conseil dans cette extrémité, car c'était un grand philosophe. A son défaut, consultons la vieille.» Elle était fort prudente, et commençait à dire son avis quand une autre petite porte s'ouvrit. Il était une heure après minuit, c'était le commencement du dimanche. Ce jour appartenait à monseigneur l'inquisiteur. Il entre et voit le fessé Candide, l'épée à la main, un mort étendu par terre, Cunégonde effarée, et la vieille donnant des conseils.

Voici dans ce moment ce qui se passa dans l'âme de Candide, et comment il raisonna : «Si ce saint homme appelle du secours, il me fera infailliblement brûler, il pourra en faire autant de Cunégonde; il m'a fait fouetter impitoyablement; il est mon rival; je suis en train de tuer; il n'y a pas à balancer.» Ce raisonnement fut net et rapide; et, sans donner le temps à l'inquisiteur de revenir de sa surprise, il le perce d'outre en outre, et le jette à côté du juif. «En voici bien d'une autre, dit Cunégonde; il n'y a plus de rémission; nous sommes excommuniés, notre dernière heure est venue! Comment avez-vous fait, vous qui êtes né si doux, pour tuer en deux minutes un juif et un prélat? – Ma belle demoiselle, répondit Candide, quand on est amoureux, jaloux, et fouetté par l'Inquisition, on ne se connaît plus.»

La vieille prit alors la parole, et dit : «Il y a trois chevaux andalous dans l'écurie, avec leurs selles et leurs brides : que le brave Candide les prépare; madame a des moyadors[117] et des diamants, montons vite à cheval, quoique je ne puisse me tenir que sur une fesse, et allons à Cadix; il fait le plus

beau temps du monde, et c'est un grand plaisir de voyager pendant la fraîcheur de la nuit. »

Aussitôt Candide selle les trois chevaux. Cunégonde, la vieille et lui font trente milles d'une traite. Pendant qu'ils s'éloignaient, la Sainte Hermandad arrive dans la maison, on enterre monseigneur dans une belle église et on jette Issachar à la voirie.

Candide, Cunégonde et la vieille étaient déjà dans la petite ville d'Avacéna[118], au milieu des montagnes de la Sierra-Morena ; et ils parlaient ainsi dans un cabaret.

Chapitre dixième

Dans quelle détresse Candide, Cunégonde et la vieille
arrivent à Cadix, et de leur embarquement

« Qui a donc pu me voler mes pistoles et mes diamants ? disait en pleurant Cunégonde ; de quoi vivrons-nous ? comment ferons-nous ? où trouver des inquisiteurs et des juifs qui m'en donnent d'autres ? – Hélas ! dit la vieille, je soupçonne fort un révérend père cordelier[119] qui coucha hier dans la même auberge que nous à Badajos[120] ; Dieu me garde de faire un jugement téméraire, mais il entra deux fois dans notre chambre, et il partit longtemps avant nous. – Hélas ! dit Candide, le bon Pangloss m'avait souvent prouvé que les biens de la terre sont communs à tous les hommes, que chacun y a un droit égal[121]. Ce cordelier devait bien, suivant ces principes, nous laisser de quoi achever notre voyage. Il ne vous reste donc rien du tout, ma belle Cunégonde ? – Pas un maravédis[122], dit-elle. – Quel parti prendre ? dit Candide. – Vendons un des chevaux, dit la vieille ; je monterai en croupe derrière mademoiselle, quoique je ne puisse me tenir que sur une fesse, et nous arriverons à Cadix. »

Il y avait dans la même hôtellerie un prieur de bénédictins[123] ; il acheta le cheval bon marché. Candide, Cunégonde, et la vieille passèrent par Lucena, par Chillas, par Lebrixa[124], et arrivèrent enfin à Cadix[125]. On y équipait une flotte et on

y assemblait des troupes pour mettre à la raison les révé-
rends pères jésuites du Paraguay, qu'on accusait d'avoir fait
révolter une de leurs hordes contre les rois d'Espagne et de
Portugal, auprès de la ville du Saint Sacrement[126]. Candide,
ayant servi chez les Bulgares, fit l'exercice bulgarien devant
le général de la petite armée avec tant de grâce, de célérité,
d'adresse, de fierté, d'agilité, qu'on lui donna une compa-
gnie d'infanterie[127] à commander. Le voilà capitaine; il
s'embarque avec mademoiselle Cunégonde, la vieille, deux
valets, et les deux chevaux andalous qui avaient appartenu à
monsieur le grand inquisiteur de Portugal.

Pendant toute la traversée ils raisonnèrent beaucoup sur
la philosophie du pauvre Pangloss. «Nous allons dans un
autre univers, disait Candide; c'est dans celui-là, sans doute,
que tout est bien. Car il faut avouer qu'on pourrait gémir
un peu de ce qui se passe dans le nôtre en physique et en
morale. – Je vous aime de tout mon cœur, disait Cuné-
gonde; mais j'ai encore l'âme toute effarouchée de ce que
j'ai vu, de ce que j'ai éprouvé. – Tout ira bien, répliquait
Candide; la mer de ce nouveau monde vaut déjà mieux que
les mers de notre Europe; elle est plus calme, les vents plus
constants[128]. C'est certainement le nouveau monde qui est le
meilleur des univers possibles. – Dieu le veuille! disait
Cunégonde; mais j'ai été si horriblement malheureuse dans
le mien que mon cœur est presque fermé à l'espérance.
– Vous vous plaignez, leur dit la vieille; hélas! vous n'avez
pas éprouvé des infortunes telles que les miennes.» Cuné-
gonde se mit presque à rire, et trouva cette bonne femme[129]
fort plaisante de prétendre être plus malheureuse qu'elle.
«Hélas! lui dit-elle, ma bonne, à moins que vous n'ayez été
violée par deux Bulgares, que vous n'ayez reçu deux coups
de couteau dans le ventre, qu'on n'ait démoli deux de vos
châteaux, qu'on n'ait égorgé à vos yeux deux mères et deux
pères, et que vous n'ayez vu deux de vos amants fouettés
dans un auto-da-fé, je ne vois pas que vous puissiez l'empor-
ter sur moi; ajoutez que je suis née baronne avec soixante et
douze quartiers[130], et que j'ai été cuisinière. – Mademoiselle,
répondit la vieille, vous ne savez pas quelle est ma nais-
sance; et si je vous montrais mon derrière, vous ne parleriez
pas comme vous faites, et vous suspendriez votre juge-

ment. » Ce discours fit naître une extrême curiosité dans l'esprit de Cunégonde et de Candide. La vieille leur parla en ces termes.

Chapitre onzième

Histoire de la vieille

« Je n'ai pas eu toujours les yeux éraillés et bordés d'écarlate ; mon nez n'a pas toujours touché à mon menton, et je n'ai pas toujours été servante[131]. Je suis la fille du pape Urbain X et de la princesse de Palestrine[132]. On m'éleva jusqu'à quatorze ans dans un palais auquel tous les châteaux de vos barons allemands n'auraient pas servi d'écurie ; et une de mes robes valait mieux que toutes les magnificences de la Westphalie. Je croissais en beauté, en grâces, en talents, au milieu des plaisirs, des respects, et des espérances. J'inspirais déjà de l'amour ; ma gorge se formait ; et quelle gorge ! blanche, ferme, taillée comme celle de la Vénus de Médicis[133] ; et quels yeux ! quelles paupières ! quels sourcils noirs ! quelles flammes brillaient dans mes deux prunelles, et effaçaient la scintillation des étoiles, comme me disaient les poètes du quartier ! Les femmes qui m'habillaient et qui me déshabillaient tombaient en extase en me regardant par devant et par derrière ; et tous les hommes auraient voulu être à leur place.

« Je fus fiancée à un prince souverain de Massa-Carrara[134]. Quel prince ! aussi beau que moi, pétri de douceur et d'agréments, brillant d'esprit et brûlant d'amour. Je l'aimais comme on aime pour la première fois, avec idolâtrie, avec emportement. Les noces furent préparées. C'était une pompe, une magnificence inouïe ; c'étaient des fêtes, des carrousels, des opéra-buffa continuels ; et toute l'Italie fit pour moi des sonnets dont il n'y eut pas un seul de passable. Je touchais au moment de mon bonheur, quand une vieille marquise qui avait été maîtresse de mon prince l'invita à prendre du chocolat chez elle. Il mourut en moins de deux

heures avec des convulsions épouvantables. Mais ce n'est qu'une bagatelle. Ma mère, au désespoir, et bien moins affligée que moi, voulut s'arracher pour quelque temps à un séjour si funeste. Elle avait une très belle terre auprès de Gaïète. Nous nous embarquâmes sur une galère du pays, dorée comme l'autel de Saint-Pierre de Rome. Voilà qu'un corsaire de Salé[135] fond sur nous et nous aborde. Nos soldats se défendirent comme des soldats du pape, ils se mirent tous à genoux en jetant leurs armes[136], et en demandant au corsaire une absolution *in articulo mortis*[137].

« Aussitôt on les dépouilla nus comme des singes, et ma mère aussi, nos filles d'honneur aussi, et moi aussi. C'est une chose admirable que la diligence avec laquelle ces messieurs déshabillent le monde. Mais ce qui me surprit davantage, c'est qu'ils nous mirent à tous le doigt dans un endroit où nous autres femmes nous ne nous laissons mettre d'ordinaire que des canules[138]. Cette cérémonie me paraissait bien étrange : voilà comme on juge de tout quand on n'est pas sorti de son pays. J'appris bientôt que c'était pour voir si nous n'avions pas caché là quelques diamants : c'est un usage établi de temps immémorial parmi les nations policées qui courent sur mer[139]. J'ai su que messieurs les religieux chevaliers de Malte[140] n'y manquent jamais quand ils prennent des Turcs et des Turques ; c'est une loi du droit des gens[141] à laquelle on n'a jamais dérogé.

« Je ne vous dirai point combien il est dur pour une jeune princesse d'être menée esclave à Maroc avec sa mère. Vous concevez assez tout ce que nous eûmes à souffrir dans le vaisseau corsaire. Ma mère était encore très belle ; nos filles d'honneur, nos simples femmes de chambre, avaient plus de charmes qu'on n'en peut trouver dans toute l'Afrique. Pour moi, j'étais ravissante, j'étais la beauté, la grâce même, et j'étais pucelle. Je ne le fus pas longtemps : cette fleur, qui avait été réservée pour le beau prince de Massa-Carrara, me fut ravie par le capitaine corsaire. C'était un nègre abominable, qui croyait encore me faire beaucoup d'honneur. Certes il fallait que madame la princesse de Palestrine et moi fussions bien fortes pour résister à tout ce que nous éprouvâmes jusqu'à notre arrivée à Maroc. Mais, passons ; ce sont

des choses si communes qu'elles ne valent pas la peine qu'on en parle.

« Maroc nageait dans le sang quand nous arrivâmes. Cinquante fils de l'empereur Mulei-Ismaël[142] avaient chacun leur parti : ce qui produisait en effet cinquante guerres civiles, de noirs contre noirs, de noirs contre basanés, de basanés contre basanés, de mulâtres contre mulâtres : c'était un carnage continuel dans toute l'étendue de l'empire.

« A peine fûmes-nous débarquées que des noirs d'une faction ennemie de celle de mon corsaire se présentèrent pour lui enlever son butin. Nous étions, après les diamants et l'or, ce qu'il avait de plus précieux. Je fus témoin d'un combat tel que vous n'en voyez jamais dans vos climats d'Europe. Les peuples septentrionaux n'ont pas le sang assez ardent. Ils n'ont pas la rage des femmes au point où elle est commune en Afrique. Il semble que vos Européans aient du lait dans les veines ; c'est du vitriol, c'est du feu qui coule dans celles des habitants du mont Atlas et des pays voisins. On combattit avec la fureur des lions, des tigres et des serpents de la contrée, pour savoir à qui nous aurait. Un Maure saisit ma mère par le bras droit, le lieutenant de mon capitaine la retint par le bras gauche ; un soldat maure la prit par une jambe, un de nos pirates la tenait par l'autre. Nos filles se trouvèrent presque toutes en un moment tirées ainsi à quatre soldats. Mon capitaine me tenait cachée derrière lui. Il avait le cimeterre au poing, et tuait tout ce qui s'opposait à sa rage. Enfin je vis toutes nos Italiennes et ma mère déchirées, coupées, massacrées par les monstres qui se les disputaient. Les captifs, mes compagnons, ceux qui les avaient pris, soldats, matelots, noirs, basanés, blancs, mulâtres, et enfin mon capitaine, tout fut tué, et je demeurai mourante sur un tas de morts. Des scènes pareilles se passaient, comme on sait, dans l'étendue de plus de trois cents lieues[143], sans qu'on manquât aux cinq prières par jour ordonnées par Mahomet.

« Je me débarrassai avec beaucoup de peine de la foule de tant de cadavres sanglants entassés, et je me traînai sous un grand oranger au bord d'un ruisseau voisin ; j'y tombai d'effroi, de lassitude, d'horreur, de désespoir et de faim. Bientôt après, mes sens accablés se livrèrent à un sommeil

qui tenait plus de l'évanouissement que du repos. J'étais dans cet état de faiblesse et d'insensibilité, entre la mort et la vie, quand je me sentis pressée de quelque chose qui s'agitait sur mon corps ; j'ouvris les yeux, je vis un homme blanc et de bonne mine qui soupirait, et qui disait entre ses dents : « O *che sciagura d'essere senza coglioni*[144] *!* »

Chapitre douzième

Suite des malheurs de la vieille

« Étonnée et ravie d'entendre la langue de ma patrie, et non moins surprise des paroles que proférait cet homme, je lui répondis qu'il y avait de plus grands malheurs que celui dont il se plaignait. Je l'instruisis en peu de mots des horreurs que j'avais essuyées, et je retombai en faiblesse. Il m'emporta dans une maison voisine, me fit mettre au lit, me fit donner à manger, me servit, me consola, me flatta, me dit qu'il n'avait rien vu de si beau que moi, et que jamais il n'avait tant regretté ce que personne ne pouvait lui rendre. « Je suis né à Naples, me dit-il ; on y chaponne deux ou trois mille enfants tous les ans ; les uns en meurent, les autres acquièrent une voix plus belle que celle des femmes, les autres vont gouverner les États[145]. On me fit cette opération avec un très grand succès, et j'ai été musicien de la chapelle de madame la princesse de Palestrine. – De ma mère ! m'écriai-je. – De votre mère ! s'écria-t-il en pleurant ; quoi ! vous seriez cette jeune princesse que j'ai élevée jusqu'à l'âge de six ans, et qui promettait déjà d'être aussi belle que vous êtes ? – C'est moi-même ; ma mère est à quatre cents pas d'ici, coupée en quartiers sous un tas de morts... »

« Je lui contai tout ce qui m'était arrivé ; il me conta aussi ses aventures, et m'apprit comment il avait été envoyé chez le roi de Maroc par une puissance chrétienne[146], pour conclure avec ce monarque un traité par lequel on lui fournirait de la poudre, des canons, et des vaisseaux, pour l'aider à exterminer le commerce des autres chrétiens. « Ma

mission est faite, dit cet honnête eunuque ; je vais m'embar-
quer à Ceuta[147], et je vous ramènerai en Italie. *Ma che
sciagura d'essere senza coglioni !* »

« Je le remerciai avec des larmes d'attendrissement ; et au
lieu de me mener en Italie, il me conduisit à Alger, et me
vendit au dey de cette province[148]. A peine fus-je vendue que
cette peste qui a fait le tour de l'Afrique, de l'Asie et de
l'Europe, se déclara dans Alger avec fureur. Vous avez vu des
tremblements de terre ; mais, mademoiselle, avez-vous
jamais eu la peste ? – Jamais, répondit la baronne[149].

– Si vous l'aviez eue, reprit la vieille, vous avoueriez
qu'elle est bien au-dessus d'un tremblement de terre. Elle est
fort commune en Afrique ; j'en fus attaquée. Figurez-vous
quelle situation pour la fille d'un pape, âgée de quinze
ans[150], qui en trois mois de temps avait éprouvé la pauvreté,
l'esclavage, avait été violée presque tous les jours, avait vu
couper sa mère en quatre, avait essuyé la faim et la guerre, et
mourait pestiférée dans Alger. Je n'en mourus pourtant pas ;
mais mon eunuque et le dey, et presque tout le sérail d'Alger
périrent.

« Quand les premiers ravages de cette épouvantable
peste[151] furent passés, on vendit les esclaves du dey. Un
marchand m'acheta, et me mena à Tunis ; il me vendit à un
autre marchand, qui me revendit à Tripoli ; de Tripoli je fus
revendue à Alexandrie, d'Alexandrie revendue à Smyrne, de
Smyrne à Constantinople. J'appartins enfin à un aga des
janissaires[152], qui fut bientôt commandé pour aller défendre
Azof contre les Russes, qui l'assiégeaient[153].

« L'aga, qui était un très galant homme, mena avec lui
tout son sérail, et nous logea dans un petit fort sur les
Palus-Méotides[154], gardé par deux eunuques noirs et vingt
soldats. On tua prodigieusement de Russes, mais ils nous le
rendirent bien. Azof fut mis à feu et à sang, et on ne
pardonna ni au sexe, ni à l'âge ; il ne resta que notre petit
fort : les ennemis voulurent nous prendre par famine. Les
vingt janissaires avaient juré de ne se jamais rendre. Les
extrémités de la faim où ils furent réduits les contraignirent
à manger nos deux eunuques, de peur de violer leur serment.
Au bout de quelques jours ils résolurent de manger les
femmes.

« Nous avions un iman[155] très pieux et très compatissant, qui leur fit un beau sermon par lequel il leur persuada de ne nous pas tuer tout à fait. « Coupez, dit-il, seulement une fesse à chacune de ces dames[156], vous ferez très bonne chère ; s'il faut y revenir, vous en aurez encore autant dans quelques jours ; le ciel vous saura gré d'une action si charitable, et vous serez secourus. »

« Il avait beaucoup d'éloquence ; il les persuada. On nous fit cette horrible opération. L'iman nous appliqua le même baume qu'on met aux enfants qu'on vient de circoncire. Nous étions toutes à la mort.

« A peine les janissaires eurent-ils fait le repas que nous leur avions fourni, que les Russes arrivent sur des bateaux plats[157] : il ne réchappa pas un janissaire. Les Russes ne firent aucune attention à l'état où nous étions. Il y a partout des chirurgiens français ; un d'eux, qui était fort adroit, prit soin de nous ; il nous guérit, et je me souviendrai toute ma vie que, quand mes plaies furent bien fermées, il me fit des propositions. Au reste, il nous dit à toutes de nous consoler ; il nous assura que dans plusieurs sièges pareille chose était arrivée, et que c'était la loi de la guerre.

« Dès que mes compagnes purent marcher, on les fit aller à Moscou. J'échus en partage à un boïard qui me fit sa jardinière, et qui me donnait vingt coups de fouet[158] par jour ; mais ce seigneur ayant été roué au bout de deux ans avec une trentaine de boïards pour quelque tracasserie de cour[159], je profitai de cette aventure : je m'enfuis ; je traversai toute la Russie ; je fus longtemps servante de cabaret à Riga, puis à Rostock, à Wismar, à Leipzig, à Cassel, à Utrecht, à Leyde, à La Haye, à Rotterdam ; j'ai vieilli dans la misère et dans l'opprobre, n'ayant que la moitié d'un derrière, me souvenant toujours que j'étais fille d'un pape ; je voulus cent fois me tuer, mais j'aimais encore la vie[160]. Cette faiblesse ridicule est peut-être un de nos penchants les plus funestes : car y a-t-il rien de plus sot que de vouloir porter continuellement un fardeau qu'on veut toujours jeter par terre ? d'avoir son être en horreur, et[161] de tenir à son être ? Enfin de caresser le serpent qui nous dévore, jusqu'à ce qu'il nous ait mangé le cœur ?

« J'ai vu dans les pays que le sort m'a fait parcourir, et

dans les cabarets où j'ai servi, un nombre prodigieux de personnes qui avaient leur existence en exécration ; mais je n'en ai vu que huit[162] qui aient mis volontairement fin à leur misère : trois nègres[163], quatre Anglais[164], et[165] un professeur allemand nommé Robeck[166]. J'ai fini par être servante chez le juif don Issachar ; il me mit auprès de vous, ma belle demoiselle ; je me suis attachée à votre destinée, et j'ai été plus occupée de vos aventures que des miennes. Je ne vous aurais même jamais parlé de mes malheurs si vous ne m'aviez pas un peu piquée, et s'il n'était d'usage, dans un vaisseau, de conter des histoires pour se désennuyer. Enfin, mademoiselle, j'ai de l'expérience, je connais le monde ; donnez-vous un plaisir, engagez chaque passager à vous conter son histoire, et s'il s'en trouve un seul qui n'ait souvent maudit sa vie, qui ne se soit souvent dit à lui-même qu'il était le plus malheureux des hommes, jetez-moi dans la mer la tête la première. »

Chapitre treizième

Comment Candide fut obligé de se séparer de la belle Cunégonde et de la vieille

La belle Cunégonde, ayant entendu l'histoire de la vieille, lui fit toutes les politesses qu'on devait à une personne de son rang et de son mérite. Elle accepta la proposition ; elle engagea[167] tous les passagers, l'un après l'autre, à lui conter leurs aventures. Candide et elle avouèrent que la vieille avait raison. « C'est bien dommage, disait Candide, que le sage Pangloss ait été pendu contre la coutume dans un auto-da-fé ; il nous dirait des choses admirables sur le mal physique et sur le mal moral qui couvrent la terre et la mer, et je me sentirais assez de force pour oser lui faire respectueusement quelques objections. »

A mesure que chacun racontait son histoire, le vaisseau avançait. On aborda dans Buenos-Ayres. Cunégonde, le capitaine Candide et la vieille allèrent chez le gouverneur

don Fernando d'Ibaraa, y Figueora, y Mascarenes, y Lampourdos, y Souza[168]. Ce seigneur avait une fierté convenable à un homme qui portait tant de noms. Il parlait aux hommes avec le dédain le plus noble, portant le nez si haut, élevant si impitoyablement la voix, prenant un ton si imposant, affectant une démarche si altière[169], que tous ceux qui le saluaient étaient tentés de le battre. Il aimait les femmes à la fureur. Cunégonde lui parut ce qu'il avait jamais vu de plus beau. La première chose qu'il fit fut de demander si elle n'était point la femme du capitaine. L'air dont il fit cette question alarma Candide : il n'osa pas dire qu'elle était sa femme, parce qu'en effet elle ne l'était point ; il n'osait pas dire que c'était sa sœur, parce qu'elle ne l'était pas non plus ; et quoique ce mensonge officieux pût lui être utile[170], son âme était trop pure pour trahir la vérité. « Mademoiselle Cunégonde, dit-il, doit me faire l'honneur de m'épouser et nous supplions Votre Excellence de daigner faire notre noce. »

Don Fernando d'Ibaraa, y Figueora, y Mascarenes, y Lampourdos, y Souza, relevant sa moustache, sourit amèrement, et ordonna au capitaine Candide d'aller faire la revue de sa compagnie. Candide obéit ; le gouverneur demeura avec mademoiselle Cunégonde. Il lui déclara sa passion, lui protesta que le lendemain il l'épouserait à la face de l'Église, ou autrement, ainsi qu'il plairait à ses charmes[171]. Cunégonde lui demanda un quart d'heure pour se recueillir, pour consulter la vieille, et pour se déterminer.

La vieille dit à Cunégonde : « Mademoiselle, vous avez soixante et douze quartiers et pas une obole ; il ne tient qu'à vous d'être la femme du plus grand seigneur de l'Amérique occidentale, qui a une très belle moustache ; est-ce à vous de vous piquer d'une fidélité à toute épreuve ? Vous avez été violée par les Bulgares ; un juif et un inquisiteur ont eu vos bonnes grâces. Les malheurs donnent des droits. J'avoue que, si j'étais à votre place, je ne ferais aucun scrupule d'épouser monsieur le gouverneur, et de faire la fortune de monsieur le capitaine Candide. » Tandis que la vieille parlait avec toute la prudence que l'âge et l'expérience donnent, on vit entrer dans le port un petit vaisseau ; il portait un alcade et des alguazils[172], et voici ce qui était arrivé.

La vieille avait très[173] bien deviné que ce fut un cordelier
à la grande manche[174] qui vola l'argent et les bijoux de
Cunégonde dans la ville de Badajos, lorsqu'elle fuyait en
hâte avec Candide. Ce moine voulut vendre quelques-unes
des pierreries à un joaillier. Le marchand les reconnut pour
celles du grand inquisiteur. Le cordelier, avant d'être pendu,
avoua qu'il les avait volées. Il indiqua les personnes, et la
route qu'elles prenaient. La fuite de Cunégonde et de Can-
dide était déjà connue. On les suivit à Cadix : on envoya
sans perdre temps un vaisseau à leur poursuite. Le vaisseau
était déjà dans le port de Buenos-Ayres. Le bruit se répandit
qu'un alcade allait débarquer, et qu'on poursuivait les
meurtriers de monseigneur le grand inquisiteur. La prudente
vieille vit dans l'instant tout ce qui était à faire. « Vous ne
pouvez fuir, dit-elle à Cunégonde, et vous n'avez rien à
craindre : ce n'est pas vous qui avez tué monseigneur, et
d'ailleurs le gouverneur, qui vous aime, ne souffrira pas
qu'on vous maltraite ; demeurez. » Elle court sur-le-champ à
Candide : « Fuyez, dit-elle, ou dans une heure vous allez être
brûlé[175]. » Il n'y avait pas un moment à perdre ; mais
comment se séparer de Cunégonde, et où se réfugier ?

Chapitre quatorzième

*Comment Candide et Cacambo furent reçus chez les
jésuites du Paraguay*

Candide avait amené de Cadix un valet[176] tel qu'on en
trouve beaucoup sur les côtes d'Espagne et dans les colonies.
C'était un quart d'Espagnol, né d'un métis dans le
Tucuman[177] ; il avait été enfant de chœur, sacristain, mate-
lot, moine, facteur[178], soldat, laquais. Il s'appelait Cacambo,
et aimait fort son maître, parce que son maître était un
fort[179] bon homme. Il sella au plus vite les deux chevaux
andalous. « Allons, mon maître, suivons le conseil de la
vieille ; partons, et courons sans regarder derrière nous. »
Candide versa des larmes : « O ma chère Cunégonde ! faut-il

vous abandonner dans le temps que monsieur le gouverneur va faire nos noces! Cunégonde amenée de si loin, que deviendrez-vous? – Elle deviendra ce qu'elle pourra, dit Cacambo; les femmes ne sont jamais embarrassées d'elles; Dieu y pourvoit; courons. – Où me mènes-tu? où allons-nous? que ferons-nous sans Cunégonde? disait Candide. – Par Saint Jacques de Compostelle, dit Cacambo, vous alliez faire la guerre aux jésuites; allons la faire pour eux : je sais assez les chemins, je vous mènerai dans leur royaume[180], ils seront charmés d'avoir un capitaine qui fasse l'exercice à la bulgare; vous ferez une fortune prodigieuse; quand on n'a pas son compte dans un monde, on le trouve dans un autre. C'est un très grand plaisir de voir et de faire des choses nouvelles.

– Tu as donc été déjà dans le Paraguay? dit Candide. – Eh vraiment oui! dit Cacambo; j'ai été cuistre[181] dans le collège de l'Assomption[182], et je connais le gouvernement de Los Padres[183] comme je connais les rues de Cadix. C'est une chose admirable que ce gouvernement. Le royaume a déjà plus de trois cents lieues de diamètre; il est divisé en trente provinces[184]. Los Padres y ont tout, et les peuples rien[185]; c'est le chef-d'œuvre de la raison et de la justice. Pour moi, je ne vois rien de si divin que Los Padres, qui font ici la guerre au roi d'Espagne et au roi de Portugal, et qui en Europe confessent ces rois; qui tuent ici des Espagnols, et qui à Madrid les envoient au ciel : cela me ravit; avançons : vous allez être le plus heureux de tous les hommes. Quel plaisir auront Los Padres quand ils sauront qu'il leur vient un capitaine qui sait l'exercice bulgare!»

Dès qu'ils furent arrivés à la première barrière, Cacambo dit à la garde avancée[186] qu'un capitaine demandait à parler à monseigneur le commandant. On alla avertir la grande garde[187]. Un officier paraguain courut aux pieds du commandant lui donner part de la nouvelle. Candide et Cacambo furent d'abord désarmés; on se saisit de leurs deux chevaux andalous. Les deux étrangers sont introduits au milieu de deux files de soldats; le commandant était au bout, le bonnet à trois cornes[188] en tête, la robe retroussée, l'épée au côté, l'esponton[189] à la main. Il fit un signe; aussitôt vingt-quatre soldats entourent les deux nouveaux

venus. Un sergent leur dit qu'il faut attendre, que le commandant ne peut leur parler, que le révérend père provincial[190] ne permet pas qu'aucun Espagnol ouvre la bouche qu'en sa présence, et demeure plus de trois heures dans le pays[191]. « Et où est le révérend père provincial ? dit Cacambo. – Il est à la parade après avoir dit sa messe, répondit le sergent, et vous ne pourrez baiser ses éperons[192] que dans trois heures. – Mais, dit Cacambo, monsieur le capitaine, qui meurt de faim comme moi, n'est point espagnol, il est allemand ; ne pourrions-nous point déjeuner en attendant Sa Révérence[193] ? »

Le sergent alla sur-le-champ rendre compte de ce discours au commandant. « Dieu soit béni ! dit ce seigneur, puisqu'il est allemand, je peux lui parler ; qu'on le mène dans ma feuillée[194]. » Aussitôt on conduit Candide dans un cabinet de verdure, orné d'une très jolie colonnade de marbre vert et or, et des treillages[195] qui renfermaient des perroquets, des colibris, des oiseaux-mouches, des pintades[196], et tous les oiseaux les plus rares. Un excellent déjeuner était préparé dans des vases d'or[197] ; et tandis que les Paraguayns mangèrent du maïs[198] dans des écuelles de bois, en plein champ, à l'ardeur du soleil, le révérend père commandant entra dans la feuillée.

C'était un très beau jeune homme, le visage plein, assez blanc, haut en couleur, le sourcil relevé, l'œil vif, l'oreille rouge, les lèvres vermeilles, l'air fier, mais d'une fierté qui n'était ni celle d'un Espagnol ni celle d'un jésuite. On rendit à Candide et à Cacambo leurs armes, qu'on leur avait saisies, ainsi que les deux chevaux andalous ; Cacambo leur fit manger l'avoine auprès de la feuillée, ayant toujours l'œil sur eux, crainte de surprise[199].

Candide baisa d'abord le bas de la robe du commandant, ensuite ils se mirent à table. « Vous êtes donc allemand ? lui dit le jésuite en cette langue. – Oui, mon révérend père », dit Candide. L'un et l'autre, en prononçant ces paroles, se regardaient avec une extrême surprise, et une émotion dont ils n'étaient pas les maîtres. « Et de quel pays d'Allemagne êtes-vous ? dit le jésuite. – De la sale province de Westphalie, dit Candide ; je suis né dans le château de Thunderten-trunckh. – O ciel ! est-il possible ! s'écria le comman-

dant. – Quel miracle! s'écria Candide. – Serait-ce vous? dit le commandant. – Cela n'est pas possible, dit Candide. » Ils se laissent tomber tous deux à la renverse, ils s'embrassent, ils versent des ruisseaux de larmes. « Quoi! serait-ce vous, mon révérend père? vous, le frère de la belle Cunégonde! vous, qui fûtes tué par les Bulgares! vous, le fils de monsieur le baron! vous, jésuite au Paraguay! Il faut avouer que ce monde est une étrange chose. O Pangloss! Pangloss! que vous seriez aise si vous n'aviez pas été pendu! »

Le commandant fit retirer les esclaves nègres[200] et les Paraguayns qui servaient à boire dans des gobelets de cristal de roche. Il remercia Dieu et Saint Ignace[201] mille fois; il serrait Candide entre ses bras, leurs visages étaient baignés de pleurs. « Vous seriez bien plus étonné, plus attendri, plus hors de vous-même, dit Candide, si je vous disais que mademoiselle Cunégonde, votre sœur, que vous avez crue éventrée, est pleine de santé. – Où? – Dans votre voisinage, chez monsieur le gouverneur de Buenos-Ayres; et je venais pour vous faire la guerre. » Chaque mot qu'ils prononcèrent dans cette longue conversation accumulait prodige sur prodige. Leur âme tout entière volait sur leur langue, était attentive dans leurs oreilles, et étincelante dans leurs yeux. Comme ils étaient allemands, ils tinrent table longtemps, en attendant le révérend père provincial; et le commandant parla ainsi à son cher Candide.

Chapitre quinzième

Comment Candide tua le frère de sa chère Cunégonde

« J'aurai toute ma vie présent à la mémoire le jour horrible où je vis tuer mon père et ma mère, et violer ma sœur[202]. Quand les Bulgares furent retirés[203], on ne trouva point cette sœur adorable, et on mit dans une charrette ma mère, mon père, et moi, deux servantes et trois petits garçons égorgés, pour nous aller enterrer dans une chapelle de jésuites, à deux lieues du château de mes pères. Un jésuite

nous jeta de l'eau bénite; elle était horriblement salée; il en entra quelques gouttes dans mes yeux : le père s'aperçut que ma paupière faisait un petit mouvement : il mit la main sur mon cœur, et le sentit palpiter; je fus secouru, et au bout de trois semaines il n'y paraissait pas. Vous savez, mon cher Candide, que j'étais fort joli; je le devins encore davantage; aussi le révérend père Didrie[204], supérieur de la maison, prit[205] pour moi la plus tendre amitié[206] : il me donna l'habit de novice; quelque temps après je fus envoyé à Rome. Le père général[207] avait besoin d'une recrue[208] de jeunes jésuites allemands. Les souverains du Paraguay reçoivent le moins qu'ils peuvent de jésuites espagnols; ils aiment mieux les étrangers, dont ils se croient plus maîtres. Je fus jugé propre par le révérend père général pour aller travailler dans cette vigne[209]. Nous partîmes, un Polonais, un Tyrolien et moi. Je fus honoré, en arrivant, du sous-diaconat[210] et d'une lieutenance; je suis aujourd'hui colonel et prêtre. Nous recevrons[211] vigoureusement les troupes du roi d'Espagne; je vous réponds qu'elles seront excommuniées et battues. La Providence vous envoie ici pour nous seconder. Mais est-il bien vrai que ma chère sœur Cunégonde soit dans le voisinage, chez le gouverneur de Buenos-Ayres? » Candide l'assura par serment que rien n'était plus vrai. Leurs larmes recommencèrent à couler.

Le baron ne pouvait se lasser d'embrasser Candide; il l'appelait son frère, son sauveur. « Ah! peut-être, lui dit-il, nous pourrons ensemble, mon cher Candide, entrer en vainqueurs dans la ville, et reprendre ma sœur Cunégonde. – C'est tout ce que je souhaite, dit Candide; car je comptais l'épouser, et je l'espère[212] encore. – Vous, insolent! répondit le baron, vous auriez l'impudence d'épouser ma sœur, qui a soixante et douze quartiers! Je vous trouve bien effronté d'oser me parler d'un dessein si téméraire! » Candide, pétrifié d'un tel discours, lui répondit : « Mon révérend père, tous les quartiers du monde n'y font rien; j'ai tiré votre sœur des bras d'un juif et d'un inquisiteur; elle m'a assez d'obligations, elle veut m'épouser; maître Pangloss m'a toujours dit que les hommes sont égaux, et assurément je l'épouserai. – C'est ce que nous verrons, coquin! » dit le jésuite baron de Thunder-ten-trunckh; et en même temps il

lui donna un grand coup du plat de son épée sur le visage. Candide dans l'instant tire la sienne, et l'enfonce jusqu'à la garde dans le ventre du baron jésuite; mais en la retirant toute fumante, il se mit à pleurer : « Hélas! mon Dieu, dit-il, j'ai tué mon ancien maître, mon ami, mon beau-frère; je suis le meilleur homme du monde, et voilà déjà trois hommes que je tue; et dans ces trois il y a deux prêtres. »

Cacambo, qui faisait sentinelle à la porte de la feuillée, accourut. « Il ne nous reste qu'à vendre cher notre vie, lui dit son maître; on va, sans doute, entrer dans la feuillée; il faut mourir les armes à la main. » Cacambo, qui en avait bien vu d'autres, ne perdit point la tête; il prit la robe de jésuite que portait le baron, la mit sur le corps de Candide, lui donna le bonnet carré du mort, et le fit monter à cheval. Tout cela se fit en un clin d'œil. « Galopons, mon maître; tout le monde vous prendra pour un jésuite qui va donner des ordres; et nous aurons passé les frontières avant qu'on puisse courir après nous. » Il volait déjà en prononçant ces paroles, et en criant en espagnol : « Place, place pour le révérend père colonel! »

Chapitre seizième

Ce qui advint aux deux voyageurs avec deux filles,
deux singes, et les sauvages nommés Oreillons

Candide et son valet furent au-delà des barrières, et personne ne savait encore dans le camp[213] la mort du jésuite allemand. Le vigilant Cacambo avait eu soin de remplir sa valise[214] de pain, de chocolat, de jambon, de fruit et de quelques mesures de vin. Ils s'enfoncèrent avec leurs chevaux andalous dans un pays inconnu où ils ne découvrirent aucune route. Enfin une belle prairie entrecoupée de ruisseaux se présenta devant eux. Nos deux voyageurs font repaître leurs montures. Cacambo propose à son maître de manger, et lui en donne l'exemple. « Comment veux-tu,

disait Candide, que je mange du jambon, quand j'ai tué le
fils de monsieur le baron, et que je me vois condamné à ne
revoir la belle Cunégonde de ma vie ? A quoi me servira de
prolonger mes misérables jours, puisque je dois les traîner
loin d'elle dans les remords et dans le désespoir ? Et que dira
le Journal de Trévoux[215] ? »

En parlant ainsi, il ne laissait[216] pas de manger. Le soleil
se couchait. Les deux égarés entendirent quelques petits cris
qui paraissaient poussés par des femmes. Ils ne savaient si
ces cris étaient de douleur ou de joie; mais ils se levèrent
précisément[217] avec cette inquiétude et cette alarme que tout
inspire dans un pays inconnu. Ces clameurs partaient de
deux filles toutes nues qui couraient légèrement au bord de
la prairie, tandis que deux singes les suivaient en leur
mordant les fesses. Candide fut touché de pitié; il avait
appris à tirer chez les Bulgares, et il aurait abattu une
noisette dans un buisson sans toucher aux feuilles. Il prend
son fusil espagnol à deux coups, tire, et tue les deux singes.
« Dieu soit loué, mon cher Cacambo ! j'ai délivré d'un grand
péril ces deux pauvres créatures : si j'ai commis un péché en
tuant un inquisiteur et un jésuite, je l'ai bien réparé en
sauvant la vie à deux filles. Ce sont peut-être deux demoi-
selles de condition[218], et cette aventure nous peut procurer de
très grands avantages dans le pays. »

Il allait continuer, mais sa langue devint percluse quand il
vit[219] ces deux filles embrasser tendrement les deux singes,
fondre en larmes sur leurs corps, et remplir l'air des cris les
plus douloureux. « Je ne m'attendais pas à tant de bonté
d'âme », dit-il enfin à Cacambo; lequel lui répliqua :
« Vous avez fait là un beau chef-d'œuvre, mon maître; vous
avez tué les deux amants de ces demoiselles. – Leurs
amants ! serait-il possible ? Vous vous moquez de moi,
Cacambo; le moyen de vous croire ? – Mon cher maître,
repartit Cacambo, vous êtes toujours étonné de tout ; pour-
quoi trouvez-vous si étrange que dans quelques pays il y ait
des singes qui obtiennent les bonnes grâces des dames ? Ils
font[220] des quarts d'homme, comme je suis un quart d'Es-
pagnol. – Hélas ! reprit Candide, je me souviens d'avoir
entendu dire à maître Pangloss qu'autrefois pareils accidents
étaient arrivés, et que ces mélanges avaient produit des

égypans, des faunes, des satyres[221] ; que plusieurs grands personnages de l'antiquité en avaient vu ; mais je prenais cela pour des fables. – Vous devez être convaincu à présent, dit Cacambo, que c'est une vérité, et vous voyez comment en usent les personnes qui n'ont pas reçu une certaine éducation ; tout ce que je crains, c'est que ces dames ne nous fassent quelque méchante affaire[222]. »

Ces réflexions solides engagèrent Candide à quitter la prairie, et à s'enfoncer dans un bois. Il y soupa avec Cacambo ; et tous deux, après avoir maudit l'inquisiteur de Portugal, le gouverneur de Buenos-Ayres, et le baron, s'endormirent sur de la mousse. A leur réveil, ils sentirent qu'ils ne pouvaient remuer ; la raison en était que pendant la nuit les Oreillons[223], habitants du pays, à qui les deux dames les avaient dénoncés, les avaient garrottés avec des cordes d'écorces d'arbre[224]. Ils étaient entourés d'une cinquantaine d'Oreillons tout nus, armés de flèches, de massues, et de haches de caillou : les uns faisaient bouillir une grande chaudière ; les autres préparaient des broches, et tous criaient : « C'est un jésuite, c'est un jésuite ! nous serons vengés, et nous ferons bonne chère[225] ; mangeons du jésuite, mangeons du jésuite ! »

« Je vous l'avais bien dit, mon cher maître, s'écria tristement Cacambo, que ces deux filles nous joueraient d'un mauvais tour. » Candide, apercevant la chaudière et les broches, s'écria : « Nous allons certainement être rôtis ou bouillis. Ah ! que dirait maître Pangloss, s'il voyait comme la pure nature est faite ? Tout est bien ; soit, mais j'avoue qu'il est bien cruel d'avoir perdu mademoiselle Cunégonde et d'être mis à la broche par des Oreillons. » Cacambo ne perdait jamais la tête. « Ne désespérez de rien, dit-il au désolé Candide ; j'entends un peu le jargon de ces peuples, je vais leur parler. – Ne manquez pas, dit Candide, de leur représenter quelle est l'inhumanité affreuse de faire cuire des hommes, et combien cela est peu chrétien. »

« Messieurs, dit Cacambo, vous comptez donc manger aujourd'hui un jésuite ? C'est très bien fait ; rien n'est plus juste que de traiter ainsi ses ennemis. En effet le droit naturel[226] nous enseigne à tuer notre prochain, et c'est ainsi qu'on en agit dans toute la terre. Si nous n'usons pas du

droit de le manger, c'est que nous avons d'ailleurs de quoi faire bonne chère ; mais vous n'avez pas les mêmes ressources que nous : certainement il vaut mieux manger ses ennemis que d'abandonner aux corbeaux et aux corneilles le fruit de sa victoire[227]. Mais, messieurs, vous ne voudriez pas manger vos amis. Vous croyez aller mettre un jésuite en broche, et c'est votre défenseur, c'est l'ennemi de vos ennemis[228] que vous allez rôtir. Pour moi, je suis né dans votre pays ; monsieur que vous voyez est mon maître, et bien loin d'être jésuite, il vient de tuer un jésuite, il en porte les dépouilles ; voilà le sujet de votre méprise. Pour vérifier ce que je vous dis, prenez sa robe, portez-la à la première barrière du royaume de Los Padres ; informez-vous si mon maître n'a pas tué un officier jésuite. Il vous faudra peu de temps ; vous pourrez toujours nous manger, si vous trouvez que je vous ai menti. Mais, je vous ai dit la vérité, vous connaissez trop les principes du droit public, les mœurs et les lois, pour ne nous pas faire grâce. »

Les Oreillons trouvèrent ce discours très raisonnable ; ils députèrent deux notables pour aller en diligence s'informer de la vérité ; les deux députés s'acquittèrent de leur commission en gens d'esprit, et revinrent bientôt apporter de bonnes nouvelles. Les Oreillons délièrent leurs deux prisonniers, leur firent toutes sortes de civilités, leurs offrirent des filles, leur donnèrent des rafraîchissements, et les reconduisirent jusqu'aux confins de leurs États, en criant avec allégresse : « Il n'est point jésuite, il n'est point jésuite ! »

Candide ne se lassait point d'admirer le sujet de sa délivrance. « Quel peuple ! disait-il, quels hommes ! quelles mœurs ! si je n'avais pas eu le bonheur de donner un grand coup d'épée au travers du corps du frère de mademoiselle Cunégonde, j'étais mangé sans rémission. Mais, après tout, la pure nature est bonne, puisque ces gens-ci, au lieu de me manger, m'ont fait mille honnêtetés dès qu'ils ont su que je n'étais pas jésuite. »

Chapitre dix-septième

Arrivée de Candide et de son valet au pays
d'Eldorado[229], et ce qu'ils y virent

Quand ils furent aux frontières des Oreillons : « Vous voyez, dit Cacambo à Candide, que cet hémisphère-ci ne vaut pas mieux que l'autre ; croyez-moi, retournons en Europe par le plus court chemin[230]. – Comment y retourner, dit Candide ; et où aller ? Si je vais dans mon pays, les Bulgares et les Abares y égorgent tout ; si je retourne en Portugal, j'y suis brûlé ; si nous restons dans ce pays-ci, nous risquons à tout moment d'être mis en broche. Mais comment se résoudre à quitter la partie du monde que mademoiselle Cunégonde habite ?

– Tournons vers la Cayenne[231], dit Cacambo, nous y trouverons des Français, qui vont par tout le monde ; ils pourront nous aider. Dieu aura peut-être pitié de nous. »

Il n'était pas facile d'aller à la Cayenne ; ils savaient bien à peu près de quel côté il fallait marcher ; mais des montagnes, des fleuves, des précipices, des brigands, des sauvages, étaient partout de terribles obstacles. Leurs chevaux moururent de fatigue ; leurs provisions furent consumées ; ils se nourrirent un mois entier de fruits sauvages, et se trouvèrent enfin auprès d'une petite rivière bordée de cocotiers[232], qui soutinrent leur vie et leurs espérances.

Cacambo, qui donnait toujours d'aussi bons conseils que la vieille, dit à Candide : « Nous n'en pouvons plus, nous avons assez marché ; j'aperçois un canot vide sur le rivage, emplissons-le de cocos, jetons-nous dans cette petite[233] barque, laissons-nous aller au courant ; une rivière mène toujours à quelque endroit habité. Si nous ne trouvons pas des choses agréables, nous trouverons du moins des choses nouvelles. – Allons, dit Candide, recommandons-nous à la Providence. »

Ils voguèrent quelques lieues entre des bords tantôt fleu-

ris, tantôt arides, tantôt unis, tantôt escarpés. La rivière
s'élargissait toujours ; enfin elle se perdait sous une voûte de
rochers épouvantables qui s'élevaient jusqu'au ciel. Les deux
voyageurs eurent la hardiesse de s'abandonner aux flots sous
cette voûte. Le fleuve, resserré en cet endroit, les porta avec
une rapidité et un bruit horribles. Au bout de vingt-quatre
heures ils revirent le jour[234] ; mais leur canot se fracassa
contre les écueils ; il fallut se traîner de rocher en rocher
pendant une lieue entière ; enfin ils découvrirent un horizon
immense, bordé de montagnes inaccessibles. Le pays était
cultivé pour le plaisir comme pour le besoin ; partout l'utile
était agréable. Les chemins étaient couverts ou plutôt ornés
de voitures d'une forme et d'une matière brillante, portant
des hommes et des femmes d'une beauté singulière, traînés
rapidement par de gros moutons rouges[235] qui surpassaient
en vitesse les plus beaux chevaux d'Andalousie, de Tétuan et
de Méquinez[236].

« Voilà pourtant, dit Candide, un pays qui vaut mieux
que la Westphalie. » Il mit pied à terre[237] avec Cacambo
auprès du premier village qu'il rencontra. Quelques enfants
du village, couverts de brocarts d'or tout déchirés, jouaient
au palet à l'entrée du bourg ; nos deux hommes de l'autre
monde s'amusèrent à les regarder : leurs palets étaient d'as-
sez larges pièces rondes, jaunes, rouges, vertes, qui jetaient
un éclat singulier. Il prit envie aux voyageurs d'en ramasser
quelques-uns ; c'était de l'or, c'était des émeraudes, des
rubis, dont le moindre aurait été le plus grand ornement du
trône du Mogol[238]. « Sans doute[239], dit Cacambo, ces enfants
sont les fils du roi du pays, qui jouent au petit palet. » Le
magister du village parut dans ce moment pour les faire
rentrer à l'école. « Voilà, dit Candide, le précepteur de la
famille royale. »

Les petits gueux quittèrent aussitôt le jeu, en laissant à
terre leurs palets, et tout ce qui avait servi à leurs divertisse-
ments. Candide les ramasse, court au précepteur, et les lui
présente humblement, lui faisant entendre par signes que
leurs altesses royales avaient oublié leur or et leurs pierreries.
Le magister du village, en souriant, les jeta par terre, regarda
un moment la figure de Candide avec beaucoup de surprise,
et continua son chemin.

Les voyageurs ne manquèrent pas de ramasser l'or, les rubis, et les émeraudes. « Où sommes-nous ? s'écria Candide. Il faut que les enfants des rois de ce pays soient bien élevés, puisqu'on leur apprend à mépriser l'or et les pierreries. » Cacambo était aussi surpris que Candide. Ils approchèrent enfin de la première maison du village ; elle était bâtie comme un palais d'Europe. Une foule de monde s'empressait à la porte, et encore plus dans le logis ; une musique très agréable se faisait entendre, et une odeur délicieuse de cuisine se faisait sentir. Cacambo s'approcha de la porte, et entendit qu'on parlait péruvien ; c'était sa langue maternelle ; car tout le monde sait que Cacambo était né au Tucuman[240], dans un village où l'on ne connaissait que cette langue. « Je vous servirai d'interprète, dit-il à Candide ; entrons, c'est ici un cabaret. »

Aussitôt deux garçons et deux filles de l'hôtellerie, vêtus de drap d'or, et les cheveux renoués avec des rubans, les invitent à se mettre à la table de l'hôte. On servit quatre potages garnis chacun de deux perroquets, un contour[241] bouilli qui pesait deux cents livres[242], deux singes rôtis d'un goût excellent, trois cents colibris dans un plat, et six cents oiseaux-mouches dans un autre ; des ragoûts exquis, des pâtisseries délicieuses ; le tout dans des plats d'une espèce de cristal de roche. Les garçons et les filles de l'hôtellerie versaient plusieurs liqueurs faites de canne de sucre.

Les convives étaient pour la plupart des marchands et des voituriers, tous d'une politesse extrême, qui firent quelques questions à Cacambo avec la discrétion la plus circonspecte, et qui répondirent aux siennes d'une manière à le satisfaire.

Quand le repas fut fini, Cacambo crut, ainsi que Candide, bien payer son écot en jetant sur la table de l'hôte deux de ces larges pièces d'or qu'il avait ramassées ; l'hôte et l'hôtesse éclatèrent de rire, et se tinrent longtemps les côtés. Enfin ils se remirent. « Messieurs, dit l'hôte, nous voyons bien que vous êtes des étrangers ; nous ne sommes pas accoutumés à en voir. Pardonnez-nous si nous nous sommes mis à rire quand vous nous avez offert en payement les cailloux de nos grands chemins. Vous n'avez pas sans doute de la monnaie du pays, mais il n'est pas nécessaire d'en avoir pour dîner ici. Toutes les hôtelleries établies pour la commo-

dité du commerce sont payées par le gouvernement[243]. Vous avez fait mauvaise chère ici, parce que c'est un pauvre village; mais partout ailleurs vous serez reçus comme vous méritez de l'être.» Cacambo expliquait à Candide tous les discours de l'hôte, et Candide les écoutait avec la même admiration et le même égarement que son ami Cacambo les rendait. «Quel est donc ce pays, disaient-ils l'un et l'autre, inconnu à tout le reste de la terre, et où toute la nature est d'une espèce si différente de la nôtre? C'est probablement le pays où tout va bien: car il faut absolument qu'il y en ait un de cette espèce. Et, quoi qu'en dît maître Pangloss, je me suis souvent aperçu que tout allait assez[244] mal en Westphalie.»

Chapitre dix-huitième

Ce qu'ils virent dans le pays d'Eldorado

Cacambo témoigna à son hôte toute sa curiosité; l'hôte lui dit: «Je suis fort ignorant, et je m'en trouve bien; mais nous avons ici un vieillard retiré de la cour qui est le plus savant homme du royaume, et le plus communicatif.» Aussitôt il mène Cacambo chez le vieillard. Candide ne jouait plus que le second personnage, et accompagnait son valet. Ils entrèrent dans une maison fort simple, car la porte n'était que d'argent, et les lambris des appartements[245] n'étaient que d'or, mais travaillés avec tant de goût que les plus riches lambris ne l'effaçaient pas. L'antichambre n'était à la vérité incrustée que de rubis et d'émeraudes; mais l'ordre dans lequel tout était arrangé réparait bien cette extrême simplicité.

Le vieillard reçut les deux étrangers sur un sofa matelassé de plumes de colibri, et leur fit présenter des liqueurs dans des vases de diamant; après quoi il satisfit à leur curiosité en ces termes:

«Je suis âgé de[246] cent soixante et douze ans, et j'ai appris de feu mon père, écuyer du roi, les étonnantes révolutions du

Pérou dont il avait été témoin. Le royaume où nous sommes est l'ancienne patrie des Incas, qui en sortirent très imprudemment pour aller subjuguer une partie du monde et qui furent enfin détruits par les Espagnols[247]. Les princes de leur famille qui restèrent dans leur pays natal furent plus sages ; ils ordonnèrent, du consentement de la nation, qu'aucun habitant ne sortirait jamais de notre petit royaume ; et c'est ce qui nous a conservé notre innocence et notre félicité. Les Espagnols ont eu une connaissance confuse de ce pays, ils l'ont appelé *El Dorado* ; et un Anglais, nommé le chevalier Raleigh[248], en a même approché il y a environ cent années ; mais, comme nous sommes entourés de rochers inabordables et de précipices, nous avons toujours été jusqu'à présent à l'abri de la rapacité des nations de l'Europe, qui ont une fureur inconcevable pour les cailloux et pour la fange de notre terre, et qui, pour en avoir, nous tueraient tous jusqu'au dernier. »

La conversation fut longue ; elle roula sur la forme du gouvernement, sur les mœurs, sur les femmes, sur les spectacles publics, sur les arts. Enfin Candide, qui avait toujours du goût pour la métaphysique, fit demander par Cacambo si dans le pays il y avait une religion.

Le vieillard rougit un peu. « Comment donc ! dit-il ; en pouvez-vous douter ? Est-ce que vous nous prenez pour des ingrats ? » Cacambo demanda humblement quelle était la religion d'Eldorado. Le vieillard rougit encore : « Est-ce qu'il peut y avoir deux religions ? dit-il. Nous avons, je crois, la religion de tout le monde ; nous adorons Dieu du soir jusqu'au matin[249]. – N'adorez-vous qu'un seul Dieu ? dit Cacambo, qui servait toujours d'interprète aux doutes de Candide. – Apparemment, dit le vieillard, qu'il n'y en a ni deux, ni trois, ni quatre. Je vous avoue que les gens de votre monde font des questions bien singulières. » Candide ne se lassait pas de faire interroger ce bon vieillard ; il voulut savoir comment on priait Dieu dans l'Eldorado. « Nous ne le prions point, dit le bon et respectable sage ; nous n'avons rien à lui demander, il nous a donné tout ce qu'il nous faut ; nous le remercions sans cesse. » Candide eut la curiosité de voir des prêtres ; il fit demander où ils étaient. Le bon vieillard sourit. « Mes amis, dit-il, nous sommes tous

prêtres ; le roi et tous les chefs de famille chantent des
cantiques d'actions de grâces solennellement tous les matins,
et cinq ou six mille musiciens les accompagnent. – Quoi !
Vous n'avez point de moines qui enseignent, qui disputent,
qui gouvernent, qui cabalent, et qui font brûler les gens qui
ne sont pas de leur avis ? – Il faudrait que nous fussions fous,
dit le vieillard ; nous sommes tous ici du même avis, et nous
n'entendons pas ce que vous voulez dire avec vos moines. »
Candide à tous ces discours demeurait en extase, et disait en
lui-même : « Ceci est bien différent de la Westphalie et du
château de monsieur le baron : si notre ami Pangloss avait
vu Eldorado, il n'aurait plus dit que le château de Thunder-
ten-trunckh était ce qu'il y avait de mieux sur la terre ; il est
certain qu'il faut voyager. »
 Après cette longue conversation, le bon vieillard fit atteler
un carrosse à six moutons[250], et donna douze de ses domes-
tiques aux deux voyageurs pour les conduire à la cour.
« Excusez-moi, leur dit-il, si mon âge me prive de l'honneur
de vous accompagner. Le roi vous recevra d'une manière
dont vous ne serez pas mécontents, et vous pardonnerez sans
doute aux usages du pays, s'il y en a quelques-uns qui vous
déplaisent. »
 Candide et Cacambo montent en carrosse ; les six mou-
tons volaient, et en moins de quatre heures on arriva au
palais du roi, situé à un bout de la capitale. Le portail était
de deux cent vingt pieds de haut, et de cent de large[251] ; il est
impossible d'exprimer quelle en était la matière. On voit
assez quelle supériorité prodigieuse elle devait avoir sur ces
cailloux et sur ce sable que nous nommons or et pierreries.
 Vingt belles filles de la garde reçurent Candide et
Cacambo à la descente du carrosse, les conduisirent aux
bains[252], les vêtirent de robes d'un tissu de duvet de coli-
bri[253] ; après quoi les grands officiers et les grandes officières
de la couronne les menèrent à l'appartement de Sa Majesté
au milieu de deux files, chacune de mille musiciens, selon
l'usage ordinaire. Quand ils approchèrent de la salle du
trône, Cacambo demanda à un grand officier comment il
fallait s'y prendre pour saluer Sa Majesté : si on se jetait à
genoux ou ventre à terre ; si on mettait les mains sur la tête
ou sur le derrière ; si on léchait la poussière de la salle[254] ; en

un mot, quelle était la cérémonie. « L'usage, dit le grand officier, est d'embrasser le roi et de le baiser des deux côtés. » Candide et Cacambo sautèrent au cou de Sa Majesté, qui les reçut avec toute la grâce imaginable, et qui les pria poliment à souper[255].

En attendant, on leur fit voir la ville, les édifices publics élevés jusqu'aux nues, les marchés ornés de mille colonnes, les fontaines d'eau pure, les fontaines d'eau-rose[256], celles de liqueurs de canne de sucre qui coulaient continuellement dans de grandes places pavées d'une espèce de pierreries qui répandaient une odeur semblable à celle du gérofle et de la cannelle. Candide demanda à voir la cour de justice, le parlement[257] ; on lui dit qu'il n'y en avait point, et qu'on ne plaidait jamais. Il s'informa s'il y avait des prisons, et on lui dit que non. Ce qui le surprit davantage, et qui lui fit le plus de plaisir, ce fut le palais des sciences, dans lequel il vit une galerie de deux mille pas[258], toute pleine d'expériences[259] de physique.

Après avoir parcouru toute l'après-dînée à peu près la millième partie de la ville, on les remena chez le roi. Candide se mit à table entre Sa Majesté, son valet Cacambo, et plusieurs dames. Jamais on ne fit meilleure chère, et jamais on n'eut plus d'esprit à souper qu'en eut Sa Majesté. Cacambo expliquait les bons mots du roi à Candide, et quoique traduits, ils paraissaient toujours des bons mots. De tout ce qui étonnait Candide, ce n'était pas ce qui l'étonna le moins.

Ils passèrent un mois dans cet hospice. Candide ne cessait de dire à Cacambo : « Il est vrai, mon ami, encore une fois, que le château où je suis né ne vaut pas le pays où nous sommes ; mais enfin mademoiselle Cunégonde n'y est pas, et vous avez sans doute quelque maîtresse en Europe. Si nous restons ici, nous n'y serons que comme les autres ; au lieu que si nous retournons dans notre monde, seulement avec douze moutons chargés de cailloux d'Eldorado, nous serons plus riches que tous les rois ensemble, nous n'aurons plus d'inquisiteurs à craindre[260], et nous pourrons aisément reprendre mademoiselle Cunégonde. »

Ce discours plut à Cacambo ; on aime tant à courir, à se faire valoir chez les siens, à faire parade de ce qu'on a vu

dans ses voyages, que les deux heureux résolurent de ne plus
l'être, et de demander leur congé à Sa Majesté.

« Vous faites une sottise, leur dit le roi ; je sais bien que
mon pays est peu de chose ; mais, quand on est passable-
ment quelque part, il faut y rester. Je n'ai pas assurément le
droit de retenir des étrangers ; c'est une tyrannie qui n'est ni
dans nos mœurs ni dans nos lois[261] : tous les hommes sont
libres ; partez quand vous voudrez, mais la sortie est bien
difficile. Il est impossible de remonter la rivière rapide sur
laquelle vous êtes arrivés par miracle, et qui court sous des
voûtes de rochers. Les montagnes qui entourent tout mon
royaume ont dix mille pieds[262] de hauteur, et sont droites
comme des murailles : elles occupent chacune en largeur un
espace de plus de dix lieues ; on ne peut en descendre que
par des précipices. Cependant, puisque vous voulez absolu-
ment partir, je vais donner ordre aux intendants des
machines d'en faire une qui puisse vous transporter commo-
dément[263]. Quand on vous aura conduits au revers des
montagnes, personne ne pourra vous accompagner : car mes
sujets ont fait vœu de ne jamais sortir de leur enceinte, et ils
sont trop sages pour rompre leur vœu. Demandez-moi d'ail-
leurs tout ce qu'il vous plaira. – Nous ne demandons à
Votre Majesté, dit Cacambo, que quelques moutons chargés
de vivres, de cailloux, et de la boue du pays. » Le roi rit : « Je
ne conçois pas[264], dit-il, quel goût vos gens d'Europe ont
pour notre boue jaune ; mais emportez-en tant que vous
voudrez, et grand bien vous fasse. »

Il donna l'ordre sur-le-champ à ses ingénieurs de faire une
machine pour guinder[265] ces deux hommes extraordinaires
hors du royaume. Trois mille bons physiciens y travaillèrent ;
elle fut prête au bout de quinze jours, et ne coûta pas plus de
vingt millions de livres sterling, monnaie du pays[266]. On mit
sur la machine Candide et Cacambo ; il y avait deux grands
moutons rouges sellés et bridés pour leur servir de monture
quand ils auraient franchi les montagnes, vingt moutons de
bât chargés de vivres, trente qui portaient des présents de ce
que le pays a de plus curieux, et cinquante chargés d'or, de
pierreries et de diamants. Le roi embrassa tendrement les
deux vagabonds.

Ce fut un beau spectacle que leur départ, et la manière

ingénieuse dont ils furent hissés, eux et leurs moutons, au haut des montagnes. Les physiciens prirent congé d'eux après les avoir mis en sûreté, et Candide n'eut plus d'autre désir et d'autre objet que d'aller présenter ses moutons à mademoiselle Cunégonde. « Nous avons, dit-il, de quoi payer le gouverneur de Buenos-Ayres, si mademoiselle Cunégonde peut être mise à prix. Marchons vers la Cayenne, embarquons-nous, et nous verrons ensuite quel royaume nous pourrons acheter. »

Chapitre dix-neuvième

Ce qui leur arriva à Surinam[267], et comment Candide
fit connaissance avec Martin

La première journée de nos deux voyageurs fut assez agréable. Ils étaient encouragés par l'idée de se voir possesseurs de plus de trésors que l'Asie, l'Europe et l'Afrique n'en pouvaient rassembler. Candide, transporté, écrivit le nom de Cunégonde sur les arbres. A la seconde journée, deux de leurs moutons s'enfoncèrent dans des marais, et y furent abîmés avec leurs charges; deux autres moutons moururent de fatigue quelques jours après; sept ou huit périrent ensuite de faim dans un désert; d'autres tombèrent au bout de quelques jours dans des précipices. Enfin, après cent jours de marche, il ne leur resta que deux moutons. Candide dit à Cacambo : « Mon ami, vous voyez comme les richesses de ce monde sont périssables; il n'y a rien de solide que la vertu et le bonheur de revoir mademoiselle Cunégonde. – Je l'avoue, dit Cacambo; mais il nous reste encore deux moutons avec plus de trésors que n'en aura jamais le roi d'Espagne; et je vois de loin une ville que je soupçonne être Surinam, appartenante aux Hollandais. Nous sommes au bout de nos peines et au commencement de notre félicité[268]. »

En approchant de la ville, ils rencontrèrent un nègre étendu par terre, n'ayant plus que la moitié de son habit, c'est-à-dire d'un caleçon de toile bleue; il manquait à ce

pauvre homme la jambe gauche et la main droite. « Eh!
mon Dieu! lui dit Candide en hollandais, que fais-tu là,
mon ami, dans l'état horrible où je te vois? – J'attends mon
maître, M. Vanderdendur[269], le fameux négociant, répondit
le nègre. – Est-ce M. Vanderdendur, dit Candide, qui t'a
traité ainsi? – Oui, monsieur, dit le nègre, c'est l'usage. On
nous donne un caleçon de toile pour tout vêtement deux fois
l'année. Quand nous travaillons aux sucreries, et que la
meule nous attrape le doigt, on nous coupe la main[270];
quand nous voulons nous enfuir, on nous coupe la jambe :
je me suis trouvé dans les deux cas. C'est à ce prix que vous
mangez du sucre en Europe[271]. Cependant, lorsque ma mère
me vendit dix écus patagons[272] sur la côte de Guinée, elle me
disait : « Mon cher enfant, bénis nos fétiches[273], adore-les
toujours, ils te feront vivre heureux; tu as l'honneur d'être
esclave de nos seigneurs les blancs, et tu fais par là la fortune
de ton père et de ta mère. » Hélas! je ne sais pas si j'ai fait
leur fortune, mais ils n'ont pas fait la mienne. Les chiens, les
singes et les perroquets sont mille fois moins malheureux
que nous; les fétiches hollandais[274] qui m'ont converti me
disent tous les dimanches que nous sommes tous enfants
d'Adam, blancs et noirs. Je ne suis pas généalogiste; mais si
ces prêcheurs disent vrai, nous sommes tous cousins issus de
germain. Or vous m'avouerez qu'on ne peut pas en user
avec ses parents d'une manière plus horrible.

 – O Pangloss! s'écria Candide, tu n'avais pas deviné cette
abomination; c'en est fait, il faudra qu'à la fin je renonce à
ton optimisme[275]. – Qu'est-ce qu'optimisme? disait
Cacambo. – Hélas! dit Candide, c'est la rage de soutenir que
tout est bien quand on est mal » ; et il versait des larmes en
regardant son nègre; et en pleurant, il entra dans Surinam.

 La première chose dont ils s'informent, c'est s'il n'y a
point au port quelque vaisseau qu'on pût envoyer à Buenos-
Ayres. Celui à qui ils s'adressèrent était justement un patron
espagnol qui s'offrit à faire avec eux un marché honnête. Il
leur donna rendez-vous dans un cabaret. Candide et le fidèle
Cacambo allèrent l'y attendre avec leurs deux moutons.

 Candide, qui avait le cœur sur les lèvres, conta à l'Es-
pagnol toutes ses aventures, et lui avoua qu'il voulait enlever
mademoiselle Cunégonde. « Je me garderai bien de vous

passer à Buenos-Ayres, dit le patron ; je serais pendu, et vous aussi ; la belle Cunégonde est la maîtresse favorite de monseigneur. » Ce fut un coup de foudre pour Candide, il pleura longtemps ; enfin il tira à part Cacambo. « Voici, mon cher ami, lui dit-il, ce qu'il faut que tu fasses. Nous avons chacun dans nos poches pour cinq ou six millions de diamants ; tu es plus habile que moi ; va prendre[276] mademoiselle Cunégonde à Buenos-Ayres. Si le gouverneur fait quelque difficulté, donne-lui un million ; s'il ne se rend pas, donne-lui-en deux[277] ; tu n'as point tué d'inquisiteur, on ne se défiera point de toi. J'équiperai un autre vaisseau, j'irai t'attendre à Venise : c'est un pays libre[278] où l'on n'a rien à craindre ni des Bulgares, ni des Abares, ni des Juifs, ni des inquisiteurs. » Cacambo applaudit à cette sage résolution. Il était au désespoir de se séparer d'un bon maître devenu son ami intime ; mais le plaisir de lui être utile l'emporta sur la douleur de le quitter. Ils s'embrassèrent en versant des larmes : Candide lui recommanda de ne point oublier la bonne vieille. Cacambo partit dès le jour même[279] : c'était un très bon homme que ce Cacambo.

Candide resta encore quelque temps à Surinam, et attendit qu'un autre patron voulût le mener en Italie, lui et les deux moutons qui lui restaient. Il prit des domestiques, et acheta tout ce qui lui était nécessaire pour un long voyage ; enfin monsieur Vanderdendur[280], maître d'un gros vaisseau, vint se présenter à lui. « Combien voulez-vous, demanda-t-il à cet homme, pour me mener en droiture[281] à Venise, moi, mes gens, mon bagage, et les deux moutons que voilà ? » Le patron s'accorda à dix mille piastres ; Candide n'hésita pas.

« Oh ! oh ! dit à part soi le prudent Vanderdendur, cet étranger donne dix mille piastres tout d'un coup, il faut qu'il soit bien riche. » Puis, revenant un moment après, il signifia qu'il ne pouvait partir à moins de vingt mille. « Eh bien ! vous les aurez, dit Candide.

– Ouais, se dit tout bas le marchand, cet homme donne vingt mille piastres aussi aisément que dix mille. » Il revint encore, et dit qu'il ne pouvait le conduire à Venise à moins de trente mille piastres. « Vous en aurez donc trente mille, répondit Candide.

– Oh ! oh ! se dit encore le marchand hollandais, trente

mille piastres ne coûtent rien à cet homme-ci ; sans doute les deux moutons portent des trésors immenses : n'insistons pas davantage ; faisons-nous d'abord payer les trente mille piastres, et puis nous verrons. » Candide vendit deux petits diamants, dont le moindre valait plus que tout l'argent que demandait le patron. Il le paya d'avance. Les deux moutons furent embarqués. Candide suivait dans un petit bateau pour joindre le vaisseau à la rade ; le patron prend son temps[282], met à la voile, démarre[283] ; le vent le favorise. Candide, éperdu et stupéfait, le perd bientôt de vue. « Hélas ! cria-t-il, voilà un tour digne de l'ancien monde. » Il retourne au rivage, abîmé dans la douleur : car enfin il avait perdu de quoi faire la fortune de vingt monarques.

Il se transporte chez le juge hollandais ; et, comme il était un peu troublé, il frappe rudement à la porte ; il entre, expose son aventure, et crie un peu plus haut qu'il ne convenait. Le juge commença par lui faire payer dix mille piastres pour le bruit qu'il avait fait ; ensuite il l'écouta patiemment, lui promit d'examiner son affaire sitôt que le marchand serait revenu, et se fit payer dix mille autres piastres pour les frais de l'audience.

Ce procédé acheva de désespérer Candide ; il avait à la vérité essuyé des malheurs mille fois plus douloureux ; mais le sang-froid du juge, et celui du patron dont il était volé, alluma sa bile, et le plongea dans une noire mélancolie. La méchanceté des hommes se présentait à son esprit dans toute sa laideur, il ne se nourrissait que d'idées tristes. Enfin un vaisseau français étant sur le point de partir pour Bordeaux, comme il n'avait plus de moutons chargés de diamants à embarquer, il loua une chambre du vaisseau à juste prix, et fit signifier dans la ville qu'il payerait le passage, la nourriture, et donnerait deux mille piastres à un honnête homme qui voudrait faire le voyage avec lui, à condition que cet homme serait le plus dégoûté de son état et le plus malheureux de la province.

Il se présenta une foule de prétendants qu'une flotte n'aurait pu contenir. Candide voulant choisir entre les plus apparents[284], il distingua une vingtaine de personnes qui lui paraissaient assez sociables, et qui toutes prétendaient mériter la préférence. Il les assembla dans son cabaret, et leur

donna à souper, à condition que chacun ferait serment de
raconter fidèlement son histoire, promettant de choisir celui
qui lui paraîtrait le plus à plaindre et le plus mécontent de
son état à plus juste titre, et de donner aux autres quelques
gratifications.

La séance dura jusqu'à quatre heures du matin. Candide,
en écoutant toutes leurs aventures, se ressouvenait de ce que
lui avait dit la vieille en allant à Buenos-Ayres, et de la
gageure qu'elle avait faite, qu'il n'y avait personne sur le
vaisseau à qui il ne fût arrivé de très grands malheurs. Il
songeait à Pangloss à chaque aventure qu'on lui contait.
« Ce Pangloss, disait-il, serait bien embarrassé à démontrer
son système. Je voudrais qu'il fût ici. Certainement si tout
va bien, c'est dans Eldorado, et non pas dans le reste de la
terre. » Enfin il se détermina en faveur d'un pauvre savant
qui avait travaillé dix ans pour les libraires à Amsterdam[285].
Il jugea qu'il n'y avait point de métier au monde dont on
dût être plus dégoûté.

Ce savant, d'ailleurs qui était un bon homme[286], avait été
volé par sa femme, battu par son fils, et abandonné de sa
fille, qui s'était fait enlever par un Portugais. Il venait d'être
privé d'un petit emploi duquel il subsistait ; et les prédicants
de Surinam le persécutaient parce qu'ils le prenaient pour
un socinien[287]. Il faut avouer que les autres étaient pour le
moins aussi malheureux que lui ; mais Candide espérait que
le savant le désennuierait dans le voyage. Tous ses autres
rivaux trouvèrent que Candide leur faisait une grande injus-
tice ; mais il les apaisa en leur donnant à chacun cent
piastres.

Chapitre vingtième

Ce qui arriva sur mer à Candide et à Martin

Le vieux savant, qui s'appelait Martin, s'embarqua donc
pour Bordeaux avec Candide. L'un et l'autre avaient beau-
coup vu et beaucoup souffert ; et quand le vaisseau aurait dû

faire voile de Surinam au Japon par le cap de Bonne-
Espérance, ils auraient eu de quoi s'entretenir du mal moral
et du mal physique pendant tout le voyage.

Cependant Candide avait un grand avantage sur Martin,
c'est qu'il espérait toujours revoir mademoiselle Cunégonde,
et que Martin n'avait rien à espérer ; de plus il avait de l'or
et des diamants ; et quoiqu'il eût perdu cent gros moutons
rouges chargés des plus grands trésors de la terre, quoiqu'il
eût toujours sur le cœur la friponnerie du patron hollandais,
cependant, quand il songeait à ce qui lui restait dans ses
poches, et quand il parlait de Cunégonde, surtout sur[288] la
fin du repas, il penchait alors pour le système de Pangloss.

« Mais vous, monsieur Martin, dit-il au savant, que
pensez-vous de tout cela ? Quelle est votre idée sur le mal
moral et le mal physique ? – Monsieur, répondit Martin,
mes prêtres m'ont accusé d'être socinien ; mais la vérité du
fait est que je suis manichéen[289]. – Vous vous moquez de
moi, dit Candide ; il n'y a plus de manichéens dans le
monde. – Il y a moi, dit Martin ; je ne sais qu'y faire, mais
je ne peux penser autrement. – Il faut que vous ayez le
diable au corps, dit Candide. – Il se mêle si fort des affaires
de ce monde, dit Martin, qu'il pourrait bien être dans mon
corps comme partout ailleurs ; mais je vous avoue qu'en
jetant la vue sur ce globe, ou plutôt sur ce globule, je pense
que Dieu l'a abandonné à quelque être malfaisant ; j'en
excepte toujours Eldorado. Je n'ai guère vu de ville qui ne
désirât la ruine de la ville voisine, point de famille qui ne
voulût exterminer quelque autre famille. Partout les faibles
ont en exécration les puissants devant lesquels ils rampent,
et les puissants les traitent comme des troupeaux dont on
vend la laine et la chair. Un million d'assassins enrégi-
mentés, courant d'un bout de l'Europe à l'autre, exerce le
meurtre et le brigandage avec discipline pour gagner son
pain, parce qu'il n'a pas de métier plus honnête[290] ; et dans
les villes qui paraissent jouir de la paix, et où les arts
fleurissent, les hommes sont dévorés de plus d'envie, de
soins[291] et d'inquiétudes qu'une ville assiégée n'éprouve de
fléaux. Les chagrins secrets sont encore plus cruels que les
misères publiques. En un mot, j'en ai tant vu et tant
éprouvé que je suis manichéen.

– Il y a pourtant du bon, répliquait Candide. – Cela peut-être, disait Martin ; mais je ne le connais pas. »

Au milieu de cette dispute, on entendit un bruit de canon. Le bruit redouble à chaque instant[292]. Chacun prend sa lunette. On aperçoit deux vaisseaux qui combattaient à la distance d'environ trois milles : le vent les amena l'un et l'autre si près du vaisseau français qu'on eut le plaisir de voir le combat tout à son aise. Enfin l'un des deux vaisseaux lâcha à l'autre une bordée si bas et si juste, qu'il le coula à fond. Candide et Martin aperçurent distinctement une centaine d'hommes sur le tillac du vaisseau qui s'enfonçait ; ils levaient tous les mains au ciel, et jetaient des clameurs effroyables : en un moment tout fut englouti.

« Eh bien ! dit Martin, voilà comme les hommes se traitent les uns les autres. – Il est vrai, dit Candide, qu'il y a quelque chose de diabolique dans cette affaire. » En parlant ainsi, il aperçut je ne sais quoi d'un rouge éclatant, qui nageait auprès de son vaisseau. On détacha la chaloupe pour voir ce que ce pouvait être : c'était un de ses moutons. Candide eut plus de joie de retrouver ce mouton qu'il n'avait été affligé d'en perdre cent[293] tous chargés de gros diamants d'Eldorado.

Le capitaine français aperçut bientôt que le capitaine du vaisseau submergeant était espagnol, et que celui[294] du vaisseau submergé était un pirate hollandais ; c'était celui-là même qui avait volé Candide. Les richesses immenses dont ce scélérat s'était emparé furent ensevelies avec lui dans la mer, et il n'y eut qu'un mouton de sauvé. « Vous voyez, dit Candide à Martin, que le crime est puni quelquefois ; ce coquin de patron hollandais a eu le sort qu'il méritait. – Oui, dit Martin ; mais fallait-il que les passagers qui étaient sur son vaisseau périssent aussi ? Dieu a puni ce fripon, le diable a noyé les autres. »

Cependant le vaisseau français et l'espagnol continuèrent leur route, et Candide continua ses conversations avec Martin. Ils disputèrent quinze jours de suite, et au bout de quinze jours ils étaient aussi avancés que le premier. Mais enfin ils parlaient, ils se communiquaient des idées, ils se consolaient. Candide caressait son mouton. « Puisque je t'ai retrouvé, dit-il, je pourrai bien retrouver Cunégonde. »

Chapitre vingt-unième

Candide et Martin approchent des côtes de France, et raisonnent

On aperçut enfin les côtes de France. « Avez-vous jamais été en France, monsieur Martin ? dit Candide. – Oui, dit Martin, j'ai parcouru plusieurs provinces. Il y en a où la moitié des habitants est folle, quelques-unes où l'on est trop rusé, d'autres où l'on est communément assez doux et assez bête, d'autres où l'on fait le bel esprit ; et, dans toutes, la principale occupation est l'amour ; la seconde, de médire ; et la troisième, de dire des sottises[295]. – Mais, monsieur Martin, avez-vous vu Paris ? – Oui, j'ai vu Paris ; il tient de toutes ces espèces-là ; c'est un chaos, c'est une presse[296] dans laquelle tout le monde cherche le plaisir, et où presque personne ne le trouve, du moins à ce qu'il m'a paru. J'y ai séjourné peu ; j'y fus volé, en arrivant, de tout ce que j'avais, par des filous, à la foire Saint Germain[297] ; on me prit moi-même pour un voleur, et je fus huit jours en prison ; après quoi je me fis correcteur d'imprimerie pour gagner de quoi retourner à pied en Hollande. Je connus la canaille écrivante, la canaille cabalante, et la canaille convulsionnaire[298]. On dit qu'il y a des gens fort polis dans cette ville-là : je le veux croire.

– Pour moi, je n'ai nulle curiosité de voir la France, dit Candide ; vous devinez aisément que quand on a passé un mois dans Eldorado, on ne se soucie plus de voir rien[299] sur la terre que mademoiselle Cunégonde : je vais l'attendre à Venise ; nous traverserons la France pour aller en Italie ; ne m'accompagnerez-vous pas ? – Très volontiers, dit Martin ; on dit que Venise n'est bonne que pour les nobles vénitiens[300], mais que cependant on y reçoit très bien les étrangers quand ils ont beaucoup d'argent : je n'en ai point ; vous en avez, je vous suivrai partout. – A propos, dit Candide, pensez-vous que la terre ait été originairement une mer,

comme on l'assure dans ce gros livre qui appartient au
capitaine du vaisseau[301] ? – Je n'en crois rien du tout, dit
Martin, non plus que toutes les rêveries qu'on nous débite
depuis quelque temps. – Mais à quelle fin ce monde a-t-il
donc été formé? dit Candide. – Pour nous faire enrager,
répondit Martin. – N'êtes-vous pas bien étonné, continua
Candide, de l'amour que ces deux filles du pays des Oreil-
lons avaient pour ces deux singes, et dont je vous ai conté
l'aventure? – Point du tout, dit Martin; je ne vois pas ce
que cette passion a d'étrange : j'ai tant vu de choses extra-
ordinaires qu'il n'y a plus rien d'extraordinaire. – Croyez-
vous, dit Candide, que les hommes se soient toujours
mutuellement massacrés comme ils font aujourd'hui, qu'ils
aient toujours été menteurs, fourbes, perfides, ingrats, bri-
gands, faibles, volages, lâches, envieux, gourmands,
ivrognes, avares, ambitieux, sanguinaires, calomniateurs[302],
débauchés, fanatiques, hypocrites et sots? – Croyez-vous, dit
Martin, que les éperviers aient toujours mangé des pigeons
quand ils en ont trouvé? – Oui, sans doute, dit Candide.
– Eh bien! dit Martin, si les éperviers ont toujours eu le
même caractère, pourquoi voulez-vous que les hommes
aient changé le leur? – Oh! dit Candide, il y a bien de la
différence, car le libre arbitre...» En raisonnant ainsi, ils
arrivèrent à Bordeaux.

Chapitre vingt-deuxième

Ce qui arriva en France à Candide et à Martin[303]

Candide ne s'arrêta dans Bordeaux qu'autant de temps
qu'il en fallait[304] pour vendre quelques cailloux du Dorado,
et pour s'accommoder d'une bonne chaise[305] à deux places;
car il ne pouvait plus se passer de son philosophe Martin; il
fut seulement très fâché de se séparer de son mouton, qu'il
laissa à l'Académie des sciences de Bordeaux, laquelle pro-
posa pour le sujet du prix de cette année de trouver pour-
quoi la laine de ce mouton était rouge[306]; et le prix fut

adjugé à un savant du Nord, qui démontra par A, plus B, moins C divisé par Z, que le mouton devait être rouge[307], et mourir de la clavelée[308].

Cependant tous les voyageurs que Candide rencontra dans les cabarets de la route lui disaient : « Nous allons à Paris. » Cet empressement général lui donna enfin l'envie de voir cette capitale ; ce n'était pas beaucoup se détourner du chemin de Venise[309].

Il entra par le faubourg Saint-Marceau, et crut être dans le plus vilain village de la Westphalie[310].

À peine Candide fut-il dans son auberge qu'il fut attaqué d'une maladie légère, causée par ses fatigues. Comme il avait au doigt un diamant énorme, et qu'on avait aperçu dans son équipage une cassette prodigieusement pesante, il eut aussitôt auprès de lui deux médecins qu'il n'avait pas mandés, quelques amis intimes qui ne le quittèrent pas, et deux dévotes[311] qui faisaient chauffer ses bouillons. Martin disait : « Je me souviens d'avoir été malade aussi à Paris dans mon premier voyage ; j'étais fort pauvre : aussi n'eus-je ni amis, ni dévotes, ni médecins, et je guéris. »

Cependant, à force de médecines[312] et de saignées, la maladie de Candide devint sérieuse. Un habitué[313] du quartier vint avec douceur lui demander un billet payable au porteur pour l'autre monde[314] : Candide n'en voulut rien faire. Les dévotes l'assurèrent que c'était une nouvelle mode ; Candide répondit qu'il n'était point homme à la mode. Martin voulut jeter l'habitué par les fenêtres. Le clerc jura qu'on n'enterrerait point[315] Candide. Martin jura qu'il enterrerait le clerc s'il continuait à les importuner. La querelle s'échauffa : Martin le prit par les épaules, et le chassa rudement ; ce qui causa un grand scandale, dont on fit un procès-verbal.

Candide guérit ; et pendant sa convalescence il eut très bonne compagnie à souper chez lui. On jouait gros jeu. Candide était tout étonné que jamais les as ne lui vinssent[316] ; et Martin ne s'en étonnait pas.

Parmi ceux qui lui faisaient les honneurs de la ville, il y avait un petit abbé périgourdin[317], l'un de ces gens empressés, toujours alertes, toujours serviables, effrontés, caressants, accommodants, qui guettent les étrangers à leur passage,

leur content l'histoire scandaleuse de la ville, et leur offrent des plaisirs à tout prix. Celui-ci mena d'abord Candide et Martin à la comédie. On y jouait une tragédie nouvelle[318]. Candide se trouva placé auprès de quelques beaux esprits. Cela ne l'empêcha pas de pleurer à des scènes jouées parfaitement. Un des raisonneurs qui étaient à ses côtés lui dit dans un entr'acte : « Vous avez grand tort de pleurer, cette actrice est fort mauvaise ; l'acteur qui joue avec elle est plus mauvais acteur encore ; la pièce est encore plus mauvaise que les acteurs ; l'auteur ne sait pas un mot d'arabe, et cependant la scène est en Arabie ; et, de plus, c'est un homme qui ne croit pas aux idées innées ; je vous apporterai demain vingt brochures contre lui[319]. »

« Monsieur, lui dit l'abbé périgourdin, avez-vous remarqué cette jeune personne qui a un visage si piquant et une taille si fine ? Il ne vous en coûtera que dix mille francs par mois, et pour cinquante mille écus de diamants[320]. – Je n'ai qu'un jour ou deux à lui donner, répondit Candide, parce que j'ai un rendez-vous à Venise qui presse. »

Le soir après souper l'insinuant Périgourdin redoubla de politesses et d'attentions. « Vous avez donc, monsieur, lui dit-il, un rendez-vous à Venise ? – Oui, monsieur l'abbé, dit Candide ; il faut absolument que j'aille trouver mademoiselle Cunégonde. » Alors, engagé par le plaisir de parler de ce qu'il aimait, il conta, selon son usage, une partie de ses aventures avec cette illustre Westphalienne.

« Je crois, dit l'abbé[321], que mademoiselle Cunégonde a bien de l'esprit, et qu'elle écrit des lettres charmantes. – Je n'en ai jamais reçu, dit Candide ; car, figurez-vous qu'ayant été chassé du château pour l'amour d'elle, je ne pus lui écrire ; que bientôt après j'appris qu'elle était morte, qu'ensuite je la retrouvai, et que je la perdis, et que je lui ai envoyé à deux mille cinq cents lieues d'ici un exprès dont j'attends la réponse. »

L'abbé écoutait attentivement, et paraissait un peu rêveur. Il prit bientôt congé des deux étrangers, après les avoir tendrement embrassés. Le lendemain Candide reçut à son réveil une lettre conçue en ces termes :

« Monsieur, mon très cher amant, il y a huit jours que je suis malade en cette ville ; j'apprends que vous y êtes. Je

volerais dans vos bras si je pouvais remuer. J'ai su votre
passage à Bordeaux; j'y ai laissé le fidèle Cacambo et la
vieille, qui doivent bientôt me suivre. Le gouverneur de
Buenos-Ayres a tout pris, mais il me reste votre cœur.
Venez; votre présence me rendra la vie ou me fera mourir de
plaisir. »

Cette lettre charmante, cette lettre inespérée, transporta
Candide d'une joie inexprimable; et la maladie de sa chère
Cunégonde l'accabla de douleur. Partagé entre ces deux
sentiments, il prend son or et ses diamants, et se fait
conduire avec Martin à l'hôtel où mademoiselle Cunégonde
demeurait. Il entre en tremblant d'émotion, son cœur pal-
pite, sa voix sanglote; il veut ouvrir les rideaux du lit; il
veut faire apporter de la lumière. « Gardez-vous-en bien, lui
dit la suivante; la lumière la tue » ; et soudain elle referme le
rideau. « Ma chère Cunégonde, dit Candide en pleurant,
comment vous portez-vous ? si vous ne pouvez me voir,
parlez-moi du moins. – Elle ne peut parler, dit la suivante. »
La dame alors tire du lit une main potelée que Candide
arrose longtemps de ses larmes, et qu'il remplit ensuite de
diamants, en laissant un sac plein d'or sur le fauteuil.

Au milieu de ses transports arrive un exempt suivi de
l'abbé périgourdin et d'une escouade. « Voilà donc, dit-il,
ces deux étrangers suspects ? » Il les fait incontinent saisir, et
ordonne à ses braves de les traîner[322] en prison. « Ce n'est pas
ainsi qu'on traite les voyageurs dans le Dorado, dit Candide.
– Je suis plus manichéen que jamais, dit Martin. – Mais,
monsieur, où nous menez-vous ? dit Candide. – Dans un
cul-de-basse-fosse », dit l'exempt.

Martin, ayant repris son sang-froid, jugea que la dame
qui se prétendait Cunégonde était une friponne, monsieur
l'abbé périgourdin un fripon qui avait abusé au plus vite de
l'innocence de Candide, et l'exempt un autre fripon dont on
pouvait aisément se débarrasser.

Plutôt que de s'exposer aux procédures de la justice,
Candide, éclairé par son conseil, et d'ailleurs toujours impa-
tient de revoir la véritable Cunégonde, propose à l'exempt
trois petits diamants d'environ trois mille pistoles chacun.
« Ah ! monsieur, lui dit l'homme au bâton d'ivoire[323], eus-
siez-vous commis tous les crimes imaginables, vous êtes le

plus honnête homme du monde. Trois diamants ! chacun de trois mille pistoles ! Monsieur ! je me ferais tuer pour vous, au lieu de vous mener dans un cachot. On arrête tous les étrangers[324], mais laissez-moi faire ; j'ai un frère à Dieppe en Normandie ; je vais vous y mener ; et si vous avez quelque diamant à lui donner, il aura soin de vous comme moi-même. – Et pourquoi arrête-t-on tous les étrangers ? » dit Candide. L'abbé périgourdin prit alors la parole, et dit : « C'est parce qu'un gueux du pays d'Atrébatie[325] a entendu dire des sottises : cela seul lui a fait commettre un parricide, non pas tel que celui de 1610 au mois de mai[326], mais tel que celui de 1594 au mois de décembre[327], et tel que plusieurs autres commis dans d'autres années et dans d'autres mois par d'autres gueux qui avaient entendu dire des sottises. »

L'exempt alors expliqua de quoi il s'agissait. « Ah ! les monstres ! s'écria Candide ; quoi ! de telles horreurs chez un peuple qui danse et qui chante ! Ne pourrai-je sortir au plus vite de ce pays où des singes agacent des tigres ? J'ai vu des ours dans mon pays ; je n'ai vu des hommes que dans le Dorado. Au nom de Dieu, monsieur l'exempt, menez-moi à Venise, où je dois attendre mademoiselle Cunégonde. – Je ne peux vous mener qu'en Basse-Normandie[328], dit le barigel[329]. » Aussitôt il lui fait ôter ses fers, dit qu'il s'est mépris, renvoie ses gens, et emmène à Dieppe Candide et Martin, et les laisse entre les mains de son frère. Il y avait un petit vaisseau hollandais à la rade. Le Normand, à l'aide de trois autres diamants devenu le plus serviable des hommes, embarque Candide et ses gens dans le vaisseau qui allait faire voile pour Portsmouth en Angleterre. Ce n'était pas le chemin de Venise ; mais Candide croyait être délivré de l'enfer ; et il comptait bien reprendre la route de Venise à la première occasion.

Chapitre vingt-troisième

Candide et Martin vont sur les côtes d'Angleterre; ce qu'ils y voient[330]

« Ah! Pangloss! Pangloss! Ah! Martin! Martin! Ah! ma chère Cunégonde! qu'est-ce que ce monde-ci? disait Candide sur le vaisseau hollandais. – Quelque chose de bien fou et de bien abominable, répondait Martin. – Vous connaissez l'Angleterre[331]; y est-on aussi fou qu'en France? – C'est une autre espèce de folie, dit Martin. Vous savez que ces deux nations sont en guerre pour quelques arpents de neige vers le Canada[332], et qu'elles dépensent pour cette belle guerre beaucoup plus que tout le Canada ne vaut[333]. De vous dire précisément s'il y a plus de gens à lier dans un pays que dans un autre, c'est ce que mes faibles lumières ne me permettent pas; je sais seulement qu'en général les gens que nous allons voir sont fort atrabilaires. »

En causant ainsi ils abordèrent à Porstmouth; une multitude de peuple couvrait le rivage, et regardait attentivement un assez gros homme qui était à genoux, les yeux bandés, sur le tillac d'un des vaisseaux de la flotte; quatre soldats, postés vis-à-vis de cet homme, lui tirèrent chacun trois balles dans le crâne, le plus paisiblement du monde; et toute l'assemblée s'en retourna extrêmement satisfaite[334]. « Qu'est-ce donc que tout ceci? dit Candide; et quel démon exerce partout son empire? » Il demanda qui était ce gros homme qu'on venait de tuer en cérémonie. « C'est un amiral, lui répondit-on. – Et pourquoi tuer cet amiral? – C'est, lui dit-on, parce qu'il n'a pas fait tuer assez de monde; il a livré un combat à un amiral français, et on a trouvé qu'il n'était pas assez près de lui. – Mais, dit Candide, l'amiral français était aussi loin de l'amiral anglais que celui-ci l'était de l'autre! – Cela est incontestable, lui répliqua-t-on; mais dans ce pays-ci il est bon de tuer de temps en temps un amiral pour encourager les autres. »

Candide fut si étourdi et si choqué de ce qu'il voyait et de ce qu'il entendait qu'il ne voulut pas seulement mettre pied à terre, et qu'il fit son marché avec le patron hollandais (dût-il le voler comme celui de Surinam) pour le conduire sans délai à Venise.

Le patron fut prêt au bout de deux jours. On côtoya la France ; on passa à la vue de Lisbonne, et Candide frémit. On entra dans le détroit et dans la Méditerranée ; enfin on aborda à Venise. « Dieu soit loué ! dit Candide, en embrassant Martin ; c'est ici que je reverrai la belle Cunégonde. Je compte sur Cacambo comme sur moi-même. Tout est bien, tout va bien, tout va le mieux qu'il soit possible. »

Chapitre vingt-quatrième

De Paquette, et de frère Giroflée[335]

Dès qu'il fut à Venise, il fit chercher Cacambo dans tous les cabarets, dans tous les cafés, chez toutes les filles de joie, et ne le trouva point. Il envoyait tous les jours à la découverte de tous les vaisseaux et de toutes les barques : nulles nouvelles de Cacambo. « Quoi ! disait-il à Martin, j'ai eu le temps de passer de Surinam à Bordeaux, d'aller de Bordeaux à Paris, de Paris à Dieppe, de Dieppe à Portsmouth, de côtoyer le Portugal et l'Espagne, de traverser toute la Méditerranée, de passer quelques mois à Venise, et la belle Cunégonde n'est point venue ! Je n'ai rencontré au lieu d'elle qu'une drôlesse et un abbé périgourdin ! Cunégonde[336] est morte, sans doute ; je n'ai plus qu'à mourir. Ah ! il valait mieux rester dans le paradis du Dorado que de revenir dans cette maudite Europe. Que vous avez raison, mon cher Martin ! tout n'est qu'illusion et calamité. »

Il tomba dans une mélancolie noire, et ne prit aucune part à l'opéra *alla moda*[337], ni aux autres divertissements du carnaval ; pas une dame ne lui donna la moindre tentation. Martin lui dit : « Vous êtes bien simple, en vérité, de vous figurer qu'un valet métis qui a cinq ou six millions dans ses

poches ira chercher votre maîtresse au bout du monde et vous l'amènera à Venise. Il la prendra pour lui, s'il la trouve. S'il ne la trouve pas, il en prendra une autre : je vous conseiller d'oublier votre valet Cacambo et votre maîtresse Cunégonde. » Martin n'était pas consolant. La mélancolie de Candide augmenta, et Martin ne cessait de lui prouver qu'il y avait peu de vertu et peu de bonheur[338] sur la terre ; excepté peut-être dans Eldorado, où personne ne pouvait aller.

En disputant sur cette matière importante, et en attendant Cunégonde, Candide aperçut un jeune théatin[339] dans la place Saint-Marc[340], qui tenait sous le bras une fille. Le théatin paraissait frais, potelé, vigoureux ; ses yeux étaient brillants, son air assuré, sa mine haute, sa démarche fière. La fille était très jolie, et chantait ; elle regardait amoureusement son théatin, et de temps en temps lui pinçait ses grosses joues. « Vous m'avouerez du moins, dit Candide à Martin, que ces gens-ci sont heureux. Je n'ai trouvé jusqu'à présent dans toute la terre habitable, excepté dans Eldorado, que des infortunés ; mais pour cette fille et ce théatin, je gage que ce sont des créatures très heureuses[341]. – Je gage que non, dit Martin. – Il n'y a qu'à les prier à dîner, dit Candide, et vous verrez si je me trompe. »

Aussitôt il les aborde, il leur fait son compliment, et les invite à venir à son hôtellerie manger des macaroni, des perdrix de Lombardie, des œufs d'esturgeon, et à boire du vin de Montepulciano, du lacryma-christi, du chypre, et du samos[342]. La demoiselle rougit, le théatin accepta la partie, et la fille le suivit en regardant Candide avec des yeux de surprise et de confusion, qui furent obscurcis de quelques larmes. A peine fut-elle entrée dans la chambre de Candide, qu'elle lui dit : « Eh quoi ! monsieur Candide ne reconnaît plus Paquette ! » A ces mots, Candide, qui ne l'avait pas considérée jusque-là avec attention, parce qu'il n'était occupé que de Cunégonde, lui dit : « Hélas ! ma pauvre enfant, c'est donc vous qui avez mis le docteur Pangloss dans le bel état où je l'ai vu ?

– Hélas ! monsieur, c'est moi-même, dit Paquette ; je vois que vous êtes instruit de tout. J'ai su les malheurs épouvantables arrivés à toute la maison de madame la

baronne et à la belle Cunégonde. Je vous jure que ma destinée n'a guère été moins triste. J'étais fort innocente quand vous m'avez vue. Un cordelier, qui était mon confesseur, me séduisit aisément. Les suites en furent affreuses ; je fus obligée de sortir du château quelque temps après que monsieur le baron vous eut renvoyé à grands coups de pied dans le derrière. Si un fameux médecin n'avait pas pris pitié de moi, j'étais morte. Je fus quelque temps par reconnaissance la maîtresse de ce médecin. Sa femme, qui était jalouse à la rage, me battait tous les jours impitoyablement ; c'était une furie. Ce médecin était le plus laid de tous les hommes, et moi la plus malheureuse de toutes les créatures d'être battue continuellement pour un homme que je n'aimais pas. Vous savez, monsieur, combien il est dangereux pour une femme acariâtre d'être l'épouse d'un médecin. Celui-ci, outré des procédés de sa femme, lui donna un jour, pour la guérir d'un petit rhume, une médecine si efficace qu'elle en mourut en deux heures de temps dans des convulsions horribles. Les parents de madame intentèrent à monsieur un procès criminel ; il prit la fuite, et moi, je fus mise en prison. Mon innocence ne m'aurait pas sauvée si je n'avais été un peu jolie. Le juge m'élargit, à condition qu'il succéderait au médecin. Je fus bientôt supplantée par une rivale, chassée sans récompense, et obligée de continuer ce métier abominable qui vous paraît si plaisant à vous autres hommes, et qui n'est pour nous qu'un abîme de misère. J'allai exercer la profession à Venise. Ah ! monsieur, si vous pouviez vous imaginer ce que c'est que d'être obligée de caresser indifféremment un vieux marchand, un avocat, un moine, un gondolier, un abbé ; d'être exposée à toutes les insultes, à toutes les avanies ; d'être souvent réduite à emprunter une jupe pour aller se la faire lever par un homme dégoûtant ; d'être volée par l'un de ce qu'on a gagné avec l'autre ; d'être rançonnée par les officiers de justice, et de n'avoir en perspective qu'une vieillesse affreuse, un hôpital, et un fumier[343], vous concluriez que je suis une des plus malheureuses créatures du monde. »

Paquette ouvrait ainsi son cœur au bon Candide, dans un cabinet[344], en présence de Martin, qui disait à Candide : « Vous voyez que j'ai déjà gagné la moitié de la gageure. »

Frère Giroflée était resté dans la salle à manger, et buvait un coup en attendant le dîner. « Mais, dit Candide à Paquette, vous aviez l'air si gai, si content, quand je vous ai rencontrée ; vous chantiez, vous caressiez le théatin avec une complaisance naturelle[345] ; vous m'avez paru aussi heureuse que vous prétendez être infortunée. – Ah ! monsieur, répondit Paquette, c'est encore là une des misères du métier. J'ai été hier volée et battue par un officier, et il faut aujourd'hui que je paraisse de bonne humeur pour plaire à un moine. »

Candide n'en voulut pas davantage ; il avoua que Martin avait raison. On se mit à table avec Paquette et le théatin ; le repas fut assez amusant, et sur la fin on se parla avec quelque confiance. « Mon père, dit Candide au moine, vous me paraissez jouir d'une destinée que tout le monde doit envier ; la fleur de la santé brille sur votre visage, votre physionomie annonce le bonheur ; vous avez une très jolie fille pour votre récréation, et vous paraissez très content de votre état de théatin.

– Ma foi, monsieur, dit frère Giroflée, je voudrais que tous les théatins fussent au fond de la mer. J'ai été tenté cent fois de mettre le feu au couvent, et d'aller me faire turc[346]. Mes parents me forcèrent, à l'âge de quinze ans, d'endosser cette détestable robe, pour laisser plus de fortune à un maudit frère aîné que Dieu confonde ! La jalousie, la discorde, la rage, habitent dans le couvent. Il est vrai que j'ai prêché quelques mauvais sermons qui m'ont valu un peu d'argent dont le prieur me vole la moitié : le reste me sert à entretenir des filles ; mais quand je rentre le soir dans le monastère, je suis prêt de me casser la tête contre les murs du dortoir ; et tous mes confrères sont dans le même cas. »

Martin se tournant vers Candide avec son sang-froid ordinaire : « Eh bien ! lui dit-il, n'ai-je pas gagné la gageure tout entière ? » Candide donna deux mille piastres à Paquette et mille piastres à frère Giroflée[347]. « Je vous réponds, dit-il, qu'avec cela ils seront heureux. – Je n'en crois rien du tout, dit Martin ; vous les rendrez peut-être avec ces piastres beaucoup plus malheureux encore. – Il en sera ce qui pourra, dit Candide ; mais une chose me console, je vois qu'on retrouve souvent les gens qu'on ne croyait jamais retrouver : il se pourra bien faire qu'ayant rencontré

mon mouton rouge et Paquette, je rencontre aussi Cuné-
gonde. – Je souhaite, dit Martin, qu'elle fasse un jour votre
bonheur ; mais c'est de quoi je doute fort. – Vous êtes bien
dur, dit Candide. – C'est que j'ai vécu, dit Martin.

 – Mais regardez ces gondoliers, dit Candide ; ne
chantent-ils pas sans cesse ? – Vous ne les voyez pas dans leur
ménage, avec leurs femmes et leurs marmots d'enfants, dit
Martin. Le doge a ses chagrins, les gondoliers ont les leurs. Il
est vrai qu'à tout prendre le sort d'un gondolier est préfé-
rable à celui d'un doge ; mais je crois la différence si
médiocre que cela ne vaut pas la peine d'être examiné.

 – On parle[348], dit Candide, du sénateur Pococuranté[349],
qui demeure dans ce beau palais sur la Brenta[350], et qui
reçoit assez bien les étrangers. On prétend que c'est un
homme qui n'a jamais eu de chagrin. – Je voudrais voir une
espèce si rare », dit Martin. Candide aussitôt fit demander
au seigneur Pococuranté la permission de venir le voir le
lendemain.

Chapitre vingt-cinquième

Visite chez le seigneur Pococuranté[351], noble vénitien

 Candide et Martin allèrent en gondole sur la Brenta, et
arrivèrent au palais du noble Pococuranté. Les jardins
étaient bien entendus, et ornés de belles statues de marbre ;
le palais, d'une belle architecture. Le maître du logis,
homme de soixante ans, fort riche, reçut très poliment les
deux curieux, mais avec très peu d'empressement, ce qui
déconcerta Candide et ne déplut point à Martin.

 D'abord deux filles jolies et proprement mises servirent
du chocolat, qu'elles firent très bien mousser. Candide ne
put s'empêcher de les louer sur leur beauté, sur leur bonne
grâce, et sur leur adresse. « Ce sont d'assez bonnes créatures,
dit le sénateur Pococuranté ; je les fais quelquefois coucher
dans mon lit : car je suis bien las des dames de la ville, de
leurs coquetteries, de leurs jalousies, de leurs querelles, de

leurs humeurs, de leurs petitesses, de leur orgueil, de leurs
sottises, et des sonnets qu'il faut faire ou commander pour
elles; mais, après tout, ces deux filles commencent fort à
m'ennuyer. »

Candide, après le déjeuner, se promenant dans une longue
galerie, fut surpris de la beauté des tableaux. Il demanda de
quel maître étaient les deux premiers. « Ils sont de Raphaël,
dit le sénateur; je les achetai fort cher par vanité, il y a
quelques années; on dit que c'est ce qu'il y a de plus beau en
Italie, mais ils ne me plaisent point du tout : la couleur en
est très rembrunie, les figures ne sont pas assez arrondies, et
ne sortent point assez; les draperies ne ressemblent en rien à
une étoffe : en un mot, quoi qu'on en dise, je ne trouve
point là une imitation vraie de la nature[352]. Je n'aimerai un
tableau que quand je croirai voir la nature elle-même : il n'y
en a point de cette espèce. J'ai beaucoup de tableaux, mais je
ne les regarde plus. »

Pococuranté, en attendant le dîner, se fit donner un
concerto[353]. Candide trouva la musique délicieuse. « Ce
bruit, dit Pococuranté[354], peut amuser une demi-heure;
mais s'il dure plus longtemps, il fatigue tout le monde,
quoique personne n'ose l'avouer. La musique aujourd'hui
n'est plus que l'art d'exécuter des choses difficiles[355], et ce
qui n'est que difficile ne plaît point à la longue.

« J'aimerais peut-être mieux l'opéra, si on n'avait pas
trouvé le secret d'en faire un monstre qui me révolte. Ira
voir qui voudra de mauvaises tragédies en musique[356], où les
scènes ne sont faites que pour amener très mal à propos deux
ou trois chansons[357] ridicules qui font valoir le gosier d'une
actrice; se pâmera de plaisir qui voudra ou qui pourra en
voyant un châtré[358] fredonner le rôle de César et de Caton[359],
et se promener d'un air gauche sur les planches; pour moi,
il y a longtemps que j'ai renoncé à ces pauvretés, qui font
aujourd'hui la gloire de l'Italie, et que des souverains payent
si chèrement. » Candide disputa un peu, mais avec discré-
tion. Martin fut entièrement de l'avis du sénateur.

On se mit à table; et, après un excellent dîner, on entra
dans la bibliothèque. Candide, en voyant un Homère
magnifiquement relié, loua l'illustrissime[360] sur son bon
goût. « Voilà, dit-il, un livre qui faisait les délices du grand

Pangloss, le meilleur philosophe de l'Allemagne. – Il ne fait pas les miennes, dit froidement Pococuranté ; on me fit accroire autrefois que j'avais du plaisir en le lisant ; mais cette répétition continuelle de combats qui se ressemblent tous, ces dieux qui agissent toujours pour ne rien faire de décisif, cette Hélène qui est le sujet de la guerre, et qui à peine est une actrice de la pièce ; cette Troie qu'on assiège, et qu'on ne prend point : tout cela me causait le plus mortel ennui. J'ai demandé quelquefois à des savants s'ils s'ennuyaient autant que moi à cette lecture : tous les gens sincères m'ont avoué que le livre leur tombait des mains, mais qu'il fallait toujours l'avoir dans sa bibliothèque, comme un monument de l'antiquité, et comme ces médailles rouillées qui ne peuvent être de commerce[361].

– Votre Excellence ne pense pas ainsi de Virgile ? dit Candide. – Je conviens, dit Pococuranté, que le second, le quatrième et le sixième livre de son *Énéide,* sont excellents ; mais pour son pieux Énée, et le fort Cloanthe, et l'ami Achates, et le petit Ascanius, et l'imbécile roi Latinus, et la bourgeoise Amata, et l'insipide Lavinia[362], je ne crois pas qu'il y ait rien de si froid et de plus désagréable. J'aime mieux le Tasse et les contes à dormir debout de l'Arioste[363].

– Oserais-je vous demander, monsieur, dit Candide, si vous n'avez pas un grand plaisir à lire Horace ? – Il y a des maximes, dit Pococuranté, dont un homme du monde peut faire son profit, et qui, étant resserrées dans des vers énergiques, se gravent plus aisément dans la mémoire ; mais je me soucie fort peu de son voyage à Brindes, et de sa description d'un mauvais dîner, et de la querelle de crocheteurs entre je ne sais quel Pupilus dont les paroles, dit-il, *étaient pleines de pus,* et un autre dont les paroles *étaient du vinaigre.* Je n'ai lu qu'avec un extrême dégoût ses vers grossiers contre des vieilles et contre des sorcières ; et je ne vois pas quel mérite il peut y avoir à dire à son ami Mecenas, que, s'il est mis par lui au rang des poètes lyriques, il frappera les astres de son front sublime[364]. Les sots admirent tout dans un auteur estimé. Je ne lis que pour moi ; je n'aime que ce qui est à mon usage. » Candide, qui avait été élevé à ne jamais juger de rien par lui-même, était fort

étonné de ce qu'il entendait ; et Martin trouvait la façon de penser de Pococuranté assez raisonnable.

« Oh ! voici un Cicéron[365], dit Candide ; pour ce grand homme-là, je pense que vous ne vous lassez point de le lire ? – Je ne le lis jamais, répondit le Vénitien. Que m'importe qu'il ait plaidé pour Rabirius ou pour Cluentius[366] ? J'ai bien assez des procès que je juge ; je me serais mieux accommodé de ses œuvres philosophiques ; mais quand j'ai vu qu'il doutait de tout, j'ai conclu que j'en savais autant que lui, et que je n'avais besoin de personne pour être ignorant.

– Ah ! voilà quatre-vingt volumes de recueils d'une académie des sciences, s'écria Martin ; il se peut qu'il y ait là du bon. – Il y en aurait, dit Pococuranté, si un seul des auteurs de ces fatras avait inventé seulement l'art de faire des épingles[367] ; mais il n'y a dans tous ces livres que de vains systèmes, et pas une seule chose utile.

– Que de pièces de théâtre je vois là, dit Candide, en italien, en espagnol, en français ! – Oui, dit le sénateur, il y en a trois mille, et pas trois douzaines de bonnes. Pour ces recueils de sermons, qui tous ensemble ne valent pas une page de Sénèque[368], et tous ces gros volumes de théologie, vous pensez bien que je ne les ouvre jamais, ni moi, ni personne. »

Martin aperçut des rayons chargés de livres anglais. « Je crois, dit-il, qu'un républicain doit se plaire à la plupart de ces ouvrages écrits si librement. – Oui, répondit Pococuranté ; il est beau d'écrire ce qu'on pense : c'est le privilège de l'homme. Dans toute notre Italie, on n'écrit que ce qu'on ne pense pas ; ceux qui habitent la patrie des Césars et des Antonins n'osent avoir une idée sans la permission d'un jacobin[369]. Je serais content de la liberté qui inspire les génies anglais si la passion et l'esprit de parti[370] ne corrompaient pas tout ce que cette précieuse liberté a d'estimable. »

Candide, apercevant un Milton, lui demanda s'il ne regardait pas cet auteur comme un grand homme. « Qui ? dit Pococuranté, ce barbare qui fait un long commentaire en dix livres de vers durs du premier chapitre de la *Genèse*[371] ? ce grossier imitateur des Grecs, qui défigure la création, et qui, tandis que Moïse représente l'Être éternel produisant le

monde par la parole, fait prendre un grand compas par le Messiah dans une armoire du ciel pour tracer son ouvrage? Moi, j'estimerais celui qui a gâté l'enfer et le diable du Tasse; qui déguise Lucifer tantôt en crapaud, tantôt en pygmée; qui lui fait rebattre cent fois les mêmes discours; qui le fait disputer sur la théologie; qui, en imitant sérieusement l'invention comique des armes à feu de l'Arioste, fait tirer le canon dans le ciel par les diables? Ni moi, ni personne en Italie n'a pu se plaire à toutes ces tristes extravagances. Le mariage du péché et de la mort, et les couleuvres dont le péché accouche, font vomir tout homme qui a le goût un peu délicat[372]. Ce poème obscur, bizarre et dégoûtant, fut méprisé à sa naissance; je le traite aujourd'hui comme il fut traité dans sa patrie par les contemporains. Au reste, je dis ce que je pense, et je me soucie fort peu que les autres pensent comme moi[373]. »

Après avoir fait ainsi la revue de tous les livres, ils descendirent dans le jardin. Candide en loua toutes les beautés. « Je ne sais rien de si mauvais goût, dit le maître : nous n'avons ici que des colifichets, mais je vais dès demain en faire planter un d'un dessin plus noble. »

Quand les deux curieux eurent pris congé de Son Excellence : « Or ça, dit Candide à Martin, vous conviendrez que voilà le plus heureux de tous les hommes, car il est au-dessus de tout ce qu'il possède. – Ne voyez-vous pas, dit Martin, qu'il est dégoûté de tout ce qu'il possède? Platon a dit, il y a longtemps, que les meilleurs estomacs ne sont pas ceux qui rebutent tous les aliments[374]. – Mais, dit Candide, n'y a-t-il pas du plaisir à tout critiquer, à sentir des défauts où les autres hommes croient voir des beautés? – C'est-à-dire, reprit Martin, qu'il y a du plaisir à n'avoir pas de plaisir? – Oh bien! dit Candide, il n'y a donc d'heureux que moi, quand je reverrai mademoiselle Cunégonde. – C'est toujours bien fait d'espérer », dit Martin.

Cependant les jours, les semaines s'écoulaient; Cacambo ne revenait point, et Candide était si abîmé dans sa douleur qu'il ne fit pas même réflexion que Paquette et frère Giroflée n'étaient pas venus seulement le remercier[375].

Chapitre vingt-sixième

D'un souper que Candide et Martin firent avec six étrangers[376], et qui ils étaient

Un soir que Candide, suivi de Martin, allait se mettre à table avec les étrangers qui logeaient dans la même hôtellerie[377], un homme à visage couleur de suie l'aborda par derrière, et, le prenant par le bras, lui dit : « Soyez prêt à partir avec nous, n'y manquez pas. » Il se retourne, et voit Cacambo. Il n'y avait que la vue de Cunégonde qui pût l'étonner et lui plaire davantage. Il fut sur le point de devenir fou de joie. Il embrasse son cher ami. « Cunégonde est ici, sans doute ? Où est-elle ? Mène-moi vers elle, que je meure de joie avec elle. – Cunégonde n'est point ici, dit Cacambo, elle est à Constantinople. – Ah ciel ! à Constantinople ! mais fût-elle à la Chine, j'y vole, partons. – Nous partirons après souper, reprit Cacambo ; je ne peux vous en dire davantage ; je suis esclave, mon maître m'attend ; il faut que j'aille le servir à table : ne dites mot ; soupez, et tenez-vous prêt. »

Candide, partagé entre la joie et la douleur, charmé d'avoir revu son agent fidèle, étonné de le voir esclave, plein de l'idée de retrouver sa maîtresse, le cœur agité, l'esprit bouleversé, se mit à table avec Martin, qui voyait de sang-froid toutes ces aventures, et avec six étrangers qui étaient venus passer le carnaval à Venise.

Cacambo, qui versait à boire à l'un de ces six étrangers[378], s'approcha de l'oreille de son maître, sur la fin du repas, et lui dit : « Sire, Votre Majesté partira quand elle voudra, le vaisseau est prêt. » Ayant dit ces mots, il sortit. Les convives, étonnés, se regardaient sans proférer une seule parole, lorsqu'un autre domestique, s'approchant de son maître, lui dit : « Sire, la chaise de Votre Majesté est à Padoue, et la barque est prête[379]. » Le maître fit un signe, et le domestique partit. Tous les convives se regardèrent encore, et la surprise

commune redoubla. Un troisième valet, s'approchant aussi d'un troisième étranger, lui dit : «Sire, croyez-moi, Votre Majesté ne doit pas rester ici plus longtemps : je vais tout préparer»; et aussitôt il disparut.

Candide et Martin ne doutèrent pas alors que ce ne fût une mascarade du carnaval. Un quatrième domestique dit au quatrième maître : «Votre Majesté partira quand elle voudra», et sortit comme les autres. Le cinquième valet en dit autant au cinquième maître. Mais le sixième valet parla différemment au sixième étranger, qui était auprès de Candide; il lui dit : «Ma foi, sire, on ne veut plus faire crédit à Votre Majesté ni à moi non plus, et nous pourrions bien être coffrés cette nuit, vous et moi; je vais pourvoir à mes affaires; adieu.»

Tous les domestiques ayant disparu[380], les six étrangers, Candide, et Martin, demeurèrent dans un profond silence. Enfin Candide le rompit : «Messieurs, dit-il, voilà une singulière plaisanterie. Pourquoi êtes-vous tous rois? Pour moi, je vous avoue que ni moi ni Martin nous ne le sommes.»

Le maître de Cacambo prit alors gravement la parole, et dit en italien : «Je ne suis point plaisant, je m'appelle Achmet III[381]; j'ai été grand sultan plusieurs années; je détrônai mon frère; mon neveu m'a détrôné; on a coupé le cou à mes vizirs; j'achève ma vie dans le vieux sérail; mon neveu le grand sultan Mahmoud me permet de voyager quelquefois pour ma santé; et je suis venu passer le carnaval à Venise.»

Un jeune homme qui était auprès d'Achmet parla après lui, et dit : «Je m'appelle Ivan[382]; j'ai été empereur de toutes les Russies; j'ai été détrôné au berceau; mon père et ma mère ont été enfermés; on m'a élevé en prison; j'ai quelquefois la permission de voyager, accompagné de ceux qui me gardent; et je suis venu passer le carnaval à Venise.»

Le troisième dit : «Je suis Charles-Édouard[383], roi d'Angleterre; mon père m'a cédé ses droits au royaume; j'ai combattu pour les soutenir; on a arraché le cœur à huit cents de mes partisans, et on leur en a battu les joues; j'ai été mis en prison; je vais à Rome faire une visite au roi mon

père, détrôné ainsi que moi et mon grand-père ; et je suis
venu passer le carnaval à Venise. »

Le quatrième prit alors la parole et dit : « Je suis roi des
Polaques[384] ; le sort de la guerre m'a privé de mes États
héréditaires ; mon père a éprouvé les mêmes revers ; je me
résigne à la Providence comme le sultan Achmet, l'empereur
Ivan, et le roi Charles-Édouard, à qui Dieu donne une
longue vie ; et je suis venu passer le carnaval à Venise. »

Le cinquième dit : « Je suis aussi roi des Polaques[385] ; j'ai
perdu mon royaume deux fois ; mais la Providence m'a
donné un autre État dans lequel j'ai fait plus de bien que
tous les rois des Sarmates ensemble n'en ont jamais pu faire
sur les bords de la Vistule. Je me résigne aussi à la Pro-
vidence ; et je suis venu passer le carnaval à Venise. »

Il restait au sixième monarque à parler. « Messieurs,
dit-il, je ne suis pas si grand seigneur que vous ; mais enfin
j'ai été roi tout comme un autre ; je suis Théodore[386] ; on
m'a élu roi en Corse ; on m'a appelé *Votre Majesté*, et à
présent à peine m'appelle-t-on *Monsieur* ; j'ai fait frapper de
la monnaie, et je ne possède pas un denier ; j'ai eu deux
secrétaires d'État, et j'ai à peine un valet ; je me suis vu sur
un trône, et j'ai longtemps été à Londres en prison sur la
paille ; j'ai bien peur d'être traité de même ici, quoique je
sois venu, comme Vos Majestés, passer le carnaval à
Venise. »

Les cinq autres rois écoutèrent ce discours avec une noble
compassion. Chacun d'eux donna vingt sequins[387] au roi
Théodore pour avoir des habits et des chemises ; et[388] Can-
dide lui fit présent d'un diamant de deux mille sequins.
« Quel est donc, disaient les cinq rois, ce simple particulier
qui est en état de donner cent fois autant que chacun de
nous, et qui le donne[389] ? »

Dans l'instant qu'on sortait de table, il arriva dans la
même hôtellerie quatre altesses sérénissimes[390] qui avaient
aussi perdu leurs États par le sort de la guerre, et qui
venaient passer le reste du carnaval à Venise. Mais Candide
ne prit pas seulement garde à ces nouveaux venus. Il n'était
occupé que d'aller trouver sa chère Cunégonde à Constanti-
nople.

Chapitre vingt-septième

Voyage de Candide à Constantinople

Le fidèle Cacambo avait déjà obtenu du patron turc qui allait reconduire le sultan Achmet à Constantinople qu'il recevrait Candide et Martin sur son bord. L'un et l'autre s'y rendirent après s'être prosternés devant Sa misérable Hautesse. Candide, chemin faisant, disait à Martin : « Voilà pourtant six rois détrônés avec qui nous avons soupé ! et encore dans ces six rois il y en a un à qui j'ai fait l'aumône. Peut-être y a-t-il beaucoup d'autres princes plus infortunés. Pour moi, je n'ai perdu que cent moutons, et je vole dans les bras de Cunégonde. Mon cher Martin, encore une fois, Pangloss avait raison, tout est bien. – Je le souhaite, dit Martin. – Mais, dit Candide, voilà une aventure bien peu vraisemblable que nous avons eue à Venise. On n'avait jamais vu ni ouï conter que six rois détrônés soupassent ensemble au cabaret. – Cela n'est pas plus extraordinaire, dit Martin, que la plupart des choses qui nous sont arrivées. Il est très commun que des rois soient détrônés ; et à l'égard de l'honneur que nous avons eu de souper avec eux, c'est une bagatelle qui ne mérite pas notre attention[391].

A peine Candide fut-il dans le vaisseau qu'il sauta au cou de son ancien valet, de son ami Cacambo. « Eh bien ! lui dit-il, que fait Cunégonde ? Est-elle toujours un prodige de beauté ? M'aime-t-elle toujours ? Comment se porte-t-elle ? Tu lui as sans doute acheté un palais à Constantinople ?

– Mon cher maître, répondit Cacambo[392], Cunégonde lave les écuelles sur le bord de la Propontide[393], chez un prince qui a très peu d'écuelles ; elle est esclave dans la maison d'un ancien souverain, nommé Ragotski[394], à qui le Grand Turc donne trois écus par jour dans son asile ; mais, ce qui est bien plus triste, c'est qu'elle a perdu sa beauté, et qu'elle est devenue horriblement laide. – Ah ! belle ou laide, dit Candide, je suis honnête homme, et mon devoir est de

l'aimer toujours. Mais comment peut-elle être réduite à un état si abject avec les cinq ou six millions que tu avais apportés ? – Bon, dit Cacambo, ne m'en a-t-il pas fallu donner deux millions au señor don Fernando d'Ibaraa, y Figueora, y Mascarenes, y Lampourdos, y Souza, gouverneur de Buenos-Ayres, pour avoir la permission de reprendre mademoiselle Cunégonde ? Et un pirate[395] ne nous a-t-il pas bravement dépouillés de tout le reste ? Ce pirate ne nous a-t-il pas menés au cap de Matapan, à Milo, à Nicarie, à Samos, à Petra, aux Dardanelles, à Marmora, à Scutari[396] ? Cunégonde et la vieille servent chez ce[397] prince dont je vous ai parlé, et moi, je suis esclave du sultan détrôné. – Que d'épouvantables calamités enchaînées les unes aux autres ! dit Candide. Mais, après tout, j'ai encore quelques diamants ; je délivrerai aisément Cunégonde. C'est bien dommage qu'elle soit devenue si laide. »

Ensuite, se tournant vers Martin : « Que pensez-vous dit-il, qui soit le plus à plaindre, de l'empereur Achmet, de l'empereur Ivan, du roi Charles-Édouard, ou de moi ? – Je n'en sais rien, dit Martin ; il faudrait que je fusse dans vos cœurs pour le savoir. – Ah ! dit Candide, si Pangloss était ici, il le saurait, et nous l'apprendrait. – Je ne sais, dit Martin, avec quelles balances votre Pangloss aurait pu peser les infortunes des hommes, et apprécier leurs douleurs. Tout ce que je présume c'est qu'il y a des millions d'hommes sur la terre cent fois plus à plaindre que le roi Charles-Édouard, l'empereur Ivan, et le sultan Achmet. – Cela pourrait bien être, dit Candide. »

On arriva en peu de jours sur le canal de la mer Noire. Candide commença par racheter Cacambo fort cher ; et, sans perdre de temps, il se jeta dans une galère, avec ses compagnons, pour aller sur le rivage de la Propontide chercher Cunégonde, quelque laide qu'elle pût être.

Il y avait dans la chiourme deux forçats qui ramaient fort mal, et à qui le levanti[398] patron appliquait de temps en temps quelques coups de nerf de bœuf sur leurs épaules nues ; Candide, par un mouvement naturel, les regarda plus attentivement que les autres galériens, et s'approcha d'eux avec pitié. Quelques traits de leurs visages défigurés lui parurent avoir un peu de ressemblance avec Pangloss et avec

ce malheureux jésuite, ce baron, ce frère de mademoiselle Cunégonde. Cette idée l'émut et l'attrista. Il les considéra encore plus attentivement. « En vérité, dit-il à Cacambo, si je n'avais pas vu pendre maître Pangloss, et si je n'avais pas eu le malheur de tuer le baron, je croirais que ce sont eux qui rament dans cette galère. »

Au nom du baron et de Pangloss les deux forçats poussèrent un grand cri, s'arrêtèrent sur leur banc, et laissèrent tomber leurs rames. Le levanti patron accourait sur eux, et les coups de nerf de bœuf redoublaient. « Arrêtez! arrêtez! seigneur, s'écria Candide; je vous donnerai tant d'argent que vous voudrez. – Quoi! c'est Candide! disait l'un des forçats. – Quoi! c'est Candide! disait l'autre. – Est-ce un songe? dit Candide; veillé-je? suis-je dans cette galère? Est-ce là monsieur le baron que j'ai tué? Est-ce là maître Pangloss que j'ai vu pendre?

– C'est nous-mêmes, c'est nous-mêmes, répondaient-ils. – Quoi! c'est là ce grand philosophe? disait Martin. – Eh! monsieur le levanti patron, dit Candide, combien voulez-vous d'argent pour la rançon de monsieur de Thunder-ten-trunckh, un des premiers barons de l'empire, et de monsieur Pangloss, le plus profond métaphysicien d'Allemagne? – Chien de chrétien, répondit le levanti patron, puisque ces deux chiens de forçats chrétiens sont des barons et des métaphysiciens, ce qui est sans doute une grande dignité dans leur pays, tu m'en donneras cinquante mille sequins. – Vous les aurez, monsieur; ramenez-moi comme un éclair à Constantinople, et vous serez payé sur-le-champ. Mais non, menez-moi chez mademoiselle Cunégonde. » Le levanti patron, sur la première offre de Candide, avait déjà tourné la proue vers la ville, et il faisait ramer plus vite qu'un[399] oiseau ne fend les airs.

Candide embrassa cent fois le baron et Pangloss. « Et comment ne vous ai-je pas tué, mon cher baron? et mon cher Pangloss, comment êtes-vous en vie après avoir été pendu? et pourquoi êtes-vous tous deux aux galères en Turquie? – Est-il bien vrai que ma chère sœur soit dans ce pays? disait le baron. – Oui, répondait Cacambo. – Je revois donc mon cher Candide », s'écriait Pangloss. Candide leur présentait Martin et Cacambo. Ils s'embrassaient tous; ils

parlaient tous à la fois. La galère volait, ils étaient déjà dans le port. On fit venir un juif[400], à qui Candide vendit pour cinquante mille sequins un diamant de la valeur de cent mille[401], et qui lui jura par Abraham qu'il n'en pouvait donner davantage. Il paya incontinent la rançon du baron et de Pangloss. Celui-ci se jeta aux pieds de son libérateur, et les baigna de larmes ; l'autre le remercia par un signe de tête, et lui promit de lui rendre cet argent à la première occasion. « Mais est-il bien possible que ma sœur soit en Turquie ? disait-il. – Rien n'est si possible, reprit Cacambo, puisqu'elle écure la vaisselle chez un prince de Transylvanie. » On fit aussitôt venir deux juifs : Candide vendit encore des diamants ; et ils repartirent tous dans une autre galère pour aller délivrer Cunégonde.

Chapitre vingt-huitième

Ce qui arriva à Candide, à Cunégonde, à Pangloss,
à Martin, etc.

« Pardon, encore une fois, dit Candide au baron ; pardon, mon révérend père, de vous avoir donné un grand coup d'épée au travers du corps. – N'en parlons plus, dit le baron ; je fus un peu trop vif, je l'avoue ; mais puisque vous voulez savoir par quel hasard vous m'avez vu aux galères, je vous dirai qu'après avoir été guéri de ma blessure par le frère apothicaire du collège, je fus attaqué et enlevé par un parti espagnol ; on me mit en prison à Buenos-Ayres dans le temps que ma sœur venait d'en partir. Je demandai à retourner à Rome auprès du père général. Je fus nommé pour aller servir d'aumônier à Constantinople auprès de monsieur l'ambassadeur de France. Il n'y avait pas huit jours que j'étais entré en fonction, quand je trouvai sur le soir un jeune icoglan[402] très bien fait. Il faisait fort chaud : le jeune homme voulut se baigner[403] ; je pris cette occasion de me baigner aussi. Je ne savais pas que ce fût un crime capital pour un chrétien d'être trouvé tout nu avec un jeune

musulman. Un cadi me fit donner cent coups de bâton sous la plante des pieds, et me condamna aux galères. Je ne crois pas qu'on ait fait une plus horrible injustice. Mais je voudrais bien savoir pourquoi ma sœur est dans la cuisine d'un[404] souverain de Transylvanie réfugié chez les Turcs.

– Mais vous, mon cher Pangloss, dit Candide, comment se peut-il que je vous revoie ? – Il est vrai, dit Pangloss, que vous m'avez vu pendre ; je devais naturellement être brûlé : mais vous vous souvenez qu'il plut à verse lorsqu'on allait me cuire : l'orage fut si violent qu'on désespéra d'allumer le feu ; je fus pendu, parce qu'on ne put mieux faire ; un chirurgien acheta mon corps, m'emporta chez lui, et me disséqua. Il me fit d'abord une incision cruciale depuis le nombril jusqu'à la clavicule. On ne pouvait pas avoir été plus mal pendu que je l'avais été[405]. L'exécuteur des hautes œuvres de la sainte Inquisition, lequel était sous-diacre, brûlait à la vérité les gens à merveille, mais il n'était pas accoutumé à pendre : la corde était mouillée et glissa mal, elle fut mal[406] nouée ; enfin je respirais encore : l'incision cruciale me fit jeter un si grand cri que mon chirurgien tomba à la renverse ; et, croyant qu'il disséquait le diable, il s'enfuit en mourant de peur, et tomba encore sur l'escalier en fuyant. Sa femme accourut au bruit, d'un cabinet voisin : elle me vit sur la table étendu avec mon incision cruciale ; elle eut encore plus de peur que son mari, s'enfuit, et tomba sur lui. Quand ils furent un peu revenus à eux, j'entendis la chirurgienne qui disait au chirurgien : « Mon bon, de quoi vous avisez-vous de disséquer un hérétique ? Ne savez-vous pas que le diable est toujours dans le corps de ces gens-là ? Je vais vite chercher un prêtre pour l'exorciser. » Je frémis à ce propos, et je ramassai le peu de forces qui me restaient pour crier : « Ayez pitié de moi ! » Enfin le barbier[407] portugais s'enhardit : il recousut ma peau[408] ; sa femme même eut soin de moi ; je fus sur pied au bout de quinze jours. Le barbier me trouva une condition, et me fit laquais d'un chevalier de Malte qui allait à Venise ; mais mon maître n'ayant pas de quoi me payer, je me mis au service d'un marchand vénitien, et je le suivis à Constantinople.

« Un jour il me prit fantaisie d'entrer dans une mosquée ;

il n'y avait qu'un vieux iman et une jeune dévote très jolie qui disait ses patenôtres ; sa gorge était toute découverte[409] : elle avait entre ses deux tétons un beau bouquet de tulipes, de roses, d'anémones, de renoncules, d'hyacinthes, et d'oreilles d'ours ; elle laissa tomber son bouquet ; je le ramassai, et je le lui remis avec un empressement très respectueux. Je fus si longtemps à le lui remettre que l'iman se mit en colère, et, voyant que j'étais chrétien, il cria à l'aide. On me mena chez le cadi, qui me fit donner cent coups de latte sur la plante des pieds, et m'envoya aux galères. Je fus enchaîné précisément dans la même galère et au même banc que monsieur le baron. Il y avait dans cette galère quatre jeunes gens de Marseille, cinq prêtres napolitains, et deux moines de Corfou, qui nous dirent que de pareilles aventures arrivaient tous les jours. Monsieur le baron prétendait qu'il avait essuyé une plus grande injustice que moi ; je prétendais, moi, qu'il était beaucoup plus permis de remettre un bouquet sur la gorge d'une femme que d'être tout nu avec un icoglan. Nous disputions sans cesse, et nous recevions vingt coups de nerf de bœuf par jour, lorsque l'enchaînement des événements de cet univers vous a conduit dans notre galère, et que vous nous avez rachetés.

– Eh bien ! mon cher Pangloss, lui dit Candide, quand vous avez été pendu, disséqué, roué de coups, et que vous avez ramé aux galères, avez-vous toujours pensé que tout allait le mieux du monde ? – Je suis toujours de mon premier sentiment, répondit Pangloss ; car enfin je suis philosophe : il ne me convient pas de me dédire, Leibniz ne pouvant pas avoir tort, et l'harmonie préétablie est d'ailleurs la plus belle chose du monde, aussi bien que le plein et la matière subtile[410]. »

Chapitre vingt-neuvième

Comment Candide retrouva Cunégonde et la vieille

Pendant que Candide, le baron, Pangloss, Martin, et

Cacambo, contaient[411] leurs aventures, qu'ils raisonnaient sur les événements contingents ou non contingents de cet univers, qu'ils disputaient sur les effets et les causes, sur le mal moral et sur le mal physique, sur la liberté et la nécessité, sur les consolations que l'on peut éprouver lorsqu'on est aux galères en Turquie, ils abordèrent sur le rivage de la Propontide[412], à la maison du prince de Transylvanie. Les premiers objets qui se présentèrent furent Cunégonde et la vieille, qui étendaient des serviettes sur des ficelles pour les faire sécher.

Le baron pâlit à cette vue. Le tendre amant Candide, en voyant sa belle Cunégonde rembrunie, les yeux éraillés, la gorge sèche, les joues ridées, les bras rouges et écaillés, recula trois pas, saisi d'horreur, et avança ensuite par bon procédé. Elle embrassa Candide et son frère ; on embrassa la vieille : Candide les racheta toutes deux.

Il y avait une petite métairie[413] dans le voisinage ; la vieille proposa à Candide de s'en accommoder, en attendant que toute la troupe eût une meilleure destinée. Cunégonde ne savait pas qu'elle était enlaidie, personne ne l'en avait avertie : elle fit souvenir Candide de ses promesses avec un ton si absolu que le bon Candide n'osa pas la refuser. Il signifia donc au baron qu'il allait se marier avec sa sœur. « Je ne souffrirai jamais, dit le baron, une telle bassesse de sa part, et une telle insolence de la vôtre ; cette infamie ne me sera jamais reprochée : les enfants de ma sœur ne pourraient entrer dans les chapitres[414] d'Allemagne. Non, jamais ma sœur n'épousera qu'un baron de l'Empire. » Cunégonde se jeta à ses pieds, et les baigna de larmes ; il fut inflexible. « Maître fou, lui dit Candide, je t'ai réchappé des galères, j'ai payé ta rançon, j'ai payé celle de ta sœur ; elle lavait ici des écuelles, elle est laide, j'ai la bonté d'en faire ma femme ; et tu prétends encore t'y opposer ! Je te retuerais si j'en croyais ma colère. – Tu peux me tuer encore, dit le baron, mais tu n'épouseras pas ma sœur de mon vivant. »

Chapitre trentième

Conclusion

Candide, dans le fond de son cœur, n'avait aucune envie[415] d'épouser Cunégonde ; mais l'impertinence extrême du baron le déterminait à conclure le mariage, et Cunégonde le pressait si vivement qu'il ne pouvait s'en dédire. Il consulta Pangloss, Martin, et le fidèle Cacambo. Pangloss fit un beau mémoire par lequel il prouvait que le baron n'avait nul droit sur ma sœur, et qu'elle pouvait, selon toutes les lois de l'Empire, épouser Candide de la main gauche[416]. Martin conclut à jeter le baron dans la mer ; Cacambo décida qu'il fallait le rendre au levanti patron, et le remettre aux galères, après quoi on l'enverrait à Rome au père général par le premier vaisseau. L'avis fut trouvé fort bon ; la vieille l'approuva ; on n'en dit rien à sa sœur ; la chose fut exécutée pour quelque argent, et on eut le plaisir d'attraper un jésuite, et de punir l'orgueil d'un baron allemand.

Il était tout naturel d'imaginer qu'après tant de désastres Candide, marié avec sa maîtresse et vivant avec le philosophe Pangloss, le philosophe Martin, le prudent Cacambo, et la vieille, ayant d'ailleurs rapporté tant de diamants de la patrie des anciens Incas, mènerait la vie du monde la plus agréable ; mais il fut tant friponné par les juifs[417] qu'il ne lui resta plus rien que sa petite métairie ; sa femme, devenant tous les jours plus laide, devint acariâtre et insupportable ; la vieille était infirme, et fut encore de plus mauvaise humeur que Cunégonde. Cacambo, qui travaillait au jardin, et qui allait vendre des légumes à Constantinople, était excédé de travail, et maudissait sa destinée. Pangloss était au désespoir de ne pas briller dans quelque université d'Allemagne. Pour Martin, il était fermement persuadé qu'on est également mal partout ; il prenait les choses en patience. Candide, Martin et Pangloss disputaient quelquefois de métaphysique et de morale. On voyait souvent passer sous les fenêtres de la

métairie des bateaux chargés[418] d'effendis, de bachas, de cadis[419], qu'on envoyait en exil à Lemnos, à Mytilène, à Erzeroum; on voyait venir d'autres cadis, d'autres bachas, d'autres effendis, qui prenaient la place des expulsés, et qui étaient expulsés à leur tour. On voyait des têtes proprement empaillées qu'on allait présenter à la Sublime-Porte. Ces spectacles faisaient redoubler les dissertations; et quand on ne disputait pas, l'ennui était si excessif que la vieille osa un jour leur dire : «Je voudrais savoir lequel est le pire[420], ou d'être violée cent fois par des pirates nègres, d'avoir une fesse coupée, de passer par les baguettes chez les Bulgares, d'être fouetté et pendu dans un auto-da-fé, d'être disséqué, de ramer en galère[421], d'éprouver enfin toutes les misères par lesquelles nous avons tous passé, ou bien de rester ici à ne rien faire? – C'est une grande question», dit Candide.

Ce discours fit naître de nouvelles réflexions, et Martin surtout conclut que l'homme était né pour vivre dans les convulsions de l'inquiétude, ou dans la léthargie de l'ennui. Candide n'en convenait pas, mais il n'assurait rien. Pangloss avouait qu'il avait toujours horriblement souffert; mais ayant soutenu une fois que tout allait à merveille, il le soutenait toujours, et n'en croyait rien.

Une chose acheva de confirmer Martin dans ses détestables principes, de faire hésiter plus que jamais Candide, et d'embarrasser Pangloss. C'est qu'ils virent un jour aborder dans leur métairie Paquette et le frère Giroflée, qui étaient dans la plus extrême misère; ils avaient bien vite mangé leurs trois mille piastres, s'étaient quittés, s'étaient raccommodés, s'étaient brouillés, avaient été mis en prison, s'étaient enfuis, et enfin frère Giroflée s'était fait turc. Paquette continuait son métier partout, et n'y gagnait plus rien. «Je l'avais bien prévu, dit Martin à Candide, que vos présents seraient bientôt dissipés et ne les rendraient que plus misérables. Vous avez regorgé de millions de piastres, vous et Cacambo, et vous n'êtes pas plus heureux que frère Giroflée et Paquette. – Ah! ah! dit Pangloss à Paquette, le Ciel vous ramène donc ici parmi nous, ma pauvre enfant! savez-vous bien que vous m'avez coûté le bout du nez, un œil, et une oreille? Comme vous voilà faite! et qu'est-ce[422]

que ce monde!» Cette nouvelle aventure les engagea à
philosopher plus que jamais.

Il y avait dans le voisinage un derviche[423] très fameux qui
passait pour le meilleur philosophe de la Turquie; ils
allèrent le consulter; Pangloss porta la parole, et lui dit :
«Maître, nous venons vous prier de nous dire pourquoi un
aussi étrange animal que l'homme a été formé. – De quoi te
mêles-tu? lui dit le derviche; est-ce là ton affaire? – Mais,
mon révérend père, dit Candide, il y a horriblement de mal
sur la terre. – Qu'importe, dit le derviche, qu'il y ait du mal
ou du bien? Quand Sa Hautesse envoie un vaisseau en
Égypte, s'embarrasse-t-elle si les souris qui sont dans le
vaisseau sont à leur aise ou non? – Que faut-il donc faire?
dit Pangloss[424]. – Te taire[425], dit le derviche. – Je me flattais,
dit Pangloss, de raisonner un peu avec vous des effets et des
causes, du meilleur des mondes possibles, de l'origine du
mal, de la nature de l'âme, et de l'harmonie préétablie.» Le
derviche, à ces mots, leur ferma la porte au nez.

Pendant cette conversation, la nouvelle s'était répandue
qu'on venait d'étrangler à Constantinople deux vizirs du
banc et le mouphti[426], et qu'on avait empalé plusieurs de
leurs amis. Cette catastrophe[427] faisait partout un grand
bruit pendant quelques heures. Pangloss, Candide et Mar-
tin, en retournant à la petite métairie, rencontrèrent un bon
vieillard qui prenait le frais à sa porte sous un berceau
d'orangers. Pangloss qui était aussi curieux que raisonneur,
lui demanda comment se nommait le mouphti qu'on venait
d'étrangler. «Je n'en sais rien, répondit le bonhomme; et je
n'ai jamais su le nom d'aucun mouphti ni d'aucun vizir.
J'ignore absolument l'aventure dont vous me parlez; je
présume qu'en général ceux qui se mêlent des affaires
publiques périssent quelquefois misérablement, et qu'ils le
méritent; mais jamais je ne m'informe de ce qu'on fait à
Constantinople; je me contente d'y envoyer vendre les fruits
du jardin que je cultive.» Ayant dit ces mots, il fit entrer les
étrangers dans sa maison; ses deux filles et ses deux fils leur
présentèrent plusieurs sortes de sorbets qu'ils faisaient eux-
mêmes, du kaïmak piqué d'écorces de cédrat confit, des
oranges, des citrons, des limons, des ananas, des pistaches,
du café de Moka qui n'était point mêlé avec le mauvais café

de Batavia et des îles[428]. Après quoi les deux filles de ce bon musulman parfumèrent les barbes de Candide, de Pangloss, et de Martin.

« Vous devez avoir, dit Candide au Turc, une vaste et magnifique terre ? – Je n'ai que vingt arpents[429], répondit le Turc ; je les cultive avec mes enfants ; le travail éloigne de nous trois grands maux, l'ennui, le vice, et le besoin. »

Candide, en retournant dans sa métairie, fit de profondes réflexions sur le discours du Turc. Il dit à Pangloss et à Martin : « Ce bon vieillard me paraît s'être fait un sort bien préférable à celui des six rois avec qui nous avons eu l'honneur de souper. – Les grandeurs, dit Pangloss, sont fort dangereuses, selon le rapport de tous les philosophes : car enfin Églon, roi des Moabites, fut assassiné par Aod ; Absalon fut pendu par les cheveux et percé de trois dards ; le roi Nadab, fils de Jéroboam, fut tué par Baza, le roi Éla, par Zambri, Ochosias, par Jéhu, Athalia, par Joïada ; les rois Joachim, Jéchonias, Sédécias, furent esclaves[430]. Vous savez comment périrent Crésus, Astyage, Darius, Denys de Syracuse, Pyrrhus, Persée, Annibal, Jugurtha, Arioviste, César, Pompée, Néron, Othon, Vitellius, Domitien[431], Richard second d'Angleterre, Édouard second, Henri VI, Richard III, Marie Stuart, Charles I^{er}, les trois Henri de France, l'empereur Henri IV[432] ? Vous savez... – Je sais aussi, dit Candide, qu'il faut cultiver notre jardin. – Vous avez raison, dit Pangloss ; car quand l'homme fut mis dans le jardin d'Éden, il y fut mis *ut operaretur eum*[433], pour qu'il travaillât : ce qui prouve que l'homme n'est pas né pour le repos. – Travaillons sans raisonner, dit Martin ; c'est le seul moyen de rendre la vie supportable. »

Toute la petite société entra dans ce louable dessein ; chacun se mit à exercer ses talents. La petite terre rapporta beaucoup. Cunégonde était, à la vérité, bien laide ; mais elle devint une excellente pâtissière ; Paquette broda ; la vieille eut soin du linge. Il n'y eut pas jusqu'à frère Giroflée qui ne rendît service ; il fut un très bon menuisier[434], et même devint honnête homme ; et Pangloss disait quelquefois à Candide : « Tous les événements sont enchaînés dans le meilleur des mondes possibles : car enfin si vous n'aviez pas été chassé d'un beau château à grands coups de pied dans le

derrière pour l'amour de mademoiselle Cunégonde, si vous n'aviez pas été mis à l'Inquisition, si vous n'aviez pas couru l'Amérique à pied[435], si vous n'aviez pas donné un bon coup d'épée au baron, si vous n'aviez pas perdu tous vos moutons du bon pays d'Eldorado[436], vous ne mangeriez pas ici des cédrats confits et des pistaches. – Cela est bien dit, répondit Candide, mais il faut cultiver notre jardin.»

Appendice I

Première version du chapitre XXII
(voir notes 303 et 304),
début du chapitre

Chapitre XXII

Ce qui arriva en France à Candide et à Martin

Candide ne s'arrêta dans Bordeaux qu'autant de temps qu'il en fallait pour s'accommoder d'une bonne chaise à deux places pour son philosophe Martin et pour lui. Il fut seulement très fâché de se séparer de son mouton, qu'il laissa à l'académie des sciences de Bordeaux; tous les voyageurs qu'il rencontra dans les cabarets de la route lui disaient : «Nous allons à Paris». Cet empressement général lui donna enfin l'envie de voir cette capitale. Ce n'était pas beaucoup se détourner du chemin de Venise.

Il entra par le faubourg Saint-Marceau, et crut être dans le plus vilain village de la Westphalie. Un moment après il passa près d'un cimetière; c'étaient des cris, des hurlements horribles; on eût dit que tous les morts étaient ressuscités pour faire cet épouvantable sabbat. Il vit des petites filles, des abbés, des colporteurs, des sacristains, des vieilles, qui aboyaient, qui grinçaient les dents, qui se roulaient par terre,

qui sautaient, qui chantaient des psaumes, qui tremblaient, et qui bavaient[437] en criant : « Miracle, miracle[438] ! »

– Ah bon Dieu ! dit Candide à Martin ; est-ce ainsi que la capitale d'un grand royaume est faite ! quelle différence de ce cloaque à la ville d'Eldorado. »

Ils n'eurent pas fait cent pas qu'ils furent arrêtés par une foule de peuple qui criait encore plus fort que la première bande, autour d'une douzaine de bières couvertes d'un drap noir, avec chacune un bénitier au pied. Candide et Martin s'informèrent du sujet de ce tumulte. Un bon homme du quartier leur dit : « Messieurs, est-ce que vous ne savez pas quel impôt on a mis depuis peu sur les morts ? » Candide lui jura qu'il ne savait rien de ce qui concernait les morts, et les vivants de cette pauvre ville ; qu'il était étranger, qu'il arrivait, et qu'il comptait en partir incessamment.

« Hélas, monsieur, dit le bon homme, on présente aux mourants depuis quelques mois des billets payables au porteur pour l'autre monde[439], que tout homme à l'agonie doit signer, et s'il ne signe pas il n'est point enterré : en voici douze à qui on refuse la sépulture. Cela mettra la peste dans la ville. »

Le postillon qui conduisait les deux voyageurs eut beaucoup de peine à passer.

Appendice II

Le morceau suivant a été ajouté par Voltaire
au chapitre XXII à partir de l'édition de 1761
(voir note 319) :

– Monsieur, combien avez-vous de pièces de théâtre en France ? » dit Candide à l'abbé ; lequel répondit : « Cinq ou six mille. – C'est beaucoup, dit Candide ; combien y en a-t-il de bonnes ? – Quinze ou seize, répliqua l'autre. – C'est beaucoup », dit Martin.

Candide fut très content d'une actrice qui faisait la reine Élisabeth, dans une assez plate tragédie[440] que l'on joue quelquefois. « Cette actrice, dit-il à Martin, me plaît beaucoup ; elle a un faux air de mademoiselle Cunégonde ; je serais bien aise de la saluer. » L'abbé périgourdin s'offrit à l'introduire chez elle. Candide, élevé en Allemagne, demanda quelle était l'étiquette, et comment on traitait en France les reines d'Angleterre[441]. « Il faut distinguer, dit l'abbé ; en province, on les mène au cabaret ; à Paris, on les respecte quand elles sont belles, et on les jette à la voirie quand elles sont mortes. – Des reines à la voirie ! dit Candide. – Oui vraiment, dit Martin ; monsieur l'abbé a raison : j'étais à Paris quand mademoiselle Monime[442] passa, comme on dit, de cette vie à l'autre ; on lui refusa ce que ces gens-ci appellent *les honneurs de la sépulture,* c'est-à-dire de pourrir avec tous les gueux du quartier dans un vilain cimetière ; elle fut enterrée toute seule de sa bande au coin de la rue de Bourgogne ; ce qui dut lui faire une peine extrême, car elle pensait très noblement. – Cela est bien impoli, dit Candide. – Que voulez-vous ? dit Martin ; ces gens-ci sont ainsi faits. Imaginez toutes les contradictions, toutes les incompatibilités possibles, vous les verrez dans le gouvernement, dans les tribunaux, dans les églises, dans les spectacles de cette drôle de nation. – Est-il vrai qu'on rit toujours à Paris ? dit Candide. – Oui, dit l'abbé ; mais c'est en enrageant : car on s'y plaint de tout avec de grands éclats de rire ; même on y fait en riant les actions les plus détestables.

– Quel est, dit Candide, ce gros cochon qui me disait tant de mal de la pièce où j'ai tant pleuré, et des acteurs qui m'ont fait tant de plaisir ? – C'est un mal vivant, répondit l'abbé, qui gagne sa vie à dire du mal de toutes les pièces et de tous les livres ; il hait quiconque réussit, comme les eunuques haïssent les jouissants ; c'est un de ces serpents de la littérature qui se nourrissent de fange et de venin ; c'est un folliculaire[443]. – Qu'appelez-vous folliculaire ? dit Candide. – C'est, dit l'abbé, un faiseur de feuilles, un Fréron[444]. »

C'est ainsi que Candide, Martin et le Périgourdin raisonnaient sur l'escalier, en voyant défiler le monde au sortir de la pièce. « Quoique je sois très empressé de revoir made-

moiselle Cunégonde, dit Candide, je voudrais pourtant souper avec mademoiselle Clairon[445], car elle m'a paru admirable. »

L'abbé n'était pas homme à approcher de mademoiselle Clairon, qui ne voyait que bonne compagnie. « Elle est engagée pour ce soir, dit-il ; mais j'aurai l'honneur de vous mener chez une dame de qualité, et là vous connaîtrez Paris comme si vous y aviez été quatre ans. »

Candide, qui était naturellement curieux, se laissa mener chez la dame, au fond du faubourg Saint-Honoré[446] ; on y était occupé d'un pharaon[447] ; douze tristes pontes tenaient chacun en main un petit livre de cartes, registre cornu de leurs infortunes. Un profond silence régnait, la pâleur était sur le front des pontes, l'inquiétude sur celui du banquier ; et la dame du logis, assise auprès de ce banquier impitoyable, remarquait avec des yeux de lynx tous les parolis, tous les sept-et-le-va de campagne[448], dont chaque joueur cornait ses cartes ; elle les faisait décorner avec une attention sévère, mais polie, et ne se fâchait point, de peur de perdre ses pratiques. La dame se faisait appeler la marquise de Parolignac[449]. Sa fille, âgée de quinze ans, était au nombre des pontes, et avertissait d'un clin d'œil des friponneries de ces pauvres gens qui tâchaient de réparer les cruautés du sort. L'abbé périgourdin, Candide, et Martin, entrèrent ; personne ne se leva, ni les salua, ni les regarda ; tous étaient profondément occupés de leurs cartes. « Madame la baronne de Thunder-ten-trunckh était plus civile », dit Candide.

Cependant l'abbé s'approcha de l'oreille de la marquise, qui se leva à moitié, honora Candide d'un sourire gracieux, et Martin d'un air de tête tout à fait noble ; elle fit donner un siège et un jeu de cartes à Candide, qui perdit cinquante mille francs en deux tailles[450] : après quoi on soupa très gaiement ; et tout le monde était étonné que Candide ne fût pas ému de sa perte ; les laquais disaient entre eux, dans leur langage de laquais : « Il faut que ce soit quelque milord anglais. »

Le souper fut comme la plupart des soupers de Paris : d'abord du silence, ensuite un bruit de paroles qu'on ne distingue point, puis des plaisanteries dont la plupart sont insipides, de fausses nouvelles, de mauvais raisonnements,

un peu de politique, et beaucoup de médisance; on parla même de livres nouveaux. « Avez-vous vu, dit l'abbé périgourdin, le roman du sieur Gauchat, docteur en théologie[451]? – Oui, répondit un des convives; mais je n'ai pu l'achever. Nous avons une foule d'écrits impertinents; mais tous ensemble n'approchent pas de l'impertinence de Gauchat, docteur en théologie; je suis si rassasié de cette immensité de détestables livres qui nous inondent que je me suis mis à ponter au pharaon. – Et les *Mélanges* de l'archidiacre T...[452], qu'en dites-vous? dit l'abbé. – Ah! dit madame de Parolignac, l'ennuyeux mortel! comme il vous dit curieusement ce que tout le monde sait! comme il discute pesamment ce qui ne vaut pas la peine d'être remarqué légèrement! comme il s'approprie, sans esprit, l'esprit des autres! comme il gâte ce qu'il pille! comme il me dégoûte! mais il ne me dégoûtera plus; c'est assez d'avoir lu quelques pages de l'archidiacre. »

Il y avait à table un homme savant et de goût qui appuya ce que disait la marquise. On parla ensuite de tragédies; la dame demanda pourquoi il y avait des tragédies qu'on jouait quelquefois, et qu'on ne pouvait lire. L'homme de goût expliqua très bien comment une pièce pouvait avoir quelque intérêt, et n'avoir presque aucun mérite; il prouva en peu de mots que ce n'était pas assez d'amener une ou deux de ces situations qu'on trouve dans tous les romans, et qui séduisent toujours les spectateurs, mais qu'il faut être neuf sans être bizarre, souvent sublime et toujours naturel; connaître le cœur humain et le faire parler; être grand poète sans que jamais aucun personnage de la pièce paraisse poète; savoir parfaitement sa langue, la parler avec pureté, avec une harmonie continue, sans que jamais la rime coûte rien au sens[453]. « Quiconque, ajouta-t-il, n'observe pas toutes ces règles peut faire une ou deux tragédies applaudies au théâtre, mais il ne sera jamais compté au rang des bons écrivains; il y a très peu de bonnes tragédies : les unes sont des idylles en dialogues bien écrits et bien rimés[454]; les autres, des raisonnements politiques qui endorment, ou des amplifications qui rebutent[455]; les autres, des rêves d'énergumène, en style barbare, des propos interrompus, de longues apostrophes aux dieux, parce qu'on ne sait point

parler aux hommes, des maximes fausses, des lieux communs ampoulés[456]. »

Candide écouta ce propos avec attention, et conçut une grande idée du discoureur ; et, comme la marquise avait eu soin de le placer à côté d'elle, il s'approcha de son oreille, et prit la liberté de lui demander qui était cet homme qui parlait si bien. « C'est un savant, dit la dame, qui ne ponte point, et que l'abbé m'amène quelquefois à souper : il se connaît parfaitement en tragédies et en livres, et il a fait une tragédie sifflée, et un livre dont on n'a jamais vu hors de la boutique de son libraire qu'un exemplaire, qu'il m'a dédié. – Le grand homme ! dit Candide, c'est un autre Pangloss. »

Alors, se tournant vers lui, il lui dit : « Monsieur, vous pensez, sans doute, que tout est au mieux dans le monde physique et dans le moral, et que rien ne pouvait être autrement ? – Moi, monsieur, lui répondit le savant, je ne pense rien de tout cela : je trouve que tout va de travers chez nous ; que personne ne sait ni quel est son rang, ni quelle est sa charge, ni ce qu'il fait, ni ce qu'il doit faire, et qu'excepté le souper, qui est assez gai, et où il paraît assez d'union, tout le reste du temps se passe en querelles impertinentes : jansénistes contre molinistes, gens du parlement contre gens d'église, gens de lettres contre gens de lettres, courtisans contre courtisans, financiers contre le peuple, femmes contre maris, parents contre parents ; c'est une guerre éternelle. »

Candide lui répliqua : « J'ai vu pis : mais un sage, qui depuis a eu le malheur d'être pendu, m'apprit que tout cela est à merveille : ce sont des ombres à un beau tableau. – Votre pendu se moquait du monde, dit Martin ; vos ombres sont des taches[457] horribles. – Ce sont les hommes qui font les taches, dit Candide, et ils ne peuvent pas s'en dispenser. – Ce n'est donc pas leur faute, dit Martin. » La plupart des pontes, qui n'entendaient rien à ce langage, buvaient ; et Martin raisonna avec le savant, et Candide raconta une partie de ses aventures à la dame du logis.

Après souper, la marquise mena Candide dans son cabinet, et le fit asseoir sur un canapé. « Eh bien ! lui dit-elle, vous aimez donc toujours éperdument mademoiselle Cunégonde de Thunder-ten-trunckh ? – Oui madame », répondit Candide. La marquise lui répliqua avec un sourire tendre :

« Vous me répondez comme un jeune homme de West-
phalie ; un Français m'aurait dit : « Il est vrai que j'ai aimé
mademoiselle Cunégonde ; mais, en vous voyant, madame,
je crains de ne la plus aimer. – Hélas ! madame, dit Candide,
je répondrai comme vous voudrez. – Votre passion pour elle,
dit la marquise, a commencé en ramassant son mouchoir ; je
veux que vous ramassiez ma jarretière. – De tout mon
cœur », dit Candide ; et il la ramassa. « Mais je veux que
vous me la remettiez », dit la dame ; et Candide la lui remit.
« Voyez-vous, dit la dame, vous êtes étranger ; je fais quel-
quefois languir mes amants de Paris quinze jours, mais je
me rends à vous dès la première nuit, parce qu'il faut faire
les honneurs de son pays à un jeune homme de West-
phalie. » La belle, ayant aperçu deux énormes diamants aux
deux mains de son jeune étranger, les loua de si bonne foi
que des doigts de Candide ils passèrent aux doigts de la
marquise.

Candide, en s'en retournant avec son abbé périgourdin,
sentit quelques remords d'avoir fait une infidélité à made-
moiselle Cunégonde[458] ; monsieur l'abbé entra dans sa
peine ; il n'avait qu'une légère part aux cinquante mille
livres perdues au jeu par Candide, et à la valeur des deux
brillants moitié donnés, moitié extorqués. Son dessein était
de profiter, autant qu'il le pourrait, des avantages que la
connaissance de Candide pouvait lui procurer. Il lui parla
beaucoup de Cunégonde, et Candide lui dit qu'il demande-
rait bien pardon à cette belle de son infidélité, quand il la
verrait à Venise.

Le Périgourdin redoublait de politesses et d'attentions, et
prenait un intérêt tendre à tout ce que Candide disait, à tout
ce qu'il faisait, à tout ce qu'il voulait faire.

HISTOIRE
D'UN BON BRAMIN

Notice

Nous ne savons pas grand chose des circonstances dans lesquelles ce conte fut écrit; il est certain seulement qu'il était achevé le 13 octobre 1759. Voltaire l'envoie ce jour-là à Mme Du Deffand, avec une lettre pleine de conseils de lectures. Il n'est pas certain que le conte fût tout juste écrit; l'auteur a pu chercher dans son portefeuille ce qui convenait le mieux à l'humeur de sa correspondante, dégoûtée des lectures longues et sérieuses, mais aussi portée à trouver la vie ennuyeuse. Voltaire qualifie son conte de « parabole du Bramin » et en tire la leçon suivante : « Jouir autant que vous le pourrez de la vie qui est peu de chose, sans craindre la mort qui n'est rien[1]. » Le thème du conte le rattache il est vrai directement à la fin de *Candide,* auquel il est donc sans doute de peu postérieur : le bonheur n'est pas dans la connaissance philosophique, mais dans une vie machinale, celle à laquelle se résignait « toute la petite société » sur le conseil de Martin : « Travaillons sans raisonner » (*Candide,* chap. XXX). Deux nuances toutefois par rapport à *Candide* : le rôle du travail n'apparaît pas ici, où la vieille n'est qu'un automate sans projet (et cela confirme sans doute que ce n'est pas à une transformation du monde qu'appelle la fameuse formule « il faut cultiver notre jardin ») ; le débat entre raison et bonheur n'est pas tranché ici, et l'homme paraît plutôt condamné à d'éternels tiraillements entre ces deux aspirations. Dans le commentaire que Voltaire adresse à Mme Du Deffand perce le découragement d'un vieil homme qui flatte la mélancolie d'une vieille femme, aveugle de surcroît : « Vous me demandez ce que je pense, Madame ; je pense

que nous sommes bien méprisables, et qu'il n'y a qu'un petit
nombre d'hommes répandus sur la terre qui osent avoir le sens
commun ; mais à quoi cela sert-il ? à rien du tout[2]. »

Histoire du texte

Le conte a été imprimé pour la première fois dans un recueil
de *Mélanges* publié en 1761 dans la *Collection complette des
œuvres de Mr. de Voltaire* qui paraissait depuis 1756 chez les
Cramer à Genève (Seconde suite des *Mélanges de littérature,
d'histoire et de philosophie*). C'est notre texte de base. A partir
de 1771 il prend place, pour les éditions successives d'œuvres
de Voltaire, dans les volumes de romans et contes, sans
qu'aucune modification volontaire du texte apparaisse.

HISTOIRE D'UN BON BRAMIN

Je rencontrai dans mes voyages un vieux bramin, homme fort sage, plein d'esprit et très savant ; de plus, il était riche, et, partant, il en était plus sage encore : car, ne manquant de rien, il n'avait besoin de tromper personne. Sa famille était très bien gouvernée par trois belles femmes qui s'étudiaient à lui plaire ; et, quand il ne s'amusait pas avec ses femmes, il s'occupait à philosopher.

Près de sa maison, qui était belle, ornée et accompagnée de jardins charmants, demeurait une vieille Indienne, bigote, imbécile, et assez pauvre.

Le bramin me dit un jour : « Je voudrais n'être jamais né[4]. » Je lui demandai pourquoi. Il me répondit : « J'étudie depuis quarante ans, ce sont quarante années de perdues ; j'enseigne les autres, et j'ignore tout ; cet état porte dans mon âme tant d'humiliation et de dégoût que la vie m'est insupportable. Je suis né, je vis dans le temps, et je ne sais pas ce que c'est que le temps ; je me trouve dans un point entre deux éternités[5], comme disent nos sages, et je n'ai nulle idée de l'éternité. Je suis composé de matière ; je pense, je n'ai jamais pu m'instruire de ce qui produit la pensée ; j'ignore si mon entendement est en moi une simple faculté, comme celle de marcher, de digérer, et si je pense avec ma tête comme je prends avec mes mains. Non seulement le principe de ma pensée m'est inconnu, mais le principe de mes mouvements m'est également caché : je ne sais pourquoi j'existe. Cependant on me fait chaque jour des questions sur tous ces points ; il faut répondre ; je n'ai rien de bon

à dire ; je parle beaucoup, et je demeure confus et honteux de moi-même après avoir parlé.

« C'est bien pis quand on me demande {si} Brama a été produit par Vitsnou⁶, ou s'ils sont tous deux éternels. Dieu m'est témoin que je n'en sais pas un mot, et il y paraît bien à mes réponses. « Ah ! mon révérend père, me dit-on, apprenez-nous comment le mal inonde toute la terre. » Je suis aussi en peine que ceux qui me font cette question. Je leur dis quelquefois que tout est le mieux du monde ; mais ceux qui ont la gravelle, ceux qui ont été ruinés et mutilés à la guerre n'en croient rien, ni moi non plus ; je me retire chez moi accablé de ma curiosité et de mon ignorance. Je lis nos anciens livres, et ils redoublent mes ténèbres. Je parle à mes compagnons ; les uns me répondent qu'il faut jouir de la vie, et se moquer des hommes ; les autres croient savoir quelque chose, et se perdent dans des idées extravagantes ; tout augmente le sentiment douloureux que j'éprouve. Je suis prêt quelquefois de tomber dans le désespoir, quand je songe qu'après toutes mes recherches je ne sais ni d'où je viens, ni ce que je suis, ni où j'irai, ni ce que je deviendrai⁷. »

L'état de ce bon homme me fit une vraie pleine : personne n'était ni plus raisonnable ni de meilleure foi que lui. Je conçus que plus il avait de lumières dans son entendement et de sensibilité dans son cœur, plus il était malheureux.

Je vis le même jour la vieille femme qui demeurait dans son voisinage : je lui demandai si elle avait jamais été affligée de ne savoir pas comment son âme était faite. Elle ne comprit seulement pas ma question : elle n'avait jamais réfléchi un seul moment de sa vie sur un seul des points qui tourmentaient le bramin ; elle croyait aux métamorphoses de Vitsnou de tout son cœur, et pourvu qu'elle pût avoir quelquefois de l'eau du Gange pour se laver⁸, elle se croyait la plus heureuse des femmes.

Frappé du bonheur de cette pauvre créature, je revins à mon philosophe, et je lui dis : « N'êtes-vous pas honteux d'être malheureux, dans le temps qu'à votre porte il y a un vieil automate⁹ qui ne pense à rien, et qui vit content ? – Vous avez raison, me répondit-il ; je me suis dit cent fois que

je serais heureux si j'étais aussi sot que ma voisine, et cependant je ne voudrais pas d'un tel bonheur. »

Cette réponse de mon[10] bramin me fit une plus grande impression que tout le reste ; je m'examinai moi-même, et je vis qu'en effet je n'aurais pas voulu être heureux à condition d'être imbécile.

Je proposai la chose à des philosophes, et ils furent de mon avis. « Il y a pourtant, disais-je, une furieuse contradiction dans cette façon de penser : car enfin de quoi s'agit-il ? D'être heureux. Qu'importe d'avoir de l'esprit ou d'être sot ? Il y a bien plus : ceux qui sont contents de leur être sont bien sûrs d'être contents ; ceux qui raisonnent ne sont pas si sûrs de bien raisonner. Il est donc clair, disais-je, qu'il faudrait choisir de n'avoir pas le sens commun, pour peu que ce sens commun contribue à notre mal-être. » Tout le monde fut de mon avis, et cependant je ne trouvai personne qui voulût accepter le marché de devenir imbécile pour devenir content. De là je conclus que, si nous faisons cas du bonheur, nous faisons encore plus de cas de la raison.

Mais, après y avoir réfléchi, il paraît que de préférer la raison à la félicité, c'est être très insensé. Comment donc cette contradiction peut-elle s'expliquer ? Comme toutes les autres. Il y a là de quoi parler beaucoup.

CE QUI PLAÎT AUX DAMES

Notice

Ce qui plaît aux dames occupe une place à part parmi les
contes de Voltaire. Il inaugure la réapparition des vers dans un
genre que Voltaire pratiquait en prose depuis près de trente
ans ; il figure en tête du premier recueil que Voltaire intitule
« contes », les *Contes de Guillaume Vadé* publiés au printemps
de 1764. Ce recueil rassemble sept contes en vers et deux
contes en prose, qu'on trouvera ici dans l'ordre où il les offre,
de *Ce qui plaît aux dames* à *Jeannot et Colin* (ainsi qu'un fatras
de petits textes divers qui n'ont aucun rapport avec le genre du
conte, depuis un « Discours aux Welches » jusqu'à une « Vie
de Molière avec de petits sommaires », ajoutés en fin de
volume pour lui donner une épaisseur suffisante, de l'aveu
même de Voltaire[1]). Il est certainement né du souhait de
l'écrivain de fournir à ses fidèles et patients imprimeurs gene-
vois, les Cramer, une occasion de ventes faciles et assurées :
même sans le nom prestigieux de Voltaire, un recueil de contes
trouve preneur dans toute l'Europe. Mais avant cela même, les
Contes de Guillaume Vadé sont le résultat d'un mouvement
d'humeur de l'auteur.

L'année 1763 a été marquée par la polémique avec les
Pompignan et surtout par la difficile diffusion du *Traité sur la
tolérance,* apogée de la lutte pour la réhabilitation des Calas.
Au début de l'hiver, Voltaire ressent une certaine lassitude, et
la neige, comme elle le fait depuis quelques années, lui apporte
des maux d'yeux qui l'empêchent de lire et d'écrire. Reclus
dans sa chambre surchauffée, il est réduit à dicter au coin de
son feu : dans cet exercice, c'est un virtuose, qui jouit lui-

même de sa virtuosité, surtout quand il s'agit de dicter des vers. Au témoignage de son secrétaire Wagnière, *Ce qui plaît aux dames* fut ainsi dicté « en le composant, et il fut fait en un jour et demi[2] ». Plus il est pris au piège de la vieillesse, de la cécité, de la neige, de la relative solitude, et plus il prend plaisir à jouer comme un jeune homme des fantaisies du conte, des rimes, des digressions, des évocations voluptueuses ou comiques ; ce plaisir est d'autant plus grand qu'il peut exhiber son aisance et sa liberté. Aussi s'empresse-t-il de communiquer ses contes, un à un, à ses hôtes et à ses correspondants[3]. Des copies circulent, que le Tout-Paris bien informé connaît bientôt[4]. Elles tombent entre les mains des imprimeurs, avec la complicité parfois de Voltaire et de ses amis. Chaque conte fait l'objet d'éditions séparées, la plupart sans le nom de l'auteur, minces brochures de quelques pages, reproduites à travers l'Europe, marchandise de luxe vite fabriquée et vite écoulée. Pour *Ce qui plaît aux dames,* on peut dater la rédaction de la seconde quinzaine de novembre 1763[5], l'envoi à Paris du 1er décembre[6], l'impression de la seconde quinzaine de décembre[7].

Les sources du conte sont anglaises : Voltaire s'inspire d'un récit en vers de la fin du xvie siècle, la *Wife of Bath tale* (le « Conte de la femme de Bath »), l'une des *Canterbury tales* de Chaucer, qu'il connaît dans une version modernisée à la fin du xviie siècle par Dryden (une édition en avait été publiée à Londres en 1721, quelques années avant que Voltaire y séjourne). Comme le montre un examen attentif du texte, Voltaire n'utilise pas la traduction du poème de Dryden qu'avait publiée le *Journal étranger* en juin 1757 ; il calque souvent ses vers sur les vers mêmes du poète anglais. C'est que l'œuvre de Dryden lui est depuis longtemps familière : elle apparaît une vingtaine de fois dans ses carnets, ses *Notebooks,* tenus à l'occasion de son séjour en Angleterre ; elle est présentée chaleureusement dans la dix-huitième *Lettre philosophique* et il peut encore, en 1764, en citer de mémoire des passages à un visiteur anglais[8]. La publication à la fin des *Contes de Guillaume Vadé* de la « Vie de Molière », rédigée en 1733, montre d'ailleurs qu'il a entre les mains, dans l'hiver 1763-1764, ses papiers de cette époque. A travers ses sources anglaises, qu'il reconnaît volontiers[9], Voltaire met son œuvre de conteur sous

le signe de la tradition; mais, tout en reprenant une foule de détails à Dryden, il transforme profondément l'ensemble.

Le texte anglais, mis dans la bouche d'une conteuse énergique, la « femme de Bath », indestructible veuve, proposait une philosophie comique du mariage : à la question du bonheur en ménage, autour de laquelle tourne toute cette première version, est donnée une réponse paradoxale. Il faut choisir une épouse vieille, laide et répugnante, afin d'éviter d'avoir des rivaux; il faut ensuite se soumettre à toutes ses volontés, pour s'épargner les querelles. Le chevalier, héros du conte, condamné à mort pour un viol, accepte d'épouser une vieille pour échapper au châtiment; cette vieille, qui est fée, lui donne le choix ensuite entre la garder telle qu'elle est, et la voir retrouver la jeunesse, avec les risques que cela comporte; il s'en remet à elle pour ce choix. C'est de sa soumission toute verbale qu'il est récompensé par la transfiguration de la vieille en une jeune beauté. Voltaire introduit avec le titre une ambiguïté qu'il cultive ensuite : ce qui plaît aux dames, c'est bien d'être obéies en tout point; mais spécialement de leur partenaire amoureux, qui doit être toujours prêt à satisfaire leurs désirs. Le chevalier n'est plus récompensé de sa soumission en général, mais bien d'avoir trouvé moyen de vaincre sa répugnance. Voltaire introduit ainsi dans le vieux récit de Chaucer des éléments caractéristiques du conte français du xviiie siècle, dans la tradition de Boccace et de La Fontaine, mais aussi de Vergier, de Grécourt ou de Piron : amants infatigables et sensualité féminine insatiable, dont Voltaire lui-même a donné maint exemple dans ses contes antérieurs. La fille violée du récit anglais se prête volontiers chez Voltaire aux entreprises du chevalier, et ne se fâche que lorsque l'argent promis lui échappe.

Ce conte rassemble ainsi des thèmes et des motifs habituels dans les contes de Voltaire. Ici comme ailleurs, le clergé est âpre au gain, le voyage propice aux aventures et aux rencontres, les décors partagés entre le grand chemin, la cour et une misérable cabane; le héros est, bien malgré lui, en quête de la vérité. L'imagination, ici comme ailleurs, se complaît dans le brillant et dans le sordide. Le vieux poète pourtant renouvelle sa manière. Il évoque un cadre médiéval, auquel s'accorde une langue discrètement archaïque; tout en exploitant le savoir rassemblé pour l'*Essai sur les mœurs*, il rencontre

ainsi un courant lié à l'actualité politique à la fin de la guerre de Sept Ans, un mouvement de retour aux grandes époques de la monarchie française, dont va témoigner le succès extraordinaire, en 1765, du *Siège de Calais*, la tragédie de Dormont de Belloy. Il adapte son inspiration de *La Pucelle* au cadre du conte en vers, genre dont les catalogues de libraires, l'édition des *Œuvres complètes* de Piron (1758) montrent la vogue. Il introduit un personnage de fée, et adopte une perspective résolument optimiste qu'autorise la fantaisie du genre du conte, au même titre qu'elle autorise les inventions les plus gratuites : c'est ce que souligne la conclusion. Mais surtout, le récit en vers développe ce que le récit en prose introduit plus discrètement : les commentaires, les digressions, les réflexions d'un conteur bonhomme et malicieux, un vagabondage que maîtrisent aisément le rythme et la rime. C'est ce que Nodier, reprenant le sujet de *Ce qui plaît aux dames* dans son conte de *La Fée aux miettes*, appelait un « badinage délicieux » et jugeait impossible « à paraphraser sous peine d'un ridicule éternel[10] ».

Histoire du texte

Une première édition séparée de *Ce qui plaît aux dames* a paru à Paris en décembre 1763, sans nom d'auteur, de lieu ni d'éditeur, publiée par le libraire Guy, auquel Voltaire reproche des fautes d'impression le 1ᵉʳ janvier 1764 (D 11611). On compte au moins cinq autres éditions séparées du conte, qui figure en outre dans la *Correspondance littéraire* de Grimm, dans l'envoi du 15 décembre 1763, avec l'attribution à Voltaire et un commentaire enthousiaste (voir E. Lizé, *Voltaire, Grimm et la Correspondance littéraire*, Oxford, 1979, p. 100). Le conte est recueilli dans le volume intitulé *Contes de Guillaume Vadé*, publié au mois de mars 1764 sans aucune indication de provenance, mais dont on sait qu'il sort des presses des Cramer à Genève et qu'il a été contrôlé par Voltaire (voir D 11731). C'est le texte de cette édition qui est ici reproduit.

Les *Contes de Guillaume Vadé* ont rencontré un grand succès dans le public : il en existe de nombreuses éditions successives, plus ou moins soignées, jusqu'en 1775. Notons que dès 1764 une édition de Genève comporte le nom de Voltaire et le sous-titre « contes moraux » : l'expression est alors à la mode (une édition séparée portait déjà l'indication « par M. de V*** »). A partir de 1771, les contes en vers sont publiés dans des recueils de poésies de Voltaire ; mais en 1778 ils figurent avec les contes en prose dans le recueil publié à Bouillon sous le titre *Romans et contes* de M. de Voltaire.

Bibliographie critique

STUART D. C., « The sources of two of Voltaire's 'contes en vers' », *The Modern Language Review*, XII, 1917, p. 180-181.

NABLOW R. A., « A Study of Voltaire's lighter verse », *Studies on Voltaire*, vol. 126, Banbury, 1974.

MENANT S., « La présentation des *Contes de Guillaume Vadé* », *La Présentation du livre*, Littérales, Nanterre, 1987.

BISMUT R., « Une énigme bibliographique : quelle est l'édition originale du conte en vers *Ce qui plaît aux dames* de Voltaire ? », *Studies on Voltaire* [...], vol. 249, Oxford, 1987.

FAVART, Ch. S., *La Fée Urgèle* précédée de *La Répétition interrompue,* préface de Fr. MOUREAU, collection du répertoire L'Illustre Théâtre, Paris, Cicero éd., 1991.

CE QUI PLAÎT AUX DAMES

Or maintenant que le beau Dieu du jour
Des Africains va brûlant la contrée,
Qu'un cercle étroit chez nous borne son tour,
Et que l'hiver allonge la soirée[11],
5 Après souper pour vous désennuyer,
Mes chers amis, écoutez une histoire
Touchant un pauvre et noble chevalier,
Dont l'aventure est digne de mémoire.
Son nom était Messire Jean Robert,
10 Lequel vivait sous le roi Dagobert[12].
 Il voyagea devers Rome la sainte,
Qui surpassait la Rome des Césars ;
Il rapportait de son auguste enceinte,
Non des lauriers cueillis aux champs de Mars,
15 Mais des agnus[13] avec des indulgences,
Et des pardons, et de belles dispenses[14] ;
Mon chevalier en était tout chargé,
D'argent fort peu ; car dans ces temps de crise
Tout paladin fut très mal partagé ;
20 L'argent n'allait qu'aux mains des gens d'église.
Sire Robert possédait pour tout bien
Sa vieille armure, un cheval et son chien ;
Mais il avait reçu pour apanage[15]
Les dons brillants de la fleur du bel âge ;
25 Force d'Hercule, et grâce d'Adonis,
Dons fortunés qu'on prise en tout pays.
 Comme il était assez près de Lutèce,
Au coin d'un bois qui borde Charenton[16],
Il aperçut la fringante Marton,

30 Dont un ruban nouait la blonde tresse :
Sa taille est leste, et son petit jupon
Laisse entrevoir sa jambe blanche et fine.
Robert avance, il lui trouve une mine
Qui tenterait les saints du paradis ;
35 Un beau bouquet de roses et de lis
Est au milieu de deux pommes d'albâtre,
Qu'on ne voit point sans en être idolâtre ;
Et de son teint la fleur et l'incarnat
De son bouquet auraient terni l'éclat.
40 Pour dire tout, cette jeune merveille
A son giron portait une corbeille,
Et s'en allait avec tous ses attraits
Vendre au marché du beurre et des œufs frais[17].
Sire Robert, ému de convoitise,
45 Descend d'un saut, l'accolle avec franchise ;
« J'ai vingt écus[18], dit-il, dans ma valise[19] ;
C'est tout mon bien, prenez encor mon cœur,
Tout est à vous. » « C'est pour moi trop d'honneur »,
Lui dit Marton[20]. Robert presse la belle,
50 La fait tomber, et tombe aussitôt qu'elle,
Et la renverse, et casse tous ses œufs[21].
Comme il cassait, son cheval ombrageux,
Épouvanté de la fière bataille,
Au loin s'écarte, et fuit dans la broussaille.
55 De Saint Denis[22] un moine survenant
Monte dessus et trotte à son couvent.
 Enfin Marton rajustant sa coiffure
Dit à Robert : « Où sont mes vingt écus ? »
Le chevalier tout pantois et confus,
60 Cherchant en vain sa bourse et sa monture,
Veut s'excuser ; nulle excuse ne sert ;
Marton ne peut digérer son injure[23],
Et va porter sa plainte à Dagobert :
« Un chevalier, dit-elle, m'a pillée,
65 Et violée, et surtout point payée. »
Le sage prince à Marton répondit :
« C'est de viol que je vois qu'il s'agit :
Allez plaider devant ma femme Berthe,
En tel procès la reine est très experte[24] ;

70 Bénignement elle vous recevra,
 Et sans délai justice se fera. »
 Marton s'incline, et va droit à la reine.
 Berthe était douce, affable, accorte, humaine,
 Mais elle avait de la sévérité
75 Sur le grand point de la pudicité :
 Elle assembla son conseil de dévotes ;
 Le chevalier sans éperons, sans bottes[25],
 La tête nue et le regard baissé,
 Leur avoua ce qui s'était passé ;
80 Que vers Charonne il fut tenté du diable,
 Qu'il succomba, qu'il se sentait coupable,
 Qu'il en avait un très pieux remords ;
 Puis il reçut sa sentence de mort[26].
 Robert était si beau, si plein de charmes,
85 Si bien tourné, si frais et si vermeil,
 Qu'en le jugeant la reine et son conseil
 Lorgnaient Robert et répandaient des larmes.
 Marton de loin dans un coin soupira.
 Dans tous les cœurs la pitié trouva place :
90 Berthe au conseil alors remémora
 Qu'au chevalier on pouvait faire grâce,
 Et qu'il vivrait pour peu qu'il eût d'esprit ;
 « Car vous savez que notre loi prescrit
 De pardonner à qui pourra nous dire
95 Ce que la femme en tous les temps désire[27] ;
 Bien entendu qu'il explique le cas
 Très nettement, et ne nous fâche pas. »
 La chose étant au conseil exposée
 Fut à Robert aussitôt proposée.
100 La bonne Berthe, afin de le sauver,
 Lui concéda huit jours[28] pour y rêver ;
 Il fit serment aux genoux de la reine
 De comparaître au bout de la huitaine,
 Remercia du décret lénitif[29],
105 Prit congé d'elle, et partit tout pensif.
 « Comment nommer, disait-il en lui-même,
 Très nettement ce que toute femme aime,
 Sans la fâcher ? la reine et son sénat
 Ont aggravé mon trop piteux état.

110 J'aimerais mieux, puisqu'il faut que je meure,
Que sans délai l'on m'eût pendu sur l'heure. »
Dans son chemin, dès que Robert trouvait
Ou femme, ou fille, il priait la passante,
De lui conter ce que plus elle aimait ;
115 Toutes faisaient réponse différente,
Toutes mentaient ; nulle n'allait au fait.
Sire Robert au diable se donnait.

Déjà sept fois l'astre qui nous éclaire
Avait doré les bords de l'hémisphère,
120 Quand sur un pré, sous des ombrages frais,
Il vit de loin vingt beautés ravissantes,
Dansant en rond ; leurs robes voltigeantes
Étaient à peine un voile à leurs attraits.
Le doux zéphire, en se jouant auprès,
125 Laissait flotter leurs tresses ondoyantes ;
Sur l'herbe tendre elles formaient leurs pas,
Rasant la terre et ne la touchant pas[30].
Robert approche, et du moins il espère
Les consulter sur sa maudite affaire.
130 En un moment tout disparaît, tout fuit.

Le jour baissait, à peine il était nuit ;
Il ne vit plus qu'une vieille édentée,
Au teint de suie, à la taille écourtée,
Pliée en deux, s'appuyant d'un bâton[31] ;
135 Son nez pointu touche à son court menton ;
D'un rouge brun sa paupière est bordée[32],
Quelques crins blancs couvrent son noir chignon[33] ;
Un vieux tapis qui lui sert de jupon
Tombe à moitié sur sa cuisse ridée ;
140 Elle fit peur au brave chevalier.
Elle l'accoste, et d'un ton familier
Lui dit : « Mon fils, je vois à votre mine
Que vous avez un chagrin qui vous mine :
Apprenez-moi vos tribulations ;
145 Nous souffrons tous, mais parler nous soulage ;
Il est encor des consolations.
J'ai beaucoup vu : le sens vient avec l'âge[34].
Aux malheureux quelquefois mes avis
Ont fait du bien quand on les a suivis. »

150 Le chevalier lui dit : « Hélas ! ma bonne[35],
 Je vais cherchant des conseils, mais en vain :
 Mon heure arrive, et je dois en personne,
 Sans plus attendre, être pendu demain,
 Si je ne dis à la reine, à ses femmes,
155 Sans les fâcher, ce qui plaît tant aux dames.»
 La vieille alors lui dit : « Ne craignez rien ;
 Puisque vers moi le bon Dieu vous envoie,
 Croyez, mon fils, que c'est pour votre bien :
 Devers la cour cheminez avec joie ;
160 Allons ensemble, et je vous apprendrai
 Ce grand secret de vous tant désiré ;
 Mais jurez-moi qu'en me devant la vie,
 Vous serez juste, et que de vous j'aurai
 Ce qui me plaît et qui fait mon envie ;
165 L'ingratitude est un crime odieux.
 Faites serment, jurez par mes beaux yeux
 Que vous ferez tout ce que je désire ».
 Le bon Robert le jura non sans rire.
 « Ne riez point, rien n'est plus sérieux »,
170 Reprit la vieille ; et les voilà tous deux
 Qui côte-à-côte arrivent en présence
 De reine Berthe, et de la cour de France.
 Incontinent[36] le conseil assemblé,
 La reine assise, et Robert appelé,
175 « Je sais, dit-il, votre secret, mes dames ;
 Ce qui vous plaît en tous lieux, en tous temps,
 Quand de l'amour vous sentiriez les flammes[37],
 N'est pas toujours d'avoir beaucoup d'amants ;
 Mais fille ou femme, ou veuve, ou laide, ou belle,
180 Ou pauvre, ou riche, ou galante, ou cruelle,
 La nuit, le jour, veut être, à mon avis,
 Tant qu'elle peut la maîtresse au logis[38].
 Il faut toujours que la femme commande ;
 C'est là son goût, si j'ai tort qu'on me pende ».
185 Comme il parlait, tout le conseil conclut
 Qu'il parlait juste et qu'il touchait au but.
 Robert absous baisait la main de Berthe,
 Quand de haillons et de fange couverte
 Au pied du trône on vit notre sans-dent

190 Criant justice, et la presse fendant;
 On lui fait place, et voici sa harangue.
 « O reine Berthe! ô beauté dont la langue
 Ne prononça jamais que vérité,
 Vous dont l'esprit connaît toute équité.
195 Vous dont le cœur s'ouvre à la bienfaisance,
 Ce paladin ne doit qu'à ma science
 Votre secret, il ne vit que par moi.
 Il a juré mes beaux yeux et sa foi
 Que j'obtiendrais de lui ce que j'espère;
200 Vous êtes juste, et j'attends mon salaire. »
 « Il est très vrai, dit Robert, et jamais
 On ne me vit oublier les bienfaits;
 Mais vingt écus, mon cheval, mon bagage
 Et mon armure étaient tout mon partage;
205 Un moine noir[39] a par dévotion
 Saisi le tout quand j'assaillis Marton;
 Je n'ai plus rien, et malgré ma justice,
 Je ne saurais payer ma bienfaitrice. »
 La reine dit : « Tout vous sera rendu;
210 On punira votre voleur tondu[40].
 Votre fortune, en trois parts divisée,
 Fera trois lots justement compensés;
 Les vingt écus à Marton la lésée
 Sont dus de droit, et pour ses œufs cassés.
215 La bonne vieille aura votre monture;
 Et vous, Robert, vous aurez votre armure. »
 La vieille dit : « Rien n'est plus généreux,
 Mais ce n'est pas son cheval que je veux;
 Rien de Robert ne me plaît que lui-même;
220 C'est sa valeur et ses grâces que j'aime :
 Je veux régner sur son cœur amoureux;
 De ce trésor ma tendresse est jalouse :
 Entre mes bras Robert doit vivre heureux;
 Dès cette nuit je prétends qu'il m'épouse. »
225 A ce discours que l'on n'attendait pas,
 Robert glacé laisse tomber ses bras.
 Puis fixement contemplant la figure
 Et les haillons de notre créature,
 Dans son horreur il recula trois pas,

230 Signa son front; et d'un ton lamentable,
 Il s'écriait : « Ai-je donc mérité
 Ce ridicule et cette indignité ?
 J'aimerais mieux que votre majesté
 Me fiançât à la mère du diable;
235 La vieille est folle, elle a perdu l'esprit. »
 Lors tendrement notre sans-dent reprit :
 « Vous le voyez, ô reine ! il me méprise;
 Il est ingrat, les hommes le sont tous;
 Mais je vaincrai ses injustes dégoûts;
240 De sa beauté j'ai l'âme trop éprise,
 Je l'aime trop pour qu'il ne m'aime pas.
 Le cœur fait tout : j'avoue avec franchise
 Que je commence à perdre mes appas;
 Mais j'en serai plus tendre et plus fidèle⁴¹ :
245 On en vaut mieux, on orne son esprit,
 On sait penser, et Salomon a dit
 Que femme sage est plus que femme belle.
 Je suis bien pauvre, est-ce un si grand malheur ?
 La pauvreté n'est point un déshonneur.
250 N'est-on content que sur un lit d'ivoire ?
 Et vous, madame, en ce palais de gloire,
 Quand vous couchez côte à côte du roi⁴²,
 Dormez-vous mieux, aimez-vous mieux que moi ?
 De Philémon vous connaissez l'histoire :
255 Amant aimé dans le coin d'un taudis,
 Jusqu'à cent ans il caressa Baucis⁴³.
 Les noirs chagrins, enfants de la vieillesse,
 N'habitent point sous nos rustiques toits⁴⁴ ;
 Le vice fuit où n'est point la mollesse;
260 Nous servons Dieu, nous égalons les rois;
 Nous soutenons l'honneur de vos provinces;
 Nous vous faisons de vigoureux soldats;
 Et croyez-moi, pour peupler vos états,
 Les pauvres gens valent mieux que vos princes⁴⁵.
265 Que si le ciel à mes chastes désirs
 N'accorde pas le bonheur d'être mère,
 L'hymen encore offre d'autres plaisirs⁴⁶ :
 Les fleurs du moins sans les fruits peuvent plaire.
 On me verra jusqu'à mon dernier jour

270 Cueillir les fleurs de l'arbre de l'amour. »
 La décrépite en parlant de la sorte
 Charme le cœur des dames du palais.
 On adjugea Robert à ses attraits ;
 De son serment la sainteté l'emporte
275 Sur son dégoût ; la dame encor voulut
 Être à cheval, entre ses bras, menée
 A sa chaumière, où ce noble hyménée
 Doit s'achever dans la même journée,
 Et tout fut fait comme à la vieille il plut.
280 Le chevalier sur son cheval remonte,
 Prend tristement sa femme entre ses bras,
 Saisi d'horreur et rougissant de honte,
 Tenté cent fois de la jeter à bas,
 De la noyer ; mais il ne le fit pas ;
285 Tant des devoirs de la chevalerie
 La loi sacrée était alors chérie.
 Sa tendre épouse en trottant avec lui
 S'étudiait à charmer son ennui[47] ;
 Lui rappelait les exploits de sa race,
290 Lui racontait comment le grand Clovis
 Assassina trois rois de ses amis,
 Comment du ciel il mérita la grâce[48].
 Elle avait vu le beau pigeon béni
 Du haut des cieux apportant à Rémi
295 L'ampoule sainte et le céleste chrême
 Dont ce grand roi fut oint dans son baptême[49].
 Elle mêlait à ses narrations
 Des sentiments et des réflexions,
 Des traits d'esprit et de morale pure,
300 Qui, sans couper le fil de l'aventure,
 Faisaient penser l'auditeur attentif,
 Et l'instruisaient, mais sans l'air instructif[50].
 Le bon Robert à toutes ces merveilles,
 Le cœur ému, prêtait ses deux oreilles,
305 Tout délecté quand sa femme parlait,
 Prêt à mourir quand il la regardait.
 L'étrange couple arrive à la chaumière
 Que possédait l'affreuse aventurière[51] ;
 Elle se trousse et de sa sale main

310 De son époux arrange le festin,
 Frugal repas fait pour ce premier âge[52],
 Plus célébré qu'imité par le sage.
 Deux ais[53] pourris sur trois pieds inégaux
 Formaient la table où les époux soupèrent,
315 A peine assis sur deux minces tréteaux[54] :
 Du triste époux les regards se baissèrent.
 La décrépite égaya le repas
 Par des propos plaisants et délicats,
 Par ces bons mots qui piquent et qu'on aime,
320 Si naturels que l'on croirait soi-même
 Les avoir dits. Robert fut si content
 Qu'il en sourit, et qu'il crut un moment
 Qu'elle pouvait lui paraître moins laide.
 Elle voulut, quand le souper finit,
325 Que son époux vînt avec elle au lit :
 Le désespoir, la fureur le possède
 A cette crise : il souhaite la mort[55] ;
 Mais il se couche, il se fait cet effort ;
 Il l'a promis, le mal est sans remède.
330 Ce n'était point deux sales demi-draps[56],
 Percés de trous, et rongés par les rats,
 Mal étendus sur de vieilles javelles[57],
 Mal recousus encor[58] par des ficelles,
 Qui révoltaient le guerrier malheureux ;
335 Du saint Hymen les devoirs rigoureux
 S'offraient à lui sous un aspect horrible ;
 « Le ciel, dit-il, voudrait-il l'impossible ?
 A Rome on dit que la grâce d'en-haut
 Donne à la fois le vouloir et le faire ;
340 La grâce et moi nous sommes en défaut.
 Par son esprit ma femme a de quoi plaire,
 Son cœur est bon ; mais dans le grand conflit[59],
 Peut-on jouir du cœur ou de l'esprit ? »
 Ainsi parlant le bon Robert se jette
345 Froid comme glace au bord de sa couchette ;
 Et pour cacher son cruel déplaisir,
 Il feint qu'il dort, mais il ne peut dormir.
 La vieille alors lui dit d'une voix tendre,
 En le pinçant : « Ah ! Robert, dormez-vous ?

350 Charmant ingrat, cher et cruel époux,
Je suis rendue[60], hâtez-vous de vous rendre;
De ma pudeur les timides accents
Sont subjugués par la voix de mes sens.
Régnez sur eux ainsi que sur mon âme;
355 Je meurs, je meurs! ciel! à quoi réduis-tu
Mon naturel qui combat ma vertu!
Je me dissous, je brûle, je me pâme,
Ah! le plaisir m'enivre malgré moi;
Je n'en peux plus, faut-il mourir sans toi!
360 Va, je le mets dessus ta conscience.»
 Robert avait un fond de complaisance,
Et de candeur, et de religion;
De son épouse, il eut compassion.
«Hélas! dit-il, j'aurais voulu, madame,
365 Par mon ardeur égaler votre flamme;
Mais que pourrai-je?» «Allez, vous pourrez tout,
Reprit la vieille; il n'est rien à votre âge
Dont un grand cœur enfin ne vienne à bout,
Avec des soins, de l'art et du courage;
370 Songez combien les dames de la cour
Célébreront ce prodige d'amour.
Je vous parais peut-être dégoûtante,
Un peu ridée, et même un peu puante:
Cela n'est rien pour des héros bien nés;
375 Fermez les yeux et bouchez-vous le nez[61].»
 Le chevalier, amoureux de la gloire,
Voulut enfin tenter cette victoire;
Il obéit, et se piquant d'honneur,
N'écoutant plus que sa rare valeur,
380 Aidé du ciel, trouvant dans sa jeunesse
Ce qui tient lieu de beauté, de tendresse,
Fermant les yeux, se mit à son devoir[62].
 «C'en est assez, lui dit sa tendre épouse,
J'ai vu de vous ce que j'ai voulu voir;
385 Sur votre cœur j'ai connu mon pouvoir;
De ce pouvoir ma gloire était jalouse;
J'avais raison; convenez-en, mon fils,
Femme toujours est maîtresse au logis.
Ce qu'à jamais, Robert, je vous demande,

390 C'est qu'à mes soins vous vous laissiez guider :
Obéissez, mon amour vous commande
D'ouvrir les yeux et de me regarder. »
Robert regarde[63] ; il voit à la lumière
De cent flambeaux, sur vingt lustres placés,
395 Dans un palais, qui fut cette chaumière,
Sous des rideaux de perles rehaussés,
Une beauté dont le pinceau d'Apelle,
Ou de Vanlo, ni le ciseau fidèle
Du bon Pigal, Lemoine, ou Phidias[64],
400 N'auraient jamais imité les appas.
C'était Vénus, mais Vénus amoureuse,
Telle qu'elle est, quand les cheveux épars,
Les yeux noyés dans sa langueur heureuse,
Entre ses bras elle attend le dieu Mars.
405 « Tout est à vous, ce palais et moi-même,
Jouissez-en, dit-elle à son vainqueur :
Vous n'avez point dédaigné la laideur,
Vous méritez que la beauté vous aime[65]. »
Or maintenant j'entends mes auditeurs
410 Me demander quelle était cette belle
De qui Robert eut les tendres faveurs.
Mes chers amis, c'était la fée Urgelle[66],
Qui dans son temps protégea nos guerriers,
Et fit du bien aux pauvres chevaliers.
415 O l'heureux temps que celui de ces fables,
Des bons démons, des esprits familiers,
Des farfadets[67], aux mortels secourables !
On écoutait tous ces faits admirables
Dans son château, près d'un large foyer :
420 Le père et l'oncle, et la mère et la fille,
Et les voisins, et toute la famille
Ouvraient l'oreille à monsieur l'aumônier,
Qui leur faisait des contes de sorcier.
On a banni les démons et les fées ;
425 Sous la raison les grâces étouffées
Livrent nos cœurs à l'insipidité ;
Le raisonner[68] tristement s'accrédite ;
On court, hélas ! après la vérité ;
Ah ! croyez-moi, l'erreur a son mérite.

L'ÉDUCATION D'UNE FILLE

Notice

« Tous les autres seront de ma façon. » Voilà ce que Voltaire annonçait, en reconnaissant ses dettes pour *Ce qui plaît aux dames*. Promesse en l'air : ou plutôt – car *L'Éducation d'une fille* est au moins ébauchée dès ce jour-là – Voltaire ne sait plus ce qui est à lui et ce qu'il doit aux autres. Quel amateur de contes le lui reprocherait ? Conter, c'est redire. Ici, la lecture inspiratrice pourrait avoir été celle des *Ragionamenti d'amore* du Florentin Agnolo Firenzuola (1493-1544)[1]. Ces *Ragionamenti* relèvent du genre qu'illustre en France l'*Heptaméron* de Marguerite de Navarre. Dans une villa, conversation de société : on échange des récits qui illustrent autant de « cas » amoureux. Les préliminaires sont marqués d'idéalisme, et évoquent les cours d'amour : mais les récits font plutôt triompher la « Vénus terrestre[2] ». C'est la neuvième nouvelle qui a inspiré Voltaire[3]. Une veuve dévote, Monna Francesca, a pour amant un moine, Fra Timoteo ; sa fille, Laura, entend leurs ébats ; elle fait venir son fiancé (car elle est fiancée) et le fête bruyamment. Indignation vertueuse de la mère. Alors Laura se repent, veut se confesser : que sa mère aille quérir le saint homme qui est dans sa chambre. Mais l'histoire ne s'arrête pas avec les reproches de la mère. Les deux couples se fréquentent ; et la supériorité amoureuse du moine rend la fille jalouse. Morale de l'histoire : les mères doivent donner le bon exemple. C'est la conclusion à laquelle songe spontanément le lecteur du conte de Voltaire – non pas, toutefois, celle qu'en tire Voltaire lui-même. L'élément commun aux deux histoires se résume dans l'excuse invoquée par la fille : l'inconduite de sa mère

justifie la sienne, et dans la dévotion, doublée de libertinage, de la mère. Seul le premier élément mérite, par son originalité, d'être retenu pour justifier d'une filiation de Firenzuola à Voltaire ; le second se retrouve ailleurs chez les conteurs[4]. Un des noms a été repris sans doute : Andreuolo – André. Mais Andreuolo est l'amant de la fille, André celui de la mère. Quant au reste, tout est différent dans le conte français. Le morceau essentiel du conte italien est la scène où la mère s'emporte et se lamente. Voltaire se contente d'un hémistiche : « [...] et se mit en colère » (v. 98). Il a hâte de lâcher le trait piquant,

J'ai choisi Saint Denis, comme vous Saint André, (v. 100)

qu'ont préparé les explications de la mère sur saint André, protecteur de la famille.

L'économie du récit, d'ailleurs, est remarquable tout au long. Voltaire, contrairement à Firenzuola qui s'attarde aux développements qui réjouiront ses lecteurs, simplifie les étapes et en unifie la couleur. L'oratoire à l'issue dérobée, l'attente sans but d'Isabelle, le murmure de Gertrude, l'allusion ambiguë à André : autant d'énigmes dont Voltaire possède la solution souriante, qui nous paraît d'autant plus naturelle que le récit nous a paru reposer sur des conventions bien artificielles. Si le sommet du conte est dans la réplique d'Isabelle, le moment le plus captivant est celui où elle guette la conversation amoureuse de sa mère. Dans le rythme de la phrase qui s'allonge (v. 57-61), Voltaire a voulu concurrencer le peintre : l'accumulation des participes présents suggère une attitude presque figée, dont chaque aspect est significatif. Le tableau ne ralentit l'action qu'au moment où un ralentissement augmente l'attente du lecteur curieux. Partout ailleurs on passe vite : par exemple quand une intrigue se noue entre Isabelle et Denis. Voltaire suggère une valeur pleine au raccourci (v. 90 *sq*) : l'aventure est banale, car si naturelle – et elle n'est que la répétition de celle de la mère. C'est dans cette répétition, justement, qu'est tout le sel du conte.

Plus d'insistance, cependant, sur les portraits du début ; ici encore on peut deviner que Voltaire adopte un genre convenu – celui des « caractères ». La Bruyère avait déjà campé des dévotes, et l'ingénue découvrant l'amour est un rôle qui plut à

Molière, à La Fontaine, à Marivaux. Mais Voltaire raffine sur les types convenus. Gertrude n'est pas une vulgaire dévote hypocrite. Elle se trompe elle-même en ne se conformant pas, au début du conte, à son intuition profonde d'une religion libérale. Elle ne parvient d'abord à concilier son penchant naturel à l'amour et son exigence de dignité que dans le mensonge, en se cachant. Mais, à la fin du conte, piété, amours et vie de société s'harmonisent dans une aimable philosophie, qui n'est pas sans rappeler celle du *Mondain* – relevée toutefois d'un léger parfum de sacristie. Tartuffe découvrirait ici son unité perdue. Sa liberté, notre dévote ne l'a-t-elle pas trouvée en s'abreuvant aux sources ? Car elle lit la Sainte Écriture (v. 16), quand on voit les dévots mondains de La Bruyère « ne se repaître que de livres de spiritualité, comme s'il n'y avait ni Évangiles, ni Épîtres des Apôtres, ni morale des Pères » (*Caractères,* ch. XIII, « de la Mode », 21) ; et Onuphre (ch. XIII, 24) répand, comme Gertrude, des livres dans sa chambre, mais « c'est le *Combat spirituel,* le *Chrétien intérieur* et *L'Année sainte* », et non l'intelligent Massillon (*Gertrude,* v. 17). On peut croire qu'avec le personnage de Gertrude Voltaire esquisse une morale pratique à l'usage des femmes de la « bonne société » : si elles ne peuvent pas toutes, comme « la célèbre Marquise Du Châtelet[5] », rivaliser avec les hommes dans la liberté de pensée, elles peuvent du moins éviter de se rendre malheureuses en rendant les autres malheureux : il suffit pour cela de faire la part des choses, de laisser les idées religieuses à l'esprit, de rendre tout le reste au monde –nouveau catharisme ou hygiène moderne. On trouve ici l'écho des réflexions que Voltaire a dû faire en se chargeant de l'éducation de Marie Corneille, dont il prépare le mariage cet hiver-là.

D'une certaine manière, *L'Éducation d'une fille,* c'est donc « L'École des mères ». Comme dans la pièce de Marivaux (1732), on voit dans le conte de Voltaire la fragilité des éducations puritaines. Mais Voltaire donne aux personnages une complexité que, peut-être, les contraintes de la scène interdisaient à Marivaux : Gertrude est sensible à l'amour quand Mme Argante était inflexible de toutes parts ; à la mère de comédie Voltaire substitue une femme. Quant à Isabelle, elle met de l'humour dans ce qui reste une révolte. Plus proche de la Rosine de Beaumarchais que de l'Agnès de Molière ou

que de l'Angélique de Marivaux, elle a vite compris et vite agi. Il n'y a pas de comique dans son apprentissage, même pas le comique attendrissant d'une Chloé[6]. Il y a seulement l'émotion que dégage son trouble devant le désir inconnu et les abandons devinés. Quel vieillard que celui qui vibrait encore, dans les glaces de décembre 1763, à de si lointains émois!

Mais le conte n'est pas, dans son ensemble, une apologie des passions : le dernier vers

> Il n'est jamais de mal en bonne compagnie.

souligne une condition essentielle à la réussite de l'équilibre morale que préconise ici Voltaire. C'est que la société soit elle-même en équilibre, et présente ce mélange de liberté et de retenue que recouvre l'expression « bonne compagnie[7] ». Peut-on aller plus loin? La société doit tout voir sans avoir l'air de voir, constater une liaison sans s'étonner de son dénouement. Ce ne peut être que le fait d'une société choisie et complice. Après *Ce qui plaît aux dames, L'Éducation d'une fille* se termine sur l'apologie des sociétés closes – comme celle que la fiction du conte, justement, suggère autour du conteur.

Histoire du texte

Le conte, écrit en décembre 1763, est copié par Gabriel Cramer, envoyé à Paris et imprimé avant la fin décembre[8]. C'est une brochure de sept pages sans indication de provenance ni nom d'auteur (mais avec un vers sans rime[8]). Grimm l'insère dans sa *Correspondance littéraire* à la date du 1er janvier 1764 en ajoutant : « Voilà donc le second conte qui nous arrive des Délices. M. de Voltaire ne nous laisse pas languir » (E. Lizé, « Voltaire, Grimm et la Correspondance littéraire », *Studies on Voltaire,* vol. 180, Oxford, 1979, p. 101). Le texte est repris dans les *Contes de Guillaume Vadé* (Genève, Cramer, mars 1764), sous le contrôle de Voltaire; c'est l'édition ici reproduite; et ensuite dans les mêmes recueils que *Ce qui plaît aux dames* (voir ci-dessus).

Bibliographie critique

STUART D. C., « The sources of two of Voltaire's 'contes en vers' », *The Modern Language Review*, XII, 1917, p. 180-181.

NABLOW R. A., « A Study of Voltaire's lighter verse », *Studies on Voltaire* [...], vol. 126, Banbury, 1974.

L'ÉDUCATION D'UNE FILLE

Mes amis, l'hiver dure, et ma plus douce étude
Est de vous raconter les faits des temps passés.
Parlons ce soir un peu de Madame Gertrude.
 Je n'ai jamais connu de plus aimable prude :
5 Par trente-six printemps sur sa tête amassés
Ses modestes appas⁹ n'étaient point effacés.
Son maintien était sage, et n'avait rien de rude ;
Ses yeux étaient charmants, mais ils étaient baissés.
Sur sa gorge d'albâtre, une gaze étendue
10 Avec un art discret en permettait la vue.
L'industrieux pinceau d'un carmin délicat,
D'un visage arrondi relevant l'incarnat,
Embellissait ses traits sans outrer la nature ;
Moins elle avait d'apprêt, plus elle avait d'éclat :
15 La simple propreté¹⁰ composait sa parure.
 Toujours sur sa toilette est la Sainte Écriture :
Auprès d'un pot de rouge on voit un Massillon
Et le petit Carême¹¹ est surtout sa lecture ;
Mais ce qui nous charmait dans sa dévotion,
20 C'est qu'elle était toujours aux femmes indulgente :
Gertrude était dévote, et non pas médisante.
 Elle avait une fille ; un dix avec un sept
Composait l'âge heureux de ce divin objet,
Qui depuis son baptême eut le nom d'Isabelle :
25 Plus fraîche que sa mère, elle était aussi belle.
A côté de Minerve on eût cru voir Vénus¹².
Gertrude à l'élever prit des soins assidus.

Elle avait dérobé cette rose naissante
Au souffle empoisonné d'un monde dangereux :
30 Les conversations, les spectacles, les jeux,
Ennemis séduisants de toute âme innocente,
Vrais pièges du démon par les saints abhorrés,
Étaient dans la maison des plaisirs ignorés.
Gertrude en son logis avait un oratoire,
35 Un boudoir de dévote, où, pour se recueillir,
Elle allait saintement occuper son loisir,
Et faisait l'oraison qu'on dit jaculatoire[13].
Des meubles recherchés, commodes, précieux,
Ornaient cette retraite au public inconnue :
40 Un escalier secret loin des profanes yeux
Conduisait au jardin, du jardin dans la rue.
Vous savez qu'en été les ardeurs du soleil
Rendent souvent les nuits aux beaux jours préférables ;
La lune fait aimer ses rayons favorables ;
45 Les filles en ce temps goûtent peu le sommeil.
Isabelle, inquiète, en secret agitée,
Et de ses dix-sept ans doucement tourmentée,
Respirait dans la nuit sous un ombrage frais,
En ignorait l'usage[14] et s'étendait auprès ;
50 Sans savoir l'admirer regardait la nature ;
Puis se levait, allait, marchait à l'aventure,
Sans dessein, sans objet qui pût l'intéresser,
Ne pensant point encore et cherchant à penser.
Elle entendit du bruit au boudoir de sa mère.
55 La curiosité l'aiguillonne à l'instant :
Elle ne soupçonnait nulle ombre de mystère ;
Cependant elle hésite, elle approche en tremblant,
Posant sur l'escalier une jambe en avant,
Étendant une main, portant l'autre en arrière,
60 Le cou tendu, l'œil fixe, et le cœur palpitant,
D'une oreille attentive avec peine écoutant.
D'abord elle entendit un tendre et doux murmure,
Des mots entrecoupés, des soupirs languissants.
« Ma mère a du chagrin, dit-elle entre ses dents,
65 Et je dois partager les peines qu'elle endure[15]. »
Elle approche ; elle entend ces mots pleins de douceur :
« André, mon cher André, vous faites mon bonheur. »

Isabelle à ces mots pleinement se rassure.
« Ma tendresse, dit-elle, a pris trop de souci,
70 Ma mère est fort contente, et je dois l'être aussi. »
 Isabelle, à la fin, dans son lit se retire,
Ne peut fermer les yeux, se tourmente et soupire :
« André fait des heureux ! et de quelle façon[16] ?
Que ce talent est beau ! mais comment s'y prend-on ? »
75 Elle revit le jour avec inquiétude.
Son trouble fut d'abord aperçu par Gertrude.
Isabelle était simple, et sa naïveté
Laissa parler enfin sa curiosité.
 « Quel est donc cet André, lui dit-elle, Madame,
80 Qui fait, à ce qu'on dit, le bonheur d'une femme ? »
Gertrude fut confuse : elle s'aperçut bien
Qu'elle était découverte, et n'en témoigna rien.
Elle se composa, puis répondit : « Ma fille,
Il faut avoir un saint pour toute une famille,
85 Et depuis quelque temps, j'ai choisi Saint André,
Je lui suis très dévote : il m'en sait fort bon gré ;
Je l'invoque en secret, j'implore ses lumières ;
Il m'apparaît souvent la nuit dans mes prières ;
C'est un des plus grands saints qui soient en paradis. »
90 A quelque temps de là, certain Monsieur Denis,
Jeune homme bien tourné, fut épris d'Isabelle.
Tout conspirait pour lui, Denis fut aimé d'elle,
Et plus d'un rendez-vous confirma leur amour.
Gertrude en sentinelle entendit à son tour
95 Les belles oraisons, les antiennes[17] charmantes
Qu'Isabelle entonnait quand ses mains caressantes
Pressaient son tendre amant de plaisir enivré.
Gertrude les surprit, et se mit en colère.
La fille répondit : « Pardonnez-moi, ma mère,
100 J'ai choisi Saint Denis, comme vous Saint André. »
 Gertrude dès ce jour, plus sage et plus heureuse,
Conservant son amant, et renonçant aux saints,
Quitta le vain projet de tromper les humains :
On ne les trompe point. La malice envieuse
105 Porte sur votre masque un coup d'œil pénétrant ;
On vous devine mieux que vous ne savez feindre ;
Et le stérile honneur de toujours vous contraindre

Ne vaut pas le plaisir de vivre librement.
La charmante Isabelle, au monde présentée,
110 Se forma, s'embellit, fut en tous lieux goûtée.
Gertrude en sa maison rappela pour toujours
Les doux amusements, compagnons des amours :
Les plus honnêtes gens y passèrent leur vie.
Il n'est jamais de mal en bonne compagnie.

THÉLÈME ET MACARE

Notice

De tous les contes qu'il écrivit dans l'hiver 1763-1764, *Thélème et Macare* est celui auquel Voltaire fit sans doute faire la carrière la plus rapide, comme au «plus court» et au «plus philosophique[1]». Il n'en est pas question avant le 6 février 1764 : mais ce jour-là, que l'on peut prendre pour celui de l'achèvement du conte, copie en est envoyée au «cher frère» Damilaville[1] et au duc de La Vallière[2], puis aux d'Argental[3], communiquée à d'Alembert[4], à Cideville[5], à d'autres encore. Le thème du conte se prête à un badinage amical avec ses correspondants : «ils ont Macare chez eux[3]» ou «Macare est [leur] meilleur ami[4]»... Un rien de mystère enveloppe le titre allégorique, et l'on s'excuse de parler grec – mais le parler si peu que le bon ton n'en est pas offusqué. D'Alembert est enthousiaste : «J'ai lu, et je sais par cœur Macare et Thélème, cela est charmant, plein de philosophie, de justesse, et conté à ravir» (D 11720, 22 février 1764). Dès le 15 février, Grimm l'insère dans sa *Correspondance littéraire* (E. Lizé, *Voltaire, Grimm et la correspondance littéraire*, Oxford, 1979, p. 101) sous le titre «Macare et Thélème». Mais la marquise Du Deffand «dénigre *Macare*» (d'Alembert à Voltaire, 6 avril, D 11814). Peut-être le sujet touche-t-il de trop près les gens du monde, puisqu'il s'agit de la recherche du bonheur, quand le bonheur s'évanouit dans la recherche : drame des ambitieux de toutes sortes, dans la politique, les salons ou les alcôves. La quête de Thélème à travers la société rappelle le mouvement de *Memnon*, de *Babouc*, de *Zadig*, mais aussi celui des romans picaresques : le conte est un raccourci de *Gil Blas*. Deux

moines présentent les fruits possibles de la religion : l'un, désabusé, regrette le temps perdu ; l'autre, leurré, attend le bonheur d'une autre vie. Le monde de la justice, celui des hommes de lettres, la cour sont tour à tour visités et condamnés. Le bonheur caché qu'on trouve chez soi sans le chercher, voilà encore une fois à quoi le conte nous ramène ; le sage, exilé par un prince encore mal éduqué, l'a trouvé dans le fond d'une province ; Gertrude dans une société restreinte, Scarmentado chez lui, et le conteur l'a trouvé au coin du feu, où il s'abandonne sans effort à des récits familiers.

*
* *

Bachaumont, qui guette dans les nouvelles œuvres de Voltaire les signes de sa sénilité, trouve le conte fade. Un point de comparaison s'impose à ses yeux : les allégories de Jean-Baptiste Rousseau, le plus célèbre poète lyrique du début du XVIII[e] siècle, celui que l'on nommait « le grand Rousseau » avant la gloire de son homonyme Jean-Jacques. « Si ce grand poète a voulu contraster avec les allégories de Rousseau, il a le dessous[6]. » Qu'il y ait contraste, on le voit aisément. Pour Rousseau, l'allégorie est un masque qui permet au satirique de s'avancer très loin : ainsi, dans « Torticolis[7] », contre l'hypocrisie, ou dans « Midas[8] », contre un financier. Ici au contraire Voltaire se dégage des allusions précises, trop faciles, et redonne à l'allégorie son caractère véritablement philosophique ou moral, celui qu'elle avait chez Jean de Meung. Par ailleurs, Rousseau semble penser que la richesse de l'allégorie se mesure au nombre des conséquences significatives qu'il peut en tirer : c'est ce qui le conduit aux subtilités de « La grotte de Merlin[9] » où tous les personnages du monde arturien ont leur équivalent dans l'entourage de Jacques III ; copieuses sont les notes que Rousseau lui-même dut introduire dans l'édition de ses œuvres : « On entend assez que je veux parler de...[10] ». Voltaire, lui, ménage l'esprit de son lecteur : il limite l'allégorie aux deux personnages principaux, qui se meuvent dans un monde nullement allégorique. On pourrait qualifier cette allégorie d'*attique,* par opposition à l'allégorie *asiatique* d'un Rousseau. C'était déjà la voie qu'avait choisie Voltaire dans *La*

Henriade, au chant IV, quand il fait intervenir la Discorde et la Politique, sans que nous quittions un instant les réalités parisiennes. Il ne s'agit pas pour lui de gazer ce qu'il n'ose dire, ou de prouver son ingéniosité, mais au contraire de présenter plus clairement une analyse politique ou morale.

L'allégorie est d'autant meilleure, dans cette perspective, qu'elle nous ramène sans nous déconcerter à une plus riche pensée. Ici les entités psychologiques s'incarnent dans des personnages vraisemblables, aux physionomies vivantes. C'est que Thélème n'est pas n'importe quelle volonté, n'importe quel désir : elle est le désir en action, un désir qui appelle une satisfaction immédiate, un désir sûr de lui, qui s'étonne et se fâche des traverses. Toute une philosophie hardiment optimiste s'exprime ici : l'homme ne désire qu'un bonheur qu'il peut obtenir ici-bas. « Il habite certainement / Le monde où le destin m'a mise[11] ». Malgré tant de désillusions, Voltaire n'a encore confiance que dans ce monde-ci. Il y a sans doute, dans l'opposition de l'inquiète Thélème, du pacifique Macare, toute une amusante psychologie comparée de la femme et de l'homme. Mais dans leurs démêlés ne peut-on pas voir aussi les conflits intérieurs de Voltaire lui-même, toujours lancé dans de nouvelles entreprises et avide de tranquillité, barde des agrestes solitudes et agent de mille intrigues, revenu de tout et toujours reparti ? L'homme de Cirey, des Délices, de Ferney ; l'homme de Versailles et de Nancy, de Sceaux et de Sans-Souci ?

L'allègre octosyllabe, le jeu avec des rimes longuement et capricieusement réintroduites, la gracieuse fiction d'une poursuite amoureuse à la façon de *Peau d'âne* ôtent au sujet ce qu'il pourrait avoir de lyrique et même de mélancolique. Pourtant on a rencontré un regard, celui de l'homme qui a rêvé cent fois de vivre

Sans trop chercher, sans trop prétendre (v. 112)

mais que « son cœur toujours [...] tourmente » (v. 4).

Histoire du texte

La rapide diffusion du conte eut un actif auxiliaire ; parmi les privilégiés à qui, dès le 6 février 1764, Voltaire en envoya copie, figurait le duc de La Vallière[12]. Cet amateur de livres, qui avait rendu service à l'auteur, avait réclamé sans discrétion, dès le 28 décembre 1763, la primeur d'un des contes que Voltaire avait commencé de communiquer à ses amis : « Les recevrai-je toujours le dernier ? » A vrai dire, il n'est pas privilégié, cette fois encore, autant qu'il le voudrait, puisqu'il n'est pas le seul à lire *Thélème et Macare* ; mais il se conduit comme s'il se croyait le seul destinataire du conte, présente la lettre d'envoi comme une dédicace, et s'occupe aussitôt[13] de publier le tout. De cette première édition, on peut voir encore de nombreux exemplaires : *Macare et Thélème, allégorie ; par M. de Voltaire* (sans lieu ni date, brochure de huit pages). Mais elle n'a pas été contrôlée par l'auteur, et c'est le texte publié par Voltaire lui-même en 1764 dans les *Contes de Guillaume Vadé* qui est ici reproduit.

THÉLÈME ET MACARE

Thélème[14] est vive, elle est brillante ;
Mais elle est bien impatiente ;
Son œil est toujours ébloui,
Et son cœur toujours la tourmente.
5 Elle aimait un gros réjoui
D'une humeur toute différente.
Sur son visage épanoui
Est la sérénité touchante ;
Il écarte à la fois l'ennui,
10 Et la vivacité bruyante.
Rien n'est plus doux que son sommeil,
Rien n'est plus beau que son réveil ;
Le long du jour il vous enchante.
Macare[15] est le nom qu'il portait.
15 Sa maîtresse inconsidérée
Par trop de soins le tourmentait :
Elle voulait être adorée.
En reproches elle éclata :
Macare en riant la quitta,
20 Et la laissa désespérée.
Elle courut étourdiment
Chercher de contrée en contrée
Son infidèle et cher amant,
N'en pouvant vivre séparée.
25 Elle va d'abord à la cour.
« Auriez-vous vu mon cher amour ?
N'avez-vous point chez vous Macare ? »

Tous les railleurs de ce séjour
Sourirent à ce nom bizarre.
30 « Comment ce Macare est-il fait ?
Où l'avez-vous perdu, ma bonne[16] ?
Faites-nous un peu son portrait.
– Ce Macare qui m'abandonne,
Dit-elle, est un homme parfait,
35 Qui n'a jamais haï personne,
Qui de personne n'est haï,
Qui de bon sens toujours raisonne,
Et qui n'eut jamais de souci.
A tout le monde il a su plaire. »
40 On lui dit : « Ce n'est pas ici
Que vous trouverez votre affaire,
Et les gens de ce caractère,
Ne vont pas dans ce pays-ci. »
 Thélème marcha vers la ville.
45 D'abord elle trouve un couvent,
Et pense dans ce lieu tranquille
Rencontrer son tranquille amant.
Le sous-prieur lui dit : « Madame,
Nous avons longtemps attendu
50 Ce bel objet de votre flamme,
Et nous ne l'avons jamais vu.
Mais nous avons en récompense
Des vigiles[17], du temps perdu,
Et la discorde, et l'abstinence. »
55 Lors un petit moine tondu
Dit à la dame vagabonde :
« Cessez de courir à la ronde
Après votre amant échappé :
Car, si l'on ne m'a pas trompé,
60 Ce bonhomme est dans l'autre monde. »
 A ce discours impertinent
Thélème se mit en colère.
« Apprenez, dit-elle, mon frère,
Que celui qui fait mon tourment
65 Est né pour moi, quoi qu'on en dise :
Il habite certainement
Le monde où le destin m'a mise,

Et je suis son seul élément.
Si l'on vous fait dire autrement,
70 On vous fait dire une sottise. »
 La belle courut de ce pas
Chercher au milieu du fracas
Celui qu'elle croyait volage.
« Il sera peut-être à Paris,
75 Dit-elle, avec les beaux esprits
Qui l'ont peint si doux et si sage[18]. »
L'un d'eux lui dit : « Sur [nos] avis[19],
Vous pourriez vous tromper peut-être :
Macare n'est qu'en nos écrits[20],
80 Nous l'avons peint sans le connaître. »
 Elle aborda près du palais,
Ferma les yeux, et passa vite :
« Mon amant ne sera jamais
Dans cet abominable gîte ;
85 Au moins la cour a des attraits,
Macare aurait pu s'y méprendre ;
Mais les noirs suivants de Thémis
Sont les éternels ennemis
De l'objet qui me rend si tendre[21]. »
90 Thélème au temple de Rameau,
Chez Melpomène, chez Thalie[22],
Au premier spectacle nouveau,
Croit trouver l'amant qui l'oublie.
Elle est priée à ce repas
95 Où président les délicats,
Nommés la bonne compagnie.
Des gens d'un agréable accueil
Y semblent, au premier coup d'œil,
De Macare être la copie.
100 Mais plus ils étaient occupés
Du soin flatteur de le paraître,
Et plus à ses yeux détrompés
Ils étaient éloignés de l'être.
 Enfin Thélème au désespoir,
105 Lasse de chercher sans rien voir,
Dans sa retraite alla se rendre.
Le premier objet qu'elle y vit

Fut Macare auprès de son lit,
Qui l'attendait pour la surprendre.
110 « Vivez avec moi désormais,
Dit-il, dans une douce paix,
Sans trop chercher, sans trop prétendre ;
Et si vous voulez posséder
Ma tendresse avec ma personne,
115 Gardez de jamais demander
Au-delà de ce que je donne. »
 Les gens de grec enfarinés[23]
Connaîtront Macare et Thélème,
Et vous diront, sous cet emblème,
120 A quoi nous sommes destinés.
Macare[24], c'est toi qu'on désire,
On t'aime, on te perd ; et je croi
Que je t'ai rencontré chez moi ;
Mais je me garde de le dire :
125 Quand on se vante de t'avoir,
On en est privé par l'envie ;
Pour te garder il faut savoir
[Te][25] cacher, et cacher sa vie.

LES TROIS MANIÈRES

Notice

Comme son titre l'indique sans ambiguïté, ce conte est destiné à montrer l'aisance de l'auteur à passer d'une manière poétique à l'autre. Il correspond par là à l'aspiration qu'a Voltaire, au début de l'hiver 1763-1764, de sortir de son personnage militant, de pratiquer le conte comme un jeu à la fois de l'imagination et de l'esprit. Il fait même la théorie de ces variations, esquissant un art poétique bon enfant fondé sur la valeur intrinsèque des rythmes. Peut-être Voltaire avait-il le souci de comparer, comme dans les concours académiques, la dignité de l'art, celle de l'action, celle de la tendresse. Mais il s'agissait plutôt de comparer trois tons : le ton élevé, le ton badin, le ton élégiaque ; c'est ainsi que le comprenait Mme Du Deffand[1]. Pourtant l'intérêt du conte se soutient par un artifice très voltairien : des moments dramatiques présentés comme au théâtre ; et aussi par une aimable fantaisie. Ce jeu est dans le cadre choisi pour les variations : le tribunal qu'imagine Voltaire rappelle les joutes virgiliennes des *Bucoliques*. Mais le conte prend bien des libertés avec l'antiquité classique, rapproche le Pirée des Cyclades, lance deux femmes seules sur la mer pour une promenade, invente le châtiment légal des infidèles[2]. A côté de l'attirail antique, bien d'autres éléments représentent une concession ostentatoire aux conventions : ainsi le concours dont la fiancée est le prix (comme Pénélope au jeu des haches, *Odyssée,* XXI, v. 68 *sq.*), ou l'amant introduit au sérail (variante exotique des *Lunettes* de La Fontaine, cf. v. 20-24)[3]. Toute l'histoire d'Apamis n'est que redite : Voltaire récrit les pages célèbres d'Ovide (*Métamor*

phoses, IV, début) et de La Fontaine (Livre XII, fable 28), dont *Les Filles de Minée* seront à nouveau, et plus étroitement, reprises dans *Le Dimanche*. Mais l'utilisation d'éléments bien connus est une des principales caractéristiques du genre ; et Voltaire a le sentiment d'avoir réussi cet exercice difficile : « Je crois que les trois manières sont la moins mauvaise rapsodie du recueil », écrivait-il à l'ambassadeur Chauvelin (D 11832, 17 avril 1764).

Histoire du texte

C'est sans doute vers le 20 décembre 1763 que Voltaire écrivit *Les Trois Manières*. Le 19, il semble n'avoir encore écrit que *Ce qui plaît aux dames* ; le 28, le duc de La Vallière a entendu parler de ce nouveau conte, dont un manuscrit est entre les mains de G. Cramer et des d'Argental à la fin du mois. Voltaire recommande le secret, qui semble bien gardé jusqu'à la fin de février 1764[4]. Des copies assurent alors le succès du conte auquel « Tout Paris donne la préférence [...] sur la reine Berthe », c'est-à-dire sur *Ce qui plaît aux dames* (D 11731). Grimm l'insère dans sa *Correspondance littéraire* à la date du 1er mars 1764 (E. Lizé, *op. cit.*, p. 101). On en imprime aussi une édition séparée, mais elle a dû être tardive : le 7 mars Mme Du Deffand écrivant à Voltaire croit que le conte « ne sera point imprimé avant que vous n'ayez fait un nombre de contes suffisant » (D 11755). Comme Voltaire prépare à ce moment-là l'édition collective des *Contes de Guillaume Vadé*, on est en droit de juger qu'il n'est pour rien dans l'édition séparée. D'ailleurs ses variantes sont médiocres . On se fiera donc au texte des *Contes de Guillaume Vadé*, qui a été repris ensuite par toutes les éditions, à un passage près (voir la note 8).

LES TROIS MANIÈRES

Que les Athéniens étaient un peuple aimable !
Que leur esprit m'enchante, et que leurs fictions
Me font aimer le vrai sous les traits de la fable !
La plus belle, à mon gré, de leurs inventions
5 Fut celle du théâtre, où l'on faisait revivre
Les héros du vieux temps, leurs mœurs, leurs passions.
Vous voyez aujourd'hui toutes les nations
Consacrer cet exemple, et chercher à le suivre.
Le théâtre instruit mieux que ne fait un gros livre.
10 Malheur aux esprits faux[5] dont la sotte rigueur
Condamne parmi nous les jeux de Melpomène !
Quand le Ciel eut formé cette engeance inhumaine,
La nature oublia de lui donner un cœur.
Un des plus grands plaisirs du théâtre d'Athène
15 Était de couronner, dans ces jeux solennels,
Les meilleurs citoyens, les plus grands des mortels :
En présence du peuple on leur rendait justice.
Ainsi j'ai vu Villars[6], ainsi j'ai vu Maurice[7],
Qu'un maudit courtisan quelquefois censura,
20 Du champ de la victoire allant à l'Opéra,
Recevoir des lauriers de la main d'une actrice.
Ainsi, quand Richelieu[8] revenait de Mahon
(Qu'il avait pris pourtant en dépit de l'envie),
Partout sur son passage il eut la comédie ;
25 On lui battit des mains encor plus qu'à Clairon.
Au théâtre d'Eschyle, avant que Melpomène
Sur son cothurne altier vînt parcourir la scène,

On décernait les prix accordés aux amants.
Celui qui, dans l'année, avait pour sa maîtresse
30 Fait les plus beaux exploits, montré plus de tendresse,
Mieux prouvé par les faits ses nobles sentiments,
Se voyait couronné devant toute la Grèce.
Chaque belle plaidait la cause de son cœur,
De son amant aimé racontait les mérites,
35 Après un beau serment, dans les formes prescrites,
De ne pas dire un mot qui sentît l'orateur,
De n'exagérer rien, chose assez difficile
Aux femmes, aux amants, et même aux avocats.
On nous a conservé l'un de ces beaux débats,
40 Doux enfants du loisir de la Grèce tranquille :
C'était, il m'en souvient, sous l'archonte Eudamas[9].
Devant les Grecs charmés trois belles comparurent,
La jeune Églé, Téone, et la triste Apamis[10]
Les beaux esprits de Grèce au spectacle accoururent.
45 Ils étaient grands parleurs, et pourtant ils se turent,
Écoutant gravement, en demi-cercle assis.
Dans un nuage d'or Vénus avec son fils
Prêtait à la dispute une oreille attentive.
La jeune Églé commence, Églé simple et naïve,
50 De qui la voix touchante et la douce candeur
Charmaient l'oreille et l'œil, et pénétraient au cœur.

ÉGLÉ

Hermotime[11], mon père, a consacré sa vie
Aux muses, aux talents, à ces dons du génie
Qui des humains jadis ont adouci les mœurs.
55 Tout entier aux beaux-arts, il a fui les honneurs ;
Et sans ambition, caché dans sa famille,
Il n'a voulu donner pour époux à sa fille
Qu'un mortel comme lui favorisé des dieux.
Dédaignant les grandeurs où l'orgueilleux aspire[12]
60 Élevé dans son art, et qui saurait le mieux
Animer sur la toile et chanter sur la lyre
Ce peu de vains attraits que m'ont donné les cieux.
Ligdamon m'adorait ; son esprit sans culture
Devait, je l'avouerai, beaucoup à la nature :

65 Ingénieux, discret, poli sans compliment ;
 Parlant avec justesse, et jamais savamment ;
 Sans talents, il est vrai, mais sachant s'y connaître ;
 L'Amour forma son cœur, les Grâces son esprit.
 Il ne savait qu'aimer ; mais qu'il était grand maître
70 Dans ce premier des arts, que lui seul il m'apprit !
 Quand mon père eut formé le dessein tyrannique
 De m'arracher l'objet de mon cœur amoureux,
 Et de me réserver pour quelque peintre heureux
 Qui ferait de bons vers et saurait la musique,
75 Que de larmes alors coulèrent de mes yeux !
 Nos parents ont sur nous un pouvoir despotique ;
 Puisqu'ils nous ont fait naître, ils sont pour nous des
 [dieux.
 Je mourais, il est vrai, mais je mourais soumis.
 Ligdamon s'écarta, confus, désespéré,
80 Cherchant loin de mes yeux un asile ignoré.
 Six mois furent le terme où ma main fut promise :
 Ce délai fut fixé pour tous les prétendants.
 Ils n'avaient tous, hélas ! dans leurs tristes talents,
 A peindre que l'ennui, la douleur et les larmes.
85 Le temps qui s'avançait redoublait mes alarmes.
 Ligdamon tant aimé me fuyait pour toujours ;
 J'attendais mon arrêt, et j'étais au concours.
 Enfin de vingt rivaux les ouvrages parurent :
 Sur leurs perfections mille débats s'émurent.
90 Je ne pus décider, je ne les voyais pas.
 Mon père se hâta d'accorder son suffrage
 Aux talents trop vantés du fier et dur Harpage[13] :
 On lui promit ma foi, j'allais être en ses bras.
 Un esclave empressé frappe, arrive à grands pas[14],
95 Apportant un tableau d'une main inconnue.
 Sur la toile aussitôt chacun porta la vue.
 C'était moi : je semblais respirer et parler ;
 Mon cœur en longs soupirs paraissait s'exhaler,
 Et mon air, et mes yeux, tout annonce que j'aime.
100 L'art ne se montrait pas ; c'est la nature même[15],
 La nature embellie ; et, par de doux accords,
 L'âme était sur la toile aussi bien que le corps.
 Une tendre clarté s'y joint à l'ombre obscure,

Comme on voit, au matin, le soleil, de ses traits,
105 Percer la profondeur de nos vastes forêts,
Et dorer les moissons, les fruits et la verdure.
Harpage en fut surpris ; il voulut censurer :
Tout le reste se tut, et ne put qu'admirer.
« Quel mortel, ou quel dieu, s'écriait Hermotime,
110 Du talent d'imiter fait un art si sublime ?
A qui ma fille enfin devra-t-elle sa foi ? »
Ligdamon, se montrant, lui dit : « Est-elle à moi ?
L'Amour seul est son peintre[16], et voilà son ouvrage.
C'est lui qui dans mon cœur imprima cette image ;
115 C'est lui qui sur la toile a dirigé ma main :
Quel art n'est pas soumis à son pouvoir divin ?
Il les anime tous. » Alors, d'une voix tendre,
Sur son luth accordé Ligdamon fit entendre
Un mélange inouï de sons harmonieux :
120 On croyait être admis dans le concert des dieux.
Il peignit comme Apelle, il chanta comme Orphée.
Harpage en frémissait ; sa fureur étouffée
S'exhalait sur son front, et brûlait dans ses yeux.
Il prend un javelot de ses mains forcenées ;
125 Il court, il va frapper. Je vis l'affreux moment
Où le traître à sa rage immolait mon amant,
Où la mort d'un seul coup tranchait deux destinées.
Ligdamon l'aperçoit, il n'en est point surpris ;
Et de la même main sous qui son luth résonne,
130 Et qui sut enchanter nos cœurs et nos esprits,
Il combat son rival, l'abat, et lui pardonne.
Jugez si de l'amour il mérite le prix,
Et permettez du moins que mon cœur le lui donne.
Ainsi parlait Églé. L'Amour applaudissait,
135 Les Grecs battaient des mains, la belle rougissait ;
Elle en aimait encor son amant davantage.

* *
*

Téone se leva : son air et son langage
Ne connurent jamais les soins étudiés ;
Les Grecs, en la voyant, se sentaient égayés.

140 Téone, souriant, conta son aventure
En vers moins allongés, et d'une autre mesure,
Qui courent avec grâce, et vont à quatre pieds,
Comme en fit Hamilton[17], comme en fait la nature.

TÉONE

Vous connaissez tous Agathon;
145 Il est plus charmant que Nirée[18];
A peine d'un naissant coton
Sa ronde joue était parée.
Sa voix est tendre, il a le ton
Comme les yeux de Cythérée[19].
150 Vous savez de quel vermillon
Sa blancheur vive est colorée;
La chevelure d'Apollon
N'est pas si longue et si dorée.
Je le pris pour mon compagnon
155 Aussitôt que je fus nubile.
Ce n'est pas sa beauté fragile
Dont mon cœur fut le plus épris :
S'il a les grâces de Pâris,
Mon amant a le bras d'Achille.
160 Un soir, dans un petit bateau,
Tout auprès d'une île Cyclade[20],
Ma tante et moi goûtions sur l'eau
Le plaisir de la promenade,
Quand de Lydie un gros vaisseau
165 Vient nous aborder à la rade.
Le vieux capitaine écumeur
Venait souvent dans cette plage
Chercher des filles de mon âge
Pour les plaisirs du gouverneur.
170 En moi je ne sais quoi le frappe;
Il me trouve un air assez beau;
Il laisse ma tante, il me happe,
Il m'enlève comme un moineau,
Et va me vendre à son satrape.
175 Ma bonne tante, en glapissant,

Et la poitrine déchirée,
S'en retourne au port du Pirée
Raconter au premier passant
Que sa Téone est égarée ;
180 Que de Lydie un armateur,
Un vieux pirate, un revendeur
De la féminine denrée,
S'en est allé livrer ma fleur
Au commandant de la contrée.
185 Pensez-vous alors qu'Agathon
S'amusât à verser des larmes,
A me plaindre avec un crayon,
A chanter sa perte et mes charmes,
Sur un petit psaltérion[21] ?
190 Pour me ravoir il prit les armes :
Mais, n'ayant pas de quoi payer
Seulement le moindre estafier,
Et se fiant sur sa figure,
D'une fille il prit la coiffure,
195 Le tour de gorge et le panier.
Il cacha sous son tablier
Un long poignard et son armure,
Et courut tenter l'aventure
Dans la barque d'un nautonier.
200 Il arrive au bord du Méandre[22]
Avec son petit attirail.
A ses attraits, à son air tendre,
On ne manqua pas de le prendre
Pour une ouaille du bercail
205 Où l'on m'avait déjà fait vendre ;
Et, dès qu'à terre il put descendre,
On l'enferma dans mon sérail.
Je ne crois pas que de sa vie
Une fille ait jamais goûté
210 Le quart de la félicité
Qui combla mon âme ravie,
Quand, dans un sérail de Lydie,
Je vis mon Grec à mon côté,
Et que je pus en liberté
215 Récompenser la nouveauté

D'une entreprise si hardie.
Pour époux il fut accepté.
Les dieux seuls daignèrent paraître
A cet hymen précipité,
220 Car il n'était point là de prêtre :
Et, comme vous pouvez penser,
Des valets on peut se passer
Quand on est sous les yeux du maître.
 Le soir, le satrape amoureux,
225 Dans mon lit, sans cérémonie,
Vint m'expliquer ses tendres vœux.
Il crut, pour apaiser ses feux,
N'avoir qu'une fille jolie,
Il fut surpris d'en trouver deux.
230 « Tant mieux, dit-il, car votre amie,
Comme vous, est fort à mon gré :
J'aime beaucoup la compagnie :
Toutes deux je contenterai
N'ayez aucune jalousie. »
235 Après sa petite leçon,
Qu'il accompagnait de caresses,
Il voulait agir tout de bon ;
Il exécutait ses promesses,
Et je tremblais pour Agathon.
240 Mais mon Grec, d'une main guerrière,
Le saisissant par la crinière,
Et tirant son estramaçon[23],
Lui fit voir qu'il était garçon,
Et parla de cette manière :
245 « Sortons tous trois de la maison,
Et qu'on me fasse ouvrir la porte ;
Faites bien signe à votre escorte
De ne suivre en nulle façon.
Marchons tous les trois au rivage ;
250 Embarquons-nous sur un esquif.
J'aurai sur vous l'œil attentif.
Point de geste, point de langage ;
Au premier signe un peu douteux,
Au clignement d'une paupière,
255 A l'instant je vous coupe en deux,

Et vous jette dans la rivière. »
 Le satrape était un seigneur
Assez sujet à la frayeur ;
Il eut beaucoup d'obéissance :
260 Lorsqu'on a peur, on est fort doux.
Sur la nacelle, en diligence,
Nous l'embarquâmes avec nous.
Sitôt que nous fûmes en Grèce,
Son vainqueur le mit à rançon :
265 Elle fut en sonnante espèce.
Elle était forte, il m'en fit don :
Ce fut ma dot et mon douaire[24].
 Avouez qu'il a su plus faire
Que le bel esprit Ligdamon,
270 Et que j'aurais fort à me plaindre
S'il n'avait songé qu'à me peindre
Et qu'à me faire une chanson.
Les Grecs furent charmés de la voix douce et vive,
Du naturel aisé, de la gaîté naïve,
275 Dont la jeune Téone anima son récit.
La grâce en s'exprimant vaut mieux que ce qu'on dit.
 On applaudit, on rit : les Grecs aimaient à rire.
Pourvu qu'on soit content, qu'importe qu'on admire ?
Apamis s'avança les larmes dans les yeux :
280 Ses pleurs étaient un charme, et la rendaient plus belle.
Les Grecs prirent alors un air plus sérieux,
Et, dès qu'elle parla, les cœurs furent pour elle.
Apamis raconta ses malheureux amours
En mètres qui n'étaient ni trop longs ni trop courts ;
285 Dix syllabes par vers, mollement arrangées,
Se suivaient avec art, et semblaient négligées.
Le rythme en est facile, il est mélodieux.
L'hexamètre est plus beau, mais parfois ennuyeux.

APAMIS

L'astre cruel sous qui j'ai vu le jour
290 M'a fait pourtant naître dans Amatonte[25],
Lieux fortunés où la Grèce raconte

Que le berceau de la mère d'Amour
Par les Plaisirs fut apporté sur l'onde ;
Elle y naquit pour le bonheur du monde,
295 A ce qu'on dit, mais non pas pour le mien.
Son culte aimable et sa loi douce et pure
A ses sujets n'avaient fait que du bien,
Tant que sa loi fut celle de nature.
Le rigorisme a souillé ses autels ;
300 Les dieux sont bons, les prêtres sont cruels.
Les novateurs ont voulu qu'une belle,
Qui par malheur deviendrait infidèle,
Irait finir ses jours au fond de l'eau
Où la déesse avait eu son berceau,
305 Si quelque amant ne se noyait pour elle.
Pouvait-on faire une loi si cruelle ?
Hélas ! faut-il le frein du châtiment
Aux cœurs bien nés pour aimer constamment ?
Et si jamais, à la faiblesse en proie,
310 Quelque beauté vient à changer d'amant,
C'est un grand mal, mais faut-il qu'on la noie ?
 Tendre Vénus, vous qui fîtes ma joie
Et mon malheur ; vous qu'avec tant de soin
J'avais servie avec le beau Batile,
315 D'un cœur si droit, d'un esprit si docile ;
Vous le savez, je vous prends à témoin
Comme j'aimais, et si j'avais besoin
Que mon amour fût nourri par la crainte.
Des plus beaux nœuds la pure et douce étreinte
320 Faisait un cœur de nos cœurs amoureux.
 Batile et moi nous respirions ces feux
Dont autrefois a brûlé la déesse.
L'astre des cieux, en commençant son cours,
En l'achevant, contemplait nos amours ;
325 La nuit savait quelle était ma tendresse.
 Arénorax, homme indigne d'aimer,
Au regard sombre, au front triste, au cœur
 [traître,
D'amour pour moi parut s'envenimer,
Non s'attendrir : il le fit bien connaître.
330 Né pour haïr, il ne fut que jaloux.

Il distilla les poissons de l'envie ;
Il fit parler la noire calomnie.
O délateurs ! monstres de ma patrie,
Nés de l'enfer, hélas ! rentrez-y tous.
335 L'art contre moi mit tant de vraisemblance
Que mon amant put même s'y tromper ;
Et l'imposture accabla l'innocence.
 Dispensez-moi de vous développer
Le noir tissu de sa trame secrète ;
340 Mon tendre cœur ne peut s'en occuper,
Il est trop plein de l'amant qu'il regrette.
A la déesse en vain j'eus mon recours,
Tout me trahit ; je me vis condamnée
A terminer mes maux et mes beaux jours
345 Dans cette mer où Vénus était née.
 On me menait au lieu de mon trépas ;
Un peuple entier mouillait de pleurs mes pas,
Et me plaignait d'une plainte inutile,
Quand je reçus un billet de Batile ;
350 Fatal écrit qui changeait tout mon sort !
Trop cher écrit plus cruel que la mort !
Je crus tomber dans la nuit éternelle
Quand je l'ouvris, quand j'aperçus ces mots :
« Je meurs pour vous, fussiez-vous infidèle. »
355 C'en était fait : mon amant dans les flots
S'était jeté pour me sauver la vie.
On l'admirait en poussant des sanglots.
Je t'implorais, ô mort ! ma seule envie,
Mon seul devoir ! On eut la cruauté
360 De m'arrêter lorsque j'allais le suivre ;
On m'observa : j'eus le malheur de vivre ;
De l'imposteur la sombre iniquité
Fut mise au jour, et trop tard découverte.
Du talion il a subi la loi ;
365 Son châtiment répare-t-il ma perte ?
Le beau Batile est mort, et c'est pour moi !
 Je viens à vous, ô juges favorables !
Que mes soupirs, que mes funèbres soins,
Touchent vos cœurs ; que j'obtienne du moins
370 Un appareil[26] à des maux incurables.

A mon amant dans la nuit du trépas
Donnez le prix que ce trépas mérite ;
Qu'il se console aux rives du Cocyte[27],
Quand sa moitié ne se console pas ;
375 Que cette main qui tremble et qui succombe,
Par vos bontés encor se ranimant,
Puisse à vos yeux écrire sur sa tombe :
« Athène et moi couronnons mon amant ! »
Disant ces mots, ses sanglots l'arrêtèrent ;
380 Elle se tut, mais ses larmes parlèrent.
Chaque juge fut attendri.
Pour Églé d'abord ils penchèrent ;
Avec Téone ils avaient ri,
Avec Apamis ils pleurèrent.
385 J'ignore, et j'en suis bien marri,
Quel est le vainqueur qu'ils nommèrent.
Au coin du feu, mes chers amis,
C'est pour vous seuls que je transcris
Ces contes tirés d'un vieux sage.
390 Je m'en tiens à votre suffrage ;
C'est à vous de donner le prix :
Vous êtes mon aréopage.

L'ÉDUCATION D'UN PRINCE

L'EDUCATION D'UN PRINCE

Notice

Dans *Ce qui plaît aux dames,* Voltaire se plaisait, pour se replonger dans la quiète atmosphère des châteaux mythiques du bon vieux temps, à animer une image d'Épinal : un Moyen Age de fantaisie où le roi Dagobert, les fées, la chevalerie mêlaient leurs charmes disparates. C'est vers un Islam d'enluminures qu'il se tourne maintenant[1], comme il l'a fait dans *Les Trois Manières*[2]. Dès le début du conte, Voltaire souligne son attendrissement puéril, à force d'être sénile :

> Je suis vieux, je l'avoue, et je n'ai point de honte
> De goûter avec vous le plaisir des enfants. (v. 7 et 8)

« La belle Amide » (v. 114, 183) et « le superbe Abdala » (v. 76, 116) portent leur épithète comme un masque peinturluré. De la cour d'un roi d'Yvetot qui

> Quand il avait dîné croyait son peuple heureux,

on saute au tableau animé d'une ville attaquée par les « corsaires », puis aux scènes de sérail, enfin à la rébellion populaire et au renversement des situations ; cette cascade de coups de théâtre est pleine d'humour, autant que l'accumulation des traits pittoresques, de l'eunuque au mouchoir, du pal au cimeterre, du vin défendu au harem obligé. D'ailleurs la turquerie est un accessoire ambigu : autant que *Le Bourgeois gentilhomme,* elle évoque *Bajazet* et, plus encore, *Zaïre.* Par moments la situation est agencée comme dans une tragédie, et la scène à faire est esquissée : le récit de Bénévent envahi

(v. 63-77) pourrait être dans la bouche haletante de quelque confident; et celui du retour triomphant d'Alamon (v. 171-178) rappelle l'expédition qui fait de Rodrigue le Cid : le jeune général qui se révèle, la troupe volontaire, le mouvement rapide,

Ils s'arment en secret, ils marchent en silence (v. 174)

et jusqu'à l'ennemi infidèle, que de rencontres! Parfois ce sont des face-à-face qui créent des situations tragiques : dans l'entrevue des amants séparés, le silence éloquent d'Amide (v. 114-126) est une exagération de la litote, « Va je ne te hais point » ; et le discours, à la fois généreux et imposant, d'Alamon à la fin du conte n'est pas sans évoquer la conclusion de *Cinna*. A cette esquisse de ton noble il ne manque même pas la rumeur de la foule aux portes des palais, « ce bruit sourd et lointain » (v. 43), ni surtout le rythme ample que confère l'alexandrin employé sans mélange.

Si la portée des premiers contes de l'hiver 1763-1764 se ramenait à de plaisantes boutades, celle de *L'Éducation d'un prince* est plus grande : on pourrait paraphraser : « comment on devient un prince éclairé[3] » (v. 192). Une philosophie de la monarchie se dessine : le prince doit gouverner par lui-même, écarter les mauvais ministres et les prêtres. C'est la connaissance de soi et des autres, bref la connaissance de la nature humaine qui « éclaire » le prince, et non la connaissance d'une morale étroite. D'ailleurs, un amour sensuel suffit, en faisant triompher la nature, à accomplir cette éducation. Le vrai précepteur, ce n'est pas un abbé Fleury, c'est une Pompadour. (La sympathie de Voltaire pour le rôle de la marquise va justement s'exprimer bientôt à l'occasion de sa maladie et de sa mort[4].) La bonne politique est même définie sommairement : celle qui donne de bonnes finances (v. 22) évite « la misère » (v. 45) et rend le « peuple heureux » (v. 28) ; on ne rêvera pas d'annexions (v. 21), mais on s'entourera d'informations exactes (v. 73). Quant aux sujets qu'un mauvais gouvernement contraint à vivre à l'écart, « confinés dans une métairie », une morale pratique leur est proposée : ils n'ont qu'à « cultiver sagement leurs amis et leur bien » (v. 37). En somme, c'est la situation et la conduite des habitants de la métairie, dans la conclusion de *Candide,* mais aussi du patriarche de Ferney.

Nous ne sommes donc pas loin des réalités et des réflexions du moment.

La turquerie elle-même, pour bouffonne qu'elle soit, n'est pas dépourvue de sens philosophique : avant d'être renvoyé au néant par la valeur nouvelle d'Alamon, le turc apparaît comme une sorte de missionnaire des lumières,

> Pour corriger l'église envoyé par Alla (v. 77).

Le providentialisme à la Bossuet se trouve ainsi retourné de façon plaisante. Abdala ne se contente pas de punir les « tyrans » (v. 47), il montre comment se libérer en laissant parler la nature : la leçon est si bien entendue qu'elle accablera le maître. Il n'est pas jusqu'à sa brutalité qui n'ait sa valeur philosophique ; les maîtres prennent l'étrille, tous dépouillent les costumes trompeurs. C'est la méthode d'éducation que préconisait Marivaux dans L'Île des esclaves[5].

Mais Voltaire n'oublie jamais de transformer ces éléments en autant de facettes du conte ; le procédé utilisé est celui du burlesque, des élans brisés par un mot bas ou par une image réaliste – des réalités médiocres qu'enfle sans crier gare un mouvement d'éloquence. Comment un « muletier » peut-il vivre dans le même monde que « la beauté qu'il aime » (v. 155)? On ne s'étonne pas moins de voir une audience officielle

> Amide comparut devant son excellence (v. 127)

se transformer en débordement libertin

> Le corsaire jura [...] (v. 128)

Les pieds, accessoire tragique quand on s'y jette, comme au premier hémistiche du v. 137, deviennent incongrus quand s'en approchent les bras, asile de la volupté (v. 137, 2e hémistiche). Le procédé se raffine parfois quand l'auteur d'une histoire galante en somme s'enveloppe soudain dans les replis d'une pudique métaphore pour désigner l'eunuque (v. 115). Il y a ainsi dans ce conte une unité de ton, faite d'une rupture de tous les tons.

C'est qu'au fond, plutôt qu'une leçon politique, Voltaire a voulu encore donner une illustration du thème de Ce qui plaît aux dames. Ce qui fait les révolutions, c'est une philosophie

politique, peut-être ; c'est, plus sûrement, la volonté qu'ont les femmes d'aimer des héros, de faire de leurs amants des héros. La politique revient à ce qui plaît aux dames. *L'Ile des esclaves ? Le Triomphe de l'amour* plutôt. Cette façon de ramener toutes choses à l'amour, aux alcôves, aux regards et aux murmures d'alcôves, voilà bien un trait caractéristique des contes. Plus qu'à ses idées et à ses expériences, Voltaire entend ici encore être fidèle à un genre qu'il suffit de pratiquer pour créer un certain bonheur. Peut-être cependant était-il moins sûr de la réussite avec ce conte, d'une convention assez appuyée, qu'avec d'autres : il ne le soumit, semble-t-il, à aucun de ses correspondants tant que le succès de son recueil ne fut pas assuré. Ce succès fut ensuite prolongé par l'adaptation que fit Voltaire du conte, et un opéra-comique intitulé *Le Baron d'Otrante* (musique de Bianchi), que présente la *Correspondance littéraire* en février 1774.

Histoire du texte

Beuchot recherchait déjà, en 1817, la première édition de *L'Éducation d'un prince,* mais sans succès. On n'a pas été depuis plus heureux que lui. Le texte reproduit est donc celui des *Contes de Guillaume Vadé,* qui en est la première édition connue. Seule l'édition de Bouillon présente quelques variantes intéressantes. Notons que le 15 mars 1764, Grimm insère le conte dans sa *Correspondance littéraire* (E. Lizé, *op. cit.,* p. 101).

L'ÉDUCATION D'UN PRINCE

Puisque le dieu du jour en ses douze voyages
Habite tristement sa maison du Verseau[6],
Que les monts sont encor assiégés des orages,
Et que nos prés riants sont engloutis sous l'eau[7],
5 Je veux au coin du feu vous faire un nouveau conte.
Nos loisirs sont plus doux par nos amusements.
Je suis vieux, je l'avoue, et je n'ai point de honte
De goûter avec vous le plaisir des enfants.
 Dans Bénévent[8] jadis régnait un jeune prince
10 Plongé dans la mollesse, ivre de son pouvoir,
Élevé comme un sot, et sans en rien savoir,
Méprisé des voisins, haï dans sa province.
Deux fripons gouvernaient cet état assez mince ;
Ils avaient abruti l'esprit de monseigneur,
15 Aidés dans ce projet par son vieux confesseur ;
Tous trois se relayaient. On lui faisait accroire
Qu'il avait des talents, des vertus, de la gloire,
Qu'un duc de Bénévent, dès qu'il était majeur,
Était du monde entier l'amour et la terreur :
20 Qu'il pouvait conquérir l'Italie et la France,
Que son trésor ducal regorgeait de finance,
Qu'il avait plus d'argent que n'en eut Salomon,
Sur son terrain pierreux du torrent de Cédron[9].
Alamon[10] (c'est le nom de ce prince imbécile)
25 Avalait cet encens, et sottement tranquille,
Entouré de bouffons, et d'insipides jeux,
Quand il avait dîné croyait son peuple heureux.

Il restait à la cour un brave militaire,
Émon, vieux serviteur du feu prince son père,
30 Qui, n'étant point payé[11], lui parlait librement,
Et prédisait malheur à son gouvernement.
Les ministres jaloux, qui bientôt le craignirent,
De ce pauvre honnête homme aisément se défirent ;
Émon fut exilé ; le maître n'en sut rien.
35 Le vieillard, confiné dans une métairie,
Cultivait sagement ses amis et son bien,
Et pleurait à la fois son maître et sa patrie.
Alamon loin de lui laissait couler sa vie
Dans l'insipidité de ses molles langueurs.
40 Des sots Bénéventins quelquefois les clameurs
Frappaient pour un moment son âme appesantie.
Ce bruit sourd et lointain, qu'avec peine il entend,
S'affaiblit dans sa course, et meurt en arrivant.
Le poids de la misère accablait la province ;
45 Elle était dans les pleurs, Alamon dans l'ennui ;
Les tyrans triomphaient. Dieu prit pitié de lui :
Il voulut qu'il aimât pour en faire un bon prince.
 Il vit la jeune Amide, il la vit, l'entendit ;
Il commença de vivre, et son cœur se sentit.
50 Il était beau, bien fait, et dans l'âge de plaire.
Son confesseur madré découvrit le mystère ;
Il en fit un scrupule à son sot pénitent,
D'autant plus timoré qu'il était ignorant :
Et les deux scélérats qui tremblaient que leur maître
55 Ne se connût un jour, et vînt à les connaître,
Envoyèrent Amide avec le pauvre Émon.
Elle fit son paquet, et le trempa de larmes.
On n'osait résister. Le timide Alamon
Vainement attendri, s'arrachait à ses charmes,
60 Car son esprit flottant, d'un vain remords touché,
Commençant à s'ouvrir, n'était point débouché.
 Comme elle allait partir, on entend : « Bas les armes !
A la fuite ! à la mort ! combattons ! tout périt !
Alla ! San Germano ! Mahomet ! Jésus-Christ[12] ! »
65 On voit un peuple entier fuyant de place en place ;
Un guerrier en turban, plein de force et d'audace,
Suivi de Musulmans, le cimeterre en main,

Sur des morts entassés se frayant un chemin,
Portant dans le palais le fer avec les flammes,
70 Égorgeait les maris, mettait à part les femmes[13].
Cet homme avait marché de Cume[14] à Bénévent
Sans que le ministère en eût le moindre vent ;
La mort le devançait, et dans Rome la sainte
Saint Pierre avec Saint Paul était transi de crainte.
75 C'était, mes chers amis[15], le superbe Abdala,
Pour corriger l'église envoyé par Alla[16].
 Dès qu'il fut au palais, tout fut mis dans les chaînes,
Princes, moines, valets, ministres, capitaines,
Tels que les fils d'Io[17], l'un à l'autre attachés,
80 Sont portés dans un char aux plus voisins marchés.
Tels étaient Monseigneur et ses référendaires[18],
Enchaînés par les pieds avec le confesseur,
Qui toujours se signant, et disant ses rosaires,
Leur prêchait la constance, et se mourait de peur.
85 Quand tout fut garotté, les vainqueurs partagèrent
Le butin qu'en trois lots les émirs[19] arrangèrent :
Les hommes, les chevaux et les châsses des saints.
D'abord on dépouilla les bons Bénéventins.
Les tailleurs ont toujours déguisé la nature,
90 Ils sont trop charlatans, l'homme n'est point connu.
L'habit change les mœurs ainsi que la figure ;
Pour juger d'un mortel il faut le voir tout nu[20].
 Du chef des Musulmans le duc fut le partage ;
Il était, comme on sait, dans la fleur de son âge ;
95 Il paraissait robuste, on le fit muletier ;
Il profita beaucoup dans ce nouveau métier.
Ses muscles énervés par l'infâme mollesse
Prirent dans le travail une heureuse vigueur ;
Le malheur l'instruisit, il dompta la paresse,
100 Son avilissement fit naître sa valeur.
La valeur sans pouvoir est assez inutile ;
C'est un tourment de plus. Déjà paisiblement
Abdala s'établit dans son appartement ;
Boit le vin des vaincus malgré son évangile.
105 Les dames de la cour, les filles de la ville,
Conduites chaque nuit par son eunuque noir,
A son petit coucher[21] arrivent à la file,

Attendent ses regards et briguent son mouchoir[22].
Les plaisirs partageaient les moments de sa vie.
110 Monseigneur cependant, au fond de l'écurie,
Avec ses compagnons ci-devant ses sujets,
Une étrille à la main prenait soin des mulets.
Pour comble de malheur il vit la belle Amide,
Que le noir circoncis[23], ministre de l'amour,
115 Au superbe Abdala conduisait à son tour.
Prêt à s'évanouir, il s'écria : « Perfide !
Ce malheur me manquait, voici mon dernier jour. »
L'eunuque à ce discours ne pouvait rien comprendre ;
Dans un autre langage Amide répondit,
120 D'un coup d'œil douloureux, d'un regard noble et tendre,
Qui pénétrait à l'âme ; et ce regard lui dit :
« Consolez-vous, vivez, songez à me défendre,
Vengez-moi, vengez-vous ; votre nouvel emploi
Ne vous rend à mes yeux que plus digne de moi.
125 Alamon l'entendit, et reprit l'espérance.
Amide comparut devant son excellence ;
Le corsaire jura que jusques à ce jour
Il avait en effet connu la jouissance,
Mais qu'en voyant Amide il connaissait l'amour.
130 Pour lui plaire encor plus elle fit résistance ;
Et ces refus adroits annonçant les plaisirs,
En les faisant attendre, irritaient ses désirs.
Les femmes ont toujours des prétextes honnêtes :
« Je suis, lui dit Amide, au rang de vos conquêtes ;
135 Vous êtes invincible en amour, aux combats,
Et tout est à vos pieds, ou veut être en vos bras ;
Mais souffrez que trois jours mon bonheur se diffère ;
Et pour me consoler de ces tristes délais,
A mon timide amour accordez deux bienfaits. »
140 « Qu'ordonnez-vous ? parlez, répondit le corsaire,
Il n'est rien que mon cœur refuse à vos attraits. »
« Des faveurs que j'attends, dit-elle, la première
Est de faire donner deux cents coups d'étrivière
A trois Bénéventins que j'ai mandés exprès.
145 La seconde, seigneur, est d'avoir deux mulets,
Pour m'aller quelquefois promener en litière,
Avec un muletier qui soit selon mon choix. »

Abdala répliqua : « Vos désirs sont mes lois. »
Ainsi dit, ainsi fait ; le très indigne prêtre
150 Et les deux conseillers corrupteurs de leur maître
Eurent chacun leur dose, au grand contentement
De tous les prisonniers, et de tout Bénévent.
Et le jeune Alamon goûta le bien suprême
D'être le muletier de la beauté qu'il aime.
155 « Ce n'est pas tout, dit-elle, il faut vaincre et régner.
La couronne ou la mort à présent vous appelle,
Vous avez du courage, Émon vous est fidèle,
Je veux aussi vous l'être, et ne rien épargner
Pour vous rendre honnête homme, et servir ma patrie.
160 Au fond de son exil allez trouver Émon ;
Puisque vous avez tort, demandez-lui pardon ;
Il donnera pour vous les restes de sa vie ;
Tout sera préparé, revenez dans trois jours ;
Hâtez-vous : vous savez que je suis destinée
165 Aux plaisirs d'Abdala la troisième journée.
Les moments sont bien chers à la guerre, en amours. »
Alamon répondit : « Je vous aime, et j'y cours. »
Il part. Le brave Émon, qu'avait instruit Amide,
Aimait son prince ingrat devenu malheureux ;
170 Il avait rassemblé des amis généreux,
Et de soldats choisis une troupe intrépide.
Il embrassa son prince, ils pleurèrent tous deux ;
Ils s'arment en secret, ils marchent en silence.
Amide parle aux siens, et réveille en leur cœur,
175 Tout esclaves qu'ils sont, des sentiments d'honneur.
Alamon réunit l'audace et la prudence ;
Il devint un héros, sitôt qu'il combattit.
Le Turc aux voluptés livré sans défiance,
Surpris par les vaincus, à son tour se perdit.
180 Alamon triomphant au palais se rendit,
Au moment que le Turc, ignorant sa disgrâce,
Avec la belle Amide allait se mettre au lit.
Il rentra dans ses droits, et se mit à sa place.
Le confesseur arrive avec mes deux fripons,
185 Tout fraîchement sortis de leurs sales prisons,
Disant avoir tout fait, et n'ayant rien pu faire ;
Ils pensaient conserver leur empire ordinaire.

Les lâches sont cruels : le moine conseilla
De faire au pied des murs empaler Abdala.
190 « Misérable ! c'est vous qui méritez de l'être,
Dit le prince éclairé, prenant un ton de maître ;
Dans un lâche repos vous m'aviez corrompu ;
Je dois tout à ce Turc, et tout à ma maîtresse ;
Vous m'aviez fait dévot, vous trompiez ma jeunesse.
195 Le malheur et l'amour me rendent ma vertu[24].
Allez, brave Abdala, je dois vous rendre grâce
D'avoir développé mon esprit et mon cœur[25].
De leçons désormais il faut que je me passe :
Je vous suis obligé, mais n'y revenez pas.
200 Soyez libre, partez ; et si vos destinées
Vous donnent trois fripons pour régir vos états,
Envoyez-moi chercher ; j'irai, n'en doutez pas,
Vous rendre les leçons que vous m'avez données. »

AZOLAN

Notice

Voltaire ne semble pas avoir communiqué *Azolan* à ses amis : nous ne possédons pas de lettre qui cite ce conte. Il faut attendre le 11 avril 1764 pour que Bachaumont parle de copies manuscrites qui courent. Aucune édition séparée ne semble avoir été imprimée. Il est vrai que le conte est des plus brefs. Sous les oripeaux habituels d'un Islam de fantaisie, Voltaire y critique le célibat ecclésiastique, qui va à son gré contre la nature. C'est l'occasion d'y présenter l'amour comme un irrésistible élan des sens, qui soumet les jeunes gens à l'instinct : « Il l'adore, il en est chéri. » Cette réduction est aussi un des ingrédients du conte chez Piron ou chez Grécourt, et déjà chez La Fontaine. Elle rend dérisoire le madrigal de la conclusion (v. 67-68), qui suggère un idéal platonique. Un coup de patte en passant atteint le système des bénéfices ecclésiastiques[1] responsable de bien des vocations impures. Le charme de cette esquisse est dans sa rapidité, qui rapproche plaisamment l'échafaudage et la ruine des grandes ambitions. « Adieu La Mecque, adieu Médine / Adieu l'éclat d'un vain honneur [...] » : les adieux d'Azolan rappellent ceux de Perrette ; mais Voltaire, moins cruel ou lucide que La Fontaine, ne laisse pas son héros sans consolations.

Histoire du texte

Nous ne possédons qu'un état de ce conte, celui que présente le volume des *Contes de Guillaume Vadé* (1764). Toutes les éditions ultérieures le reprennent. Seule l'édition « encadrée » (1775) donne comme titre : « Azolan ou le bénéficier ». Le texte que diffuse à quelques privilégiés la *Correspondance littéraire* de Grimm le 15 avril 1764 confirme celui des *Contes de Guillaume Vadé*.

AZOLAN

A son aise dans son village
Vivait un jeune musulman,
Bien fait de corps, beau de visage,
Et son nom était Azolan ;
5 Il avait transcrit l'Alcoran[2],
Et par cœur il allait l'apprendre.
Il fut, dès l'âge le plus tendre,
Dévot à l'ange Gabriel[3].
Ce ministre emplumé du ciel
10 Un jour chez lui daigna descendre.
« J'ai connu, dit-il, mon enfant,
Ta dévotion non commune :
Gabriel est reconnaissant,
Et je viens faire ta fortune ;
15 Tu deviendras dans peu de temps
Iman de La Mecque et Médine[4] ;
C'est, après la place divine
Du grand commandeur des croyants[5],
Le plus opulent bénéfice
20 Que Mahomet puisse donner.
Les honneurs vont t'environner
Quand tu seras en exercice ;
Mais il faut me faire serment
De ne toucher femme ni fille ;
25 De n'en voir jamais qu'à la grille[6],
Et de vivre très chastement. »
Le beau jeune homme étourdiment,
Pour avoir des biens de l'Église,
Conclut cet accord imprudent,

30 Sans penser faire une sottise.
 Monsieur l'iman fut enchanté
 De l'éclat de sa dignité,
 Et même encor de la finance
 Dont il se vit d'abord payé
35 Par un receveur[7] d'importance,
 Qui la partageait par moitié.
 Tant d'honneur et tant d'opulence
 N'étaient rien sans un peu d'amour.
 Tous les matins, au point du jour,
40 Le jeune Azolan tout en flamme,
 Et par son serment empêché,
 Se dit, dans le fond de son âme,
 Qu'il a fait un mauvais marché.
 Il rencontre la belle Amine[8],
45 Aux yeux charmants, au teint fleuri ;
 Il l'adore, il en est chéri.
 « Adieu La Mecque, adieu Médine ;
 Adieu l'éclat d'un vain honneur,
 Et tout ce pompeux esclavage ;
50 La seule Amine aura mon cœur :
 Soyons heureux dans mon village. »
 L'archange aussitôt descendit
 Pour lui reprocher sa faiblesse.
 Le tendre amant lui répondit :
55 « Voyez seulement ma maîtresse.
 Vous vous êtes moqué de moi.
 Notre marché fit mon supplice ;
 Je ne veux qu'Amine et sa foi :
 Reprenez votre bénéfice.
60 Du bon prophète Mahomet
 J'adore à jamais la prudence :
 Aux élus l'amour il permet[9] ;
 Il fait bien plus, il leur promet
 Des Amine pour récompense.
65 Allez, mon très cher Gabriel,
 J'aurai toujours pour vous du zèle ;
 Vous pouvez retourner au ciel ;
 Je n'y veux pas aller sans elle. »

L'ORIGINE DES MÉTIERS

Notice

L'*Origine des métiers* est sans doute l'un des contes que Voltaire écrivit pendant que se préparait le recueil intitulé *Contes de Guillaume Vadé* : pour que l'ensemble forme un volume d'une épaisseur suffisante, Voltaire dut fournir des textes complémentaires des contes qu'il avait écrits dans l'hiver 1763-1764 ; il tira d'ailleurs certains de ces textes de ses réserves (comme une *Vie de Molière*). L'*Origine des métiers*, dont il n'a jamais été question dans le passé, a dû être dicté à la fin de l'hiver 1764. La première mention que nous en connaissions date du 19 avril 1764 (dans les *Mémoires* de Bachaumont).

Voltaire y pratique un décasyllabe allègre, qui donne au conte la légèreté d'une fantaisie (rappelons que le décasyllabe est le vers qu'il utilise par ailleurs pour *La Pucelle*, cet interminable poème dont il scandalise et amuse ses amis pendant des décennies, jusqu'en 1762). C'est qu'il s'agit d'une fantaisie sur la tradition mythologique. En cela, Voltaire retrouve la manière qu'avait pratiquée Platon dans *Le Banquet*. On a vu que Platon apparaît aux yeux de Voltaire avant tout comme un conteur. Dans *Le Banquet*, par le discours d'Alcibiade, il relate sur le mode plaisant les origines de l'humanité. C'est ce que fait ici Voltaire en se jouant des récits mythologiques traditionnels, qu'il mêle et modifie à plaisir. La plus grande partie de son public, et en tout cas la partie la plus influente, est très familière avec le détail de la mythologie grecque et latine, la fable, comme on disait, d'ailleurs divulguée à l'usage des dames, et des autres exclus des collèges, par des « Abrégés »

commodes. L'un des agréments du conte est donc de proposer une variante par rapport aux récits usuels.

Cette variante donne au récit la coloration d'un conte parce qu'elle le rattache à un des sujets les plus caractéristiques de ce genre au XVIII[e] siècle : l'infidélité des femmes, leur goût pour le plaisir[1]. Pandore, la première femme, peut passer pour représentative de toutes les autres. Déjà Hésiode, à l'aube de la littérature grecque, en faisait l'emblème de toutes les misères que les femmes causent aux hommes. Voltaire, lui, présente le rôle des femmes de façon plus galante. Comme toutes les femmes à venir, Pandore est irrésistible et exclusivement soucieuse de plaire. Inutile de dire que Voltaire, qui a connu et aimé Mme Du Châtelet, n'exprime pas ce jugement comme une conviction. Il adopte en souriant le stéréotype que propose la tradition des contes, depuis Boccace jusqu'à La Fontaine. Mais cette tradition, d'une façon également caractéristique, il la rattache à une observation et à une légère satire de la réalité contemporaine : nulle part plus qu'à Paris on ne voit triompher les femmes qui savent s'entourer d'amants (ou plutôt, qui savent joindre au prestige du rang et de la fortune l'attrait de n'être pas inaccessibles). Le conteur résume ainsi l'expérience qu'il a faite de la ville et de la cour, et que partagent évidemment ses lecteurs de la haute société. Il trouve du même coup une chute pour son conte, qui surprend (on change d'époque et de lieu, on passe de la mythologie à la réalité) et qui provoque (comment accepter une telle généralisation ?).

Enfin, cette fantaisie mythologique s'inscrit dans le genre du conte par son caractère étiologique[2] : elle propose l'explication d'une réalité surprenante (la conduite des Parisiennes modernes, mais aussi l'extraordinaire diversité des humains) en faisant l'histoire de ses origines, son archéologie. Histoire mythique, naturellement, qui constitue le pastiche des genres les plus solennels de la littérature, genèses, épopées nationales, théogonies. L'usage des vers renforce le caractère (plaisamment) vénérable de l'entreprise ; le conteur joue le rôle du vieux sage plein de récits savants et éclairants, tout en multipliant les signes de connivence avec son lecteur – ou sa lectrice.

Histoire du texte

On ne connaît pas de texte de ce conte qui soit antérieur aux *Contes de Guillaume Vadé* : c'est donc ce recueil que nous suivons ; de toutes les éditions successives, seule celle de Kehl introduit une variante mineure (v. 41).

L'ORIGINE DES MÉTIERS

 Quand Prométhée eut formé son image
D'un marbre blanc façonné par ses mains[3],
Il épousa, comme on sait, son ouvrage :
Pandore[4] fut la mère des humains.
5 Dès qu'elle put se voir et se connaître,
Elle essaya son sourire enchanteur,
Son doux parler, son maintien séducteur,
Parut aimer, et captiva son maître ;
Et Prométhée, à lui plaire occupé,
10 Premier époux, fut le premier trompé.
 Mars visita cette beauté nouvelle ;
L'éclat du dieu, son air mâle et guerrier,
Son casque d'or, son large bouclier,
Tout le servit, et Mars triompha d'elle.
15 Le dieu des mers, en son humide cour,
Ayant appris cette bonne fortune,
Chercha la belle, et lui parla d'amour :
Qui cède à Mars peut se rendre à Neptune.
 Le blond Phébus, de son brillant séjour,
20 Vit leurs plaisirs, eut la même espérance ;
Elle ne put faire de résistance
Au dieu des vers, des beaux-arts et du jour.
 Mercure était le dieu de l'éloquence :
Il sut parler, il eut aussi son tour.
25 Vulcain, sortant de sa forge embrasée,
Déplut d'abord, et fut très maltraité ;
Mais il obtint par importunité
Cette conquête aux autres dieux aisée.

Ainsi Pandore occupa ses beaux ans,
30 Puis s'ennuya sans en savoir la cause.
Quand une femme aima dans son printemps,
Elle ne peut jamais faire autre chose ;
Mais, pour les dieux, ils n'aiment pas longtemps.
Elle avait eu pour eux des complaisances :
35 Ils la quittaient ; elle vit dans les champs
Un gros satyre[5], et lui fit les avances.
 Nous sommes nés de tous ces passe-temps ;
C'est des humains l'origine première :
Voilà pourquoi nos esprits, nos talents,
40 Nos passions, nos emplois, tout diffère.
L'un eut Vulcain, l'autre, Mars[6] pour son père,
L'autre, un satyre ; et bien peu d'entre nous
Sont descendus du dieu de la lumière.
De nos parents nous tenons tous nos goûts.
45 Mais le métier[7] de la belle Pandore,
Quoique peu rare, est encor le plus doux ;
Et c'est celui que tout Paris honore[8].

NOTES

NOTES

Le Crocheteur borgne (p. 1 à 11).

1. Selon la présentation du conte dans le *Journal des Dames*, mars 1774.

2. Voir ci-dessous l'histoire du texte, p. 5.

3. Voir ci-dessous.

4. Voir ci-dessous, p. 329.

5. Voir le tome II de cette édition.

6. «Histoire de trois calenders fils de rois et de cinq dames de Bagdad» dans *Les Mille et une Nuits*, traduction d'Antoine Galland, Paris, coll. Garnier-Flammarion, 1965, t. I, p. 113 *sq.*

7. Portefaix.

8. Le *Journal des Dames* ajoute qu'il avait trop bu la veille, et trouvé le matin un anneau d'or dans un tas de chiffons. «A peine eut-il mis cet anneau à son doigt, qu'il vit passer [...]»

9. «qu'il y a» *(Journal des Dames).*

10. «de sa divinité» *(Ibid.).*

11. «que deux qui» *(Ibid.).*

12. «l'étrange figure» *(Ibid.).*

13. «couvertes de durillons» *(Journal des Dames).* Le texte, peut-être fautif, est toutefois à rapprocher de l'expression «n'être plus qu'une plaie».

14. Héros de la mythologie grecque : prince troyen, il fut aimé par l'Aurore, qui l'épousa. C'est peut-être une allusion au célèbre

Pavillon de l'Aurore, un des ornements (encore visible) du parc de Sceaux.

15. Tout ce développement (depuis « Cependant Mélinade essaie [...] ») est transformé dans le *Journal des Dames* : les deux héros s'endorment sagement. « Cependant les génies, amis des hommes, travaillaient au bonheur de notre borgne, ainsi qu'à celui de Mélinade. Cette belle se trouva transportée dans un lieu enchanté [...] ».

16. « inspiraient le sentiment le plus doux » *(Journal des Dames)*.

17. « lui servait d'habillement » *(ibid.)*.

18. Le *Journal des Dames* continue autrement : « et qui n'a eu pour récompense que le plaisir de coucher sur la terre humide auprès de vous, tandis que vous dormiez sans vous embarrasser de son sort ». Mélinade remercie les dieux de la transformation de Mesrour et lui lance de « tendres regards » tout en marchant « pour voir quelle serait la fin de cet enchantement ». « Ils approchent tous deux d'un palais brillant [...] »

19. Le *Journal des Dames* ajoute : « Les génies ont toujours cette sage précaution dans leurs apprêts. »

20. Dans le *Journal des Dames*, le texte continue ainsi : « Dans ce même temps, une servante de Bagdad jeta une cuvette par la fenêtre ; un malheureux, profondément endormi au coin d'une borne qui lui servait de chevet, fut inondé et s'éveilla. C'était le pauvre Mesrour qui revenant par eau de son séjour [...] »

21. Selon les Orientaux, Salomon possédait un pouvoir illimité sur les génies grâce à un talisman circulaire ou anneau.

22. Outils du portefaix pour soulever ses charges.

23. Le *Journal des Dames* ajoute : « au point qu'il avait cru s'être éveillé, avoir trouvé un anneau, et jouir de tout le bonheur dont il conservait le souvenir. Il avait jusque-là [...] »

24. « les rebuts des poissardes après avoir été regardé favorablement par une grande princesse » *(Journal des Dames)*.

25. Le *Journal des Dames* ajoute : « Combien de gens seraient heureux s'ils oubliaient aussi facilement les songes agréables que la Fortune leur a fait faire ! »

Le Cocuage (p. 13 à 18).

1. R. A. Nablow, *op. cit.*, p. 39.

2. La Fontaine, *Contes et Nouvelles*, éd. G. Couton, Classiques

Garnier, Paris, 1961, p. 45-48, « Les Amours de Mars et de Vénus », fragment.

3. Voir S. Menant, *op. cit.,* p. 165 ; relèvent aussi de ce type *Le Cadenas, La Mule du pape, L'Origine des métiers.* Voir ci-dessous.

4. *Les Œuvres complètes de Voltaire,* t. XIV, Oxford, The Voltaire Foundation, 1989, p. 509-511, et voir les vers au duc de Richelieu, p. 507-508 : « Mais l'Hymen est un dieu trop fade / Pour vous donner beaucoup d'ardeur. »

5. Autre nom de Jupiter, à coloration archaïque et familière. Minerve, déesse de la sagesse, était sortie toute armée de son cerveau. La raison indiquée est fantaisiste et ne correspond pas à la tradition classique (voir Hésiode, *Théogorie,* v. 927).

6. L'ensemble des dieux de l'Olympe.

7. Vénus, déesse de l'amour, reine de l'Île de Cythère (v. 10).

8. Des cornes, symbole traditionnel des maris trompés (voir le v. 41).

9. Cocuage est comparé à un jeune oiseau qui sort du nid dès que des plumes lui ont poussé.

Le Cadenas (p. 19 à 26).

1. Voir Bengesco, *op. cit.,* p. XXIV. Une note de l'édition de Kehl, t. XIV, p. 10, en désaccord avec la date indiquée p. 7 de la même édition, dit que « l'auteur avait environ vingt-cinq ans quand il fit cette pièce adressée à une dame contre laquelle son mari avait pris cette étrange précaution » ; cela daterait le conte de 1719. Mais des vers en sont cités dès 1718 dans *L'Élève de Terpsichore, ou le Nourrisson de la satire,* de Boissy.

2. Voir R. Pomeau, *D'Arouet à Voltaire,* Oxford, 1985, chap. VI.

3. *Odyssée,* chant VIII, v. 266-369.

4. Proserpine, confondue par les Romains avec Perséphone, enlevée et épousée par Pluton.

5. Dieu des Enfers, et aussi des richesses de la terre.

6. Pirithoüs, un des Lapithes, ami de Thésée, qu'il accompagna aux Enfers pour tenter d'enlever Perséphone-Proserpine. Dans la tradition mythologique la plus courante, il fut condamné

avec Thésée au supplice de la roue et délivré par Hercule. Arouet brode sur cette légende.

Les 22 vers qui précèdent remplacent les 44 premiers vers de la première édition. Le conteur y raconte la cour qu'il a faite à la destinataire, faite de « sermons par Vénus approuvés, / Gentils propos et toutes les sornettes / Dont Rochebrune orne ses chansonnettes » (Rochebrune est ce poète dont Voltaire croyait être le fils naturel). Il regrette de ne pouvoir rencontrer la belle qu'à l'église et évoque enfin la ceinture de chasteté dont l'aurait affligée son mari ; il introduit ainsi l'histoire de Proserpine, dont il fait un portrait sous les traits de la jeune femme. Le conte a beaucoup gagné à la concentration de ce long préambule au style souvent marqué de marotisme.

7. Sans doute la maison de son mari, comparée à l'enfer, en raison de la surveillance à laquelle elle est soumise. Pour les vers 32-39, la première version dit : « Pluton sut tout. Certain de son malheur, / Pestant, jurant, pénétré de douleur, / Le dieu donna sa femme à tous les diables ; / Premiers transports sont un peu pardonnables. / Bientôt après devant son tribunal / Il convoqua le sénat infernal ; / A son conseil vinrent les saintes âmes / De ces maris dévolus aux enfers. »

8. Divinités du destin : ce qu'elles écrivent est destiné à arriver.

9. Une des Furies, divinité chargée de punir les coupables aux Enfers.

10. Forme latine introduite pour des raisons métriques.

11. Avec la sévérité des anciens Romains : Arouet joue sur les mots, en rapprochant la Rome antique et la Rome moderne, bien différentes en fait d'esprit (voir dans le tome II les *Lettres d'Amabed, etc.*). La première version conclut (v. 78-82) : « Mais ne craignez pour votre liberté ; / Tous ses efforts seront pures vétilles ; / De par Vénus, vous reprendrez vos droits, / Et mon amour est plus fort mille fois / Que cadenas, verrous, portes ni grilles. »

Cosi-Sancta (p. 27 à 37)

1. Voir la notice de F. Deloffre dans Voltaire, *Romans et contes,* Bibl. de la Pléiade, p. 681-682.

2. La scène se passe à Hippone, dont saint Augustin fut évêque aux IV[e]-V[e] siècles, et qui se trouve en Afrique du Nord.

3. En fait, saint Augustin cite ce cas dans le *De Sermone Domini in monte* (livre I, chapitre XVI). Voltaire a trouvé une référence à *La Cité de Dieu* dans l'article « Sara » du *Dictionnaire [...]* de Bayle auquel renvoie l'article « Acindynus ». Notons qu'il cite de préférence le titre le plus connu et qu'il cache sa source réelle, Bayle, au profit d'une source plus érudite et de plus de poids.

4. Organisations paroissiales, destinées à l'encouragement mutuel à une vie chrétienne et à la piété, très actives en France au début du XVIII^e siècle.

5. Le jansénisme, variante rigoureuse du catholicisme, n'existe évidemment pas avant le XVII^e siècle ; mais cet anachronisme est rendu plus piquant par le fait que les jansénistes se réclamaient de la pensée de saint Augustin.

6. Autre anachronisme : le présidial est un tribunal du système judiciaire français d'Ancien Régime, chargé d'affaires d'importance limitée. *Capito* en italien signifie « compris ».

7. Voir *Le Cadenas*.

8. Les religieux mendiants, qui allaient de maison en maison, avaient une réputation mêlée, et on les accusait de profiter de leurs pérégrinations pour séduire les femmes de rencontre : il s'agit surtout d'un lieu commun de la littérature légère, et notamment des contes.

9. Hippone est une colonie romaine. Le conteur calque les relations du proconsul et des juges locaux sur celles des représentants du roi de France, gouverneurs et intendants, avec les parlements provinciaux.

10. Homme de robe, juge (avec une nuance péjorative).

11. Il s'agit évidemment du proconsul, qui en l'occasion agit en juge suprême.

12. C'est-à-dire les revenus de toute une année d'un médecin de moyenne réputation.

La Mule du pape (p. 39 à 45).

1. D 781.

2. Voir ci-dessus *Le Cadenas* et *Le Cocuage,* et leur commentaire.

3. *Œuvres de Grécourt,* Paris, an V, tome II.

4. Un conte d'Alphonse Daudet, dans *Les Lettres de mon moulin*

(1866), porte le même titre mais traite un sujet tout dif-
férent : la mule est l'animal que chevauche le pape en Avi-
gnon, et Daudet raconte comment elle se venge d'un galopin.

5. Cette indication figure dans le titre à partir de 1769 (elle est
toutefois omise dans l'édition de Kehl). Voltaire usurpe sans
doute l'identité de Charles de Saint-Gilles Lenfant, mousque-
taire et poète mort vers 1709. Il était surtout connu, dans la
jeunesse de Voltaire, pour ses contes gaillards, et ses œuvres
sont réunies sous le titre *La Muse mousquetaire* (1709).

6. Évangile selon saint Matthieu, 4, 8-11, troisième tentation de
Jésus par le diable.

7. « Le jésuite Bouhours se servit de cette expression : "Jésus-
Christ fut emporté par le diable sur la montagne." C'est ce
qui donna lieu à ce noël qui finit ainsi : "Car sans lui
saurait-on, don, don, / Que le diable emporta, la, la, / Jésus
notre bon maître ?" » (note de Voltaire à partir de 1769).
Voltaire fait allusion à une parole malheureuse du célèbre
P. Bouhours (mort en 1702), mise en chanson dans un de ces
écrits satiriques en vogue qu'on nommait des noëls parce
qu'ils adoptaient le tour naïf des chansons de Noël.

8. Rien de toute cette conversation ne figure dans l'Évangile.

9. Voir *Genèse*, 66, 6, 5.

10. Allusion à l'Évangile (Mat., 8, 10 et 19, 23-24).

11. Dans l'édition de 1738, on lit les quatre vers suivants à la
place des vers 31-32 : « Si tu voulais tâter de la grandeur / Si
j'en voulais, oui par Dieu, Monseigneur : / Marché fut fait, et
voilà mon pontife / Au pied du diable, et lui baisant la
griffe. » La version définitive apparaît dans la *Correspondance
littéraire* (1760), c'est-à-dire sans doute dans le texte reconsti-
tué par Voltaire pour Mme d'Épinay (1759).

12. La tiare, bonnet à trois couronnes qui est la marque de la
supériorité spirituelle du pape sur les rois.

13. Jeu de mots : fidèles du pape (mot emprunté à Rabelais où il
désigne le pape) et perroquets (sens habituel du mot au
XVIII[e] siècle).

14. Marque d'hommage, d'origine orientale et devenue étrange au
XVIII[e] siècle, que les papes s'étaient réservée depuis le
XI[e] siècle. Voir l'*Essai sur les mœurs*, chap. 13 (cet usage « a
toujours indigné tous les hommes d'un ordre supérieur ») et
les *Lettres d'Amabed, etc.* (cf. tome II), lettre 18. Voltaire y

voit la soumission, désastreuse, du pouvoir civil au pouvoir religieux.

15. Voir par exemple, dans la satire protestante de la Réforme, le *Mandement de Lucifer au pape* ou *L'Alcoran de l'Antéchrist romain* (1563), qui évoquent un pacte entre le pape et le diable, et le livre VII des *Tragiques* de d'Aubigné sur le pape et l'Antéchrist.

Songe de Platon (p. 47 à 54).

1. *Mélanges de littérature, d'histoire et de philosophie,* t. I, Genève, Cramer, 1775. L'avertissement a été ajouté en tête du volume après coup, ce qui semble indiquer une intervention de Voltaire lui-même.

2. *Voltaire's Notebooks,* éd. Th. Besterman, Oxford, The Voltaire Foundation, 1968, t. I, p. 196; t. II, p. 271.

3. J. Van den Heuvel rapproche du *Songe de Platon* le chap. II du *Traité de Métaphysique* de Voltaire, qui date de 1734. Voir *Romans et contes,* Bibl. de la Pléiade, p. 690.

4. *Timée,* 41 a.

5. Allusion au célèbre discours d'Aristophane dans *Le Banquet* (189) : autrefois, il existait des androgynes, à la fois hommes et femmes, avec quatre pieds et quatre mains, si fiers de leur force que les dieux les punirent en les divisant.

6. Dans *Timée* (55), Platon soulève en réalité la question sans y répondre : selon lui, les opinions sont nécessairement divergentes sur le nombre d'univers. Ces « corps réguliers » sont les solides réguliers inscriptibles dans la sphère (pyramide, octaèdre régulier, icosaèdre régulier, cube, dodécaèdre régulier).

7. Ce dialogue propose un projet d'état idéal, où serait organisé un communisme intégral.

8. Allusion à un passage du *Phédon* sur les couples de contraires qui s'engendrent l'un l'autre (71) : l'état de sommeil est produit par l'état de veille et réciproquement. C'est plutôt l'application de ce rapport à la vie et à la mort, autre couple de contraires (*Phédon,* 71, 72), qui a pu paraître contestable à Voltaire.

9. Voltaire ridiculise à tort Platon : le danger des éclipses du soleil est bien réel pour les observateurs, et Platon, dans le passage du *Phédon* (99) ici évoqué, ne propose le moyen du

miroir d'eau que parmi d'autres. Il s'agit d'ailleurs d'une simple comparaison entre le philosophe dans sa recherche et l'observateur de l'éclipse.

10. Voir l'introduction au conte.

11. Phidias, célèbre sculpteur, Zeuxis, célèbre peintre ; tous deux ont vécu à Athènes au ve siècle avant J.-C.

12. La variole, la plus fréquente des maladies épidémiques dans l'Europe du xviiie siècle.

13. La vérole, maladie sexuellement transmissible la plus fréquente au xviiie siècle (mais sans rapport aucun avec la variole).

14. Multiplier.

15. Cette indication, appliquée à la planète Mars, fait difficulté : ce sont en effet Jupiter et Saturne qui sont entourés de bandes sombres.

Micromégas (p. 55 à 82).

1. *Mémoires sur Voltaire et sur ses ouvrages,* Paris, A. André, 1826, t. II, p. 140.

2. Voir I. O. Wade, *Voltaire's Micromégas,* Princeton, 1951; J. Van den Heuvel, *Voltaire dans ses contes,* Paris, A. Colin, 1967; et « Notice » sur Micromégas, dans Voltaire, *Romans et contes,* Bibl. de la Pléiade.

3. D 1508. Il s'agit des *Entretiens sur la pluralité des mondes* (publiés en 1686).

4. Frédéric II préparait un anti-Machiavel.

5. D 2033.

6. D 2042.

7. Voir W. H. Barber, art. cit.

8. *Treizième lettre philosophique,* variante ; voir l'éd. Lanson, Paris, Didier, 1964, t. I, p. 175.

9. D 308, 2 février 1727.

10. Une traduction française de son *Essai sur l'entendement humain,* par Coste, avait été publiée en 1700.

11. *Traité de métaphysique,* éd. W. H. Barber. Introduction : « Doutes sur l'homme », dans *Les Œuvres complètes de Voltaire,* vol. 14, Oxford, The Voltaire Foundation, 1989, p. 418-419.

12. Émile Littré, *Conservation, Révolution et Positivisme*, Paris, Ladrange, 1852, p. 40.

13. *Mémoires pour servir à l'histoire des sciences et des beaux-arts*, avril 1752, t. I, p. 751-761.

14. Jusqu'en 1754, on lit « dans le globe de Saturne ».

15. Nom composé de deux mots grecs : « Petit-grand ».

16. Soit 4 860 mètres.

17. Avant 1754, les premières éditions portent : « géomètres ».

18. Unité de mesure équivalent à 0,324 mètre (synonyme de pied).

19. Voltaire avait trouvé ce type de raisonnement notamment dans le livre III de l'ouvrage d'E. Wolff, *Elementa matheseos universae*, publié en 1713-1715, lu et commenté avec ironie à Cirey en 1738 (témoignage de Mme de Graffigny, D 1681, recoupé par des notes des *Notebooks* de Voltaire).

20. Les proportions idéales du corps humain dans l'art étaient fixées par des chiffres déterminés ou canons.

21. Avant 1754, le texte continue ainsi : « Son nez étant le tiers de son visage, et son beau visage étant la septième partie de la hauteur de son beau corps, il faut avouer que le nez du Sirien a six mille trois cent trente-trois pieds de Roi plus une fraction, ce qui était à démontrer. »

22. « Des jésuites » remplace à partir de 1754 « le plus célèbre ».

23. Le traité de ce géomètre de l'Antiquité restait la base des études mathématiques.

24. Allusion à *La Vie de M. Pascal* écrite par Mme Périer sa sœur, où est effectivement raconté ce trait d'enfant prodige.

25. Réaumur avait publié en 1737 ses *Mémoires pour servir à l'histoire des insectes*.

26. Membre du clergé musulman qui veille au respect de la loi religieuse. L'allusion peut viser l'archevêque de Paris qui avait fait condamner les *Lettres philosophiques* en 1734. Une note de l'édition de Kehl interprète : « M. de Voltaire avait été persécuté par le théatin Boyer pour avoir dit dans ses *Lettres philosophiques* que les facultés de notre âme se développent en même temps que nos organes, de la même manière que les facultés de l'âme des animaux. »

27. Formule à la mode, notamment depuis le livre de Rollin, *De*

la manière d'enseigner les Belles-Lettres par rapport à l'esprit et au cœur (1726-1728).

28. Auteur anglais mort en 1735, auteur de plusieurs ouvrages de vulgarisation scientifique, dans lesquels il démontrait l'existence de Dieu par les merveilles de la nature. C'est dans son *Astrotheology*, ou *Astronomie théologique* (1715), qu'il prétendait avoir vu l'empyrée, c'est-à-dire la sphère céleste des fixes : l'existence de cette sphère était niée par l'astronomie moderne.

29. Environ 2000 mètres, soit 6000 pieds.

30. Lulli à la fin du siècle précédent a adapté la musique italienne au goût français : il est donc intermédiaire entre les géants de la musique italienne (admirés de toute l'Europe au XVIIIe siècle) et les musiciens français (encore regardés comme inférieurs), comme les habitants de Saturne sont intermédiaires entre ceux de Sirius et ceux de la terre. Dans une lettre de 1733, Voltaire écrit à Rameau : « C'est à vous à nous donner [...] des opéras que l'Italie puisse nous envier » (D 690).

31. Le mot « vers » manque dans l'édition « encadrée », sans doute par une erreur qui vient de l'édition de 1771 in-4° (et se retrouve jusqu'en 1781). C'est Fontenelle qui a servi de modèle à ce personnage : comme le montre une note de l'édition de Kehl, ce fait sautait aux yeux des contemporains. Secrétaire perpétuel de l'Académie des sciences et de l'Académie française, Fontenelle était connu pour ses ouvrages de vulgarisation élégante, faits pour « plaire » (« pour vous plaire », dit le secrétaire), notamment les *Entretiens sur la pluralité des mondes* (1686), et pour ses éloges des académiciens disparus, remarquables mises au point de leur œuvre. Il avait aussi réussi dans le roman galant et la poésie pastorale. Les « grands calculs » peuvent désigner par exemple le *Mémoire sur le nombre neuf* (*Œuvres complètes,* t. I, Paris, Fayard, 1990, p. 515). Ses relations avec Voltaire étaient bonnes dans l'ensemble, mais un incident les avait opposés au début de 1738, quand Voltaire avait attaqué, dans la lettre dédicatoire des *Éléments de la philosophie de Newton,* le système de Descartes, cher à Fontenelle, dont il évoquait en même temps les *Entretiens.* Voir la mise au point d'ensemble de Ch. Mervaud, « Voltaire et Fontenelle », dans *Fontenelle, Actes du colloque de Rouen,* Paris, P.U.F., 1989, p. 317-330, particulièrement les p. 321-322.

32. Allusion aux comparaisons dont se sert Fontenelle dans ses

Entretiens sur la pluralité des mondes : dans le premier entretien, il fait dire à l'un des personnages qu'il met en scène, une marquise qui s'initie à l'astronomie : « La beauté du jour est comme une beauté blonde qui a plus de brillant; mais la beauté de la nuit est une beauté brune qui est plus touchante. » (Éd. A. Calame, S.T.F.M., Paris, Didier, 1966, p. 13-14). Le même entretien évoque aussi un parterre, mais il s'agit du parterre d'un théâtre, d'où les spectateurs voient des effets de machinerie (comparés aux mouvements des astres) sans en comprendre les ressorts (*ibid.*, p. 17-18).

33. Le secrétaire de Voltaire, Wagnière, nous a transmis une correction de son maître qui améliore le texte : « Pour vous montrer que j'ai de l'esprit, répondit le secrétaire. Le voyageur repartit : N'ayez de l'esprit que pour m'instruire. » (Publié par A. Brown dans « Notes et remarques de Wagnière », *Calendar of Voltaire manuscripts [...], Studies on Voltaire,* vol. 77, 1970, p. 67; voir le commentaire de J. Van den Heuvel, dans *Romans et contes,* Bibl. de la Pléiade, p. 711.)

34. Cette hypothèse, déjà évoquée par Montaigne et par Cyrano de Bergerac, est reprise par Fontenelle dans le troisième entretien (éd. cit., p. 97) et par Voltaire lui-même dans une première rédaction de la *Treizième lettre philosophique* (éd. Lanson, S.T.F.M., Paris, Didier, 1964, t. I, p. 198).

35. Les satellites de Saturne connus jusqu'en 1789, date à laquelle Herschel en découvrit deux autres.

36. Notion essentielle de la psychologie de Locke.

37. Notion empruntée à la philosophie de Leibniz.

38. Voir la première version de la *Treizième lettre philosophique* : « Moi je vous dirai modestement qu'elle est capable de mille propriétés que vous ni moi ne connaissons » (éd. citée, p. 194).

39. C'est Newton qui avait découvert les sept couleurs dans lesquelles se décompose la lumière.

40. L'idée d'une multitude de systèmes solaires est développée notamment dans le cinquième *Entretien sur la pluralité des mondes.*

41. Avant 1754 : « l'un et l'autre ce qu'ils savaient, et même ce qu'ils ne savaient pas ».

42. Titre du chapitre jusqu'en 1753 : « Voyage des deux habitants de l'autre monde ».

43. Avant 1775 : «deux cents ans».

44. Précisions données par Huygens, dans son *Systema saturnium* (1659).

45. Découverts par Dominique et Jacques Cassini (1705 et 1715).

46. Allusion probable au cardinal de Tencin, frère de Mme de Tencin et oncle d'un ami de Voltaire, d'Argental. Wagnière (voir ci-dessus note 33) corrige «archevêque» en «évêque»; certaines des premières éditions portent «m'a fait voir» et ajoutent : «Aussi je lui promets un long article dans la première édition qu'on fera de Moreri, et je n'oublierai pas surtout messieurs ses enfants qui donnent une si grande espérance de perpétuer la race de leur illustre père.» Le *Dictionnaire historique* de Moreri (1674) eut de nombreuses rééditions au XVIIIe siècle. Le cardinal de Tencin passait pour avoir une vie dissolue.

47. En 1738, le P. Castel, l'un des savants jésuites rédacteurs du *Journal de Trévoux*, avait critiqué les *Éléments de la philosophie de Newton* en défendant la pensée cartésienne.

48. Se contentât d'avoir moins de deux satellites. Képler avait développé l'idée d'une relation nécessaire entre les dimensions des astres et le nombre de leurs satellites, et déduisait de la taille de Mars l'existence probable de deux satellites. Le raisonnement de Voltaire paraît différent : la présence de deux lunes compense en partie l'éloignement du soleil.

49. Le «nouveau style» désigne le calendrier réformé en 1582, pour l'adapter à l'année solaire; une partie de l'Europe seulement (dont la France) l'avait adopté; il avait dix jours d'avance sur l'ancien. A la date indiquée, l'expédition de Maupertuis, Clairaut, Le Monnier et Camus se trouvait immobilisée par des avaries dans le golfe de Botnie, entre la Suède et la Finlande, au cours de son retour du pôle vers la France.

50. Jusqu'en 1753, on lit seulement : «Après s'être reposés quelque temps, ils voulurent reconnaître»

51. Sélectionnés pour leur très haute taille.

52. Avant 1754, le texte est : «tirait son origine, son mouvement».

53. L'édition de 1754 dit «plus gros» : texte peut-être plus satisfaisant.

54. Voir ci-dessus, note 49.

55. Avant 1753 : «en ce monde». L'édition «encadrée» porte par erreur «Bosnie».

56. L'expédition de Maupertuis aussi avait ramené deux Laponnes. Quarts de cercle et secteurs sont des instruments portatifs de mesure astronomique.

57. Wagnière corrige : «d'un pied de profondeur dans le doigt index» (voir ci-dessus, note 33).

58. Jusqu'en 1753 : «à peu près la soixante millième partie d'un pied en hauteur».

59. Jusqu'en 1753 : «ces batailles qui font gagner au vainqueur un village pour le perdre ensuite».

60. Allusion, comme plus haut, aux célèbres grenadiers du roi de Prusse, dont la haute taille était encore rehaussée par un bonnet à poil gigantesque.

61. Voltaire cite également ces savants dans la *Dix-septième lettre philosophique* (éd. cit., t. II, p. 53). Hartsoeker (mort en 1725) avait étudié les spermatozoïdes, tout comme Leuwenhoek (mort en 1723), connu aussi pour ses observations des capillaires et des globules rouges; il avait aussi vu s'accoupler des protozoaires. Tous deux étaient des savants utilisateurs du microscope, dont la découverte et les perfectionnements au XVII^e siècle avaient bouleversé la connaissance des infiniment petits.

62. Allusion, soit à une formule de Fontenelle dans son *Éloge* du naturaliste Tournefort, par qui la nature «fut pour ainsi dire prise sur le fait» (formule critiquée par Desfontaines dans son *Dictionnaire néologique*, 1726); soit à un commentaire de Bolingbroke, ami de Voltaire, sur Fontenelle surpris avec Mme de Tencin.

63. Premières éditions : «avec les hommes».

64. Le *Journal des Savants* avait consacré plusieurs articles à ce genre d'instrument acoustique.

65. L'édition de Kehl propose une correction pour cette négligence : «le nain craignait».

66. Dans les mesures topographiques, petit instrument qui permet, en association avec le quart de cercle, de faire des observations successives («stations») d'où l'on déduit la distance entre des points inaccessibles.

67. L'auteur des *Voyages de Gulliver* (1726), auxquels ce passage

doit plusieurs détails (notamment la mensuration scientifique de Gulliver par des nains, les picotements que lui créent leurs attaques, la mer où il n'est mouillé que jusqu'au genou). Voltaire évoque souvent l'œuvre et la personnalité de Swift (mort en 1745) dans les *Lettres philosophiques;* il le rapproche de Rabelais, notamment pour la liberté de leur langage.

68. C'est l'opération de la triangulation, utilisée dans la pratique topographique.

69. Avant 1754 : « un beau jeune homme ».

70. Voir ci-dessus, note 18.

71. Avant 1754 : « dont le pied seul est plus grand que le globe ».

72. *Géorgiques,* livre IV, début.

73. Savant entomologiste du XVIIe siècle, dont la grande *Histoire des insectes* avait été imprimée en 1737-1738.

74. Voir ci-dessus note 25.

75. Avant 1754 : « Conversation de ces deux êtres avec des hommes ».

76. Avant 1754 : « dans qui l'Être éternel semble s'être plu à manifester »; éd. de 1754 : « dans qui l'Être éternel s'est plu à manifester ».

77. Allusion à la guerre entre les Russes alliés aux Autrichiens d'une part (coiffés de « chapeaux ») et les Turcs d'autre part (coiffés de « turbans »), 1736-1739. Voltaire et Frédéric de Prusse, dans leur correspondance de 1739, déplorent ce conflit.

78. La Crimée.

79. Ou czar, ou tsar.

80. Dans la cérémonie du Te Deum, habituelle après les victoires.

81. Or fin.

82. Disciple d'Aristote.

83. « Entelecheia esti » : ces deux mots grecs, tirés du passage d'Aristote (*De Anima,* II, 2) dont Voltaire cite l'exacte référence, signifient « une entéléchie est ». La phrase complète signifie : « une entéléchie est aussi la raison de celui qui a le pouvoir d'être tel ».

84. Discussion, à la suite de Locke, de la doctrine cartésienne des idées innées.

85. Allusion à la doctrine de la vision en Dieu, que Malebranche développe dans *La Recherche de la vérité,* et résume dans la

fameuse formule : « Tout en Dieu ». Voltaire lui reproche de considérer comme futiles les sciences fondées sur l'observation; mais il l'admire et le suit à bien des égards par ailleurs.

86. Allusions à plusieurs formules de Leibniz, que Voltaire connaît depuis 1736 par Wolff, et vers 1739 par Mme Du Châtelet. Dans la *Monadologie,* Leibniz illustre la théorie de l'harmonie préétablie entre les différents éléments du monde (dont chacun a sa propre chaîne de causalité) par l'image d'une montre dont les aiguilles et la sonnerie fonctionnent de façon coordonnée, grâce au réglage initial de l'horloger, image de Dieu. L'âme, qu'entoure le corps, est comparée à un miroir de concentration, dans lequel le monde dans son ensemble se reflète. Le plaisant n'est pas dans ces conceptions, mais dans la brusquerie avec laquelle Voltaire introduit les formules.

87. Expression de l'empirisme anglais auquel se rallie Voltaire.

88. Signe distinctif au XVIIIe siècle des docteurs de la Sorbonne, alors faculté de théologie où la doctrine officielle était celle de saint Thomas, auteur, au XIIIe siècle, de la célèbre *Somme.* Un seul aspect du thomisme est ici retenu, l'anthropocentrisme, qui paraissait remis en question depuis longtemps par les progrès des sciences, et notamment de l'astronomie.

89. Allusion à *L'Iliade,* chant I, v. 599 : les dieux se moquent d'Hephaestos.

90. Jusqu'en 1753 : «proprement. Le Sirien reprit les petites mites, leur parla encore, et leur promit de leur faire un beau livre de philosophie, qui leur apprendrait des choses admirables et qui leur montrerait le bon des choses. Effectivement, il leur donna ce livre.» Si la variante «le bon des choses» correspond bien au texte primitif de Voltaire, la conclusion reflète un pessimisme que le conte ne laissait guère prévoir.

91. Nouvelle allusion à Fontenelle, cette fois-ci dans son véritable rôle. L'allusion était plus précise jusqu'en 1753 : «le vieux secrétaire». Fontenelle devait mourir centenaire en 1757. Il avait toutefois quitté ses fonctions en 1740.

Le Monde comme il va (p. 83 à 104).

1. Dans une lettre qu'il adresse au comte de Caylus en 1739, Voltaire écrit : «Paris est comme la statue de Nabuchodonosor, en partie or, en partie fange» (D 1757).

2. Voir R. Vaillot, *Avec Madame Du Châtelet,* p. 287-288, et le

témoignage de Longchamp, *Mémoire sur Voltaire et sur ses ouvrages*, Paris, 1825, t. II, p. 140.

3. Texte publié dans le *Dictionnaire philosophique* sous le titre « Contradictions ».

4. Voir R. Vaillot, *op. cit.*, p. 35-36.

5. Dans les éditions de 1750 et 1751 (y compris celle du *Magasin français*), le titre est simplement : *Babouc, ou le monde comme il va*. J. Van den Heuvel signale que la formule « le monde comme il va » se retrouve dans un dicton des couvents, que Voltaire cite dans *Ce qu'on ne fait pas et ce qu'on pourrait faire*, un texte de la même époque : « Laisser aller le monde comme il va, faire son devoir tellement quellement, et dire toujours du bien de monsieur le prieur » (c'est-à-dire des autorités). Le sous-titre : « vision de Babouc, écrite par lui-même » est difficile à expliquer. D'une part, seul le premier paragraphe, à la rigueur, correspond à une vision. D'autre part, rien dans le texte n'illustre l'idée que le récit est fait par Babouc. Par ailleurs, la numérotation des chapitres a disparu à partir de l'édition de 1756, où le conte dans son ensemble était présenté comme un chapitre des *Mélanges de littérature, d'histoire et de philosophie*, et n'a pas été rétablie du vivant de Voltaire. Nous respectons cette présentation.

6. La croyance en des génies relève d'une métaphysique vaguement orientale; le nom d'Ituriel a une allure biblique (dans les Proverbes, on trouve notamment Ithiel, nom de personne, et Iturée, nom de pays). Dans la Bible encore, Jonas est envoyé par Dieu crier contre Ninive, ville de méchants (Jonas, I, 2).

7. Les Scythes, peuple des bords de la mer Noire, représentent la barbarie dans la littérature grecque et latine, et encore chez La Fontaine (« Le Philosophe scythe », *Fables*, XII, xx). Voltaire leur consacrera une tragédie en 1767, *Les Scythes*. Le nom de Babouc est emprunté à la Bible (Livre d'Esdras : Baqbuq) ou aux *Mille et une Nuits* (Bacbouc ou l'innocent, personnage de l'« Histoire du premier frère du barbier », éd. cit., t. II, p. 23).

8. Actuel Amou-Daria.

9. Les Perses représentent dans l'Antiquité le raffinement dans la civilisation, allant jusqu'à la mollesse (Eschyle, *Les Perses*) : vision renouvelée par *Les Mille et une Nuits* et par les *Lettres Persanes*. Persépolis était leur capitale.

10. Nom biblique de la Babylonie.

11. Les armées du XVIIIᵉ siècle étaient en majorité composées de soldats de métier, souvent d'origine étrangère.

12. Nom de diverses monnaies de l'Antiquité; la drachme de cuivre valait soixante fois moins que la drachme d'argent, qui représentait elle-même quelques grammes de métal : donc très peu.

13. Allusion à l'idéologie de la noblesse, pour qui le métier des armes, seul permis (avec la robe et l'administration), est une tradition et un moyen de se faire distinguer.

14. Renouveler les effectifs de l'armée. Au XVIIIᵉ siècle, les pertes venaient non seulement des morts et des réformes, mais aussi des épidémies et des très nombreuses désertions.

15. Jusqu'en 1751 le texte porte « couverts de sang ». C'est une note du *Nouveau Magasin français,* critiquant la répétition de ce dernier mot, qui a amené Voltaire à le corriger.

16. Ici commencent les allusions au Paris du XVIIIᵉ siècle, présenté sous le nom de Persépolis. Le faubourg Saint-Marceau, par où est entré en 1731 le jeune Rousseau (*Confessions,* livre IV), vieux quartier, s'oppose à l'entrée neuve de la porte Saint-Antoine. Voir *Candide,* chapitre XXII.

17. Les églises françaises du XVIIIᵉ siècle ne comportaient pas de bancs ou de rangées de chaises; les fidèles devaient aller louer une chaise en arrivant.

18. Critique du chant grégorien, base de la liturgie catholique : mal compris et mal exécuté, il apparaissait souvent comme une survivance barbare.

19. Les Poitevins (nom antique : Pictaves) étaient connus pour leurs élevages d'ânes; le cornet à bouquin est une trompe grossière.

20. Les catholiques, jusqu'au XVIIIᵉ siècle, désiraient être enterrés le plus près possible d'une église, et de préférence dans l'église elle-même; les familles notables y avaient un tombeau. Une campagne contre cette pratique, jugée peu hygiénique, se développa au XVIIIᵉ siècle; les philosophes y jouèrent un rôle actif; elle aboutit à des décisions royales sous Louis XV, notamment le déplacement des cimetières parisiens hors de l'enceinte de la ville.

21. Jusqu'en 1751, le chapitre s'achevait ainsi : « et que je vais conseiller à Ithuriel de la détruire ». Voltaire se soumit à une note du *Nouveau Magasin français* qui soulignait la disproportion entre un tel châtiment et sa cause.

22. La bonne société parisienne fréquentait les églises à la mode, construites et décorées dans le goût moderne, comme Saint-Sulpice. La musique et les chants y étaient également modernes, et s'inspiraient des succès de l'opéra.

23. Allusion à la fontaine des Quatre-Saisons, par Bouchardon, construite dans l'élégant faubourg Saint-Germain en 1736-1739. Placée entre deux maisons de la rue de Grenelle, elle ne peut être vue avec recul.

24. Allusion à la statue d'Henri IV (dans l'île de la Cité), de Louis XIII (place des Vosges, alors Royale), de Louis XIV (place des Victoires).

25. Louis XV : sa statue devait être érigée à son tour en 1763, selon une décision prise par les autorités parisiennes dès 1748.

26. Les Invalides.

27. Un abbé : des fils de bonne famille, pour pouvoir toucher des bénéfices ecclésiastiques, portaient le costume clérical sans avoir prononcé de vœux et sans remplir les fonctions d'un prêtre. On critiquait souvent la futilité de ces célibataires mondains sans statut défini et parfois sans moralité.

28. Ou directeur de conscience : à la différence du confesseur, qui n'intervient qu'à l'occasion du sacrement de la pénitence, le directeur est le conseiller religieux permanent, ordinairement prêtre, d'une personne pieuse. L'intimité, la relation de soumission qui en résultent entre directeur et dirigé amènent les catholiques eux-mêmes à se montrer partagés sur cette pratique. Voltaire transforme cette intimité spirituelle en relation charnelle, selon un tour d'esprit propre au milieu qu'il fréquente et au genre du conte. Le retard du directeur au dîner souligne son sans-gêne : il est le véritable maître de la maison.

29. L'édition de Kehl corrige en « désordres ».

30. C'est-à-dire, ici, conseiller au Parlement. Cette charge de juge d'appel ou de juge dans les affaires criminelles s'achetait (comme aujourd'hui en France les charges de notaire). Voltaire soutiendra la réforme du chancelier Maupeou qui essaiera de supprimer la vénalité des charges parlementaires.

31. L'édition de Kehl ajoute « demain ». L'extrait est un résumé raisonné du dossier.

32. De la magistrature.

33. Uniforme des officiers. Les grades militaires importants (ici le commandement d'un régiment) s'achetaient.

34. Variante de la première édition : « plébéieux ». Allusion aux
fermiers généraux : ces financiers, très critiqués, mais appa-
remment indispensables, se chargeaient de collecter les impôts
ou les droits de douane pour le compte du roi (« à bail »), en
faisant de gros bénéfices. Ils étaient en réalité quarante jus-
qu'en 1755, où ils devinrent soixante. Voltaire avait écrit
d'abord « soixante-douze », on ne sait pourquoi; il corrigea en
« quarante » en 1752, puis laissa ce chiffre.

35. La chaire. Les sermons restaient des manifestations intellec-
tuelles et littéraires prisées de la bonne société, pour laquelle
les prédicateurs développaient des thèmes plutôt moraux que
religieux.

36. Description enthousiaste d'un théâtre. Voltaire croit à la vertu
formatrice du théâtre, et notamment de la tragédie. Dans les
Lettres persanes déjà, Usbek croit que le spectacle est dans la
salle (lettre 28).

37. En vers. Le théâtre en prose est inférieur aux yeux de Voltaire.

38. Première édition : « quatre fois plus ». La correction supprime
la répétition quatre phrases plus bas.

39. Kehl corrige en « n'avoir pas honte ».

40. Les éditions de 1750-1751 ajoutent : « Car enfin, disait-il, les
arts et le luxe ne sont en grand nombre dans un empire que
quand tous les arts nécessaires sont exercés, et que la nation
est nombreuse et opulente. Ituriel me paraît un peu sévère. »
Pour d'autres éloges du commerce chez Voltaire, voir la
Dixième lettre philosophique et *Le Mondain*.

41. Un couvent.

42. Les religieux font vœu de pauvreté, d'obéissance et de chas-
teté. Mais l'abbé (c'est-à-dire le chef, « l'archimandrite »,
terme emprunté par Voltaire aux institutions de l'Église
d'Orient) d'un couvent important avait au xviiie siècle des
revenus élevés, étant donné la richesse de beaucoup d'ordres,
et régnait en maître sur ses moines, ce qui pouvait être
contradictoire avec ses vœux.

43. Les couvents sont un lieu de renoncement au monde (péni-
tence); mais beaucoup d'entre eux étaient au xviiie siècle
magnifiquement construits et décorés.

44. Allusion aux rivalités entre ordres religieux.

45. Un janséniste, laïc presque autant versé dans les questions
religieuses qu'un prêtre.

46. Le jugement dernier.

47. Nom persan de Zoroastre, transposition ici du Christ.

48. Allusion aux convulsionnaires, dont les transports au cimetière
 Saint-Médard en 1732 avaient fait sensation : les jansénistes y
 voyaient la manifestation d'une intervention divine. Certaines
 convulsionnaires recevaient des coups sans souffrir. Dans les
 éditions de 1750-1751, on lit ensuite : « Il est évident que le
 monde va finir : ne pourriez-vous point, avant cette belle
 époque, nous protéger contre le Grand Lama ? – Quel galima-
 tias ! dit Babouc; contre le Grand Lama ? contre ce pontife-roi
 qui réside au Thibet ? – Oui, dit le demi-mage avec un air
 opiniâtre; contre lui-même. – Vous lui faites donc la guerre ?
 vous avez donc des armées ? dit Babouc. – Non, dit l'autre,
 mais nous avons écrit contre lui trois ou quatre mille gros
 livres qu'on ne lit point, et autant de brochures que nous
 faisons lire par des femmes. A peine a-t-il entendu parler de
 nous... »

49. Le pape, souverain en Italie (« pontife-roi »).

50. L'abondance des publications jansénistes, au premier rang
 desquelles les *Nouvelles ecclésiastiques*, est un trait saillant de la
 production imprimée au XVIIIᵉ siècle.

51. De secrétaire, plutôt, ce qu'ont été le célèbre poète Jean-
 Baptiste Rousseau ou Jean-Jacques Rousseau lui-même. Vol-
 taire prône l'indépendane de l'homme de lettres.

52. Jusqu'en 1751, le texte ne comporte pas les deux phrases
 suivantes.

53. Voltaire est constamment hostile à la presse périodique.

54. Avant 1774, le texte porte « Raccommodé ».

55. Jusqu'en 1752, on lit ensuite : « Alors ils le menèrent chez le
 principal mage qu'on appelait le surveillant. Babouc (la pre-
 mière édition porte : Memnon) vit dans ce mage un homme
 digne d'être à la tête des justes; il sut qu'il y en avait
 beaucoup qui lui ressemblaient. Il conçut même que ces
 grands corps » etc. Ces corps sont les ordres religieux. Le
 surveillant est ici l'archevêque de Paris (en grec episcopos
 signifie surveillant), Christophe de Beaumont, qui avait
 bonne réputation. Mais, après 1750, Voltaire lui reproche son
 attitude dans l'affaire des billets de confession : d'où sans
 doute la suppression de l'allusion favorable. En revanche, le
 thème de l'envie, introduit plus haut (voir note 52) est repris
 ici.

56. C'est la constatation qu'a pu faire Voltaire à la bataille de Fontenoy, qu'il a commentée comme historiographe et comme poète.

57. Portrait vraisemblable du cardinal de Fleury, sur lequel dans l'ensemble Voltaire a porté un jugement favorable.

58. Portrait vraisemblable de Madame Du Châtelet. Elle se passionnait, on le sait, pour les mathématiques et l'astronomie; or Théon était un mathématicien et astronome grec de l'antiquité.

59. Prêtresses vouées au célibat dans la Rome antique; ici, vieilles prudes sans doute.

60. Le texte s'arrête ici dans toutes les éditions jusqu'en 1751.

61. Allusion à un passage de la Bible (Jonas, chap. IV, début). Voltaire veut suggérer que son héros est plus compatissant que le héros biblique – dont l'histoire ressemble elle-même à un conte, puisqu'il a été avalé, puis rejeté vivant par une baleine. Au conte barbare succède un conte philosophique, qui résume l'expérience de la civilisation moderne.

Zadig (p. 105 à 178).

1. D'après Wagnière, le secrétaire de Voltaire, *Mémoires sur Voltaire et ses ouvrages*, 1825, t. II, p. 152.

2. *Ibid.*, p. 145. Wagnière situe cet épisode en 1747, mais le conte avait déjà été imprimé (à vrai dire sans être diffusé en France, semble-t-il) : il doit confondre avec un autre séjour, fait en 1746 celui-là.

3. Voir ci-dessus la Chronologie.

4. Voir les notes au texte.

5. Les sources, certaines ou probables, sont indiquées dans les notes. Voir ci-dessous.

6. Ce titre complet apparaît dès 1748. Le titre était auparavant : « Memnon, histoire orientale ». Dans une lettre à Bernis, poète et cardinal, Voltaire qualifie Zadig de « roman moral, qu'on devrait intituler plutôt *La Providence* que *La Destinée*, si on osait se servir de ce mot respectable de providence dans un ouvrage de pur amusement » (D 3784, 14 octobre 1748).

7. Il faut sans doute comprendre : du conte intitulé *Zadig*. Dans les premières éditons « de Zadig » manque.

8. Faut-il voir dans cette sultane, comme les contemporains, la marquise de Pompadour, maîtresse en titre du roi depuis 1745 ?

9. Le conte est donc attribué par Voltaire à un célèbre poète persan, Saadi, dont il existait des traductions françaises depuis 1634. Il vivait en réalité au XIIe siècle, et non au XVe comme l'indique le texte.

10. Dans le calendrier de l'Islam, cette date correspond à 1459.

11. Renversement plaisant de l'expression usuelle « du matin au soir ».

12. Tous les traits de ce portrait conviennent à Mme de Pompadour, notamment le dernier.

13. Despote éclairé (selon l'*Essai sur les mœurs*) du début du XVe siècle.

14. Recueils de contes traduits en français au début du XVIIIe siècle (voir l'Introduction générale).

15. Thalestris, reine des Amazones, passe pour être allée demander à Alexandre (Scander en turc), roi de Macédoine, le célèbre conquérant, de lui donner un fils.

16. Épisode biblique célèbre : la reine de Saba rend visite au roi Salomon. Alexandre, élève d'Aristote, et Salomon, réputé pour sa sagesse, sont ici des figures de rois philosophes.

17. La seconde édition de 1748 attribue cette épître à Zadig lui-même. Après l'épître dédicatoire on trouve dans les premières éditions (de 1748 à 1771) une parodie d'approbation (jugement du censeur officiel, imprimé ordinairement dans les livres autorisés) : « Approbation. Je soussigné, qui me suis fait passer pour savant, et même pour homme d'esprit, ai lu ce manuscrit, que j'ai trouvé, malgré moi, curieux, amusant, moral, philosophique, digne de plaire à ceux mêmes qui haïssent les romans. Ainsi je l'ai décrié, et j'ai assuré M. le cadi-lesquier que c'est un ouvrage détestable. » C'est le garde des sceaux, responsable du contrôle des livres, qui est désigné sous le nom de cadi-lesquier (terme turc désignant un magistrat). En réalité *Zadig* s'est passé d'approbation.

18. Avant 1756 (et dans l'édition de Kehl), les chapitres sont numérotés. Les titres n'apparaissent qu'à partir de 1748.

19. On a vu parfois dans ce roi de fantaisie une image satirique

de Louis XV. La satire ne peut être qu'indirecte et très générale.

20. On a trouvé au nom du héros plusieurs origines : l'arabe, où Saddyk signifie « le véridique », l'hébreu, où Zadik signifie « le juste », ou l'« Histoire du grand écuyer Saddyk » dans l'« Histoire de la Sultane de Perse » de Chec Zadé. Le nom de la reine, Astarté, se trouve déjà dans les *Lettres persanes* (lettre 67).

21. Quatre mots supprimés dans la (sérieuse) édition de 1771.

22. Législateur et maître à penser mythique des Perses. Voltaire connaissait ses idées par un article du *Dictionnaire* de Bayle et par le livre de Hyde, *Historia religionis veterum Persarum* (1700); mais il ne connaissait de ses textes, réunis sous le titre de *Sadder,* que les citations faites par Hyde, et il lui attribue gratuitement toutes sortes de formules.

23. Zoroastre (d'après Hyde) disait : « Quand tu manges du pain, mets de côté trois bouchées pour les chiens » (*Sadder,* 35e porte). Le lien explicite avec l'ingratitude est ajouté par Voltaire.

24. Antiques occupants de la Perse.

25. Prêtres. Zadig croit aux vérités d'observation, et refuse les dogmes de la religion quand ils les contredisent. Allusion aux difficultés de Galilée avec les théologiens catholiques.

26. Ce nom rappelle celui de Sémiramis, princesse infidèle sur laquelle Voltaire écrivait une tragédie au moment de la composition de *Zadig.*

27. Nom d'un personnage historique cité dans l'*Essai sur les mœurs* (chap. 87) et d'un personnage secondaire du *Bajazet* de Racine. On le rapproche phonétiquement de celui du chevalier de Rohan, dont la querelle avec Voltaire en 1726 précipita le voyage en Angleterre de l'écrivain.

28. Dans la région de l'Himalaya, célèbre dans l'Antiquité pour ses bêtes féroces.

29. Capitale antique de l'Égypte.

30. Hermès Trismégiste (« trois fois grand ») passait pour l'un des plus célèbres médecins persans; mais Voltaire pensait qu'il était d'origine égyptienne. Il se comporte avec le dogmatisme d'un médecin de Molière. À l'exception de quelques personnalités, Voltaire met généralement en doute la science des médecins.

31. Une bourgeoise.

32. Sources de cet épisode : histoire de la matrone d'Éphèse, dans Pétrone, *Satiricon,* chap. 111-112, et La Fontaine, *Contes;* histoire de Tschoang-tsé et de Tien, dans la *Description de la Chine* du P. du Halde, 1739, t. III, p. 324-338. Voir sur ce chapitre : J. H. Batlay, « Analyse d'un chapitre de Zadig, le Nez; démystification et moralité », dans *Studies on Voltaire,* vol. 132, Oxford, 1975, p. 7-15.

33. Édition de 1747 : « ma chère Azora ».

34. Toutes les éditions, sauf celle de 1775, portent : « affligé comme moi ».

35. Avant 1756 : « coulerait ».

36. Mot ajouté en 1748.

37. A partir de 1748, Voltaire ajoute une note : « Il y avait dans ce temps un Babylonien, nommé Arnou, qui guérissait et prévenait toutes les apoplexies, dans les gazettes, avec un sachet pendu au cou. » Comprenons : un parisien, nommé Arnoult (cette orthographe figure dans l'édition de 1747). En 1747-1748, un pharmacien de ce nom faisait effective- ment de la publicité dans *Le Mercure de France* (périodique lu par toute la bonne société) pour ses sachets « anti-apoplec- tiques ».

38. Dans la doctrine de Zoroastre, pont sur lequel passent les âmes des justes avant d'entrer au paradis. Voltaire emprunte le mot Shinavar à Hyde, mais cette évocation de la mort n'est qu'une transposition orientale du passage du Styx dans la mythologie classique, familière aux lecteurs.

39. L'ange Asraël n'appartient pas à l'univers persan, mais aux croyances musulmanes, où il sépare les âmes des corps.

40. L'édition de 1747 dit seulement : « comme dit un Sage ». Voltaire, pour renforcer l'unité du texte, attribue ensuite gratuitement cette idée commune au *Zend,* recueil de pensées de Zoroastre : érudition badine.

41. Plante très amère.

42. Le divorce, exclu par les lois françaises du XVIIIe siècle, est présenté ici, non sans provocation, comme un remède philo- sophique.

43. Fleuve proche de Babylone.

44. Objet des recherches du savant Pitot en 1732.

45. Les *Mémoires de l'Académie des Sciences* publiaient des obser- vations météorologiques comparatives. Remarquons que les

chutes de pluie y étaient mesurées en lignes (hauteur) et non en lignes cubes (volume).

46. Projet étudié en 1710 par Bon de Saint Hilaire et soutenu par le savant Réaumur (voir l'article « Soie » de l'*Encyclopédie*). Le seul moyen d'obtenir de la soie était l'élevage du ver à soie, difficile sous le climat français.

47. Projet présenté par Réaumur à l'Académie des sciences.

48. Voltaire oppose, de façon à vrai dire superficielle, les recherches des savants de l'Académie des Sciences à une véritable science fondée sur l'observation, purement descriptive, telle que l'illustrera, à partir de 1749, l'*Histoire naturelle* de Buffon. En réalité, ce passage est inspiré par le ressentiment qu'éprouve Voltaire à l'égard de l'Académie des Sciences, et notamment de Réaumur, dont il n'a pas apprécié l'attitude à l'occasion des *Éléments de la philosophie* de Newton (1738).

49. C'est-à-dire d'un or et d'un argent exceptionnellement purs.

50. Desterham, ou plutôt Defterdar : magistrat (chargé en fait de la milice et de l'impôt) chez les Persans et chez les Turcs (mot emprunté par Voltaire à la *Bibliothèque orientale* de d'Herbelot). Knout et Sibérie appartiennent à la réalité russe : plaisant mélange.

51. Terme de la chimie d'époque : attrait pour. Mais aussi : ressemblance avec.

52. Principe du bien dans la religion des mages, fondée ou réformée par Zoroastre.

53. Le mot manque dans l'édition « encadrée ».

54. Source de ce chapitre : un conte oriental publié par d'Herbelot (*Bibliothèque orientale*, art. Arab 112b et *Mercure de France*, juin 1712) et repris par Mailly dans *Le Voyage et les aventures des trois princes de Serendib*, 1719.

55. Ce quatrième chapitre reprend un thème familier à Voltaire, auteur d'une comédie également intitulée *L'Envieux* (1737).

56. Zoroastre interdit de manger toutes les viandes ; c'est la Bible qui interdit de manger du griffon, animal d'ailleurs fabuleux (Deutéronome, XIV).

57. Théologien.

58. Lisez : un évêque nommé Boyer. Voltaire se venge de l'évêque Boyer (1675-1755) qui, après avoir dénoncé l'inspiration des *Lettres philosophiques*, avait lutté contre l'influence

de Voltaire. Le culte du soleil est l'un des éléments de la religion de Zoroastre ; dans l'interprétation de Voltaire, ce n'est que le symbole du Dieu unique.

59. Autre allusion aux interdits bibliques (Deutéronome, XIV, défense de manger des lapins parce qu'ils ont le pied fendu).

60. Nom du principe du mal chez les Perses.

61. Avant 1752 : « Arimaze, personnage rempli d'orgueil, qui n'ayant pu réussir dans le monde, se vengeait par en médire. » Montaigne écrivait : « Vengeons-nous par en médire » (*Essais*, III, 7).

62. Édition de Kehl : « Il alla. »

63. On rapproche cette aventure des difficultés que le poète Roy chercha à susciter à Voltaire en 1745 à propos de son *Poème de Fontenoy*. Voltaire voyait en Roy le type de l'envieux.

64. En 1747 : « la poésie ». Allusion probable à Frédéric II.

65. Avant 1771 : « pas si difficile ».

66. Dans l'édition de Kehl, le titre de ce cinquième chapitre est « Le Généreux ».

67. Même idée dans le *Dictionnaire philosophique* (1764), art. « de la Chine », dans l'*Avis au public sur les parricides imputés aux Calas et aux Sirven* (1766) et dans *La Princesse de Babylone* (1767, voir ci-dessous).

68. On rapportait une histoire similaire à propos du juge Chamillart ; Saint-Simon la raconte dans ses *Mémoires* (éd. Y. Coirault, Bibl. de la Pléiade, Paris, 1983, t. I, p. 646-647).

69. Sources : Boccace, *Décaméron,* première journée ; Boissy, *L'Époux par supercherie* (1744). Une situation voisine se rencontre dans la tragédie de Voltaire, *Adélaïde Du Guesclin* (1734).

70. Les années 1745-1747 sont marquées à la cour de France par une succession de faveurs et de défaveurs.

71. Le chapitre s'arrêtait ici en 1747.

72. Avant 1756, ce chapitre et le suivant (VI et VII) n'en formaient qu'un, intitulé « Les Jugements », qui commençait ainsi : « Tout jeune qu'il était, il fut établi Juge suprême de tous les tribunaux de l'Empire. Il remplit ce poste comme un homme à qui Dieu avait donné la science et la justice. C'est de lui [...] »

73. Celui qui ne se fie qu'à l'observation des phénomènes naturels (par opposition à « métaphysicien »).

74. Conseil du roi, formé de vizirs.

75. En 1747 : « au premier ».

76. L'édition de 1747 ajoutait ici :

Quelque temps après, on lui amena un homme juridiquement convaincu d'avoir commis un meurtre six ans auparavant. Deux témoins déposaient l'avoir vu : ils indiquaient le lieu, le jour et l'heure ; ils ne s'étaient point coupés dans leurs interrogatoires. L'accusé avait été l'ennemi déclaré du mort. Plusieurs personnes l'avaient vu passer armé dans le chemin où l'assassinat avait été commis : jamais preuves n'avaient été plus fortes ; et cependant cet homme protestait de son innocence avec cet air de vérité qui peut balancer les preuves, même aux yeux d'un juge éclairé ; mais il pouvait exciter la pitié et non éviter la condamnation ; il ne se plaignait point de ses juges ; il accusait seulement sa destinée, et il était résigné à la mort. Memnon s'attendrit sur lui, et entreprit de découvrir la vérité ; il se fit amener les deux dénonciateurs, l'un après l'autre. Il dit au premier : « Je sais, mon ami, que vous êtes un homme de bien et un témoin irréprochable. Vous avez rendu un grand service à la patrie en découvrant l'auteur du meurtre qui fut commis il y a six ans, en hiver, au temps du solstice, à sept heures du soir, aux yeux mêmes du soleil. – Monseigneur, lui répondit l'accusateur, je ne sais pas ce que c'est que le solstice, mais c'était le troisième jour de la semaine, et il faisait un très beau soleil. – Allez en paix, lui dit Memnon, et soyez toujours homme de bien. »

Ensuite il fit venir l'autre témoin et lui dit : « Que la vertu vous accompagne dans toutes vos voies ; vous avez rendu gloire à la vérité, et vous méritez des récompenses pour avoir convaincu un citoyen d'un meurtre abominable qui fut commis il y a six ans aux rayons sacrés de la pleine lune, dans le temps qu'elle était dans le même signe et dans le même degré que le soleil. – Monseigneur, répondit l'accusateur, je ne connais ni les signes ni les degrés, mais il faisait alors la plus belle pleine lune du monde. » Alors Memnon fit revenir le premier témoin et leur dit à tous deux : « Vous êtes des scélérats qui avez porté faux témoignage contre un innocent : l'un assure que le meurtre a été fait à sept heures, avant que le soleil fût sous l'horizon, et ce jour-là, il s'était couché avant six heures ; l'autre affirme que le coup a été fait à la clarté de la pleine lune, et ce jour-là, il n'y avait point de

lune ; vous serez tous deux pendus pour avoir été faux témoins et mauvais astronomes. »

Memnon rendait tous les jours de pareils arrêts qui montraient la subtilité de son génie et la bonté de son âme. Il était adoré des peuples et chéri du roi. Les premières traverses de sa vie donnaient encore un nouveau prix à sa félicité présente ; mais toutes les nuits il avait un songe qui lui faisait quelque peine. Il lui semblait...

77. Paragraphe ajouté en 1748.

78. Après avoir eu des entretiens en tête à tête (comme ceux qu'on avait au xviii^e siècle avec son directeur de conscience ; rappelons que les mages sont des prêtres).

79. Du discours (grammaire).

80. Termes de métaphysique : ce qui est essentiel et ce qui ne l'est pas dans chaque chose.

81. Ces six derniers mots ont été ajoutés en 1752 : Voltaire prend ses distances avec les idées de Leibniz.

82. Le texte de 1748 comporte ici l'anecdote de l'itimadoulet, c'est-à-dire du vice-roi, de Médie, supprimée en 1756 (et réintroduite dans l'édition de Kehl) :

Il venait tous les jours des plaintes à la cour contre l'itimadoulet de Médie, nommé *Irax*. C'était un grand seigneur dont le fonds n'était pas mauvais, mais qui était corrompu par la vanité et par la volupté. Il souffrait rarement qu'on lui parlât, et jamais qu'on l'osât contredire. Les paons ne sont pas plus vains, les colombes ne sont pas plus voluptueuses, les tortues ont moins de paresse ; il ne respirait que la fausse gloire et les faux plaisirs ; Zadig entreprit de le corriger.

Il lui envoya de la part du roi un maître de musique avec douze voix et vingt-quatre violons, un maître d'hôtel avec six cuisiniers, et quatre chambellans, qui ne devaient pas le quitter. L'ordre du roi portait que l'étiquette suivante serait inviolablement observée ; et voici comme les choses se passèrent.

Le premier jour, dès que le voluptueux Irax fut éveillé, le maître de musique entra, suivi des voix et des violons : on chanta une cantate qui dura deux heures, et, de trois minutes en trois minutes, le refrain était :

> *Que son mérite est extrême !*
> *Que de grâces ! que de grandeur !*

Ah! combien monseigneur
Doit être content de lui-même!

Après l'exécution de la cantate, un chambellan lui fit une harangue de trois quarts d'heure, dans laquelle on le louait expressément de toutes les bonnes qualités qui lui manquaient. La harangue finie, on le conduisit (texte de Kehl : conduisait) à table au son des instruments. Le dîner dura trois heures : dès qu'il ouvrit la bouche pour parler, le premier chambellan dit : « Il aura raison. » A peine eut-il prononcé quatre paroles que le second chambellan s'écria (texte de Kehl : s'écrie) : « Il a raison ». Les deux autres chambellans firent de grands éclats de rire des bons mots qu'Irax avait dits ou qu'il avait dû dire. Après dîner on lui répéta la cantate.

Cette première journée lui parut délicieuse, il crut que le roi des rois l'honorait selon ses mérites ; la seconde lui parut moins agréable ; la troisième fut gênante ; la quatrième fut insupportable ; la cinquième fut un supplice. Enfin, outré d'entendre toujours chanter : « Ah ! combien monseigneur doit être content de lui-même ! », d'entendre toujours dire qu'il avait raison, et d'être harangué chaque jour à la même heure, il écrivit en cour pour supplier le roi qu'il daignât rappeler ses chambellans, ses musiciens, son maître d'hôtel : il promit d'être désormais moins vain et plus appliqué, il se fit moins encenser, eut moins de fêtes et fut plus heureux : car, comme dit *Sadder,* « toujours du plaisir n'est pas du plaisir ».

(Le *Sadder* est en fait un livre, formé d'extraits de l'Avesta, la légende de Zoroastre. Voltaire prend encore le *Sadder* pour un homme.)

83. Chapitre ajouté en 1756.

84. Divinité du feu sacré.

85. Source possible : la querelle des gros-boutiens et des petits-boutiens chez Swift, *Voyage à Lilliput* (chap. IV). Mais l'indifférence aux rites est une idée chère à Voltaire.

86. Allusion à des expressions du style poétique (et oriental) de la Bible, dont Voltaire aime se moquer.

87. L'une des préoccupations politiques de Voltaire. Voir *Le Monde comme il va,* ci-dessus ; *Des Embellissements de Paris* (1749) et *Des Embellissements de la ville de Cachemire* (1750).

88. Allusion critique au genre de la comédie larmoyante, que Nivelle de La Chaussée avait lancée.

89. Voltaire prend pour un dieu (qu'il rapproche de la déesse romaine Vesta) un livre, le *Zend-Avesta* (« commentaire du texte sacré »).

90. Le désir amoureux. Mithra était à la fois le dieu du feu et de la génération.

91. Palais.

92. « Il en fut effrayé ; il appela... » (éd. de 1747).

93. Même idée dans *Les Deux Consolés* (ci-dessous).

94. L'édition de 1747 ajoute : « sa langue hésitait ».

95. Jusqu'en 1756 : « ces ».

96. 1747 : « fut jaloux ».

97. 1747 : « et remarquait tout ce qu'il ne voyait point. Il remarqua sur l'habit de la reine des diamants que Memnon avait pris la liberté de lui présenter en présence du roi même et avec sa permission. Il oublia que ces diamants avaient été l'hommage respectueux d'un sujet ; il n'y vit qu'un gage d'un amour téméraire. »

98. 1747 et 1748 : « qui ne s'était point corrigé parce que le caillou ne se ramollit pas, et que les animaux venimeux conservent toujours leur poison, l'envieux, dis-je, écrivit à Moabdar une lettre anonyme, recours infâme des esprits pervers, qui est toujours méprisé, mais qui, cette fois, porta coup, parce que cette lettre secondait les sentiments funestes qui déchiraient le cœur du prince. Enfin Moabdar ».

99. Jusqu'en 1752 : « un cordeau et un vase sur une table ; la reine ».

100. Jusqu'en 1752 : « au nom d'un amour funeste que j'ai toujours combattu et que je vous avoue enfin sur le point de l'expier par ma mort, je n'étais pas coupable ; ». Voltaire accentue par sa correction la parodie romanesque.

101. Les éditeurs de Kehl corrigent, sans doute avec raison, en « mouvement ».

102. C'est-à-dire le sud. Canope est une étoile de la constellation du navire. Voltaire a noté dans ses carnets : « pôle antarctique, autrefois Canope » (*Notebooks*, éd. cit., t. I, p. 39).

103. 1747 : « des insectes en petit nombre confondus avec d'autres insectes et se dévorant ».

104. Cette vision des choses était déjà au centre de *Micromégas ;* elle reprend, dans une perspective différente, un grand thème pascalien.

105. Terme d'escrime : Zadig se rapproche de son adversaire après avoir échappé à la pointe de son épée.

106. Texte de 1747, peut-être plus vraisemblable : « le fait tomber et, lui tenant l'épée sur la poitrine, ».

107. Parodie de la célèbre scène 3 de l'acte V de l'*Andromaque* de Racine, où Hermione éclate en reproches.

108. Voir *Le Médecin malgré lui,* scène II, et *Candide,* chap. XVI.

109. Le thème du renversement des conditions, à la fois comique et philosophique, avait été développé dans plusieurs pièces de Marivaux ; Voltaire le reprendra notamment dans l'*Éducation d'un Prince* (1764, voir ci-dessous).

110. Dans l'édition de 1747 : « parce que la reine m'avait parlé avec bonté ».

111. 1747 : « il était dévoré de son amour, et pénétré d'une mortelle crainte sur la destinée de la reine ».

112. L'Arabie déserte est le désert de Syrie ; l'Horeb est une région montagneuse dans la région du Sinaï. Ces noms étaient familiers aux lecteurs à cause de leur présence dans la Bible.

113. 1747 : « on répartit une petite partie de sa charge sur le dos des serviteurs ». La correction de 1748 clarifie le sens.

114. Rappelons que Voltaire n'avait pu rentrer en possession, lors de son séjour en Angleterre, de ses capitaux confiés à un banquier juif.

115. C'est la religion des Sabéens : Voltaire est tenté d'y voir une attitude proche de la « religion naturelle » (*Essais sur les mœurs,* éd. cit., t. I, p. 54).

116. Au-delà du Gange. Voir dans le tome II *La Princesse de Babylone.*

117. Cette coutume, signalée par divers voyageurs dès le début du siècle, avait été présentée notamment par Montesquieu dans les *Lettres persanes* (Lettre CXXV). Son commentaire deviendra un des lieux communs de la philosophie des Lumières : voir *La Veuve du Malabar,* de Lemierre. Voir aussi dans le tome II *Les Lettres d'Amabed, etc.*

118. Ce chapitre a été ajouté en 1748.

119. Ou Bassorah, sur le Golfe Persique.

120. Chine de l'est et du nord.

121. Gage, garantie.

122. La coutume de mettre la momie d'un parent en gage lors d'un emprunt est signalée chez les Égyptiens par Hérodote (II, 136), repris en 1740 par Rollin *(Histoire ancienne des Égyptiens)* et en 1741 par Guyon *(Histoire des empires et des républiques depuis le Déluge).*

123. Plat particulièrement familier aux Français du XVIII^e siècle.

124. « Les Indiens, vers le Gange, sont peut-être les hommes les plus anciennement rassemblés en corps de peuple » (Voltaire, *Philosophie de l'Histoire,* XVII : c'est l'introduction de l'*Essai sur les mœurs*). Sur cette question, voir au tome II les *Lettres d'Amabed, etc.*

125. Source : d'Herbelot, *Bibliothèque orientale,* 200c, qui est moins précis (il ne mentionne pas l'écriture et laisse ouverte la question de l'origine des échecs).

126. Dieu chaldéen, moitié homme, moitié poisson, sorti de la mer Rouge pour instruire les hommes.

127. Pékin.

128. « Mots chinois qui signifient proprement : Li, la Lumière naturelle, la raison ; et Tien, le ciel ; et qui signifient aussi Dieu » (note de Voltaire). Ce vocabulaire est emprunté par Voltaire à d'Herbelot, voir ci-dessus.

129. État originel du monde, selon les poètes grecs de l'Antiquité. Voltaire considérait comme impossible que l'ordre du monde n'ait pas existé de toute éternité.

130. Dieu des Celtes, à qui l'on offrait des sacrifices humains.

131. La cueillette du gui sur les chênes par les druides était le rite le plus connu de la religion celte.

132. Critique contre Rollin, défenseur des Celtes dans son *Histoire ancienne des Égyptiens* (1740) : Voltaire les considère comme des barbares ivrognes.

133. Distinguées par Aristote : Voltaire voyait là une obscurité métaphysique.

134. Comprenons : flatté de l'admiration qu'on lui témoignait.

135. Ce chapitre XII développe, à partir de 1748, quelques lignes qui concluaient le 11^e chapitre dans l'édition de 1747 :
 On eut au seul *Memnon l'obligation d'avoir détruit en un jour une coutume si cruelle qui durait depuis tant de siècles ;*

mais, comme la destinée de Memnon était que tout le bien qu'il faisait lui devînt funeste, les prêtres des étoiles se déchaînèrent contre lui. Les pierreries et les ornements des dames qu'ils envoyaient au bûcher leur appartenaient de droit ; ils perdaient leurs plus beaux honoraires. C'était bien le moins qu'ils fissent brûler Memnon pour le mauvais tour qu'il leur avait joué ; ils représentèrent qu'il avait des sentiments erronés sur les étoiles, et il allait être brûlé sans miséricorde au lieu de la dame, si Sétoc, son maître, n'avait eu la bonté de le faire évader ; il le fit partir secrètement avec cet ancien domestique, compagnon de son esclavage, et lui donna de l'argent pour se conduire ; ils se quittèrent en pleurant, en se jurant une amitié éternelle, et en se promettant que le premier des deux qui ferait une grosse fortune en ferait part à l'autre.

Memnon marcha du côté de la Syrie [...]

136. Voir le chapitre du Bûcher, ci-dessus, p. 141.

137. Tavernier, source de Voltaire, dit seulement qu'ils gardaient les anneaux, bracelets et pendants d'oreille, à l'exclusion des pierreries.

138. Tout le passage est une parodie du Cantique des Cantiques, poème d'amour de la Bible, où le nez de la bien-aimée est effectivement comparé à la tour du mont Liban (7,5), ce qui paraît peu gracieux à Voltaire.

139. Cette étoile existe, de même que plus bas Algénib : elles appartiennent toutes deux à la constellation de Pégase. Tidor et Ternate sont des villes de l'archipel des Moluques, dans le Pacifique, près de la Nouvelle-Guinée. Le vieillard, pour tenter de réveiller son ardeur, fait appel à un breuvage qui est aussi exotique pour lui que l'est le conte oriental pour le lecteur français. La situation du vieillard amoureux est un motif typique du conte libertin (voir *Œuvres de Grécourt*, éd. de 1764, t. II, p. 179, « Histoire de M. d'Estain »).

140. Avant 1756, le texte était : « parce que la reine m'a regardé ». La correction, amusante, souligne l'absurdité de l'enchaînement, mais les babouches étaient bleues et le bonnet jaune.

141. Allusion probable à la philosophie de Hobbes, « profond et bizarre philosophe » (Voltaire) du XVIIᵉ siècle. Apprécié pour son anticléricalisme et sa pensée radicalement critique, il inquiétait Voltaire pour les conséquences qu'il tirait de l'égalité entre les hommes : chacun se conduisait selon un égoïsme utilitaire.

142. L'existence de puissants chefs de voleurs arabes est signalée par d'Herbelot *(Bibliothèque orientale)* ; par ailleurs, les *Mille et une Nuits* contenaient l'histoire d'Ali Baba et des quarante voleurs. L'éloge du « métier de voleur » se trouve aussi dans *Gil Blas*.

143. « Une pierre brute de Badkschian devient un rubis lorsque le soleil entreprend de la purifier », dit un proverbe turc que Voltaire a pu lire dans d'Herbelot.

144. Par la force (et non par voie de droit).

145. Acheteur (celui qui conclut un marché).

146. Dans la première version (1747), le chapitre s'achevait ici, et le paragraphe suivant était placé au début du chapitre « Le Basilic », auquel on passait directement.

147. Ce chapitre a été ajouté en 1748.

148. Sorte de fromage blanc mêlé de crème : entremets délicat très prisé au XVIIIe siècle.

149. Référence plaisante. L'analyse relève évidemment du sens commun.

150. Nom de fantaisie, peut-être inspiré par Diarbek, nom de la Mésopotamie, ou par Diarbékir, ville du Kurdistan.

151. Légalement.

152. Tout à la suite.

153. Schéma traditionnel du conte : une enquête sur une vérité générale et secrète (voir ci-dessous *Ce qui plaît aux dames*). Mais ici, plaisamment, la réponse ne tarde pas.

154. Serpent légendaire qui avait le pouvoir, auquel seules échappaient les femmes, de tuer d'un regard. L'eau-rose ou eau de rose était un liquide utilisé en pharmacie, résultat de la distillation d'eau et de pétales de roses.

155. Ce nom est authentiquement oriental et vient de d'Herbelot (il apparaît aussi dans *Les Bijoux indiscrets* de Diderot sous la forme « Mangogul »).

156. Dans le fragment manuscrit conservé, elle est nommée Isela ; dans la première version imprimée, Marie.

157. Dans la première version imprimée (1747) : « a promis l'honneur de sa main ». Voltaire a ensuite allégé son texte en supprimant le trait d'ironie.

158. Dans le système de Ptolémée, le monde est formé de neuf

sphères concentriques ; Vénus, l'étoile de l'amour, fait partie de la quatrième sphère.

159. Un messager.

160. Référence fantaisiste.

161. Mot masculin jusqu'au XVIII^e siècle. Mais l'édition de Kehl (1784) corrige en « une outre ».

162. Prévision de l'avenir à partir de la position des astres au moment de la naissance.

163. Source probable : l'Histoire du roi grec et du médecin Douban, dans les *Mille et une Nuits* (11^e et 13^e nuits). Un médecin guérit un roi de la lèpre en lui faisant faire de l'exercice.

164. Encore une référence fantaisiste.

165. Participer à quatre combats. Tout le chapitre est inspiré par le chant XVII du *Roland furieux* de l'Arioste, où est présenté un tournoi à Damas sans souci des mœurs orientales. Voltaire, comme la plupart de ses contemporains, appréciait beaucoup la poésie de l'Arioste (voir dans le tome II *La Princesse de Babylone)*. Le conte se teinte ici, non sans ironie, du charme des vieux romans de chevalerie.

166. Plaisant mélange du monde oriental et du monde classique.

167. Formule servant de pseudonyme à un concurrent, de façon à préserver son anonymat. Les devises étaient utilisées, au XVIII^e siècle, dans les concours académiques, auxquels participaient les amis de Voltaire et Voltaire lui-même.

168. Depuis Molière et Boileau, la critique de la noblesse vaniteuse est un thème classique. Voltaire déjà dans la *Deuxième Lettre philosophique* écrivait : « En France est marquis qui veut, et quiconque arrive à Paris du fond d'une province avec de l'argent à dépenser et un nom en ac ou en ille peut dire "un homme comme moi, un homme de ma qualité". »

169. Évitant sa lance.

170. Comme l'équipement de Grifon et de son cheval dans le *Roland furieux* (Chant XVII).

171. Dans une loge voisine de la sienne.

172. La supercherie et ses suites sont inspirées par l'Arioste.

173. Première version (1747) : « sans relâche ».

174. Sources de ce chapitre : le *Coran* (XVIII, 64-81), *The Spectator* d'Addison (1^{er} décembre 1711) qui reprend un récit

talmudique sur Moïse, mais surtout sans doute, comme l'a vu Fréron (*L'Année littéraire*, 1767, I), un poème de Parnell, *The Hermit* (1721).

175. Voir la conclusion de *Micromégas*.

176. Grande idée leibnizienne.

177. Comparaison inspirée par Pope, *Essay on man* (Ép. I).

178. Cette réhabilitation des passions peut être inspirée par la pensée de Vauvenargues que connaissait bien Voltaire (*Maximes*, 1746). Il la trouvait aussi dans la *Fable des abeilles* de Mandeville traduite par Mme Du Châtelet (1728), dans le *Traité du vrai mérite* de Lemaître de Claville (1734), dans la *Théorie des sentiments agréables* de Lévesque de Pouilly (1736). Elle s'inscrit, plus largement, dans une admiration confiante pour le mécanisme universel que Voltaire, comme Mme Du Châtelet, hérite de Newton.

179. Formulation de l'empirisme de Locke, que Voltaire présente à son compte dans le *Cinquième discours en vers sur l'homme*, 1738.

180. La première version du conte (1747) continuait ainsi : « Voilà un homme bien heureux, disait-il, il va trouver sous les ruines de sa maison un trésor immense qui le mettra pour toute sa vie en l'état d'exercer ses vertus ; Memnon confondu suivit cet étrange ermite à la dernière couchée. » Le texte définitif date de 1752.

181. Dans la première version, il s'agit de son « fils unique ».

182. Ces quatre mots ont été ajoutés en 1752.

183. Dans la langue des anciens Persans, Jezdad serait l'envoyé de Dieu principe du bien (ou Jezd). Voltaire a pu en trouver mention chez d'Herbelot.

184. « M'éclairer sur un doute » (1747), « m'éclaircir sur un doute » (1748, 1752). A la différence de la tradition qu'il reprend pour le reste (voir note 174), Voltaire introduit une discussion du comportement et du message de l'ermite.

185. « que de l'avoir noyé » (1747).

186. L'idée vient de Pope, *Essay on man* (Ép. I). Dans le *Traité de métaphysique* (1734-1738), Voltaire expliquait que le méchant est forcément malheureux de se sentir méprisé et haï par les autres (*Mélanges*, Bibl. de la Pléiade, p. 201).

187. L'idée vient de Leibniz, résumé par Mme Du Châtelet dans ses *Institutions de physique*. « Chaque suite de choses constitue

un monde qui serait différent de tout autre par les événements qui lui seraient particuliers. »

188. Leibniz affirme seulement l'existence d'une infinité de mondes possibles. Voltaire va plus loin en imaginant la coexistence réelle dans l'univers de mondes différents, dans une perspective relativiste proche de celle de *Micromégas*. L'idée est évoquée dans la suite par l'expression « petit atome », mais dans un contexte moins hardi qui souligne seulement les merveilles de la création : la diversité des créatures est une preuve de la toute-puissance divine. L'exemple des feuilles est chez Leibniz résumé par Mme Du Châtelet.

189. La première édition (1747) ajoute : « qui voit et qui fait tout ».

190. Idée développée par Leibniz et Pope.

191. La première édition dit : « Faible mortel, souviens-toi. »

192. Fréquentes dans les *Mille et une Nuits* et dans la mythologie, les énigmes étaient un des jeux favoris de la société mondaine. La procédure de choix du roi vient, entre autres sources, de Fénelon, *Télémaque*, livre V.

193. Les brassards sont les parties de l'armure qui protègent les bras.

194. Voltaire avait d'abord écrit : « un champion en robe » (1747), puis « un champion en bonnet de nuit et en robe » (jusqu'en 1752).

195. Première rédaction : « au faible de celle de son adversaire » (1747). Le fort de l'épée est la partie la plus proche de la poignée, le faible la partie proche de la pointe.

196. Jointure entre deux plaques de l'armure.

197. Première rédaction (1747) : « son casque, sa cuirasse, ses beaux brassards, ses cuissards ».

198. On lisait dans la première édition (1747, où le héros se nomme Memnon) : « L'envieux se vit hors de portée d'être envieux de Memnon, mais il fut enfin puni pour d'autres méchancetés. »

199. L'édition de Kehl ajoute deux chapitres (numérotés 14 et 15) et une note qui ne figurent dans aucune des éditions publiées du vivant de Voltaire. Voir ci-dessus l'« Histoire du texte » en tête du conte. Dans la note, l'allusion au « chapitre douzième » est forcément antérieure à 1756, date à laquelle

les numéros des chapitres disparaissent, et où le dédoublement du chapitre des «Jugements» met le chapitre des «Rendez-vous» en treizième position.

200. Ceylan, ou Sumatra. L'île de Serendib est souvent citée dans les contes orientaux.

201. Dans les *Voyages de Gulliver* de Swift (Lilliput, chap. III), les meilleurs danseurs de corde sont choisis comme hauts responsables.

202. Tribunal qui, dans la France de l'Ancien Régime, examinait de temps à autre les comptes abusifs des financiers chargés de collecter les impôts.

203. C'est le texte de Kehl, et non «Il était aussi fort reconnaissant», comme l'indiquent certaines éditions modernes.

204. Expression stéréotypée à la mode (voir les titres de Rollin, de Crébillon fils; ci-dessus *Micromégas,* dans le tome II *L'Homme aux quarante écus*).

205. Moines.

206. «Aux yeux de vache». Voltaire confond peut-être avec l'adjectif homérique fréquent, «glaucopis», «aux yeux bleu-vert».

207. Allusion à l'attitude du clergé français, dont les biens considérables échappaient aux impôts ordinaires; en cas de besoin, son assemblée consentait seulement, et non sans réticences, une contribution extraordinaire et volontaire, ou «don gratuit».

208. Les «interprètes du roi pour les langues orientales» formaient un corps auxiliaire du corps diplomatique. Voir R. Pomeau, «Défense de M. Mamaki», *Revue d'histoire littéraire de la France,* 1976, p. 239.

Memnon (p. 179 à 190).

1. On considère généralement que c'est à *Memnon* que fait allusion Voltaire quand il annonce à Frédéric II une «petite drôlerie» le 29 décembre 1748 (D 3835); il cite en tout cas expressément *Memnon* dans des lettres des 31 janvier (D 3857) et 5 février (D 3860) 1749.

2. Dans le *Recueil de pièces en vers et en prose par l'auteur de la tragédie de Sémiramis,* Amsterdam, 1750, p. 53.

3. Voir les *Discours en vers sur l'homme,* dans Voltaire, *Mélanges,* Bibl. de la Pléiade, p. 211-239.

4. Sur le titre, voir ci-dessus l'« Histoire du texte ».

5. Voltaire, marqué par l'épicurisme du Temple, et aussi par les thèmes des milieux aristocratiques qu'il fréquente, où la prudente sagesse bourgeoise est méprisée, ne cesse de souligner le rôle des passions dans l'activité et le bonheur des hommes. Voir notamment le cinquième *Discours en vers sur l'homme,* « Sur la nature du plaisir » : « Les mortels, en un mot, n'ont point d'autre moteur » (*Mélanges,* Bibl. de la Pléiade, p. 228).

6. Pour l'exaltation de ces agréments de la vie, voir le poème du *Mondain* (*Mélanges,* p. 205) : « Qu'un cuisinier est un mortel divin ! », etc.

7. Voir le quatrième *Discours en vers sur l'homme :* « De la modération en tout », qui fait l'éloge de l'indépendance, acquise par le goût de la modération.

8. Dans la France du xviii^e siècle, les placements financiers que proposait ce grand personnage, receveur des impôts en même temps que banquier, étaient parmi les plus sûrs.

9. Ninive était la capitale de l'antique Assyrie, sur les bords du Tigre (actuel Kurdistan irakien). Seule touche exotique et antique dans ce conte, qui pour le reste présente un tableau satirique de la vie française contemporaine.

10. Le troisième *Discours en vers sur l'homme* est consacré à l'envie, présentée comme un poison moral.

11. Le quatrième *Discours en vers sur l'homme* fait l'éloge de l'amitié.

12. Cette intervention du « protecteur » d'une femme galante, suivie de chantage, est l'écho des bons tours dont sont victimes les héros naïfs des romans du xviii^e siècle : voir à la fin de *Jacques le Fataliste* la scène de l'exempt, qui, requis par le chevalier de Saint-Ouin, surprend le Maître dans les bras d'Agathe (Diderot, *Jacques le Fataliste et son maître,* éd. Lecointre et Le Galliot, Genève, Droz, 1976, p. 356).

13. La vérole était apparue en Europe à la suite de la conquête de l'Amérique. Cette indication renvoie le récit dans un passé indéterminé.

14. Pour lancer les dés.

15. L'édition originale, ainsi que celles de 1756 et 1764, portent : « Il rencontra ».

16. Composé de terre et d'eau.

17. Hôpital de fous.

18. Allusion notamment à Pope, et à son *Essai sur l'homme* dont s'est inspiré Voltaire lui-même dans ses *Discours en vers sur l'homme*.

19. Shaftesbury et Bolingbroke, mais surtout Leibniz. C'est de lui que vient la vision du monde développée par le génie : une infinité de mondes possibles, formant une hiérarchie, et dont l'ensemble est organisé par une harmonie providentielle. Mais Leibniz ne parle que de mondes possibles, et le génie les présente comme des mondes réels.

Lettre d'un Turc (p. 192 à 197).

1. Voir ci-dessus l'Introduction générale.

2. Voltaire s'était documenté sur les idées religieuses de l'Inde pour l'*Essai sur les mœurs* (voir les chap. 4 et 157). Les brachmanes, bramins ou brames, étaient les prêtres qui formaient la caste supérieure ; prêtres du dieu Brahma (ou divine essence du monde), formateur du monde, ils étaient aux yeux de Voltaire les tenants d'une sorte de déisme inaccessible aux esprits grossiers, qu'il distinguait des croyances superstitieuses et des pratiques fanatiques également caractéristiques de l'Inde. Ce Turc est un négociant ; Omri est en relations d'affaires avec lui (« correspondant »). Le grand commerce est l'occasion de s'instruire.

3. Rollin, entre autres, dans son *Histoire ancienne,* présentait ces philosophes indiens de l'antiquité, qui se livraient à des pratiques austères dans le désert, et vivaient tout nus, d'où leur nom (« sages nus » en grec).

4. Les premières éditions (jusqu'en 1771) disaient : « une langue savante, qu'ils appellent le Hanscrit ». Cette langue, le sanscrit, est en effet la mère des langues indo-européennes. Voltaire voyait dans le *Veidam* ou *Ezour-Veidam,* peut-être en fait de rédaction récente, l'équivalent indien de la Bible.

5. Les premières éditions (jusqu'en 1771) portaient « le *Zend* », et l'édition de 1774 porte *Zenda-Vesta* (qui est la forme correcte). *Zend-Vesta* apparaît sur un carton (ou correction de dernière minute) de l'édition encadrée (1775). Voir *Zadig,* note 40. Voltaire sait maintenant qu'il s'agit d'un livre.

6. Selon la croyance en la métempsycose, l'âme passait d'un corps dans l'autre au cours d'existences successives.

7. « Quand les fakirs veulent voir la lumière céleste, ce qui est très commun parmi eux, ils tournent les yeux vers le bout de leur nez » (note de Voltaire). Cette « lumière » que croient voir les fakirs au cours de leurs exercices de concentration, c'est « Dieu même » selon le voyageur Bernier dont Voltaire connaît les récits (l'indication a été retrouvée par J. Van den Heuvel dans les *Voyages*, Amsterdam, 1709, t. II, p. 127-128, mais seule la *Suite des Mémoires*, Paris, 1671, se trouve dans la bibliothèque de Ferney).

8. Le vocabulaire dans cette scène est évidemment destiné à évoquer une rencontre avec un religieux catholique (« cellule », « mon révérend père »).

9. Son existence sur la terre, considérée comme un voyage vers Dieu.

Histoire des voyages de Scarmentado (p. 199 à 211).

1. Voir D 5744 et D 5766. Les dates indiquées par deux secrétaires successifs de Voltaire, 1747 (Longchamp) et 1753 (Collini) ne paraissent pas exactes. Collini signale toutefois à juste titre le lien entre les mésaventures de Voltaire au retour de Berlin et le conte intitulé *Mon séjour auprès de Voltaire* (Paris, 1807, p. 61).

2. Cette analyse est développée dans le *Voltaire dans ses contes* de J. Van den Heuvel (Paris, 1967, p. 217-234). Sur la période prussienne, voir A. Magnan, *Dossier Voltaire en Prusse, 1750-1753*, Oxford, 1986, et Ch. Mervaud, *Voltaire et Frédéric II, une dramaturgie des Lumières*, Oxford, 1985. Sur toute cette période, voir R. Pomeau, Ch. Mervaud et coll., *De la cour au jardin*, Oxford, 1991.

3. Le titre parodie celui de récits de voyage authentiques, comme ceux que rassemble Prévost dans son *Histoire générale des voyages*, et cette affectation d'authenticité est soulignée par le choix de la première personne dans le récit, qui suggère un témoignage bien éloigné de l'invention des contes. La forme italienne du nom du héros s'explique par son origine : la Crète est de 1204 à 1645 une possession vénitienne. On proposera une étymologie italienne approximative : doué d'un esprit *(mentado)* maigre *(scarso ; scarso a denari* signifie « pauvre

d'argent »). Le nom du héros correspond alors bien à sa naïveté.

4. Capitale de l'île de Crète.

5. Anagramme de Roi ou Roy : c'est le nom d'un poète (1683-1764), membre de l'Académie des inscriptions. Voltaire le détestait depuis longtemps : peut-être avait-il abandonné le nom de sa famille parce que le public confondait Arouet et Roy (prononcé alors Roué), et, en 1733, Roy avait critiqué vivement son *Temple du goût*. Mais surtout, en 1745, après la victoire de Fontenoy, Roy s'était posé en rival de Voltaire dans l'éloge poétique (voir S. Menant, *La Chute d'Icare*, Genève, Droz, 1981, p. 285-296). Voltaire fait ici une allusion satirique aux poèmes dédiés par Roy au monarque en toutes circonstances, et en dernier lieu (1751), « sur la naissance de Mgr le Dauphin », mais plus précisément encore aux vers dédiés « à Mgr le Dauphin » (1752).

6. Minos est le roi légendaire de la Crète (où se trouve Candie) ; sa femme Pasiphaé commit l'adultère avec un taureau, d'où naquit un monstre, le Minotaure. Établir un lien entre cette illustre famille et un simple gouverneur vénitien de Candie constitue évidemment une grossière flatterie ; mais une tradition antique autorisait les poètes à donner à leurs protecteurs des généalogies extraordinaires.

7. Les villes universitaires de langue italienne ne manquent pas ; mais le choix de Rome va permettre à Voltaire de faire une satire de la ville pontificale. L'étudiant Scarmentado va ensuite faire un « grand tour » comme en faisaient les jeunes aristocrates du XVIIIᵉ siècle, qui va donner au conte l'allure d'un roman d'apprentissage accéléré.

8. Cette réflexion critique sur le contenu de l'enseignement traditionnel prélude au soutien que Voltaire donnera aux thèses novatrices dans le débat sur la réforme des collèges en 1761.

9. Le titre de *monsignor* est en principe réservé à des dignitaires de la cour romaine ; appliqué à un simple précepteur, il apporte une touche de couleur locale. Le nom inventé par le conteur fait évidemment allusion au caractère obscur de la philosophie qu'enseigne Profondo.

10. Terme philosophique qui désigne, chez Aristote et dans la philosophie scolastique qui en est issue, certains éléments de la pensée méthodique. Voltaire, comme la plupart des lecteurs de Descartes, juge cette philosophie artificielle et stérile (voir

Zadig , chapitre « Le Ministre »). Le second emploi du mot dans la même phrase correspond à un sens banal et constitue une plaisanterie.

L'attribution de mœurs homosexuelles aux Italiens et au clergé est un lieu commun.

11. Allusion à Olympia Maldachini, belle-sœur du pape Innocent X (1644-1655), qui passait pour avoir eu une grande influence sur lui et en avoir trafiqué (cf. *Le siècle de Louis XIV,* liste des papes, in Voltaire, *Œuvres historiques,* Bibl. de la Pléiade, p. 1115). Remarquons que la chronologie se trouve ici un peu bouleversée, Scarmentado visitant Rome vers 1615.

12. « Madame Faites-le » (l'amour). Les courtisanes romaines étaient célèbres.

13. Nom formé sur un nom de poison, l'aconit.

14. Louis XIII.

15. Concini, assassiné en 1617, déterré par la populace qui en dévora des morceaux après les avoir grillés. Voir l'*Essai sur les mœurs,* chap. 175.

16. Une relative indépendance de l'Église de France à l'égard de Rome était revendiquée comme traditionnelle ; Voltaire ne voit là qu'une occasion de discordes et un mélange dangereux du politique et du religieux.

17. Allusion à la conspiration des Poudres (1605) ; antérieure au temps du récit, elle peut être lue ici comme un retour en arrière.

18. Marie Tudor, restauratrice du catholicisme en Angleterre (1553-1558).

19. Irlandais : les Irlandais étaient de fervents catholiques.

20. « Le trou Saint-Patrice est très fameux en Irlande : c'est par là que ces messieurs disent qu'on descend en enfer » (Voltaire, *Questions sur les miracles,* lettre VII, note, 1765).

21. Allusion au fait que plusieurs papes attribuèrent à leurs neveux la dignité cardinalice, sans que ces neveux eussent beaucoup d'activité religieuse.

22. Exécuté en 1619 pour avoir soutenu la secte des arminiens, alors que le prince d'Orange soutenait leurs adversaires les gomaristes. Il s'agit de deux tendances du calvinisme hollandais au début du XVIIᵉ siècle. Barnevelt, âgé de soixante-douze

ans, était au terme d'une longue carrière politique. Cf. l'*Essai sur les mœurs*, chap. 187.

23. Pasteur calviniste.

24. Qui apportaient chaque année les contributions en or des colonies d'Amérique, principale ressource de la monarchie espagnole.

25. Dominicain chargé de rechercher et de punir les hérésies.

26. On distinguait les diverses branches des Carmes et des Augustins en ce que les moines étaient, ou non, nu-pieds dans leurs sandales.

27. Officiers de police.

28. C'est le cérémonial de l'autodafé («acte de foi»), exécution publique d'hérétiques précédée de leur repentir solennel, tel qu'on le retrouvera dans *Candide,* chap. v et vi. La source de Voltaire est principalement un livre de Dellon plusieurs fois réimprimé au début du XVIIIᵉ siècle, *Relation de l'Inquisition de Goa,* et surtout ses illustrations. Ces sacs sont des «samarras», sortes de robes sur lesquelles étaient peintes notamment des flammes, symbole de l'enfer auquel se sont exposés les coupables. L'évocation des autodafés est un lieu commun de la littérature antichrétienne du XVIIIᵉ siècle (voir N. L. Torrey, *Voltaire and the English deists,* New Haven, 1930, p. 108).

29. En Espagne les Juifs, nombreux, avaient dû s'exiler ou se convertir. Certains, convertis en apparence au catholicisme, pratiquaient en cachette la religion juive.

30. Le droit canon interdisait au parrain et à la marraine d'un même enfant de se marier ensemble. La transgression de cette règle n'était pas, en réalité, une faute grave. Voir dans le tome II *L'Ingénu.*

31. Statue de la Vierge Marie, vénérée à Madrid : « Cette Notre-Dame est en bois, elle pleure tous les ans le jour de sa fête et le peuple pleure aussi » (Voltaire, note au *Journal de Dangeau,* 1770).

32. Ou ermites de saint Jérôme, religieux prédicateurs répandus en Espagne.

33. Officiers de l'Inquisition, chargés d'arrêter les accusés.

34. La police espagnole.

35. Le fouet.

36. Barthélemy de Las Casas, auteur de la *Brevissima relacion de la destruccion de las Indias* (1552). Le livre célèbre de cet évêque, défenseur des Indiens, condamnait le comportement barbare des conquérants espagnols de l'Amérique du Sud, qu'ils tentaient de justifier par des raisons religieuses. Voltaire l'a largement utilisé dans l'*Essai sur les mœurs* (chap. 145). L'extermination, sous prétexte de conversion, des peuples amérindiens est un des arguments constants, au XVIIIᵉ siècle, contre le fanatisme religieux ; ce sera le sujet des *Incas* de Marmontel, disciple de Voltaire (1773).

37. Dans l'Empire ottoman, où l'Islam était la religion officielle, mais qui était une mosaïque de peuples, subsistaient en effet diverses branches du christianisme, avec un statut inférieur, qui les faisait dépendre de la protection des gens au pouvoir (voir *l'Essai sur les mœurs,* chap. 91).

38. Conseil du roi.

39. Dans l'*Histoire de Charles XII,* Voltaire soulignait déjà les risques que couraient les hauts dignitaires turcs : le sultan n'hésitait pas à les exiler ou à les faire mettre à mort. Ce trait est à nouveau développé dans le livre récent alors de Guer, *Mœurs des Turcs* (1748). L'époque où se situe le conte est d'ailleurs particulièrement troublée en Turquie, à la suite de la disparition d'Achmet Iᵉʳ (voir l'*Essai sur les mœurs,* chap. 161).

40. Les esclaves circassiennes passaient pour être les plus belles femmes des sérails.

41. *La ilah illallah* : « Seul Allah est Dieu ». C'est la formule par laquelle le croyant déclare son adhésion à l'Islam. En refusant ensuite la circoncision, Scarmentado semble revenir au christianisme. Cette attitude était punie de mort dans l'Islam (comme d'ailleurs celle des « relapses » chez les chrétiens, là où régnait l'Inquisition).

42. Marque d'appartenance à l'Islam.

43. Juge.

44. Capitale de la Perse ; dans l'*Essai sur les mœurs,* la situation de la Perse au XVIIᵉ siècle est traitée, comme ici, aussitôt après celle de la Turquie, au chap. 193.

45. Ces deux factions opposaient au début du XVIIIᵉ siècle les descendants de Tamerlan et une autre dynastie tartare (voir l'*Essai sur les mœurs,* chap. 88).

46. La Chine est en effet envahie par les Tartares, ou plus

précisément par les Mandchous, à partir de 1616 ; mais la conquête complète, avec la fondation de la dynastie Mandchoue, ne date que de 1644, donc plus d'une vingtaine d'années après le moment supposé du voyage de Scarmentado. Toutefois dans l'*Essai sur les mœurs* Voltaire la situe un peu plus tôt, avant 1626 (chap. 195).

47. Allusion à la querelle des rites, qui se développe dans la première moitié du XVIIᵉ siècle, mais ne sera tranchée qu'en 1742. Les missionnaires jésuites avaient effectivement suscité de nombreuses conversions en Chine ; mais les dominicains (et d'autres) leur reprochaient de jouer sur une ambiguïté, en n'interdisant pas aux nouveaux convertis certaines pratiques traditionnelles, comme les honneurs rendus à Confucius ou à la mémoire des ancêtres. Voltaire commente notamment cette querelle dans *Le Siècle de Louis XIV*, chap. XXXIX.

48. Port chinois, non loin de Canton, par lequel se faisaient principalement les contacts avec l'Occident.

49. Dans l'Inde.

50. Empereur de l'Inde en 1659, après avoir tué ses frères et emprisonné (et peut-être ensuite empoisonné) son père ; c'était un musulman sunnite intolérant, qui provoqua des révoltes sanglantes en persécutant les chiites et les hindouistes (voir l'*Essai sur les mœurs*, chap. 194).

51. Les premières éditions donnent (jusqu'en 1764) : « dont on disait merveille ».

52. Le Caaba ou Beth Alla est la maison de Dieu, construite, dit-on, par Abraham, but du pèlerinage de La Mecque. Une fois par an, un haut dignitaire balaie l'intérieur de cette construction en cérémonie.

53. Les rayas sont des sujets non musulmans. Faut-il donner le même sens au mot « omras » ?

54. Voir l'*Essai sur les mœurs,* chap. 191. Moulay-Ismaël, le plus célèbre des souverains alaouites du Maroc, vécut en réalité nettement après la période à laquelle se situe le conte (1672-1727). Ce fut un champion de l'Islam, qui utilisa la terreur pour asseoir son autorité.

55. C'est surtout en Méditerranée que sévissaient les pirates (ou corsaires, les deux mots étant le plus souvent synonymes) barbaresques, ordinairement algériens, qui vendaient leurs prisonniers comme esclaves. Le choix de corsaires « nègres », qui paraissent avoir été exceptionnels, s'explique ici par l'in-

tention d'établir un parallèle entre esclaves européens et esclaves africains. En effet, ce sont des esclaves noirs qui étaient recherchés par les trafiquants européens pour fournir une main d'œuvre aux plantations ou aux mines (Voltaire évoque les mines d'or, dont l'utilité est la plus arbitraire) du Nouveau Monde : c'est spécialement sur la côte de Guinée qu'ils venaient les acheter à des marchands africains. Les mutilations infligées aux esclaves fugitifs seront évoquées de façon plus développée dans *Candide,* chap. XIX. L'esclavage s'était beaucoup développé au XVIII^e siècle.

56. Allusion à l'expression proverbiale : « cocu et content », employée pour qualifier un imbécile. En comparaison des horreurs que doivent subir la plupart des hommes, l'état de mari trompé paraît bénin.

Les Deux Consolés (p. 213 à 218).

1. Voir J. Van den Heuvel, *Voltaire dans ses contes,* Paris, 1967, p. 242, et D 6905. J. Van den Heuvel note l'opposition, dans les écrits de Voltaire de cette époque, entre la révélation (improbable) et la consolation (seule accessible).

2. Voir le *Candidatus rhetoricae* du P. de Jouvency, Paris, 1712, V^e partie, 6^e exercice, chap. III.

3. Mélange de latin et de grec : celui qui aime citer.

4. L'édition de Kehl corrige : « près de ». Henriette-Marie de France (1609-1669) avait épousé le roi d'Angleterre Charles I^{er} et fut en butte à l'hostilité des protestants anglais. Elle essuya deux fois des tempêtes en se réfugiant sur le continent ; elle vécut dans l'indigence pendant la Fronde ; son mari fut exécuté en 1649 (en fait pendant qu'elle était à Paris).

5. Voir l'*Essai sur les mœurs,* chap. 169. Le musicien était italien et se nommait David Rizzio. Marie Stuart fit ensuite tuer son mari ; ces désordres soulevèrent l'Écosse dont elle était reine et elle dut se réfugier en Angleterre (1568). La reine Elizabeth, après l'avoir bien accueillie, la fit juger et condamner à mort pour le meurtre de son mari ; mais il y avait aussi une rivalité politique entre Marie, catholique, et Elizabeth, protestante. « Marie eut la tête tranchée dans une chambre de sa prison tendue de noir (le 28 février 1587) » (*Essai sur les mœurs,* chap. 169).

6. Voix d'homme immédiatement au-dessus de la basse. Il y a sans doute une équivoque.

7. Elizabeth, reine d'Angleterre (1533-1603) ne se maria pas. Elle voulait comme épitaphe : « Ici repose Elizabeth, qui vécut et mourut reine et vierge », mais eut des favoris, notamment Robert Dudley.

8. Selon l'*Essai sur les mœurs*, chap. 69, Jeanne, reine de Naples, fut « étouffée entre deux matelas » en 1382 par Charles de Durazzo, son successeur, qui prétendit venger ainsi son premier mari, qu'elle avait fait étrangler. Le parallèle entre Jeanne et Marie, « toutes deux belles et spirituelles, entraînées dans le crime par faiblesse, toutes deux mises à mort par leurs parents » est déjà dans l'*Essai sur les mœurs*, chap. 169. Si le paragraphe suivant renvoie à des faits historiques, ils n'ont pas jusqu'ici été identifiés.

9. On trouve à partir de 1768 : « une escarboucle ».

10. Personnage de *l'Iliade*. Épouse de Priam, elle vit mourir, pendant la guerre de Troie, presque tous ses enfants, avant d'être emmenée elle-même en esclavage.

11. Dans la mythologie, des dieux tuent les quatorze enfants de Niobé, pour la punir de son orgueil maternel.

Candide, ou l'optimisme (p. 219 à 320).

1. Voir notamment les éditions critiques de *Candide* par R. Pomeau, Paris, Nizet, 1959, et Oxford, 1980 ; et J. Van den Heuvel, *Voltaire dans ses contes*, Paris, A. Colin, 1967, p. 251-281.

2. A. Magnan (*Voltaire, Candide ou l'optimisme*, Paris, PUF, 1987, p. 33-34) relève notamment le vaisseau déjà « entrouvert » qui « s'entrouvre » au chap. V, les moutons qui passent de cinquante à cent du chap. XVIII au chap. XX, deux soupers le même soir au chapitre XVI. Ce sont les repentirs du secrétaire dans le manuscrit conservé qui indiquent qu'il a été dicté (voir I. O. Wade, « A manuscript of Voltaire's *Candide* », *Proceeding of the American Philosophical Society*, février 1957, p. 94).

3. Voir à ce sujet J. Van den Heuvel, *op. cit.*, p. 251-281.

4. Voir R. Pomeau, introduction à *Candide* (Oxford, 1980), p. 28-29. J. Hellegonarc'h a montré que des éléments de *Candide* remontaient même à 1756 (*Mélanges Deloffre*, p. 468-469).

5. Voir A. Magnan, *op. cit.,* p. 29-30.

6. R. Pomeau, *op. cit.,* p. 33-35.

7. Sur le lien possible entre *Les Amants constants* de Vadé et *Candide,* voir S. Menant, « Candide et Félix », *Le Siècle de Voltaire, Hommage à René Pomeau,* édité par Ch. Mervaud et S. Menant, Oxford, 1987, t. II, p. 643-649.

8. Sur cette hypothèse vraisemblable, voir l'édition de *Candide* par R. Pomeau, *op. cit.,* p. 73-75.

9. Ce mot récent et rare alors en français ne désignait pas, comme aujourd'hui, une attitude psychologique confiante, mais une position philosophique, selon laquelle tous les événements sont organisés en vue du bien de l'homme, même si dans le détail cette finalité nous échappe, et sont par conséquent les « meilleurs possibles ». Le mot ne figure pas ailleurs dans le conte, sauf dans un passage du chap. XIX.

10. A partir de 1761, le titre continue ainsi : « avec les additions qu'on a trouvées dans la poche du docteur, lorsqu'il mourut à Minden, l'an de grâce 1759 ». Ce docteur Ralph n'est pas, semble-t-il, dans l'esprit de Voltaire, un médecin, mais un universitaire, « professeur assez connu dans l'Académie de Francfort-sur-l'Oder » (lettre de Voltaire au *Journal encyclopédique,* 1762). Son nom, plutôt anglais qu'allemand, a pu être inspiré par celui d'un personnage d'*Hudibras,* poème de Samuel Butler que Voltaire traduit dans la vingt-deuxième *Lettre philosophique,* ou par celui d'un écrivain anglais contemporain. Les « additions » en question figurent notamment au chap. XXV (mais elles apparaissent déjà dans certaines éditions de 1759), et surtout XXII, où l'évocation de Paris est remaniée. A Minden, en 1759, avait eu lieu une bataille meurtrière. On ne sait ce qu'y pouvait faire Ralph. Peut-être Voltaire pastiche-t-il le titre d'un recueil de lettres « trouvées parmi les papiers de M. de Contades après la bataille de Minden (1759) », publié en 1759, qu'il avait dans sa bibliothèque. Notons que Voltaire ne connaissait que des rudiments d'allemand. Contre les « docteurs allemands », voir la « Courte réponse aux longs discours d'un docteur allemand » et la « Réponse à M. Martin Kahle, Professeur et Doyen des Professeurs de Goettingen », dans les *Mélanges de littérature [...],* 1775, p. 8 à 73 (éd. « encadrée »).

11. Cette forme, archaïque déjà au XVIIIe siècle, souligne l'archaïsme du genre du conte dans lequel s'inscrit clairement *Candide* par la formule initiale « il y avait ».

12. C'est en général l'orthographe de la 1ʳᵉ édition, que nous suivons. Voltaire avait traversé plusieurs fois la Westphalie, et avait toujours été frappé de la pauvreté de cette région.

13. L'adjectif « candide », d'origine latine (blanc, pur), est souvent cité en latin par Voltaire dans un vers d'Horace où il signifie simple, sincère (*Épîtres*, I, VI, v. 67) et parfois utilisé en français, au sens moderne.

14. De noblesse : soixante et onze ancêtres nobles (paternels ou maternels).

15. Voltaire a remarqué en traversant la Westphalie que les maisons ne sont que de « grandes huttes » (lettre de 1750, D 4175). Voltaire avait d'abord écrit « grands » au lieu de « puissants » (manuscrit La Vallière).

16. En grec : « tout en langue » ou « qui sait toutes les langues ». L'une des critiques qui se développent au milieu du XVIIIᵉ siècle contre l'enseignement en vigueur souligne qu'il concerne plutôt les mots que les choses.

17. Le manuscrit montre que Voltaire a tâtonné pour trouver cette formule, et notamment la « nigologie ». L'ensemble désigne la philosophie de Leibniz, que le *Journal de Trévoux* (revue des jésuites) avait déjà qualifié de « doctrine physico-géométrico-théologique ». Maupertuis, l'ennemi de Voltaire, a publié en 1757 un *Essai de cosmologie,* science qui traite du monde en général, à la façon de Wolff.

18. « Jamais rien n'arrive sans qu'il y ait une cause ou du moins une raison déterminante » (Leibniz, *Théodicée,* I, 44). En employant le mot « effet », qui implique l'idée d'une cause, Voltaire vide ce postulat, base de toute réflexion scientifique, de son contenu.

19. Pastiche du style de Wolff (1679-1754) dont la « cosmologie » est particulièrement visée ici. Ce disciple de Leibniz présentait ses idées dans un enchaînement parfaitement déductif.

20. Cet exemple burlesque des conséquences auxquelles peut conduire la théorie des causes finales avait été proposé par Hartsoecker dans un traité dirigé contre Newton (1722). Voltaire croit que la nature a été organisée en fonction de finalités précises, mais ne fait pas entrer dans ce plan du Créateur les inventions humaines qui tirent parti de la nature (les pieds ont été créés pour la marche, mais non pas spécialement pour porter des chaussures : voir les *Dialogues*

entre Lucrèce et Posidonius, 1756, dans Voltaire, *Mélanges,* Bibl. de la Pléiade, p. 323 ; le *Dictionnaire philosophique,* article « Causes finales » ; et ci-dessus, *Micromégas*).

21. Couvertes de chausses, c'est-à-dire de culottes.

22. Philosophiquement il n'y a pas de nuance entre les deux expressions ; la seconde exprime plus clairement que le jugement porté est relatif. Chaque chose ne se justifie que par son rôle dans le plan de la Création. Mais dans le langage courant la seconde expression semble exprimer un enthousiasme sans nuance pour le monde tel qu'il est.

23. Chez Wolff, le terme désigne ce qui, dans chaque chose, explique et justifie son existance. Dans l'application qu'en fait ici Voltaire, il semble suggérer que la sexualité est ce qui (aux yeux au moins de Pangloss) donne un sens à son existence – ce qui ramène à un rang subalterne la passion du précepteur pour la vérité philosophique.

24. Candide est plaisamment comparé à Adam après le péché originel selon la Genèse : le passage de la Bible est célèbre, et fait l'objet de vastes développements au XVIII^e siècle (voir J. Gillet, *Le Paradis perdu dans la littérature française de Voltaire à Chateaubriand,* Paris, Klincksieck, 1975).

25. Voltaire avait d'abord écrit (manuscrit La Vallière) : « [...] dikdorff. Il n'avait point d'argent et mourait de faim. La nécessité le contraignit d'aller demander l'aumône à la porte d'un cabaret. »

26. Uniforme des sergents recruteurs prussiens. Les armées au XVIII^e siècle étaient essentiellement constituées de soldats de métier. Des sous-officiers parcouraient le pays avant les campagnes pour susciter des engagements, moyennant une prime qui liait la nouvelle recrue. Les désertions étaient toutefois très nombreuses.

27. Environ 1,80 m. Frédéric II était connu pour rechercher les hommes de haute taille pour ses unités de grenadiers.

28. Reconnaissance de dette.

29. Voltaire avait rencontré les Abares (ou Avares) et les Bulgares en préparant l'*Essai sur les mœurs* : c'étaient deux nations barbares qui dévastaient l'Empire byzantin aux VIII^e et IX^e siècles. Dans le contexte contemporain de la guerre de Sept ans, l'allusion à l'uniforme des recruteurs et à la taille des recrues suggère que les Bulgares représentent les Prussiens, et les Abares par conséquent les Français. On a suggéré

un rapprochement entre le surnom des homosexuels, « bougres », autre forme de « Bulgares », et les mœurs de Frédéric II et de son entourage.

30. Accessoire qui sert au XVIIIe siècle, avant chaque coup de feu, à tasser la charge dans le canon du fusil. Tous les gestes énumérés ici constituent la manœuvre indispensable sur le champ de bataille ; en accélérant leur succession automatique et en assurant leur ensemble par une discipline et un entraînement rigoureux, les Prussiens, bientôt imités par toutes les armées européennes, s'assuraient la supériorité du feu et du mouvement, en réduisant leurs pertes. Voltaire avait vu cette manœuvre à Berlin.

31. Voltaire avait vu à Berlin infliger ce châtiment à un déserteur : trente-six passages entre deux rangées formées de tous les soldats du régiment, dont chacun frappe le condamné avec sa baguette à fusil (voir note 30). Le même châtiment est infligé à la fiancée de Félix dans le récit de Vadé, « Les Amants constants », et était encore pratiqué dans l'armée française à la veille de la Révolution.

32. Le manuscrit montre que Voltaire a ajouté la mention des journaux après coup. Pour les contemporains, le comportement du roi évoque évidemment Frédéric II, « philosophe » et soucieux de propagande.

33. Médecin grec du Ier siècle après J.-C., souvent mentionné par Rabelais, et étudié encore au XVIIIe siècle.

34. Les soldats passaient, souvent à juste titre, pour être recrutés dans la lie de la population ; ce recrutement explique le comportement cynique des troupes évoqué un peu plus bas.

35. Approche en musique, tirs d'artillerie, tirs d'infanterie, corps à corps, ce sont les phases de la bataille moderne. Comme historiographe et ami de généraux, Voltaire suit de près l'évolution de la tactique.

36. Hymne de remerciement à Dieu dans la liturgie catholique, chanté notamment après les victoires. Son chant dans les deux camps, à des fins de propagande, déjà critiqué dans le *Dictionnaire* de Bayle (article « Fabricius ») est un des lieux communs de la propagande anti-religieuse de Voltaire (voir *Micromégas,* chap. VII ; *Le Siècle de Louis XIV,* chap. XII ; l'article « Guerre » du *Dictionnaire philosophique*).

37. La description correspond aux témoignages contemporains sur les pratiques militaires. Voltaire en a seulement renforcé

l'effet en rassemblant des êtres sans défense : femmes, nour-rissons, vieillards. Le régime démographique du XVIII^e siècle (mariages tardifs, remariages de veufs, fécondité naturelle) rend vraisemblable la présence de pères déjà vieux (« vieillard » indique alors la respectabilité plus que le grand âge).

38. Voltaire a supprimé une phrase qui figure ici dans le manuscrit : « Presque toute la province était ainsi détruite. »

39. Voltaire avait d'abord écrit : « chassé à grands coups de pieds dans le cul », puis biffé « dans le cul » (manuscrit).

40. La mendicité était effectivement interdite en Hollande. Voltaire est d'ailleurs partisan d'une telle mesure : il conseille d'obliger les mendiants à travailler (voir l'article « Gueux, mendiant » du *Dictionnaire philosophique*, 1771).

41. Un pasteur protestant. La Hollande est un des grands centres de refuge et de prosélytisme du protestantisme (« la bonne cause ») en Europe depuis la Révocation de l'édit de Nantes (1685).

42. L'épisode du pot de chambre – ici ultime argument théologique – est un élément obligé des genres bas, qu'on trouve dans le burlesque et dans la farce (dans le triomphe de Dorvigny, *Les Battus paient l'amende*, 1779, l'épisode sera immortalisé par la scie : « C'en est! »). Mais en 1758 cette trivialité est surtout caractéristique du style poissard lancé par Vadé (voir *Le Pot de chambre cassé, tragédie pour rire*).

43. La secte protestante des anabaptistes, surtout répandue en Allemagne et en Hollande, repousse le baptême jusqu'à l'âge de raison. Après avoir été mêlés, aux XVI^e et XVII^e siècles, à des débats sanglants, les anabaptistes, tournés vers l'industrie et le commerce, étaient surtout réputés pour « leur douceur et leur sagesse » (*Essai sur les mœurs*, chap. 132).

44. Costume des pasteurs.

45. Les pustules se retrouvent chez Vadé, où elles ornent le héros lui-même.

46. « Lui fait [...] » (manuscrit). « Mène » ne se trouve que dans l'édition originale ; ailleurs « mena ».

47. L'existence de cette étable s'accorde assez mal avec les activités manufacturières de Jacques. Voltaire, par ailleurs, avait d'abord écrit : « [...] rappela ses sens en lui donnant un gobelet d'urine de vache » (manuscrit).

48. A «coups de pied» (première rédaction), Voltaire avait d'abord ajouté de sa main «dans le cul» (manuscrit).

49. Nom conventionnel des jeunes servantes, depuis la «chambrière Paquette» de La Fontaine (*Fables,* VII, ii).

50. Franciscain : aux ordres mendiants étaient attribuées dans les «contes gras» de tradition italienne (par exemple chez Grécourt) des mœurs relâchées, du fait de leurs allées et venues dans le monde.

51. On plaisantait sur l'homosexualité chez les jésuites, du fait qu'ils dirigeaient des collèges. Mais Voltaire sait à quoi s'en tenir : globalement, s'il leur reproche leur «soif de commander» et leur «orgueil», il voit en eux des «hommes vertueux» à la «vie austère» («Mélanges historiques» dans les *Œuvres inédites* publiées par F. Caussy, Paris, Champion, 1914, p. 218).

52. Plaisante généalogie, parodie de la généalogie de Jésus dans les Évangiles, déjà parodiée par Rabelais (cf. notamment Luc, III, 23-39, qui remonte vers les origines). Un des schémas de conte en vogue consiste par ailleurs à faire l'archéologie d'une expression ou d'une coutume (voir S. Menant, *La Chute d'Icare,* p. 165). Voltaire suit, sur l'origine de la syphilis, le livre du médecin Astruc, *Traité des maladies vénériennes* (Paris, 1734, plusieurs fois réédité), qui situe dans les Caraïbes le point de départ de la contagion.

53. L'édition de Kehl met tous ces compléments au masculin, pour les accorder avec «ce présent». En fait, les féminins renvoient à l'idée de maladie.

54. Voltaire a ajouté ces six mots en corrigeant son texte.

55. Insecte utilisé pour produire la teinture rouge, et importé du Mexique.

56. Une première rédaction portait «cette maladie est particulière aux chrétiens».

57. Soldats de métier (voir note 26).

58. Comptable.

59. Voltaire avait d'abord écrit «leur nature». La fin de la phrase fait allusion au résumé latin de la philosophie de Hobbes : *Homo homini lupus,* «L'homme est un loup pour l'homme».

60. Canons de gros calibre, lançant des boulets de 24 livres qui causaient de très fortes pertes à l'adversaire.

61. Généralisée au XVIII^e siècle, elle rendait le corps à corps beaucoup plus meurtrier.

62. En 1754, un fils du célèbre banquier Samuel Bernard, chez qui Voltaire avait placé une partie de sa fortune, avait fait banqueroute, le privant ainsi de huit mille livres de rentes environ. Voltaire essayait encore en 1758 de se faire rembourser une partie de ses fonds (voir D 7735, 15 mai 1758). Normalement, les créanciers du banqueroutier peuvent espérer se dédommager en se partageant les biens qu'il possédait. Mais la justice retarde ce partage en confisquant provisoirement tous ces biens, sur lesquels elle commence par prélever ses frais.

63. Voltaire a longtemps adhéré à cette idée philosophique, qui s'appuie en particulier sur la vision newtonienne du monde, et que Leibniz a développée (voir notamment les *Éléments de la philosophie* de Newton, 1738, et ci-dessus les notes à *Zadig* et *Memnon*).

64. Pont du navire.

65. L'une des méthodes de raisonnement de la logique savante : en partant des principes.
 Le récit de la tempête fait partie des lieux-communs des relations de voyage et des romans d'aventure, comme d'ailleurs de la tradition épique (voir, après *L'Odyssée* et *L'Énéide*, *La Henriade*, VIII, v. 51 *sq.*).

66. Le 1^{er} novembre 1755, un tremblement de terre accompagné d'un raz de marée détruisit en grande partie Lisbonne et fit environ 30 000 victimes. Voltaire suit les indications qu'il a trouvées dans le *Journal étranger* de décembre 1755, dans un livre d'Ange Goudar, la *Relation historique du tremblement de terre*, La Haye, 1756, et dans le témoignage oculaire d'un Genevois, M. Beaumont. L'incendie se propagea à partir des fourneaux allumés dans les maisons pour le repas.

67. Aussitôt.

68. La suite du paragraphe ne figure pas dans le manuscrit et constitue un ajout de Voltaire.

69. Batavia (Djakarta) était la capitale d'une colonie hollandaise, Java. D'après les historiens qu'avait consultés Voltaire, les Hollandais n'avaient obtenu de continuer le commerce avec le Japon, après sa fermeture aux Occidentaux, au XVII^e siècle, qu'à condition de démontrer à chaque voyage leur renoncement à tout prosélytisme religieux en marchant

sur un crucifix (*Essai sur les mœurs*, chap. 196). Les jurons du matelot («par la tête et le sang de Dieu») confirment son impiété.

70. Ailleurs Candide vouvoie Pangloss. Vin et huile servaient à laver les plaies.

71. En fait, en 1748.

72. Cette hypothèse sur l'origine des tremblements de terre était développée dans plusieurs livres savants, notamment dans le *Mémoire sur les tremblements de terre* d'Élie Bertrand, Berne 1756, que l'auteur avait envoyé à Voltaire, son ami.

73. Première rédaction : «consolait» (manuscrit).

74. Le manuscrit et une édition anglaise de 1759 (Nourse) donnent un texte différent pour la fin du paragraphe : «Car, dit-il, c'est une nécessité que si un univers existe, ce soit le meilleur des univers. Or dans le meilleur des univers tout est bon, tout est bien, tout est au mieux. Consolez-vous, réjouis-sez-vous et buvons.»

75. Employé de l'Inquisition chargé de procéder aux arrestations.

76. Première rédaction : «ni chute, ni perdition». Voltaire sou-ligne ici la difficulté de concilier l'optimisme leibnizien avec un christianisme rigoureux (auquel certains contemporains de Voltaire, prétendument chrétiens, ont tendance à substi-tuer un providencialisme vague), comme il le faisait déjà dans la préface du *Poème sur le désastre de Lisbonne* : selon le dogme du péché originel, l'ordre du monde est marqué d'imperfection, et la liberté de l'homme se manifeste en particulier par ses choix moraux (qui peuvent le conduire au pire).

77. Domestique armé.

78. Cette remarque pédante sur les deux façons de désigner une même ville peut constituer un rappel plaisant (en fin de chapitre, et à un moment dramatique) de l'identité du narrateur, le docteur Ralph, et donc de la nature du récit, qui n'est qu'un conte. Elle ne figure pas dans le manuscrit, et constitue donc un ajout réfléchi.

79. «Acte de foi» : lors de cette cérémonie, avait lieu la lecture des jugements de l'Inquisition devant les condamnés et la foule, puis les exécutions étaient confiées au pouvoir séculier. Voltaire tire ses informations sur l'Inquisition, comme les autres auteurs du XVIII[e] siècle (par exemple, Lesage, *Gil Blas*, XII, I), d'un petit livre plusieurs fois réimprimé depuis

1688, l'*Histoire de l'Inquisition de Goa* de C. Dellon ; plus que le texte, il en reprend ici les illustrations, en choisissant les éléments les plus frappants. En réalité, aucun autodafé n'eut lieu à l'occasion du tremblement de terre. Il y eut des autodafés à Lisbonne en 1756, 1757 et 1758, mais sans rapport avec la catastrophe et sans condamnation à mort ; les condamnés furent simplement réprimandés.

80. Coïmbre était le siège de l'université de Lisbonne ; normalement, l'Inquisition est un organisme indépendant des universités, mais Voltaire veut sans doute suggérer un rapprochement avec la Sorbonne, active contre les Philosophes ; la théologie y occupait la plus grande place et l'assemblée des docteurs y prenait des décisions répressives dans l'intérêt de la foi.

81. Basque d'Espagne. Sur sa faute, voir ci-dessus note 30 à *Scarmentado*, et l'introduction à *L'Ingénu* dans le tome II.

82. Voir ci-dessus note 29 à *Scarmentado*. Le fait de refuser de manger la barde de porc qui enveloppe le poulet révèle la fidélité au judaïsme de ces Portugais d'origine israélite. Ce n'est pas l'appartenance au judaïsme, mais le caractère fictif de la conversion au christianisme qui est puni.

83. Les éditions postérieures portent : « avoir écouté ».

84. Le *san benito* est souvent évoqué par les déistes du XVIIIe siècle comme symbole de l'abomination des religions organisées et intolérantes. Il s'agit d'une sorte de surplis que portaient certains accusés ; les condamnés portaient en réalité (d'après Dellon) des *samarras*, autre vêtement de dessus ; Voltaire a préféré le terme le plus connu.

85. Tous ces détails correspondent aux illustrations dans Dellon. C'étaient les condamnés repentis qui portaient des flammes renversées, les flammes droites désignant les condamnés opiniâtres.

86. Musique d'orgue monotone que Voltaire juge barbare : voir *Le Monde comme il va*, chap. 2, sur son mépris pour la musique religieuse.

87. Tous les condamnés à mort étaient brûlés. La pendaison permettra à Pangloss de réapparaître. Même péripétie chez Vadé : son héros Félix est mal pendu.

88. Une nouvelle secousse se produisit en effet à Lisbonne le 21 décembre 1755.

89. Voltaire avait d'abord écrit : « sans que je sache précisément pourquoi » (manuscrit).

90. Premières rédactions : « lui laissa », puis « lui prépara » (manuscrit).

91. Voir la note 31 à *Scarmentado*. Dévotion à Marie enceinte.

92. Patron du Portugal, né à Lisbonne.

93. Objet d'un célèbre pèlerinage en Espagne. La vieille, fille d'un pape, est pleine de dévotions ; l'évocation de ces dévotions ibériques apporte une touche de couleur locale.

94. « La bonne vieille » (manuscrit).

95. Grandes pièces d'eau dans les jardins d'agrément.

96. « La bonne vieille » (manuscrit).

97. « croyait rêver ; il regardait » (manuscrit).

98. Inévitable scène de retrouvailles. Voir ci-dessus *Zadig*, chap. XVI ; de nombreux éléments sont réutilisés ici.

99. « dans le cul », ajoute le manuscrit.

100. « le dos » (manuscrit).

101. L'« histoire » intercalaire, objet d'un chapitre séparé, d'un personnage rencontré, qui entraîne un retour en arrière, est un procédé caractéristique des romans du XVIIe et du XVIIIe siècle.

102. Première rédaction : « l'histoire » (manuscrit).

103. Première rédaction : « la cuisine » (manuscrit).

104. Ou Issacar. Voltaire l'avait d'abord appelé Oudros (nom corrigé partout sur le manuscrit). Issachar est un nom biblique qui désigne un personnage de la Genèse, XXX, 19, et une des tribus d'Israël. Les services que l'homme d'affaires juif rend à la cour expliquent son anoblissement (« don »).

105. Première rédaction : « à un Juif » (manuscrit).

106. Ce point va entraîner la rencontre des deux amants. Le samedi (sabbat) est la fête qui se rattache à l'Ancien Testament (et au plus ancien soupirant de Cunégonde) ; le dimanche est la fête qui se rattache au Nouveau Testament (et au nouveau soupirant).

107. Cunégonde ment. Comme le révélera la vieille au chapitre XIII, elle a cédé aux deux.

108. Ce mobile personnel n'apparaissait pas au chapitre VIII : le narrateur omniscient ne sait pas tout.

109. Première rédaction « et mon trouble » (manuscrit).

110. Voltaire avait d'abord écrit « à souper » (manuscrit).

111. Forme italienne du mot espagnol señor (fréquente au XVIIIe siècle).

112. Épisode de l'histoire des juifs, qui remonte au VIe siècle avant J.-C. L'hébreu de *Zadig*, chap. X, était déjà un coléreux.

113. Synonyme de chrétienne (disciple de Jésus, originaire de Galilée).

114. Tournure juridique qui désigne l'adversaire dans un procès.

115. A partir de 1761, les éditions portent : « vous étend ».

116. A partir de 1761, les éditions portent « la belle Cunégonde », comme le manuscrit.

117. Ancienne monnaie d'or portugaise, nommée plus loin « pistoles », d'un mot plus familier aux Français (voir *Gil Blas*).

118. Nom inventé, semble-t-il.

119. Voir chap. IV et ci-dessus note 50.

120. Ville à la frontière du Portugal et de l'Espagne, sur la route de Lisbonne à Cadix.

121. Cette idée peut avoir sa source chez Hobbes (*Natura dedit unicuique jus in omnia*, « la nature a donné à chacun un droit sur toutes choses », *De Cive*, I, 10), mais aussi dans le *Discours sur l'origine de l'Inégalité parmi les hommes* de Rousseau (1754).

122. Pièce de cuivre espagnole, de faible valeur.

123. Les abbayes bénédictines passaient pour riches.

124. Ces localités existent mais ne se trouvent pas sur la route de Cadix ; ici Voltaire a pris des noms au hasard.

125. C'est le port par lequel se fait le commerce avec les colonies espagnoles d'Amérique. Voltaire avait lui-même en 1756 placé une partie de ses capitaux dans l'armement d'un navire, le *Pascal*, qui devait transporter depuis Cadix des troupes espagnoles pour réprimer le soulèvement des Indiens Guaranis à la frontière du Paraguay et de l'Uruguay.

126. Dans la zone du Paraguay qu'ils avaient évangélisée, depuis un arrêt royal qui la leur confiait (1609), les jésuites avaient organisé la vie des villages de façon communautaire et autonome, pour soustraire les Indiens « au glaive, à la tyran-

nie » (Raynal) des colonisateurs et à l'emprise des chasseurs d'esclaves. Leur réussite était saluée par l'ensemble des observateurs, philosophes compris (voir notamment Raynal, *Histoire des deux Indes,* livre VIII). Tout en soulignant que les Indiens n'y sont pas libres, Voltaire lui-même fait l'éloge des « réductions » (c'est-à-dire des missions) du Paraguay dans l'*Essai sur les mœurs* chap. 154) : les opposant aux « excès d'horreur » de la conquête du Mexique et du Pérou, il y voit « à quelques égards le triomphe de l'humanité ». Mais en 1750, l'Espagne cède au Portugal la ville de Saint-Sacrement, située dans les « réductions » ; les Indiens Guaranis se soulèvent pour ne pas passer sous la domination portugaise ; on accuse les jésuites de les y pousser ; en 1755, l'Espagne envoie une expédition répressive ; en 1758, la guérilla dure encore. Voltaire avait d'abord écrit (manuscrit) : « qui avaient fait révolter ». Sur cette question, voir notamment J. Decobert, « Les missions jésuites du Paraguay devant la philosophie des Lumières », *Revue des Sciences humaines,* n° 149, 1973.

127. Environ cent hommes. Le manuscrit continuait : « à discipliner et à commander ».

128. Les vents alizés.

129. Voltaire avait d'abord écrit : « cette vieille femme » (manuscrit).

130. Voltaire avait d'abord écrit « soixante et onze » : mais ce nombre de quartiers de noblesse était considéré comme insuffisant en Westphalie, voir ci-dessus chap. I.

131. Sur le personnage traditionnel dans le conte de la vieille et sa transfiguration merveilleuse, voir ci-dessous *Ce qui plaît aux dames.*

132. Principauté proche de Rome, fief de la célèbre famille Barberini qui a elle-même donné un pape. Voltaire avait d'abord écrit « Clément XII », nom d'un pape réel et récent (1730-1741). Une note de l'auteur, transmise par son secrétaire Wagnière, commente la correction : « Voyez l'extrême discrétion de l'auteur ! Il n'y eut, jusqu'à présent, aucun pape nommé Urbain X. Il craint de donner une bâtarde à un pape connu. O la circonspection ! ô la délicatesse de conscience ! »

133. Statue grecque antique, de Cléomène (I^er siècle av. J.-C.), conservée à Florence.

134. Duché du sud de la Toscane.

135. Port marocain, en face de Rabat. Les exactions des corsaires musulmans d'Afrique du Nord, toujours redoutées dans la Méditerranée au xviiie siècle, sont alors fréquemment utilisées dans les romans et dans les contes pour provoquer des renversements de condition sociale. Voir ci-dessous *L'Éducation d'un prince*.

136. Le manuscrit enchaînait : « Aussitôt on les dépouille nus ».

137. Élément comique ajouté : l'absolution, c'est-à-dire le pardon des fautes, ne peut être donnée que par un prêtre, mais les soldats dans leur terreur perdent tout bon sens (*in articulo mortis*, « au moment de la mort », expression de la liturgie).

138. Extrémité de l'appareil à lavements (couramment utilisé dans la médecine du xviiie siècle).

139. Les nations civilisées qui autorisent les activités des corsaires.

140. Moines soldats, spécialisés dans la défense des pèlerins en Méditerranée.

141. Ensemble des lois communes à tous les peuples.

142. Voir ci-dessus, l'*Histoire des Voyages de Scarmentado*, note 54.

143. Le reste du paragraphe ne figure pas dans le manuscrit.

144. Traduction de l'italien : « Oh ! quel malheur d'être sans couilles ! » (le mot *coglioni* n'est en toutes lettres que dans les premières éditions). Une opération mal connue qui privait de jeunes chanteurs d'une partie de leur virilité leur assurait une voix d'un timbre et d'une étendue très appréciés, notamment en Italie, mais aussi dans toute l'Europe. Un castrat, Cafarelli, avait chanté avec un grand succès à Paris en 1753 ; mais une campagne, à laquelle participe Voltaire, dénonce l'inhumanité de l'institution.

145. Allusion au castrat napolitain Farinelli, né en 1705, célèbre comme chanteur, puis comme conseiller des rois d'Espagne Philippe V et Ferdinand VI.

146. Allusion aux tractations de certains ennemis de la France, comme le Portugal, qui avaient tenté, au début de la guerre de la Succession d'Espagne (1701-1713), de s'allier avec Muley-Ismaël. Voir *Le Siècle de Louis XIV*, chap. xviii.

147. Port africain situé en face de Gibraltar.

148. En théorie, l'Algérie dépend du sultan de Constantinople, dont le dey est le représentant.

149. Le manuscrit disait : « Jamais, dit la baronne. Mais, made-

moiselle, si vous aviez eu la peste, vous avoueriez que c'est un fléau cent fois plus horrible; elle est fort commune [...] » Les épidémies de peste continuent à sévir dans le bassin méditerranéen au XVIII^e siècle, notamment à Marseille en 1720 et à Messine en 1743.

150. « Quatorze ans et demi », précisait le manuscrit.

151. « Épouvantable destruction » (manuscrit).

152. Général de la garde du sultan de Constantinople.

153. Pierre le Grand conquit le port d'Azov (orthographié Azof ou Azoph au XVIII^e siècle) à l'issue d'un long siège (1695-1697), pour donner à la Russie un débouché sur la mer Noire. La prise d'Azov est racontée dans le chap. VIII de l'*Histoire de la Russie sous Pierre le Grand*, à laquelle Voltaire travaille en 1757-1758.

154. Nom antique, encore usité au XVIII^e siècle, de la mer d'Azov, partie de la mer Noire.

155. Un aumônier musulman.

156. Voltaire a trouvé cette idée (qu'il reprend dans plusieurs textes) dans S. Pelloutier, *Histoire des Celtes* (La Haye, 1740), qui était dans sa bibliothèque, et qui cite un témoignage de saint Jérôme, selon lequel les Écossais, faute de gibier, coupaient « les fesses des jeunes garçons et les tétons des jeunes filles » et s'en régalaient.

157. Détail cité également dans l'*Histoire de la Russie* [...].

158. Voltaire avait d'abord écrit : « coups de nerf de bœuf ».

159. Certains boïards, membres de l'ancienne noblesse russe, écartée par Pierre le Grand, se révoltent en 1698 et sont punis du supplice infamant de la roue (révolte des strélitz, voir *Histoire de la Russie* [...], chap. VIII et X).

160. Le débat sur le suicide occupe une place importante dans la philosophie et la littérature du XVIII^e siècle, parce qu'il donne l'occasion de remettre en cause les principes de la morale chrétienne, mais aussi parce qu'il soulève le problème des contradictions de la voix de la nature (voir notamment Montesquieu, *Lettres persanes*, LXXVI; Rousseau, *La Nouvelle Héloïse*, III^e partie, lettres 21-22; et déjà La Fontaine, « La Mort et le Bûcheron »).

161. Voltaire avait d'abord, sur le manuscrit, corrigé « horreur » en « exécration » (mais le mot devait réapparaître quelques lignes plus bas), suivi de « mais » au lieu de « et ».

162. Corrigé en « douze » à partir de 1761.

163. Allusion aux suicides massifs des noirs déportés par le commerce des esclaves (voir l'*Histoire de Jenni*, chap. IX, dans le tome II).

164. Les Anglais passaient pour être fréquemment atteints d'une maladie mélancolique, le spleen, qui pouvait les conduire au suicide : voir notamment la « lettre à M. » écartée des *Lettres philosophiques* et « Du suicide » (1729, repris dans les *Questions sur l'Encyclopédie*).

165. Avant ce mot, Voltaire a ajouté en 1761 : « quatre Genevois », sans doute après sa lecture de *La Nouvelle Héloïse* (voir ci-dessus, note 160).

166. Ce cas avait été signalé par S. Formey (*Mélanges philosophiques*, Leyde, 1754) et a frappé également Rousseau : Robeck, né à Colmar en 1672, avait soutenu une thèse en Suède sur le suicide (*Exercitatio de morte voluntaria*, 1736) avant de se noyer volontairement en 1739. Voltaire a ajouté le nom en surcharge sur le manuscrit.

167. Dans le manuscrit, le chapitre commençait simplement ainsi : « La belle Cunégonde saisit la proposition de la vieille, elle engagea [...] »

168. Cette suite de noms caricature la coutume des nobles espagnols de citer toutes les terres dont ils étaient suzerains ; les noms sont empruntés à diverses lectures de Voltaire dans des livres souvent récents, souvent présents dans sa bibliothèque.

169. Dans le manuscrit, la phrase s'achevait d'abord ainsi : « qu'on était tout déconcerté ». Voltaire a corrigé de sa main.

170. A partir de 1761, Voltaire a fait ici un ajout : « quoique ce mensonge officieux eût été autrefois très à la mode chez les Anciens, et qu'il pût être utile aux modernes ». Il souligne ainsi l'allusion à l'histoire biblique d'Abraham qui présenta sa femme comme sa sœur au pharaon dont elle devient la concubine (son fils Isaac fait la même chose avec le roi Abimélech ; *Genèse*, XII, XXVI) ; cette histoire, depuis l'article « Sara » de Bayle dans son *Dictionnaire*, fait partie des éléments favoris de la polémique sur la moralité de la Bible (voir par exemple l'article « Abraham » du *Dictionnaire philosophique*).

171. Le manuscrit ajoutait : « et lui promit de faire une grande fortune au capitaine ». Quelques lignes plus bas, l'Amérique

est qualifiée de « méridionale » dans toutes les éditions posté-
rieures à 1759.

172. Un magistrat et des policiers.

173. « Très » ajouté de la main de Voltaire sur le manuscrit.

174. Un franciscain. Voir ci-dessus note 50. Voltaire a coutume
de s'amuser des débats entre les ordres religieux sur des
points de costume, manches ou capuche. Voir la treizième
Lettre philosophique. Les grandes manches servaient aussi de
poches (éventuellement pour des larcins).

175. Comme condamné par l'Inquisition.

176. On ne sait ce qu'est devenu le deuxième valet mentionné au
chapitre x.

177. Province d'Argentine au pied des Andes ; la mère de
Cacambo est donc une Indienne de cette région.

178. Sorte de représentant de commerce.

179. Voltaire a ajouté « fort » de sa main sur le manuscrit.

180. Voir ci-dessus note 126. Terme évidemment impropre, mais
le bruit avait couru en 1755-1756 que les Indiens avaient
couronné un jésuite roi.

181. Valet de cuisine.

182. Asuncion, capitale du territoire organisé par les jésuites.

183. Les pères jésuites (en espagnol).

184. Dans l'*Essai sur les mœurs*, chap. 154, écrit en même temps
que *Candide* (janvier 1758), Voltaire ne parle que d'une
circonférence de deux cents lieues, et de trente cantons ;
l'exagération peut venir de l'enthousiasme de Cacambo.

185. Présentation tendancieuse du « communisme d'État » ins-
tauré par les jésuites.

186. Avant-postes.

187. Corps de garde principal.

188. Coiffure des jésuites, dont la barrette carrée d'ecclésiastique
portait trois cornes au lieu des quatre habituelles.

189. Pique courte, que portaient les officiers qui combattaient
avec la troupe.

190. Chef d'une des trente « provinces » du Paraguay ; jeu de
mots avec le titre que porte le responsable de chaque cir-
conscription de la Compagnie de Jésus, ou « province ».

191. Transformation d'une règle mentionnée dans l'*Essai sur les mœurs* (chap. 154) : pour éviter toute influence pernicieuse sur la population, les officiers espagnols en route vers le Pérou ne pouvaient séjourner plus de trois jours, ni parler aux indigènes.

192. Parodie d'une coutume dont Voltaire se moque dans *La Mule du pape* (voir ci-dessus) : on baisait la mule du pape en signe de respect. Mais si le provincial est aussi puissant qu'un pape, les éperons sont moins pacifiques que la mule.

193. Calque plaisant de la formule habituelle, adressée à un haut-dignitaire, « Son Excellence ».

194. Hutte de feuillage, habituellement très rustique ; ici, elle va révéler de luxueux aménagements. Pour apprécier le ton du passage, il faut se rappeler que l'austérité de vie des jésuites était reconnue par tous, Voltaire compris.

195. Le texte du manuscrit (et de l'édition de Kehl) est plus cohérent : « de treillages ».

196. Oiseaux exotiques au XVIII^e siècle.

197. Dans le système communautaire instauré par les jésuites, l'or ne sert pas de monnaie et n'a donc pas sa valeur habituelle. « Les jésuites distribuaient les denrées, et faisaient servir l'argent et l'or à la décoration des églises et au besoin du gouvernement » (*Essai sur les mœurs*, chap. 154). Dans la perspective tendancieuse du conte, l'or est pour le luxe exclusif des jésuites. Vases est ici au sens de vaisselle.

198. Production indigène considérée au XVIII^e siècle comme un pis-aller, un simple remède contre la faim.

199. Précaution militaire, sans doute bien vaine puisque les héros sont entourés de troupes.

200. Les jésuites étaient autorisés à avoir eux aussi des esclaves noirs.

201. Fondateur de la Compagnie de Jésus.

202. Lui-même a subi le même sort que sa sœur, voir chap. IV.

203. On trouve dans le manuscrit : « se furent retirés ».

204. A ce personnage inconnu de nous, peut-être inventé, Voltaire a substitué à partir de 1761 le P. Croust : le P. Croust, recteur du collège jésuite de Colmar, s'était montré hostile à Voltaire pendant son séjour dans cette ville en 1754.

205. Le manuscrit porte : « prit-il ».

206. Plaisanterie usée sur le goût prétendu des jésuites pour les jeunes gens.

207. Supérieur général de la Compagnie de Jésus.

208. Un recrutement ; terme militaire.

209. Les Évangiles comparent plusieurs fois l'apostolat missionnaire au travail du vigneron : image familière du discours ecclésiastique.

210. Un des degrés préparatoires à la prêtrise.

211. Les éditions postérieures à 1761 portent : « recevons ».

212. Le manuscrit porte : « bien encore ».

213. Le manuscrit ajoute : « paraguain ».

214. Sac attaché à la selle.

215. Cette question ne figurait pas dans le manuscrit. Le *Journal de Trévoux*, excellent périodique fondé et rédigé par des jésuites, faisait un examen critique de la production « philosophique » qui déplaisait à Voltaire, qui l'attaque notamment en 1759 dans la *Relation de la maladie, de la confession, de la mort et de l'apparition du jésuite Berthier* - directeur du journal.

216. Il ne manquait pas. A partir de 1764, le texte devient : « ne laissa pas ».

217. Le manuscrit et la plupart des éditions présentent une version sans doute plus correcte : « précipitamment ».

218. Nobles.

219. Dans le manuscrit : « perclue quand il aperçut ».

220. A partir de 1761, le texte est corrigé en : « Ils sont des quarts d'homme ».

221. Dans la mythologie classique, êtres mi-humains, mi-animaux de diverses formes. La question de la fécondité possible de relations entre des animaux, notamment des singes, et des humains intéressait des naturalistes et des philosophes. Ils rassemblaient des témoignages sur l'existence de tels êtres hybrides, qui auraient remis en question la distinction métaphysique radicale qu'opère le christianisme entre l'homme, appelé au salut, et le reste de la création.

222. Même situation dans *Zadig,* chap. ix, « La femme battue ».

223. Ou Orejones, ou Indiens à grandes oreilles (parce qu'ils portaient de lourds pendentifs) : ce sont les habitants du

nord du Paraguay d'après une carte que Voltaire avait dans sa bibliothèque.

224. Épisode principalement inspiré par *Les Voyages de Gulliver* de Swift, qu'admire Voltaire et où le héros est lié pendant son sommeil par les habitants de Lilliput.

225. Dans *L'Année littéraire*, en 1754, Fréron avait rappelé que des indigènes paraguayens avaient voulu manger le P. Ruiz parce qu'ils croyaient que la chair des jésuites, grands consommateurs de sel, avait un goût supérieur.

226. Au sens de ce que les forces de la nature humaine permettent de faire, avant qu'interviennent les règles du droit positif.

227. Sur la réflexion de Voltaire autour du cannibalisme, voir notamment le chap. 146 de l'*Essai sur les mœurs* (écrit en même temps que *Candide*) et l'article « Anthropophages » du *Dictionnaire philosophique* et des *Questions sur l'Encyclopédie*.

228. Glissement du propos : rien ne dit jusqu'ici que les Oreillons ont des griefs contre les jésuites en général (qui apparaissent plutôt au Paraguay comme les défenseurs des indigènes) ; ils veulent venger le meurtre des singes par Candide.

229. « Le pays d'or » en espagnol. Les conquérants espagnols de l'Amérique du Sud, au XV^e^ siècle, avaient imaginé qu'une région, où s'étaient peut-être réfugiés les derniers Incas, entre Orénoque et Amazonie, regorgeait d'or et de pierreries. Nombreux avaient été ceux qui étaient partis à sa recherche : voir l'*Essai sur les mœurs*, chap. 61. Voltaire a lu notamment Garcilaso de La Vega, *Histoire des Incas* (1704) et la *Relation du voyage de François Coreal aux Indes Occidentales [...] avec une relation de la Guyane de Walter Raleigh* (1722). Sur l'épisode et sa signification, voir R. Barny, « L'Eldorado dans *Candide* (littérature et idéologie) », *Annales littéraires de l'Université de Besançon*, 1973 ; et J.-M. Goulemot, « Écriture et lecture de l'ailleurs, l'Eldorado ou le fusil à deux coups des ingénus qui feignent de l'être », *Revue des Sciences humaines*, 1974.

230. A partir de 1761, on lit simplement : « par le plus court ».

231. Nom, au XVIII^e^ siècle, de Cayenne, la colonie française d'Amérique du Sud.

232. Connus pour fournir dans leurs noix tous les aliments nécessaires à la survie.

233. Voltaire a ajouté de sa main sur le manuscrit : « petite ».

234. Même navigation dans un tunnel rocheux, suivie d'un retour
 à la lumière, pour Sinbad le marin dans *Les Mille et une
 Nuits* (sixième voyage).

235. Les lamas, animaux d'Amérique du Sud que des voyageurs
 décrivent couverts d'une laine rose ou rougeâtre.

236. Tétouan et Meknès, au Maroc, centres réputés d'élevage.

237. Passage obscur : d'où descendent-ils ?

238. Empereur des Indes.

239. Sans aucun doute.

240. Dans le manuscrit : « au Pérou ».

241. Condor, oiseau géant dont Garcilaso de La Vega, une des
 sources de Voltaire, signale que les indigènes le mangent.

242. Cent kilos.

243. Dans l'empire des Incas, selon Garcilaso de La Vega, avant la
 conquête espagnole, des « hôpitaux » gratuits, « munis de
 toutes sortes de provisions », étaient entretenus par le gou-
 vernement pour les voyageurs.

244. Après 1764, les éditions portent : « tout allait mal ».

245. Le manuscrit portait : « les lambris du pays ». Il s'agit des
 revêtements des murs et des plafonds.

246. « Je ne suis âgé que de [...] », disait le manuscrit.

247. Voir l'*Essai sur les mœurs*, chap. 151 (écrit en janvier 1758 en
 même temps que *Candide*) : « On disait que la famille des
 Incas s'était retirée dans ce vaste pays [...] ; que c'était là que
 la plupart des Péruviens avaient échappé à l'avarice et à la
 cruauté des chrétiens d'Europe ; qu'ils habitaient [...] près
 d'un [...] lac [...] dont le sable était d'or ; qu'il y avait une ville
 dont les toits étaient couverts de ce métal ; les Espagnols
 appelaient cette ville El Dorado. »

248. Allusion à l'exploration de la Guyane par sir W. Raleigh, en-
 voyé de la reine Elizabeth d'Angleterre, en 1595. Voir n. 229.

249. Sens probable : sans aucun répit.

250. Les carosses à six chevaux étaient les plus luxueux.

251. Soixante-six mètres sur trente environ.

252. Rites de l'hospitalité antique. L'aventure de Candide dans un
 pays merveilleux rappelle évidemment des épisodes célèbres
 des épopées antiques familières aux lecteurs du XVIIIᵉ siècle,
 comme l'escale d'Ulysse dans l'île de Calypso ou dans celle

du père de Nausicaa (*Odyssée,* chants V et VII) ou celle d'Énée chez Didon (*Énéide,* livre I).

253. Costume peut-être inspiré par l'illustration d'un livre que Voltaire avait dans sa bibliothèque, l'*Histoire de la conquête du Mexique* de Antonio de Solis (Paris, 1691), où l'Inca Montezuma porte un manteau de plumes.

254. Souvenir peut-être des *Voyages de Gulliver :* Gulliver doit « balayer le plancher avec sa langue » avant d'être admis en audience à la cour de Luggnag.

255. On est très loin ici des cérémonies incas.

256. Marchés monumentaux et fontaines généreuses sont deux objets favoris de l'urbanisme des Lumières. Sur les fontaines, voir ci-dessus *Le Monde comme il va,* chap. III. Sur l'eau-rose, voir *Zadig,* note 154, p. 446.

257. Synonyme de cour de justice en France au XVIIIᵉ siècle.

258. Un kilomètre et demi.

259. A partir de 1761 on lit : « d'instruments de mathématiques et de physique ».

260. La richesse refuge contre l'intolérance : c'est la tactique de Voltaire, spécialement depuis son installation à Genève.

261. Allusion probable à la conduite contraire de Frédéric II qui chercha en 1753 à retenir Voltaire en Prusse.

262. Plus de trois mille mètres.

263. Voltaire avait d'abord dicté « aisément » (mot raturé dans le manuscrit).

264. Premier jet (manuscrit) : « Je ne sais pas. »

265. Hisser. *Le Voyage historique de l'Amérique* (Paris, 1752) de G.J. et A. de Ulla décrivait une machine utilisée par les Incas du Pérou pour transporter les animaux dans les montagnes.

266. C'est-à-dire : la valeur en monnaie du pays de 20 millions de livres sterling. Pourquoi cette monnaie anglaise ? A certains égards, l'Eldorado rappelle les *Lettres philosophiques* (conversation avec le quaker de la première lettre, la Pennsylvanie dans la quatrième).

267. Colonie hollandaise, proche de la Guyane française, vers laquelle se dirigeaient initialement Candide et Cacambo.

268. L'épisode suivant ne figure pas dans le manuscrit, qui continue : « [...] notre félicité ; ils entrent dans Surinam. La première chose » (quatrième paragraphe). Il a sans doute été

ajouté par Voltaire après la lecture d'une note sur l'esclavage dans *De l'Esprit* d'Helvétius, qu'il lit dans l'automne 1758. Mais il en avait déjà parlé dans l'*Histoire des voyages de Scarmentado* (voir ci-dessus, note 55 à ce conte) et dans l'*Essai sur les mœurs* (chap. 152).

269. « De la dent dure » ; Voltaire était en conflit depuis 1740 avec un libraire hollandais nommé Van Duren, et il en parle dans ses *Mémoires* (fin 1758).

270. Mêmes développements dans l'*Essai sur les mœurs*, chap. 152. Le code noir, publié par Louis XIV (et qui ne s'applique évidemment pas dans une colonie hollandaise comme Surinam) impose de fournir deux habits de toile à chaque esclave par an, et prévoit que les fugitifs récidivistes auront le jarret coupé pour punition. C'est pour sauver la vie aux esclaves dont un doigt est pris dans l'engrenage du moulin qu'il est prévu de leur trancher la main.

271. Au XVIII^e siècle, le transport des Noirs africains pour aller travailler comme esclaves dans les plantations d'Amérique prend de grandes proportions. D'autres écrivains avant Voltaire ont déjà souligné l'inhumanité de ces pratiques : Prévost (*Le Pour et le Contre*, 1735), Montesquieu (*L'Esprit des lois*, livre XV, 1748), Jaucourt dans l'*Encyclopédie* (article « Esclavage »), Helvétius (note citée ci-dessus à *De l'Esprit*, 1758). Mais Voltaire ne met pas en cause le droit des « hommes éclairés » à coloniser les régions en friche.

272. Monnaie d'argent espagnole et flamande ; dix écus font une faible somme.

273. Objets sacrés auxquels les primitifs rendent un culte.

274. Les pasteurs hollandais.

275. Seule apparition du mot dans le texte du conte. On remarquera qu'il s'agit d'un passage ajouté après l'achèvement du conte. Le mot était récent et rare (1737, dans les *Mémoires de Trévoux*). Voir l'introduction.

276. Ce début de paragraphe est différent dans le manuscrit : « Hélas, dit Candide en buvant et en pleurant, je sens bien, malgré toute ma passion que je ne peux aller à Buenos Ayres. Mon amour m'aveuglait ; la sainte Hermandad m'arrêtera. Le meurtre de l'inquisiteur me fait toujours trembler. Mon cher Cacambo voici ce qu'il faut que tu fasses ; nous avons chacun dans nos poches pour cinq à six millions en diamant. Va prendre [...] »

277. Le manuscrit continue directement : « J'apprêterai un autre vaisseau [...] »

278. Venise était une république indépendante, réputée pour la liberté des mœurs qui y régnait. Mais son gouvernement aristocratique ne tolérait ni la liberté politique, ni la liberté de pensée.

279. Le paragraphe s'arrête ici dans le manuscrit : le commentaire final (marqué d'ironie : le dévouement de Cacambo passe la vraisemblance) du conteur est un ajout.

280. Le manuscrit portait seulement : « enfin le maître d'un gros navire », et au début du paragraphe suivant : « le prudent Hollandais ». Voltaire a donné ensuite à ce personnage le même nom qu'au Hollandais maître de l'esclave du début du chapitre, sans signaler que le lecteur le connaît déjà. Il peut s'agir d'une inadvertance de Voltaire, ou d'un même personnage. Remarquons que l'épisode du nègre étant un ajout, le nom a été introduit aux deux endroits en même temps.

281. Directement.

282. Choisit le moment favorable (terme d'escrime).

283. Largue les amarres.

284. Les plus distingués : il s'agit de se choisir un compagnon de voyage supportable.

285. Amsterdam était un grand centre européen d'impression et de commerce des livres. Des auteurs venus de partout, souvent des réfugiés ou des fugitifs, tels Bayle ou Prévost, y écrivaient sur commande pour des maisons d'édition (« libraires ») qui, à leur avis, les exploitaient ; opinion partagée par Voltaire. Mais il s'agit naturellement ici d'une plaisanterie : leur sort était incomparablement meilleur que celui de la plupart de leurs contemporains.

286. Après 1764, le texte est corrigé en : « qui était d'ailleurs un bon homme ». Nous conservons la ponctuation de la première édition.

287. Comme les négociants et les libraires, les prédicants, ou pasteurs protestants, qui jouissaient d'un statut officiel et d'une grande influence, étaient des figures caractéristiques de la société hollandaise. La doctrine de Socin (XVIᵉ siècle) écartait des aspects essentiels du christianisme (la Trinité, la divinité du Christ) ; Voltaire y voyait une heureuse modernisation ; mais il s'était aperçu à Genève que même les protes-

tants les plus proches des philosophes n'étaient pas disposés à l'admettre.

288. Les éditions ultérieures portent : « à la fin ».

289. Bayle (article « Manichéens » de son *Dictionnaire*) et Beausobre (*Histoire critique de Manichée et du manichéisme,* Amsterdam 1734-1739, livre que possédait Voltaire) avaient remis à la mode la doctrine du Persan Manès (III^e siècle après J.-C.). Il existerait deux principes, celui du bien et celui du mal, mais notre monde serait tout entier dominé par le principe du mal. Voir *Le Blanc et le Noir* dans le tome II.

290. Allusion à la guerre de Sept Ans, pendant laquelle le conte est écrit, et qui mit effectivement en branle près d'un million d'hommes. Voir ci-dessus notes 26 et 34.

291. Soucis.

292. A partir de 1761, Voltaire corrige en « de moment en moment ».

293. Rappel de la parabole de l'Évangile de Matthieu, chap. 18 : la brebis égarée et retrouvée cause plus de joie que les 99 qui n'ont pas été égarées.

294. Ces huit derniers mots ne figuraient pas d'abord dans le manuscrit.

295. La légèreté des Français était proverbiale au XVIII^e siècle.

296. Une foule.

297. Célèbre foire annuelle de la rive gauche, en février-mars, dont beaucoup d'étrangers venaient voir les étalages et les spectacles.

298. Martin n'a vu à Paris que des gens méprisables à divers titres (la canaille) : pauvre et obscur, il ne connaît la bonne société que par ouï-dire. Voltaire vise, selon son habitude, les journalistes et les gens de lettres passionnés par des « querelles littéraires » de peu d'envergure. Il vise aussi les jansénistes, très influents dans l'opinion française, qu'il cherche à caricaturer en rappelant l'épisode des convulsionnaires de Saint-Médard (1727-1732).

299. Corrigé à partir de 1761 en « de rien voir ».

300. Voir ci-dessus la note 278.

301. Sans doute l'*Histoire des navigations aux terres australes* du président De Brosses (Paris, 1756) qu'a lue Voltaire en

septembre 1758; l'auteur y évoque, pour expliquer la présence de fossiles marins sur des sommets, une submersion ancienne des plus hautes montagnes, à la suite notamment de Buffon. Voltaire ne cesse de mettre en doute cette théorie (compatible avec le déluge de la Bible).

302. Mot absent du manuscrit.

303. Ce chapitre a été profondément remanié par Voltaire, à cinq reprises au moins. Voir ci-dessous les notes 304 et 319, et les appendices à la fin du conte.

304. Le manuscrit contient deux rédactions différentes de ce chapitre; il révèle l'existence d'une première version, qui diffère à partir d'ici de la première édition, et qu'on trouvera reproduite à la fin du conte, en appendice I.

305. Voiture rapide de voyage.

306. Voltaire se moque volontiers des académies qui s'étaient multipliées en province; il fait pourtant partie de plusieurs, celle de Bordeaux comprise, qui donnait effectivement des questions scientifiques comme sujets de concours.

307. Allusion peut-être à Maupertuis, président de l'Académie de Berlin, que Voltaire associe volontiers à des raisonnements d'allure mathématique.

308. Maladie contagieuse des moutons.

309. En réalité, les deux routes sont à peu près opposées; mais Candide a déjà tant voyagé que le détour peut lui paraître insignifiant.

310. Voir ci-dessus *Le Monde comme il va,* chap. ii.

311. Membres d'organisations charitables, qui faisaient office de gardes-malades.

312. Lavements.

313. Prêtre rattaché à une paroisse dont il aide le clergé.

314. L'affaire des billets de confession agitait l'opinion en France depuis 1750 : pour lutter contre le jansénisme, on n'accordait les derniers sacrements aux mourants que s'ils pouvaient présenter une attestation de confession signée d'un prêtre qui avait accepté officiellement la bulle pontificale *Unigenitus* condamnant le jansénisme. Voltaire joue sur le terme « billet » : un billet au porteur est une sorte de chèque.

315. Avec les cérémonies catholiques.

316. Les cartes qui permettent de gagner : Candide joue avec des tricheurs.

317. Il s'agit d'un de ces jeunes gens instruits et de bonne famille qui, sans appartenir au clergé, en portaient le costume dans l'attente d'un bénéfice ecclésiastique. On raillait les nobles périgourdins pour leur arrivisme, souvent doublé de pauvreté.

318. Voltaire avait d'abord écrit : « On jouait *L'Orphelin de la Chine.* » Cette tragédie de Voltaire avait été créée en 1755. Il avait par conséquent écrit un peu plus loin : « L'auteur ne sait pas un mot de chinois. » Puis il a cherché à déguiser cette allusion à sa propre œuvre en parlant de « tragédie nouvelle » et en corrigeant de sa propre main : « Monsieur, je vous prouverai demain dans une brochure que vous avez eu tort de pleurer. La scène est en Perse, et l'auteur ne sait pas un mot de persan. Les acteurs sont très mal coiffés, l'ouvrage est contre les bonnes mœurs. Écoutez-moi bien. Candide ne l'écouta pas. » De « persan », il en est enfin venu à l'arabe. La référence aux idées innées était d'abord précisée par la formule « c'est un homme qui estime Locke », qui convenait particulièrement à l'auteur des *Lettres philosophiques.*

319. A partir d'ici, Voltaire a récrit son texte pour l'édition de 1761 (et les suivantes) : on lira cette nouvelle version du passage à la suite du conte, en appendice II.

320. Sommes énormes. Les actrices et danseuses parisiennes étaient réputées pour se faire richement entretenir.

321. De l'étude du manuscrit il résulte que l'épisode suivant ne figurait pas dans la version primitive du chapitre.

322. Le manuscrit montre que Voltaire avait écrit d'abord « conduire ».

323. Les exempts, officiers de police, avaient pour insigne un bâton d'ébène à bouts d'ivoire.

324. Une note de Voltaire dans le manuscrit dit : « Nota que vers la fin de ce chapitre quand l'exempt dit : "On arrête tous les étrangers", il doit au lieu de ces mots dire ceux-ci : "Monsieur, on vous arrête pour avoir battu un clerc pendant que vous étiez à l'agonie". »

325. La région d'Arras, d'où était originaire Damiens, qui tenta d'assassiner Louis XV le 5 janvier 1757, croyant obéir à de justes raisons religieuses.

326. L'assassinat de Henri IV par Ravaillac, ancien religieux feuillant.

327. L'attentat de Jean Châtel contre Henri IV, que Voltaire attribue au fanatisme.

328. En fait, Dieppe est en Haute-Normandie. Tout le passage depuis « Et pourquoi arrête-t-on tous les étrangers ? » est absent du manuscrit et a donc été ajouté *in extremis*.

329. Nom d'un officier de police dans certaines villes italiennes.

330. La pagination du manuscrit montre que ce chapitre a été inséré après coup.

331. Le manusctit ajoute : « , dit Candide ».

332. Le conflit portait sur une zone frontalière entre la partie française et la partie anglaise ; mais l'enjeu, Louisbourg et l'entrée du Saint-Laurent, était essentiel pour le contrôle du Canada tout entier, que l'Angleterre acquerra en 1763.

333. Réduit, en 1758, au nord des Grands Lacs et à la vallée du Saint-Laurent.

334. Il s'agit de l'exécution de l'amiral anglais Byng, repoussé à Port-Mahon, dans l'île de Minorque, par les Français (que commandait un ami de Voltaire, le duc de Richelieu) jugé et condamné pour insuffisance en mars 1757. Voltaire était intervenu en sa faveur. Voir A.-M. Rousseau, « En marge de Candide : Voltaire et l'affaire Byng », *Revue de littérature comparée,* avril-juin 1960, t. 34.

335. La tournure grammaticale savante du titre fait contraste avec les noms de ces personnages, sortis des contes en vers à la façon de La Fontaine.

336. La phrase précédente a été ajoutée au-dessus de la ligne dans le manuscrit (évidemment après l'ajout de l'épisode de la fausse Cunégonde, voir ci-dessus note 321) ; et « elle » est corrigé en « Cunégonde ».

337. A la mode.

338. Voltaire a corrigé ici successivement « ni vertu ni bonheur » et « très peu de [...] »

339. Religieux d'un ordre fondé en Italie au XVIe siècle, auquel appartenait notamment un ennemi de Voltaire, Boyer. En principe, cet ordre avait pour but de ramener les mœurs ecclésiastiques à plus de pureté.

340. La plus célèbre place de Venise.

341. Venise n'est pas choisie comme cadre de ces réflexions au hasard : elle passait pour la capitale du plaisir dans l'Europe du xviiie siècle, par l'abondance des fêtes et la célébrité de ses courtisanes, et surtout par l'éclat de son carnaval (voir ci-dessous, chap. xxvi). Sur l'ensemble des chapitres vénitiens, voir Ch. Mervaud, « Du carnaval au carnavalesque : l'épisode vénitien de *Candide* », dans *Le Siècle de Voltaire*, publié par Ch. Mervaud et S. Menant, Oxford, 1987, t. II, p. 651 *sq.*

342. Vins très alcoolisés et très parfumés, fameux au xviiie siècle.

343. La décharge publique, où étaient enterrés les restes des pêcheurs publics.

344. Un petit salon faisant partie de l'appartement (« chambre ») qu'occupe Candide dans l'hôtellerie. Cet appartement comporte même (paragraphe suivant) une « salle à manger » particulière, luxe rare encore même dans les maisons particulières.

345. Par opposition avec la complaisance professionnelle de la courtisane.

346. Il le fera au chapitre xxx.

347. « C'était le nom du théatin », ajoute le manuscrit. Mais il a déjà été nommé plusieurs fois. Trace d'un brouillon où Voltaire aurait trouvé à cet endroit seulement du chapitre un nom expressif pour le moine ?

348. Dans le manuscrit : « On m'a parlé ».

349. Le sénat de Venise était un conseil tout-puissant ; il était formé des représentants de quelques familles aristocratiques. *Pococurante* signifie en italien quelque chose comme « qui se soucie peu des choses » (ou : « qui se soucie de peu de choses »).

350. Rivière qui se jette dans la lagune de Venise.

351. Voltaire, dans une lettre de 1759, se compare lui-même à Pococurante (D 8168). Il a en commun avec lui l'âge, la richesse, le goût du luxe et de l'indépendance, une tendance à juger sévèrement écrivains et artistes.

352. Voltaire admirait Raphaël, mais fait des réserves du même ordre dans l'article « Goût » de l'*Encyclopédie* (voir aussi D 1966).

353. Morceau de musique où un instrument joue en soliste, avec un accompagnement.

354. Le manuscrit ajoute « en bâillant ».

355. La virtuosité fait de grands progrès au XVIIIᵉ siècle. Voltaire lui-même préférait en musique la simplicité mélodique de sa jeunesse, et ne s'était adapté ni à la savante harmonie de Rameau, ni à la richesse du bel canto italien.

356. Voltaire lui-même considère l'opéra comme un genre inférieur à la tragédie, dont il est le grand poète dans son siècle. C'est l'opéra qui remporte un succès grandissant dans l'Europe du XVIIIᵉ siècle.

357. Les grands « airs » de l'opéra italien.

358. Voir ci-dessus, note 145.

359. Héros de nombreux opéras en Italie au XVIIIᵉ siècle.

360. Titre donné aux personnages importants en Italie.

361. Monnaies qui n'ont plus cours.

362. Personnages de l'Énéide.

363. Deux poètes épiques italiens du XVIᵉ siècle qui étaient très lus en France au XVIIIᵉ. Le manuscrit porte même : « et surtout les contes ». Voltaire reprend ici ses réflexions de l'*Essai sur la poésie épique* (1733).

364. Allusions à diverses œuvres du poète latin Horace, très étudié, lu et imité dans toute l'Europe au XVIIIᵉ siècle : *Satires* I, V et I, VII (Pupilus doit être corrigé en Rupilius) ; *Épodes*, V, VIII, XII ; *Odes*, I, I.

365. Autre écrivain latin très étudié ; Voltaire admirait son style et sa pensée sceptique.

366. Sujet de deux des discours de Cicéron, non des plus connus.

367. L'une des techniques de la métallurgie, alors en pleine évolution.

368. L'opposition du christianisme et du stoïcisme, dont Sénèque est le représentant le plus lu, est habituelle chez les gens cultivés de l'époque.

369. Un dominicain de l'Inquisition (mais c'est en France, et non à Venise, qu'on appelait les dominicains jacobins).

370. Caractéristique de l'Angleterre pour Voltaire, voir le *Précis du Siècle de Louis XV,* chap. VIII.

371. Il s'agit du *Paradis perdu* (qui compte en réalité douze chants). Voltaire a toujours critiqué très vivement Milton, le grand poète chrétien anglais du XVIIᵉ siècle.

372. A partir de 1761 Voltaire ajoute : « et sa longue description d'un hôpital n'est bonne que pour un fossoyeur ».

373. Certaines éditions de 1759, et toutes les éditions à partir de 1761 ajoutent : « Candide était affligé de ce discours ; il respectait Homère, il aimait un peu Milton. "Hélas, dit-il tout bas à Martin, j'ai bien peur que cet homme-ci n'ait un souverain mépris pour nos poètes allemands. – Il n'y aurait pas grand mal à cela, dit Martin. – Oh! quel homme supérieur! disait encore Candide entre ses dents, quel grand génie que ce Pococurante! rien ne peut lui plaire!" » Cet ajout, sur lequel Voltaire a hésité, constitue peut-être une attaque voilée contre le poète de langue allemande Haller, auteur des *Alpes*, avec qui il était en rivalité et en désaccord dans les années 1752-1759. Les grands poètes allemands du XVIIIe siècle n'ont encore rien publié.

374. Résumé de *La République*, 475c.

375. Il s'agit de la « visite de digestion » prévue par la politesse du temps.

376. Une rature du manuscrit montre que le titre disait d'abord : « six rois étrangers ». Voltaire a préféré ménager l'attente.

377. Selon la pratique habituelle de la table d'hôte.

378. Après 1764, le texte est corrigé en « l'un de ces étrangers ».

379. On allait de Venise à Padoue par voie d'eau.

380. Dans le manuscrit : « avaient disparu ; ».

381. Voltaire parle d'Achmet III dans l'*Histoire de Charles XII* : c'est lui qui accueille le roi de Suède après Poltava. Il avait renversé son frère Mustapha III en 1703, et été renversé par son neveu Mamoud en 1730. Son vizir avait effectivement été exécuté à cette occasion. Le vieux sérail était réservé aux sultans détrônés. Achmet III y mourut en 1736.

382. Ivan VI, neveu de la tsarine Anna, proclamé tsar dès sa naissance en 1740, renversé en 1741 par Elizabeth, sera assassiné en 1764 après avoir été retenu dans une forteresse.

383. Petit-fils du dernier roi Stuart, Jacques II. Il tenta en 1745 de reconquérir son royaume, échoua et se retira à Rome avec son père (jusqu'à sa mort en 1788). Dans le *Précis du Siècle de Louis XV*, Voltaire ne signale que cent soixante-dix exécutions capitales.

384. Auguste III de Saxe, roi de Pologne de 1733 à sa mort (1763), chassé de Saxe par Frédéric II de Prusse en 1756. Le

carnaval évoqué est donc au plus tôt celui de 1757 (lors duquel, d'ailleurs, Achmet et Théodore étaient déjà morts). Son père, Auguste II, également roi de Pologne, avait été détrôné par Charles XII en 1703. « Polaques » est le nom habituel des habitants de la Pologne au xviii^e siècle, et « Sarmates » celui de leurs ancêtres.

385. Stanislas Leszczynski, roi de Pologne (« les bords de la Vistule ») de 1704 à 1709, grâce à Charles XII, puis en 1733, grâce à Louis XV que sa fille avait épousé. Il ne put rester sur ce trône et obtint en compensation le duché de Lorraine qu'il enrichit et où il tint une cour brillante que fréquenta Voltaire en 1749.

386. Le baron allemand Theodor de Neuhoff (1694-1756), soutenu par le bey de Tunis, se fit élire roi de la Corse révoltée contre Gênes (1736), y frappa une monnaie de cuivre, puis dut fuir à Londres où il passa sept ans en prison pour dettes et mourut.

387. Pièce d'or vénitienne.

388. Après 1761, le « et » est supprimé.

389. D'après son secrétaire Wagnière, Voltaire souhaitait ajouter ici : « Êtes-vous roi, monsieur ? – Non, et je n'en ai nulle envie ».

390. Titre porté notamment par les souverains des principautés allemandes.

391. Toujours d'après Wagnière, Voltaire voulait ajouter ici : « Qu'importe avec qui on soupe, pourvu qu'on fasse bonne chère ? »

392. Voltaire a ajouté ces deux mots en marge du manuscrit.

393. La mer de Marmara.

394. Ce prince hongrois (1676-1735) avait réussi à devenir roi de Transylvanie au cours d'une révolte contre les Autrichiens, avant de devoir se réfugier en Turquie.

395. Le manuscrit ajoutait : « turc ».

396. Cette phrase manque dans le manuscrit. Tout cet itinéraire se situe dans la Méditerranée orientale. Scutari est un faubourg de Constantinople, Marmora ou Marmara, une île située entre les Dardanelles et le Bosphore.

397. Dans le manuscrit : « ce pauvre prince ».

398. Soldat des galères.

399. « Oiseau » corrige dans le manuscrit « éclair » (moins orien-
tal).

400. D'après l'*Essai sur les mœurs*, chap. 103, les juifs en Turquie
se sont « rendus maîtres de tout le commerce ».

401. La fin de la phrase ne figurait pas dans le manuscrit.

402. Un des jeunes gens élevés dans le sérail pour remplir les plus
hautes fonctions de l'État turc.

403. Sans doute, selon l'usage du pays, dans une étuve ou bain
sec. Cette sorte de sauna, accompagné de massages, avait une
réputation voluptueuse.

404. Voltaire a ajouté ici sur le manuscrit : « pauvre ».

405. L'épisode de la pendaison manquée peut venir de Vadé ; voir
S. Menant, « Candide et Félix », dans *Le Siècle de Voltaire*,
Oxford, 1987, t. II, p. 646.

406. Le mot est omis dans toutes les éditions après 1761, ce qui
rend le sens difficile (le nœud coulant se serait bloqué au lieu
de coulisser ?).

407. Les barbiers pratiquaient traditionnellement la chirurgie.

408. Le manuscrit porte « recousit ».

409. Les règles de l'Islam interdisent la présence simultanée
d'hommes et de femmes dans une mosquée, ainsi que tout
décolleté.

410. Deux notions caractéristiques de la physique de Descartes,
réfutées par Newton ; l'harmonie préétablie est l'idée la plus
célèbre de Leibniz, évoqué ici pour la première fois comme le
philosophe de l'optimisme. A partir de 1761, le texte est
« l'harmonie préétablie étant... ».

411. Dans le manuscrit : « continuaient », corrigé par Voltaire en
« continuaient le récit de ».

412. Mer qui baigne Constantinople, souvent comparée par Vol-
taire dans sa correspondance au lac Léman qu'il avait sous
les yeux.

413. Petite exploitation agricole.

414. Pour entrer dans certains chapitres de chanoines, mais aussi
dans les chapitres (assemblées) des ordres royaux et mili-
taires, il fallait faire la preuve de l'ancienneté de sa noblesse.

415. Le manuscrit dit : « nulle envie ».

416. Comme héritier du titre, le frère de Cunégonde est devenu

chef de la famille et doit donc donner son approbation au mariage. Il existait en Allemagne une cérémonie spéciale en cas de mésalliance, où les princes, en donnant leur main gauche, n'engageaient ni leurs biens, ni leurs titres, ni même leur parole.

417. Voir ci-dessus note 400.

418. Selon le manuscrit : « des bateaux chargés de têtes de bachas qu'on allait présenter à sa hautesse ». Les livres et journaux de l'époque relataient les fréquents changements de responsables dans l'empire turc, l'usage de décapiter les gouverneurs des provinces révoltées et d'apporter leur tête décervelée et bourrée de foin au sultan, pour les exposer ensuite au portail du vieux palais.

419. Dignitaires, gouverneurs, juges turcs.

420. Le manuscrit porte : « osa leur dire un jour : "Je voudrais bien savoir lequel vaut le mieux, ou [...]" »

421. Dans le manuscrit, « aux galères ».

422. Les autres éditions portent : « eh ! qu'est-ce ».

423. Membre d'une confrérie religieuse ; Voltaire (Essai sur les mœurs) y voyait l'équivalent des moines mendiants.

424. Le manuscrit porte : « dit Candide ».

425. La réponse du derviche commençait d'abord dans le manuscrit par ces mots, raturés ensuite : « – Cultiver la terre, boire, manger, dormir et [...] »

426. Deux ministres et le principal dignitaire religieux de Constantinople (ou muphti). En France aussi, en 1757-1758, les difficultés politiques liées à la guerre de Sept Ans avaient entraîné la disgrâce des ministres Machault, d'Argenson, Bernis.

427. Au sens du théâtre : dénouement.

428. L'Indonésie et les Antilles. Voltaire semble avoir trouvé tous ces détails sur l'hospitalité turque dans le récit du voyageur Thévenot (1664), mais il ajoute la présence des filles, exclue par les mœurs musulmanes.

429. Dans le manuscrit, « dix arpents » seulement : cinq hectares, trop peu dans la perspective française pour nourrir largement cinq personnes.

430. Tous ces exemples sont tirés de l'Ancien Testament, sans

doute à traver les livres de Dom Calmet, *Histoire de l'Ancien Testament* et *Dictionnaire de la Bible.*

431. Exemples tirés de l'histoire ancienne, familière aux anciens élèves des collèges.

432. Empereur d'Allemagne mort en exil (1106); les trois Henri sont des rois de France : Henri II tué dans un tournoi, Henri III et Henri IV assassinés.

433. Citation approximative de la Genèse (dans la traduction de la Vulgate), II, 15. Voltaire l'avait notée dans ses carnets avec le commentaire suivant : «donc l'homme est né pour le travail», et plus loin «donc le travail n'est point un châtiment».

434. Voltaire avait d'abord dicté «tapissier» : il a corrigé en «menuisier» de sa main sur le manuscrit.

435. Première version : «si vous n'aviez pas été en Amérique» (manuscrit).

436. Première version : «si vous n'aviez pas emporté quelques diamants du bon pays d'Eldorado» (manuscrit).

APPENDICE I

437. Le copiste semble avoir écrit par erreur «buvaient».

438. Voltaire fait ici un tableau caricatural des convulsionnaires du cimetière Saint-Médard (en bas de la rue Mouffetard, devant lequel on passait en entrant par le faubourg Saint-Marceau) : autour de 1730, des dévots jansénistes étaient saisis de convulsions et bénéficiaient de guérisons miraculeuses sur la tombe du diacre Paris, mort en 1727.

439. Voir ci-dessus, note 314.

APPENDICE II

440. *Le Comte d'Essex* de Thomas Corneille (1678), pièce encore souvent jouée au XVIII^e siècle. Normalement, la deuxième pièce du spectacle devrait être une comédie; mais, en remaniant son texte, Voltaire n'a pas pris garde à ce détail.

441. Candide pousse la naïveté jusqu'à confondre l'actrice et son rôle : exagération romanesque classique de l'illusion théâtrale.

442. Adrienne Lecouvreur (1692-1730), que le rôle de Monime dans le *Mithridate* de Racine rendit célèbre à ses débuts en 1717. Comme comédienne non repentie, elle ne fut pas

enterrée selon les rites catholiques. Voltaire écrivit un poème sur sa mort (1730).

443. Mot nouveau pour désigner avec mépris les journalistes des petites « feuilles » (journaux succincts souvent rédigés par un seul auteur).

444. Seule l'initiale est indiquée jusqu'en 1775 (Fréron meurt en 1776). Fréron, contrairement à ce qu'affirme l'abbé, était un grand journaliste, directeur depuis 1756 du plus brillant des périodiques de l'époque, *L'Année littéraire*. Mais il y discutait les œuvres et les idées des Philosophes. Voltaire n'avait pas apprécié ses comptes rendus de *Candide* (1759) et de *Tancrède* (1761). Cette attaque de 1761 fait partie de toute une violente campagne de Voltaire contre Fréron *(L'Écossaise, Le Pauvre Diable, Anecdotes sur Fréron)*.

445. Grande actrice qui a notamment triomphé en 1760 dans la tragédie de Voltaire, *Tancrède*.

446. Quartier écarté de la capitale à cette époque.

447. Jeu de cartes en vogue, où se jouaient de grosses sommes. Un joueur, le « banquier », joue contre tous les autres, les « pontes », qui cornent leurs cartes quand ils misent (le paquet, ou « livre » qu'elles forment devient ainsi le souvenir de leurs pertes, de leurs « infortunes »).

448. Multiplication par deux ou par sept de la mise en cours de partie. Les joueurs cherchent à modifier subrepticement leur mise lorsqu'ils voient le tour que prend la partie. La dame, qui partage les profits avec le banquier, cherche à empêcher ces tricheries.

449. Nom formé avec « paroli », terme du jeu de pharaon, et la terminaison périgourdine « gnac ». La noblesse périgourdine passait pour nombreuse et pauvre.

450. Série complète de coups.

451. Auteur des *Lettres critiques, ou Réfutation d'écrits modernes contre la religion*, en douze volumes (1753-1763) ; l'un des auteurs réfutés est Voltaire.

452. L'abbé Trublet, autre adversaire des Philosophes, venait de publier en 1760 une édition de ses *Essais de littérature et de morale*. Il avait reproché à *La Henriade* d'être ennuyeuse.

453. En 1760, Voltaire avait été amené à propos de *Tancrède* à défendre ses idées sur le théâtre. Voir H. Lagrave, « Voltaire, Diderot et le "tableau scénique": le malentendu de *Tan-*

crède », dans *Le Siècle de Voltaire,* Oxford, 1987, t. II, p. 569 *sq.*

454. Celles de Racine.

455. Celles de Corneille.

456. Celles de Crébillon. Voltaire règle leur compte à ceux qu'il considère comme ses seuls rivaux dans l'art tragique ; mais il prend ses distances en donnant du ridicule à son porte-parole.

457. Dans ses *Essais de Théodicée,* Leibniz justifiait l'existence des « défauts apparents du monde entier, ces taches d'un soleil dont le nôtre n'est qu'un rayon » en avançant qu'ils « relèvent sa beauté [...] et y contribuent en procurant un plus grand bien ».

458. Aventure identique pour Saint-Preux visitant Paris, dans *La Nouvelle Héloïse,* 2ᵉ partie, lettre 26.

Histoire d'un bon bramin (p. 321 à 327).

1. D 8533.

2. *Ibid.*

3. Dans l'Inde, prêtre de la première des castes sacerdotales, qui enseignait le Véda, symbole pour Voltaire d'une sagesse séculaire.

4. Développement similaire chez Louis Racine, camarade de jeunesse de Voltaire, au chant II de son poème *La Religion* (1737) : « Philosophes / J'attendais tout de vous et vous m'avez trompé [...] / Dans ce dédale obscur quel fil peut me conduire [...] / Et périsse à jamais le jour infortuné / Où l'on dit à mon père : Un enfant vous est né. » La source commune de cette critique de la philosophie est Pascal. Mais Pascal et Louis Racine en concluent que la Révélation est l'indispensable recours.

5. Écho de Pascal (*Pensées,* Brunschvicg, 233).

6. Ou Vichnou. Voltaire transpose dans la religion indoue le débat sur les personnes de la Trinité soulevé dans le christianisme par les partisans de l'arianisme. Le mot « si », omis, est rétabli d'après les autres éditions.

7. Autre écho de Pascal (*Pensées,* Brunschvicg, 194) : « Je ne sais qui m'a mis au monde, ni ce que c'est que le monde, ni

que moi-même [...] Comme je ne sais d'où je viens, aussi je ne sais où je vais [...] »

8. Rite religieux.

9. Terme classique pour désigner une machine qui se meut par elle-même.

10. L'édition originale porte « bon », erreur manifeste que corrigent les autres éditions.

Ce qui plaît aux dames (p. 329 à 346).

1. D 11789.

2. Voir le témoignage du secrétaire Wagnière, dans les *Mémoires secrets* de Bachaumont, Paris, 1830, tome I, p. 239.

3. Voir D 11529, au Président Hénault, par exemple.

4. Voir les *Mémoires secrets* de Bachaumont, loc. cit. (12 déc. 1763) : « Il paraît dans le monde un conte manuscrit de M. de Voltaire, qui a pour titre " Ce qui plaît aux Dames " [...] »

5. Voir D 11513 et le témoignage déjà cité (note 2) de Wagnière.

6. Voir D 11523 et 11524.

7. Voir D 11611 et 11612.

8. Voir *Voltaire's Notebooks*, éd. Th. Besterman, Genève, 1968, et *Boswell chez les Princes*, Paris, 1955, p. 298.

9. D 11574.

10. Nodier, *Contes*, éd. P.-G. Castex, Paris, Classiques Garnier, 1960, p. 172. Soulignons que ce n'est pas Favart (comme indiqué *ibid.*) mais Voltaire qu'évoque ici Nodier. Le conte est en effet souvent nommé « La Fée Urgèle » par les contemporains, du titre d'une adaptation pour l'opéra-comique qu'en tira Favart en 1765, avec un grand succès. Cette adaptation a été brillamment mise en scène à l'Opéra-Comique de Paris en 1991 par Jean-Marie Villégier.

11. Voltaire ne cesse de se plaindre que « les soirées d'hiver sont longues » (D 11524, 1er déc. 1763).

12. Le plus connu des Mérovingiens (viie siècle), exemple pour Voltaire de polygame toléré et de législateur archaïque (*Essai sur les mœurs*, chap. 30 ; *Dictionnaire philosophique*, articles « Abbaye » et « Femme » ; *Questions sur l'Encyclopédie*, article

« Blé », section VI). L'évocation d'un chevalier errant renvoie plutôt au XIᵉ siècle, aux romans de chevalerie (Dryden nommait le roi Arthur), à Don Quichotte peut-être.

13. « Cire bénite par le pape, sur laquelle est imprimée la figure d'un agneau » (*Dictionnaire de l'Académie,* 1762).

14. Diverses faveurs que peut accorder le pape pour libérer les fidèles de leurs fautes ou de diverses règles.

15. Part de consolation, que recevaient les cadets privés d'héritage ; Adonis est le type mythologique de la beauté masculine ; quant à Hercule, Voltaire songe sans doute à un exploit que mentionne le *Dictionnaire* de Bayle (article « Hercule ») : « Quelques-uns disent qu'en sept jours il dépucela les cinquante filles de Thestius : d'autres veulent qu'il n'y ait eu qu'une seule nuit » (voir dans le tome II *L'Ingénu,* chap. IV).

16. Village des environs de Paris, près du bois de Vincennes, comme le village de Charonne cité au v. 80.

17. Ce portrait, qui rappelle celui de Perrette chez La Fontaine (fable X du livre VII), comme celui du chevalier, est beaucoup plus développé que chez Dryden.

18. Soixante livres (un ouvrier gagne environ 20 ou 25 livres par mois).

19. Sac accroché à la selle.

20. La conquête de la bergère par le chevalier est un sujet traditionnel de la pastorale ; mais la bergère y résiste.

21. Les œufs ne figurent pas chez Dryden.

22. Abbaye proche de Paris, précisément développée par Dagobert (voir le *Dictionnaire philosophique,* article « Abbaye »).

23. L'injustice qui lui est faite.

24. Les premières éditions portent « c'est une femme experte » ou « c'est une dame experte ». L'une des femmes de Dagobert se nommait Berthilde ; mais Voltaire choisit le nom de la reine la plus connue de ces siècles obscurs, Berthe au grand pied, femme de Pépin le Bref et mère de Charlemagne (VIIIᵉ siècle).

25. Les éperons étaient, selon l'*Essai sur les mœurs* (chap. 97), un insigne de la chevalerie. Marcher nu-pieds est un signe d'humilité.

26. Chez Dryden c'est le roi qui condamne le chevalier à mort ; la reine le réclame.

27. Dryden : « What the sex of women most desire ? »

28. Un an chez Dryden.

29. L'adjectif s'applique aux remèdes adoucissants.

30. Cette évocation est deux fois présente dans le texte de Dryden. Dans une lettre du 8 janvier 1764, Voltaire explique que « ces créatures qui dansaient sur l'herbe, en ne la touchant pas, étaient des fées » (D 11632).

31. Licence poétique : l'Académie n'accepte que « s'appuyer sur » (*Dictionnaire*, éd. de 1762).

32. Dartre des paupières ou trachome, maladie très répandue au XVIII[e] siècle.

33. « Derrière du cou » (*Dictionnaire de l'Académie*, 1762).

34. Dryden : « Then tell your pain : for wisdom is in age ». L'éloge de la vieillesse ne manque pas de sel, venant d'un Voltaire qui ne cesse de se présenter comme « le vieux de la montagne » et de gémir sur les infirmités de l'âge.

35. Appellation familière.

36. Mot vieilli au XVIII[e] siècle : écho du style des tribunaux, comme l'ensemble des deux vers.

37. Ce vers manque dans toutes les éditions, sauf dans celle des Libraires français (1764), à laquelle nous l'empruntons. Les éditeurs de Kehl proposent dans les errata : « Ce qui surtout l'emporte dans vos âmes. »

38. Dryden : « What all your sex desire is Sovereignty. »

39. Les moines de Saint-Denis étaient des bénédictins (dont la robe est noire).

40. Les éditions séparées disaient : « Le moine noir sera demain pendu. » L'édition Cramer, destinée à une large diffusion, atténue.

41. Chez Dryden, la vieille n'emploie cet argument que dans le tête-à-tête.

42. Variante de l'édition des Libraires français : « Sous ces lambris dorés, en bonne foi. »

43. Histoire légendaire racontée par Ovide dans les *Métamorphoses*, VIII, 7.

44. Ce thème était développé sans ironie par Voltaire en 1734 dans le premier *Discours en vers sur l'Homme*, « De l'égalité des conditions », *Mélanges*, Bibl. de la Pléiade, p. 211 *sq.*

45. L'édition des Libraires français ajoutait : « Ils goûtent mieux les amoureux plaisirs ».

46. Ce vers, nécessaire pour la rime, manque dans toutes les éditions jusqu'à celle de Kehl, qui le propose dans les errata. Il n'est pas sûr qu'il soit de Voltaire.

47. Ce vers nécessaire pour la rime manque partout, sauf dans l'édition des Libraires français, à laquelle nous l'empruntons. L'édition de Bouillon propose à la place : « Pour l'amuser et charmer son ennui ».

48. La grâce du sacre, après ses crimes : « Il suborna un prince de Cologne qui assassina son père ; après quoi il fit massacrer le fils ; il tua un roitelet de Cambrai qui lui montrait ses trésors » (*Essai sur les mœurs,* chap. 11).

49. « Ce ne fut que trois cents ans après Clovis que l'archevêque de Reims, Hincmar, écrivit qu'au sacre de Clovis un pigeon avait apporté du ciel une fiole qu'on appelle la sainte ampoule » (*Essai sur les mœurs,* chap. 13). Cette fiole contenait le baume ou saint chrême dont on marquait le front du nouveau roi encore au XVIIIe siècle.

50. Voltaire définit ici sa conception de l'art de conter.

51. Celle qui « n'a aucune fortune, et qui vit d'intrigues » (*Dictionnaire de l'Académie,* 1762).

52. L'âge d'or : Voltaire se moquait des nostalgiques de cette époque mythique dans *Le Mondain.*

53. Planches.

54. Bancs étroits.

55. Plusieurs éditions (dont celles des Libraires français et de Kehl) ponctuent différemment : « [...] le possède. / A cette crise il souhaite. »

56. L'expression, que les dictionnaires de l'époque ne citent pas, semble désigner des draps trop étroits.

57. Poignées de paille.

58. L'édition des Libraires français ponctue : « Mal recousus, encor ».

59. Combat, ici combat amoureux (« vieux » selon le *Dictionnaire de l'Académie* de 1762).

60. Vaincue par l'amour, dans le vocabulaire de la galanterie.

61. Chez Dryden, ce n'est pas une telle épreuve de virilité qui est imposée au chevalier ; il doit seulement montrer sa soumission

en s'en remettant à la vieille pour le choix qu'elle lui propose : garder une vieille épouse ou la voir rajeunir.

62. L'épreuve rappelle celle du « congrès », imposée encore au XVIII[e] siècle aux époux dans les procès en nullité du mariage. Le mari devait y faire la preuve, devant témoins, qu'il était apte à procréer. Voltaire critique cet usage dans l'article « Impuissance » des *Questions sur l'encyclopédie*.

63. Dryden : « He look'd, and saw a creature heav'nly fair [...] » Scène comparable de transfiguration (mais dans un rêve) dans l'*Histoire comique de Francion* de Sorel, livre III, *Romans du XVII[e] siècle,* Bibl. de la Pléiade, 1968, p. 150.

64. Voltaire rapproche des artistes de l'Antiquité, le peintre Apelle et le sculpteur Phidias, de ses contemporains, Carle Van Loo (1705-1765), Pigalle (1714-1785), Lemoine (1688-1737).

65. Voltaire supprime le résumé d'une longue vie conjugale heureuse qui conclut le poème de Dryden, avec des vœux pour un bonheur conjugal universel.

66. Précision ajoutée par Voltaire.

67. Esprits follets dans les croyances populaires.

68. Ou, d'après l'édition des Libraires français, « le raisonneur ». Mais Voltaire, se citant lui-même dans une lettre à Mme Du Deffand (D 11665) dont nous avons le manuscrit, écrit « le raisonner ».

L'Éducation d'une fille (p. 347 à 357).

1. Voir D.C. Stuart, art. cit.

2. Voir A. Bonneau, « Avertissement », dans A. Firenzuola, *Nouvelles,* Paris, 1881.

3. Selon l'ordre de la plupart des éditions modernes ; il s'agit de la cinquième nouvelle dans la première édition (1552).

4. Voir par exemple La Fontaine, « Le Psautier », dans *Contes et nouvelles en vers,* éd. G. Couton, Paris, Classiques Garnier, 1961, p. 287-290.

5. *Questions sur l'Encyclopédie,* article « Éducation ».

6. On est loin de la grasse bêtise que La Fontaine peint dans le personnage de Lise de « Comment l'esprit vient aux filles » (*Contes et nouvelles en vers,* éd. cit., p. 259-262).

7. La véritable bonne compagnie, non pas l'imitation trompeuse

que Thélème trouve dans Paris (voir ci-dessous *Thélème et Macare*, v. 96). Sur cet idéal, voir *L'Éducation des filles*, dans Voltaire, *Mélanges*, Bibl. de la Pléiade, p. 443.

8. D 11612.

9. Modestes s'oppose ici à provoquants.

10. Apparence soignée.

11. Recueil de sermons (1717) de l'évêque et académicien Massillon (mort en 1742), « le prédicateur qui a le mieux connu le monde [...] de plus, philosophe modéré et tolérant » (Voltaire, *Le Siècle de Louis XIV*, dans *Œuvres historiques*, Bibl. de la Pléiade, p. 1184).

12. La déesse de l'Amour à côté de celle de la Sagesse.

13. Prière spontanée faite d'élans personnels vers Dieu.

14. Hémistiche obscur : le sens est sans doute « oubliait, à cause de la fraîcheur, les convenances ».

15. Passage imité de l'Arioste, *Orlando furioso*, ch. XXVIII.

16. La première édition du conte présente ici un autre vers (mais sans rime) : « Songeant à cet André qui rend les gens heureux ».

17. La Fontaine donne déjà une valeur galante à ces termes empruntés au vocabulaire religieux (où ils signifient « prières ») : voir « L'Oraison de saint Julien » dans les *Contes et nouvelles en vers*, éd. cit., p. 79-87.

Thélème et Macare (p. 359 à 368).

1. D 11683.

2. D 11684

3. D 11690 (datée par Besterman du 10 février 1764 environ).

4. D 11695, 13 février.

5. D 11717, 22 février.

6. *Mémoires secrets* de Bachaumont, Paris, 1830, t. II, 1ᵉʳ mars 1764.

7. « Allégories », livre I, I, in *Œuvres poétiques*, Paris, 1824, t. II p. 145 *sq*. J.-B. Rousseau était mort en 1741, et ses allégories dataient de 1713-1714, mais étaient restées comme les modèles du genre. Sur cette question, voir S. Menant, *La Chute d'Icare*, Genève, Droz, 1981, p. 310-315.

8. *Ibid.,* livre I, V, p. 181 *sq.*

9. *Ibid.,* livre I, IV, p. 167 *sq.* (le titre primitif était « Les Roches de Salisbury »).

10. Page 170, note 1, éd. cit.

11. V. 66-67.

12. Louis-César de La Baume Le Blanc, duc de La Vallière (1708-1780) est le célèbre bibliophile dont la vaste bibliothèque, rassemblée au château de Montrouge près de Paris, constitue aujourd'hui une partie du fonds de la Bibliothèque de l'Arsenal.

13. Bachaumont signale la brochure dès le 1ᵉʳ mars, et le 7 mars la marquise Du Deffand en possède déjà un exemplaire.

14. « Thélème » s'apparente à θέλω, désirer en grec ; mais la forme est peu attestée, et semble venir de Rabelais.

15. « Macare » est l'épithète qu'on applique aux dieux en grec, avec le sens de « bienheureux » ; c'est un nom d'homme dans *L'Iliade,* XXIV, 544.

16. « Ma bonne » a ici son sens de supériorité. Cf. Lesage, *Turcaret,* V, 9 : « Payons de hardiesse [...] je ne vous connais pas, ma bonne ».

17. Les vigiles, veilles de grandes fêtes, sont marquées par un jeûne.

18. On peut penser, entre cent auteurs, à Gresset *(Vert-Vert,* v. 50-57 ; *Épître au P. Bougeant).*

19. Le texte des *Contes de Guillaume Vadé* porte « mon avis ». Voltaire le corrige en « nos avis » dans une lettre du 20 février 1764 (D 11715), où il rétablit un passage sauté dans la première édition.

20. Gresset envisage cette idée dans son idylle « Le Siècle pastoral » :

> Précieux jours dont fut ornée
> La jeunesse de l'univers [...]
> N'êtes-vous plus que dans nos vers ? (v. 1-4).

21. Les gens de justice. Satire conventionnelle, qui trouve son piment dans les relations familières et familiales que Voltaire entretint avec ce milieu.

22. L'opéra, la tragédie, la comédie. Sur Rameau, « dieu » de l'opéra, cf. *Le Mondain* où l'honnête homme « malgré lui, court admirer Rameau ». Mais les espoirs que mettait alors

Voltaire dans les spectacles et la vie de société sont ici abandonnés.

23. « Style burlesque [...] s'enfariner d'une science [...] en prendre une légère teinture [...] autant qu'il en faut pour en discourir dans la conversation » (*Dictionnaire de Trévoux*, 1752).

24. « Feu Mr. Vadé a fait à ses lecteurs la justice de croire qu'ils savaient que *Macare* est le Bonheur, et *Thélème*, le Désir ou la Volonté » (note de Voltaire). La note manque dans la brochure du duc de La Vallière ; elle figure ensuite dans toutes les éditions.

25. Le texte des *Contes de Guillaume Vadé* porte « se cacher », faute évidente. Toutes les autres éditions portent « te cacher ».

Les Trois Manières (p. 369 à 383).

1. « J'aime Téone à la folie, c'est un bijou ; Églé est fort aimable ; pour Apamis je la trouve un peu sérieuse. » (D 11755, 7 mars 1764.)

2. Des éléments d'une couleur grecque se retrouvent aux v. 158-159, 199, 333.

3. Sur le motif de l'enlèvement par des pirates, voir ci-dessus *Candide*, chap. XI, notes ; *Scarmentado* et la tragédie de *Fanine* (1757).

4. Voir D 11585, D 11629...

5. Les Genevois, qui lui ont interdit d'exploiter un théâtre dans leur ville (1755) ; Jean-Jacques Rousseau, qui a développé sa thèse dans la *Lettre à d'Alembert* (1757).

6. Le maréchal de Villars (1653-1734).

7. Le maréchal de Saxe (1696-1750), fils naturel d'Auguste, roi de Pologne, et vainqueur de Fontenoy. Cet hommage, Voltaire lui-même devait le recevoir en 1772 et en 1778.

8. Voir le *Précis du Siècle de Louis XV*, chap. XXXI (*Œuvres historiques*, éd. R. Pomeau, Bibl. de la Pléiade, Paris 1968, p. 1480). Il s'agit de la prise de Fort-Mahon en juin 1756, dans l'île de Minorque, épisode de la guerre franco-anglaise qui devait entraîner l'exécution de l'amiral Byng. « Clairon », au v. 25, désigne évidemment la célèbre actrice (1723-1803), interprète des principaux rôles du théâtre de Voltaire.

9. Ce nom paraît forgé par Voltaire, mais on trouve des « Euda-

midas » chez Xénophon (*Les Helléniques*, V, II, 24), et des « Eudamos » chez Plutarque (*Eumère*, 16), par exemple.

10. Églé (Aeglé) est le nom d'« une des trois Hespérides, célèbres dans les écrits des poètes à cause des jardins fertiles en pommes d'or qu'elles possédaient » (*Dictionnaire historique* de Moreri, s.v.) ; ce nom revient souvent dans les poésies galantes, celles de Voltaire en particulier (« belle Églé » à Mme de ***, éd. Moland, X, p. 477, n° 22 ; « charmante Églé » à Mme du Bocage, *ibid.*, p. 544 ; « Églé je jure à vos genoux », dans l'Impromptu, *ibid.*, p. 568). Téone est aussi de consonance grecque ; derrière un personnage de ce nom, dans *Babouc*, on reconnaissait Mme Du Châtelet (voir ci-dessus p. 103 et n. 58). Apamis se trouve, sous la forme Apamé, dans Plutarque où c'est le nom d'une femme orientale (c'est une ville orientale selon Moreri).

11. Ce nom grec est cité par Aristote comme celui d'un philosophe (*Métaphysique*, I, 3).

12. Vers emprunté à l'édition séparée, omis dans les *Contes de Guillaume Vadé* et Kehl. Les éditions divergent sur ce passage. Les éditeurs ont cherché à suppléer l'absence de rime à *lyre* (v. 61) dans les *Contes de Guillaume Vadé*. Nous choisissons le texte le plus ancien, celui de l'édition « encadrée ».

13. Le nom existe en grec (Hérodote, I, 45 ; VI, 28...) et suggère une idée de rapt, précisée au vers suivant.

14. Ce coup de théâtre fait l'objet, dans l'édition de Bouillon, de la gravure XLIII (p. 151 du tome III) : Lygdamon présente à Hermotime le portrait d'Églé. On le voit, la gravure n'est pas tout à fait fidèle au texte. Les divers tableaux de concours sont encadrés comme au XVIII^e siècle, mais les costumes sont antiques.

15. On peut penser à la manière en vogue pour les portraits : aux mises en scène officielles (portrait de Marie Leczinska par Tocqué, 1740) ont succédé des clairs-obscurs intimes (portrait de Marie Leczinska par Nattier, 1748, ou par La Tour, 1748 ; voir R. Huyghe, *L'Art et l'Ame*, Paris, 1960, p. 341 *sq.*).

16. L'expression rappelle – en le prenant au sens littéral – le titre de la comédie de Molière, *Le Sicilien ou l'Amour peintre* (1667) – où l'amour amène un gentilhomme à s'improviser peintre ; mais le portrait de sa bien-aimée n'est qu'une occasion de rencontres. Plusieurs éditions (dont la première et l'édition « encadrée ») donnent : « Elle est à moi ».

17. Antoine d'Hamilton (1646-1720) incarnait à Sceaux et au Temple, quand Voltaire avait vingt ans, la poésie aisée et l'élégance parfaite. L'octosyllabe est utilisé, par exemple, au début de son conte *Le Bélier* (déjà signalé par Bengesco), mais aussi dans beaucoup d'odes épicuriennes de Chaulieu, que pourrait aussi bien citer Voltaire.

18. Nirée était un Grec célèbre pour sa beauté (*Iliade*, II, 671).

19. Cythérée est mis pour Aphrodite (« la déesse de Cythère »).

20. Géographie fantaisiste : la plus proche des Cyclades est à des heures du Pirée (cf. v. 177).

21. Littré citant ce vers donne à « psaltérion » un sens général : « tout instrument à cordes pincées ou frappées » (s.v.).

22. Célèbre fleuve d'Asie Mineure, qui traverse la Lydie.

23. Grande épée droite et à deux tranchants. Le mot, rare et d'origine étrangère, est employé par Voltaire dans un sens vague (c'est le « long poignard » du v. 197).

24. Ce butin constitue l'apport que fait l'épouse à l'époux (dot) et celui que fait l'époux à l'épouse (douaire).

25. Cette ville de Chypre était célèbre pour son sanctuaire d'Aphrodite et d'Adonis.

26. Terme médical : un pansement.

27. Fleuve des Enfers.

L'Éducation d'un prince (p. 385 à 396)

1. Sur la datation du conte (vers le 1er janvier 1764), voir ci-dessus la notice à *L'Éducation d'une fille*.

2. Les sources de Voltaire sont celles des conteurs au XVIIIe siècle : cf. « Rosine » dans Piron, *Œuvres complettes*, éd. Rigoley de Juvigny, Paris, 1776, tome VI, p. 413 *sq*. Il faut remonter aux récits étudiés par G. Turbet-Delof dans *L'Afrique barbaresque dans la littérature française aux XVIe et XVIIe siècles*, Genève, Droz, 1973.

3. D'ailleurs, Voltaire a peut-être eu, un moment, début janvier, le vague dessein de fournir une réponse à tous les problèmes d'éducation : l'« éducation des filles était destinée à figurer avec d'autres éducations, car nous avons aussi élevé des garçons » (D 11612).

4. Voir, dans sa correspondance, les lettres du 23 avril 1764

(D 11841, 11842, 11843, 11844). « Les vrais philosophes doivent regretter Mme de Pompadour. Elle pensait comme il faut [...] » (D 11844).

5. Ce renversement philosophique des situations se retrouve souvent chez Voltaire. Cf., par exemple, dans l'article « Égalité » du *Dictionnaire philosophique*, les rêveries d'un cuisinier de cardinal : « Si les Turcs s'emparent de Rome, et si alors je suis cardinal et mon maître cuisinier [...] » (Paris, Classiques Garnier, 1967, p. 177).

6. « Le soleil parcourt le *Verseau* dans le mois de janvier » (*Encyclopédie*, s.v.). Le conte semble avoir été achevé dès le 1ᵉʳ janvier 1764 (voir *L'Éducation d'une fille*).

7. « Orages » a ici son sens le plus large sans doute. (mauvais temps).
Une partie des terres de Voltaire était composée de prairies inondables (notamment le marais de Magny, bien communal dont il avait la jouissance).

8. La principauté de Bénévent, en Campanie, ne joue qu'un rôle effacé après le XIᵉ siècle.

9. La vallée rocailleuse du Cédron est proche de Jérusalem.

10. Alamon, Émon, Amide : ces noms de consonance grecque suggèrent le ton du moraliste aux « caractères » composites et symboliques.

11. Allusion aux pensions des courtisans.

12. Ces cris mêlés mettent sur le même plan, de manière irrespectueuse, paganisme et christianisme. « San Germano » semble inconnu par ailleurs.

13. Voir *Candide*. La chute de la période fait passer brusquement le lecteur du ton héroïque au ton libertin.

14. Cumes, sur la mer Tyrrhénienne, était à 70 km environ de Bénévent – mais, célèbre dans l'Antiquité, n'existait plus depuis le XIIIᵉ siècle.

15. Le rappel de l'atmosphère familière (cf. v. 5-6) souligne le caractère factice de la situation évoquée.

16. Piquant renversement de la philosophie de l'histoire à la manière de Bossuet.

17. Les bœufs. « Io », amante de Zeus métamorphosée en vache, désigne cet animal dans le style élevé. « Io mugit dans les villages, / Et les pasteurs vont ramener / Leurs troupeaux loin des pâturages » (Bernis, *Les Quatre Saisons*, « L'Automne »).

18. « Officiers de chancellerie » (*Encyclopédie,* s.v.).

19. Principaux dignitaires.

20. Cette idée est développée par Voltaire dans *Le Marseillais et le Lion* (cette « fable » est de 1768).

21. Allusion au rituel de la cour de Louis XIV. Le « petit coucher » est le moment où le roi reste seul avec quelques privilégiés. Le privilège est ici de partager sa couche, non de causer.

22. Allusion conventionnelle aux mœurs du sérail : le sultan jette un mouchoir à la femme qu'il choisit pour la nuit (cf. Piron, « Rosine », dans *Œuvres complettes,* éd. cit., p. 410).

23. Emploi abusif du mot, ici, au sens de châtré, ou allusion peu nécessaire à la religion mahométane de l'eunuque.

24. V. 194-196 :
 > Dans un lâche repos vous m'aviez corrompu
 > Vous m'aviez fait dévot, vous trompiez ma jeunesse ;
 > Je n'aurais jamais su ce que c'est que vertu ;
 > Je dois tout à ce Turc, et tout à ma maîtresse :
 > Le malheur et l'amour m'ont rendu ma valeur.

 (variante de l'édition de Bouillon).

25. Ce vers reste sans rime dans *Les Contes de Guillaume Vadé.*

Azolan (p. 397 à 402).

1. Un bénéfice est le revenu lié à une charge religieuse.

2. Les musulmans croient que Mahomet « l'a reçu de Dieu par le ministère de l'ange Gabriel [...] pendant le cours de vingt-trois ans ». (*Encyclopédie,* s.v.) L'ange Gabriel apparaît donc comme le messager de Dieu (cf. v. 9).

3. « L'Alcoran fait souvent mention de bons et de mauvais anges [...]. Les Musulmans attribuent particulièrement un très grand pouvoir à l'ange Gabriel, comme de descendre du haut des cieux en une heure [...] » (*Encyclopédie,* cf. v. 52).
 Voir le rôle de l'ange Gabriel dans *La Pucelle* (ch. XI) : « Soutenu par ses brillantes ailes », il rétablit la paix entre saint Georges et saint Denis.

4. Les deux villes saintes des mulsumans, marquées du souvenir de Mahomet. L'iman est un « ministre de la religion mahométane, qui répond à un curé parmi nous », selon l'*Encyclopédie,* qui ne parle ni de célibat obligé, ni de hiérarchie.

5. Titre porté par les membres de la famille de Mahomet qui régnèrent, comme califes, sur les musulmans.

6. Du parloir, ou plutôt du confessionnal, puisque l'iman semble être un séculier. L'assimilation avec le clergé catholique est poussée jusqu'au détail.

7. L'officier des finances qui paie les bénéfices (en prélevant son salaire) dans le système du clergé français au XVIIIᵉ siècle.

8. Moreri (*Dictionnaire historique*, éd. de 1759) cite Amin comme nom d'homme arabe.

9. « Mahomet ayant affaire à un peuple fort adonné aux plaisirs des sens, il a cru devoir borner la félicité éternelle à une facilité sans bornes de contenter leurs désirs à cet égard » (*Encyclopédie*, s.v., « Alcoran »).

L'Origine des métiers (p. 403 à 409).

1. Voir S. Menant, *La Chute d'Icare*, Genève, Droz, 1981, p. 182 *sq.*

2. Voir *ibid.*, p. 165 : c'est le type IV de la classification proposée pour les contes en vers du XVIIIᵉ siècle.

3. Dans la tradition mythologique la plus courante, Prométhée, un Titan, façonne le premier homme avec de l'argile, et lui donne la vie en volant une étincelle du feu céleste. Selon le poète grec Hésiode (*Théogonie*, v. 535 *sq.*), à la demande de Zeus-Jupiter, c'est Hephaïstos-Vulcain qui modèle le corps de la première femme, Pandore, « un mal pour les humains ». Pour se venger de Prométhée qui l'a offensé, Zeus la lui donne comme épouse. Le thème violemment misogyne d'Hésiode est absent ici.

4. « Celle qui a tous les dons » : le nom grec de la première femme fait allusion aux dons que lui font les dieux à sa naissance. Dans la tradition mythologique la plus courante, Pandore ouvre une boîte qui contient tous les maux, et c'est la source des misères humaines. Voltaire laisse cet aspect des choses de côté.

5. Personnage traditionnel de la pastorale, comique et sensuel.

6. « L'autre eut Mars » (édition de Kehl).

7. Au sens classique et large de « comportement habituel » (ici, celui d'une femme galante) ; La Fontaine parle du « métier d'amant » (*Fables*, livre XI, II).

8. Thème déjà souvent évoqué par Voltaire : voir ci-dessus dans

Le Monde comme il va les chapitres III et IV, où sous le nom de
Persépolis il peint Paris et une « dame jeune, belle, spirituelle,
engageante » qui attire une « compagnie digne d'elle », des plus
brillantes.

TABLE DES MATIÈRES

NOTES